Friedrich Gerstäckers Kommentar zum 1848, [illegible] Fortsetzung des 1844 erschienenen Buchs ›Die Regulatoren in Arkansas‹. Geschildert wird die stürmische Zeit der Entwicklung der Vereinigten Staaten, als sich die Amerikaner immer weiter in das Gebiet der Indianer vorwagten und dieses Land in Besitz nahmen. Im Mittelpunkt dieser Gesellschaft, die weit außerhalb geregelter Gesetzmäßigkeiten [illegible] lebte, stehen die sogenannten Regulatoren, [illegible] die in Zusammenarbeit mit dem Friedensrichter eine Art von Selbstjustiz ausüben. Sie bekämpfen eine Bande von Pferdedieben und Piraten, [illegible] Flöße und Flachboote [illegible]. [illegible] als die Regulatoren und die Flußpiraten auf [illegible] und abenteuerlichen Handlung [illegible]. Das Buch gehört zu den beliebtesten Jugendbüchern aus dem 19. Jahrhundert.

Friedrich Gerstäckers Roman erschien 1848. Er ist die Fortsetzung des 1846 erschienenen Buches *Die Regulatoren in Arkansas*. Beschrieben wird die stürmische Zeit der Entwicklung der Vereinigten Staaten, als sich die Ansiedler immer weiter in das Gebiet der Indianer vorwagten und deren Land in Besitz nahmen. Im Mittelpunkt dieser Gesellschaft, die weit entfernt von jedem Gesetz nach eigenen Gesetzen lebte, stehen die sogenannten Regulatoren, Bürger, die in Zusammenarbeit mit dem Friedensrichter eine Art von Selbstjustiz ausüben. Sie bekämpfen eine Bande von Pferdedieben und Piraten, die vorbeikommende Flöße und Frachtboote ausrauben. Mehr noch als die Regulatoren sind die Flußpiraten auf die spannungsreiche und abenteuerliche Handlung hin angelegt. Das Buch gehört zu den beliebtesten Jugendbüchern aus dem 19. Jahrhundert.

insel taschenbuch 435

Gerstäcker

Die Flußpiraten des Mississippi

Friedrich Gerstäcker. Foto von Aug. Linde, Gotha

FRIEDRICH GERSTÄCKER
DIE FLUSSPIRATEN DES MISSISSIPPI

Roman

Mit einem Nachwort von Harald Eggebrecht

Insel Verlag

insel taschenbuch 435
1. Auflage 1980
Alle Rechte vorbehalten
Insel Verlag Frankfurt am Main 1980
Vertrieb durch den Suhrkamp Taschenbuch Verlag
Umschlag nach Entwürfen von Willy Fleckhaus
Satz: LibroSatz, Kriftel
Druck: Ebner Ulm
Printed in Germany

DIE FLUSSPIRATEN DES MISSISSIPPI

Vorwort

Schon in früheren Zeiten, als die westlichen Staaten noch als Territorium der Union galten, Dampfboote die Wasser jener mächtigen Ströme noch nicht aufwühlten und nur unbehilfliche Kiel- und Flatboote – oft auch sehr passend Archen genannt – die Handelsverbindung im Innern unterhielten, hatte sich auf einer der zahlreichen Inseln dieses Stromes, Stack oder Crowsnest Island, oder Nr. Vierundneunzig, wie sie jetzt genannt wird, eine Raubbande organisiert, die nicht allein mordete und plünderte, was in ihren Bereich kam, sondern auch in ihrem Versteck eine Falschmünzerei unterhielt, von wo aus sie mit ihren Banknoten das ganze westliche Land überschwemmte. Die Gesetze waren nicht hinreichend, die Bewohner der Union zu schützen, und die Backwoodsmen mußten sich deshalb selbst helfen. Der damalige ›Navigator‹, oder das Lotsenbuch der westlichen Ströme, sagt folgendes über diese Bande:

»Stack Island, not long since, was famed for a band of counterfeiters, horsethieves, robbers, murderers etc. who made this part of the Mississippi a place of manufacture and deposit. From hence they would sally forth, stop boats, buy horses, flour, whisky etc. and pay for all in fine new notes of the ›first water‹. Their villanies, after many severe losses sustained by innocent good men, unsuspecting the cheat, became notorious, and after several years search and pursuit of the civil, and in some cases the club law, against this band of monsters, they have at length disappeared.«

In späteren Jahren, als die Wachsamkeit der Uferbewohner nachgelassen hatte und man der früheren Insel gar nicht mehr gedachte, sammelten sie sich aber wieder weiter oben, zwischen den Staaten Mississippi und Arkansas, und verübten hier Grausamkeiten ohne Ende. In einem Lande, wo sich der vierte Teil der Bevölkerung stets auf Reisen befindet, ist es aber sehr schwer, ja fast unmöglich, einen Mord zu entdecken, da man, wenn nicht der Zufall dabei tätig ist, selten weitere Beweise hat, als daß der Mann eben fehlt. Die Seinen beweinen ihn nicht einmal, denn daß er tot sein könne, ist ihr letzter Gedanke. Sie vermuten ihn auf irgendeiner Reise nach Texas oder in andere neue Staaten und hoffen, ihn mit der Zeit zurückkehren zu sehen. Jedes Verbrechen hat aber sein Ziel; die Buben wurden durch die ungestrafte Ausübung ihrer Schandtaten nach und nach dreister, ihre Verbindung breitete sich immer mehr aus, und ihre Entdeckung mußte endlich die Folge davon sein. In Arkansas und Texas hatten sich indessen Regulatorenbündnisse gegründet, und so überfielen auch hier die nächsten Nachbarn jene Verbrecherkolonie, die Insel, und übten so fürchterliche Gerechtigkeit an den Schuldigen, daß sie alle, die sie nicht ergriffen und vernichteten, weit hinausjagten in ferne Teile Amerikas. Ein Teil der sogenannten ›Morrelschen Bande‹ stand mit diesen Flußpiraten in Verbindung; Morrel selber wurde gefangen und saß dann, wenn ich nicht irre, im Zuchthaus von Pennsylvanien oder Mississippi; das aber, was den Backwoodsmen unter die Hände fiel, kam in kein Gefängnis. – Es war ein blutiger Tag, der jenen Räubereien ein Ende machte.

Den Schauplatz habe ich nach Helena und in dessen nächste Umgebung verlegt, die wirkliche Insel befand sich aber etwas weiter unten als Einundsechzig.

1

Dort, wo der Wabasch die beiden Bruderstaaten Illinois und Indiana voneinander scheidet und seine klaren Fluten dem Ohio zuführt, wo er sich bald zwischen steilen Felsufern, bald zwischen blühenden Matten und blumigen Prärien oder auch unter dem ernsten Schatten und feierlichen Schweigen des dunklen Urwaldes murmelnd und plätschernd durch tausend stille Buchten drängt, mit dem Schilf und mit einzelnen schwankenden Weidenbüschen spielt und tändelt, hier bald leise und behaglich über runde Kiesel und grüne Rasenflecken dahingleitet, bald wieder plötzlich wie in tollem Mutwillen herausschießt in die Mitte des Bettes und dort, von der Gegenströmung erfaßt, kleine blitzende Wellen schlägt und glitzert und funkelt: da lagen im Frühling des Jahres 184 –, die Büchsen neben sich in das schwellende Gras geworfen, zwei Männer auf einer dichtbewaldeten Anhöhe. Im Süden stemmte sich der Bergrücken dem Lauf des Stromes entgegen und zwang ihn, brausend und scheinbar unwillig über die trotzige Hemmung, wieder seitab zu fluten; mußte er doch den starren Gesellen umgehen, der weder durch das leise, schmeichelnde Plätschern der Wellen, noch durch den mächtigen Andrang der zornig aufgeschwellten Wasser hatte bewogen werden können, auch nur einen Zollbreit seines behaupteten Grundgebiets preiszugeben.
Der eine der Männer war noch jung und kräftig, kaum älter als drei- oder vierundzwanzig Jahre, und seine Tracht verriet eher den Bootsmann als den Jäger. Der kleine, runde und niedere Wachstuchhut mit dem breiten, flatternden Band darum saß ihm keck und leicht auf den krausen, blonden Haaren. Die blaue Matrosenjacke umschloß ein Paar Schultern, deren sich ein Herkules nicht hätte zu schämen brauchen, und das rotwollene Hemd wurde von einem schwarzen, seidenen Halstuch, wie die weißen, segeltuchenen Beinkleider von einem schmalen, festgeschnallten Gürtel über den

Hüften zusammengehalten. Dieser trug zu gleicher Zeit noch die lederne Scheide mit dem einfachen Schiffsmesser und vollendete den seemännischen Anzug des Fremden.
Daß er aber auch in den Wäldern heimisch war, bewiesen die sauber gearbeiteten Mokassins, mit denen seine Füße bekleidet waren, wie die von seiner Hand erlegte Beute, ein stattlicher junger Bär, der vor ihm ausgestreckt auf dem blutgefärbten Rasen lag. Ein großer, schwarz und grau gestreifter Schweißhund aber saß daneben und hielt die klugen Augen noch immer fest auf das glücklich erjagte Wild geheftet. Die heraushängende Zunge, das schnelle heftige Atmen des Tieres, ja sogar ein nicht unbedeutender Fleischriß an der linken Schulter, von dem die klaren Blutstropfen noch langsam niederfielen, bewiesen, wie schwer ihm die Jagd geworden war und wie teuer er den Sieg über den stärkeren Feind erkauft hatte.
Der zweite Jäger, ein Greis von einigen sechzig Jahren, wurde zwar an Körperkraft und Stärke von seinem jüngeren Begleiter übertroffen, trotzdem sah man aber keiner seiner Bewegungen das vorgerückte Alter an. Seine Augen glühten noch in fast jugendlichem Feuer, und seine Wangen färbte das blühende Rot der Gesundheit. Nach Sitte der Hinterwäldler war er in ein einfaches baumwollenes Jagdhemd, mit eben solchen Fransen besetzt, lederne Leggins und grobe Schuhe gekleidet. In seinem Gürtel stak aber statt des schmalen Matrosenmessers, das sein Gefährte trug, eine breite, schwere Klinge, ein sogenanntes Bowiemesser, und die wollene, fest zusammengerollte Decke hing ihm, mit einem breiten Streifen Bast befestigt, über der Schulter.
Beide hatten sich augenscheinlich hier, wo sie ihr Wild erlegten, nach der Anstrengung für kurze Rast ins Gras geworfen. Der Alte, der sich auf den rechten Ellbogen stützte und der eben hinter den Bäumen versinkenden Sonne nachsah, brach jetzt zuerst das Schweigen.
»Tom«, sagte er, »wir dürfen hier nicht lange liegenbleiben.

Die Sonne geht unter, und wer weiß, wie weit es noch zum Fluß ist.« »Laßt Euch das nicht kümmern, Edgeworth«, antwortete der Jüngere, während er sich dehnend streckte und zu dem blauen, durch die schattigen Zweige auf sie niederlächelnden Himmel emporblickte, »da drüben, wo Ihr die lichten Stellen erkennen könnt, fließt der Wabasch – keine tausend Schritt von hier –, und das Flatboot kann heute abend mit dem besten Willen von der Welt noch nicht hier vorbeikommen. Sobald es dunkel wird, müssen sie beilegen, denn den Snags und Baumstämmen, mit denen der ganze Fluß gespickt ist, wiche selbst Gott Vater nicht im Dunkeln aus, und wenn er sich mit allen seinen himmlischen Heerscharen ans Steuer stellte. Überdies hatten sie von da, wo wir sie verließen, einen Weg von wenigstens fünfzehn Meilen zu machen, während wir die Biegung des Flusses hier kurz abschnitten.«

»Ihr scheint mit dieser Gegend sehr vertraut«, sagte der Alte.

»Das will ich meinen«, erwiderte jener sinnend, »habe hier zwei Jahre gejagt und kenne jeden Baum und Bach. Es war damals, ehe ich Dickson kennenlernte, mit dessen Schoner ich später nach Brasilien ging. Der arme Teufel hätte auch nicht gedacht, daß er dort solch ein schmähliches Ende nehmen sollte.« »Das habt Ihr mir noch nicht erzählt.«

»Heute abend vielleicht. – Jetzt, denke ich, schlagen wir ein Lager auf und gehen dann mit Tagesanbruch zum Fluß hinunter, wo wir warten können, bis unser Boot kommt.«

»Wie schaffen wir aber das Wild hinab? Wenn's auch nicht weit ist, werden wir doch tüchtig dran zu schleppen haben.«

»Ei, das lassen wir hier«, rief der Jüngere, während er aufsprang und seinen Gürtel fester schnallte, »wollen die Burschen Bärenfleisch essen, so mögen sie sich's auch selber holen.«

»Wenn sie aber nun vorbeifahren?«

»Denken nicht dran«, sagte Tom; »überdies weiß Bill, der Steuermann, daß er uns hier in der Gegend erwarten muß,

falls wir nicht früher eintreffen; also haben wir in der Hinsicht keineswegs zu fürchten, daß wir sitzenbleiben. Wetter noch einmal, das Boot wird doch nicht ohne seinen Kapitän abfahren wollen!« »Auch gut«, sagte der alte Edgeworth, während er dem Beispiel seines jüngeren Gefährten folgte und sich zum Aufbruch rüstete. »Dann schlage ich aber vor, daß wir die Rippen und sonst noch ein paar gute Stücke herausschneiden, das übrige hier aufhängen und nachher dort links hinuntergehen, wo, dem Aussehen der Bäume nach, ein Bach sein muß. Frisches Wasser möchte ich für die Nacht doch haben.«
Diese Vorsicht war nötig; die Männer gingen schnell an die Arbeit, um die kurze Tageszeit noch auszunutzen. Sie fanden auch den Quell und neben ihm eine ganz ungewöhnliche Menge von dürren Ästen und Zweigen, von denen freilich schon ein großer Teil halb verfault war. Das meiste davon ließ sich aber noch trefflich zum Lagerfeuer benutzen, und an der schnell entzündeten Glut staken bald die Rippenstücke des erlegten Bären, während die Jäger, auf ihren Decken ausgestreckt, der Ruhe pflegten und in die züngelnden Flammen starrten.
Die beiden Männer gehörten, wie auch der Leser schon aus ihrem Gespräch entnommen haben wird, zu einem Flatboot, das von Edgeworths oben am Wabasch liegender Farm mit einer Ladung von Whisky, Zwiebeln, Äpfeln, geräucherten Hirschschinken, getrockneten Pfirsichen und Mais nach New Orleans oder irgendeinem der weiter oben gelegenen Landungsplätze steuerte, wo sie hoffen konnten, ihre Waren gut und vorteilhaft zu verkaufen. Der alte Edgeworth, ein wohlhabender Farmer aus Indiana und Eigentümer des Bootes und der Ladung, führte auch eine ziemlich große Summe baren Geldes bei sich, um in einer der südlichen Städte, vielleicht in New Orleans selbst, Waren einzukaufen und sie mit in seine dem Verkehr etwas entlegene Niederlassung zu schaffen. Er war erst vor zwei Jahren an den Wabasch gezo-

gen; früher hatte er im Staate Ohio, am Miami, gelebt. Dort aber fühlte er sich nicht länger wohl, da die mehr und mehr zunehmende Bevölkerung das Wild verjagte oder vertrieb und der alte Mann doch, ›dann und wann einmal‹, wie er sich ausdrückte, ›eine vernünftige Fährte im Walde sehen wollte, wenn er nicht ganz melancholisch werden sollte‹.

Tom dagegen, ein entfernter Verwandter von ihm und Waise, hatte vor einigen Jahren ebenfalls große Lust gezeigt, sich hier am Wabasch häuslich niederzulassen. Plötzlich aber und ganz unerwartet änderte er seinen Sinn, und als er zufällig den alten Dickson, einen Seemann und früheren Jugendfreund seines Vaters, traf, ging er sogar wieder zur See.

Damals schiffte er sich in Cincinnati an Bord des dort von Dickson gebauten Schoners ein, der eine Ladung nördlicher Erzeugnisse nach New Orleans führte, diese hier verkaufte, Fracht für Havanna einnahm und dann eine Zeitlang die südlichen Küsten Amerikas befuhr, bis ihn in Brasilien, wie Tom schon vorher erwähnt hatte, sein böses Geschick ereilte.

Wenn nun auch erst seit kurzem von seinen Kreuz- und Querzügen zurückgekehrt, so schien ihm die Heimat doch wenig zu bieten, was ihn fesseln konnte. Er war wenigstens gern und gleich bereit, den alten Edgeworth wieder auf seiner Fahrt stromab zu begleiten, und bewies eine so gänzliche Gleichgültigkeit gegen alles das, was seinen künftigen Lebenszweck betraf, daß Edgeworth oft den Kopf schüttelte und meinte, es sei hohe Zeit für ihn gewesen, zurückzukommen und ein ehrbarer, ordentlicher Farmer zu werden, er wäre sonst auf der See und zwischen all den sorglos ins Leben hineintaumelnden Kameraden ganz und gar verwildert und verwahrlost.

Um nun aber die Einförmigkeit einer Flatbootfahrt wenigstens ein wenig zu beleben, waren sie hier, wo der Fluß einen bedeutenden Bogen machte, mit ihren Büchsen ans Land gesprungen und hatten auch schon, vom Glück begünstigt, ein vortreffliches Stück Wild erlegt. Das Boot, gezwungen, den Krümmungen des Flusses zu folgen, verfolgte inzwi-

schen unter der Aufsicht von fünf kräftigen Hosiers* seine langsame Bahn und trieb mit der Strömung zu Tal.
»So laß ich mir's im Wald gefallen«, sagte endlich Tom nach langer Pause, indem er sich auf sein Lager zurückwarf und zu den von der lodernden Glut beleuchteten Zweigen emporschaute. »So kann man's aushalten; Bärenrippen und trockenes Wetter; etwas Honig fehlt noch. Solch junges Fleisch schmeckt aber auch ohne Honig delikat. Blitz und Tod! Manchmal, wenn ich so auf Deck lag, wie jetzt hier unter den herrlichen Bäumen, zu denselben Sternen in die Höhe schaute und dann das Heimweh bekam, Edgeworth, ich sage Euch, das – Ihr habt wohl nie Heimweh gehabt?«
»Heimweih? Nein«, erwiderte der alte Mann seufzend, während er seine Büchse mit frischem Zündpulver versah, das Schloß mit dem Halstuch bedeckte und sie neben sich legte, »das nicht, aber anderes Weh gerade genug. – Sprechen wir nicht davon, ich will mir den Abend nicht gern verderben. Ihr wolltet mir ja erzählen, was in Brasilien mit Dickson, oder wie er sonst hieß, geschah.« »Nun, wenn das dazu dienen soll, Euch aufzuheitern«, brummte Tom, »so habt Ihr einen wunderlichen Geschmack. Aber so ist es mit uns Menschen, wir hören lieber Trauriges von anderen als Lustiges von uns selbst. Doch meine Geschichte ist kurz genug. Wir waren in die Mündung eines kleinen Flusses, San José, eingelaufen und gedachten dort, unsere Ladung von Whisky, Mehl, Zwiebeln und Zinnwaren, mit welchen wir einen besonders guten Handel zu machen hofften, an die Eingeborenen und Pflanzer zu verkaufen. Eine bezeichnete Plantage hatten wir aber an dem Abend nicht mehr erreichen können, befestigten unser kleines Fahrzeug deshalb mit einem guten Kabeltau an einem jungen Palmbaum, der nicht weit vom Ufer stand, kochten unsere einfache Mahlzeit, spannten die Moskitonetze auf und legten uns schlafen.
Eine Wache auszustellen oder sonstige Vorsichtsmaßregeln

* Hosier, Scherzname der Amerikaner für die Bewohner von Indiana

zu treffen, fiel niemandem ein; nur hatten wir das Haltetau etwas lang gelassen, damit der Schoner neben einen im Wasser festliegenden Stamm kam und nicht das Ufer rammen konnte.

Sonst träumten wir von keiner Gefahr und hielten auch wirklich die Gegend für ganz sicher und gefahrlos. –

Ich weiß nicht, wie spät es in der Nacht gewesen sein kann, als Dickson, der dicht neben mir lag, mich in die Seite stieß und fragte, ob ich nichts höre.

Halb im Schlafe noch, mochte ich ihm wohl etwas mürrisch geantwortet haben, er solle zum Teufel gehen und andere Leute in Ruhe lassen, da fühlte ich, wie er mich bald darauf zum zweiten Mal, und zwar diesmal ziemlich derb, an der Schulter faßte und leise flüsterte: ›Munter, Tom! Munter! Es ist nicht richtig am Ufer.‹ ›Hallo‹, rief ich und fuhr in die Höhe; denn jetzt kam mir zum ersten Male der Gedanke an die roten Teufel, die ja doch auch dort vielleicht eben solche Liebhabereien haben konnten wie das wilde Volk bei uns. So saßen wir denn nebeneinander, jeder unter seinem langen dünnen Fliegennetz, und lauschten, ob wir irgend etwas Verdächtiges hören konnten. Da rief Dickson auf einmal: ›Hierher, Leute! – Da sind sie – die Schufte!‹ und sprang in die Höhe, während ich schnell nach meinem Messer griff, das verdammte Ding jedoch in aller Eile nicht finden konnte. Dickson aber mußte sich mit den Füßen in dem dünnen Gazestoff, aus dem das Netz bestand, verwickelt haben. Ich hörte einen Fall auf das Deck und sah, als ich mich schnell danach umwandte, zwei dunkle Gestalten, die wie Schatten über den Rand des Bootes glitten und sich auf ihn warfen. In dem Augenblick trat ich auf eine Handspeiche, die wir am vorigen Abend gebraucht hatten, und das war die einzige Waffe, die hier von Nutzen sein konnte. Mit Blitzesschnelle riß ich sie in die Höhe, rief den andern zu – wir hatten noch drei Matrosen und einen Jungen an Bord –, das Tau zu kappen, und schmetterte das schwere Holz auf die Köpfe der beiden dunklen Halunken nieder, die auch im nächsten Augenblick wieder über Bord sprangen oder wahrscheinlicher stürzten; denn meine Keule saß am nächsten Morgen voll Gehirn und Blut.

Während die übrigen Männer noch halb schlaftrunken emportaumelten, hatte der Junge so viel Geistesgegenwart behalten, mit einem glücklicherweise bereitliegenden Handbeil das Tau zu kappen, so daß der Schoner im nächsten Augenblick, von der starken Ebbe mit fortgenommen, stromab trieb. Mcicrs und Howitt, zwei von den anderen Matrosen, versicherten mir nachher noch, sie hätten ebenfalls fünf von den Schuften, die am Schiffsrand gehangen, auf die Schädel geklopft; ich weiß freilich nicht, ob es wahr ist. Unser armer Kapitän aber war tot; er hatte einen Lanzenstich durch die Brust und einen Keulenschlag über den Kopf bekommen und lag, als wir endlich am andern Ufer wieder etwas freier Atem schöpften, starr und leblos an Deck.«

»Und was wurde aus der Ladung?«

»Die verkaufte ich noch in derselben Woche, befrachtete dann die ›Charlotte‹, so hieß der Schoner, mit bei uns verkäuflichen Gegenständen und lief vier Monate später gesund und frisch in Charlestown, wo Dicksons Witwe lebte, ein. Die arme Frau trauerte allerdings über den Tod ihres Mannes, das Geld aber, was ich ihr brachte, tröstete sie wohl etwas. Acht Wochen später heiratete sie jedenfalls einen Pflanzer in der Nachbarschaft. Das sind Schicksale.«

»Sie wußte doch wenigstens, wo ihr Mann geblieben war«, flüsterte der alte Mann vor sich hin, »wußte, daß er tot und wie er gestorben war. Wie manche Eltern harren aber Monde, Jahre lang auf ihre Kinder, hoffen in jedem Fremden, der die Straße heraufwandert, in jedem Reisenden, der nachts an ihre Tür klopft, das geliebte Antlitz zu schauen, und – müssen sich am Ende doch selbst gestehen, daß sie tot – lange, lange tot sind und daß Haifisch oder Wolf ihre Leichen zerrissen oder ihre Gebeine benagt haben.«

»Ja, du lieber Gott«, sagte Tom, indem er, um ein etwas lebhafteres Feuer zu erhalten, einen neuen Ast auf die Kohlen warf, »das ist eine sehr alte Geschichte. Wie viele kommen nur in diesen Wäldern um, die auf den Flüssen gar nicht gerechnet, von denen die Familien selten oder nie wieder erfahren, was aus ihnen geworden ist. Wie viele Tausende gehen auf der See zu Grunde! Das läßt sich nicht ändern, und so oft ich auch in Lebensgefahr gewesen bin, daran habe ich nie gedacht.«

»Manchmal kehren sie aber auch wieder zu den Ihren zurück«, sagte der Alte mit etwas freudigerer Stimme. »Wenn diese sie schon lange auf- und verlorengegeben haben, dann klopfen sie plötzlich an das vielleicht heiß ersehnte Vaterhaus, und die Eltern schließen weinend – aber Freudentränen weinend, das liebe, böse Kind in die Arme.«

»Ja«, erwiderte Tom ziemlich gleichgültig, »aber nicht oft. Die Dampfboote fressen jetzt eine unmenschliche Anzahl Leben; bei denen geht's ordentlich schockweise. Das – aber Ihr rückt ja ganz von der Decke herunter«, unterbrach er sich, während er sein Lager wieder einnahm; »die Nacht ist zwar warm, doch auf dem feuchten Grunde zu liegen soll gerade nicht übermäßig gesund sein.«

»Ich bin's gewohnt«, erwiderte der Alte, und zwar, wie es schien, ganz in seine eigenen trüben Gedanken vertieft.

»Und wenn Ihr's auch gewohnt seid, die Decke liegt einmal da, warum sie nicht benutzen!«

»An der Stelle dort, wo ich lag, müssen Wurzeln oder Steine sein; es drückte mich an der Schulter, und ich rückte deshalb aus dem Wege.«

»Nun, danach können wir leicht sehen«, meinte Tom gutmütig; »es wäre überhaupt besser, ein wenig dürres Laub zu einem vernünftigen Lager zusammenzuscharren, als hier auf der harten Erde zu liegen. Steht einen Augenblick auf, und in einer Viertelstunde soll alles hergerichtet sein.«

Edgeworth erhob sich und trat zu der knisternden Flamme,

in die er mit dem Fuß einige der durchgebrannten und hinausgefallenen Klötze zurückschob. Tom zog indessen die Decke weg und fühlte nach den darunter verborgenen Wurzeln.

»Hol's der Henker!« lachte er endlich. »Das glaube ich, daß Ihr da nicht liegen konntet. Eine ganze Partie Hirschknochen steckt darunter, aber keine Wurzeln. Daß wir das auch nicht gesehen haben!« Er warf die Knochen auf die Feuerstelle und kratzte nun mit den Füßen und Händen das in der Nähe herumgestreute Laub herbei, bis er ein ziemlich weiches Lager hergestellt hatte. Dann breitete er wieder sorgfältig die Decke darüber, trug noch einige heruntergebrochene Äste zur Flamme, um in der Nacht wieder nachlegen zu können, zog Jacke und Mokassins aus, deckte sich jene über die Schultern und lag bald darauf lang ausgestreckt auf der Decke, um ein paar Stunden zu schlafen und die Ankunft des Bootes am nächsten Morgen nicht zu versäumen.

Edgeworth dagegen hatte einen der neben ihn hingeworfenen Knochen aufgenommen und betrachtete ihn mit größerer Aufmerksamkeit, als ein so unbedeutender Gegenstand eigentlich zu verdienen schien.

»Nun – seid Ihr nicht müde?« fragte ihn sein Gefährte endlich, der zu schlafen wünschte. »Laßt doch die Aasknochen und legt Euch nieder! Es wird Tag werden, ehe wir's uns versehen.«

»Das ist kein Hirschknochen, Tom!« sagte der Alte, indem er sich zum Feuer niederbeugte, um das Gebein, das er in der Hand hielt besser und genauer betrachten zu können.

»Nun, so ist's von Wolf oder Bär«, murmelte Tom, schon halb eingeschlafen, mit schwerer Zunge.

»Bär? Das wäre möglich«, erwiderte nachdenklich der Alte, »ja, ein Bär könnte es sein; ich weiß aber doch nicht, mir kommt's wie ein Menschenknochen vor –«

»Tretet doch den Hund einmal in die Rippen, daß er das verdammte Scharren läßt«, sagte der Matrose ärgerlich. »Menschenknochen, – meinetwegen auch; wie sollten aber

Menschenknochen –?« Er fuhr auf einmal schnell und ganz ermuntert von seinem Lager empor, während er scheu und wild zu den Bäumen hinaufschaute, die ihn umstanden.
»Was ist Euch?« fragte Edgeworth erschrocken. »Was habt Ihr auf einmal?«
»Verdammt will ich sein«, sagte Tom sinnend und blickte immer noch ängstlich umher, »wenn ich – nicht glaube –«
»Glaube, was? Was habt Ihr?«
»Ist das wirklich ein Menschenknochen?«
»Mir kommt es so vor. Es muß das Hüftbein eines Mannes gewesen sein; denn für einen Hirsch ist es zu stark und für einen Bären zu lang. Aber was ist Euch?«
Tom war emsig beschäftigt, seine Mokassins wieder anzuziehen, und sprang jetzt auf die Füße.
»Wenn das ein Menschenknochen ist«, rief er, »so kenne ich den, dem er gehörte. Ich habe ihn selbst mit Ästen und Zweigen zugedeckt, als wir ihn fanden. Darum lag also auch hier so viel halbverfaultes Holz auf einem Haufen. Ja, wahrhaftig, das ist der Platz und dieselbe Eiche, unter der wir ihm sein Grab machten; das Kreuz – der Auswuchs hier soll ein Kreuz sein – hieb ich damals mit meinem eigenen Tomahawk in den Stamm. Der arme Teufel –«
»Auf welche Art starb er denn, und wer war er?«
»Wer er war, weiß der liebe Gott, ich nicht; aber er starb auf eine recht niederträchtige, hundsföttische Weise. Ein Bootsmann, dessen Boot gerade da unten am Land lag, wo wir unser Schiff morgen erwarten, schlug ihn tot wie einen Wolf, und das um ein paar lumpiger Dollar willen.«
»Entsetzlich!« sagte der Alte und lehnte sich, den Knochen neben sich legend, auf seine Decke zurück, während Tom ebenfalls seinen so schnell verlassenen Platz wieder einnahm und den Kopf in die Hand stützte.
»Wir jagten hier oben nach Bienen«, fuhr Tom, vor sich niederstarrend und ganz in der Erinnerung an die alten Zeiten verloren, fort, »und Bill –«

»Der Bootsmann?« fragte Edgeworth.
»Nein, jener Unglückliche«, sagte Tom.
»Und sein anderer Name?«
»Den nannte er nie; wir waren auch nur vier Tage zusammen, und er gehörte, soviel ich verstanden habe, nach Ohio hinüber. Bill hatte jenen Burschen ein paar Dollar sehen lassen, und der wollte ihn gern abends, als wir am Feuer gelagert waren, zum Spielen reizen. Bill spielte aber nicht, und das erbitterte schon den nichtswürdigen Buben. Ein paar Nächte darauf hatte er's denn auf irgendeine Art und Weise anzustellen gewußt, daß er den armen Jungen von uns fortbekam und die Nacht mit ihm allein lagerte. Wir kampierten an demselben Abend in der Nähe der Schlucht, in welcher wir heute zuerst auf die Bärin schossen; denn von der kleinen Prärie aus waren wir dorthin einem Bienenkurs gefolgt. Am nächsten Tag ließ sich niemand von ihnen sehen, und als wir bei Sonnenuntergang zum Flußufer kamen, war das Boot fort.
Dicht am Ufer übernachteten wir; der alte Sykomorenstamm muß noch dort liegen, wo unser Feuer war; denn der hatte sich fest zwischen zwei Felsen gezwängt und konnte nicht fort, und als wir am nächsten Morgen die Bank erstiegen, wurden wir zuerst durch die Aasgeier aufmerksam gemacht, von denen eine große Menge nach einer Richtung hinzog.
›Gebt acht‹, sagte mein Begleiter, ein Jäger aus Kentucky, mit dem ich damals in Kompagnie jagte, ›gebt acht, der lumpige Flatbooter hat den Kurzfuß kalt gemacht.‹«
»Kurzfuß«, fuhr der Alte erschrocken auf, »warum nannte er ihn Kurzfuß?«
»Sein rechtes Bein war etwas kürzer als das linke, und er hinkte ein wenig, aber nicht viel. Und richtig – als wir auf den Hügel hier kamen – ich vergäße den Anblick nicht, und wenn ich tausend Jahre alt würde –, da lag der Körper, und die Aasgeier – aber was ist Euch, Edgeworth, was habt Ihr? Ihr seid –«

»Hatte der – der Kurzfuß oder – Bill, wie Ihr ihn nanntet – eine Narbe über der Stirn?«
»Ja – eine große, rote Narbe; – kanntet Ihr ihn?«
Der alte Mann preßte seine Hände vor die Stirn und sank in stummem Schmerz auf sein Lager zurück.
»Was ist Euch, Edgeworth? Um Gottes willen, Mann – was fehlt Euch?« rief der Matrose, jetzt wirklich erschrocken emporspringend. »Kommt zu Euch! – Wer war jener Unglückliche?«
»Mein Kind – mein Sohn!« schluchzte der Greis und drückte seine eiskalten, leichenartigen Finger fest vor die heißen, trockenen Augenhöhlen.
»Allmächtiger Gott!« sagte Tom erschüttert. »Das ist schrecklich! – Armer – armer – Vater!«
»Und Ihr begrubt ihn nicht!« fragte der Alte endlich nach langer Pause, in der er versucht hatte, sich ein wenig zu sammeln. »Doch; – er bekam ein Jägergrab«, antwortete leise und mitleidig der junge Mann. »Wir hatten nichts bei uns als unsere kleinen indianischen Tomahawks, und der Boden war dürr und hart da; – aber ich martere Euch mit meinen Worten –«
»Erzählt nur weiter; – bitte, laßt mich alles wissen!« bat flehend der Vater.
»Da legten wir ihn hier unter diese Eiche, trugen von allen Seiten Stangen und Äste herbei, daß kein wildes Tier, wie stark es auch gewesen, ihn erreichen konnte, denn Bären lassen die Leichen zufrieden, und ich hieb mit dem Tomahawk noch zuletzt das einfache Kreuz hier in den Stamm.«
Edgeworth starrte still und leichenblaß vor sich nieder. Nach kurzer, peinlicher Pause richtete er sich aber wieder empor, schaute zitternd und traurig umher und flüsterte:
»Wir liegen hier also auf seinem Grab, – in seinem Grabe, und mein armer, armer William mußte auf solche Weise enden! Doch seine Gebeine dürfen nicht so umhergestreut

länger dem Sturm und Wetter preisgegeben bleiben; Ihr helft sie mir begraben, nicht wahr, Tom?«
»Von Herzen gern, nur – wir haben kein Werkzeug.«
»Auf dem Boot sind zwei Spaten und mehrere Hacken; – die Leute müssen helfen. – Ich will meinem Sohn, und wenn auch erst nach langen Jahren, die letzte Ehre erweisen; es ist alles, was ich für ihn tun kann.«
»Sollen wir unser Lager lieber auf der anderen Seite des Feuers machen?« fragte Tom.
»Glaubt Ihr, ich scheute mich vor der Stelle, wo mein armes Kind vermoderte?« sagte der Greis. »Es ist ja auch ein Wiedersehen, wenngleich ein gar schmerzliches. Ich glaubte, an seinem Herzen noch einmal liegen zu können, und finde jetzt – seine Gebeine, umhergestreut in der Wildnis. – Aber gute Nacht, Tom! Ihr werdet müde sein von des Tages Anstrenungen; – wir wollen ein wenig schlafen. Der anbrechende Tag finde uns erwacht und mit unserer Arbeit beschäftigt.«
Sicherlich nur um den jüngeren Gefährten zu schonen, warf sich der alte Mann auf sein Lager zurück und schloß die Augen. Kein Schlaf senkte sich aber auf seine tränenschweren Lider, und als der kühle Morgenwind durch die rauschenden Wipfel der Kiefern und Eichen säuselte, stand er auf, fachte das jetzt fast niedergebrannte Feuer zu heller, lodernder Flamme an und begann bei dessen Licht die um das Lager herum verstreuten Gebeine zu sammeln. Tom, hierdurch ermuntert, half ihm schweigend bei seiner Arbeit und näherte sich dabei dem Platz, wo Wolf, etwa dreißig Schritt vom Feuer entfernt, zusammengekauert neben einem kleinen Ulmenbusche lag. Obgleich die beiden sonst sehr gute Bekannte waren, empfing ihn der alte Hund doch sehr unfreundlich und knurrte mürrisch und drohend.
»Wolf! Schämst du dich nicht, Alter?« sagte der junge Mann, auf ihn zugehend. »Du träumst wohl, du faules Vieh, – weist mir die Zähne?«
Der Hund beruhigte sich jedoch selbst durch die Anrede

nicht und knurrte nur stärker, wedelte aber auch dabei leise mit dem Schwanze, gerade als hätte er sagen wollen: Ich kenne dich recht gut und weiß, daß du ein Freund bist, aber hierher darfst du mir trotzdem nicht.

Tom blieb stehen und sagte zu Edgeworth, der auf ihn zukam: »Seht den Hund an, er hat da etwas unter dem Laub und will mich nicht näher lassen. Was es nur sein mag?«

Edgeworth ging auf ihn zu, schob leise seinen Kopf zur Seite und fand zwischen den Pfoten des treuen Tieres – den Schädel seines Sohnes, wobei Wolf, als jener die Überreste des teueren Hauptes seufzend emporhob, an ihm hinaufsprang und winselte und bellte.

»Das kluge Tier weiß, daß es Menschenknochen sind«, sagte der Matrose.

»Ich glaube, beim ewigen Gott, er kennt die Gebeine!« rief der Greis erschrocken. »Bill hat ihn aufgezogen und ging von dem Augenblick an, wo er laufen konnte, nie einen Schritt ohne ihn in den Wald.«

»Das ist ja nicht möglich; die Gebeine können keinen Geruch behalten haben. – Wie alt ist denn der Hund?«

»Acht Jahre; aber so klug wie je ein Tier einer Fährte folgte«, sagte der Greis. »Wolf – komm hierher!« wandte er sich dann an den Winselnden. »Komm her, mein Hund! – Kennst du Bill noch, deinen alten, guten Herrn?«

Wolf setzte sich nieder, hob den spitzen Kopf hoch empor, sah seinem Herrn treuherzig in die Augen, warf sich mehrere Male unruhig von einem Vorderlauf auf den anderen und stieß plötzlich ein nicht lautes, aber so wehmütig klagendes Geheul aus, daß sich der alte Mann nicht länger halten konnte. Er kniete neben dem Tier nieder, umschlang seinen Hals und machte durch einen heißen, lindernden Tränenstrom seinem gepreßten Herzen Luft. Wolf aber leckte ihm liebkosend die Stirn und Wange und versuchte mehrere Male, die Pfote auf seine Schulter zu legen. »Unsinn!« sagte Tom, dem bei dem sonderbaren Betragen des Hundes ordentlich unheimlich zumute wurde. »Das Tier wittert menschliche Überreste, und da geht's ihm gerade wie mit Menschenblut. Laßt das die Hunde plötzlich spüren, so heulen sie ebenfalls, als ob ihnen das Herz brechen wollte.«

»Laßt mir den Glauben, Tom!« bat der Alte und richtete sich endlich wehmütig wieder auf. »Es tut mir wohl, selbst in dem Tier das Gedächtnis für einen Freund bewahrt zu sehen, und – wir haben ja des Schmerzlichen genug; warum den schwachen Trost noch mutwillig mit eigener Hand zerstören?«

Ein Schuß aus der Richtung, in welcher der Fluß liegen mußte, unterbrach seine Rede.

»Verdammt!« rief Tom. »Ob die Burschen schon mit dem Boot da sind? – Die Seehunde müssen nachts gefahren sein; es ist ja kaum Tag.«

»Tut mir den Gefallen und ruft sie her!« bat Edgeworth.

»Mir wär's lieber, wenn Ihr mitgingt«, sagte der junge Mann zögernd, »Ihr quält Euch hier und –«

»Ich bin gefaßt, wenn Ihr kommt, Tom. – Tut mir die Liebe und ruft sie.«

Im nächsten Augenblick hatte der junge Mann seine Büchse geschultert und schritt dem Flußufer zu. Edgeworth kniete an dem Fuße der Eiche nieder, die jahrelang ihre Arme schützend über die Überreste seines Kindes ausgebreitet hatte, und lag ernst und still im brünstigen Gebet, bis er die Schritte der Bootsleute hörte. Dann sprang er auf und schritt ihnen fest und ruhig entgegen. Tom hatte die Männer schon unten am Flusse mit dem Vorgegangenen schnell bekanntgemacht, und ernst und schweigend begannen sie, an der engen Gruft zu arbeiten, die des unglücklichen Mannes Gebeine aufnehmen sollte. Dann legten sie sorgsam die gesammelten Überreste hinein, warfen das Grab zu, wölbten den kleinen Hügel darüber und trugen nachher ebenso still und lautlos die Jagdbeute, die ihnen Tom bezeichnete, auf ihren Schultern zum Boot hinunter.

»Hallo!« rief ihnen hier der an Bord gebliebene Steuermann,

eine wilde, drohende Gestalt, das Gesicht ganz von Pockennarben zerrissen, die schwarzen langen Haare wild um die Schläfe hängend entgegen. »Bärenfleisch! Bei den sieben Todsünden! – Verdamme meine Augen, wenn das nicht der vernünftigste Streich ist, den unser alter Kapitän in langer Zeit ausgeführt hat. – Macht aber schnell, Burschen, daß wir von hier fortkommen! Wir versäumen die schöne Zeit; das Wasser fällt mit jeder Sekunde.«
»Wir gehen noch einmal hinauf«, sagte der eine von ihnen.
»Was zum Henker ist nun noch oben?«
»Oben ist nichts mehr, wir wollen nur die Backsteine aus unserer Küche hinauftragen und, so gut es geht, einen Grabstein daraus machen.«
»Narren seid ihr«, zürnte der Steuermann, »wie sollen wir nachher kochen?«
»In Vincennes können wir neue bekommen«, sagte Tom. »Schaden würd's Euch auch nicht, wenn Ihr eine Ladung mit hinauftrügt.«
»Ich bin zum Steuern gemietet und nicht zum Steineschleppen«, brummte der Lange, indem er sich ruhig aufs Verdeck streckte. »Unsinn genug, daß ihr die alten Knochen da oben noch einmal aufrührt; die wären auch ohne euch verfault.«
Die Männer antworteten ihm nicht, luden ihre Last auf und stiegen damit die steile Uferbank empor. An dem Grabe errichteten sie das einfache Denkmal für den ermordeten Jäger, frischten das Kreuz in der Eiche wieder auf und wollten dann langsam den Platz verlassen, auf dem Edgeworth noch immer in Schmerz und Gram vertieft stand. Da fuhr der Alte aus seinen Träumen auf, drückte den Bootsleuten allen freundlich die Hand, schulterte seine Büchse, rief nach dem Hund und ging mit festen, sicheren Schritten voran, dem Boot zu.
Eine halbe Stunde später knarrten und kreischten die schweren Ruder des unbehilflichen Fahrzeugs, mit denen es in die eigentliche Strömung hinausgeschoben wurde. Dann aber

drängte es schwerfällig gegen die Mitte des Flusses zu und trieb langsam hinunter seine stille, einförmige Bahn. Wie es aber nur erst einmal in Gang und richtig in der Strömung war, hoben die Bootsleute ihre ›Finnen‹, wie die langen Ruder solcher Boote genannt werden, an Deck und streckten sich selbst nachlässig und behaglich auf den Brettern aus, um die ersten Strahlen der freundlichen Morgensonne zu genießen, die jetzt eben in all ihrer schimmernden Pracht und Herrlichkeit über dem grünen Blättermeer emportauchte.

Edgeworth aber saß, mit dem Hund zwischen seinen Knien, am hintern Rande des Fahrzeugs und schaute still und traurig nach den mehr und mehr in weiter Ferne verschwindenden Bäumen zurück, die das Grab seines Kindes überschatteten.

2

In Helena* herrschte ein ungewöhnlich reges Leben und Treiben, und aus der ganzen Umgegend mußte hier die Bevölkerung zusammengekommen sein. Überall standen Gruppen eifrig unterhaltender Männer, teils in die bunt befransten Jagdhemden der Hinterwäldler, teils in die blauen Jeansfracks der etwas mehr zivilisierten Städter gekleidet, deren heftige Reden und lebhafte Gesten verrieten, daß sie keineswegs alltägliche Gespräche führten.

Vor dem Union-Hotel, dem besten Gasthause der Stadt, schien sich der größte Teil dieser Menschenmasse versammelt zu haben, und der Wirt, eine lange, hagere Gestalt mit blonden Haaren, scharfen Backenknochen, etwas spitzer, vorstehender Nase, aber blauen, gutmütigen Augen, kurz, jeder Zoll ein Yankee, hatte schon eine geraume Zeit dem Drängen und Treiben vor seiner Schwelle mit augenscheinli-

* Eine kleine Stadt in Arkansas, am Ufer des Mississippi

chem Wohlbehagen zugesehen. Im Innern des Hauses fehlte es allerdings keineswegs an Arbeit, und die tätige Hausfrau hatte, von ihrem Dienstboten und einem Neger unterstützt, alle Hände voll zu tun, die Gäste zu befriedigen und Schlafstellen für die herzurichten, die zu weit entfernt von Helena wohnten. Trotzdem aber verharrte der Wirt in seiner ruhigen Stellung und kümmerte sich nicht im geringsten um das innere Hauswesen.

Da sich die Menschen von dem Hause durch den Wortwechsel und vielleicht auch durch geistige Getränke erhitzt hatten, artete ihre bisher ruhige und friedliche Unterhaltung mehr und mehr aus. Einzelne heftige Flüche und Drohungen überschallten zuerst für Augenblicke das übrige Wortchaos, und plötzlich verkündeten ein scharfer Schrei und ein wildes Drängen, daß es endlich, was der lächelnde Wirt schon lange ersehnt haben mochte, zu Tätlichkeiten gekommen sei.

Mit halb vorgebeugtem Oberkörper, die Hände tief in den Beinkleidertaschen und die rechte Schulter an den Pfosten seiner Tür gelehnt, stand er da, und man sah es ihm ordentlich an, welch Vergnügen ihm ein Kampf machte, dessen Ergebnis so ganz seinen Wünschen entsprochen haben mußte.

Der nämlich, der den ersten Schlag gegeben hatte, war ein kleiner, untersetzter Ire mit brennend roten Haaren und womöglich noch röterem Barte, dazu in Hemdsärmeln, mit offenem Kragen und etwas kurzen, eng anschließenden Nankingbeinkleidern, was seiner Figur einen eigentümlich komischen Anstrich gab. Davon abgesehen war aber Patrick O'Toole nichts weniger als komisch oder auch nur spaßig, sobald er ein paar Tropfen Whisky im Kopfe und irgend Ursache zu einem vernünftigen oder ›räsonablen‹ Streit hatte, wie er es nannte. Wenn auch nicht zänkisch, so war er doch der letzte, der einen Platz verlassen hätte, wo noch die mindeste Aussicht zu einer anständigen Prügelei zu erwarten gewesen wäre.

Sosehr aber Patrick oder Pat, wie er gewöhnlich im Städtchen hieß, diesmal im Recht sein mochte, sosehr fand er sich bald im Nachteil; denn kaum lag sein Gegner vor ihm im Staube, als der größte Teil derer, die bis jetzt wenig oder gar keinen Anteil an dem Zank genommen hatten, auf ihn eindrangen und den Gefallenen rächen wollten.

»Zurück mit euch! – Weg da, ihr Blackguards, ihr – Söhne einer Wölfin!« schrie der Ire und teilte dabei ohne Unterschied der Person nach links und rechts so gewaltige und gut gezielte Stöße aus, daß er die Angreifer blitzschnell in sichere Entfernung zurückscheuchte.

»Ehrlich Spiel hier!« schrie er dabei und streifte sich schnell den immer wieder niederrutschenden Ärmel auf. – »Ehrlich Spiel, ihr Spitzbuben; einer gegen einen, oder auch zwei und drei, aber nicht acht und neun; die Pest über euch! – Ich klopfe euch die Schädel so breiweich wie euer Hirn, ihr hohlköpfigen Halunken ihr!«

»Ehrlich Spiel!« riefen auch einige aus der Menge und suchten die übrigen Kampflustigen zurückzudrängen. Der zu Boden Geschlagene hatte sich aber in diesem Moment ebenfalls wieder aufgerafft, und das eine blau unterlaufene Auge mit der linken Hand bedeckend, riß er mit der rechten ein bis dahin verborgen gehaltenes Messer unter der Weste vor und warf sich mit einem Schrei voll wildem, unbezähmbarem Ingrimm auf den ruhig wartenden Iren.

Dieser jedoch fing, ohne weiter seine Stellung zu verändern, den drohend gegen ihn gerichteten und sicherlich gut gezielten Stoß auf, indem er den Angreifer am Handgelenk packte, zum zweiten Male niederschlug und nun in dem Rechtlichkeitssinn der ihn Umgebenden hinlängliche Bürgschaft zu finden glaubte, daß sie einen andern ähnlichen Überfall verhindern würden. Die Volksmenge schien ihm aber keineswegs geneigt; man entzog zuerst den Besiegten seinen Händen, und dann brach der Sturm in plötzlicher, aber desto verheerender Gewalt über ihn los.

»Zu Boden mit dem irischen Hund! Nieder mit ihm!« tobten sie. – »Er hat Hand an einen Bürger der Vereinigten Staaten gelegt! – Was will der Ausländer hier, der übers Wasser Gekommene?« »Ins Wasser denn mit ihm!« schrie ein breitschultriger, bleicher Geselle, dem sich eine tiefe, noch kaum geheilte Narbe vom linken Mundwinkel bis hinter das Ohr zog, was seinem Gesicht etwas unbeschreiblich Wildes und Unheimliches verlieh. – »Ins Wasser mit ihm! Die irischen und deutschen Halunken verderben armen, ehrlichen Arbeitern ohnedies die Preise. In den Mississippi mit der dünnbeinigen Kanaille, da kann sie mit den Seespinnen Hornpipes tanzen!« Mit diesen Worten und einem nicht sehr lauten, aber ganz eigentümlichen Pfiff warf er sich so plötzlich gegen den überraschten Iren, daß er diesen für den Augenblick zum Wanken brachte. Den geübten Boxer würde er jedoch trotz alledem nicht übermannt haben, wären nicht die ihm zunächst Stehenden und mehrere andere, die sich schnell herzudrängten, rasch zu seiner Hilfe herbeigeeilt. So sah sich O'Toole gleich darauf von mehreren Seiten erfaßt und zu Boden geworfen.
»In den Mississippi mit dem Schuft!« tobte der Haufen. – »Bindet ihm die Hände auf den Rücken und laßt ihn schwimmen!« – »Fort nach Irland mit ihm; – er kann sich unterwegs ein Schiff bestellen«, schrie ein anderer. Ein paar friedlicher Gesinnte, die keineswegs wollten, daß ein bloßer Streit ein solch tragisches Ende nehmen sollte, und den Überwältigten zu retten suchten, wurden leicht zurückgehalten, und mit Gebrüll schleppten die Rasenden ihr Opfer dem Flußrande zu.
O'Tooles Lage war höchst mißlich, und er selbst wußte nur zu gut, wie feindlich ein großer Teil der Bewohner von St. Helena gegen ihn gesinnt war, um das Schlimmste zu fürchten. Schwerlich würden ihm aber seine verzweifelten Anstrengungen, mit denen er versuchte, den Mördern Trotz zu bieten, etwas genützt haben. Die Übermacht war zu groß,

und die Nähe des Flusses ließ ihnen auch keine Zeit zum Überlegen, sondern schien ihr Vorhaben eher noch zu begünstigen. – Da war es ein einzelner, der sich plötzlich mitten zwischen die Wütenden warf und, den Arm des Iren ergreifend, jeden weiteren Fortschritt hemmte; dieser einzelne aber war niemand anders als unser freundlicher Wirt Jonathan Smart, der hier mit einer Autorität sein »Halt, – das ist genug!« aussprach, als ob er von dem Haufen selber zum Friedens- und Schiedsrichter bestellt gewesen wäre.
Die Menge zeigte indessen nicht die mindeste Lust, das so unerwartete und ungebetene Einschreiten geduldig zu ertragen.
»Zurück, Smart! – Laßt den Mann los und geht zum Teufel!« Ähnliche und gleich freundliche Anreden schallten ihm aus fast jedem Munde entgegen. Smart aber behauptete nichtsdestoweniger seinen Platz und rief nur mit fester Stimme dagegen: »Ich will verdammt sein, wenn ihr ihm ein Haar krümmt!«
»So sei es denn!« schrie der eine seiner Gegner, zog eine kleine Taschenpistole, richtete sie auf den Yankee und drückte ab. Nun versagte zwar zum großen Glück des menschenfreundlichen Retters die Waffe; Jonathan Smart war aber nicht der Mann, der ruhig auf sich zielen ließ. Mit schnellem Griff riß er ein unter seinem Rock verborgenes, wenigstens zwölf Zoll langes Bowiemesser heraus und führte damit schon in der nächsten Sekunde einen so kräftigen wohlgemeinten Hieb nach dem entsetzt Zurückfahrenden, daß er ihm, wenn jener Stich saß, den Schädel unfehlbar mit dem schweren Stahl gespalten haben müßte. Der aber, dem die jetzt zornfunkelnden Augen des Gereizten nur zu deutlich verrieten, was ihn erwartete, sprang mit lautem Aufschrei zur Seite, und nur die Spitze des Messers traf ihn vorn an der Schulter und riß ihm den Rock bis hinab an den Saum mit einem Hieb auf.
Der Schlag war zu tüchtig geführt gewesen, um an dem

vollen Ernst des Mannes nur einen Augenblick zu zweifeln. Sein Auge flog auch jetzt mit so dunkelglühendem und herausforderndem Trotz über die anderen hin, daß sie scheu und fast unwillkürlich den Iren losließen. Der aber fühlte seine Glieder kaum wieder frei, als er auch schon rasch emporsprang und nicht übel Lust zu haben schien, den für ihn fast so verderblich gewordenen Kampf an Ort und Stelle zu erneuern. Smart jedoch hielt seinen rechten Arm wie mit eisernem Griff umspannt, und ehe noch die für den Augenblick wie vor den Kopf gestoßenen Männer einen neuen Entschluß fassen oder es über sich gewinnen konnten, dem so herausfordernd gezeigten Stahl zu trotzen, zog der Wirt den kleinen Iren mit sich fort und verschwand gleich darauf im Innern seines Hauses.

»Verdamme meine Augen!« schrie da plötzlich der schon früher erwähnte bleiche Geselle mit der Narbe. – »Sollen wir uns das gefallen lassen? Wer ist denn der langbeinige Schuft von einem Yankee, der hier nach Arkansas kommt und einem ganzen Haufen ordentlicher Kerle vorschreiben will, was er zu tun und zu lassen hat? Ei, so steckt doch dem Halunken das Haus über dem Kopfe an!«

»Bei Gott, das wollen wir! – Kommt, Boys, holt das Feuer aus seiner eigenen Küche!« tobte und wütete die Schar. – »Nieder mit der Kneipe; die Bestie will sowieso nichts pumpen!«

Die Masse wandte sich – rasch zur Untat entschlossen – gegen das bedrohte Haus, und wer weiß, wie weit sie in ihrem augenblicklich und heftig entflammten Grimm gegangen wäre, hätte sich ihr nicht jetzt mit der freundlichsten Gebärde ein Mann entgegengestellt, der sie mit hocherhobenen Armen und lauter Stimme bat, ihm einen Augenblick Gehör zu schenken. Er war hoch und schlank gewachsen, mit offener, freier Stirn, dunklen Augen und Haaren und feinen, fast weiblich schön geschnittenen Lippen. Auch in seiner ganzen Haltung lag etwas Gebieterisches und doch wieder Geschmeidiges, und seine Kleidung, die aus feinem schwarzen Tuch und schneeweißer Wäsche bestand, verriet ebenfalls, daß er entweder diesen Kreisen fremd war oder doch eine Stellung bekleidete, die ihn über seine Umgebung erhob. Er war zu gleicher Zeit Advokat und Arzt und seit einem Jahr erst aus den nördlichen Staaten hier eingetroffen, wo er sich seiner Kenntnisse und seines einnehmenden Betragens wegen in kurzer Zeit nicht allein eine bedeutende Praxis erworben hatte, sondern auch in Stadt und County zum Friedensrichter ernannt worden war.

»Gentlemen!« redete der Advokat jetzt die wunderbarerweise rasch Besänftigten an. »Gentlemen, bedenken Sie, was Sie tun wollen. – Wir befinden uns unter dem Gesetze der Vereinigten Staaten, und die Gerichte sind wohl bereit, Sie gegen den Angriff anderer wie auch andere gegen Ihren Angriff zu schützen. Mr. Smart hat Sie aber nicht einmal beleidigt, er hat Ihnen im Gegenteil einen Gefallen getan, indem er Sie vor einer Gewalttat bewahrte, die wohl böse Folgen für manche von Ihnen gehabt haben könnte. Sie sollten ihm eher dankbar sein. Mr. Smart ist auch sonst in jeder Hinsicht ein Ehrenmann.«

»Hol' ihn der Teufel!« rief der Kerl, nach dem der Wirt mit seinem Messer gehauen hatte. »Dankbar sein? – Ehrenmann? – Ein Schuft ist er und hätte mich beinahe gespalten wie eine Apfelsine. – In die Hölle mit ihm! – Feuer in sein Nest, das ist mein Rat!«

»Gentlemen! Hat Sie Mr. Smart beleidigt«, nahm hier der Richter aufs neue das Wort. »So bin ich auch überzeugt, daß er alles versuchen wird, seinen begangenen Fehler wiedergutzumachen; kommen Sie, wir wollen ruhig zu ihm hinaufgehen, und er mag dann mit freundlichem Wort und einer kleinen freiwilligen Spende an Whisky, die wir ihm auferlegen werden, das Geschehene ausgleichen. – Sind Sie damit zufrieden?«

»Ei, hol's der Henker, – ja!« sagte der mit der Narbe. – »Er

soll uns traktieren. – Tritt er mir aber wieder einmal in den Weg, so will ich verdammt sein, wenn ich ihm nicht neun Zoll kalten Stahl zu kosten gebe.«
»Hätte nur mein verdammtes Terzerol nicht versagt!« zischte der andere. – »Die Pest über den Krämer, der – so erbärmliche Waren führt.«
»Kommt, Boys, ins Hotel! – Smart mag etwas herausrücken und wenn er's nicht tut, so soll ihm der Böse das Licht halten«, sagte der Narbige.
»Ins Hotel! – Ins Hotel!« brüllte die Schar. – »Er muß uns freihalten, sonst schlagen wir ihm den ganzen Kram in tausend Stücke!«
In grölendem Chor wälzte sich der zügellose Haufe dem Gasthaus zu, und wer weiß, ob des Advokaten freundlich gemeinte Beilegung des Streites nicht hier zu noch viel ernsthafteren Auftritten geführt hätte. Smart kannte aber seine Leute zu gut und wußte, daß er, sobald er den Schwarm wirklich in sein Haus ließ, gänzlich in den Händen der schon halb Betrunkenen wäre und dann auch jedem ihrer Wünsche willfahren müsse, wollte er sich nicht der größten Gefahr an Leben und Eigentum aussetzen. Als sich daher die Rädelsführer seiner Tür näherten, trat er plötzlich mit gespannter und im Anschlag liegender Büchse ruhig auf die oberste Schwelle und erklärte fest, er werde den ersten niederschießen, der die Stufen seiner Treppe betreten sollte. Smart war als ausgezeichneter Schütze bekannt, und sicherer Tod lag in der ihnen drohend entgegengehaltenen Mündung. Der Advokat trat aber auch hier wieder vermittelnd zwischen den Parteien auf, bedeutete dem Yankee, daß die Männer hier keine Feindseligkeiten weiter gegen ihn nährten, und bat ihn, die Büchse fortzustellen, damit auch das letzte entfernt sei, was auf Streit und Kampf hindeuten könne.
»Gebt den guten Leuten ein paar Quart Whisky«, schloß er dann seine Rede. »Und sie werden auf Eure Gesundheit trinken. Es ist ja doch besser, mit denen, die unsere Nachbarn

in Stadt und Haus sind, friedlich und freundlich zu sein, als in immerwährendem Streit und Hader zu leben.«
Der Yankee hatte bei den ruhigen Worten des Advokaten, den er selbst schon seit längerer Zeit als einen ordentlichen und, wenn es galt, auch entschlossenen Mann kannte, den Büchsenkolben gesenkt, ohne jedoch die rechte Hand vom Schloß zu entfernen, und erwiderte jetzt freundlich: »Es ist recht hübsch von Ihnen, Mr. Dayton, daß Sie nach besten Kräften Streit und Blutvergießen verhindert haben. Mancher Ihrer Herren Kollegen hätte das nicht getan. Damit Sie denn auch sehen, daß ich keineswegs geneigt bin, mit den guten Leuten, gegen die ich ja sonst nicht das mindeste habe, wieder auf freundschaftlichen Fuß zu kommen, so bin ich gern erbötig, eine volle Gallone zum besten zu geben; aber – ich will sie hinausschicken. – Ich habe Ladies hier im Hause, und die Gentlemen draußen werden gewiß selbst damit einverstanden sein, ihren Brandy im Freien zu trinken und sich nicht dabei durch die Gegenwart von Damen gestört zu wissen.«
»Hallo – Brandy?« rief der mit der Narbe. – »Wollt Ihr uns wirklich eine Gallone Brandy geben und dabei erklären, daß Euch das Geschehene leid sei?«
»Allerdings will ich das!« erwiderte Jonathan Smart, während ein leicht spöttisches Zucken um seine Mundwinkel spielte. »Und zwar vom vortrefflichsten Pfirsich-Brandy, den ich im Hause habe. – Sind die Herren damit einverstanden?«
»Ei – Bootshaken und Enterbeile – ja!« nahm der Bleiche das Wort. – »Heraus mit dem Brandy, – wenn Unterröcke drin sitzen, wird's einem ordentlichen Kerl doch nicht so recht behaglich zumute; – aber schnell, Smart, Ihr trefft uns heute in verdammt guter Laune und könnt Euch gratulieren; laßt uns deshalb also auch nicht so lange warten.«
Fünf Minuten später erschien ein starker, breitschultriger Neger mit echtem Wollkopf und fast ungewöhnlich streng

ausgeprägten äthiopischen Gesichtszügen in der offenen Tür und trug, während er die Versammlung mißtrauisch bald links, bald rechts zu betrachten schien, in dem linken Arm eine große breitbäuchige Steinkruke, in dem andern ein halbes Dutzend Blechbecher. Die Schar empfing ihn aber jubelnd, untersuchte vor allen Dingen das Getränk, ob es auch wirklich der gute, ihnen versprochene Stoff sei, und zog dann jauchzend dem Flusse zu, wo sie an Bord eines dort liegenden Flatbootes gingen und bis in die späte Nacht hinein zechten und tobten.
Dayton dagegen blieb noch eine Weile stehen und blickte den Davontobenden still und anscheinend ernst sinnend nach. Smart aber störte ihn bald aus seinem Nachdenken auf; – er lehnte die Büchse oben an einen Pfosten der Veranda und stieg herunter zu dem Richter, der ihm so freundlich zu Hilfe gekommen war.
»Danke Euch, Sir«, sagte er hier, während er ihm freundlich die Hand entgegenstreckte. »Danke Euch für Euer rechtzeitig eingelegtes Wort! – Ihr hättet zu keiner gelegeneren Zeit dazwischentreten können.«
»Nicht mehr als Bürgerpflicht«, lächelte der Richter. »Die Menge läßt sich gern von einem entschlossenen Mann leiten, und wenn man den richtigen Zeitpunkt trifft, so vermag ein ernstes Wort oft Gewaltiges.«
»Nun, ich weiß nicht«, – meinte Smart kopfschüttelnd, während er einen nichts weniger als freundlichen Seitenblick zum Flusse hinabwarf. »Dergleichen Volk läßt sich sonst nicht leicht zurückschrecken, weder von freundlicher Rede noch feindlicher Waffe. Es sind meistens Leute, die nichts weiter auf der Welt zu verlieren haben als ihr Leben und, da sie das keinen Pfifferling achten, der Gefahr deshalb trotzig entgegengehen. Ich bin übrigens doch froh, so wohlfeilen Kaufes losgekommen zu sein; denn – Blut zu vergießen ist immer eine häßliche Geschichte. Aber so tretet doch einen Augenblick ins Gastzimmer! Ich komme gleich nach, – muß nur erst

einmal nach meiner Alten in der Küche sehen und alles Nötige bestellen.«
»Ich danke Euch«, sagte der Richter. »Ich muß nach Hause gehen. – Es sind heute mit dem letzten Dampfboot Briefe angekommen, und vom Flusse herunter habe ich auch mehrerer Geschäftssachen wegen einen Besuch zu erwarten. Wollt Ihr mir aber einen Gefallen tun, so kommt Ihr nachher ein bißchen zu mir herüber. – Bringt auch Eure alte Lady mit; – ich habe noch manches mit Euch zu besprechen.«
»Meine Alte wird wohl daheim bleiben müssen«, sagte der Yankee lächelnd. »Wir haben das Haus voll Leute; aber ich selbst – ei nun, ich bin überdies recht lange nicht bei Mrs. Dayton gewesen. – Die Burschen werden doch nicht noch einmal kommen?«
»Habt keine Angst«, beruhigte ihn der Richter. »Das Volk ist wild und hitzköpfig, auch wohl ein wenig roh; aber bewußter Schlechtigkeit halte ich sie nicht für fähig. Sie hätten Euch vielleicht im ersten wilden Zorn das Haus über dem Kopfe angesteckt; wenn der aber erst einmal verraucht ist, so wird keiner mehr daran denken, Euch zu belästigen.«
»Desto besser«, sagte Jonathan Smart. »Angst hätte ich übrigens auch nicht. – Mein Scipio hält, wenn ich fort bin, Wacht, und der Hornruf aus dem Fenster kann mich überall in Helena erreichen. – Also auf Wiedersehen! – In einem halben Stündchen komme ich hinüber.«
Er trat, während der Richter seiner eigenen Wohnung zuschritt, ins Haus zurück und stand gleich darauf vor seiner ›besseren Hälfte‹, wie sie sich selbst zu nennen pflegte, die er übrigens teils durch die übermäßige Arbeit, teils durch die vorangegangene Szene, in der übelsten Laune von der Welt fand. Mrs. Smart war auch keineswegs die Frau, die irgendeinen Groll lange und heimlich mit sich herumgetragen hätte. Was ihr auf dem Herzen lag, mußte heraus, mochte es sein, was es wollte. So schob sie sich denn, als sie ihren Herrn und Gemahl nahen hörte, den Sonnenbonnet, den sie der Kamin-

glut wegen auch in der Küche trug, zurück, stemmte beide Arme – in der Rechten noch immer den langen hölzernen Kochlöffel haltend – fest in die Seite und empfing den langsam herbeischlendernden Gatten mit einem scharfen: »So – was hat der Herr denn heute wieder einmal für ganz absonderlich gescheite Streiche angerichtet? Man darf den Rücken nicht mehr wenden, schon ist irgendein Unglück im Anmarsch, und kein Kuchen kann im ganzen Neste gebacken werden, ohne daß Mr. Smart nicht seinen Finger und seine Nase hineinstecken müßte.«

»Mrs. Smart«, sagte Jonathan, der gerade jetzt viel zu guter Laune war, um sie sich durch den Unwillen seiner Gattin verderben zu lassen, »ich habe heute ein Menschenleben gerettet, und das, sollte ich denken –«

»Ach, was da, Menschenleben«, unterbrach ihn in allem Eifer Mrs. Smart. »Menschenleben hin, Menschenleben her; was geht dich das Leben anderer Leute an? An deine Frau sollst du denken, aber die mag sich schinden und quälen, die mag sich mühen und plagen, das ist diesem Herrn der Schöpfung ganz einerlei. Er wirft auch die Gallonen guten Pfirsich-Brandy gerade so auf die Straße hinaus, als ob er sie da draußen gefunden hätte, während ich hier im Schweiße meines Angesichts arbeiten und unser aller Brot verdienen muß –«

– »wäre mit der gehabten Mühe keineswegs zu teuer erkauft gewesen«, fuhr Smart ruhig fort, ohne die Unterbrechung seines Weibes auch nur im mindesten zu beachten.

»Ich sage dir aber, es wäre zu beachten gewesen«, eiferte die hierdurch nur noch mehr erzürnte Frau, »es wäre zu beachten gewesen, wenn du nur so viel Gefühl für dein eigen Fleisch und Blut hättest. Aber Philippchen kann heranwachsen und groß werden, das kümmert dich nicht. Nach deiner Wirtschaft geht alles zugrunde und muß alles zugrunde gehen, und wenn der arme Junge einmal das Alter hat, so wird er wohl nicht einmal eine Stelle haben, wohin er sein Haupt legt. – Du Rabenvater.« »Der Rabenvater hatte auch keine

Stelle, wo er sein Haupt hinlegen konnte, als er heranwuchs«, lächelte Mr. Smart gutmütig und rieb sich dabei die Hände. »Mr. Smart senior gab ihm aber allerlei gute Lehren, und die haben denn auch so gute Früchte getragen, daß sich Smart junior nach mehrmaliger Ernte das schönste Gasthaus in ganz Helena bauen konnte. Smart senior ist nun tot, und Smart junior ist Smart senior geworden; wenn also in natürlicher Folge Smart junior jetzt –«

»Nun höre einmal auf mit all dem Unsinn von senior und junior! Gehe an dein Geschäft, besorge die Pferde, die draußen im Stalle stehen, schick mir den Neger her und laß ihn Bohnen von dem Feld bringen! Zum Kaufmann muß er auch hinübergehen, um das Faß Zucker zu holen. – Mann, du wirst mich mit deinem Leichtsinn noch in die Grube bringen.«

»– dem Rate des Smart senior so folgt, wie Smart senior damals dem seines Vaters folgte«, fuhr der unverwüstliche Yankee ruhig und unbekümmert fort, »so ist alle Hoffnung vorhanden, daß auch ohne unser Zutun Smart junior schon seinen Lebensunterhalt auf anständige Weise gewinnen wird.«

»Scipio soll herkommen«, schrie jetzt Mrs. Smart, wirklich zur äußersten Wut getrieben, während sie mit dem Fuß stampfte und den Stiel des Löffels auf den einzigen kleinen Tisch niederstieß. – »Hörst du, Jonathan? Scipio soll herkommen, und nun fort mit dir, Mensch, der du meinen Tod willst, oder ich gebrauche, so wahr mich unser lieber Herr Gott erhören soll, mein Küchenrecht*.« – Und mit raschem Griff erfaßte sie den langstieligen, kupfernen Schöpfer und fuhr damit in den Kessel voll siedenden Wassers, der über dem Feuer zischte und sprudelte. Nun wußte Mr. Smart

* Das hier gemeinte und in Nordamerika geltende Küchenrecht, was nicht selten, besonders auf Dampfbooten, seine Anwendung findet, besteht darin, einen Kochlöffel voll siedenden Wassers gerade über dem, den man aus der Küche haben will, an die Decke zu schleudern, so daß, wenn er sich nicht rasch durch die Flucht den Folgen entzieht, die heiße Flut auf ihn hinabträufelt.

allerdings, daß es zwischen ihnen, trotz des von seiten Madames oft hitzig geführten Zungenkampfes, nie zu Tätlichkeiten kam, denn Madame kannte zu gut den ernsten und festen Sinn ihres Mannes, um so etwas je zu wagen. Um aber auch jedem Wortwechsel ein Ende zu machen und die erzürnte Ehehälfte, die ihm sonst eine brave und treue Gattin war, freundlicher zu stimmen, zog er sich ruhig zur Tür zurück und fragte nur hier, die Klinke in der Hand, »ob Mrs. Smart sonst noch etwas zu bestellen habe, da er ein paar Geschäftswege machen müsse.«

Diesen Rückzug nahm Madame übrigens als ein stillschweigendes Zeichen der Anerkennung ihrer Autorität, und bedeutend milder gestimmt goß sie das kochende Wasser wieder zurück in sein Gefäß, wischte sich mit der Schürze den Schweiß von der geröteten Stirn und sagte in noch halb ärgerlichem, aber doch nicht mehr heftigem Tone: »Nein, Mr. Smart, wenn Sie Ihre Geschäfte außer dem Hause haben, so brauchen Sie sich auch nicht um die meinigen zu kümmern. – So viel sage ich Ihnen aber, die Pferde –«

»Sind sämtlich gefüttert und besorgt«, bemerkte Smart.

»Und das Faß Zucker –«

»Steht in der Bar.«

»Aber die Bohnen –«

»Sind von Scipio schon vor einer halben Stunde gepflückt worden.«

»Und die beiden Zimmer, die noch für die letztgekommenen Gäste geräumt werden sollten –«

»Können jeden Augenblick bezogen werden«, lächelte Jonathan; – »Mr. Smart und Scipio haben das alles besorgt. – Sonst noch etwas?«

Madame wurde jetzt wirklich ärgerlich, daß weiter gar nichts zu bemerken war, und arbeitete mit immer größerem Eifer und röter werdendem Gesicht in den Kohlen herum. Schon zweimal hatte sie sich vergebens bemüht, den schweren eisernen Kessel aufs Feuer zu heben. Jonathan, dies bemerkend, sprang rasch hinzu, ergriff die Haken und schwang das mächtige Gefäß mit leichter Mühe auf seinen Ort, wandte sich dann lächelnd nach seiner kaum noch schmollenden Ehehälfte um, drückte ihr einen raschen, aber nichtsdestoweniger derbgemeinten Kuß in das rote, gutmütige Gesicht und schritt im nächsten Augenblick, die Hände tief in den Beinkleidertaschen und aus Leibeskräften den Yankeedoodle pfeifend, rasch zur Tür hinaus ins Freie.

3

Leser, hast Du schon je ein amerikanisches Wirtszimmer gesehen? Nein? Das ist schade; es würde mir die Beschreibung ersparen. Wie die Bahnhöfe auf unseren Eisenbahnen, so haben die Wirtszimmer in der Union eine Familienähnlichkeit, die sich in keinem Staate, weder im Norden noch Süden, verleugnen läßt und in den kostbarsten Austernsalons der östlichen Städte wie in den gewöhnlichen grogshops der Backwoods sichtbar und erkennbar bleibt. Der Schenktisch, mag er nun mit Marmorplatten belegt oder von einem schmutzigen hölzernen Gitter beschützt sein, trägt seine kleinen Fläschchen mit Pfefferminz und Staunton Bitters, damit sich jeder Gast sein Getränk mit einer der beiden scharfen Spirituosen würzen kann, und die dahinter angebrachten Karaffen blitzen und funkeln und laden mit ihrem farbigen Inhalt den Gast ein, sie zu kosten. Apfelsinen und Zitronen füllen die leeren Zwischenräume aus, und bleibehalste Champagnerflaschen sowie süße, mit buntfarbigen Etiketten versehene Liköre prangen in den obersten Regalen. Nie aber wird sich der Reisende in diesen öffentlichen Gebäuden, mögen sie nun *›hotel‹* oder *›inn‹*, *›tavern‹* oder *›boarding-house‹* heißen, wohnlich fühlen. Wie alles in Amerika, einzelne Privatwohnungen ausgenommen, nur für den augenblicklichen Genuß und Nutzen eingerichtet ist und jeder wirklichen Behaglichkeit entbehrt, so ist es auch mit diesen doch eigentlich für die Bequemlichkeit der Reisenden hingestellen Gasthäusern. Schon die ganze Einrichtung beweist das. Nur vor dem Kamin stehen Stühle, und hier sammeln sich selbst im Sommer, wenn kein Feuer darin brennt, aus alter Gewohnheit die Gäste und spritzen ihren Tabakssaft in die liegengebliebene Asche. Keiner setzt sich mit seinem Glas zum Tisch und verplaudert ein halbes Stündchen mit dem Freund; keiner liegt im Stuhl behaglich zurückgelehnt und beobachtet die Kommenden und Gehenden. In Gruppen stehen sie beisammen; das kaum gefüllte Glas wird schnell geleert, höchstens eine Zeitung überflogen, und schon eilt der eben erst eingekehrte Gast wieder seinen Geschäften oder seinem Vergnügen nach.

Das Union-Hotel machte keine Ausnahme von dieser allgemeinen Regel. Der Tür gegenüber befand sich der Schenkstand, hinter dem ein junger Mann kaum Hände genug zu haben schien, die verlangten Gläser zu füllen. Links war der Kamin, rechts führten drei Fenster auf die Elmstreet hinaus, während neben der Tür zwei andere vornheraus eine Aussicht durch die Veranda nach der breiten Frontstreet und zugleich auf die Dampf- und Flatboot-Anlegestelle und den Strom gewährten. In der Mitte des ziemlich großen Raumes stand ein breitfüßiger, viereckiger Tisch, auf dem ein paar Zeitungen, die ›State Gazette‹ der ›Cherokee Advocate‹ und das ›New-Orleans-Bulletin‹, lagen, und ein Dutzend Stühle, ein kleiner Nürnberger Spiegel und eine unvermeidliche Yankee-Uhr über dem Kaminsims füllten den übrigen Platz aus.

Interessanter aber waren die Gruppen, die in den verschiedenen Teilen des Zimmers herumstanden. – Nur zwei Leute saßen nämlich, und zwar wie zwei Verzierungen zu beiden Seiten des Kamins: die Rücken der Gesellschaft zugedreht und die Beine hoch oben auf dem Sims neben der Uhr.

Den Mittelpunkt der Gäste bildeten ein junger Advokat aus

Helena namens Robins, ein Farmer aus der Nähe von Little Rock, ein junger, grobknochiger Geselle, der trotz des hellblauen Frackes aus Wollenzeug und des schwarzen abgeschabten Filzes etwas unverkennbar Matrosenartiges an sich hatte, und der sogenannte Mailrider, der zu Pferde den ledernen Briefsack zwischen Helena und Strongs Postoffice in der Nähe des St.-Franzis-Flusses hin- und herführte. Das Gespräch drehte sich jetzt um die eben beschriebenen Vorfälle, die sie aus dem Fenster größtenteils mit ansehen konnten, und der Mailrider, ein kleines dürres Männchen von etwa fünfundzwanzig Jahren, war besonders erstaunt, daß sich eine solche Menge kräftiger, trotzig aussehender Burschen erst von einem einzelnen Mann einschüchtern und dann von einem andern in der Ausübung ihrer Rache hatte zurückhalten lassen.

»Gentlemen!« sagte er in der mit Eifer geführten Anrede, wobei er diesen Titel ungewöhnlich häufig anwandte, als ob er seine Zuhörer dadurch ebenfalls mit überzeugen wollte, daß er selbst zu dieser besonderen Menschenklasse gehöre. »Gentlemen, die Männer von Arkansas fangen an, aus der Art zu schlagen; das demokratische Prinzip geht unter. Vom Osten her werden monarchische Grundsätze von Tag zu Tag gefährlicher. Gentlemen, ich fürchte, wir erleben noch die Zeit, wo sie in Washington einen König krönen, und der – König – heißt – dann – Henry – Clay.«

»Henry Unsinn!« sagte der Farmer verächtlich. »Wenn das geschähe, so sollten sie ihren König auch im Osten behalten; über den Mississippi dürfte er uns nicht kommen, dafür stehe ich. Wetter noch einmal, unsere Väter, die in ihren blutigen Gräbern schlafen und für ihre Kinder fielen, müßten sich ja in Schande und Schmach umdrehen, wenn die Enkel, die zu Millionen angewachsen sind, das nicht einmal mehr behaupten könnten, was sie der Übermacht mit wenigen Tausenden abzwangen. Das sind aber die verrückten Ideen, die nur Ausländer mitbringen. In Schmach und Ketten aufgewachsen, können sie sich nicht denken, daß ein Volk imstande ist zu existieren, wenn es nicht von einem Fürsten am Gängelband geführt wird. – Zum Teufel auch, ich habe da erst neulich in einem Buch gelesen, wie die Hofschranzen über dem großen Wasser drüben in den Städten herumkriechen und schwanzwedeln und die Feinen und Zierlichen spielen. – Die Pest über sie! Solch Geschmeiß sollte einmal nach Arkansas kommen; hui –, wie wir sie mit Hunden hinaushetzen würden!«

»Hahaha«, lachte der kleine Advokat, »Howitt gerät ordentlich in Jagdeifer. – Mäßigung, wackerer Staatsbürger, Mäßigung! – Gegen solche Gefahr schützt uns unsere Konstitution –«

»Ach – was da, Konstitution!« brummte Howitt. »Wenn wir's nicht selber tun, wären die Konstitution und das Advokatenvolk auch nicht dazu imstande. – Die eine würde umgeworfen, und die anderen gingen zur neuen Fahne über, das ist alles schon dagewesen. Nein, der Farmer ist es, der den Kern der Staaten ausmacht; denn sein freies Land wäre gerade das, was unter die Botmäßigkeit einer willkürlichen Regierung fiele. Er müßte das Land kultivieren und mit dazu beitragen, daß sich die Industrie mehr und mehr höbe und die Einkünfte von Jahr zu Jahr wüchsen, und dürfte dann am Ende noch nicht einmal mitreden, wenn es um sein eigenes Wohl und Wehe gälte. Nein, der Farmer oder vielmehr das Volk erhält den Staat, nicht die Konstitution, und ein Land, das kein Volk hat, dem hilft auch die beste Konstitution nichts.«

»Nun ja, das sage ich ja eben«, fiel der Mailrider, der nicht recht verstand, was jener meinte, mit seiner dünnen Stimme ein, »deshalb wundert's mich ja gerade, daß sich das Volk so von einem einzelnen Menschen leiten und einschüchtern läßt. – Donnerwetter, ich sollte dazwischen gewesen sein, ich hätte dem Yankee« – und er sah sich um, ob der Wirt nicht etwa im Zimmer sei – »ich hätte dem Yankee schon zeigen

Spielszene in einem Saloon. Originalfoto

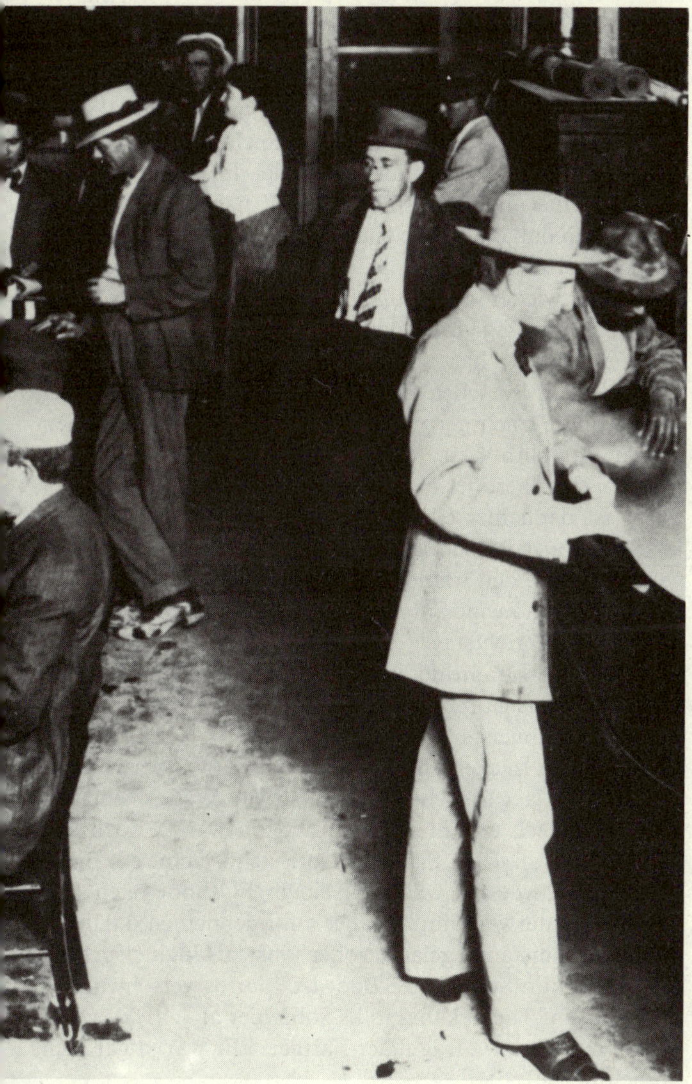

wollen, was es heißt, sich an freien amerikanischen Bürgern zu vergreifen.«

»Gerade im Gegenteil«, erwiderte ruhig der Farmer, »mich hat's gefreut, daß die Leute Vernunft annahmen. Was ich früher von Helena gehört habe, ließ mich fast glauben, der ganze Ort bestehe aus lauter – Gesindel. Es ist mir lieb, daß ich jetzt eine andere Meinung davon nach Hause tragen kann; denn daß die Köpfe eines freien, sorglosen Völkchens einmal überschäumen, ei nun, das ist kein Unglück, wenn sie nur immer wieder ins richtige Bett zurückkehren.«

»Verdammt wenig von denen, die heute nacht in einem Bett schlafen!« lachte hier der im blauen Frack dazwischen. – »Die lustigen Burschen fangen mit der Gallone Brandy an, und es sollte mich gar nicht wundern, wenn sie mit einem ganzen Faß aufhörten. – Ihr Gejubel und Geschrei schallt ja sogar bis hier herüber.«

»Was ist denn hier eigentlich heute vorgegangen?« fragte jetzt der Farmer, sich an die übrigen wendend. »Ich kam gerade, wie sie den Irländer draußen in der Klemme hatten, und trug dann meine Satteltasche in die Hinterstube. – War denn heute Gerichtstag?«

»Gerichtstag?« fragte der im blauen Frack. »Nein, das weniger, aber etwas ganz anderes – Holk's Haus und Land wurden verauktioniert.«

»Holk's? Des reichen Holk Haus?« rief Howitt verwundert. »Ih, das ist ja gar nicht möglich! – Alle Wetter, vor acht Tagen kam ich erst hier durch, und da war ja noch kein Gedanke daran.« »Ja, Sachen ändern sich«, lachte der Blaue. »Holk ging, wie ihr wißt, mit einem Flatboot nach New Orleans. Unterwegs muß er aber auf irgendeinen dahintreibenden Baumstamm gelaufen oder sonst zu Unglück gekommen sein, kurz, das ganze Boot ist spurlos verschwunden, und vor fünf Tagen kam Holks Sohn hier an.« »Hatte denn Holk einen Sohn?« fragte der Farmer. »Er war ja gar nicht verheiratet?«

»Aus früherer Ehe«, erwiderte der Blaue; »mehrere Leute hier kannten die Familie. Der junge Holk wäre auch gern hiergeblieben; er bekam aber schon am zweiten Tag das Fieber und damit zugleich einen solchen Widerwillen gegen das Land selbst, daß er schon am dritten Tag die Versteigerung seines gesamten Grundbesitzes anordnete. Die Auktion fand an diesem Morgen statt, und mit demselben Dampfboot, das heute mittag hier landete, ist der junge Holk wieder hinunter nach Baton Rouge gegangen.«

»Potz Blitz, der hat seine Geschäfte schnell abgemacht! Da ist wohl auch der schöne Besitz um einen Spottpreis weggegangen?« fragte der Mailrider, der ebenfalls erst während des Streites gekommen war.

»Das nicht!« erwiderte der Advokat. »Die Baustellen sind fast die besten in Helena, und es fanden sich mehrere Bewerber; ich selbst habe geboten; Richter Dayton schien auch große Lust zu dem Handel zu haben. Der Wirt hier hat sie aber zuletzt noch erstanden und – was die Bedingung war – gleich bar bezahlt. – Smart muß einen hübschen Batzen Geld in Helena verdient haben.«

»Wunderbar, wunderbar!« murmelte der Farmer vor sich hin. – »Mir hat Holk einmal gesagt, er hätte weder Kind noch Kegel in Amerika und wolle alles das, was er sein eigen nenne, verkaufen und wieder nach Deutschland zurückgehen.«

»Nun ja«, lachte der Blaue, »es war so eine schwache Seite von ihm, noch für einen jungen Mann zu gelten. Er leugnete immer, daß er schon verheiratet gewesen sei. – Ihr kennt doch die junge Witwe drüben – gleich neben Daytons?« Und er verzog dabei, während er mit dem Daumen der Hand über die eigene Schulter deutete, das keineswegs schöne Gesicht zu einem häßlichen, boshaften Lachen.

»Die arme Frau«, sagte ein junger Kaufmann, der eben zu ihnen getreten war und die letzten Worte gehört hatte. »Sie geht herum wie eine Leiche; – sie soll den Holk so gern gehabt haben.«

»Sie waren ja auch schon miteinander versprochen«, fiel hier der Advokat ein. »Wenn er wieder von New Orleans zurückkäme, sollte die Hochzeit sein; aber der Mensch denkt, und das Schicksal lenkt. – Jetzt ist der Mississippi sein Hochzeitsbett und das eigene Flatboot sein Sarg. – Puh – es muß ein häßliches Gefühl sein, so tief unten auf dem Grunde des Flusses gegen die Planken eines solchen Kastens gedrückt zu liegen und nun immer leichter und leichter zu werden und doch nicht wieder hinauf zu können an den lichten Tag.«

»Es sind in letzter Zeit recht viel Flatboote verunglückt«, sagte der Farmer nachdenklich. – »Ich weiß, daß allein von Little Rock drei abgingen, die nie am Ort ihrer Bestimmung ankamen. Der Staat sollte mehr dafür tun, diese Unmassen von Baumstämmen wenigstens aus der eigentlichen Strömung zu fischen. Guter Gott, was sind nicht schon für Menschen auf solche Art umgekommen, und wie viele Waren hat der unersättliche Mississippi verschlungen!«

»Ei, die Menschen sind aber auch großenteils selber dran schuld!« rief der Blaue ärgerlich. – »Wenn irgendein Bursche, der im Leben den Stiefel nicht von Gottes festem Erdboden weggebracht hat, einmal Waren verschiffen will, so baut er ein neues Flatboot oder kauft ein altes, packt da seine Siebensachen hinein, stellt sich hinten ans Steuer und denkt: Der Strom wird mich schon dahin führen, wohin ich will – wir schwimmen ja den Fluß hinunter. – Jawohl – wir schwimmen hinunter, bis wir irgendwo hängenbleiben, und nachher ist's zu spät. Der Mississippi läßt nicht mit sich spaßen, und um die erbärmlichen vierzig oder fünfzig Dollar für einen tüchtigen Lotsen oder Steuermann zu sparen, hat schon mancher Gut und Leben eingebüßt.« »Bitte um Verzeihung«, sagte der Farmer, »alle, die von Little Rock abgingen, hatten gerade Lotsen an Bord, Leute, die auf ihr Ehrenwort versicherten, den Fluß schon seit zehn und fünfzehn Jahren befahren zu haben, und sie sind dennoch zugrunde gegangen.

Solchen Menschen kann man aber auch nicht ins Herz sehen. Es gibt sich mancher für einen Lotsen aus und vertraut nachher seinem guten Glück, das ihn schon sicher stromab führen werde. Im günstigsten Falle lernt er so nach und nach die Strömung kennen und hat dabei sein gutes Gehalt; im ungünstigsten aber kann er vielleicht schwimmen und bringt seine werte Person doch noch sicher wieder ans Ufer.«

»Sie sind vielleicht auch wirklich so lange gefahren«, lachte der Blaue, »aber auf Dampfbooten, als Feuerleute und Deckhands, nicht als Flatbootmänner. Auf Dampfbooten können sie denn auch verdammt wenig lernen, außer als Pilot, und ein Dampfboot-Pilot wird sich hüten, wieder ein Flatboot zu steuern, wo er nicht halb so gute Kost und weit geringeres Gehalt bekommt.« »Gentlemen reden von dem Piloten, der neulich hier ans Ufer geworfen wurde?« fragte ein kleines ausgetrocknetes Männchen mit schneeweißen Haaren, tief gefurchten Zügen und grauen, blitzenden Augen, das sich jetzt von einer anderen Gruppe zu ihnen gesellte. – »Ja, war ein kapitales Exemplar von Knochenbruch, der rechte Oberschenkel – der linke Unterschenkel – Wadenbein und Hauptröhre – vier Rippen auf der linken Seite, den rechten Arm förmlich zersplittert, daß die Knochenstücke durch den Rock drangen; den Hinterkopf stark verletzt und doch nicht tot. – Ich hatte es mir zur Ehrensache gemacht, ihn eine volle Stunde am Leben zu halten; es war aber nicht möglich. Er schrie in einem fort.«

»Großer Gott«, sagte der Farmer und schüttelte sich bei dem Gedanken, »da wäre es ja ein Werk der Barmherzigkeit gewesen, dem armen Teufel eins auf den Kopf zu geben. – Was war denn mit ihm geschehen?«

»Dem Dampfboot ›General Brown‹ waren die Kessel geplatzt«, sagte der Advokat; »es sind, glaube ich, fünfzehn Personen dabei ums Leben gekommen.«

»Ja, aber nichts Erhebliches weiter an Verwundungen«, meinte der kleine Doktor, »zwei Negern die Köpfe ab – der eine hing noch an ein paar Sehnen und einem Stück Haut – einer Frau die Brust zerquetscht –«

»Weshalb müssen wir denn das aber eigentlich so genau wissen?« rief der Farmer und wandte sich in Ekel und Unwillen von ihm ab. »Sie verderben einem ja bei Gott das Abendbrot, Doktor.«

»Bitte um Verzeihung«, sagte der kleine Mann, »für die Wissenschaft sind solche Fälle ungemein wichtig, und mir wäre in der Hinsicht auch wirklich kein besserer Platz in der ganzen Welt bekannt, um Beobachtungen an Verwundeten und Leichen zu machen, als gerade das Ufer des Mississippi. Ehe jener interessante Fall am Fourche la Fave vorfiel, wohnte ich etwa drei Wochen in Viktoria, der Mündung des Whiteriver und Montgomerys Point gerade gegenüber, und alle Wochen, ja oft einen Tag um den andern kamen Leichen dort angetrieben. Einmal war ein Leichnam mit dabei, dem hatten sie gerade über dem rechten Hüftknochen –«

»Ei, so hole Euch doch der Teufel!« rief der Blaue ärgerlich dazwischen. »Harpunen und Seelöwen, – ich kann auch einen Puff vertragen, und manchen Tropfen Blut habe ich in meinem Leben fließen sehen; wenn man aber das Leiden und Elend so haarklein beschreiben und immer und immer wiederkäuen hört, dann bekommt man's am Ende doch auch satt und ekelt und scheut sich davor.«

»An Menschen, die keinen Sinn für die Wissenschaft haben«, rief der erzürnte kleine Mann, indem er sich den grauen Seidenhut noch fester in die Stirn hineintrieb, »Menschen, die von ihren Mitmenschen bloß die Haut kennen und sich weiter nicht darum bekümmern, ob sie mit Knochen oder Baumwolle ausgestopft sind, an solchen Menschen ist auch jedes wissenschaftliche Wort verloren, und ich sehe nicht ein, weshalb ich meine schöne Zeit hier vergeuden soll, solchen Menschen einen Gefallen zu tun.«

Und ohne weiter eine Antwort abzuwarten oder die übrigen noch eines Blickes zu würdigen, ergriff er einen alten, am

nächsten Stuhl lehnenden roten baumwollenen Regenschirm, drückte ihn sich unter den Arm und schritt rasch und dabei immer noch vor sich hingestikulierend zur Tür hinaus.
»Gott sei Dank, daß er fort ist! Mir graust's immer in seiner Nähe, und – ich kann mir nun einmal nicht helfen, aber ich möchte stets darauf schwören, es röche nach Leichen, sobald er ins Zimmer tritt«, sagte der Advokat.
»Ist denn der hier praktizierender Arzt?« fragte der Farmer, der ihm erstaunt eine Weile nachgesehen hatte.
»Arzt? Gott bewahre!« lachte der Blaue. »Die Leute nennen ihn hier nur so, weil er von weiter nichts als von Verwundungen, Leichen und chirurgischen Operationen spricht. – Dadurch haben sich aber schon ein paarmal Fremde verleiten lassen, ihn bei wichtigen Krankheitsfällen zu Rate zu ziehen, und das ist ihnen denn auch verdammt schlecht bekommen.«
»Es wird keiner zum zweiten Mal zu ihm gegangen sein«, meinte der Farmer.
Der Blaue brach in lautes Gelächter aus und rief:
»Nein, wahrhaftig nicht; kein Lebender kann sich rühmen, von Doktor Monrove behandelt zu sein. Die fünf, die er hier in der Kur gehabt – natürlich lauter Fremde, eben Eingewanderte –, sind schleunigst gestorben und stehen jetzt, in Spiritus und Gott weiß was sonst noch aufbewahrt, teils ganz, teils stückweise in seinem Studierzimmer, wie er's nennt, herum. Keine Haushälterin hat deshalb auch bei ihm aushalten wollen. Selbst die letzte verließ voller Verzweiflung das Haus, als er ihr einmal mitten in der Nacht einen frisch abgeschnittenen menschlichen Kopf ins Zimmer brachte, den er, wie er später gestand, aus dem Grabe eines Reisenden gestohlen hatte. Eine Karawane von Auswanderern war nämlich hier durchgekommen und einer davon am Fieber gestorben, wonach sie ihn gleich an Ort und Stelle begruben und am nächsten Morgen weiterzogen.«
»Das muß ein entsetzliches Vergnügen sein, sich so an lauter Greuelszenen zu weiden«, sagte der Farmer schaudernd.

»Ja, und es ist bei ihm wirklich zur Leidenschaft geworden«, nahm der Advokat das Wort. – »Als er neulich von dem am Fourche la Fave abehaltenen Lynch und dem verbrannten Methodistenprediger hörte, hat er fast ein Pferd totgeritten, um noch zur rechten Zeit dort einzutreffen und die verkohlten Überreste des Mörders an sich zu bringen, – was ihm auch wirklich gelungen sein soll. Seiner Wohnung, die eine kurze Strecke von Helena entfernt im Wald liegt, kommt denn auch niemand zu nahe außer Wölfen und Aasgeiern, und ich muß selbst gestehen, ich wüßte nicht, was mich bewegen könnte, eine so schauerliche Schwelle zu überschreiten.«

»Ich war ein paarmal dort«, sagte der Blaue, »es sieht scheußlich drinnen aus.«

»Hat man denn von den entflohenen Mitschuldigen nie wieder etwas gehört?« fragte der Farmer. »In Little Rock hieß es, Cotton und der Mulatte seien entkommen.«

»Ei, gewiß«, fiel ihm hier der Advokat ins Wort. »Die am Fourche la Fave haben sich freilich nicht weiter um sie bekümmert; denn sie wollten das Gesindel nur los sein; was aus ihnen wurde, war ihnen gleichgültig. Die Flüchtlinge sind aber in der Woche darauf im Hot Spring County gesehen worden, und da Heathcott, der erschlagene Regulatorenführer, früher gerade dort ansässig gewesen war, so hat man sie beide mit einer Wut und einem Eifer verfolgt, die über ihre Absicht nicht den mindesten Zweifel ließen. Cotton ist jedoch ein schlauer Fuchs und wird wohl um diese Zeit schon über dem Mississippi drüben gewesen sein.«

»Hm, ja«, fiel der Blaue ein, »man will ihn schon sogar drüben in Viktoria gesehen haben. – Der wird sich nicht wieder in Arkansas blicken lassen.«

»Hat denn der Indianer den Prediger wirklich verbrannt?« fragte der Kaufmann aus Helena immer noch zweifelnd. »Allerdings stand es hier in allen Zeitungen; aber ich habe es nie glauben wollen. Wie hätten die Gesetze nur je so etwas

zugelassen!« »Die Gesetze – pah« – rief der Blaue verächtlich, »was können denn die Gesetze machen, wenn das Volk seinen eigenen Kopf aufsetzt? Die Gesetze sind für alte Weiber und Kinder, die sich von jedem Tintenkleckser ins Bockshorn jagen lassen. Wer sich hier nicht selbst beschützt, dem können die Gesetze auch keinen Pappenstiel helfen.«
»Da bin ich doch ganz anderer Meinung«, sagte der Farmer. »Die Gesetze gerade sind es, die unsere Union auf den Stand gebracht haben, auf dem sie jetzt steht, und jedes guten Bürgers Pflicht ist es, sie aufrechtzuerhalten. Daß es freilich manchmal in der Wildnis Strecken gibt, auf die sie ihren wohltätigen Einfluß noch nicht auszuüben imstande sind, glaube ich auch, und gewaltsame Handlungen erfordern dann gewaltsame Mittel. Sonst aber sollte es für einen Bürger der Union nichts Heiligeres geben als gerade die Gesetze; denn sie allein sind ihm die Bürgen seiner Freiheit. Doch Gentlemen, es wird spät, und ich möchte noch gern vor Dunkelwerden hinauf zu Colbys; – also gute Nacht! – In einigen Tagen komme ich wieder hier vorbei, und dann, Broadly«, wandte er sich an den Kaufmann aus Helena, »können wir auch den Handel abschließen, denke ich. Ich habe nur noch einige alte Schulden dort oben zu bezahlen; so viel Geld bleibt mir aber wahrscheinlich noch. Also good bye!« Mit diesen Worten zahlte er an der Bar seine kleine Rechnung, ließ sich die Satteltasche wieder herausgeben, legte sie über den Sattel seines ungeduldig scharrenden Braunen, stieg auf und trabte, noch einmal herübergrüßend, die Elmstreet hinab in den Wald, der das Städtchen begrenzte.

4

›Squire oder Doktor Dayton‹ – denn er wurde sowohl das eine wie das andere in Helena genannt – verließ das Union-Hotel und erreichte bald darauf ein kleines, aber zierlich gebautes Haus an der Westseite Helenas, um das herum die gewaltigen Bäume des Urwalds nur eben weit genug niedergehauen waren, um nicht mehr mit ihren Wipfeln das friedliche Dach erreichen zu können. Reinlich weiß angestrichen, stachen die hellgrünen Jalousien um so freundlicher dagegen ab, und der jetzt aufsteigende Mond schien gar hell und klar gegen die blitzenden Spiegelscheiben eines im ersten Stock offen gelassenen Fensters, ein Luxus, der in dem einfachen Westen gar selten angetroffen wurde.

Aber auch das Innere der kleinen Wohnung entsprach vollkommen dem soliden, gemütlichen Ansehen seines Äußern. Allerdings war es nicht prächtig und kostbar eingerichtet, aber die massiven Mahagoni-Möbel, die schneeweißen Vorhänge, die elastischen, mit dunklem Damast überzogenen Ruhesessel und Stühle verkündeten deutlich genug, daß hier Wohlhabenheit, wenn nicht Reichtum herrschte.

Viele andere Kleinigkeiten, wie zierliche Nippesfiguren auf den kleinen Seitentischen, angefangene weibliche Handarbeiten, der Nähtisch am linken Eckfenster mit dem sauber geflochtenen Strickkörbchen an der Seite, gossen dabei jenen Zauber über das stille, wohnliche Zimmer, den nur die Gegenwart holder Frauen einem Gemach, und sei es sonst das prächtigste, zu verleihen imstande ist.

Ein kleiner fröhlicher Kreis hatte sich aber auch um den runden, zum Sofa gerückten Tisch versammelt, auf dem die englischbronzene weitbauchige Teemaschine zischte und qualmte, und fröhliches Lachen tönte dem jetzt eben an die Haustür pochenden Squire entgegen, der seltsamerweise einen ernsten, ja fast traurigen Blick zu den hellerleuchteten Fenstern hinaufwarf.

Da verstummte das Lachen plötzlich oder wurde wenigstens von den rauschenden Tönen eines deutschen Walzers übertäubt, den geübte Finger einem wohlklingenden, kräftig besaiteten Flügel entlockten. Mr. Dayton mußte auch wirklich zur Klingel seine Zuflucht nehmen, um den Dienstboten, die

oben auf der Treppe standen und den so gern gehörten Melodien lauschten, seine Gegenwart zu verkünden.
Sobald er ins Haus eingetreten war, schien aber auch seine ganze frühere Heiterkeit zurückgekehrt zu sein, wenigstens blitzte sein Auge freier und fröhlicher. Er flog schnellen Schrittes die Stufen hinauf und stand im nächsten Augenblick bei den Seinen, von all dem Lärmen und Jubel umgeben.
»Endlich – endlich!« rief die Klavierspielerin, sprang auf und eilte, als Mr. Dayton in der Tür erschien, diesem entgegen. »Der gestrenge Herr haben heute unverzeihlich lange auf sich warten lassen.«
»Wirklich?« lächelte der Squire, während er die Anwesenden freundlich grüßte und dann seinem ihm entgegenkommenden Weibe einen leichten Kuß auf die Stirn drückte. »Hat mich meine kleine, wilde Schwägerin heute einmal vermißt?«
»Heute einmal«, lachte das fröhliche Mädchen und warf sich mit schneller Kopfbewegung die langen, dunklen Locken aus der Stirn, »heute nur einmal? Ei, mein liebenswürdiger und gestrenger Friedensrichter muß seiner untertänigsten Dienerin einen sehr schlechten Geschmack zutrauen, wenn er glauben könnte, sie fühlte sich ohne ihn nur einen Augenblick wohl und glücklich. Heute hat die Sache aber noch eine besondere Bewandtnis. – Hier wartet nun Mr. Lively schon eine volle Stunde auf Sie und trägt sicherlich ein schweres, fürchterliches Geheimnis auf dem Herzen; denn keine Silbe ist ihm in dieser unendlich langen Stunde über die Lippen gekommen; – auch Mrs. Breidelford –«
»Bitte um Verzeihung, mein liebwertestes Fräulein«, sagte die Genannte, die bis dahin auf Kohlen gesessen zu haben schien, das Wort zu nehmen, »keineswegs; denn ich glaube doch wirklich nicht, daß Sie sich bei mir über Zungenfaulheit beklagen können; eher vielleicht das Gegenteil. – Ich kenne meine Schwäche, mein Fräulein, und wie der ehrwürdige Mr. Sothorpe so schön sagt, ist das schon ein Schritt zur Besse-

rung, wenn man seine eigenen Schwächen wirklich kennt. Mein seliger Mann freilich – ein Engel von Geduld und Sanftmut – behauptete immer das Gegenteil. Glauben Sie wohl, Squire Dayton, daß das gute Herz mir einreden wollte, ich spräche wirklich nicht zuviel? – Breidelford – sagte ich aber – Breidelford, versündige dich nicht; – ich weiß, wie ich bin; – ja, Breidelford, ich kenne meine Schwäche, und wenn ich dir auch nicht zuviel rede, so fühle ich doch selbst recht gut, wie das ein Fehler von mir ist, den ich mir aber, da ich ihn einmal kenne, auch alle Mühe geben werde zu verbessern.«

»Eine Tasse Tee, beste Mrs. Breidelford«, unterbrach hier Mrs. Dayton den allem Anschein nach undämmbaren Zungenschwall, – »bitte, langen Sie zu!« – Adele aber, die augenblickliche Pause benutzend, setzte sich rasch wieder ans Klavier, und ein so rauschender Tanz dröhnte, von den starken Saiten widervibrierend, durch das Gemach, daß jede Fortsetzung von Mrs. Breidelfords begonnener Selbstbiographie dadurch schon im Keime erstickt wurde.

»Ist der Mailrider noch nicht hier gewesen?« fragte Mr. Dayton endlich, als die Ruhe wieder ein wenig hergestellt war.

»Der Mailrider? Nein; aber Mr. Lively hier scheint seinen Auftrag gern ausrichten zu wollen«, sagte Adele und blinzelte schelmisch zu dem jungen Manne hinüber, dem offenbar recht unbehaglich zumute war.

James Lively saß auch wirklich da, als ob er nicht bis drei zählen könnte. Alle Gliedmaßen waren ihm im Wege oder auf irgendeiner falschen Stelle. – Bald hatte er das rechte lange Bein hoch oben auf dem linken, daß es weit bis mitten in die Stube hineinragte; bald zog er die Füße fest unter dem Stuhl zusammen, faltete die Hände und hetzte seine Daumen um ihre eigene Achse; dann griff er mit dem rechten Arm hinunter nach dem hintersten rechten Stuhlbein und versuchte eifrig die Politur herunterzukratzen; dann holte er mit der Linken das mächtige seidene Tuch aus der Tasche, um es

gleich darauf wieder sorgfältig zurückzuschieben; kurz, James befand sich so wohl wie ein Hecht auf dem Sand oder ein Hase auf dem Eis, und wenn er auch manchmal den Blick scheu zu dem schönen, munteren Mädchen emporwarf, so brauchte er doch nur dem Schelmenauge zu begegnen, gleich senkte sich auch sein Antlitz in prachtvoller gesottener Hummerfarbe wieder nieder. Nachher, wie in einem wilden Fluchtversuch, griff er tief, tief unter den Stuhl, wo früher sein Hut gestanden hatte, den aber später, auf einen Wink Mrs. Daytons, die junge Mulattin weggenommen und hinten auf das Klavier gestellt hatte, und er saß nun in voller Verzweiflung auf dem weich gepolsterten Stuhl wie auf glühenden Kohlen.
James Lively war übrigens sonst keineswegs so verschämt und blöde. Er war im Walde aufgewachsen, und es gab keinen besseren Jäger und Landmann im ganzen County als ihn. Mutig dabei bis zur Tollkühnheit, hatte er vor kurzem erst den Einzelkampf mit einem Panther gewagt und gewonnen und im Boxen die Besten überwunden. Aber im Walde mußte er auch sein, wenn er all diese Fähigkeiten entwickeln sollte. In Damengesellschaft getraute er sich nicht, den Mund zu öffnen, und wenn er auch – wie Mrs. Breidelford – vollkommen seine Schwäche kannte, so wäre es ihm dennoch nicht möglich gewesen, eine Scheu zu überwinden, die ihm Zunge und Glieder lähmte. So auffallend wie heute hatte sich diese Befangenheit übrigens noch nie gezeigt. Sie schien sogar durch Adelens leise Anspielungen ihren höchsten Grad zu erreichen, als sich Squire Dayton ins Mittel schlug, auf den jungen Mann zuging und ihm mit einem freundlichen »Gott zum Gruß, Mr. Lively! Was macht der Vater und wie steht es daheim mit der Farm?« plötzlich wieder Mut und Selbstvertrauen ins Herz legte.
Die Worte, die ganze Anrede, die Beziehung auf die heimische, ihm bekannte Umgebung wirkten wie ein wohltätiger Zauber auf den Waldbewohner. Er sprang auf, holte tief

Atem, ergriff schnell die dargebotene Rechte und antwortete, als ob ihm eben eine Zentnerlast von der Brust gewälzt wäre:
»Danke, Squire – alle wohl – so ziemlich wenigstens. Die braune Kuh wurde gestern krank, und darum bin ich eigentlich hierher in die Stadt gekommen; – aber – ich hatte noch etwas Besonderes«, – er warf einen scheuen Seitenblick nach den Frauen, während wieder tiefe Glut sein Gesicht überflog; – »ich – ich weiß nur nicht –«
»Ist es etwas, was mich allein betrifft?« fragte Squire.
»Bitte, junger Herr – genieren Sie sich nicht«, fiel hier ohne weitere vorherige Warnung Mrs. Breidelford wieder ein, – »glauben Sie ja nicht, daß wir, weil wir Ladies sind, etwa ein Geheimnis nicht ebenso sicher und gut bewahren könnten wie Männer. Im Gegenteil, Mr. Lively – gerade im Gegenteil. – Ich zum Beispiel weiß zwar, daß ich ein bißchen viel rede, es ist nun einmal meine Schwäche, und wofür hat uns denn eigentlich der liebe Gott Mund und Zunge gegeben. Was aber Geheimnisse anbetrifft, so hat da schon mein lieber seliger Breidelford immer gesagt, obgleich man sich eigentlich nicht selbst rühmen sollte, doch das liebe Herz liegt da jetzt kalt und starr im Grabe, – Luise, sagte er immer, Luise, du bist zu verschwiegen, du bist wahrhaftig zu verschwiegen. – Zehn Inquisitionen brächten dir das nicht über die Zunge, was du nicht hinüber haben wolltest; – ich glaube, du bissest sie dir eher in Stücke – sagte Mr. Breidelford; aber –«
Ein rauschendes Allegro von Adeles flüchtigen Fingern schnitt wiederum Mrs. Breidelfords Faden ab, und Lively, der bis jetzt vergebens gesucht hatte, Squire Daytons Frage zu beantworten, gewann wenigstens Zeit, Atem zu holen.
»Nein, Squire«, sagte er und schob, da er in diesem Augenblick gar nicht wußte, wohin er mit seinen Händen sollte, diese aus lauter Verzweiflung in die Taschen, riß sie aber, das Unschickliche solchen Betragens wohl fühlend, so schnell wieder heraus, als ob er heiße Kohlen darin gefunden hätte,

– »nein, Squire, Mutter meinte nur – Vater sagte, – ob Sie und – und die Ladies dort nicht Lust hätten oder – so gut sein wollten, morgen ein bißchen zu uns herauszukommen und – so lange Sie wollten und – so lange es Ihnen bei uns gefiele, draußen zu bleiben. Mutter meinte –«

Adele horchte auf; Mrs. Breidelford aber, der diese Einladung wohl keineswegs gegolten hatte, nahm die Beantwortung schnell auf sich, und ohne einem der übrigen Anwesenden auch nur die mindeste Zeit zu lassen, erhob sie sich ein wenig von ihrem Platze und rief, den jungen Mann dabei mit etwas niedergebogenem Kopfe und über die Brillengläser hin ins Auge fassend: »Oh – Mrs. Lively ist gar zu gütig, Sir, gar zu gütig, und wenn sich auch allerdings in jetziger Zeit, wo der Fluß wieder zu steigen anfängt und Waren in Hülle und Fülle stromab kommen, die Geschäfte häufen, so müssen doch schon einmal ein oder zwei Wochen gefunden werden, um die Nachbarn aufzusuchen und mit ihnen im guten, alten Einverständnis zu bleiben. – Mr. Breidelford hatte ganz recht, wenn er sagte, Luise – sagte er, du glaubst gar nicht, wie schön es ist, mit seinen Nachbarn in Frieden und Freundschaft zu wohnen; – Verträglichkeit ist das halbe Leben. Nächste Woche, Montag spätestens, denke ich mir das Vergnügen machen zu können, Mr. Lively; bitte mich Ihrer Frau Mutter bestens zu empfehlen.« – Und nieder setzte sie sich und trank ihre Tasse aus, als ob sie nach solcher Anstrengung der Ruhe und Stärkung bedürfe.

Adele schien aber diesmal vor lauter Erstaunen über Mrs. Breidelfords Bereitwilligkeit ganz ihre musikalische Hilfe vergessen zu haben, und selbst James, der den Ruf kannte, dessen sich Mrs. Breidelford in Helena erfreute, stand ganz verstummt da und wußte kaum, ob er sie wirklich aus Versehen mit eingeladen habe oder nicht. War es übrigens geschehen, so half hier weiter nichts, als gute Miene zum bösen Spiel zu machen. Was aber seine eigene Mutter dabei von Mrs. Breidelford hielt, hatte er – zu seinem Entsetzen fiel es ihm

gerade jetzt wieder ein – erst an diesem Morgen gehört. Wie sie sich also zu Hause über seinen glücklich erlegten Bock freuen würde, ließ sich ungefähr denken.
In aller Angst haftete sein Blick jetzt noch auf Mrs. Daytons sanften Zügen; denn das andere schelmische, immer lachende Ding wagte er gar nicht anzusehen. Jene sagte denn auch freundlich: »Meinen besten Gruß an Ihre liebe Mutter, Sir, und wir werden sicher kommen. – Sie soll sich aber auch in Helena nicht so selten blicken lassen und einmal bei uns einkehren, wenn sie ihr Weg hierher führte. Doch kommen Sie, rücken Sie sich Ihren Stuhl zum Tisch und langen Sie zu! – Trinken Sie weiß? Hier – hier steht alles – bedienen Sie sich selbst! – Wie geht es denn Ihrem Vater?«
»Danke, Madame, danke«, sagte James, der jetzt, da er Adele den Rücken zudrehen durfte, freier zu atmen anfing, »es macht sich mit dem Alten. – Wir sind schon wieder zusammen auf der Bärenjagd gewesen, und da können Sie sich wohl denken, daß er nicht mehr sterbenskrank ist; – von so ein wenig Fieber erholt er sich schnell wieder.«
»Geht er denn noch immer barfuß in den Wald?« fragte Adele und glitt in den dicht neben dem Sofa stehenden Sessel, so daß sie dem jungen Hinterwäldler jetzt gerade gegenübersaß. James fing wieder an, unruhig auf seinem Sessel herumzurücken. – Er mußte sich den Rock aufknöpfen; es wurde ihm siedend heiß. Mrs. Breidelford schien übrigens auch diese Antwort übernehmen zu wollen, denn mit einem »Ja, ja, Miß Adele, – was das Barfußgehen anbetrifft«, wandte sie sich an das junge Mädchen. Dayton parierte aber in lobenswertem Mitleid die ihr zugedachte Rede, indem er Mrs. Breidelford selbst in ein Gespräch verknüpfte. Dadurch gewann James Zeit, sich zu sammeln, und weil sich überdies das Gespräch auf sein eigenes heimisches Gebiet zog, so wurde er auch immer unbefangener und zuversichtlicher.
»Die Erkältung des alten Mannes rührte gewiß von der häßlichen Angewohnheit her, weder Schuhe noch Strümpfe

zu tragen«, sagte Mrs. Dayton – »Mrs. Lively sollte es nur nicht leiden.«
»Ach, das würde nichts helfen«, meinte James; – »Vater ist darin ganz obstinat; – was er einmal will, davon bringt ihn kein Mensch ab.«
»Gerade wie mein Seliger, Mr. Lively«, mischte sich hier die unvermeidliche Mrs. Breidelford trotz aller Ableiter wieder ins Gespräch, – »aber ganz so wie mein Seliger. – Breidelford – sagte ich oft – du wirst dich noch ruinieren; das naßkalte Wetter ist dein Tod; – ich rate dir, zieh' die wollenen Strümpfe an! – Glauben Sie, er hätte es getan? Nicht um die Welt. Luise, sagte er, das verstehst du nicht; menschliche Konstitution ist wie –« Leider erfuhr die Familie Dayton an diesem Abend nicht, wie menschliche Konstitution eigentlich beschaffen sei; denn gerade hier, und als Adele schon im Begriff war, ihren kaum verlassenen Platz am Piano wieder einzunehmen, riß es auf einmal so stark an der Klingel, daß Mrs. Breidelford mit einem »Jesus, meine Güte« erschrocken emporfuhr und auch Mrs. Dayton und Adele überrascht nach der Tür blickten. Nur Squire Dayton blieb ruhig sitzen und sagte lächelnd: »Es wird Mr. Smart sein; ich bat ihn, heute abend noch ein wenig herüberzukommen. – Ja, das ist sein Schritt.«
»Ist das Mr. Smart, der Wirt des Union-Hotels?« rief Adele und sprang an den Glasschrank, um noch eine Tasse für den neuen Gast herbeizuholen.
»Der nämliche«, sagte der Squire; »doch da ist er selbst.« Und herein trat, den Hut, den er ganz in Gedanken auf dem Kopfe behalten, schnell abreißend, Jonathan Smart. Allen im Kreise, Mrs. Breidelford ausgenommen, der er eine stumme Verbeugung machte, reichte er die Hand zum Gruße, die er Squire Dayton und James Lively noch ganz besonders herzlich schüttelte, und hierauf setzte er sich mit einem höchst selbstzufriedenen und behaglichen Lächeln auf den Stuhl, den ihm die Mulattin Nancy schnell hingerückt hatte.

»Well, Ladies und Gentlemen, freut mich ungemein, Sie alle wohl zu sehen«, sagte er dabei. – »Danke, Miß, danke; – ich trinke keine Milch, lieber ein bißchen Rum in den Tee.«
Miß Adele hatte ihm die Tasse überreicht, und es war dadurch, daß sich die letzten Worte des Gesprächs gerade auf den Eingetretenen bezogen hatten, eine kleine Pause entstanden. Smart bemerkte das übrigens und wandte sich an Mrs. Dayton: »Bitte, Madame, es sollte mir leid tun, wenn ich Ihre Unterhaltung etwa unterbrochen oder gestört hätte; – ich komme auch allerdings etwas spät, aber Squire Dayton –«
»Ganz und gar nicht, Mr. Smart, – ganz und gar nicht«, fiel ihm hier Mrs. Breidelford schnell in die Rede; – »ich sprach nur eben von – ach, du lieber Gott, von was sprach ich denn gleich? – Ja, mein unglückseliges Gedächtnis, Mr. Smart, mein unglückseliges Gedächtnis! – Schon mein lieber seliger Mann sagte immer – Luise, sagte er – du hast deinen Kopf in deiner Jugend zu sehr angestrengt, du hast zuviel gerechnet und gesorgt; – ein allzu straff angezogener Bogen muß am Ende erschlaffen. – Das waren seine eigenen Worte, Mr. Smart. Ach, Breidelford, sagte ich dann, du hast recht; – ich weiß es, ich kenne meine Schwäche; aber das Gedächtnis ist eine Gabe von Gott, und wem der es wieder nimmt, der darf sich nicht beklagen. Das wäre schlecht, Breidelford, sagte ich –«
»– lud mich so freundlich ein, daß ich besonders nach dem, was heute vorgegangen ist, unmöglich nein sagten konnte«, fuhr Mr. Smart, ohne sich weiter irremachen zu lassen, in seiner begonnenen Rede, und zwar gegen Mr. Dayton gewendet, fort. »Was ist denn heute vorgefallen?« fragte Adele schnell. – »War wieder ein Streit im Ort? – Wir haben das Lärmen und Toben gehört, aber weiter noch nichts darüber erfahren.«
Mrs. Breidelford setzte die schon erhobene Tasse wieder nieder und horchte aufmerksam der jetzt erwarteten Mitteilung.
»Und hat Ihnen Squire Dayton gar nichts erzählt?« fragte der Yankee.

»Nicht das mindeste«, riefen die drei Ladies wie aus einem Munde.
»Nun, er hat mir einen Dienst geleistet«, sagte Jonathan Smart, »wie ihn ein Nachbar dem andern nur –«
»Aber, bester Smart«, lächelte der Squire, – »Ich habe ja nur getan, was meine Pflicht als Friedensrichter dieses Ortes war.« »– zu leisten imstande ist«, fuhr Jonathan fort, – »er hat mir das Leben gerettet, indem er sich, die eigene Gefahr ganz außer acht lassend –«
»Die Burschen hätten es nie zum Äußersten kommen lassen. – Sie rechnen mir die Sache wirklich zu hoch an.«
»– einer Bande – zu allem fähiger Bootsleute gerade entgegenwarf und sie davon zurückhielt, mich umzubringen und mein Haus niederzubrennen. Das ist das Kurze und Lange von der Geschichte.«
Der Richter sah wohl ein, daß er den Wirt ausreden lassen müsse, und ergab sich lächelnd darein. Erst als dieser schwieg, erwiderte er dagegen: »Das aber erwähnen Sie nicht, daß Sie vorher mit wirklicher Lebensgefahr, als sogar einer der Buben schon auf Sie abdrückte, das Leben des armen Iren gerettet haben.«
»Das muß ja heute schrecklich in Helena zugegangen sein«, rief Mrs. Dayton entsetzt.
»Heute nicht schlimmer als an vielen anderen Tagen auch«, sagte der Wirt achselzuckend. »Helena ist nun einmal in dieser Hinsicht berühmt oder, besser gesagt, berüchtigt.«
»Gerade was mein lieber seliger Mann immer sagte. Mr. Smart, – gerade dasselbe – Luise, sagte er, bleibe nicht in Helena wohnen, wenn ich einmal tot bin – ziehe fort von hier. Du bis zu sanft, du bist zu schwach für solch wildes Leben und Treiben; – du paßt nicht hierher in diese rohe Umgebung. – Der liebe Mann! – Und es ist wahr, ich habe es ihm auch noch auf dem Sterbebett versprochen, ich wollte fort. – Breidelford, sagte ich ihm, stirb ruhig, – ich gehe in den Norden, wenn du einmal nicht mehr bei mir bist, aber, du

lieber Gott, eine arme, alleinstehende Frau, die kann ja nicht, wie sie wohl gern wollte. Man will ja doch leben, und hier, wo ich einmal notdürftig meine Nahrung habe, werde ich wohl bleiben müssen, denn ich sehe nicht ein, ob, wie und womit ich an einem andern Orte wieder beginnen könnte. Fleißig bin ich, das muß mir der Neid lassen. Mein lieber seliger Mann sagte immer, Luise, sagte er, du arbeitest dich noch tot – du bedenkst gar nicht, daß du zum zarten Geschlecht gehörst. Später wirst du es aber auch noch einmal einsehen, – sagte er, wenn du deine Gesundheit ruiniert hast, und wenn ich nicht mehr bin. Sie glauben gar nicht, Mrs. Dayton, wie der Mann alles vorausgesehen und gesagt hat, – eine wahre Prophetengabe war es, es könnte einem jetzt beinahe noch die Haut schaudern, wenn man bedenkt, daß so etwas menschenmöglich ist. – Auch was mein Alleinwohnen anbetrifft, denken Sie sich nur, Mrs. Dayton, auch darüber hat er mir, noch eine Stunde vor seinem Tode, – ich sehe das liebe Herz noch mit seinem bleichen, eingefallenen Antlitz und den blauen Lippen vor mir liegen –, vieles gesagt und mich gewarnt, denn, Luise, sagte er –«

»Ich hoffe doch, daß jetzt jemand bei Ihnen zu Hause ist?« fiel hier Mr. Smart schnell und, wie es schien, mit besonderer Teilnahme in die Rede.

»Bei mir?« rief, von dem Ton und der Frage erschreckt, Mrs. Breidelford, während sie schnell von ihrem Sitz emporfuhr, – »bei mir, Mr. Smart? Keine Seele ist zu Hause; denn den Deutschen, den ich bis jetzt für die grobe Arbeit bei mir hatte, mußte ich heute fortjagen, weil er einen Ton gegen mich – aber um Gottes willen, Sir, Sie machen ja so ein bedenkliches Gesicht. – Es ist doch nichts bei mir vorge – Mr. Smart, ich beschwöre Sie bei Ihrer männlichen Ehre –«

James Lively und Squire Dayton mußten ihre Stühle rasch zurückschieben, denn Mrs. Breidelford kam mit solcher Allgewalt hinter dem Teetisch vorgefahren, daß sie ihr kaum aus dem Wege rücken konnten. – Mr. Smart blieb jedoch ganz

ruhig und sagte: »Ängstigen Sie sich doch nicht nutzlos, Madame, – das, was ich gesehen habe, hat ja vielleicht –«
»Was um aller lieben Engel im Himmel willen haben Sie denn gesehen?« rief Mrs. Breidelford, die übrige Gesellschaft kaum mehr beachtend, in Todesangst.
»– gar nicht so viel zu bedeuten, wie Sie gegenwärtig zu glauben scheinen«, fuhr Smart in seiner Rede fort.
»Herr – Mensch, – Sie bringen mich noch zur Verzweiflung!« schrie Mrs. Breidelford mehr als sie rief und ergriff mit der Linken ihr Bonnet, das sie sich in Mißachtung jeder Fasson und Mode auf den Kopf stülpte, während sie mit der Rechten einen Knopf von Mr. Smarts blauem Frack zu erhaschen suchte. Diesem Angriff begegnete er jedoch dadurch, daß er ihre nach ihm ausgestreckte Hand erfaßte und herzlich schüttelte.
»Was haben Sie gesehen? So sprechen Sie doch nur in des Teu – in des lieben Himmels Namen!«
»Eigentlich gar nichts von Bedeutung«, erwiderte Smart, noch immer die einmal gefaßte Rechte der sonderbarerweise so in Eifer geratenen Frau nicht loslassend. – »Als ich vor etwa einer Viertelstunde an Ihrem Hause vorbeiging, stand jemand am hintersten Fensterladen und klopfte dort an. Wie wir uns nun so manchmal, wenn wir weiter nichts zu tun haben –«
»Und was machte der Mann weiter?« fragte Mrs. Breidelford ungeduldig.
»– um allerlei Sachen bekümmern, die uns sonst wenig interessieren würden, so blieb ich einen Augenblick stehen und sah, was dieser jemand, von dem ich übrigens keineswegs gesagt habe, daß es ein Mann gewesen wäre, im Gegenteil, es war eine Frau, – denn eigentlich wollte.«
»Eine Frau?« rief Mrs. Breidelford erstaunt.
»Der Laden blieb verschlossen«, erzählte der Yankee weiter, »und die Dame ging jetzt um das Haus herum, wobei ich mir ebenfalls die Freiheit nahm, ihr zu folgen. – An der Tür

angelangt, probierte sie, nachdem sie auch hier einige Male angeklopft hatte, zwei verschiedene Schlüssel.«

»Ei, die Kanaille!« rief Mrs. Breidelford in höchster Entrüstung. – »Und schloß sie auf?«

»Es tut mir wirklich leid, Ihnen das nicht genau sagen zu können, Madame. – Ich sah in diesem Augenblick nach meiner Uhr und fand, daß ich schon eine halbe Stunde später hier ankommen würde, als ich dem Squire versprochen hatte, ließ also die Dame bei ihrer, wie ich jetzt allerdings hoffen will, vergeblichen Bemühung.«

»Und Sie haben sie nicht gefaßt und den Gerichten übergeben?« rief Mrs. Breidelford in unbeschreiblicher Entrüstung, während sie in wilder Eile ihren Mantel umwarf, ihre große Arbeitstasche ergriff und überall im Zimmer noch nach einem andern Gegenstand suchte. – »Sie haben nicht nach Hilfe gerufen und die Diebin zu Boden geschlagen, die in friedlicher Leute Häuser bei Nacht und Nebel einbrechen wollte? – Sie haben –«

»Aber, beste Mrs. Breidelford«, fragte Adele besorgt, »was suchen Sie denn noch? – Kann ich Ihnen nicht helfen?«

»Nein, – mein Bonnet, beste Miß, – mein Bonnet«, sagte die Dame, während ihre Blicke von einem Ende des Zimmers zum andern flog.

»Ist auf Ihrem Kopf, – werteste Madame«, sagte mit freundlicher Verbeugung der Yankee.

»Gute Nacht, Mrs. Dayton! Gute Nacht, Mr. Lively! – Ach Squire, wenn Sie mir die Liebe erzeigen wollten, mit mir zu gehen!« – rief jetzt Mrs. Breidelford. – »Sie sind doch hier Friedensrichter, und wenn wirklich Diebe und Mörder –«

Der Richter machte eine Bewegung, als ob er der Bitte Folge leisten wollte, Smart schüttelte aber hinter Mrs. Breidelfords Rücken so angelegentlich und mit so komischem Ernst den Kopf, daß er, wenn das wirklich seine Absicht gewesen wäre, sie aufgab und, um die Dame zu beruhigen, sagte: »Recht gern würde ich mit Ihnen gehen, beste Madame; ich habe aber mit Herrn Lively noch ein wichtiges Geschäft abzumachen, das keinen Aufschub weiter leidet. Mein Bursche soll Sie jedoch begleiten, und wenn es nötig wird, dann rufen Sie doch gleich in meinem Namen den Konstabler und schicken mir jemanden her. – Ich komme dann selbst hinunter.«

Mrs. Breidelford hatte die letzten Worte schon gar nicht mehr gehört, packte nur den unten an der Treppe stehenden Mulattenknaben am Handgelenk fest und zog den Überraschten, der ängstlich nach seinem Master zurückblickte, mit sich fort, der Haustür zu. Mr. Dayton sagte ihm aber lachend, er solle nur getrost folgen, und die beiden verschwanden gleich darauf durch die Haustür, der bedrängten Wohnung einer »armen, verlassenen Witwe« zu Hilfe zu eilen.

»Aber, bester Mr. Smart«, sagte jetzt Mrs. Dayton, während sie ans Fenster trat und der Frau besorgt nachsah, »wenn Sie doch nur wenigstens die Fremde angeredet hätten, die an Mrs. Breidelfords Tür einen Schlüssel probierte.«

»Das wäre allerdings ein schwieriges Stück Arbeit gewesen«, lächelte der Yankee und rieb sich vergnügt die Hände. – »Mrs. Breidelford ist auf einer wilden Gänsejagd, das heißt, sie wird sich außerordentliche Mühe geben, jemanden zu finden, der gar nicht existiert.«

»Nicht existiert?« rief Adele verwundert, und James, der den Yankee von früher kannte, lachte laut auf. – »Nicht existiert? Die Frau, die Sie gesehen haben –«

»Ich habe keinen Menschen gesehen«, erwiderte Jonathan, während er seinen verlassenen Sitz einnahm und Mrs. Dayton die geleerte Tasse so ruhig zum Wiederfüllen hinüberreichte, als ob hier nicht das mindeste Außergewöhnliche vorgefallen wäre.

»Und die Frau mit dem Schlüssel?« rief lächelnd Squire Dayton.

»War der beste Einfall, den ich je gehabt habe«, bemerkte der Yankee, ohne eine Miene zu verziehen. »Mrs. Breidelford

hätte uns sonst noch den ganzen Abend Selbstbiographien und geschichtliche Abrisse aus dem Leben ihres ›lieben seligen Mannes‹ zum besten gegeben.«
Hätte die arme, in Schweiß fast gebadete Mrs. Luise Breidelford das Gelächter hören können, das in diesem Augenblick die Spiegelfenster des kleinen freundlichen Zimmers erzittern ließ, und die Ursache desselben gewußt, ihr Zorn hätte keine Grenzen gekannt. Unaufhaltsam stürmte sie, den unglücklichen Mulattenknaben im Schlepptau, der eigenen bedroht geglaubten Wohnung zu, und geheimnisvolle, düstere Worte waren es, die sie dabei vor sich hinmurmelte.
Die kleine, jetzt von ihrer lästigen Gegenwart befreite Gesellschaft rückte indessen in der besten Laune von der Welt dichter um den Tisch herum, und selbst James verlor zum großen Teil seine frühere Scheu. Die allgemeine Fröhlichkeit hatte ihn den Frauen nähergebracht, und er gestand nun in aller Unschuld, daß er zu Tode erschrocken sei, als Mrs. Breidelford die Einladung, die doch eigentlich nur den beiden Damen des Hauses gegolten, so ganz ohne weiteres auf sich bezogen und angenommen habe. »Daheim«, sagte er, »werden sie schön schauen, wenn sie ihre Drohung wahr macht; denn böse Geschichten sind es, die über die Frau erzählt werden.«
»Weiß auch der liebe Gott, wie wir zu der Ehre ihres Besuches kommen«, meinte Mrs. Dayton. »Das ist nun schon das dritte Mal, daß sie uns aufgesucht hat und bis spät in die Nacht dableibt, ohne daß wir je einen Fuß über ihre Schwelle gesetzt oder sie auch nur gebeten hätten, ihren Besuch zu wiederholen. Was will ich aber machen? Sie kommt, setzt sich her, quält uns stundenlang mit ihren schrecklichen Erzählungen und borgt beim Weggehen gewöhnlich noch eine Menge Kleinigkeiten, wie Nadeln, Seide, Stückchen Leinenzeug oder Küchengeschirr und sonstige Sachen, die sie ebenso regelmäßig wiederzuschicken vergißt.«
»Ich kann wohl gestehen«, sagte Smart, »daß ich erstaunt

war, sie hier in Ihrer Gesellschaft zu finden. – Mrs. Breidelford genießt in Helena nicht einmal mehr einen zweideutigen Ruf, und das will viel sagen. Die wirklich wenigen Guten, die noch hier sind, haben sich nicht allein von ihr zurückgezogen, sondern ihr sogar das Haus verboten. Auch Mrs. Smart hatte eines schönen Morgens ein sehr lebhaftes und für Mrs. Breidelford keineswegs schmeichelhaftes Gespräch mit dieser Dame, das seitens meiner Frau von dem oberen, seitens jener Lady von dem unteren Teil der Veranda geführt wurde, zu welchem sie durch den Neger aus dem Hause begleitet worden war. Allerdings behauptete in diesem Zungenkampf Mrs. Breidelford das Feld, denn sie wurde von einem sehr großen und sehr zerlumpten Teil des jungen Helena unterstützt und verblieb noch mit eingestemmten Armen und äußerst roten Gesichtszügen eine ganze Weile auf ihrem eingenommenen Posten, während ich Mrs. Smart, freilich nicht ohne bedeutenden Widerstand, hinterrücks und immer noch nach außen hin eifernd, in das Haus zurückzog. Seit der Zeit hat sie natürlich unsere Wohnung nicht wieder betreten dürfen, scheint aber den Groll darüber keineswegs bis auf mich ausgedehnt zu haben; denn sie war heute abend ungemein, ja fast auffällig freundlich und zuvorkommend gegen mich.«

»Ich glaube, man tut dieser Mrs. Breidelford, so wenig ich sie auch selbst persönlich leiden kann, doch unrecht«, nahm hier der Squire das Wort. »Ich kenne so ziemlich alles, was an Gerüchten über sie im Umlauf ist, und habe sie scharf beobachtet und beobachten lassen. Das einzige jedoch, dessen ich sie in Verdacht habe und was wirklich straffällig wäre, ist der geheime Verkauf von Whisky an Neger. Zeigt sich das als begründet, so werde ich sie auch deshalb, wie es ja als Richter meine Pflicht ist, in Strafe nehmen, und weder ihre Freundschaft noch ihr Haß sollen mich daran hindern. Lieb wäre es übrigens auch mir, wenn sie uns mit ihren Besuchen verschonen wollte; doch – Sie wissen, wie das hier in Arkansas ist. –

Wollte man es den Leuten förmlich verbieten, die ganze Stadt schriee dann über Stolz und Hochmut. Da unterzieht man sich lieber dem kleineren Übel und hat dafür mit weniger Unannehmlichkeiten und bösem Willen zu kämpfen.«
»Ja, Squire«, sagte James und schämte sich schrecklich, hier vor den beiden Damen das Wort zu nehmen, »das mag ganz gut sein, so lange es sich auf arme, einfache Leute bezieht. Wenn aber bei uns auf dem Lande draußen jemand einmal als schlecht erkannt ist und man gibt sich dann nicht mit ihm ab, dann wirft einem das kein Mensch mehr vor – meine ich.«
»Mr. Lively hat ganz recht, Dayton«, fiel hier Adele lebhaft ein, – »mit solcher Frau würde ich auch keine Umstände weiter machen. – Was kann sie uns denn tun, wenn wir ihr das Haus verbieten? Und wir würden dadurch eine Pein los, die manchmal wirklich kaum zu ertragen ist. Nun, Mr. Lively wird es noch bereuen, uns eingeladen zu haben.«
»Miß Adele –« stotterte James und erfaßte mit beiden Händen fest und krampfhaft den unteren Teil seines Stuhls, als ob er sich einen Zahn ausziehen lassen wollte, – »Mutter wird – Sie können gar nicht glauben, wie – ich wollte sagen – versuchen Sie's nur, kommen Sie nur einmal heraus – und wenn's auch nicht draußen so schöne Blumen gibt wie –« um sein Leben gern hätte er »wie Sie« gesagt, aber es ging nicht – es ging wahrhaftig nicht. Die Worte staken ihm, Harpunen gleich, in der Kehle, und er brachte sie nicht heraus.
»Wie hier, Mr. Lively?« lachte Adele, die das ›wie‹ auf Helena bezog oder ihm doch wenigstens schnell damit in die Rede fiel. – »Wie hier? Ach, du lieber Gott, hier sieht's mit Blumen trüb und traurig aus; denn der Wald in der ganzen Nachbarschaft herum ist zerstampft und zertreten, und selbst den Bäumen scheint der ewige Qualm und Rauch und das wilde, rohe Toben der Menschen nicht zu behagen. – Sie sehen in der Nähe der Stadt häßlich und krank aus, während sie weiter davon entfernt viel frischere, lebendigere Farben, viel würzigeren Duft zu haben scheinen.«

»Ach Miß, – Sie sollten nur jetzt einmal sehen, wie schön, wie herrlich es bei uns ist!« rief Lively, dem der Gedanke an seinen Wald frischen Mut gab, wenn er auch nicht wagte, dem jungen Mädchen zu sagen, wen er vorhin mit den Blumen gemeint habe. »Es ist ja nirgends herrlicher in der Welt als im Walde draußen, und ein Morgen, ein Sonnenaufgang unter den frischen, tauigen Blättern wiegt ein ganzes Jahr von dem häßlichen Treiben der Städte auf. Die wilden Tiere und Vögel wissen das auch recht gut. – Dorthin, wo es am heimlichsten, am ungestörtesten ist, dahin flüchten sie sich, und wo kein menschliches Auge sie erreichen kann, da spielt die Hirschkuh mit dem Kalb, und die munteren Sänger schlagen die herrlichsten Triller dazu und singen so lange und so wunderschön, bis die Blätter ordentlich anfangen, unruhig zu werden und zu tanzen.«

»Ei, sieh da, Mr. Lively« – lächelte Squire Dayton, während er sich ein schmales Stück Kautabak abschnitt und das übrige an Jonathan Smart hinüberreichte, – »ob er uns am Ende nicht noch poetisch wird! – Haben Sie schon einmal Verse gemacht?« »Ich?« rief James und sah jetzt erst zu seinem grenzenlosen Entsetzen, daß die Augen der ganzen Gesellschaft auf ihm allein gehaftet hatten, – »ich – nein – im Leben nicht«, und seine Hände griffen vergebens nach ihrem früheren, im Eifer des Gesprächs verschmähten Anhaltepunkt.

»Mr. Smart soll aber schon Verse gemacht haben«, sagte Mrs. Dayton und suchte durch diese Wendung dem armen Burschen aus der Verlegenheit zu helfen.

Jonathan Smart blickte Mrs. Dayton von der Seite an.

»Ein Yankee und Verse machen?« sagte er endlich schmunzelnd und nahm sein linkes Knie zwischen beide Hände. – »Prächtige Idee das. Nein, Mrs. Dayton, damit befasse ich mich weniger; Verse bringen nichts ein. – Und doch – so komisch Ihnen das auch vorkommen mag, ich habe wirklich einmal ein Gedicht gemacht, und zwar an meine Alte, als wir noch Brautleute waren.« »O bitte, bitte, Mr. Smart, das Gedicht müssen Sie uns einmal zeigen«, bat Adele. – »Ich lese so ungemein gern Gedichte.« »Und solche besonders«, lächelte der Wirt, »nicht wahr, wo man sich vor Lachen dabei recht ausschütten kann? Ih nun, wenn ich es noch hätte, wäre mir's recht. – Später mußte ich selbst darüber lachen.«

»So haben Sie es vernichtet?«

»O nein, im Gegenteil, das ist in den Händen derjenigen, an die es gerichtet war.«

»In Mrs. Smarts Händen?«

»Zu dienen, und wird jetzt etwa in derselben Art wie die schlecht geschleuderten Wurflanzen der Indianer von der nämlichen Person, den oder die es hätte treffen sollen, als Waffe gegen den Absender gebraucht.«

»Das ist ein Rätsel«, sagte Mrs. Dayton.

»Aber leicht zu lösen«, fuhr der Yankee fort. »Ich machte nämlich in einer ungewöhnlich schwärmerischen Stunde – nicht war, Mr. Lively, Sie haben deren auch manchmal? – ein Gedicht auf die damalige Miß Rosalie Heendor. Darin pries ich denn, wie das in solchen Gedichten gewöhnlich geschieht, nicht allein ihre unvergleichliche Schönheit und Liebenswürdigkeit, wobei ich die einzelnen Reize unter den Rubriken Alabaster, Perlen, Elfenbein, Sterne, Sammet, Rosen Veilchen usw. besonders aufführte, sondern ich bekannte auch mit einer wirklich alles hintenansetzenden Bescheidenheit und – Unvorsichtigkeit – meinen eigenen Unwert, als solches Ideal zu besitzen; hielt aber am Schluß nichtsdestoweniger sehr ernstlich um dessen Hand an. So weit ging die Sache gut; Miß Rosalie war nicht von Stahl und Jonathan Smart damals noch ein ganz reputierlicher junger Bursche, der seine sechs Fuß zwei Zoll in seinen Strümpfen stand. Mehrere Jahre hatten wir auch ruhig und vergnügt miteinander gelebt, und mir war das Gedicht und dessen Inhalt natürlich ganz und gar entfallen. Da geschah –«

»Ein Brief an Squire Dayton«, sagte Nancy, die in diesem Augenblick die Tür öffnete und ein leicht zusammengefaltetes Papier hereinreichte.

»Wer hat es gebracht?« fragte der Squire.

»Der Mailrider«, erwiderte die Mulattin, »er sagte, es hätte Eile!«

Squire Dayton öffnete das Schreiben und drehte sich damit nach dem Licht herum, um es besser lesen zu können; Jonathan aber, der während der Unterbrechung einen Augenblick stillgeschwiegen hatte, fuhr jetzt ruhig in seiner Erzählung fort, und zwar, nach seiner gewöhnlichen Art, gleich mit dem Wort, bei welchem er stehengeblieben war:

– »es einst, daß Mr. und Mrs. Smart, wie das bei Eheleuten wohl manchmal vorfällt, einen kleinen Wortwechsel hatten, in welchem der Gentleman seiner Lady hinsichtlich ihrer persönlichen Eigenschaften einige vielleicht nicht gerade schmeichelhafte Bemerkungen machte. Darauf schien diese übrigens vorbereitet; denn plötzlich und ohne alle vorherige Warnung tauchte jetzt nichts anderes als das längst verjährte Gedicht auf, und mit lauter, ja immer lauterer Stimme, je mehr ich dagegen protestierte, wurde mir der mit meinen gerade gebrauchten Worten allerdings etwas im Widerspruch stehende Inhalt triumphierend vorgelesen. Diese Szene hat sich seitdem einige Male wiederholt, und wenn man nach derartigen Erfahrungen berechtigt ist, die Jugend zu belehren und vor Mißgriffen zu warnen, so möchte ich dem hier anwesenden jungen James Lively allerdings sehr dringend empfehlen, keine Gedichte solchen Inhalts der jungen Dame zu übersenden, die er dereinst als ehrbare Hausfrau heimzuführen gedenkt. – Schon gewählt?« – Und die Frage traf den, an den sie gerichtet war, so plötzlich, daß er erschrocken auf seinem Stuhl zusammenfuhr. Mr. Dayton selbst ersparte ihm aber diesmal eine Antwort; denn er stand schnell auf, ging zum Fenster und blickte hinaus, sah nach der Uhr und sagte dann: »Liebe Frau, ich bekomme hier eben höchst fatalerweise einen Brief, daß ich heute abend noch einen Schwerkranken besuchen muß.«

»Hier in Helena?« fragte Mrs. Dayton besorgt.

»Nein, leider nicht«, sagte der Squire, »zehn Meilen im Lande drin. Da werde ich denn allerdings vor morgen früh, wenn das überhaupt der Zustand des Patienten erlaubt, nicht wieder hier sein können. Höre, Nancy, sage doch Cäsar, daß er mein Pferd sattelt und aufzäumt.« Mrs. Dayton seufzte tief auf.

»Ach, George«, flüsterte sie traurig, »es ist ja wohl recht gut für dich, daß deine Fähigkeiten so in Anspruch genommen werden, aber ich weiß nicht, ich wollte doch, du könntest ein wenig mehr zu Hause bleiben. – Die häufigen Nachtritte müssen ja auch deine eigene Gesundheit ruinieren.«

»Sei unbesorgt«, lächelte der Gatte und zog den Oberrock an, den auf seinen Wink Nancy unterdessen gebracht hatte.

»Schaden tut es mir sicher nicht, aber ich bliebe auch lieber bei euch; doch was will ich machen? Soll ich die Kranken, die mir nun einmal vertrauen, in Angst und Sorge liegen lassen, weil ich mich nicht gern in meiner Bequemlichkeit gestört sähe? Mir tun sie leid, die Armen, da ja überhaupt die Heilkunde des ganzen Staates fast nur in den Händen von Quacksalbern ist.«

»Da hat der Squire wohl recht«, sagte Jonathan, »eine Wohltat ist es, für die man nicht genug dankbar sein kann, wenn man imstande ist, einen ordentlichen Arzt zu bekommen. Doch, aufrichtig gesagt, möchte ich der nicht sein, der nie weiß, ob er sich am Abend ruhig in sein Bett legen kann oder nicht. Mit der Bezahlung dafür sieht es nachher auch immer windig genug aus. – Wer ist denn krank?«

»Der Deutsche, der sich erst vor kurzem dort angesiedelt hat«, sagte der Richter, – »Brander heißt er, glaube ich.«

»Aha – kaltes Fieber wahrscheinlich; – nun, das ist nicht so gefährlich. Doch ich höre das Pferd unten kommen; also,

Ladies, ich werde mich jetzt ebenfalls empfehlen. Mr. Lively, gehen Sie auch mit, oder bleiben Sie noch bei den Damen?«

»Nein, bewahre«, – sagte James schnell und erschrak doch auch gleich darauf wieder über die Ungezogenheit. – »Es wird sonst zu spät. – Reiten wir einen Weg, Mr. Dayton?«

»Schwerlich«, erwiderte der Richter, während er sich den linken Sporn anschnallte, – »ich reite den Fußpfad, der nach Bailys hinüberführt. Es ist etwas näher.«

»Da müssen Sie aber durch den Sumpf unten«, sagte James. »Das ist ein Weg, wo man jetzt kaum am hellen Tag durchkommt.«

»Hat nichts zu sagen«, lächelte der Squire, »ich kenne da jeden Zoll Landes und habe mir erst neulich das überhängende Rohr ein bißchen aus der Bahn gehauen. Also gute Nacht, Kinder, gute Nacht. Morgen früh, hoffe ich, trinken wir wieder zusammen Kaffee, und dann kann ich mich ordentlich ausruhen.«

»Ladies«, sagte Lively und machte, ohne Adele dabei auch nur von der Seite her anzusehen, eine tiefe Verbeugung vor Mrs. Dayton, – »darf ich also den Eltern sagen, daß Sie – morgen kommen werden?«

»Das und noch viele, viele Grüße an die Mutter«, erwiderte Mrs. Dayton freundlich und reichte dem jungen Mann die Hand. Der drückte sie herzlich, ließ sie aber in aller Verlegenheit auch gar nicht wieder los, da er im Geist jetzt ebenfalls eine Anrede an Miß Adele vorbereitete. Mrs. Dayton mochte jedoch eine Ahnung von dem haben, was in James' Seele vorging, denn sie sagte lächelnd:

»Und darf ich also Adele auch mitbringen?«

James drückte ihr die Hand, daß sie hätte aufschreien mögen, fuhr dann aber schnell zurück und sagte, rot wie Blut:

»Miß Adele wird sich freilich draußen gewaltig langweilen.«

»Dann soll ich vielleicht hier bei Mrs. Breidelford bleiben?« fragte das schelmische Ding.

»Miß! –« stotterte James.

»Nun, wird's, Lively?« rief Smart schon von der Haustür aus; – »Euer Pferd steht auch hier.«

»Wir kommen also beide, Mr. Lively, – bestimmt«, lächelte Mrs. Dayton, und James, dem Nancy indes seinen lange gesuchten Hut gebracht hatte, sprang mit einem fröhlichen: »Gute Nacht zusammen!« die Treppe hinab und unten mit einem Satze in den spanischen Sattel des munteren Ponys, das ihn dort freudig wiehernd begrüßte.

Wenige Sekunden später sprengten Dayton und Lively auf zwei verschiedenen Wegen fort. Smart aber drückte sich den Hut fest in die Stirn, schob beide Hände tief, tief in seine Beinkleidertaschen und schritt dann, höchst selbstzufrieden vor sich hinpfeifend, die Straße hinab. Indessen ging er nicht gleich dem eigenen Hause zu, denn die Ruhe der Stadt verbürgte ihm dessen Sicherheit, sondern erst einmal zu der Flatbootanlegestelle des Flusses, wo etwa zwölf oder dreizehn jener langen, unbehilflichen Fahrzeuge angebunden waren. Die Boote hingen nur an Tauen fest, waren aber durch breite Planken mit dem Land verbunden, denn sie dienten auch als schwimmende Kaufläden, in denen die Bewohner der südlichen Staaten die Erzeugnisse des Nordens erwerben konnten.

5

Der Mond schien hell und freundlich auf die rasch dahinströmende, undurchsichtige Flut herab, während nur dann und wann einzelne dünne Wolken die helle Scheibe für kurze Momente verdüsterten und ihre Schatten über die weite Niederung deckten. Leise gurgelte dabei das Wasser unter den gewichtigen Booten, und die Strömung warf schmutziggelbe Schaumblasen gegen die Planken. Hier und da trieb ein von dem tückischen Nachbarn seinem sichern, jahrhundertelang behaupteten Platze entrissener Baumstamm vorüber und streckte die langen Riesenarme wie Hilfe suchend nach den ruhig neben ihm fortrauschenden Brüdern aus, und der Schrei des Haubentauchers gab manchmal, oft wie spottend, den rohen Jubelruf der Zechenden zurück, der noch immer aus einem der im Innern hell erleuchteten Boote und einem weiter oben gelegenen Trinkhause erscholl. Oft sprang auch ein gewaltiger Catfisch aus seinem kühlen Element empor, und die glatte, silberfarbene Haut blitzte dann im Mondlichte. – Sonst aber lag Ruhe, stille, unheimliche Ruhe auf der breiten Fläche des Stromes, die nur um so schauriger gegen das rohe Jauchzen der wilden, ausgelassenen Gesellen abstach. Smart schritt langsam am Ufer hin und hatte eben den abgebrochenen Stamm einer jungen Sykomore erreicht, der hier von den Flußleuten benutzt wurde, um die Bootstaue daran zu befestigen, als sich ihm die Gestalt eines andern Mannes näherte, den er augenblicklich als den vor wenigen Stunden geretteten Iren erkannte. Langsam kam dieser ihm gerade entgegen am Ufer heraufgeschlendert und schien nur dann und wann einmal die Boote mit einem mißtrauischen Blick zu betrachten.

»Ei, ei, O'Toole«, rief warnend der Yankee, – »juckt Euch das Fell schon wieder und tragt Ihr so absonderliches Verlangen nach kaltem Flußwasser, daß Ihr Euch, alle Vorsicht vergessend, in die Nähe von Leuten wagt, die erst vor ganz kurzer Zeit ein Todesurteil über Euch gefällt hatten? Ich könnte zum zweiten Mal nicht stark genug sein, Euch ihrem Griff zu entreißen.« »Hol sie der Böse!« murmelte der Ire, der bei der ersten Anrede, ehe er recht unterscheiden konnte, wer zu ihm sprach, schnell nach der Seite gegriffen hatte, wo er wahrscheinlich eine Waffe verborgen hielt. Durch den Anblick des Wirtes beruhigt, fuhr er, immer noch mit verbissenem Ingrimm, fort: »Eine Bande ist's, – eine raubgierige, schurkische Bande von lauter Schuften, die aneinander hängen wie die Kletten. – Smart, – Ihr mögt mir's nun glauben oder nicht, aber St. Patrick soll mich in meiner letzten Stunde verlassen, wenn ich nicht fürchte, hinter den Burschen steckt etwas Schlimmeres, als wir jetzt noch vermuten.«

»Hinter den Bootsleuten?« lächelte der Wirt verächtlich. – »Da tut Ihr ihnen wahrlich zu viel Ehre an. – Wildes, rohes Volk ist es, das gedanken- und sittenlos in den Tag hineinlebt und, wie die Matrosen, jeden Dollar verspielt und vertrinkt, den es sich vorher mit saurem Schweiß verdienen mußte.«

»Das ist's nicht allein«, sagte der Ire kopfschüttelnd; – »das ist's bei Gott nicht allein! Die Kerle halten zusammen wie ein Sack voll Nägel und haben auch Zeichen untereinander, darauf wollte ich meinen Hals verwetten. Sobald der eine Halunke pfiff – ich habe mir übrigens den Pfiff gemerkt –, stürmten sie alle miteinander auf mich los wie eine Meute Bracken, wenn sie das Horn hören. Aber wartet – wartet, Kanaillen; ich komme euch noch auf die Spur, darauf könnt ihr euch verlassen, und nachher sei euch Gott gnädig!«

»Dort unten stößt ein Boot ab«, sagte Smart und zeigte den Fluß hinab, wo gerade unter den Flatbooten ein kleines scharfgebautes und jollenartiges Fahrzeug vorschoß, zuerst eine Strecke in den Strom hinein hielt und dann stromab, aber immer noch mit beiden Rudern arbeitend, seine Bahn verfolgte. Ein einzelner Mann saß darin; wer es aber war, konnten sie nicht erkennen. »Nun, wo will denn der hin?« fragte der Ire und nahm den Hut ab, um sich nicht durch den Blick die Krempe zu verstellen. »Es wird irgendein Flatbooter sein, der hier wie gewöhnlich seine paar Dollar verspielt hat und nun in aller Eile hinter seinem indessen vorausgegangenen Boot herrudern muß.«

»Dann kommt dort noch die ganze übrige Mannschaft«, sagte der Ire, und zugleich glitt ein großes Segelboot in den Strom, das aber nicht dieselbe Richtung wie die kleine Jolle nahm, sondern den Bug etwas stromauf scharf in den Fluß hinein hielt, als wenn sie die Landung am andern Ufer so hoch wie möglich machen wollten.

»Weathelhope drüben bekommt heute Besuch«, sagte Smart; – »wird sich unmenschlich freuen.«
»Sollten die bei Weathelhope einkehren?«
»Wenn nicht, so haben sie noch wenigstens fünf Meilen heute abend zumarschieren, ehe sie ein anderes Haus erreichen können, und fünf Meilen bei Nacht und Nebel durch den Sumpf zurückzulegen, dafür dankte ich. Lieber bliebe ich die Nacht dicht am Ufer des Stromes; da ließen die Moskitos doch wenigstens noch etwas von mir übrig; in dem Swamp aber drin fräßen sie, glaube ich, einen Menschen bis auf die Knochen auf.«
»Es wäre bei Gott kein Verlust, wenn das den Kanaillen heute passierte«, brummte der Ire. – »Doch, gute Nacht, Smart; es wird spät, ich will mich schlafen legen. Von heute an bin ich übrigens Euer Schuldner, denn ohne Euch läge ich jetzt tief unten in der schmutzigen Flut. – Gebe Gott, daß ich Euch das einmal vergelten kann!«
»Ei, O'Toole«, sagte der Wirt lachend, während er ihm die Hand reichte, – »das war bloß Eigennutz von mir; ich hätte ja sonst einen meiner besten Gäste verloren. – Doch – ohne Spaß –, nehmt Euch vor dem rohen Volk künftig lieber ein wenig mehr in acht. – Es hat niemand Ehre davon, sich mit ihnen einzulassen.«
Die Männer schritten langsam zu ihren Wohnungen in die Stadt zurück. Nur O'Toole blieb noch mehrere Male stehen und lauschte aufmerksam nach den Ruderschlägen des Bootes hinüber, die in immer weiterer und weiterer Ferne verklangen, bis sie endlich ganz plötzlich aufhörten oder ein veränderter Windzug den Laut nicht mehr zum westlichen Ufer trug. Der Ire horchte noch eine Weile und murmelte dann ärgerlich vor sich hin: »Hol sie der Teufel! – Jetzt läßt sich doch nichts mit ihnen anfangen. Aber wartet, – morgen will ich einmal hinüberfahren nach Weathelhope, und dann müßte es ja mit dem Henker zugehen, wenn man nicht auf die Fährte der Schufte kommen könnte.«

Das Boot strebte übrigens keineswegs, wie der Ire vermutet und es, von Helena aus gesehen, den Anschein hatte, dem andern Ufer zu; es hielt nur in gerader Richtung durch den Strom, bis etwa fünfhundert Schritt von seinem scheinbaren Ziel.
»Stop here!*« sagte da plötzlich eine rauhe, tiefe Stimme, die vom Heck des Fahrzeugs kam, und die vier Bootsleute hoben gleichzeitig ihre Ruder hoch aus dem Wasser, daß die daranhängenden, glänzenden Tropfen bis zu dem Bootsrande zurückliefen und hier die Ruderlöcher näßten. Es war der Steuermann, der den Befehl gegeben hatte, ein alter Bekannter von uns, der Narbige, der in Helena dem armen Iren bald so gefährlich geworden wäre. Auch die neun Männer an Bord, vier an den Rudern und fünf behaglich zwischen diesen ausgestreckt, bildeten die Mehrzahl derer, die an dem Uferkampf gegen den einzelnen einen so ungerechten Anteil genommen hatten.
Das Boot trieb nicht mehr so schnell durch die Flut, blieb aber noch hinlänglich im Gange, um von dem Steuer stromab regiert zu werden.
»Ich wäre lieber noch ein wenig weiter hinübergefahren«, sagte der eine jetzt, während er den Kopf hob und nach dem noch ziemlich fernen Ufer hinüberschaute.
»Und wozu?« fragte der mit der Narbe. – »Erstlich liefen wir Gefahr, auf den Sand zu rennen, und dann möchten sie auch oben in dem Haus auf uns aufmerksam werden, und das ist beides nicht nötig.«
»Lassen wir die runde Weideninsel links oder rechts liegen?«
»Links.«
»Das ist ja wohl auch das tiefste Wasser?«
»Deshalb nicht, unser kleines Känguruh würde schon über die flachen Stellen fortspringen. So arg ist es übrigens auch gar nicht, wir haben an beiden Seiten der Insel bei jetzigem Wasserstand und an den seichtesten Stellen sechs Fuß und brauchen höchstens anderthalb.«

* Halt!

»Nun, mir recht. – Ich weiß mit dem Fluß nicht Bescheid, aber – wie lange fahren wir denn wohl bis hinunter?«
»Es mögen etwa vierzehn Meilen von Helena sein«, meinte der Narbige. »Eine Meile weiter unten fangen wir wieder an zu rudern, gehen über den Fluß zurück und müssen den Landungsplatz in höchstens anderthalb Stunden erreichen, vielleicht noch eher. Jetzt seid aber ruhig; hier am Ufer stehen einige Häuser, und je weniger Geräusch wir machen, desto besser ist's.«
Das scharfgebaute Fahrzeug trieb noch eine lange Strecke still und schweigend stromab; dann aber ließen die Männer auf ein Zeichen des Führers die bis dahin noch immer emporgehaltenen Ruder von neuem ins Wasser, der Bug kehrte sich wieder dem westlichen Ufer zu, und hin über die Flut schoß nun das Känguruh, daß die kleinen Kräuselwellen vorn hoch emporspritzten und dann in langen wogenden Kreisen seitab strömten.
Die einzelnen Lichter am Ufer blieben weit, weit zurück. Jetzt näherte sich das Boot, der stärkeren Strömung treubleibend, mehr und mehr dem Ufer, ja, glitt so nahe an dem düsteren Urwald hin, daß die funkelnden Glühwürmer sichtbar wurden und der klagende Ton der Nachtvögel zu ihnen herüberschallte.
Hier lag eine Ansiedlung, und um diese jetzt so geräuschlos wie möglich zu passieren, waren die Ruder umwickelt worden; kein Laut wurde gesprochen, und so dicht am Lande glitt das Boot vorüber, daß sie oft die Wipfel der durch Abbrechen des Ufers hineingestürzten Stämme berühren konnten. Da blieb eines der Ruder in einem vorragenden Aste hängen und fiel dem, der es hielt, aus der rasch nachgreifenden Hand. Der Steuermann drückte jedoch das Hinterteil des Bootes schnell dem forttreibenden Holze zu und ergriff es eben noch zur rechten Zeit, konnte jedoch nicht verhindern, daß ein paar der Ruder gegen Bord schlugen und dadurch auf dem stillen Wasser ein unüberhörbares Geräusch verursachten.

Sie befanden sich jetzt gerade unterhalb des einen Hauses. Die Hunde schlugen dort an und liefen dem steilen Uferrande zu, von dem aus sie das vorbeischlüpfende Boot deutlich erkennen konnten.

»Hallo, the boat!« rief eine laute Stimme, die aus der kleinen Lichtung heraustönte. Gleich darauf sprang ein Mann in Hemdsärmeln auf einen halb über die steile Uferbank hinausragenden Sykomorestamm und schwenkte zum Zeichen, daß er mit den Vorbeirudernden reden wolle, ein helles Tuch. Daß sie gesehen waren, ließ sich nicht mehr verkennen, der Steuermann gab auch ohne Zeitverlust und mit ruhiger Stimme sein: »Was soll's?« zurück und ließ dabei den Bug herumschneiden, daß er gegen die Strömung stand. Dabei rief er dem im Vorderteil Sitzenden zu, er solle einen Ast packen und festhalten, bis er mit dem Manne gesprochen hätte.

»Aber zum Teufel, Ned«, flüsterte der Vordermann ängstlich, – »bist du denn gescheit? Du willst es denen am Lande wohl ganz ins Maul –«

»Stille, sage ich«, unterbrach ihn der Steuermann, »laßt mich nur machen! – Wir dürfen keinen Verdacht erregen.«

»Wohin geht das Boot?« rief abermals die Stimme vom Ufer aus. »Stromab, bis Montgomerys Point.«

»Noch Platz an Bord?«

Der Steuermann zögerte mit der Antwort – »Was zum Teufel mögen sie wollen?« – flüsterte er vor sich hin.

»Noch Platz an Bord für einen Passagier?« wiederholte der erste. »Alle Wetter, – da gibt's was zu angeln!« kicherte der eine der Ruderer. – »Sag ja, Ned, – um Gottes willen, sag ja; der Mann hat sicherlich einen vortrefflichen Koffer, den er los sein möchte.«

»Nein!« rief der Steuermann, ohne die Einflüsterungen weiter einer Silbe zu würdigen. »Wir haben schon zu viel hier. – Wenn uns ein Dampfboot begegnet, könnte uns ein Unglück zustoßen.« Und ohne eine nochmalige Frage, die durch das

Schäumen des Wassers in der neben ihnen angeschwemmten Eiche ohnedies übertäubt wurde, zu beachten, gab er laut den Befehl, vorn loszulassen. – Der Bug fiel gleich darauf wieder ab, und mit dem Worte ›Ruder ein‹ erneute das Känguruh seine so plötzlich und unerwartet unterbrochene Bahn.
»Was in Beelzebubs Namen ist dir denn heute abend in den Kopf gefahren?« zürnte der frühere Sprecher, indem er sich unwillig gegen den Steuernden wandte. »Schickst die Leute selbst zurück, die uns ihre guten Sachen bringen wollen, und betrügst uns förmlich um unseren Gewinn? – Der Kapitän wird schön schimpfen, wenn er's erfährt.«
»Halt' dein ungewaschenes Maul!« knurrte der Narbige. – »Redst, wie du es verstehst. – Wir haben heute genug Unsinn in Helena getrieben; ich sollte denken, wir ließen es dabei bewenden. Wolltest du eines einzigen erbärmlichen Koffers wegen Gefahr laufen, unsern Schlupfwinkel aufgestört zu wissen – he? Willst du hier gleich – uns ganz dicht auf dem Kragen, einen Verdacht erregen, der uns die benachbarten Konstabler in ein paar Wochen auf den Hals hetzen würde? Nein, es war töricht genug, daß wir heute den Streit anfingen, zu dem du ebenfalls wieder den Anlaß gegeben hast. Dabei mag's heute sein Bewenden haben. Fatal ist mir's übrigens, daß uns der Laffe am Ufer gesehen hat. Nun, er weiß doch wenigstens nicht, wohin wir gehören. Aber jetzt greift aus, meine Burschen; denn der Kapitän wird uns erwarten. Ich bin überdies neugierig, was unser nächster Zug sein mag; heute nacht bestimmt er's vielleicht.«
Das Boot flog nun, von den elastischen Rudern getrieben, pfeilschnell über die glatte Stromfläche hin, und nicht lange mehr währte es, bis sich eine dunkle, hoch mit stattlichen Bäumen bewachsene Insel von dem düsteren Hintergrunde klar absonderte, während sie die Männer als das Ziel ihrer nächtlichen Fahrt begrüßten.
Diese Insel, die wie alle übrigen im Mississippi mit Schilf,

Weiden und hohen Baumwollholzbäumen am Rande bewachsen war, glich ganz den Schwestern und zeichnete sich auch durch kein besonderes Merkmal weiter aus. Ihre Nummer*, unter der sie die Bootsleute kannten und mit der sie auf den Flußkarten verzeichnet stand, war Einundsechzig. Wie die meisten jener kleinen Landstrecken lag sie mitten im Fluß und wurde in letzter Zeit nie mehr von den herabkommenden Booten besucht, da ein Wirbelsturm, wie es heißt, den größten Teil derselben verwüstet habe.

Wirklich starrten auch, und zwar besonders an den Stellen, an denen ein großes Boot bequem hätte landen können, eine solche Menge von weitästigen, knorrigen Baumwipfeln überall empor, daß ein Hinankommen zum Ufer unmöglich gewesen wäre. Nur ein Platz, und zwar an der linken Seite der Insel, lag offen und frei da und schien auch in früherer Zeit begangen gewesen. Jetzt aber umgaben ihn einige Snags und Sawyers**, die aus der rasch daran vorbeischießenden Flut hervorschauten, und der Flatbooter, der vor einbrechendem Abend vielleicht gehofft hatte, hier sein Boot zu befestigen, griff mit schnellem, ängstlichem Eifer zu den langen Finnen und trieb in fast verzweifelter Kraftanstrengung das unbehilfliche Boot fort von dem Platz, der ihm Verderben bringen mußte.

* Die zahlreichen Inseln des Mississippi würden eine besondere Benennung jeder einzelnen sehr erschweren und den Bootsmann verwirren; sie sind deshalb von den Quellen dieses gewaltigen Stromes an bis zur Mündung des Ohio und von da an wieder bis nach New Orleans numeriert, und nur wenige haben noch, wenn sie sich durch irgend etwas augezeichnet oder kenntlich gemacht hatten, besondere Namen erhalten. Von der Mündung des Ohio bis New Orleans (etwa tausend englische Meilen) zählt der Mississippi hundertfünfundzwanzig Inseln.

** Snags und Sawyers werden die im Grunde der Flüsse festgeschwemmten Baumstämme genannt, die noch über die Oberfläche des Wassers hervorragen, oder, was noch gefährlicher für die Flußleute ist, dicht darunter liegen und ihr Dasein oft nicht einmal durch deutliche Bewegung des Wassers kundgeben. Die Snags, von denen die größeren Äste oder ganze Stämme Planter genannt werden, sitzen fest und unbeweglich, die Sawyers hingegen tauchen in schneller Strömung fortwährend auf und nieder.

Der Steuermann, der an dem langmächtigen Ruder lehnte, das weit hinter dem Boot aus dem Wasser stand, fluchte dann wohl, daß der Staat nicht mehr Fleiß darauf verwende, den Strom von solch gefährlichen Gesellen zu räumen. Er schwur sich auch vielleicht heimlich, künftig in dem in seinem ›Navigator‹ angegebenen Fahrwasser zu bleiben, das ihn auf die andere Seite der Insel verwies, und entging dadurch unbewußt einer Gefahr, die ihm wie seinem Boot weit verderblicher geworden wäre als alle Snags und Sawyers des Mississippi zusammen. Aus den dichtverworrenen Dickichten des Inselufers aber schauten ihm dann ein Paar höhnisch lachende Augen nach, und eine rauhe Stimme brummte heimlich in den Bart: »Sei froh, Bursche, daß du dich hast warnen lassen, das Land hier zu betreten, du hättest sonst eine ruhigere und längere Nacht gehabt, als du es dir wohl je im Leben träumen ließest.«
Daß jene Snags und Sawyers keineswegs wirklich vom Strom angewaschene Stämme, sondern nur auf künstliche Weise durch Anker und versteckte Bojen hergestellte Blendwerke seien, dachte natürlich niemand. Aus der Ferne sahen sie auch täuschend genug aus, und nur ganz in der Nähe und nach genauer Untersuchung hätte man dem Geheimnis auf die Spur kommen können. Wer von den Schiffern würde aber seine Zeit daran verschwendet haben? Das starre, aus dem Wasser aufragende Holz war ihnen genug, und so weit wie möglich beschrieben sie den Kreis, der sie aus der Nähe solcher ›Bootsvernichter‹ bringen sollte.
Die ziemlich nahe zum linken Ufer gelegene Insel war drei englische Meilen lang, oben recht breit und auf dieser Seite von einer Menge angeschwemmter Stämme förmlich eingezäunt, und lief am unteren Teile spitz zu. Dort hatte sich aber eine ziemlich bedeutende, wohl eine volle Meile stromabgehende Sandbank gebildet, die unter dem Wasser hin zu einem eine halbe Meile tiefer gelegenen Eiland führte. Im ganzen wurde dieses noch mit zu Einundsechzig gezählt, da das

Wasser zwischen beiden zu seicht war, um größeren Flatbooten eine Durchfahrt zu gestatten, in Wirklichkeit war es aber von der oberen größeren Insel, selbst beim niedrigsten Wasserstande, vollkommen getrennt und wurde, wenn im Juli die Schneewasser aus den Felsengebirgen herabkamen, oft gänzlich von diesen bedeckt. Die Insulaner nannten das kleine Eiland übrigens, da sie es für den Fall einer Entdeckung als letzte Zuflucht betrachteten, die ›Notröhre‹.

Noch besseren Schutz genoß Nr. Einundsechzig von der West- oder der rechten Seite des Flusses. Hier umgab sie zuerst eine ziemlich hohe Sandbank, die etwa zweihundert Schritte vom Hauptufer der Insel wiederum in einen schmalen, mit Weiden und Baumwollholzsprößlingen dichtbewachsenen Landstreifen auslief. Dieser zog sich fast parallel und in gleicher Länge mit der Insel hin, wurde aber auch seinerseits wieder am rechten Ufer durch eine jedoch nur wenige Klafter breite Sandfläche geschützt.

Demnach konnte man sich dieser Insel nur von der linken oder Ostseite nähern, wo ihr nächstes Ufer der Staat Mississippi war, und hier hielten die getroffenen Vorkehrungen sicherlich jeden vom Landen ab, der dazu früher Lust gehabt haben mochte. Die eigentliche Strömung und das Fahrwasser des Mississippi lag denn auch ganz auf der rechten Seite der Insel, und die Entfernung zwischen jenem schmalen Zwischenstreifen und Arkansas betrug eine englische Meile, der Raum zwischen Einundsechzig und dem Staat Mississippi aber kaum die Hälfte dieser Entfernung.

An den beiden der Insel gegenüberliegenden Ufern standen nun allerdings ein paar niedere Blockhäuser, wie sie die Holzschläger am Mississippi gewöhnlich aufrichten, um die geschlagenen Klaftern an die vorbeifahrenden Dampfschiffe zu verkaufen. Sie waren aber nur selten bewohnt und auch wirklich fast unbewohnbar geworden. Das in Arkansas stehende hatte nicht einmal mehr ein Dach und drohte dem nächsten Sturmwind nachzugeben, der es unfehlbar in den

Strom hinabstürzen mußte. Etwas besser erhalten zeigte sich die Wohnung auf der Mississippi-Seite, jedoch glich sie ebenfalls viel eher einem Stall als einem menschlichen Aufenthalt. Zahlreiche Pferdespuren gaben auch Zeugnis, daß sie hierzu oft genug benutzt worden war, und mehrere vielbegangene Pfade führten östlich auf einen Sumpf zu, in dessen schlammigem, fast zehn Monate im Jahre unter Wasser stehendem Boden sie sich verloren.

Wer nun trotz all der getroffenen Vorsichtsmaßregeln zufällig an der Insel gelandet und nicht gleich auf den einzigen gangbaren Pfad gekommen wäre, der hätte seine Bahn mehrere hundert Schritt weit durch den fürchterlichen Schilfbruch hin suchen müssen, der nur je eine Insel oder ein Festland bedeckte. Dazwischen lagen dann nicht gefällte, sondern mit der Wurzel dem Boden entrissene Stämme so wild und toll durcheinander, daß niemand auch nur hoffen konnte, dieses Pflanzengewirr zu durchdringen, wenn er sich nicht mit Messer und Axt erst Bahn in das Herz der Waldung hieb. Da aber durch solch entsetzliche Arbeit nicht der mindeste Vorteil zu hoffen war, so fiel es natürlich auch gar niemandem ein, Zeit und Mühe daran zu verschwenden. Wer wirklich einmal aus Neugierde oder Langeweile begonnen hätte, einen solchen Weg anzutreten, wäre gar bald bei einem Geschäft ermüdet, das ihm weiter nichts zu vesprechen schien als zerrissene Kleider und Blasen in den Händen.

Dennoch lag hier – so tief versteckt und schlau angelegt, daß sie selbst den scharfen Augen der Jäger entging – eine ganze Ansiedlung verborgen, die aus neun kleinen Blockhütten, einem ziemlich geräumigen Warenhause und fünf dicht aneinandergebauten und verbundenen Pferdeställen bestand. Das Ganze bildete eine Art Hofraum und war nach Art der indianischen Forts so gebaut, daß es gegen einen plötzlichen Angriff, selbst einer Übermacht, recht wohl verteidigt werden konnte. Das Warenhaus und eine der kleinen Blockhütten dicht daran standen in der Mitte, und ringsherum bildeten auf der Ostseite, nach dem Mississippi-Staat zu, die Ställe eine feste, undurchdringliche, aber wohl mit Schießscharten versehene Wand, während auf der westlichen, minder bedrohten Seite nur hohe und doppelte Zäune die einzeln stehenden Gebäude miteinander verbanden. Als besonderen Schutz betrachteten aber die Insulaner eine lange Drehbasse* aus Messing, die oben auf dem platten Dache des Warenhauses angebracht war und mit der sie, als letztes Rettungsmittel, Tod und Verderben auf ihre etwaigen Angreifer hinabschleudern konnten.

Der Raum vor dem Warenhaus und der kleinen Blockhütte, in welchem der Kapitän mit seiner Frau wohnte, war frei und jetzt in der Sommerzeit mit großen, buntgestreiften Sonnenzelten bespannt. In den übrigen Häusern aber wohnten – das obere, breit und geräumig gebaute ausgenommen, das zu einer gemeinschaftlichen Junggesellenwirtschaft bestimmt blieb – die ›verheirateten Glieder der Gesellschaft‹. Dieses ›Junggesellenhaus‹, oder *›Bachelors' Hall‹*, wie es gewöhnlich genannt wurde, diente denn auch als gemeinsamer Versammlungsort. Nur bei geheimen Beratungen kamen die Führer der Schar in einem kleinen, zu diesem Zweck eingerichteten Kämmerchen des Warenhauses zusammen, um dann erst die gefaßten Beschlüsse später in Bachelors' Hall zur Abstimmung zu bringen.

Der Kapitän übte jedoch eine eigene, fast unbegreifliche Gewalt über diese wilden, gesetzlosen Menschen aus, die sonst nichts auf Erden anerkannten als ihre eigenen Gesetze. Er hatte freilich auch verstanden, sich auf die einzig mögliche Art Achtung zu verschaffen, und zwar durch das Übergewicht seines Geistes, wie auch durch mehrfach bewiesenen persönlichen Mut, der wirklich an Tollkühnheit grenzte. Sie fürchteten ihn deshalb fast so sehr, wie sie ihn ehrten, und Kapitän Kelly war ein Name, der nie in Scherz oder Spott genannt werden durfte.

* Leichte drehbare Schiffskanone

Nur zwei begangene Wege führten zu diesem durch ein scheinbar natürliches Bollwerk beschützten Zufluchtsorte von Verbrechern. Der eine lief vom Ufer aus, und zwar dicht unter den schon erwähnten künstlichen Snags, zuerst gerade der Mitte der Insel zu, und bog dann, ziemlich betreten, ein klein wenig links ab. Der war aber nur dazu bestimmt, um selbst dann noch den Eindringling irrezuführen, wenn er den Pfad selbst entdeckt hätte; denn er brachte ihn in einen kleinen Sumpf, in dem er unfehlbar versinken mußte, wenn er sich nicht rechtzeitig wieder zurückzog. Der wirkliche Weg dagegen lief, durch darübergeworfene Äste verdeckt, fast in einem rechten Winkel rechts ab und traf das ›Fort‹ gerade unter dem fünften Stall. Eine andere rein gehaltene und ordentlich ausgehauene Straße lief von der Südostseite des Forts an der rechten oder Ostseite des Sumpfes hin und gerade der Südspitze der Insel zu, wo er zu den hier sorgfältig versteckten und für den letzten Notfall aufbewahrten Booten führte. Doch war von hier aus kein Angriff auf das Fort zu fürchten, da ein einziger richtig gefällter Baum jede Bahn vernichtet hätte. Eine Verteidigung des Forts konnte überhaupt nur als verzweifeltes Mittel betrachtet werden, um genügend Zeit zu gewinnen, die Boote zu erreichen. Der Haupt- und alleinige Schutz der Gesellschaft blieb das Geheimnis, in das ihre ganze Existenz gehüllt war, und das zu bewahren mußte auch vor allem übrigen ihr wichtigstes Streben sein.

Fürchterliche Eide verbanden die Genossen, und so weit verzweigt und so innig miteinander verkettet waren die einzelnen Glieder, daß der, der den Bund wirklich hätte verraten wollen, nie wußte, ob der, dem er vertraute – und wenn er Richter oder Rechtsgelehrter war –, nicht selbst mit zur Verbrüderung gehörte und ihn, den Verräter, seiner Strafe überantwortet hätte. Dabei bot die Insel stets dem von den Gerichten Verfolgten einen sicheren Zufluchtsort, und war er einmal dort, blieb jedes Nachforschen der Konstabler vergebens. Es hieß dann gewöhnlich, der Flüchtling sei nach Texas entkommen, während er noch sicher und ruhig innerhalb der Vereinigten Staaten saß. Aber auch ein Preis war klugerweise von dem Oberhaupt dieser Schar dem bewilligt worden, der den Verrat eines Mitgliedes verhinderte und den Täter erschlug. Der Wachsame bekam tausend Dollar in barem Silber ausgezahlt, und eine so bedeutende Prämie blieb an und für sich schon lockend genug, die Aufmerksamkeit der im Lande Verteilten rege zu erhalten, hätte es nicht fast noch mehr die eigene Sicherheit getan.

Der erste Sonnabend jedes Monats war zum Versammlungstag bestimmt, und Kapitän Kelly führte dabei den Vorsitz. Mit dem festen Lande von Arkansas standen sie in geringer, mit Mississippi dagegen in sehr starker Verbindung. Ein Posten, der wie ein Matrose im Mastkorb in den Wipfeln des höchsten Baumes seinen Platz hatte, konnte von dort aus beide Ufer erkennen und wurde dort gehalten, um etwaige Signale zu beobachten oder bedrängten Kameraden, die wohl das Ufer, aber nicht die Insel erreichen konnten, zu Hilfe zu eilen. Zu diesem Zwecke lag auch ein vierrudriges Boot gleich über der Sandbank und an der Nordwestecke der Insel stets zum Auslaufen bereit. Der Pfad aber, der zu diesem führte, konnte nur von genau Eingeweihten gefunden werden; doch lag das Fahrzeug selbst hier ziemlich offen, da das seichte Wasser größere Boote stets eine bedeutende Strecke davon entfernt hielt und deshalb keine Entdeckung zu fürchten war.

Doch genug über die innere Einrichtung eines Raumes, den wir im Laufe der Erzählung überdies noch näher kennenlernen werden. Wir müssen jetzt auch die Bewohner dieser Verbrecher-Republik kennenlernen.

6

In ›Bachelors' Hall‹ ging es gar munter und lebhaft zu. – Um ein großes Feuer, das in dem breitmächtigen Kamin loderte, streckten und dehnten sich etwa ein Dutzend kräftiger Gestalten, und die dampfenden Blechbecher, die sie entweder in Händen hielten oder neben sich stehen hatten, kündeten deutlich genug, wie sie den verflossenen Teil der Nacht verbracht hatten. Ihre Tracht war die gewöhnliche der Bootsleute am Mississippi. Waffen trugen sie keine, wenigstens nicht sichtbar. An den Wänden aber hingen neben den langen amerikanischen Büchsen kurze deutsche Stutzen, französische Schrotgewehre, Pistolen, Bowiemesser, spanische Dolche, Harpunen, Beile und Äxte im Überfluß, und aufgeschlungene Hängematten bewiesen, wie die Insassen dieser modernen Räuberburg sogar einen Teil des früheren Schiffslebens hier fortsetzten und, wenn auch auf festem Lande, dennoch den alten Gewohnheiten nicht ganz entsagen wollten.

Rohe Zech- und Liebeslieder ertönten, doch immer nur mit halblauter Stimme, von den Lippen der meisten, und während einige sich noch außerdem damit beschäftigten, große Stücke Hirsch- und Truthahnfleisch an der Kaminglut zu schmoren, waren andere emsig bemüht, mit Hacken und Zehen den Takt zu den schnellen Tänzen zu schlagen, die ein breitschultriger Neger mit ziemlich geübter Hand einer kreischenden, doch gedämpften Violine entlockte.

Da öffnete sich die Tür.

Eine hohe, kräftige Gestalt, den breitrandigen schwarzen Filzhut tief in die Augen gedrückt, den schlanken Körper mit einer langen Lotsenjacke und weiten Matrosenhosen bekleidet, trat in den Raum und überflog mit prüfendem Blick die Versammelten. Es war Richard Kelly, der Kapitän der Schar, und so wild und trotzig diese dem Gesetz verfemten Männer auch wohl sonst dreinschauen mochten, so hörten sie doch in einem gewissen Grade von Ehrerbietung, vielleicht aus Furcht oder wenigstens Scheu, augenblicklich zu tanzen auf, als sie den Führer erkannten, und sie murrten auch nicht, als er nur mit leichtem Kopfnicken ihren laut gerufenen Gruß erwiderte. Schweigend beobachteten sie, wie er zum Kamin ging und dort erst einige Minuten lang in die knisternde Glut schaute, dann aber, die Hände auf den Rücken gelegt, mit schnellen Schritten auf- und abwanderte.

»Ist das Boot von Helena noch nicht zurück?« fragte er endlich einen der Seinen, der gerade in der Tür erschien.

»Noch nicht, Sir«, erwiderte der Mann, »aber ich glaube, ich habe die Ruder gehört, als ich eben an den Snags stand und nach ihnen ausschaute. Ich wollte nur fragen, ob vielleicht etwas nach Mississippi hinüber zu besorgen ist, ehe wir das Boot wieder unten in Sicherheit bringen.«

»Das Boot mag gleich über den Snags unter dem Platanenwipfel liegenbleiben«, sagte Kelly und warf sich auf einen Stuhl, den man für ihn zum Kamin gerückt hatte. »Die Pferde müssen noch heute Nacht von Arkansas kommen, denn Jones hat es uns fest versprochen, und nachher dürfen wir sie keinen Augenblick hier behalten. Drei von euch sollen sie sofort nach Vicksburg schaffen. Das übrige werdet ihr dort vom Konstabler Brooks erfahren.«

»'s ist doch putzig«, lachte der eine der Männer, »wie wir die wohllöblichen Gerichtsbarkeiten an der Nase herumführen. Kaum eine Stadt gibt es hier im ganzen Westen, wo nicht entweder Konstabler oder Gefängniswärter, Advokaten oder selbst Postmeister und Friedensrichter unsere Verbündeten und Kameraden sind. Einen Mann in Mississippi oder Arkansas für ein begangenes Verbrechen ins Zuchthaus zu stecken, ist, wenn er zu uns gehört, geradesogut, als ob man ihn begnadigte. Denkt Euch nur, Kapitän, vor acht Tagen haben sie in Sinkville drüben den Tobi, den Einäugigen, sogar zum Staatsanwalt gemacht. Wenn ich nur einmal eine seiner Reden hören könnte!« Des Kapitäns Züge überflog ein leichtes Lächeln; dann aber wandte er sich plötzlich an den Sprecher und sagte: »Kommt, Blackfoot, ich habe etwas mit Euch zu bereden.« Und ohne eine Antwort abzuwarten, schritt er rasch voran, dem freien, jetzt vom Mondlicht beschienenen Raume zu, der sich zwischen den Gebäuden ausdehnte und nur von wenigen niederen Bäumen beschattet wurde.

»Ja, Blackfoot«, sagte Kelly und blieb hier stehen, »unsere Geschäfte gehen gut, aber – wir sind noch nicht genug auf einen letzten Fall vorbereitet. Zu viele kennen unser Geheimnis, und wenn auch Verrat schwierig und gefährlich sein mag, so ist er doch nicht unmöglich.«

»Ei, zum Henker, was wollen sie uns denn eigentlich anhaben?« hohnlachte der andere. – »Und wenn sie wirklich das ganze Nest entdeckt hätten, den möchte ich sehen, der uns lebendig finge.«

»Ist das alles, was uns bedroht?« fragte der Führer. – »Und wäre das nicht etwa schon Verlust genug? – Ja, ein unersetzlicher Verlust, wenn wir unseres Schlupfwinkels und mit ihm eines Zufluchtsortes beraubt würden, wie ihn die Vereinigten Staaten gar nicht wieder aufweisen können. Das träfe uns schlimmer als Gefangenschaft. Der könnte man sich allenfalls wieder entziehen, aber nie aufs neue die Blicke der Nachbarn von dieser Insel ablenken, wenn sie einmal erst mit dem Innern derselben vertraut geworden wären. Doch wie dem auch sei, es ist unsere Pflicht, den schlimmsten Fall im voraus zu bedenken und jede Vorkehrung zu treffen, die von uns getroffen werden kann.«

»Nun, haben wir nicht die Boote, – nicht die kleine Insel dort unten, – nicht die Hütte im Sumpf drüben, wohin uns sogar niemand folgen kann, wenn er nicht den ganz genauen und fast stets unter Wasser stehenden Pfad kennt?«

»Und dennoch genügt das alles noch nicht«, sagte Kelly, nahm bei diesen Worten den großen, breitrandigen Hut ab und fuhr sich mit den Fingern durch das lange, vom Nachttau feuchte Haar.

Er war eine stattliche Gestalt, dieser Kapitän der Flußpiraten. Die dunklen Locken umflatterten ihm wild die fein und hoch geformte Stirn; die großen schwarzen Augen, jetzt noch von einem kühnen Gedanken belebt, blitzten hell und feurig, und die Oberlippe warf er in Trotz und Hohn empor, während er, fast mehr mit sich selbst redend, als zu dem Gefährten gewandt, nur halblaut vor sich hin murmelte: »Sie sollen die trüben Augen vor Verwunderung aufreißen, sie sollen starren und staunen, wenn sie uns einmal recht fest und sicher zu haben glauben, und nun – hahaha – ich sehe schon die dummen, verblüfften Gesichter – wie sie am Ufer stehen und uns nachstarren und dann alle nur möglichen und erdenklichen Schlußfolgerungen ziehen, wie es hätte werden können, wenn sie nicht ganz so albern und kurzsichtig wie jetzt oder doch überhaupt nur ein klein wenig anders, das heißt gescheiter gehandelt hätten.«

»Aber was für einen Plan habt Ihr? Darf man ihn nicht erfahren?« fragte Blackfoot, ein grobknochiger Kerl, der dem Führer treu ergeben war. »Ich kann mir gar nicht denken, was Euch auf einmal so merkwürdig im Kopfe herumgeht.«

»Was ich habe?« sagte er nach kurzer Pause. »Ihr sollt es wissen: Ich fange an, für unsere Sicherheit besorgt zu werden.« »Was? – Ist ein Verräter unter uns? – Habt Ihr Verdacht, Kapitän? – Heraus damit! – Wer ist die Kanaille?«

»Nicht doch – nicht doch!« sagte Kelly und blickte lächelnd auf das wilde und doch jetzt so ängstlich zu ihm aufgehobene Antlitz. – »Die Gefahr ist vorüber, aber so gut, wie sie an einem Orte auftaucht, kann sie uns auch unter gleichen Umständen an einem andern bedrohen. Ihr wißt, das Rowson in seiner Todesangst unser Geheimnis enthüllen wollte. Ein Glück war es, daß teils die gänzliche Verdachtlosigkeit der Regulatoren, teils des Indianers Eile seinem Vorhaben entgegenarbeitete, aber – er hatte doch den Willen; es waren doch nur einzelne Umstände, die es verhinderten, daß er ihn auch ausführte. – Hätte er es getan, unsere schöne Insel läge jetzt in Schutt und Asche, denn wenn wir selbst auch Zeit behalten hätten, unser eigenes Leben in Sicherheit zu bringen, so wäre das auch das einzige gewesen, was wir hätten retten können, und mit unseren Gütern sähen wir zugleich die Früchte dreijähriger harter Arbeit schwinden. Dem müssen wir begegnen; eine solche Gefahr darf uns nicht wieder bedrohen, ohne uns besser gerüstet zu finden.«

»Aber wie? – Was können wir tun?« fragte Blackfoot sinnend. »Viel – sehr viel – alles, was in unseren Kräften steht. So dürfen wir von jetzt an das, was wir in New Orleans für errungene Beute lösen, nicht mehr hier heraufschaffen. Wir sammeln am Ende nur für das Pack, das unser Nest aufstöbert. – Wir haben Verbündete in Houston in Texas. Dorthin müssen wir alle erbeuteten Waren senden. – Trifft uns dann hier Verrat, gut, so haben wir nicht allein einen Ort, wo uns der Lohn unserer Arbeit erwartet, sondern auch ein Kapital, mit dem wir wieder neu beginnen können; unternehmende Köpfe finden stets Arbeit. Aber selbst das genügt noch nicht. Schneidet uns der Feind den südlichen Pfad zu den Booten ab oder entdeckt er sie gar, so ist unser Leben bedroht; denn wenn wir uns wirklich im Fort kurze Zeit halten könnten, so müssen wir dennoch bald einer größeren Macht unterliegen.«

»Ja, aber – was läßt sich dagegen tun?« brummte Blackfoot. »Die Geschichte spielt schließlich schon drei Jahre, und es ahnt doch noch keine Katze, weder in Arkansas noch Mississippi, welche Gesellschaft hier ihr freundliches Ruheplätzchen hat.« »Daß es uns drei Jahre so ruhig hingegangen ist«, sagte der Führer ernst, »sollte uns gerade vorsichtig machen; wir haben die Beispiele an allen anderen Unternehmungen dieser Art erlebt. Außerdem hat unsere Gesellschaft im letzten Jahr eine Verbreitung erhalten, die es fast kaum möglich macht, daß sie noch lange geheim bleiben kann. Unsere Agenten leben in allen Flußstädten der Vereinigten Staaten, und wie viele werden darunter sein, die, wie eben jener Rowson, im äußersten Fall auch zum äußersten Mittel greifen und die eigene Haut zuerst in Sicherheit bringen würden! Dem wollen wir vorbeugen. Noch gibt es eine Art, auf die wir uns jeder etwaigen Verfolgung entziehen, ja sogar spotten können.«

»Und die wäre?« fragte Blackfoot halb ungläubig, halb gespannt. »Ein Dampfboot«, flüsterte der Führer und beobachtete in den Zügen seines Vertrauten den Eindruck, den solch ein Vorschlag auf ihn machen würde.

»Ein Dampfboot?« wiederholte Blackfoot, von der Kühnheit des Gedankens überrascht. »Ha – das wäre nicht so übel! Pulver und Schwefel, da könnte man ja den Mississippi hinauf und direkt in den Golf von Mexiko hineinzischen. Bei Gott, ein Dampfboot wollen wir haben, das ist ein kapitaler Einfall; aber – sollen wir es kaufen? Oder – auf andere Art an uns bringen? Und wenn wir es haben, wie wird es möglich sein, es stets in unserer Nähe zu halten, was doch mit dem Zwecke seiner Anschaffung unzertrennlich wäre? – Die Sache klingt vortrefflich, aber – wenn man sie länger überlegt, weiß ich doch nicht, wie sie ins Werk gesetzt werden kann.«

»Und dennoch ist es möglich«, lachte Kelly. »Blackfoot, Ihr müßt der Kapitän des Dampfbootes werden, und wir machen ein Paketboot daraus, das zwischen Memphis und Napoleon* laufen mag. Das gibt uns zugleich Gelegenheit, die Leute in Tätigkeit zu halten und mit den Orten, wo die Unseren wohnen, in genauerer Verbindung zu bleiben. Dann bringt es schon unsere Paket-Linie mit sich, daß wir hier fortwährend in der Nähe sind, ja wir können sogar mehrere Tage und Wochen lang vor Anker liegen bleiben, und die vorbeifahrenden Boote werden glauben, wir hätten die Pas-

* Memphis, eine der Hauptstädte in Tennessee, an der Mündung des Wolfriver, hundertunddrei englische Meilen oberhalb Nr. ›Einundsechzig‹. – Napoleon, ein kleines Städtchen an der Mündung des Arkansas, siebenundsechzig Meilen unter der Insel.

sage an der linken Seite der Insel versuchen wollen und wären auf den Sand gelaufen. – Die Bootsleute von Helena haben wohl ihr Fahrzeug gleich unter die Weiden geschafft?« unterbrach er sich plötzlich selbst.

»Ja, – Bolivar ist mit hinuntergegangen; – sie wollen die Fähre zurückbringen, um die Pferde zu transportieren.«

»Ich wollte, Peter würde ein wenig vorsichtiger«, sagte der Kapitän düster. – »Er ist sonst brav und brauchbar, sollte aber doch bedenken, daß er sich durch seine Tollheiten selbst noch einmal um den Hals und uns andere in kaum geringere Verlegenheit bringen könnte.«

»Er denkt nicht gern nach«, lachte Blackfoot, »obgleich er Denkzeichen doch wahrhaftig schon genug bekommen hat; der letzte Hieb durchs Gesicht war nicht von Stroh. – Aber um wieder auf unser Dampfboot zu kommen, – wo kaufen wir das am besten, und wird es nicht überhaupt einen zu großen Riß in unsere Kasse machen?«

»In New Orleans, oder noch besser in Cincinnati, glaube ich. – Geld ist genug da«, erwiderte der Kapitän. – »Nach den Briefen bringt auch Teufels Bill, wie Ihr ihn immer nennt, ein reich beladenes Boot aus dem Wabasch heraus, auf dem sich besonders viel bares Geld befindet, und von Pittsburg, Cincinnati, Louisville, Shawneetown, Paduca, St. Louis und Memphis sind heute Briefe gekommen, die alle das baldige Eintreffen herrlicher Beute verkünden. Wir wollen jetzt den Wachtposten abends doppelt ausstellen, daß wir nicht einmal das Signal versäumen. Die Nächte sind kurz, und vor Tage müssen wir das erbeutete Boot stets am linken Ufer und unter den Weiden haben, sonst könnte doch einmal ein vorbeifahrender Flatbooter Verdacht schöpfen.«

»Und wer soll den Ankauf eines Dampfbootes besorgen?« fragte Blackfoot. – »Wollt Ihr selbst stromauf gehen und es in einer der nördlichen Städte erhandeln, oder soll das einem unserer Kommissionäre überlassen bleiben?«

»Ich selbst würde gehen«, sagte Kelly, »wenn nicht gerade in diesem Augenblick wichtige Verhältnisse meine Aufmerksamkeit zu sehr in Anspruch nähmen. – Ich werde wahrscheinlich eine kleine Reise in das Innere des Landes machen müssen. Ist von Simrow noch immer keine Antwort eingetroffen?«

»Nein, – sonderbarerweise läßt er kein Wort von sich hören. – In Georgia steckt er noch, soviel ich weiß, und das Zeichen, das er uns kürzlich zukommen ließ, lautet günstig, sonst aber kann niemand Auskunft über ihn geben.«

»In Georgia scheint er sehr tätig gewesen zu sein«, erwiderte Kelly. – »Seit der Zeit muß er aber wohl glauben, er habe für sich allein gearbeitet und unsere Hilfe nur so lange benutzt, wie er sie brauchte. Aber dagegen gibt es Mittel. – Wartet einmal! – Unseren kleinen amerikanischen Advokaten Broom kennt er ja wohl noch gar nicht?«

»Nein, ich glaube nicht. – Er kam erst vier Wochen nachdem Broom uns verließ.«

»Gut, der soll hinübergehen; – er mag eines von den Pferden reiten und kann es dort verkaufen. Den Brief, den er mitnehmen wird, will ich Euch morgen einhändigen. Halt, daß ich's nicht vergesse, in den Sumpf müßt Ihr, ehe die Pferde abgehen, einen Boten schicken. Waterford hatte andere Arbeit und könnte sonst nicht daheim sein. Sind die Bretter an die Landung geschafft?« »Wie Ihr es angabt, – es liegt alles bereit; – aber was ich Euch fragen wollte, wie ist es denn mit dem Verkauf des Grundstücks in Helena gegangen? Ist unser neugebackener Erbe akzeptiert worden?«

»Vortrefflich«, lächelte Kelly. – »Wir können das Stück nächstens wiederholen; – der Plan war herrlich; – er hat viel Geld eingebracht.«

»Und schöpft man keinen Verdacht? Sind die Leute wirklich freundlich genug zu glauben, daß Holk mit Mann und Maus versunken sei und seinen Tod unseren Sündenböcken, den Snags, zu danken habe?«

»Gewiß denken sie es«, sagte Kelly verächtlich. – »Das Volk

drüben wollte ich glauben machen, der Himmel sei nur blau angestrichene Wachsleinwand und die Erde ein Futteral, um darin alte Gebeine aufzubewahren.«

»Hahaha« – lachte der Gauner – »ein göttlicher Spaß. Es soll mich auch wundern, wie wir die drei letzten Boote in New Orleans verkauft haben. – Wir hätten sie übrigens doch anmalen sollen; der Teufel könnte einmal sein Spiel dabei haben.«

»Ja, es soll auch künftig geschehen«, sagte Kelly nachdenklich, »Farbe habe ich schon gestern herüberschaffen lassen. Das nächste jedoch, was wir nehmen, mag, ist die Ladung wertvoll genug, ebenfalls nach New Orleans geschafft werden. – Hier ist die Adresse des Kaufmanns, der die Spedition der Güter besorgt.«

»Wer geht da von unseren Leuten mit?«

»Schickt, wen Ihr wollt, nur den Neger nicht, den können wir hier besser gebrauchen, und halt – noch eins, – in Helena ist gestern ein Mann angekommen, der nach Little Rock will, um das Land zu kaufen, was uns hier gerade gegenüber in Arkansas liegt. Er wird morgen früh von Helena aufbrechen und reitet einen Schimmel –«

»Ist er allein?«

»Nein, – der Mailrider ist bei ihm und wird das übrige besorgen. Bis Strongs Postoffice müssen die beiden aber zusammen reiten. – Der Fremde wird dort nicht übernachten, weil es ihm zu teuer ist; er will noch das drei Meilen von Strongs entfernte Haus erreichen. – Etwa zwei Meilen von Strongs auf der rechten Seite könnte er vielleicht ein Licht sehen. – Ihr versteht mich?«

»Schon gut; ich glaube nicht, daß wir auf dem Lande drüben belästigt werden. – Was soll aber mit dem Mädchen geschehen, das die Burschen gestern eingebracht haben. – Es ist wie von Sinnen. Ich glaube, das Ding ist verrückt geworden.«

»Die Pest! – Wer befahl Euch, die Dirne an Land zu nehmen?« rief Kelly, unwillig dabei mit dem Fuße stampfend. –

»Gab ich nicht dem Kentuckier ganz bestimmte Befehle, sie beiseite zu schaffen? Der Bursche wird mir zu eigenwillig; ich fürchte –« »Ich traue ihm auch nicht recht!« flüsterte Blackfoot. »Bolivar hat mich neulich auf ein paar Sachen aufmerksam gemacht, die mir gar nicht recht gefallen –«

»Der Neger hat ein gutes Auge. – Er soll schärfer auf ihn acht haben. – Sind die beiden entladenen Boote versenkt?«

»Ja, – ich habe sie ein paar Meilen stromab geschickt; – es werden sonst zu viel hier in der Nähe.«

»Recht so! – Gut wär es vielleicht, die Trümmer von einem oder zweien dicht an der kleinen Insel hier unten zu zeigen; – das schreckt andere vom Landen ab.«

»Von dem Dampfboot sagen wir auf der Insel noch nichts?«

»Wir werden es nicht verheimlichen können«, meinte Kelly nach kurzer Pause. – »Es muß gemeinschaftlich bezahlt werden, und da wollen wir uns auch gemeinschaftlich darüber beraten. Wo ist denn das eingebrachte Mädchen jetzt?«

»Es war in Nr. 2, gleich hier oben«, brummte Blackfoot; »aber Mrs. Kelly hatte Mitleid mit dem armen Ding und – nahm es zu sich.«

»Was? Georgine hat die Dirne ins Haus genommen?« zürnte der Kapitän. – »Ei, Hölle und Teufel! – Sie weiß doch, daß ich das nicht leiden kann. – Sie muß fort, – sie muß augenblicklich fort, Blackfoot! Du wirst mir Bolivar herschicken. – Es sind übrigens zu viele Frauen hier. – Gibt es etwas, was mich um unsere Sicherheit beben macht, so ist es das. Unsere Gesetze bestimmen sogar, daß nur zwölf Weiber auf der Insel bleiben sollen, und die Gefangene ist die achtzehnte.«

Der Kapitän ging mit festverschlungenen Armen und zusammengebissenen Lippen schnellen Schrittes vor der Tür der Halle hin und her, aus der jetzt die leisen Töne der Violine herausschallten. Seine Aufmerksamkeit wurde aber bald auf die von Helena kommenden Bootsleute gelenkt, die in diesem Augenblick, einer hinter dem andern, den schmalen Pfad herankamen und ihren Führer begrüßten. Der aber, ohne den Gruß mit Wort oder Blick zu erwidern, fragte nur ernst und fast unwillig: »Wo sind die Briefe?«

»Hier, Kapitän«, sagte Peter oder der Narbige, »den Brief hier gab mir der Postmeister noch zwei Minuten bevor wir abfuhren.« Kelly nahm die Papiere an sich und schritt auf seine eigene, dicht am Warenhause liegende Wohnung zu; ehe er sie aber erreichte, blieb er noch einmal stehen und sagte, zu Blackfoot gewandt: »Den Neger schickt Ihr mir, und sollten von Arkansas die Pferde noch in dieser Nacht eintreffen, so laßt sie die Nacht ruhen. Morgen früh aber, sobald sie Kräfte genug haben, eine neue Reise anzutreten, müssen zwei von euch in das Innere gen Osten aufbrechen. Ist Sander nicht mitgekommen?«

Ein junger, schlanker Mann mit langen blonden Haaren und blauen Augen, der, wenn ihn nicht jetzt der schwerfällige, trunkene Blick entstellt hätte, für schön gegolten haben konnte, schwankte vor und sagte lallend: »Kapitän Kelly – j'ai l'honneur – ich – ich habe die – habe die Ehre –«

»Schon gut, Sander, – leg dich hin und schlaf aus, ich brauche dich morgen früh notwendig – also gute Nacht!« – Und ohne eine Erwiderung seiner Worte abzuwarten, schritt er zum Hause, in dessen Tür er verschwand.

Die übrigen Männer blieben noch eine Weile in dem inneren Hofraume stehen, und Sander, der augenscheinlich an diesem Abend des Guten zuviel getan, murmelte halblaut vor sich hin, während er die Hände tief in die Taschen schob und der ›Bachelors' Hall‹ zuschwankte: »Verdammt kaltblütig das von Kelly – ich brauche dich morgen früh notwendig – so, Kapitän, wirklich?« Er wandte den Kopf und starrte mit seinem glanzlosen, halbtrunkenen Blick nach dem hellen Lichtschein hinüber, der durch jenes dichtverhangene Fenster fiel. »So, Sir, brauchen mich morgen früh notwendig. – Oh, jawohl, Sir, soll wohl wieder einem armen, unglücklichen Mädchen – unglücklichen Mädchen den Kopf verdrehen und das Herz brechen? Ah, schöne Beschäftigung das!

Außerordentlich schöne Beschäftigung; aber damn me, ich wünschte der Dame erst vorgestellt zu werden, Gentlemen. Es gibt Momente, Gentlemen –«

»Kommt, Sander!« sagte Blackfoot und nahm ihn ohne weitere Umstände beim Arm. – »Wir sind beide müde und wollen zu Bett gehen. – Donnerwetter, Mann, bedenkt, daß Ihr sonst morgen verschlafene und trübe Augen habt und bei den Damen leicht Verdacht erregen könntet, Ihr – hättet geschwärmt.« »Ah – certainement, mon cher Blackfutt – certainement«, lallte der junge Stutzer, »en avant denn – zu Bett wir – wir Herzensbezwinger wir. – Gott Amor soll leben, Blackfutt! – Gott Amor soll leben und jedes schöne Gesicht – jede Engelsphysiognomie! Aber – du nimmst mir das nicht übel, Blackfoot, wie? à bas mit allen solchen Teufelsfratzen, wie ihr zwei, du und Peter, zwischen euren beiden Ohren herumtragt, – à bas sage ich – möchte nicht aus solchem Angesicht herausgucken, und wenn die Haut Millionen zu verzehren hätte, – möchte bei Gott nicht.«

»Schon gut«, knurrte Blackfoot, und ein boshaftes Lachen zuckte um seine Lippen; – »es können nicht alle solche – Liebchen sein wie Ihr. – Aber kommt! – Ich bin müde; wir wollen uns hinlegen; vielleicht gibt es morgen früh wieder Arbeit.« Und ohne weiter eine Antwort des immer noch mit sich selbst Redenden und Gestikulierenden abzuwarten, zog er dessen Arm fest in den seinen und schritt der eigenen Schlafstelle zu. Er wollte den trunkenen Kameraden erst, durch seine eigene Gesellschaft beruhigt, eingeschlafen wissen, damit dieser nicht aufs neue dem Becher zuspräche und für morgen ganz untauglich würde.

7

Ein kleines, wunderliches Gemach!

Hätte ein Mann in diesem Raume nach langem unruhigen

Fieberschlaf zuerst die Augen geöffnet und hier vor den erstaunten Blicken eine Menge von Sachen gesehen, wie sie ihm seine Träume nicht abenteuerlicher gebracht, er würde sich von eben solchem Traume geäfft und alles das, was ihn umgab, für neues, noch tolleres Blendwerk als das frühere gehalten haben. Unter keiner Bedingung hätte er sich aber an der Stelle geglaubt, an der er sich wirklich befand: auf einer kleinen, weidenumwachsenen Insel, mitten im Mississippi. – Und es war auch wirklich ein wunderlicher Platz.

Alle Zonen, alle Künste schienen sich hier vereinigt zu haben, um einen Raum zu schmücken, den sie mit dem zehnten Teil der Sachen, die er enthielt, in ein Prachtzimmer verwandelt hätten, der aber so, durch Schmuck und Zierat überladen, eher dem Warenlager einer der größten östlichen Städte als dem stillen Aufenthaltsort häuslicher Zurückgezogenheit glich.

Drei Seiten des Zimmers waren von einer prachtvollen seidenen Tapete bedeckt, aber nur an wenigen Stellen ließen sich die glühenden Farben ihrer silber- und azurdurchwirkten Arabesken erkennen; mächtige Spiegel, prachtvolle Ölgemälde, Bronze- und Elfenbein-Figuren, schwere silberne Leuchter und kostbare Waffen bedeckten fast ihre ganze Fläche. Ebenso eigentümlich, ebenso mit Zieraten überladen zeigte sich die vierte, rechte Wand, die, nach alledem, was man von ihr sehen konnte, in dem Geschmacke einer Schiffskajüte hergerichtet sein mußte; die kleinen viereckigen, mit Messingplatten eingefaßten Fenster, mit schmalen Mahagonistreifen dazwischen, verrieten wenigstens etwas Derartiges. – Allerlei indianische Kostbarkeiten, wie Waffenschmuck und Kleidungsstücke, verboten jedoch auch hier jedes weitere Forschen. Breitblättrige Tropengewächse streckten dabei ihre saftigen Kronen bis zur Decke hinan und überschatteten die Fenster, während das blasse Licht, das von einer unter der reich verzierten Decke angebrachten Ampel herabschien, seinen dämmernden Schein über den Raum warf.

Es war ein Reichtum der Ausstattung, der nicht wohltat, eine Überladung mit Schmuck und Pracht, die das Auge, das vergebens einen Ruhepunkt suchte, eher beleidigte als erfreute.
Mitten in all dieser Herrlichkeit lag ein junges Weib in weißen, losen Gewändern, die vollen, schöngeformten Glieder auf den üppigen Diwan gestreckt, der, in wirklich morgenländischer Pracht und mit weichen, schwellenden Kissen bedeckt, von Wand zu Wand lief. Vor ihr aber auf einem niedern Taburett kauerte eine andere Gestalt, die ihr Antlitz in den Händen barg und in tiefem entsetzlichen Schmerz fast aufgelöst schien.
»Er wird wiederkommen, Kind«, tröstete sie die Frau und legte die feingeformte, weiße Hand leicht auf den Scheitel der Weinenden, »er wird wiederkommen, beruhige dich nur, du liebes wunderliches Kind. – Sieh, vielleicht sucht er dich, selbst in diesem Augenblick, allenthalben, und das Echo gibt ihm leider vergebens deinen lieben – ängstlich gerufenen Namen zurück.« »Wiederkommen?« rief zitternd das junge Mädchen und hob das tränenvolle Angesicht zu der Beschützerin empor. »Wiederkommen? Nie – nie –; tief unten im Strom liegt er – von tückischer Kugel getroffen – ich sah ihn stürzen – ich hörte den Fall ins Wasser, und dann – dann vergingen mir die Sinne. – Großer, allmächtiger Gott – ich muß wahnsinnig sein, denn wäre das – das Wahrheit, was mir dann ein fürchterlicher Traum vorspiegelte, mein armes Hirn hätte es ja nicht ertragen, mein Herz wäre gebrochen in all der Angst, in all der Schmach und Schande.« – Sie barg das lockige Haupt in den weißen Kissen, und ihr ganzer Körper zitterte von innerer Pein und Aufregung. Georgine richtete sich halb in Ungeduld von ihrem Lager empor.
»Komm«, sagte sie und hob leise den Kopf des schönen Kindes, »komm, Marie, – erzähle mir alles, was dir begegnet ist; bis jetzt habe ich nur, und zwar erst nach vielem Fragen, deinen Namen erfahren. – Seit ich dich aus den Händen jenes

rohen Gesellen befreite, hast du fast nichts getan als geweint. Ich interessiere mich für dich. Willst du aber, daß ich dir weiter helfen soll, so sei auch aufrichtig! – Wie kamst du in – in ihre Gewalt?«

»So soll ich denn all den noch frischen, blutenden Schmerz erneuen? Soll die Wunde stacheln, die noch nicht zu brennen aufgehört hat?« sagte mit leister, fast tonloser Stimme die Unglückliche. – »Doch es sei; – du schütztest mich vor der rohen Faust jenes Buben – du sollst in wenigen Worten alles hören, was mich betrifft.

Noch weiß ich nicht, wo ich bin«, flüsterte sie nach kurzer Pause, während ihre Blicke wirr und staunend ihre Umgebung überflogen, »noch ist es mir fast, als ob ein Zauber, ein fürchterlicher Traum mich umnachtet halte; doch ich fühle, wie ich lebe und wache; ich sehe das dämmernde Licht jener Lampe; ich kann den warmen Atem deines Mundes an meiner Wange fühlen; ich bin erwacht; das Erwachen selbst nur war gräßlich. Sich aber auch im vollen Besitze jedes Glücks zu wissen, das uns diese Erde nur zu bieten vermag, und dann auf einmal mit der Schnelle des vernichtenden Strahls alles, alles zu verlieren, das tut weh, das frißt sich tief ins Herz hinein. Doch du wirst ungeduldig, du kannst die kurze Zeit nicht erwarten, die ich brauche, um dir meine Leiden zu erzählen, und ich – ich soll sie ein ganzes Leben mit mir fortschleppen bis zum Grabe. – Aber du hast recht; ich bin nur ein törichtes, unwissendes Kind; ich klage nur über mein Elend und denke nicht daran, daß er – er, für den ich ja nur leben und lieben wollte, meinetwegen starb. – Es sind jetzt wohl sechs Monate, daß er zuerst meines Vaters Haus betrat. Soll ich dir sagen, wie wir uns kennen und lieben lernten? Nein; du würdest mich nicht verstehen; dein eigener Blick schaut so ernst und stolz auf mich nieder; du würdest mich vielleicht gar verspotten. Genug – wir liebten uns. Er schloß sein ganzes treues Herz mir auf und hatte das meine gewonnen, ehe ich nur selbst ahnte, daß er darum warb. Auch die

Eltern achteten ihn – sie segneten unsere Verbindung; – ich wurde sein Weib. Inzwischen hatte er meinem Vater von dem schönen und herrlichen Süden erzählt, von dem Plantagenleben in Louisiana. Sie fuhren beide hinab, um das Land zu prüfen, und Eduard erstand am Atchafalaya die Pflanzung eines alten Kreolen, der gesonnen war, den Abend seines Lebens in Philadelphia bei Kindern und Verwandten zuzubringen. Vor wenigen Wochen kehrten die Männer zurück. Unsere Farm wurde verkauft, ja selbst unsere zahlreichen Herden machte mein Vater zu barem Gelde, und auf einem selbsterbauten Flatboot, wozu ihn Eduard eigentlich beredet, schifften wir all unser übriges Eigentum ein, um mit der Strömung des Mississippi unserer neuen schönen Heimat zuzuschwimmen. Mein Vater wollte einen Mann annehmen, der unser Boot den Fluß hinabsteuern sollte; Eduard bestand aber darauf, das selbst zu tun. Er war, wie er sagte, mit jeder Sandbank, mit jedem Snag bekannt, und glücklich führte er uns auch den Wabasch und Ohio hinab und immer weiter den Mississippi nieder. Hier aber mochte ihn das tiefer und gefahrloser werdende Wasser zu unvorsichtig machen; vorgestern abend, nahe einer Insel, lief unser Fahrzeug auf den Sand, und hier – großer, allmächtiger Gott – ich würde wahnsinnig, wenn ich das alles noch einmal überdenken sollte!«

»Und Eduard?« fragte die Frau, während sie von ihrem Lager aufsprang und unruhig im Zimmer auf- und abschritt – »Dein Vater – deine Mutter?«

»Tot – alle tot!« – seufzte die Unglückliche.

»Und du?«

»Erbarmen – Erbarmen! Dringe nicht weiter in mich; – laß mir die Nacht, die meine Sinne noch umschlossen hält; – laß mir jene tollen, blutigen Schatten, die mir wild das Blut durchrasen und in ihren sinnverwirrenden Kreisen die Erinnerung ertöten; – laß sie mir, und wären sie die Boten des Wahnsinns. – Lieber so – lieber tot, als zu denken, daß –

hahaha – da vorn ist er wieder, der tückische Kopf, der meinem Eduard gleicht. – Da taucht er wieder empor aus der Flut, und ich – ich strecke die Hände nach ihm aus, ich ergreife sein nasses Kleid; – er soll micht retten – retten aus der Hand des Teufels, der mich umschlossen hält, und er – o mein armes Hirn, wie es klopft und schlägt, wie es zuckt und brennt! Ach, daß Eduard fallen mußte und nun sein Weib nicht rächen, nicht schützen kann vor den eigenen entsetzlichen Gedanken und Bildern!«

Marie ließ matt die Arme sinken und neigte das Köpfchen auf die Brust herab; vor ihr aber stand das stolze, schöne Weib, und eine Träne, ein seltener Gast, drängte sich ihr in das große schwarze Auge.

»Du sollst bei mir bleiben, Marie!« flüsterte sie dem armen Kinde leise zu. – »Sie sollen dich nicht von mir fortreißen; – er darf es nicht«, wiederholte sie dann leise und mit sich selber redend, – »er darf mir die Bitte nicht versagen, und wenn er es tut, wenn er wirklich schon alles das vergessen haben sollte, was er mir in früheren Zeiten gelobt hat, – gut – der Versuch sei wenigstens gemacht –«

»Ich will schlafen gehen«, sagte die Unglückliche und strich sich die feuchten Locken aus der Stirn, »ich will schlafen gehen; – mein Kopf schmerzt mich; – meine Pulse schlagen fieberhaft; – ich bin wohl krank. – Gute nacht, Georgine.«

Marie erhob sich und schritt der Tür zu; Georgine aber, vielleicht von plötzlichem Mitleid oder anderen Gefühlen bewegt, umfaßte das arme Wesen, das sich kaum aufrecht halten konnte, und führte es durch eine in die linke Wand geschnittene und von einem prachtvollen Vorhang bedeckte Tür in ein kleines Gemach, das seiner Bauart nach schon in dem Warenhause lag und nur durch eine dünne Bretterwand von den großen, hier zeitweilig aufgestellten Gütern getrennt wurde. Kaum hatte sich dort die Arme auf ein Lager niedergelassen und mit weichen Decken gegen die kühle Nachtluft geschützt, als sich schon die Tür ihres

Wohnzimmers öffnete und Kelly, den Hut in die hohe Stirn gedrückt, eintrat.
Georgine ließ den Vorhang sinken und stand im nächsten Augenblick vor dem Gatten.
»Wo ist die Fremde?« war das erste Wort, das er sprach, und seine Augen durchflogen schnell den kleinen Raum.
»Ist das der ganze Gruß, den Richard heute abend seiner Georgine bringt?« fragte die Frau halb scherzend, halb vorwurfsvoll. – »Suchen meines Richards Augen heute zum ersten Mal ein fremdes Wesen und fliehen den Blick der Gattin?«
»Nein, Georgine«, sagte Kelly, und die ernsten Züge milderten sich zu einem leichten Lächeln, »die Augen sind deine Sklaven wie immer; die Frage galt nur der Fremden«, und er streckte der Geliebten die Hand entgegen und zog sie leise an seine Brust. – »Guten Abend, Georgine«, flüsterte er dann und drückte einen Kuß auf ihre Lippen; »aber – wo ist die fremde Frau? – Du hast nicht recht getan, sie bei dir aufzunehmen.«
»Richard, laß mir das unglückliche Geschöpf!« bat Georgine und schlang den weißen Arm um seinen Nacken. – »Laß sie mir hier! – Du weißt, die Mädchen, die auf der Insel hausen, sind nichts für mich; es ist rohes, wüstes Volk, und sie hassen mich, weil ich nicht ihre wilden Freuden teile. Maries ganzes Wesen dagegen verrät einen höheren Grad von Bildung, als man ihn sonst bei solch einfachem Farmerskind vermuten sollte. Ich will sie bei mir behalten; vielleicht kann ich ihr das einigermaßen wieder vergüten, was – andere ihr genommen haben.«
»Liebes Kind«, erwiderte Kelly und warf sich nachlässig auf die Ottomane, »das sind Geschäftssachen, und du kennst unsere Gesetze. Sosehr ich das schöne Geschlecht ehre, sosehr muß ich doch auch dagegen protestieren, daß es sich da beteiligt, wo es an Hals und Kragen gehen könnte.«
»Richard«, sagte das schöne Weib und preßte die kleinen

Lippen fest zusammen, »du tust mir nie etwas zuliebe; ich mag dich bitten, um was ich will, du hast eine Ausrede. Nicht einmal nach Helena willst du mich bringen.«
»Ich habe dir schon gesagt, daß ich mich dort selbst nicht blicken lassen darf«, lächelte der Führer.
»Gut, so gestatte mir wenigstens die Gesellschaft eines einzigen menschlichen Wesens, das ich – ohne Abscheu ansehen darf.« »Eine große Schmeichelei für mich.«
»Du bist unausstehlich heute.«
»Du bist ärgerlich, Georgine«, sagte der Kapitän freundlicher als vorher; »aber sei vernünftig. – Die Fremde kann nicht hier bleiben, wo ihr Sander gar nicht auszuweichen vermöchte.«
»Also er war jener Bube?«
»Ruhig; – du wirst vorsichtiger und milder in deinen Ausdrücken werden, wenn du erfährst, daß gerade er es ist, der die Ausführung unserer Pläne beschleunigt. Das zuletzt eingebrachte Boot enthielt ein so bedeutendes Kapital in barem Geld, in Gold und Silber, daß ich jetzt entschlossen bin, deinen Bitten nachzugeben. Ich sehe ein, unsere Lage hier muß mit jedem Tage gefährlicher werden. Das Geheimnis ist kaum noch ein Geheimnis, und mir selbst scheint es rätselhaft, wie es so lange verborgen bleiben konnte. Wir wollen nach Houston gehen und von da in das Innere von Mexiko. Halte dich also zu einem schnellen Aufbruch bereit.«
»Und die Insel?«
»Mag unter anderer Leitung fortbestehen.«
»Werden sie dich aber aus deinem Führeramt entlassen?«
»Vielleicht gehen sie mit«, sagte der Kapitän, augenscheinlich zerstreut; »doch – wie dem auch sei, die Dirne darf nicht hier bleiben; Verrat vor der Zeit könnte uns alle verderben.«
»Was wollt ihr mit ihr tun?« fragte Georgine besorgt.
»Bolivar soll sie – nach Natchez begleiten. – Bist du nun zufrieden?«
»Du mußt deinen Willen durchsetzen«, murmelte die Frau

und zog ärgerlich die schönen, kühn geschnittenen Brauen zusammen. – »Früher war deine Liebe anders – glühender. – Du kanntest kein Glück, das ausgenommen, das du an meiner Seite fandest. – Ich fürchtete, einen Wunsch auszusprechen; denn du achtetest selbst nicht Todesgefahr, um ihn zu erfüllen. – Jetzt aber –«

»Georgine, sei vernünftig«, bat Kelly und zog sie, ihre Hand erfassend, leise zu sich nieder, »du wirst doch begreifen, daß ich nicht unser aller Sicherheit, unser Leben einer einzigen halb wahnwitzigen Dirne wegen aufs Spiel setzen darf. Könnte ich immer hier sein, gern wollte ich deinem Wunsch willfahren; ich würde selbst über unsere Sicherheit wachen; aber so –«

»Du willst wieder fort?«

»Ich muß; – dringende Geschäfte rufen mich in früher Stunde morgen nach Montgomerys Point, vielleicht nach Vicksburg.« Georgine legte ihre Hand auf seine Schulter und blickte ihm lange und forschend in das ihr ruhig, ja lächelnd begegnende Auge. »Und weshalb willst du immer fort von mir? Weshalb kannst du jetzt nicht bleiben wie früher? – Richard – Richard, – wenn ich wüßte, daß du falsch –«

»Aber, Kind – du phantasierst wahrhaftig. – Die Wahnsinnige hat dich angesteckt.«

»Wahnsinnige?« – flüsterte Georgine düster vor sich hin. »Richard, wenn ich wüßte, daß du falsch wärst – du, dem ich mein Leben, – das Leben meiner Eltern geopfert habe, – bei allen Geistern der Unterwelt, ich würde dein Teufel. An deine Fersen solltest du mich gebannt sehen, und Rache – Rache, wie sie noch kein Weib genossen hat, müßte ein Verbrechen sühnen, für das die Erde keinen Namen hätte.«

»Georgine«, flüsterte der starke Mann und legte seinen Arm liebkosend um ihre Hüfte, – »du bist ein törichtes, eifersüchtiges Kind. Wem zuliebe schaffe und arbeite ich denn jetzt? Wem zuliebe habe ich denn mein Leben dem Gesetze verfemt? Wessen Liebe war die Ursache, daß ich – das erste Blut vergoß? Sieh', deine Eifersucht verzeihe ich dir; sie ist ein Zeichen eben dieser Liebe; aber du bist auch ungerecht. Du darfst mich nicht nach den anderen Menschen beurteilen, wie sie dir täglich im Leben begegnen. – Du weißt, ich bin nicht wie sie. Du wärst mir sonst nicht gefolgt; – aber du mußt mir auch vertrauen, du mußt mir auch glauben, wenn ich dir meine Gründe nenne.«

»Gut«, rief Georgine und sprang auf, »ich will dir vertrauen; aber einmal laß mich erst wieder hinaus in die Welt; einmal laß mich mit den Menschen verkehren, mit denen du verkehrst, dann will ich dir folgen als dein treues Weib, wohin du nur immer begehrst; aber das – das erfülle mir!«

»Und gerade das«, lächelte der Kapitän, »ist etwas, das mehr Schwierigkeiten hat, als du dir wohl träumen läßt.«

»So willst du nicht?« rief Georgine schnell.

»Wer sagt dir das?« fragte Kelly und heftete seinen Blick fest und prüfend auf sie. – »Georgine«, fuhr er nach kurzer Pause leise fort, »du bist mißtrauisch gegen mich geworden. Es ist jemand zwischen uns und unsere Liebe getreten.«

»Richard!« rief Georgine.

»Und wenn es nur ein Schatten wäre«, fuhr der Kapitän fort, ohne die Unterbrechung zu beachten. »Auch du bist nicht mehr wie sonst; was sollte der Mestize neulich am Ufer? Ich begegnete ihm gerade, als er das Land betrat, und sandte ihn zurück. – War er bestimmt, um mich zu bewachen?«

»Und wenn er es wäre?« rief Georgine stolz und heftig.

»Ich dachte es«, lächelte der Kapitän. »Armes Kind, also traust du deinem Richard wirklich nicht mehr? Nun gut, der Gegenbeweis soll dir gebracht werden. – Schicke den Knaben, wann du willst, ans Land; er soll freien Aus- und Eingang haben und mag dir sagen, wie er mich dort gesehen hat. Bis du damit zufrieden?«

»Und die Fremde?«

»Sander begleitet mich«, sagte Kelly sinnend, mit sich selber redend. »Nun gut, sie mag bei dir bleiben, bis Blackfoot zurückkehrt; dann aber widersetze dich auch nicht länger einer Maßregel, die nur zu deinem wie zu unser aller Besten gegeben wurde. Zürnt Georgine nun ihrem Richard noch?«

»Du böser – lieber Mann«, rief das schöne Weib und schlang ihren Arm um seinen Nacken, »wer kann dir zürnen, wenn du so freundlich bist?«

»So komm denn, Geliebte!« flüsterte lächelnd der Kapitän. »Komm und laß jeden bösen, jeden unfreundlichen Gedanken in diesem Kusse schwinden! Wir haben von außen drohenden Gefahren zu begegnen, laß uns wenigstens hier innen in Frieden und Liebe leben und Kräfte sammeln zu dem letzten entscheidenden Schritt, zu Sicherheit und Ruhe!«

Vor der Wohnung des Kapitäns standen indessen, in ihre warmen Matrosenjacken gehüllt, Blackfoot und Bolivar, der Neger. »Alle Wetter, Massa«, sagte Bolivar, während er sich der lästig werdenden Moskitos zu erwehren suchte, »ich möchte wissen, ob Massa Kelly noch was besorgt haben will heute abend oder nicht.«

»Hab Geduld, Bursche«, brummte der alte Bootsmann und knöpfte sich fester in seine Überjacke ein, – »wirst doch warten können, wo unsereiner wartet. – Der Kapitän geht dem Weibchen erst ein bißchen um den Bart herum. Mit Frauenzimmern wird man nicht so schnell fertig wie mit Männern. Aber – 's ist wahr, – es dauert verdammt lange. – Wenn ich nur erst wüßte, was er eigentlich wollte, nachher könnte man sich seine Berechnung schon selbst machen.«

»Ja – ja«, lachte der Neger vor sich hin, »Kapitän Kelly läßt Euch auch gerade wissen, was er will. – Bolivar kennt ihn besser. – Wenn er sagt, er geht stromauf, – wette meinen Hals darauf, dann ist er hinunter, und wenn er sagt Arkansas, so wäre Arkansas der letzte Ort, wo ihn Bolivar suchte.«

Blackfoot sah den Neger von der Seite an, schob die Hände in die Taschen und ging langsam auf und nieder.

»Bist du schon einmal mit dem Kapitän in Helena gewesen?« fragte er nach kurzer Pause.
Bolivar zog den breiten Mund von einem Ohr bis zum andern und nickte.
»Und weißt du«, sagte der Bootsmann und trat dem Neger einen Schritt näher, »weißt du, was –«
»Pst, Massa – for God's sake«, flüsterte der Schwarze und streckte ängstlich die Hand gegen den Redenden aus, während er selbst einen scheuen Seitenblick nach der Tür warf; – »Bolivar will lieber, daß er mit gebundenen Händen vor dem Staatsanwalt stände und Massa Blackfoot als Zeugen gegen sich hätte, als hier von Sachen zu reden, die den Kapitän betreffen. – Großer Golly, wie er neulich einmal den Spanier bezahlt hat! – Ohren ab – Nase ab – Arme ab und dann gut verbunden, aber sonst nackend in den Sumpf gestellt; – brrr, Buckramann* ist doch viel grausamer als Neger.«
Oben aus der Eiche, unter der sie standen, tönte ein schriller Pfiff, wie ihn der Nachtfalke ausstößt, wenn er seine Beute zu erfassen glaubte und nun getäuscht wieder hinauf in sein luftiges Reich steigt.
»Pest und Donner!« fluchte der Afrikaner und fuhr schnell empor. »Das fehlt uns auch noch; – jetzt kommen bei Gott die verdammten Pferde von Arkansas. – Nun gibt es Nachtarbeit. Ei, so wollte ich denn doch –«
»Der Kapitän hat sie lange erwartet«, sagte Blackfoot. – »Arbeit haben wir weiter nicht damit, unsere Leute sind schon drüben seit Sonnenuntergang.«
»Schaffen wir sie denn gleich nach Mississippi hinüber?« fragte Bolivar.
»Nein – das dürfen wir nicht riskieren. – So wie das Land jetzt mit den verdammten Regulatoren in Aufruhr ist, hieße das, die Schufte da oben selbst mit der Nase auf unsere Fährten stoßen. – Nur die beiden Pferde, die wir notwendig drüben haben müssen, bringen wir durch den Sumpf, daß die

* Der Weiße

Spuren aus dem Lande heraus in die Stadt führen. Das besorgt Mowes, der ist in Meleville bekannt wie ein bunter Hund und erregt keinen Verdacht mehr. Die anderen führen wir zu Wasser nach Vicksburg.«

»Wenn ich nur wüßte, was mit dem fremden Frauenzimmer da drin geschehen soll«, brummte der Neger; – »erst wird man hierher bestellt, und nachher ist es nichts.«

»Drinnen ist alles dunkel geworden«, sagte Blackfoot, »vor morgen früh wirst du auf keinen Fall gebraucht. Geh also bis dahin zu den Snags, und wenn wir die Tiere glücklich gelandet haben, wollen wir uns ein Stündchen hinlegen. Morgen wird es wahrscheinlich verdammt scharfe Arbeit setzen.«

Von dem rechten Ufer der Insel schallten jetzt regelmäßige, aber schnelle Ruderschläge herüber, und deutlich konnten die lauschenden Männer hören, wie das kommende Boot mit aller Macht gegen die dort ziemlich starke Strömung anarbeitete.

»Aha«, nickte Bolivar grinsend, »in dem Boot steuert wieder Mr. Klugrabe, – will immer gescheiter sein als andere Leute und hält jedesmal von Anfang an zu stark auf das Ufer zu; – denkt es immer zu erzwingen und muß sich nachher wieder von der Sandbank heraufleiern.«

»Sie müssen bald oben an der Spitze sein«, meine Blackfoot.

»Ja – aber mit welcher Arbeit! – Soviel ich weiß – doch wahrhaftig, da kommen sie schon – Wetter noch einmal, müssen die in den Rudern gelegen haben!«

Blackfoot hatte jetzt die Tür von ›Bachelors' Hall‹ geöffnet und die darin überall auf Fellen und Decken gelagerten Zecher geweckt. Nur murrend und höchst unzufrieden mit der keineswegs gelegenen Störung gehorchten sie dem Ruf und taumelten von ihren harten Betten auf, um bei dem Landen der Pferde behilflich zu sein. Dies ging auch schneller vonstatten, als es der rauhe Boden und das ungewisse Mondlicht hätten erwarten lassen. Die Insulaner schienen aber mit solcher Arbeit vertraut, und nach kaum einer Stunde lag das breite Boot wieder wohlverwahrt und gut versteckt neben den übrigen Kähnen, während die Pferde in den Ställen untergebracht und dort von einem jungen Mestizenknaben versorgt und mit Nahrung versehen wurden. Bolivar bereitete ihnen die Streu von weichem Laub. Die armen Tiere aber, so hungrig sie wohl auch sein mochten, schienen zu erschöpft zu sein, um auch nur einen Blick auf das sonst so eifrig begehrte Futter zu werfen. Todmatt fielen sie, wo man sie hinstellte, nieder, und ihr ganzes Aussehen, ihr ganzes Benehmen verriet klar und deutlich, daß sie eben eine Hetze durchgemacht hatten, die sie kaum noch länger ausgehalten hätten.

»Hört einmal, Jones«, sagte Blackfoot, als er in die Stalltür trat und die erschöpften Tiere betrachtete, »ich glaube, Ihr habt die armen Tiere zu Tode gejagt, sie schwitzen ja wie die Braten, und der kalte Luftzug auf dem Mississippi wird ihnen wohl den Rest gegeben haben.«

»Ei, und wenn sie alle der Teufel geholt hätte«, brummte der Angeredete; »besser die als ich. – Pest und Donner! – Das sind die letzten, die ich aus Arkansas herausgeschafft habe. Überhaupt gebe ich dem die Erlaubnis, mich bei den Ohren aufzuhängen, der mich noch einmal da drüben erwischt.«

»Sie sollen Euch drüben vor ein paar Wochen die Jacke tüchtig ausgeklopft haben«, lachte Blackfoot.

»Ja – und der, der es getan hat, liegt wohl nicht am Elevenpointsriver mit zerschmettertem Hirn?« zischte der kleine Mann; – »Seine Pferde stehen wohl nicht jetzt hier auf der Insel im Stall?«

»Alle Wetter, dessen Pferde?« rief der Bootsmann verwundert. »Da habt Ihr mehr Courage, als ich Euch zugetraut hätte; – doch wer war denn hinter Euch her?«

»Wer? Der ganze Staat schien auf den Beinen zu sein. – Ich gab mich auch schon verloren; ein wirkliches Wunder allein kann mich gerettet haben. Einmal sah ich meine Verfolger schon; doch glücklich erreichte ich den Sumpf, und hier gelang es mir, die Feinde irrezuführen. Wäre Euer Boot aber nicht schon drüben gewesen, ich hätte bei Gott die Tiere im Stich gelassen und meine eigene Haut in Sicherheit gebracht; denen falle ich nicht noch einmal in die Hände, so viel weiß ich.«

»Schade, daß Rowson so schändlich abgefangen wurde«, sagte der Bootsmann. – »Das war ein trefflicher Kunde. Mordelement, ich weiß keinen Menschen in ganz Amerika, den ich lieber bei irgendeinem pfiffigen Unternehmen gehabt hätte als den –« »Geht mir mit dem Schuft«, brummte Jones, »wäre der Kapitän nicht noch so zur rechten Zeit dazugekommen, die Kanaille hätte uns alle miteinander verraten – pfui Teufel! Ich hätte immer geglaubt, Rowson sei ein Mann, und wie ein heulendes altes Weib hat er sich betragen. Das sollte mir einmal passieren! – Pest noch einmal, die Zunge wollte ich mir eher aus dem Halse reißen, ehe ich ein Wort gestände!«

»Kelly war unter einem fremden Namen oben, nicht wahr?«

»Wharton nannte er sich«, lachte Jones, »und Ihr hättet nur einmal sehen sollen, wie schlau er es anzustellen wußte, daß der meineidige Pfaffe nicht zu Worte kam. – Mit dem Indianer war übrigens nicht zu spaßen. – Wer kommt denn dort?«

Die beiden Männer blickten sich rasch nach der von dem Pferdedieb bezeichneten Richtung um und sahen eine in einen dunklen Mantel gehüllte Gestalt auf sich zukommen. – Es war der Kapitän, der, ohne den andern eines Wortes oder Blickes zu würdigen, Blackfoot am Arm ergriff und eine kleine Strecke mit sich fortzog. Als er sich vorher durch einen flüchtig umhergeworfenen Blick überzeugt hatte, daß er unbelauscht sei, flüsterte er leise: »Georgine besteht darauf, den Mestizen ans Ufer zu senden. – Bolivar soll ihn also, wenn sie es verlangt, hinüberrudern; – er darf aber den festen Boden nicht wieder betreten. – Verstehst du mich?«

»Der Mestize?« fragte Blackfoot erstaunt.

Der Kapitän nickte nur einfach und fuhr dann fort: »Sanders

Aufträge sind in diesem Brief eingeschlossen; – alles übrige ist dir ebenfalls bekannt.«

»Wann kann denn Teufels Bill hier eintreffen?« fragte der Bootsmann.

»Mit jedem Tage«, erwiderte Kelly; »seiner Rechnung nach hätte er eigentlich schon gestern Helena erreichen müssen. – Ihr wißt doch noch sein Zeichen?«

»Ja – er fährt stets vor der Insel vorbei und schießt, wenn er gerade neben den Snags ist. Das Boot läßt er unterhalb auflaufen.« »Gut! Ist mein Pferd gestern abend hinübergeschafft und gefüttert worden?«

»Ei, versteht sich«, versicherte der Alte. »Das muß tüchtig ausgreifen können; es hat jetzt zwei Tage ruhiggestanden. Was soll aber mit dem Mädchen da drin geschehen?«

»Die – werde ich der Sorgfalt des Negers anvertrauen«, murmelte der Kapitän. – »Ich will ihm morgen früh selbst die nötigen Verhaltungsregeln geben; doch für jetzt gute Nacht, legt Euch auch ein wenig schlafen und – habt gut acht auf den Burschen da! –«

»Auf Jones?«

»Ja; – er darf ohne Schwur die Insel nicht verlassen.«

»Der ist treu«, sagte Blackfoot.

»Gut für ihn«, murmelte der Kapitän und verschwand gleich darauf wieder in seiner Tür.

8

Die Sonne stand schon anderthalb Stunden hoch, als zwei Männer auf schönen, kräftigen Pferden durch jene fast unwegsame und großenteils unter Wasser stehende Niederung ritten, die den Mississippi an beiden Ufern viele Meilen breit einschließt. An einen Pfad war dabei gar nicht zu denken, nicht einmal ein Zeichen an Busch oder Baum ließ erkennen, daß hier die fleißige Hand der Menschen je schon tätig gewesen wäre. Nur Rohr und Unterholz gedieh, soweit ihnen das der dichte Schatten der vollbelaubten Stämme erlaubte, nach besten Kräften, und Schlingpflanzen schienen in dieser Umgebung besonders wohl und kräftig zu gedeihen. An wenigen Stellen waren die Strahlen der Sonne durch das Gewirr von Laub und Ästen gedrungen, und wo ihnen das wirklich gelang, da spielte auch sicherlich ein dichter Schwarm schlankhüftiger Moskitos in dem warmen, die feuchten Schwaden der Nachtluft vertreibenden Lichte. Heruntergebrochenes Holz starrte überall vom Boden auf, und an den wenigen Plätzen, die das Auge noch erkennen konnte, gestattete das dichte, hier nie von einem Wind verwehte Laub den einzelnen Grasspitzen kaum, sich Bahn hindurch zum Licht zu brechen.

Die Reiter schienen aber an ihre öde Umgebung gewöhnt zu sein. Keinen Blick warfen sie auf die Wildnis; nur vor sich nieder sahen sie, vor die Hufe ihrer Pferde, um diesen, durch ihre höhere Stellung begünstigt, das Terrain überblicken zu helfen und die beste, das heißt die am wenigsten schlechte Bahn auszusuchen. Sosehr aber auch der Älteste und Stärkste von ihnen in seine ganze Umgebung passen mochte, sosehr stach der zweite, Jüngere, dagegen ab. Ein mit den näheren Verhältnissen nicht Vertrauter hätte auch wahrlich staunen sollen, wenn er die zierliche, schlanke, fast stutzerhaft gekleidete Gestalt auf dem prächtigen und edlen Rosse an einem Ort gefunden hätte, zu dem sich, wie jeder vernünftige Mensch glauben mußte, eigentlich nur ein Bärenjäger verirren konnte.

Er war schlank, ja fast schmächtig gebaut und ganz nach dem modernsten Schnitt der damaligen Pariser Mode in einen leichten, hellbraunen Frack, weißseidene Weste, braunseidenen Schlips und großkarierte Pantalons gekleidet. Den unteren Teil der letzteren hatte er aber, um sich vor dem Bespritzen zu wahren, nach Art der Hinterwäldler mit einem breiten Stück grellroten Flanells umwunden, der sie bis über das Knie hinauf beschützte und auch zugleich den Fuß vollkommen umhüllte. Den Kopf deckte ein feiner, schwarzer Filz, und darunter hervor quollen volle und üppige, seidenweiche blonde Locken. Mit den treublauen Augen hätte man ihn auch wirklich fast für ein verkleidetes schönes Mädchen halten können, wäre nicht der keimende Flaum der Oberlippe gewesen. Nie aber schlug noch in einer menschlichen Brust ein Herz, das eines Teufels würdiger gewesen wäre, als in dieser; nie im Leben trogen Auge und Blick mehr als bei diesem Buben, der sich, einer Schlange gleich, von seinem glatten Äußeren begünstigt, nicht in die Häuser, nein, in die Herzen derer stahl, die er vernichten wollte und über deren Elend er dann frohlockte.

Auf der Insel hatte er sich als Eduard Sander eingeführt und der Bande durch seine Verstellungskunst und teuflische Bosheit schon unendlichen Nutzen gebracht. Über sein früheres Leben wußte aber niemand etwas Genaueres. Da der größte Teil der Gesellschaft, der er nun angehörte, ebensowenig Ursache hatte, mit vergangenen Vorfällen zu prahlen, fragte ihn niemand danach. Er gab sich nur kurz für den Sohn eines georgischen Pflanzers aus und stellte damit seine Umgebung vollkommen zufrieden.

Sein stets verschlossenes Wesen ließ ihn aber auch unter den Kameraden, wenn er einmal für kurze Zeit auf der Insel verweilte, ziemlich allein stehen. Er schloß sich an keinen an und stand nur mit dem Kapitän und dessen Frau in freundschaftlicher Verbindung, was sich freilich auch schon leicht durch den Grad der Bildung erklären ließ, auf dem er gegenüber den Gefährten seiner Verbrechen stand. Der einzige, mit dem er zuzeiten plauderte und zu dem er sich hielt, war Blackfoot, sein jetziger Begleiter, der das Rauben gewissermaßen als Geschäft betrachtete und oft behauptete, es sei bei ihm so zur Leidenschaft geworden wie beim Jäger das Bärenhetzen. Seinem Führer und Kapitän dabei ergeben, war Blackfoot treu und offen, wenigstens gegen die Kameraden.

Sander hatte er aber besonders deshalb liebgewonnen, weil dieser eine ebensolche Aufrichtigkeit gegen ihn heuchelte. In der Tat aber war er weit davon entfernt, ihn mit Sachen bekannt zu machen, die er nicht notgedrungen wissen mußte. Blackfoot ging in die Tracht der Hinterwäldler gekleidet. Er trug Büchse und Bowiemesser und gab sich für einen Ansiedler aus, der sich erst kürzlich dicht am Ufer des Mississippi niedergelassen hätte und nun nicht übel Lust habe, einen Teil seines Vermögens in irgendeiner vorteilhaften Spekulation anzulegen. Beider Ziel war aber jetzt Helena, wohin Sander seine besonderen, allerdings geheimen Instruktionen schickten.

»Die Pest über solches Reiten!« schimpfte er und brach endlich das Schweigen, das sie bis dahin – zu sehr mit der Unebenheit des Bodens beschäftigt – beobachtet hatten. – »Hals und Beine könnte man brechen, und das Schlammwasser schlägt einem fast bei jedem Schritt über dem Kopf zusammen. Daß mich auch der Henker diesen Weg führen mußte; ich werde schön aussehen, wenn wir nach Helena kommen. Wo zum Teufel mag denn nur die verdammte Straße liegen? Wir sind am Ende in all diesem Gewirr schon zu weit geritten und ziehen nun gen Westen in irgendeine schöne, noch nicht entdeckte Gegend.«

»Habt keine Angst«, lachte der Pilot in diesem Waldmeer, »die Helenastraße muß wenigstens noch eine Meile weiter vorn liegen. – Bedenkt doch nur, Mann, daß wir auf solcher Bahn haben Schritt für Schritt reiten und oft bedeutende Umwege machen müssen, um nur den Seen und Dickichten auszuweichen, die wir unmöglich durchqueren konnten. Tröstet Euch aber, der Boden wird jetzt ein wenig besser; wir haben das Schlimmste hinter uns und können nun doch zum mindesten nebeneinander hintraben und ein vernünftiges Wort zusammen plaudern.«

Sander schien von diesem einzigen Troste keineswegs sehr erbaut zu sein, denn er murmelte ein paar unverständliche und verdrießliche Worte in den Bart, machte aber endlich gute Miene zum bösen Spiel, preßte die Flanken seines Tieres ein wenig und sprengte an die Seite seines Kameraden, der ihn mit einem halb lächelnden, halb spöttischen Blick betrachtete.

»Ihr seht schön aus«, sagte Blackfoot, und sein Mund verzog sich zu einem breiten Grinsen, – »wie eine Forelle oder eine echte Kuba-Zigarre. – Es geschieht Euch aber recht, warum habt Ihr meinen Rat nicht befolgt und die Decke übergehängt.« »Daß ich die Fasern nachher in einer Woche nicht wieder losgeworden wäre, nicht wahr?« – erwiderte Sander mürrisch. »Nein, da bürsten sich die trocken gewordenen Schmutzflecken besser wieder ab. – Aber hol der Böse den Ritt! – Erzählt mir lieber das Genauere von dem Dampfboot. Wir wollen also in corpore eins kaufen?«

»Nun ja, ich habe es Euch ja schon einmal gesagt. Das ist der gescheiteste Gedanke, den Kelly je gehabt hat. Potz Seelöwen und Eisbären, was für einen verdammt guten Spaß das gäbe, wenn unsere Nachbarschaft einmal Wind von uns bekäme und nun plötzlich das ganze Nest mit Dampf abfahren sähe! Nicht mit Gold wäre der Witz zu bezahlen.«

»Nein«, murmelte sein Begleiter, »denn der Einsatz dagegen wären unsere Hälfte. Das mit dem Dampfboot ließe sich aber auch noch ausdehnen. Unsere Geschützstücke nähmen wir natürlich mit; ehe wir die mexikanische Küste erreichten, trieben wir ein wenig Seeräuberei. Jetzt im Sommer, wo im Golf fast stets Windstille ist, müßte die Sache herrlich gehen. Was wir an Schonern und kleineren Fahrzeugen fänden, wäre unbedingt unser, ja wer weiß, ob wir nicht auch eins der Vereinigten-Staaten-Dampfboote entern und eine famose Beute machen könnten. Erst müssen wir freilich das Dampfboot haben.«

»Nun, die Sache soll übermorgen, das ist der letzte Sonnabend im Juni, in öffentlicher Sitzung vorgetragen und beschlossen werden. Acht Tage später können wir dann ein

Dampfboot an Ort und Stelle haben, und zwei Tage später sind wir imstande, es ganz nach unserem Wunsch nicht allein einzurichten, sondern auch zu stationieren.«

»Es müßte natürlich nur von den Unseren bemannt werden.«

»Das versteht sich, und eben diese Auswahl für die verschiedenen Posten muß ebenfalls zu gleicher Zeit stattfinden, sonst gäbe es nachher Mord und Totschlag. Es würde jeder Kapitän, keiner aber Feuermann und Deckhand sein wollen.«

»Der Kapitän muß jetzt viel bares Geld liegen haben«, sagte Sander nachdenklich; – »es sind in letzter Zeit gewaltige Posten eingegangen. Wieviel ist wohl in der Kasse?«

»Ich weiß es nicht«, erwiderte Blackfoot, – »wahrscheinlich wird er doch am Sonnabend ebenfalls Rechnung ablegen. – Er hat aber wohl viel Geld nach Mexiko geschickt, wo er eine bedeutende Landstrecke für uns gekauft haben soll.«

»Hat ihm denn die Gesellschaft den Auftrag dazu gegeben?« fragte Sander und wandte sich plötzlich nach seinem Begleiter um.

»Ich glaube kaum«, sagte dieser; – »doch wozu auch? Wenn er es einmal für gut und nötig hielt, so können wir anderen auch damit zufrieden sein. Aufrichtig gesagt, ist es mir nach der letzten Geschichte am Fourche la Fave und nach den keineswegs tröstlich lautenden Nachrichten gar nicht mehr so geheuer am Mississippi wie früher. Ich denke immer, es könnte uns einmal über kurz oder lang etwas Menschliches begegnen, und – das mag dem Kapitän wohl auch so gehen; der Plan mit dem Dampfboot und dem angekauften Land ist deshalb auch ganz gut.«

»Ja«, sagte Sander, »wenn es von dem Geld angeschafft wird, was der Kapitän in seiner Verwahrung hat, – sonst nicht. – Andernfalls erschöpfen wir unsere Privatkassen bis auf den letzten Cent und sind dann immer wieder auf die Gesellschaft oder – den Kapitän angewiesen, der uns schon überdies zu sehr unter dem Daumen hält. Nun meinetwegen, ich habe weder Kind noch Kegel, und mein Eigentum ist auch ohne Dampfschiff transportabel; ich werde deshalb also auch keinen Deut dazugeben, ihr anderen könnt natürlich tun, was euch gefällt. – Was mich betrifft, so gehe ich meine Bahn.«

»Und worin besteht die diesmal?« fragte Blackfoot. »Ihr habt mir noch gar nicht gesagt, was Ihr eigentlich in Helena wollt.« »Was ich will!« sagte Sander und zog die Stirn in finstere, ärgerliche Falten. »Fragt lieber, was ich soll. – Ich wollte noch ein paar Tage auf der Insel bleiben, um mich nach den letzten Strapazen auszuruhen. Alle Wetter, es ist keine Kleinigkeit, ein Boot den Wabasch, Ohio und Mississippi herunter bis hierher zu steuern – und nachher die Szenen. Aber nein, ich darf nicht einmal ausschlafen heute morgen und muß Hals über Kopf einen Weg zurücklegen, auf dem mich – Gott soll mich strafen – kein Christenmensch zum zweiten Mal antreffen soll.«

»Aber Euer Zweck in Helena?«

»Ein hübsches junges Mädchen von zu Hause fortzulocken.«

»Ein hübsches junges Mädchen? Kelly wird doch unmöglich eines Liebesabenteuers wegen –«

»Schwerlich«, unterbrach ihn Sander; – »der Preis, den er gesetzt hat, wäre erstlich zu hoch und dann stimmen dazu auch nicht die übrigen Umstände. – Eine zu erlangende Erbschaft wäre wahrscheinlicher.«

»Eine Erbschaft? Von woher?«

»Ja, da fragt Ihr mich zuviel; darüber habe ich mir selber den Kopf schon zerbrochen. Apropos – in welchem Staate war der Kapitän neulich, als er so lange fortblieb?«

»In Georgia. – Glaubt Ihr, das das mit jener Erbschaft etwas zu tun hat?«

»Warum nicht? Ist nicht Simrow ebenfalls dort und steht Kelly nicht mit Georgia in sehr lebhafter Korrespondenz?«

»So? Davon hat er mir noch gar nichts gesagt«, meinte Blackfoot und starrte nachdenklich auf seinen Sattelknopf nieder. – »Kennt Ihr denn die Dame schon, bei der Ihr Euch in Helena einführen wollt?«

»Jawohl, von Indiana her«, erwiderte jener noch immer zerstreut.

»So, eine alte Bekanntschaft also; – nun, da bedarf es keiner weiteren Empfehlungen; das ist schon halb gewonnenes Spiel. Wie heißt sie denn?«

»Ich habe trotzdem noch eine Empfehlung an einen Verwandten von ihr, in dessen Hause sie lebt, an einen gewissen Mr. Dayton!«

»Mister Dayton ihr Verwandter?« rief Blackfoot in lautem Erstaunen und griff so fest in den Zügel seines Rosses, daß das Tier zurücksprang und sich hoch aufbäumte.

»Ja, der Brief ist für ihn«, sagte Sander, »die Dame aber ein junges Gänschen vom Lande, doch nicht ohne Mutterwitz. Sie kennt mich übrigens, und die Sache hat nicht die mindeste Schwierigkeit.«

»Was kann da nur die Absicht sein?«

»Ei, zum Henker, was kümmert das mich? – Ich habe nur den Auftrag, sie womöglich in Güte bis spätestens Sonnabend abend an einen mir genau bezeichneten Ort zu schaffen und das Weitere dann dem Kapitän zu überlassen. Dafür bekomme ich tausend Dollar aus seiner Privatkasse. Aber was wollt denn Ihr oben in Helena? Auch etwa kleine Privatgeschäfte, he? Hört, Blackfoot, Ihr habt Euch heute so stattlich herausgeputzt; – ich will doch nicht hoffen –«

»Hoffen? Was?« brummte der Alte. – »Unsinn, alberner – Ihr habt weiter nichts als solche Possen im Kopfe. Und dennoch«, schmunzelte er nach kleiner Pause, »gilt mein Auftrag diesmal einer Lady.«

»Hab ich es nicht gedacht?« lachte Sander und beugte sich auf den Hals seines Pferdes nieder. – »Habe ich es nicht gedacht? – Blackfoot auf Damenbesuch – Blackfoot als galant homme in der Stadt; – das ist göttlich – hahaha – das ist kapital!«

»Nun, ich sehe nicht ein, was dabei groß zu grinsen sein könnte, wenn es wirklich der Fall wäre«, brummte Blackfoot. »Übrigens«, fuhr er selber lachend fort, »werdet Ihr Eure Saiten wohl ein wenig tiefer spannen, wenn Ihr erst einmal erfahrt, wer die Dame eigentlich ist, der ich nach Eurer Ansicht den Hof machen soll. – Sie heißt Luise Breidelford.«

»Gott sei uns gnädig«, schrie Sander entsetzt, – »der Drache existiert auch noch in Helena? – Na, dann gnade mir Gott, wenn mich die einmal gewahr wird. Eigentlich ist mir's fatal; sie hat mir einmal in Vicksburg einen Streich ausführen helfen, den ich in Helena gerade nicht während meines dortigen Aufenthalts an die große Glocke geschlagen haben möchte. – Ich war damals noch dazu unter einem falschen Namen in Vicksburg.«

»Habt deshalb keine Angst«, sagte Blackfoot, »die schweigt; denn wenn jemand Ursache hätte, von der Vergangenheit zu schweigen, so wäre es gerade sie. – Sollte sie Euch aber dennoch jemals drohen – wer weiß denn, ob sie nicht dadurch gerade etwas von Euch zu erpressen hofft –, so fragt sie nur ganz freundlich, ob sie noch einen kleinen Vorrat von den langen Nägeln hätte, die ihr Mr. Dawling vor einigen Jahren beschaffte. – Hört Ihr? Vergeßt den Namen Dawling nicht.«

Sander nahm seine Brieftasche heraus und schrieb sich das Wort auf.

»Dawling«, sagte er sinnend, »Dawling; – wo habe ich den Namen schon einmal gehört? Was für eine Bewandtnis hat es denn mit den Nägeln?«

»Das kann Euch gleichgültig sein«, brummte Blackfoot. – »Ich gebe Euch die Arznei, fragt nicht, wo sie herkommt, und gebraucht sie, wenn es nötig ist. – Aber hier ist der Weg – so, nun können wir unsere Pferde einmal ordentlich ausgreifen lassen; wir kommen sonst zu spät nach Helena.« Aus diesem Grunde vielleicht, oder um den weiteren Fragen seines Begleiters zu entgehen, drückte er seinem Tier die Hacken in die

Seiten und sprengte rasch auf der nach Helena führenden Straße hin, die diesen Ort zu Lande mit der Mündung des Whiteriver und dem darüber gelegenen Montgomerys Point verband. Sander folgte ihm. Während er aber seinem Tier den Zügel ließ, bemühte er sich eifrig, mit einer kleinen Taschenkleiderbürste seinen Anzug von den heraufgespritzten Schmutzflecken zu reinigen, sein langes, weiches Haar zu ordnen und die durch den bösen Ritt total zerstörte Frisur so weit wieder herzustellen, wie ihm das bei der schnellen Bewegung eines galoppierenden Pferdes und nur mit der Hilfe eines kleinen Hohlspiegels möglich war.

9

Mrs. Dayton hatte, um ihr Versprechen vom Vorabend zu erfüllen, alle nötigen Anstalten getroffen, ein paar Tage auf dem Lande bleiben zu können. Als Mr. Dayton etwas spät am Morgen ziemlich erschöpft von dem langen Ritte zurückkehrte, war auch beschlossen worden, gleich nach Tisch aufzubrechen und Livelys zu besuchen, mit denen Mrs. Dayton schon in früherer Zeit in Indiana befreundet gewesen war.

Die kleine Familie hatte noch nicht lange ihr einfaches Mittagsmahl beendet und der erst vor einigen Stunden zurückgekehrte Squire eben zwei wiederum für ihn eingetroffene Briefe gelesen und in die Brusttasche geschoben, als Pferdegetrappel vor der Tür zu hören war. Adele sprang ans Fenster, um zu sehen, wer vor ihrem Hause anhielte. Kaum hatte sie aber den Blick hinabgeworfen, als sie auch überrascht ausrief: »Mr. Hawes, – bei allem, was da lebendig auf der Erde herumläuft! – Nein, so etwas ist noch gar nicht dagewesen!«

»Und wer ist denn Mr. Hawes?« fragte Squire Dayton lächelnd. – »Der ist wirklich noch nicht dagewesen. Da du

übrigens den Gentleman so gut zu kennen scheinst, so bist du es auch vielleicht, derentwegen er uns hier aufsucht.«
»Das ist leicht möglich«, sagte Adele unbefangen. – »Seine Frau war meine beste Freundin. Du mußt sie noch von früher her kennen, Hedwig, – Marie Morris, des alten reichen Morris Tochter. Wissen möchte ich aber, was ihn nach Arkansas bringt. Ich glaubte, er wäre schon lange in Louisiana auf seiner Plantage.« »Nun, da kommt er selbst und wird dir das Rätsel wohl lösen«, sagte Squire Dayton. Wirklich wurden auch im nächsten Augenblick leichte, schnelle Schritte auf der Treppe gehört, und gleich darauf trat, nach kurzem Anklopfen und fast ohne das einladende »Herein« zu erwarten, derselbe junge Mann in die Stube, den wir schon heute morgen, freilich unter einem andern Namen, in der Mississippi-Niederung gefunden haben.
»Miß Adele!« rief er und schritt schnell mit ausgestreckter Hand auf die Dame zu. – »Es freut mich herzlich, Sie so wohl und munter zu finden. Wahrscheinlich habe ich die Ehre, Mister und Mistreß Dayton hier vor mir zu sehen.«
Squire Dayton und Frau verneigten sich, und jener sagte freundlich: »Unsere kleine Freundin hier hat Sie schon von draußen angemeldet, – Mr. Hawes, wenn ich nicht irre; – sie erkannte in Ihnen einen alten Bekannten.«
»Dann hätte es ja kaum der kalten Einführung durch diesen Brief bedurft«, sagte der Betrüger mit einer leisen Verneigung gegen die junge Dame. – »Von Mr. Porrel, jetzigem Staatsanwalt in Sinkville, der so gütig war, nebst einem freundlichen Gruß Ihnen die Meldung zu machen, daß eine so unbedeutende Person wie ich überhaupt existiere.«
»Ach, von Porrel! – Haben Sie ihn erst kürzlich getroffen?« fragte der Squire und nahm den Brief an sich. – »Es ist manches Jahr vergangen, daß wir einander nicht gesehen haben.«
»Und doch spricht er noch mit vieler Liebe und Anhänglichkeit von Ihnen. Er ist vor wenigen Wochen Staatsanwalt

geworden und steht sich jetzt ziemlich gut, bekleidet auf jeden Fall einen ganz einträglichen und höchst achtbaren Posten.«

»Aber wie geht es Mistreß Hawes, Sir? Was macht Marie und wo ist sie?« unterbrach ihn hier Adele. »Sie erwähnen ja kein Wort von ihr und ihren Eltern. Ich glaubte Sie auf Ihrer Plantage in Louisiana.«

»Könnte ich dann schon wieder hier sein?« fragte Sander. »Nein, – die Pflanzung in Louisiana haben wir nicht gekauft; denn in Memphis, wo wir glücklicherweise einen Tag liegenblieben, kamen uns so böse und ungünstige Berichte über jene Gegend zu Ohren, daß wir beschlossen, lieber das geringe Draufgeld im Stich zu lassen, als so bedeutende Kapitalien an ein später fast wertloses Grundstück zu wenden. Da hörten wir von dem Verkauf einer Pflanzung bei Sinkville in Mississippi, landeten dort, fanden die Bedingungen mäßig, Land und Gebäude trefflich und wurden noch in derselben Woche handelseinig.« »Und bei Sinkville wohnt jetzt Marie?« rief Adele freudig. – »Oh, wie herrlich! Das liegt ja kaum sechs Meilen von Helena entfernt. – Ach, da besuche ich sie in den nächsten Tagen.« »Sie darum zu bitten ist eigentlich der Zweck meines Hierseins«, erwiderte Sander; – »nur machen Sie sich dann auf einen etwas längeren Aufenthalt gefaßt, denn so schnell läßt Sie Marie gewiß nicht wieder fort. Mir ist sogar der dringende Auftrag gegeben geworden, Sie – wenn das irgend möglich wäre – gleich mitzubringen. Drüben am andern Ufer steht mein Wagen, und ich habe das Pferd nur deshalb mit herübergebracht, weil ich nicht genau wußte, ob Sie in oder bei Helena Ihren Wohnsitz hätten.« »Ei, wie wird es dann mit dem Besuch bei Livelys werden?« fragte Mr. Dayton. »Den wirst du am Ende aufschieben müssen.« Adele sah die Schwester an, und ein leichtes Erröten färbte ihre Wangen.

»Nein, das geht unmöglich«, warf aber Mrs. Dayton ein. »Wir haben erst gestern abend durch den jungen Lively unser

Kommen auf heute bestimmt ansagen lassen; Mrs. Lively hat sich auch gewiß eine Menge von Umständen gemacht und würde es nun mit Recht sehr übelnehmen, wenn wir unser Wort brächen. Wie wäre es aber, wenn uns Mr. Hawes dorthin begleitete? So kann Adele ganz gut morgen früh und gleich von dort aus mit Ihnen aufbrechen, und Sie haben doch wenigstens den Weg nicht vergebens gemacht.«
»Sie machen mir durch diese Erlaubnis eine große Freude«, erwiderte Sander; »zwar riefen mich eigentlich in einem so neuen Besitztum leicht erklärliche Geschäfte schnell zurück; doch mag Vater einmal auf einen Tag länger meine Stelle versehen. Er ist jetzt, Gott sei Dank, recht kräftig und wohl, und da wird es ihm nicht gleich schaden. – Überdies habe ich seit langer Zeit gewünscht, Squire Dayton besser kennenzulernen, von dem ich schon so viel Gutes und Freundliches in Sinkville hörte.« »Um so mehr muß ich dann bedauern, das Vergnügen Ihrer Gesellschaft, wenigstens für heute, zu entbehren«, sagte der Richter verbindlich; »meine Geschäfte erlauben mir nicht, Helena auf mehrere Tage zu verlassen; ich hoffe jedoch, Sie recht bald einmal, und zwar dann für einen längeren Aufenthalt, bei uns zu sehen. Aber da kommen die Pferde«, unterbrach er sich plötzlich. – »Nun, Mr. Hawes, jetzt werden Sie gleich das Amt eines Ritters und Beschützers übernehmen können, das sonst von der Person meines alten Cäsar hätte ersetzt werden müssen.«
»Ich bin stolz auf das Vertrauen, das Sie schon nach so kurzer Bekanntschaft in mich setzen, und werde versuchen, mich dessen würdig zu zeigen«, sagte Sander. – »Nur eins macht mich besorgt; – der Weg zu den Livelys ist mir fremd; – ich weiß nicht –«
»Den werde ich Ihnen zeigen«, rief Adele schnell und errötete dann, als sie das Lächeln der Schwester über den vielleicht zu großen Eifer bemerkte.
»Einer so schönen Führerin würde ich folgen, und wenn ich wüßte, das Ziel wäre der Tod!« rief Mr. Hawes rasch.

»Ei, ei, Sir«, warnte der Richter, »daß sind gefährliche Äußerungen für einen jungen Ehemann! – Wenn das Ihre Frau hörte!« »Marie und ich wissen, wie das gemeint ist«, sagte Adele freundlich und unbefangen. »Mr. Hawes macht auch manchmal Verse, und den Poeten darf man schon ein wenig Übertreibung gestatten. Doch die Pferde warten; also, Herr Ritter, ich werde Ihre Führerin sein.«
Mit diesen Worten, und während Sander noch von Squire Dayton Abschied nahm, ergriff das schöne Mädchen den Arm der Schwester und zog sie lachend mit die Treppe hinab. Cäsar führte dort Mrs. Daytons Pferd vor, Adele aber lenkte, ehe Sander imstande war, ihr die hilfreiche Hand zu bieten, das kleine, muntere Pony an einen zu diesem Zweck dort hingewälzten Stamm und sprang leicht und sicher in den Sattel. Der vermeintliche Eduard Hawes konnte ihr nur noch den kleinen Pantoffel, der den Steigbügel bildete, unter die zierliche Fußspitze schieben. Dann schwang er sich ebenfalls auf den Rücken seines ungeduldig scharrenden Tieres, und fort sprengte die kleine Kavalkade im kurzen Galopp den schmalen Waldweg am Fuße der Hügel entlang, welcher der etwa sechs bis sieben englische Meilen entfernten Farm des alten Lively zuführte.
Zu derselben Zeit, als die beiden Damen und ihre Begleiter in den dichten Büschen der Waldung verschwanden, kam eines jener mächtigen Flatboote mit der Strömung den Mississippi herab und beabsichtigte allem Anschein nach, in Helena zu landen. – Außer den fünf Bootsleuten, die mit äußerster Anstrengung ihrer Kräfte die langen, schweren Finnen handhabten, um das Fahrzeug dem Lande zuzulenken, standen noch zwei Männer neben dem Steuernden am Hinterruder, und zwar recht gute Bekannte von uns: der alte Edgeworth und sein Begleiter Tom Barnwell. Dicht bei ihnen aber saß der alte, graue Schweißhund gar ernsthaft auf seinem Steiß und betrachtete mit unverkennbarem Interesse das Ufer, das, wie das kluge Tier recht gut merkte, jetzt bald

wieder einmal nach langer Wasserfahrt betreten werden sollte.
Eine Person an Bord zeigte sich jedoch mit dieser Maßregel keineswegs zufrieden, und das war der Steuermann. Vorher schon hatte er eine Menge von Gründen gegen das Landen vorgebracht, war aber doch zuletzt gezwungen zu gehorchen und stand nun in mürrischem Schweigen an seinem Ruder. Endlich brach sich aber sein verhaltener Ingrimm noch einmal in Worten Bahn, und er sagte, einen bittern Fluch der Rede voranschickend: »Ich will verdammt sein, wenn es nicht barer Unsinn ist, hier in dem Nest anzulaufen. – Arbeiten müssen wir wie das Vieh, um nur wieder aus der Gegenströmung herauszukommen, und nicht die Hälfte von dem bekommen wir hier, was sie uns in Vicksburg oder selbst in Montgomerys Point dafür bezahlen.« »Ich möchte nur wissen, was Ihr fortwährend mit Eurem Montgomerys Point habt«, erwiderte der alte Edgeworth. – »Das muß ein wahres Muster von Handelsplatz sein, ein Ideal aller Flatboote.«
»Wo liegt es denn eigentlich?« fragte Tom. »Ich bin doch auch früher am Mississippi gewesen, kenne aber den Ort gar nicht.« »Es wird manchen Ort hier geben, den Ihr nicht kennt«, brummte der Lotse; »in einem Jahre verändert sich hier verdammt viel. – Seht einmal da drüben Helena! – Das waren nur ein paar Häuser, als ich zuerst an den Mississippi kam, und jetzt ist es eine ordentliche Stadt. Montgomery baute vor etwa vier Jahren die erste Hütte, und jetzt ist es der Schlüssel zum ganzen Westen; denn alle stromab kommenden Dampfboote gehen natürlich den näheren Weg, durch den Whiteriver, in den Arkansas, und passieren dort nie ohne anzulegen. Da leben auch Kaufleute, vor denen man Respekt haben muß; uns hat einmal einer – ein einziger – eine ganze Flatbootladung Mehl abgenommen, und das war noch nicht einmal der reichste.«
»Nun, meinetwegen«, sagte der alte Edgeworth; »wenn Ihr solch unendliches Vertrauen zu dem Nest habt, so wollen wir

da anlegen; aber erst will ich sehen, wie der Markt hier steht. Ich habe nun einmal meinerseits Vertrauen zu Helena und sehe gar nicht ein, weshalb wir nicht wenigstens versuchen sollten, unsere Ladung hier loszuwerden. Also greift aus, Burschen, greift aus! In ein paar Minuten seid ihr am Ufer, und dann mögt ihr euch heute einen vergnügten Abend machen.«

Die Männer legten sich denn auch mit dem besten Willen von der Welt gegen die schweren Finnen, gaben mit scharfem Nachdruck den letzten Stoß und liefen, während der eine das an Bord befindliche Ende niederdrückte und rasch zurückzog, mit schnellen Schritten nach, um keinen Zollbreit Raum zu verlieren. So erreichten sie endlich die stillere, dicht vor der Stadt befindliche Stromfläche. Tom ergriff jetzt das lange Bugtau, trat vorn auf die oberste Spitze des Bootes, und als sie jetzt dicht an den übrigen dort befestigten Fahrzeugen vorbeitrieben, sprang er auf das nächste Boot, lief darüber hin bis ans Ufer und befestigte dort das Tau in einem der zu diesem Zwecke angebrachten eisernen Ringe. Wenige Sekunden später schlug das breite, plumpe Fahrzeug schwerfällig gegen die weiche Schlammbank an, und die schnell heraufgenommenen Ruder oder Finnen wurden an Bord gelegt.

Zwei der Flatbootleute blieben jetzt als Wachen zurück, und die übrigen, der alte Edgeworth und Tom mit dem grauen Schweißhund an der Spitze, schritten in die Stadt hinauf, um das Terrain zu erkunden, die Preise der nördlichen Erzeugnisse zu erfahren und überhaupt herauszufinden, ob und in welcher Art sich hier ein Geschäft anknüpfen lasse.

Nur Bill, der Steuermann, ging nicht mit den übrigen, sondern schlenderte erst scheinbar zwecklos am Ufer hin, bis er die Kameraden aus den Augen verloren hatte. Dann bog er rechts ab, schritt die zum Wasser führende Walnutstreet schnell hinauf und klopfte gleich darauf an ein niedriges alleinstehendes Haus, in dessen oberem Fenster im nächsten Augenblick das liebenswürdige Antlitz der Mrs. Breidelford sichtbar wurde. Die Dame hatte aber kaum einen Blick auf die Straße geworfen und den Besuch erkannt, als sie auch schon wieder mit einem Schrei des Erstaunens, vielleicht der Freude, zurückfuhr. Gleich darauf waren ihre schnellen Schritte zu hören, wie sie die Treppe in fast jugendlicher Eile herabsprang, um den willkommenen Gast einzulassen.

»Nun, Bill, das ist prächtig, daß Ihr kommt!« waren die ersten Worte, mit denen sie ihn begrüßte und die verrieten, daß sie schon früher auf einem, wenn auch nicht gerade vertrauten, doch sicherlich bekannten Fuße gestanden hatten. »Seit drei Tagen schon gucke ich mir fast die Augen nach Euch aus dem Kopfe, und immer vergebens. Mein lieber seliger Mann hatte aber ganz recht; – Luise – sagte er immer – Luise –«

»Oh, geht mit Eurem verdammten Geschwätz zum Teufel«, brummte der keineswegs so gesprächige Gast, ohne viel zu berücksichtigen, daß er sich mit einer Dame unterhielt; – »sagt lieber, wie es mit der Insel steht, und ob ich irgend jemanden von den Unseren hier in Helena finden kann.«

»Nu – nu, Meister Brummbär«, rief die Witwe beleidigt, »ich dächte doch, man hätte oben im Norden nicht alle Artigkeit verlernen sollen und könnte wenigstens ›guten Tag‹ sagen, wenn man zu anderen Leuten ins Haus kommt. – Ich bin auch mein lebelang in der Welt herumgekommen und kein Gelbschnabel mehr, daß ich mich von jedem hergelaufenen Narren anfahren lassen muß. Aber ich weiß schon; – mein Seliger hatte recht; – Luise, sagte er – du bist –«

»Eine liebe, prächtige Frau«, unterbrach sie, ihr freundlich die Hand entgegenstreckend, Bill; denn er kannte Mrs. Breidelford zu gut, um nicht zu wissen, daß er eben im Begriff war, es auf immer mit ihr zu verderben. »Ich sollte doch denken, Ihr hättet Zeit genug gehabt, den rauhen Bill kennenzulernen. Er gehört allerdings nicht zu den Feinsten, aber er meint es nicht so böse. Also, meine schöne Mrs. Breidelford, wie steht's hier im Territorium? Was machen der Kapitän und die Bande, und könnte ich ein paar der Burschen hier in Helena finden, – wenn ich ihre Hilfe brauchen sollte?«

»Zehn für einen, Bill«, rief da plötzlich eine Stimme vom obern Rande der Treppe, – »zehn für einen! – Wie geht es, alter Junge? Bringst du Beute? Nun, die kommt uns gelegen, besonders wenn sie der Mühe wert ist.«

»Blackfoot – so wahr ich lebe!« jubelte der Steuermann der ›Schildkröte‹ und sprang fröhlich zur Treppe. »Du kommst wie gerufen und kannst mir helfen, einen alten Narren von Helena wegzubringen, der es sich nun einmal in den Kopf gesetzt zu haben scheint, hier zu verkaufen. Die Ladung ist nicht bedeutend, aber er führt wenigstens zehntausend Dollar in barem Gold bei sich und geht, wenn er seinen Kram hier losschlägt, auf das erste beste Dampfboot und schlüpft uns aus dem Netz.« »Alle Wetter, das soll er bleibenlassen«, rief Blackfoot; »aber komm herauf! Das besprechen wir oben besser.«

»Ja, ich weiß nicht, ob ich's wagen darf«, sagte lächelnd der Steuermann und blickte sich nach Mrs. Breidelford um; – »unsere liebenswürdige Wirtin –«

»Ach, geht zum Teufel mit Eurer Liebenswürdigkeit!« zürnte die noch immer nicht ganz Versöhnte. »Hinterher könnt Ihr schöne Worte machen. – Doch geht hinauf; – Blackfoot weiß oben Bescheid; er mag Euch bedienen. Ich habe hier unten noch zu tun.«

»Nun sage mir nur vor allen Dingen, wie es mit der Insel steht«, rief Bill, als sie oben bei einer Flache Rum und einem Körbchen voll braungebackener Crackers beisammen saßen, – »noch alles in Ordnung?«

»In bester – die Sachen stehen vortrefflich«, erwiderte Blackfoot; – »aber es ist gut, daß du heute kamst. Morgen abend haben wir unsere regelmäßige Versammlung, und es sollen wichtige Dinge verhandelt werden. Kelly fürchtet, daß wir über kurz oder lang einmal verraten werden, und will uns dagegen durch den Ankauf eines Dampfbootes gesichert wissen. Es kommen auch noch andere interessante Sachen vor; du wirst übrigens noch eine Stunde wenigstens liegenbleiben müssen, sonst kommst du zu früh an; es dunkelt jetzt spät.«

»Ich weiß«, sagte ärgerlich der Steuermann, »ich fürchte aber, ich kriege den alten Starrkopf gar nicht mehr von hier fort. – Er glaubt, wunder wie große Geschäfte hier zu machen.«

»Hm – wie wäre es denn«, fragte Blackfoot sinnend, – »wie wäre es denn da, wenn ich ihm den Bettel abkaufte?«

»Wer, du? Na, weiter fehlte nichts mehr!« lachte Bill. »Jemanden, der kauft, brauchen wir gar nicht. – Überreden müssen wir ihn, daß er weiter unten einen besseren Markt für seine Ware treffen wird, das übrige findet sich von selbst.«

»Bill«, sagte Blackfoot und stieß sich mit der Spitze seines ausgestreckten rechten Zeigefingers sehr bedeutsam gegen die eigene Stirn, – »Bill, bist du denn ganz vernagelt? Hältst du mich für so dumm, daß ich einen Sassafras nicht mehr von einer Sassaparilla unterscheiden kann? Wenn ich das Brot oder die Ladung kaufe, so versteht sich's doch von selbst, daß ich nicht hier wohne und daß es notwendigerweise nach Montgomerys Point oder sonstwohin geschafft werden muß.«

»Bei Gott, ein kapitaler Gedanke!« schrie Bill und schlug mit der Faust auf den Tisch, daß die Gläser gegeneinanderklirrten. – »So soll es sein! Du spielst den Kaufmann, gehst mit uns an Bord, und ich renne uns dann zusammen unterhalb der Insel ganz vergnügt auf den Sand. Halt, da fällt mir aber etwas ein; einen Spaß wollen wir uns noch machen. Du sagst, du wärst von Viktoria; – das gibt mir auch eine Entschuldigung, Nr. Einundsechzig rechts liegen zu lassen anstatt links, wie es im ›Navigator‹ steht, – und dann kannst du meinetwegen auf Montgomerys Point und den jetzigen Handel dort schimpfen. Das wird dem Alten gut tun, dann glaubt er, ich habe unrecht gehabt, und geht desto eher in die Falle. Er hat überdies eine Art Abneigung gegen mich, für die er jedoch keinen Grund weiß; es ist so eine Art Instinkt, glaube ich. – Nun, ich bin nicht böse darüber; er hat alle Ursache dazu und wird, ehe zweimal vierundzwanzig Stunden vergehen, noch mehr bekommen.«

»Was für Ursachen?« fragte Blackfoot.

»Laß gut sein«, sagte Bill und leerte das vor ihm stehende Glas auf einen Zug. – »Das sind Dinge, von denen ein alter Praktikus nicht gerne spricht. Schweigen über eine Sache hat noch keinem geschadet, plaudern aber schon manchem Unheil gebracht. Doch da kommt Mrs. Breidelford. – Nun, Frauchen, noch böse? Ich hatte gerade den Kopf voll, als ich ins Haus trat; Blackfoot hat aber alles wieder in Ordnung gebracht.«

Mrs. Breidelford war keineswegs die Person, die lange mit jemandem gegrollt hätte, der ihr manchen Nutzen bringen sollte und auch schon manchen gebracht hatte. Sie hielt denn auch die zur Versöhnung abverlangte Hand nicht zurück und sagte nur: »'s ist schon gut, Bill; ich weiß ja, daß Ihr es nicht so böse meint; grob war's freilich immer. Aber was habt Ihr Euch denn da für einen schrecklichen Bart stehenlassen? Der sieht ja grausig aus; – die Kinder müssen vor Euch davonlaufen. Nein, geht Bill, den müßt Ihr Euch wieder abrasieren. Ihr seid ohnedies nicht so hübsch, daß Ihr einen Stock zu tragen brauchtet, um die Mädchen abzuwehren. Dabei fällt mir ein, was mein seliger Mann immer sagte, – Luise, sagte er, es gibt Gesichter in der Welt –« »Aber, gute Mrs. Breidelford«, unterbrach sie Blackfoot, freundlich ihren Arm ergreifend – »Sie wissen, um was ich Sie gebeten habe, und ich sitze nun vergebens eine volle Stunde hier und warte darauf. Ich muß wahrhaftig fort; denn erstlich wird Kelly sonst grimmig böse, und dann haben wir beide hier ein Geschäft miteinander abzumachen, das ebenfalls keinen Aufschub leidet, also – wenn es Ihnen irgend möglich wäre –« »Hat der Mensch eine Eile«, sagte die Dame und fing an, nach etwas zu suchen, das unter einer Unzahl geheimer Falten und Röcke entweder auf Nimmerwiederfinden versteckt oder verloren war. Mrs. Breidelfords Hirn mußte selbst eine solche Vermutung kreuzen; denn sie fing ganz plötzlich an, sich schnell und ängstlich überall zu betasten und ein erschrecktes »Na, weiter fehlte mir nichts!« teilte ihre Lippen. Der fragliche Gegenstand, was es auch immer war, gab sich aber endlich ihrem Griffe kund; ihre Züge heiterten sich wieder auf; ein tiefer Seufzer – die dem Herzen entnommene Last – hob ihre Brust, und sie brachte, nachdem sie untergetaucht und einen der zahlreichen Röcke beseitigt hatte, eine alte braunlederne Tasche mit Stahlbeschlägen zum Vorschein. Diese öffnete sie mit einem kleinen daranhängenden Schlüssel und nahm eine Anzahl von Banknoten und sorgfältig in Papier gewickelte Geldstücke heraus. »So – hier, Ihr Vampyr, der Ihr einer armen, alleinstehenden Witwe das letzte abnehmt, was sie an barem Gelde besitzt«, sagte sie dabei; – »hier, Ihr unersättlicher Einkassierer, der so regelmäßig jeden Monat kommt wie Vollmond und Neumond und noch brummt, daß er nicht genug hätte –«

»Ja, ja«, lachte Blackfoot, – »Euch wäre es schon recht, wir lieferten Euch bloß die Waren und bekümmerten uns weiter nicht darum, was Ihr dafür bekommt. Das glaube ich; Ihr solltet Euch aber wahrhaftig nicht beklagen; denn wenn irgend jemand Nutzen davon hat, so seid Ihr es und sitzt noch dazu warm und sicher in Helena, während wir draußen in Nacht und Gefahr unser Leben verbringen.«

»Warm und sicher?« rief Mrs. Breidelford scharf. – »Ihr schwatzt, wie Ihr es versteht. – Sicher; als ob nicht gestern abend so ein schlechtes Geschöpf versucht hätte, hier, während ich nur in die Nachbarschaft gegangen war, um ein paar Freunde zu besuchen, die mich eingeladen hatten, bei mir mit Nachschlüsseln einzubrechen.«

»Was? Bei Euch?« rief Blackfoot schnell. – »Sollte das nur um zu stehlen geschehen sein?«

»Nur um zu stehlen, Mr. Blackfoot? Ich dächte, da wäre für eine arme, alleinstehende Witwe gar kein ›nur‹ weiter dabei. Nur um zu stehlen, jetzt bitte ich Euch um Gottes willen, was verlangt Ihr denn sonst noch von einem Dieb oder Einbrecher, Sir? – Aber mein lieber, – seliger Mann hat mir das schon immer gesagt, – Luise, sagte er, du hast zuviel Vertrauen, – du bist zu gut, – du wirst noch teure Erfahrungen in deinem Leben machen, du wirst noch viel betrogen, noch viel gekränkt werden, – sagte er, das liebe Herz, das jetzt in seinem kalten Grabe liegt. Aber ich kenne das nichtsnutzige Weibsbild, das sich alle mögliche Mühe gibt, in fremder Leute Häuser hineinzukommen. – Ich kenne die Landstreicherin, von der niemand weiß, wo sie herkommt und wo sie hingehört. – Wenn sie mir nur einmal unter die Augen kommt, wenn sie nur wieder einmal die Frechheit hat, mit ihrer unschuldigen Schafsmiene zu sagen: ›Guten Morgen, Mrs. Breidelford –‹, dann will ich ihr doch –« »Und wer ist es? – Wer hätte irgendeine Absicht haben können, Euer Haus zu durchforschen?« fragte Blackfoot.

»Laßt's nur gut sein«, zürnte die noch immer gereizte Dame, ohne den Fragenden einer weiteren Antwort zu würdigen; »ich weiß schon selbst, wo mich der Schuh drückt. Aber soviel ist gewiß, was ich in meiner Kiste habe, danach braucht niemand zu fragen. – Ich bin eine ehrliche Frau und bezahle alles, was ich kaufe, mit barem Gelde; woher es die haben, von denen ich kaufe, das kann ich als Lady nicht wissen; das geht mich auch nichts an. – Luise, sagte mein Seliger immer, kümmere dich um deine eigenen Angelegenheiten und nicht um die anderer Leute. Einer Frau ziemt es, häuslich und zurückgezogen zu sein; das ist es, was uns das zarte Geschlecht so lieb macht, sagte mein Seliger, und wenn du die eine Schwäche nicht hättest, und die habe ich, das weiß ich und halte es deshalb auch, weil ich es weiß, für keinen so großen Fehler, so wollte ich dich mancher Frau als Muster aufstellen. Und ich denke, wenn das der eigene Ehemann zu einer Frau sagt, und das noch dazu, wenn sie miteinander allein sind, so muß es wohl wahr sein und nicht bloß geschmeichelt.«

Blackfoot hatte unterdessen, ohne den Redeschwall der Witwe einer Bemerkung wert zu halten, ruhig das ihm übergebene Geld gezählt und in seine weite Brieftasche gepackt, während Bill aufgestanden und ans Fenster getreten war, von dem er einen Teil des Flusses übersehen konnte.

»Hol's der Henker, Blackfoot«, rief er jetzt, »wir müssen ans Werk gehen, sonst vertrödeln wir hier die schöne Zeit mit gar nichts. Wenn wir die Sache noch heute abend abmachen wollen, so ist weiter kein Augenblick zu verlieren. Es wäre aber auch vielleicht kein großes Unglück, wenn es morgen früh geschehen müßte. Zwischen der Insel und dem linken Ufer stört uns niemand, noch dazu, wenn Ihr selbst mit an Bord geht. Dann haben wir keine lange Arbeit und können die Sache rasch und geräuschlos genug abmachen. Überhaupt will mir das Schießen bei Nacht nicht sonderlich gefallen. Am Tage kümmert sich niemand darum; nachts fragt aber ein jeder, der es hört: Was war das? Wo kam das her? – Also, wie wär's, wenn wir jetzt einmal zu dem alten Hosier hinuntergingen und ihm auf den Zahn fühlten? Es sollte mich schändlich ärgern, wenn er hier einen Käufer fände und uns die ganze schöne Beute so förmlich vor der Nase weggeschnappt würde.«

»Ich bin dabei«, sagte Blackfoot und stand auf. – »Bei unserem Plan bleibt es also, und, Mrs. Breidelford, was unsere Verabredung betrifft, so führt das Boot, von dem ich vorhin sprach, ein rot-grünes Fähnchen hinten auf dem Steuerruder; das übrige wissen Sie. Guten Morgen!«

Die würdige Dame schien allerdings keineswegs damit zufrieden, ihre Gäste zu verlieren, ohne vorher genau zu erfahren, was sie eigentlich für Pläne hätten; die beiden Verbündeten bekümmerten sich aber nicht weiter um sie, verließen rasch das Haus und schritten dem Flußrande zu.

Inzwischen waren die Wabasch-Männer langsam in die Stadt hinaufgeschlendert. Während aber die Bootsleute in eine der Groceries – in Helena ziemlich gleichbedeutend mit Schenkläden – eintraten, um die durstigen Kehlen zu erfrischen, erkundigte sich Edgeworth nach den gegenwärtigen Preisen der Produkte und erfuhr bald, daß er hier eigentlich weniger Nutzen zu erwarten habe, als er vielleicht gehofft hatte. Die Kaufleute schienen auch nicht einmal zum Kaufen geneigt. Mit dem Landesinnern standen sie, eine reitende Briefpost abgerechnet, in gar keiner Verbindung, und das, was sie an eigenen Bedürfnissen in der Stadt brauchten, lieferte ihnen zu den billigsten Preisen Mrs. Breidelford. An diese wurde er denn auch gewiesen, falls er seine Waren hier abzusetzen gedenke.

»Höre, Tom«, sagte jetzt der Alte, als sie zum Boot zurückschritten, »ich habe mir Helena doch anders gedacht, als es wirklich ist; wir werden hier nichts ausrichten können. Dem Burschen, dem Bill, traue ich aber auch nicht recht. Weiß der liebe Gott, was ich gegen den Menschen habe; aber ich kann ihn nicht ansehen, ohne mich zu ärgern, und fühle doch, daß ich unrecht tue, denn er hat uns bis hierher trefflich geführt. Der schwatzt mir da immer soviel von Montgomerys Point vor. Am Ende hat er da Freunde oder Verwandte oder gar ein eigenes Geschäft, für das er billig zu kaufen gedenkt; dem möchte ich auf den Grund kommen. Von hier aus soll es nun bloß fünfzig Meilen bis nach Montgomerys Point und ein wenig weiter bis zur Mündung des Whiteriver sein. Bis dahin möchte ich aber, wenn das irgend anginge, meine Ladung verkauft haben. Setze du dich also in unsere kleine Jolle und fahre sachte am Ufer hinunter voraus. Lebensmittel kannst du dir ja mitnehmen. Am Mississippi liegen mehrere kleine Städtchen, wo du anlegen und dich erkundigen kannst. Findest du aber nichts, bis du nach Montgomerys Point kommst, nun, so hast du dort wenigstens Gelegenheit, an Ort und Stelle vorher genau die Verhältnisse und Preise zu erfragen, ehe ich mit dem Boot hinkomme. Ich will indessen bis morgen früh hierbleiben; denn ich muß mir meine Büchse wieder instand setzen lassen, in der, weiß der liebe Gott, wie das geschehen konnte, plötzlich und ganz von selber die kleine Feder gebrochen ist. Man kann hier auf dem Mississippi manchmal nicht wissen, wie man die Waffe braucht, und ich möchte überhaupt nicht gern mit einem nutzlosen Schießeisen in der Welt herumfahren.«

»Die Feder gesprungen?« fragte Tom verwundert. »Nun, da möchte ich doch wahrhaftig wissen, was die gesprengt hat. Ihr habt ja noch oben an den Ironbanks den Truthahn von der Uferbank heruntergeschossen.«

»Ja – und bei dem Schuß muß sie gebrochen sein, anders kann ich es mir nicht erklären«, erwiderte der Alte. – »Doch das macht nichts; es ist ein Büchsenschmied hier im Orte, und der kann mir bald eine neue Feder hineinsetzen. Also halte dich dazu, mein Junge, und sieh zu, daß du gute Geschäfte machst. – Soll ich dir aber nicht lieber ein paar von den Leuten mitgeben? Besser wär's überhaupt, du nähmst einen zum Rudern mit, daß ihr abwechseln könntet.«

»Bewahre«, lachte Tom, – »die Sonne meint's wohl gut, ich brauche mich ja aber auch nicht zu übereilen. Schickt mir nur Bob, den Tennesseer, herunter, daß er mir ein bißchen hilft, die Jolle mit allem auszurüsten, was ich unterwegs brauchen könnte – die kleine Whiskykruke nicht zu vergessen –, und bleibt nicht so lange, daß ich doch wenigstens noch vor Dunkelwerden ein tüchtiges Stück stromab komme. Halt, noch eins!« rief er, als er sich schon zum Gehen gewandt hatte. »Oberhalb Montgomerys Point, wo nach dem ›Navigator‹ hier Nr. Siebenundsechzig liegen soll, gebt mir ein Zeichen, daß Ihr kommt. Ihr könnt entweder schießen, oder hängt noch besser eines von Euren roten Flanellhemden als Fahne auf, daß ich Euch nicht etwa vergebens ein paar Meilen entgegenfahre.«

Und leichten Schrittes wanderte der junge Mann zum Ufer hinab, wo er mit Hilfe der beiden dort zurückgebliebenen Bootsleute bald die Jolle herrichtete. Er spannte dann noch ein schmales Sonnensegel darüber aus und stieß darauf, Edgeworth einen freundlichen Gruß zuwinkend, vom Ufer ab und in die Strömung hinaus.

Der alte Mann stand noch eine Weile am Ufer und sah dem kleiner und kleiner werdenden Boote nach, als er dicht hinter sich Schritte hörte. Als er sich umwandte, erkannte er aber seinen Steuermann, der die Uferböschung herabkam und jetzt neben ihm stehenblieb. »War denn das nicht Tom?« fragte der Bärtige, während er die Augen nicht von dem kleinen Fahrzeug abwandte. »Ich dächte doch, er hätte von oben so ausgesehen.« »Ja, das war Tom«, erwiderte Edgeworth kurz und schickte sich an, in die Stadt zurückzugehen.

»Nun, warum, zum Teufel, fährt denn der voraus?« rief der Steuermann erstaunt. »Ist ihm unsere Gesellschaft nicht mehr gut genug? – Und nimmt dann auch noch die Jolle vom Boot mit. – Wenn wir sie nun brauchen?«

»Dann werden wir uns ohne sie behelfen müssen«, sagte der Farmer ruhig. – »Wenn es Euch übrigens interessiert, – er ist nach Montgomerys Point vorausgefahren, um die Preise meiner Ladung kennenzulernen. – Morgen früh wollen wir folgen.«

Ein höhnisches Lächeln durchzuckte die wilden Züge des Bootsmanns, als er die willkommene Kunde hörte, und Edgeworth würde, hätte er den triumphierend frohlockenden Blick gesehen, der aus seinen dunklen Augen blitzte, sicherlich aufmerksam geworden sein. So aber achtete er gar nicht auf den verhaßten Steuermann, der ihn jedoch noch einmal mit den Worten aufhielt: »Es ist ein Kaufmann von Viktoria oben im Union-Hotel, der von Eurer Ladung gehört hat; – er fragte mich, ob Ihr auf dem Boot wärt oder vielleicht einmal hinaufkämt; – er hat Lust zu kaufen.«

»Wo liegt Viktoria?« fragte Edgeworth und blieb, gegen seinen Steuermann gewandt, stehen.
»Viktoria? Ein bißchen oberhalb der Whiteriver-Mündung, auf dem anderen Ufer drüben«, sagte Bill. »Von Montgomerys Point aus kann man es sehen; es ist etwas weiter unten.«
»Und wie heißt der Mann?«
»Ich weiß nicht; ich habe ihn nicht gefragt; er sieht auch eigentlich nicht recht aus wie ein ordentlicher Kaufmann. – Ihr könnt ja selber mit ihm sprechen.«
Edgeworth schritt langsam dem Union-Hotel zu, und Bill murmelte mit tückischem Lachen, während er am Ufer hin die Stadt entlangwanderte: »Geh nur, du alter Narr, und sieh zu, ob sich deine Gebeine im Mississippi ebenso gut halten werden wie die deines Sohnes am Wabasch. – Geh und handle noch einmal! – Es ist der letzte Handel, den du auf dieser Welt abschließt.«

10

Dicht hineingeschmiegt in den grünen Wald, wo die fleißige Hand des Menschen kaum der Urwaldvegetation ein freies Plätzchen abgewonnen hatte und die mächtigen, starr emporragenden Nachbarstämme immer noch so aussahen, als ob sie das kleinliche Treiben der Zivilisation unter sich nur eben duldeten und nicht übel Lust hätten, sich nächstens einmal in ganzer Länge und Gewichtigkeit selbst dorthin zu legen; – da, wo zwar Menschen, sorgende, geschäftige Menschen, starke Männer und zarte Frauen wirkten und schafften und fröhlicher Kinderjubel von lieben, herzigen Mäulchen die heilige Ruhe der Wildnis unterbrach; wo der Haushahn morgens seinen schmetternden Gruß der Morgenröte entgegenschickte, wo die Schwalbe in besonders dazu angebrachten Kästen ihr Nest gebaut hatte und sich jetzt alle nur mögliche Mühe gab, die kleinen unbehilflichen Gelbschnäbel das Fliegen zu lehren, wo aber auch nachts noch der Wolf die Zäune umschlich und Panther oder Wildkatze das zahme Hausvieh oft in Angst und Schrecken setzte, wo der Hirsch nicht selten zwischen den weidenden Herden getroffen wurde und der Bär nur zu oft in stiller Abendstunde die Maisfelder besuchte: da stand ein für solche Umgebung gar stattliches und wirklich wohnlich eingerichtetes Doppelhaus. Es war von einem hohen, regelmäßigen Zaun umgeben und, wie es schien, mit allen den Bequemlichkeiten versehen, die man außerdem nur möglicher- und vernünftigerweise in solcher Wildnis beanspruchen konnte.

Vor diesem Hause saß auf einem erst frisch gefällten und hier zum Sitze hergerollten Stamme ein silberhaariger, aber noch rüstiger, lebensfrischer Greis, dessen gesundheitstrotzende Wangen und muntere, klare Augen wohl schon mehr als sechzigmal den Frühling hatten kommen und gehen sehen und doch noch keck und freudig in das schöne Leben hinausschauten. Sein Kopf war unbedeckt, und das schneeige Haar hing ihm in langen, glänzenden Locken bis auf den sonnengebräunten Nacken hinunter. Er trug einen pfeffer- und salzfarbenen wollenen Frack, ebensolche Beinkleider, eine baumwollene Weste und ein schneeweißes Hemd, hatte aber – bloße Füße, und nur dann und wann schienen ihn dort die ziemlich zahlreichen Moskitos zu belästigen. Mit dem rotseidenen Taschentuch, das er in der Hand hielt, um sich Wind und Kühlung zuzufächeln, schlug er wenigstens dann und wann einmal nach ihnen, ohne jedoch nur einen Blick hinabzuwerfen.

Nur wenige Schritte von ihm entfernt stand ein anderer, aber bedeutend jüngerer Mann und war eben eifrig beschäftigt, einen frisch erlegten Spießer abzustreifen. Das Tier war mit den Hinterläufen an einem Baum aufgehängt, und ein großer schwarzer Neufundländer mit weißer Brust und weißen Füßen und der braunen Zeichnung amerikanischer Bracken an den Lefzen und über den Augen hob klug und aufmerksam

die treuen Augen zu ihm auf, als ob er nur Interesse an der Arbeit hätte und nicht seinem Herrn durch störendes Betteln zur Last fallen wollte.
Der junge Mann, dessen abgeworfenes ledernes Jagdhemd neben ihm am Boden lag, war ganz nach Art der westlichen Jäger gekleidet; die blonden, krausen Haare aber und das blaue Auge hätten ihn fast als einen Ausländer erscheinen lassen, wäre nicht in einem kleinen Lied, das er bei der Arbeit vor sich hinsummte, sein reines, nur mit dem leisen westlichen Dialekt gefärbtes Englisch Bürge seiner amerikanischen Abkunft und Erziehung gewesen. Es war William Cook, der Schwiegersohn des alten Lively, der erst vor wenigen Tagen vom Fourche la Fave hierher zu den Eltern seiner Frau gezogen war und nun im Sinne hatte, eine eigene, dicht an die seiner Schwiegereltern stoßende Farm urbar zu machen. Für den Augenblick aber, und bis sein noch zu errichtendes Haus stand, hielt er sich mit seiner kleinen Familie bei Livelys auf und bewohnte dort den linken Flügel jenes schon erwähnten Doppelgebäudes.
In der Tür erschien jetzt gerade eine allerliebste junge Frau, seine Frau, mit dem jüngsten Kinde auf dem Arm, zwei andere weißköpfige und rotbäckige kleine Burschen tummelten sich aber zwischen den abgehauenen Baumstümpfen des Hofraums umher und jagten bald bunten, flatternden Schmetterlingen nach, bald ärgerten sie den ernsten Haushahn, der mit höchst mißvergnügtem Gegacker und mächtig langen Schritten seinen kleinen unermüdlichen Quälgeistern zu entgehen suchte. Erst als er das unmöglich fand, flog er endlich, des Spielens überdrüssig, auf den Zaun, schlug hier mit den Flügeln und fing nun zum großen Ergötzen der darunterstehenden kleinen Schelme aus Leibeskräften zu krähen an.
Das Kleine aber, das die Mutter noch auf dem Arm trug, hatte nun die munter herumtummelnden Geschwister entdeckt, streckte ungeduldig strampelnd die fetten Ärmchen

nach ihnen aus und wollte unter jeder Bedingung an dem Spiele teilnehmen. »Ei, so laß doch den Schreihals herunter, Betsy!« rief ihr da lachend der Gatte zu. »Laß ihn nur nieder; siehst du denn nicht, daß er helfen will?«

»Er wird sich Schaden tun«, sagte besorgt die Mutter; »es ist hier so rauh und steinig.«

»Torheiten! – Der Junge muß Grund und Boden kennenlernen; – er mag seinen Weg suchen.«

Die Mutter ließ, während sie sich von der hohen Schwelle des Hauses niederbeugte, lächelnd den kleinen Schreier auf die ebene Erde nieder, die dieser mit lautem Jubelgekreisch begrüßte. Ohne weiteren Zeitverlust arbeitete er sich auch gleich auf allen vieren zum Vater hin, der ihm freundlich zuwinkte. Der große schwarze Neufundländer aber, der bis jetzt neben seinem Herrn gesessen hatte, sprang nun mit weiten Sätzen dem kleinen Burschen entgegen, hob die schöne, buschige Fahne und das mit kleinen, krausen Löckchen versehene Behänge hoch empor, bellte ihn ein paarmal mit tiefer, volltönender Stimme an und versuchte dann vorsichtig, das Kind am Gurt des kleinen Röckchens zu fassen, um ihm die Bahn zu erleichtern oder es seinem Herrn ganz zu apportieren.

»Laß ihn gehn, Bohs«, rief der junge Mann lachend, »laß ihn gehn! – Warte, Bursche, glaubst du, der könne nicht allein kommen? Nun sieh einer den ungeschlachten Schlingel an! Dreht er mir den Jungen ganz herum.«

Der Zuruf galt dem Hunde. Da es ihm nämlich verboten worden war, das Kind in die Schnauze zu nehmen, übersprang er den Kleinen mehrmals mit hohen Sätzen und versuchte dann, ihn mit der breiten kräftigen Tatze zu sich herüberzuziehen. Allerdings rollte er die kleine unbeholfene Gestalt des Kindes dabei rund herum; das aber nahm der Junge keineswegs übel. Er schien sich im Gegenteil sehr über den ungeschickten Spielkameraden zu freuen. Er jauchzte ein paarmal laut auf und setzte dann seine Bahn zum Vater fort,

der ihm nun auf halbem Wege entgegenkam und ihn lächelnd zu sich emporhob.
»William«, sagte der Alte, während er sich vergnügt und schmunzelnd die Hände rieb, »William – das ist ein kapitales Stück Wildbret; – das reine Fett, wie man sich's nur wünschen kann, und die Rippen werden erst gut schmecken. Es war doch gut, daß du heute mittag noch einmal zum Rohrbruch gegangen bist; – ich dachte mir's schon, daß du dort was findest.«
»Ach, mit dem Denken, Vater«, lachte der junge Mann, während er das rotwangige Kind herzte und küßte und auf den Armen schaukelte, »mit dem Denken ist's eine gewaltig unsichere Sache. So sagt man nachher immer, und wenn man es genau nimmt, so hat man sich beim Pirschen hinter jedem Dickicht, an jedem sonnigen Hügel ein Stück Wild gedacht. – Dafür lobe ich mir aber auch das Pirschen. – Es gibt kein herrlicheres Vergnügen auf der weiten Gotteswelt, – eine gute Bärenhetze vielleicht ausgenommen, und ich glaube, ich könnte gleich aus freien Stücken ein Indianer werden, wenn ich –«
»Wenn ich jemanden dabei hätte, der mir Mais und süße Kartoffeln baute, nicht wahr?« unterbrach ihn lachend der Alte. – »O ja, so zum Vergnügen den ganzen Tag im Walde herumzuspazieren und weiter keine Arbeit zu haben, als gute Stücke Fleisch nach Hause zu tragen, das glaube ich schon, das ließe ich mir auch gefallen, das geht aber nicht. – Mein Junge zum Beispiel würde jetzt schön gucken, wenn sein alter Vater in seiner Jugend weiter nichts getan hätte, als Büchsenläufe schmutzig zu machen. Nein, dafür sind wir – der Henker soll doch die Moskitos holen, sie beißen heute wie besessen –«, und er rieb sich abwechselnd mit den rauhen Sohlen die kaum zarteren, wenigstens ebenso braun gebrannten Spannen seiner bloßen Füße, – »dafür sind wir hierher gesetzt, daß wir im Schweiß unseres Angesichts – wie der alte Schleicher sagt – unser Brot verdienen sollen. Das heißt, wir

müssen uns schinden und plagen, um das Jahr über genug Mais und süße Kartoffeln zu haben.«

»Alle Wetter!« lachte Cook, während er erstaunt von seiner Arbeit aufsah. »Ihr haltet ja heute ordentliche Reden – die sind doch sonst nicht Eure Passion –«

»Nein, Junge«, sagte der Alte, »Euch jungem Volke muß man aber dann und wann ins Gewissen reden, das ist Pflicht und Schuldigkeit, und da tut es mir gut, wenn ich einmal so mit meiner Meinung herausplatzen kann, ohne daß die Alte gleich ihren Senf dazugibt; denn die nimmt Eure Partei.«

»Hallo«, sagte Cook, »da wollt Ihr mir wohl eine Predigt gegen die Jagd halten? Das ist göttlich – hol mich dieser und jener, das ist köstlich!«

»Ja, und nicht allein gegen die Jagd«, fuhr der Alte fort, während er langsam und vorsichtig das rechte Bein emporhob und mit der Hand scharf auf einen Moskito visierte, der seine große Zehe belästigte, »nicht allein gegen die Jagd, auch gegen das gotteslästerliche Fluchen.« Die Hand schlug zu, der Moskito hatte aber Unrat gemerkt und sich beizeiten der Gefahr entzogen. »Verdammte Bestie!« unterbrach der alte Mann mit halblauter Stimme seinen Vortrag. – »Auch gegen das gotteslästerliche Fluchen«, fuhr er dann gleich darauf wieder fort.

»Hahaha –« rief Cook und wandte sich gegen den Alten, »ich soll wohl nicht wieder ›verdammte Bestie‹ sagen?«

»Unsinn«, brummte Lively und kratzte sich die Stelle, wo das kleine Insekt eben gesogen hatte, – »Unsinn; aber heda, – Bohs wird munter, – unsere Gäste kommen wahrscheinlich.«

Bohs fuhr in diesem Augenblick wirklich rasch empor, windete wenige Sekunden lang gegen den Wald hin und schlug dann in lauten, vollen Tönen an. Blitzschnell wurde das von den übrigen, meistens im Schatten gelagerten Rüden begleitet, die gleich darauf herbeistürmten, um nun auch zu sehen, was die Aufmerksamkeit ihres Führers erregt habe. James' fröhlicher Jagdruf antwortete dem drohenden Gebell der

Meute. Jauchzend sprangen sie ihrem jungen Herrn entgegen und begrüßten bald darauf mit fröhlichem Gebell und Heulen die kleine Reiterschar, die nun am Holzrand sichtbar wurde und rasch zu dem roh gearbeiteten Gattertor herantrabte, das Einlaß in die Farm gewährte.

Cook sprang schnell zum Tor, um die Vorlegebalken zurückzuziehen; James aber, hier ganz in seinem Element, rief ihm nur ein fröhliches »Look out« entgegen, und in demselben Augenblick hob sich auch, von Schenkeldruck und Zügel getrieben, das wackere Tierchen, das ihn trug, auf die Hinterbeine und flog mit keckem Satz über die doch wenigstens vier Fuß hohe Barriere. Sander, ebenfalls ein tüchtiger und sattelfester Reiter, wollte natürlich nicht hinter dem rohen Backwoodsman, der ihnen eine kurze Strecke entgegengeritten war, zurückstehen und folgte seinem Beispiel. Als beide aber jetzt aus dem Sattel sprangen und zurückeilten, um die Stangen niederzulegen, vereitelte Adele, deren munteres Tier unter ihr tanzte und in die Zügel schäumte, diese Absicht; denn sie schien keineswegs gesonnen, den Männern nachzustehen. »Habt acht, Gentlemen!« rief sie nur, tummelte ihren Zelter noch einmal zu kurzem Anlauf zurück, und ehe noch Mrs. Dayton, die nur erschreckt ein kurzes »Um Gottes willen – Adele!« ausstoßen konnte, recht begriff, was das kecke Mädchen eigentlich wollte, sprengte sie los und setzte nicht über das niedrige Eingangstor, sondern über den wohl einen Fuß höheren Zaun hinweg. In der nächsten Sekunde hielt sie auch schon neben der Tür des Hauses, stieg, ehe die Männer ihr beistehen konnten, rasch aus dem Sattel, sprang die Stufen des Hauses hinauf und wurde hier von der alten Mrs. Lively und Cooks junger Frau auf das herzlichste, aber auch mit Vorwürfen über ihr wirklich tollkühnes Reiten begrüßt.

Cook hatte inzwischen die Stangen niedergeworfen, um Mrs. Dayton einzulassen, und die kleine Gesellschaft fand sich bald ganz gemütlich vor der Tür des Hauses im Schatten eines breitästigen Nußbaumes zusammen, wo sie auf Stämmen, Stühlen und umgedrehten Kästen, was gerade in der Nähe zu finden war, Platz suchten. Mrs. Lively ließ es sich indessen trotz ihrer Jahre nicht nehmen, die große Kaffeekanne herbeizubringen, füllte mit Mrs. Cooks Hilfe die blauen Tassen und Blechbecher, – denn so viele Tassen zählte der Hausstand nicht –, und reichte sie den willkommenen Gästen herum.

»Ei, Kaffee nach Tisch, Mrs. Lively?« rief da Adele erstaunt. »Das ist eine ganz neue Sitte; – wer trinkt denn um solche Zeit Kaffee?«

»Das habe ich von den Deutschen, meinen früheren Nachbarn, gelernt, Kindchen«, sagte die alte Dame und klopfte den Nacken des schönen Mädchens, – »und das ist eine prächtige Erfindung. – Kaffee schmeckt nie besser als nach Tisch – morgens und abends ausgenommen –, und für so liebe, liebe Gäste muß man denn doch auch ein bißchen was herbeischaffen, daß sie nicht ganz trockensitzen.«

»Wer ist denn der hübsche junge Mann, der da mit Euch gekommen ist?« flüstere Cook dem jungen Lively zu, neben dem er stand. – »Mir kommt das Gesicht so bekannt vor –«

»Weiß der Teufel, wer er ist«, sagte James und warf dem Fremden einen keineswegs freundlichen Blick zu, – »eingeladen habe ich ihn nicht, und er behandelt Miß Adele, als ob er mit ihr aufgewachsen oder ihr Bruder wäre, und doch weiß ich, daß sie gar keinen Bruder hat.«

»Prächtiges Haar!« sagte Cook.

»Prächtiges Haar?« murmelte James verächtlich. – »Wie ein Bündel Flachs sieht es aus, – und das käseweiße Gesicht könnte mir den ganzen Appetit verderben, wenn mir den nicht schon überdies seine ganze Gegenwart verdorben hätte.«

Cook lächelte; – es war nicht schwer, die Beweggründe zu durchschauen, die des jungen Mannes Ärger erregt hatten. Aber auch Adele schien etwas davon gewahrt zu haben, denn sie warf, während sich ihr Nachbar eifrig mit ihr unterhielt,

den Blick mehrere Male halb lächelnd, halb ungeduldig zu ihm hinüber und rief ihn endlich an ihre Seite, indes Mrs. Dayton eine lange Unterhaltung mit den beiden Farmerfrauen über Butter, Käse, junge Ferkel und alte Kühe hatte.
»Nun, Sir«, sagte sie und blickte den verlegenen James mit den großen, glänzenden Augen so fest und durchdringend an, daß der arme Bursche, obgleich er gewiß die besten Vorsätze gehabt haben mochte, liebenswürdig zu erscheinen und die verwünschte Blödigkeit beiseite zu werfen, den breitrandigen Strohhut abnahm und erst langsam und dann immer schneller und schneller zwischen den Fingern herumlaufen ließ, – »Sie versprachen mir doch unterwegs, das Abenteuer zu erzählen, das Sie neulich mit dem alten Panther hatten; – wie ich höre, hängt dort drüben an dem Persimonbaum* das Fell. – Mr. Hawes hier behauptet eben, es sei einem einzelnen, bloß mit einem Messer bewaffneten Manne gar nicht möglich, einen Panther zu besiegen.«
»Nun, ich weiß nicht«, stotterte James, denn hier vor der jungen Dame von seinen Taten zu sprechen, kam ihm fast wie eine häßliche Prahlerei vor, – »ich weiß nicht – Mr. Hawes – es ist auch vielleicht –«
»– schwieriger, mit einem Panther anzubinden, als sich's nachher erzählt«, sagte Sander, und ein spöttisches Lächeln spielte um seine Lippen. – »Ja, ja, man vergißt bei solcher Erzählung gewöhnlich die Hunde, die ihre Leiber dem Feinde entgegenwerfen, schießt das Tier aus sicherer Ferne mit der Kugel nieder und stößt dem schon Verendeten das Messer noch ein paarmal in Brust und Weichen, um an dem aufgespannten Fell die – Beweise unserer Heldentaten zu haben. – Ich bin ja auch schon auf solcher Jagd gewesen.«
James blickte zu dem Sprecher auf. Das ganze Wesen des Mannes, der in nachlässiger Stellung dicht neben einem Mädchen lehnte, während er selbst sich schon beklommen

* Dattelpflaume

und eingeschüchtert fühlte, wenn er ihr nur gegenüberstand, hatte etwas ungemein Widriges, ja Empörendes für ihn. Kaum begriff er aber den Sinn dieser Worte, die dem einfachen Hinterwäldler anfangs fast unverständlich waren, als ihm das Blut schneller und heftiger in die Wangen schoß und damit auch seine fast unüberwindbare Scheu und Verlegenheit mehr und mehr schwand. »Wenn ich einmal behauptet habe«, sagte er, und seine Stimme wurde beinahe von seinem auflodernden Zorn erstickt, »ich hätte einen Panther im Zweikampf und mit dem Messer erlegt, so meine ich damit nicht, daß mir die Hunde oder Pulver und Blei dabei geholfen hätten. Ich weiß nicht, Fremder, wo Ihr solche Ansichten gelernt haben mögt, aber hier in den Wald passen sie nicht. – Kein Mann hier, den James Lively zu seinen Freunden zählt, würde eine Lüge sagen.«

»Bester Mr. Lively«, lächelte Sander, in dessen Plan es keineswegs lag, Streit zu beginnen, »Sie wissen gewiß recht gut, daß das, was man Jägergeschichten nennt, unter die Rubrik von Lügen gesetzt werden darf. Ein Jäger hat das Privilegium, Poet zu sein, und wie der Novellist in seiner Erzählung die trockenen Tatsachen nicht rein und ungeschmückt hinstellen darf, so ist es jenem ebenfalls nicht allein erlaubt, sondern es wird sogar teilweise verlangt, daß er seine Jagdabenteuer in einem bunten Kleide bringt und – wenn er keine zu bringen hat – aus einfachen Jagden interessante Jagdabenteuer macht.«

»Ich verstehe nicht recht, was Sie mit alledem meinen«, sagte James und leerte die von seiner Mutter gereichte Tasse auf einen Zug; »auch begreife ich nicht gut, wie man Jagdabenteuer ›machen‹ kann. – Soviel ist aber gewiß, ich habe noch keinen Messerstich gegen ein Tier getan, wenn es nicht nötig war. Was übrigens die Haut da drüben betrifft, so war Cook hier Zeuge der Sache und hat gesehen, ob und wie ich sie verdient habe.« »Bei den Messerstichen«, unterbrach hier der alte Lively das ernsthaft werdende Gespräch, »fällt mir eine köstliche Anekdote ein, die meinem Vater einmal begegnet ist.«

»Wollen Sie sich denn nicht setzen, Mr. Lively?« redete hier Adele den jungen Farmer an und schob zugleich ihren eigenen Stuhl etwas zurück, so daß dicht neben ihr auf einem Baumstamm ein Sitz frei wurde. James machte auch schnell genug von der Erlaubnis Gebrauch, rückte aber aus wirklich unbegründeter Furcht, seiner schönen Nachbarin lästig zu werden, so weit von ihr fort, als ihm das die noch emporstehenden Äste nur immer verstatteten. Dadurch mußte er freilich auf dem scharfen und rauhen Holz sitzen. Trotzdem hätte er aber doch seinen Platz in diesem Augenblick nicht um den schönsten gepolsterten Stuhl der ganzen Vereinigten Staaten eingetauscht.

»Also, mein Vater«, begann Lively *senior* wieder –

»Komm, Alter, die Geschichte kannst du uns lieber drin erzählen«, fiel ihm da plötzlich die Frau ins Wort. – »Es wird Nacht hier draußen, Kinder, die Sonne ist untergegangen, und die Damen aus der Stadt könnten sich erkälten. Das wäre mir nachher eine schöne Bescherung, wenn sie hier bloß zu uns herausgekommen sein sollten, die lieben guten Wesen, um sich einen Schnupfen oder noch Schlimmeres zu holen.«

»Aber, liebe gute Mrs. Lively«, sagte Mrs. Dayton, »es ist hier draußen ja noch so schön, und gerade jene wunderherrlichen Farben der mehr und mehr dort verblassenden Abendwolken geben dem dunklen Fichtenwald, auf dem sie ruhen, etwas so ungemein Reizendes und Romantisches.«

»Das mag alles recht gut sein«, sagte die alte würdige Dame, »es klingt wenigstens sehr schön; die Sache bleibt sich aber doch gleich. Im Hause ist's besser, und wenn Mrs. Dayton die Wolken noch ein bißchen betrachten will, so kann sie das am allerbequemsten durch den Kamin tun, da ziehen sie gerade drüber hin. Jetzt aber komm, James, hilf die Sachen ins Haus bringen. Wo ist denn Cook? Ach, der bringt die Hirschkeulen und Rippen hinein. Das ist gescheit von ihm;

einen Truthahn hat James auch heute morgen geschossen. Du, Lively, magst die leere Kanne nehmen. – So, Kinder, nun kommt, in zehn Minuten können wir uns ganz prächtig drinnen eingerichtet haben, und dann wollen wir auch recht munter und vergnügt sein. Es tut einer alten Frau, wie ich es bin, wohl, einmal so viele liebe, freundliche Gesichter um sich zu sehen wie heute abend.«

Und ohne weiter eine Einrede anzunehmen oder überhaupt abzuwarten, fing Mrs. Lively selbst an, die umherliegenden Sachen ins Haus zu tragen, so daß die jungen Leute schon mit angreifen mußten. Bald darauf saßen alle um den großen, in die Mitte gerückten Tisch fröhlich versammelt, und der alte Lively, der sich ganz in seinem Element zu fühlen schien, erzählte eine Menge von Jagdanekdoten und Abenteuern. Seine Frau aber fuhr hin und her, trug alles auf, was Küche und Rauchhaus zu liefern vermochten, und hielt nur dann und wann in ihrem geschäftigen Eifer ein, um von Adele zu Mrs. Dayton zu gehen und ihnen mit einem herzlichen Händedruck zu wiederholen, wie sie sich freue, daß sie endlich einmal ihrer Einladung gefolgt wären und daß sie nun auch nicht daran denken dürften, sie unter sechs oder acht Tagen zu verlassen. Daß Adele am nächsten Tage schon eine Freundin am Mississippi besuchen wolle, verwarf sie total und erklärte, Mr. Hawes sei ihr ein sehr lieber und willkommener Gast, wenn er ihr aber ihre liebe Adele entführen wolle, dann bekäme er es mit ihr zu tun, und das wahrhaftig nicht in Liebe und Güte.

James' Herz klopfte wild und stürmisch. – Deshalb also war jener glattzüngige Fremde mit hierher gekommen; Miß Adele wollte er schon am nächsten Morgen wieder mit fortnehmen. – Pest! – In welchem Verhältnis stand er überhaupt zu Adele? – Wäre er am Ende gar –; es überlief ihn siedendheiß.

»Miß Adele«, sagte er mit erregter Stimme, – »Sie – Sie wollen uns also verlassen?«

»Ja, Mr. Lively«, erwiderte das junge Mädchen, und ein eigenes schelmisches Lächeln zuckte um ihre Mundwinkel; – »Mr. Hawes hier will mich auf seine neugekaufte Plantage führen zu – zu seiner Schwester.«
Hätte ein zündender Strahl in diesem Augenblick vor James Lively den Boden aufgerissen, ihm hätte das Blut in den Adern nicht schneller gestockt. – Sie wollte Mr. Hawes' neugekaufte Plantage besehen, – seine Schwester besuchen; – armer James, da war für dich wenig Aussicht! Er fühlte, wie sein Blut aus den Wangen wich und jeder Tropfen in das erstarrende Herz zurückkehrte. Gleich darauf aber preßte es ihm mit nicht zu dämmender Gewalt wieder aufwärts in Stirn und Schläfe, und er sprang von seinem Sitz empor, um seine Bewegung zu verbergen. »He, James, wo willst du denn hin?« fragte der Vater.
»Das übrige Hirschfleisch hinters Haus schaffen«, rief der Davoneilende zurück; – »es hängt hier vorn zu niedrig; am Ende könnten sich doch die Hunde darüber hermachen.«
»Da hast du recht«, sagte der Alte; – »daran hätte ich beinahe nicht gedacht. Da ist's uns hier einmal vor vierzehn Tagen beinahe komisch ergangen. – Die Geschichte muß ich Ihnen erzählen, Mr. Hawes.« Und der vermeintliche Mr. Hawes, der mit einem höchst selbstzufriedenen Lächeln bemerkt hatte, wie und weshalb James aufgestanden und hinausgegangen war, lieh sein Ohr geduldig der Anekdote von einem erlegten Hirsch und den damit verknüpften Umständen. In der Tat aber lauschte er mit der gespanntesten Aufmerksamkeit den Worten der Damen Dayton und Lively, die sich über eine Familie des Staates Georgia unterhielten, mit der Mrs. Dayton und Adele entfernt verwandt waren und wo das junge Mädchen erzogen und wie das Kind im Hause behandelt worden war.
»Sie können sich fest darauf verlassen, Mrs. Dayton«, beteuerte die alte Dame, »Lively hat erst vorgestern einen Brief von da erhalten. – Lieber Gott, wir sind ja dort sechzehn

Jahre ansässig gewesen und kennen jedes Kind. Der alte Benwick soll seine Frau nur dreimal vierundzwanzig Stunden überlebt haben, und das Testament ist dem Schreiben nach schon am Mittwoch eröffnet worden. – Sie können mit jeder Stunde Nachricht erhalten.« »Es kamen heute morgen zwei Briefe an meinen Mann«, sagte Mrs. Dayton, »das schienen aber Geschäftsbriefe zu sein; er hätte doch sonst gewiß etwas erwähnt.«

»Ei, die Gerichte nehmen sich auch bei so etwas Zeit, meine gute Mrs. Dayton«, sagte Mrs. Lively, »so geschwind sind die nicht im Nachrichterteilen, besonders wenn's darauf ankommt, Geld außer Land zu schicken.«

»Welche von den beiden wäre Ihnen nun lieber gewesen?« wandte sich jetzt der alte Lively plötzlich, und zwar so direkt an seinen bis dahin nichts weniger als aufmerksamen Zuhörer, daß dieser, fast wie auf einem Abwege ertappt, zusammenfuhr und nur noch Geistesgegenwart behielt, die Frage ins Blaue hinein zu beantworten.

»Die erste, unbedingt die erste.«

»Nun sehen Sie, das freut mich«, sagte der alte Mann, »das war auch meine Meinung. – James, sagte ich, du mußt unbedingt die erste nehmen, und – soll mich der Henker holen, wenn er's am Ende nicht doch noch gewann.«

»Wunderbar«, sagte Sander zerstreut und hatte keine Idee, welche letzte und erste da gemeint und was eigentlich zu gewinnen gewesen war. Adele aber, die sich so plötzlich, allerdings etwas durch eigene Schuld, von ihren beiden Nachbarn vernachlässigt sah, setzte sich hinüber zu Mrs. Cook, die eben die müden Kinder zu Bett gebracht hatte. Als sie nun bald nach dem und jenem fragte und über dies und das mit ihrer kindlichen Gutmütigkeit plauderte, gewann sie das Herz der jungen Frau so sehr, daß diese endlich mit einem freundlichen Händedruck ausrief: »Ach, Miß Adele, wie wünschte ich doch, daß Sie hier draußen bei uns blieben und eine wackere, tüchtige Farmersfrau würden. Sie sollten einmal sehen, wie es Ihnen bei uns gefiele. – Es ist gar zu hübsch hier, besonders im Frühjahr und Sommer, wenn sie in den Städten fast vor Hitze und Staub umkommen.«

»Mir gefällt es auch recht gut auf dem Lande«, sagte Adele, – »ich bin –« und eine leichte Röte färbte ihre Wangen, »ich bin am liebsten unter grünen Bäumen; aber – wir armen Mädchen, Mrs. Cook, müssen ja doch am Ende stets dahin gehen, wo uns das Schicksal hinwirft, und ein Glück noch, wenn wir dabei der Stimme des Herzens folgen dürfen.«

»Ja, Miß Adele, das ist ein Glück!« sagte die wackere Frau. – »Sie glauben gar nicht, wie leicht und gern man alles Überflüssige entbehren lernt, wenn man nur bei dem sein kann, den man so recht liebgewonnen hat. – Es wird einem auch alles noch einmal so leicht, und Arbeiten, von denen man sonst gar nicht geglaubt hat, daß man sie verrichten könnte, tun sich fast von selber. Und nun erst die Kinder! Ja, in den lieben Dingern wird man selbst noch einmal wieder jung.«

»Haben Sie Ihre alte Farm ungern verlassen?« fragte Adele.

»Wir? Ih nun, ja und nein«, sagte Mrs. Cook; »es war herrliches Land am Fourche la Fave, und nach all dem Vorgefallenen ließ es sich erwarten, daß wir nun vor dem schlechten Gesindel dort Ruhe haben würden. Aber dann lebten doch hier die Eltern und der Bruder, und Vater, Mutter und James sind so liebe, treffliche Leute, da glaubten wir denn beide, es sei besser, in deren Nähe zu wohnen und sie zu Nachbarn zu haben. Vielleicht sucht sich dann James mit der Zeit auch ein Mädchen aus, das ihn gern hat, und dann könnten wir eine ganz prächtige kleine Kolonie bilden; o Miß Adele, wenn Sie nur dann in die Nähe kämen!« »Kommt, Kinder, es ist Zeit zum Schlafengehen!« sagte da plötzlich der alte Lively, der seine Geschichte glücklich zu Ende gebracht hatte und nun müde geworden war. Der alte Mann hielt überhaupt ziemlich regelmäßige Zeiten ein, und da des engen Raumes wegen der männliche und weibliche Teil der Gäste für diese Nacht in

verschiedenen Häusern untergebracht werden mußten – die Damen sollten nämlich in Livelys, die Männer in Cooks Wohnhaus schlafen –, so konnte er selbst nicht eher zur Ruhe kommen, bis die anderen nicht ebenfalls ihre Schlafstätten angewiesen bekommen hatten. Mrs. Dayton, die seine Gewohnheit kannte, schob deshalb auch ihren Stuhl zurück und gab damit das Zeichen zum allgemeinen Aufbruch. Adele sprang ebenfalls auf; als aber ihr Blick den kleinen Raum schnell durchfliegen wollte, begegnete er plötzlich, und zwar dicht neben sich, dem Auge James', das sich freilich, als ob es auf einer Freveltat ertappt wäre, schnell und schüchtern abwandte; Adele aber, mit dem ähnlichen Gefühl eines begangenen Fehlers, fürchtete fast, und wußte selbst doch eigentlich nicht warum, ihn beleidigt zu haben, und sagte leise: »Mr. Lively, – ich – Sie sind wohl böse auf mich, daß ich die freundliche Einladung Ihrer Eltern so wenig zu schätzen scheine und schon morgen wieder fort will. – Es ist aber eine liebe Jugendfreundin von mir, die ich seit ihrer Verheiratung nicht gesehen habe, und – wenn ich Mrs. Lively nicht zur Last falle, dann komme ich recht bald wieder heraus – und bleibe dann auch wohl längere Zeit hier. – Es gefällt mir recht gut hier draußen, – viel besser als in Helena drin.«
»Sie sind zu gütig, Miß Adele«, erwiderte James in größter Verlegenheit; – »wie sollte ich denn böse auf Sie sein dürfen? – Ach – Sie wissen gar nicht –«
»Gute Nacht, Ladies«, sagte Sander und trat ohne weitere Umstände zwischen die beiden. »Gute Nacht, Miß, – schlafen Sie hübsch aus, denn wir haben einen scharfen Ritt vor uns.« Er ergriff die Hand des jungen Mädchens, drückte sie leise an seine Lippen und verließ schnell das Haus. James, der jetzt zu seinem Schrecken sah, daß er der letzte der Männer war und die Damen augenscheinlich darauf warteten, allein gelassen zu werden, folgte ihm ebenso rasch. Mehr aus alter Gewohnheit als zu irgendeinem andern Zweck nahm er noch seine Büchse und Kugeltasche über der Tür weg und mit zu

dem eigenen Lager hinüber. Er schlief nicht gern, wie er selbst gestand, ohne die Waffe in der Nähe zu wissen.
In Cooks Hause lag jedoch schon Williams Büchse über der Tür, und der junge Mann hängte deshalb seine Kugeltasche auf die Stuhllehne und stellte das treue Rohr in die Ecke neben sein Bett.

11

Um die folgenden Vorgänge richtig verstehen zu können, möchten wir uns lieber erst mit dem Terrain etwas näher bekanntmachen, auf dem Livelys und Cooks Farmen lagen.

Das ganze Mississippi-Tal, und besonders das westliche Ufer dieses ungeheuern Stromes, bildet eine nur selten von niederen Hügeln unterbrochene Sumpfstrecke, die oft in unzugängliche Moräste und Seen ausartet. Fast durchgängig besteht es aus zwar sehr fruchtbarem, aber so niedrig gelegenem Lande, daß es sowohl durch die Überschwemmungen des Mississippi wie der übrigen Ströme, als auch durch Regen, deren Wasser keinen Abfluß finden, im Winter überschwemmt wird und erst durch die heißen Strahlen der August- und Septembersonne wieder ausgetrocknet werden kann. Tausende von Quadratmeilen liegen also auf solche Art acht oder neun Monate des Jahres unter Wasser und hauchen in dem andern Vierteljahre so pestilenzialische Dünste aus, daß der Ansiedler ganz froh sein darf, wenn er mit einem kalten Fieber davonkommt. Das Land aber, was solchem Boden abgewonnen werden kann – und einzelne trockene Stellen durchlaufen diese Niederungen –, ist auch vortrefflich und liefert Ernten, wie sie sich selbst die kühnste Einbildungskraft unserer mit dürrem Boden stets im Kampfe um die Aussaat liegenden Landwirte kaum erträumen läßt. Solche Fruchtbarkeit allein kann denn auch den Farmer, der trotzdem nur wenig Land urbar macht und sich mehr auf Viehzucht legt, bewegen, die warme, ungesunde Luft dieser Sümpfe zu atmen. Natürlich sucht er sich zu diesem Zwecke die höchstgelegenen Stellen, die er finden kann, um seine Wohnung und seine Felder wenigstens den steigenden Wassern zu entziehen.

Daher kommt es auch, daß die Nachbarschaft Helenas, sonst so abgelegen wie alle übrigen Plätze des Mississippi-Tales, am stärksten bevölkert war, denn bis hierher erstreckte sich, von Nordwest herunterkommend, fast die einzige Reihe niederer Hügel zwischen St. Louis und dem dreizehnhundert Meilen entfernten Golf bis an das Ufer des Mississippi. Weiter im Innern waren sogar einzelne kleine Städtchen darauf errichtet worden, und der Mensch mit seiner unermüdlichen Tatkraft drängte so gewaltsam in die fürchterliche Wildnis vor, daß er ein naher Nachbar des wilden Büffels wurde, den er nicht einmal aus seinen Weidegründen heraustreiben konnte, sondern ruhig in deren Besitz lassen mußte*.

Am nördlichen Fuße dieser Hügelkette lag Livelys Farm. Südöstlich vom Feld standen die Gebäude, während sie an der Ostseite ein ziemlich geräumiger und selbst holzfreier Raum vom Urwald trennte. Die nicht übermäßig hohe Umzäunung wurde von einem dichten Gestrüpp rotblütiger Sumachs, Sassafras, Gewürzbüsche und Dogwoods umschlossen, und diese überschatteten wieder ihrerseits einen kleinen Bach, der etwa eine halbe Meile weiter oben aus den Hügeln kam, am nördlichen Fuße derselben hinströmte und dicht über Helena in den Mississippi mündete.

Gleich über dem Bache drüben und den Wohngebäuden

* Zwischen den beiden kleinen Flüssen *Cash* und *Day de View* liegt eine so undurchdringliche Sumpfstrecke, daß nur selten ein Jäger kühn genug ist, dort einzudringen, da er es nie möglich machen kann, das, was er wirklich auf der Jagd erbeuten sollte, auch fortzuschaffen. Dort ist jetzt der einzige, ringsum von Ansiedelungen umgebene Platz in den Vereinigten Staaten, wo sich der Büffel noch in einzelnen Herden findet und auch nicht, obwohl er fast nur Jäger in seiner Nachbarschaft hat, ausgerottet werden kann.

gerade gegenüber, dennoch aber etwa zweihundert Schritt von ihnen entfernt, lag ein alter indianischer Grabhügel, der sich eben genug aus dem Pflanzengewirr hervorhob, um einen Blick auf die kleine Ansiedlung zu gestatten. Lively hatte erst kürzlich den Plan gefaßt, hier eine kleine Blockhütte herzubauen und eine Art Sommerpavillon daraus zu machen. Zu dem Zwecke waren auch schon alle die Büsche und Äste, die etwa die Aussicht nach ihren Wohnungen versperrt hätten, entfernt und einzelne Stämme, welche die Grundmauern bilden sollten, in der Nachbarschaft gefällt und hinaufgeschafft.

Der Mond warf nun zwar seinen silbernen Schein auf die Erde nieder und übergoß die tauperlenden Blätter mit einem magischen Licht; diesen kleinen Raum konnte er aber nicht erhellen, denn dichte Holly- und Maulbeerbüsche bildeten an der Ost- und Südseite eine jedem Strahl trotzende Laube. Der Platz lag jedoch nicht so einsam und verlassen, wie die plaudernden und lachenden Menschen wohl glauben mochten, die jetzt noch in der herrlichen Abendluft vor den Gebäuden auf- und abgingen. Manchen Blick warfen sie nach den dunklen Waldesschatten hinüber, wo tausend und abertausend Glühwürmer in unbeschreiblicher Pracht hin- und herzuckten und den finsteren Hintergrund wie mit Tausenden von Diamanten besäten, und sie ahnten nicht, daß man sie von dorther beobachtete. Zwei dunkle Gestalten standen hier in dem Schatten der überhängenden Büsche, und laut- und regungslos hatten sie schon lange das geschäftige Treiben der ahnungslosen Farmer belauscht. Da endlich brach der eine von ihnen das Schweigen und wandte sich mit leise gemurmelten Worten zu dem andern. »Die Pest über das schlabbernde, plappernde Volk!« sagte er mit vorsichtig gedämpfter Stimme. – »Ist's denn nicht gerade, als ob Franzosen und Indianer hier ihr Nachtlager hielten? – Höre, Dan, mir gefällt der Platz überhaupt nicht; muß uns auch heute gerade der Teufel herführen, wo die ganze Nachbarschaft zusammengekommen ist und die Hunde mitgebracht hat! Wenn uns die Bestien erst einmal wittern, dann gute Nacht. – Ich glaube, wir setzen uns hier ganz unnütz einer großen Gefahr aus.«

»'s ist nicht so schlimm, wie Ihr denkt«, sagte der andere, indem ein grimmiges Lächeln seine dunklen Züge überflog, »dicht nebenbei fließt der Bach; mit wenigen Sätzen können wir drin sein, und wie der Wind jetzt steht, so ist zehn gegen eins zu wetten, daß sie uns gar nicht wittern können. Übrigens habt keine Angst um mich; es wäre das erste Mal, daß ich bei solchem Spaß erwischt würde; nein, ich halte mein Wort und hole Euch eine Büchse; darauf könnt Ihr Euch verlassen. Wenn ich nur nicht einen so nichtswürdigen Hunger hätte!«

»Hunger, – immer Hunger und Essen, und Essen und Hunger!« murrte ärgerlich sein Gefährte. – »Wenn ich nur Waffen hätte, ich wollte gern hungern.«

»Essen und Hunger?« rief der Mulatte, der jetzt zu dem bleichen Antlitz seines weißen Kameraden emporsah. – »Wann habe ich denn das letzte Mal gegessen, Massa Cotton, und was war das? Mais – harter Mais, den ich aus einer Dachkammer stehlen mußte und wofür ich die zwei Schrotkörner noch im Schenkel trage. Sind wir nicht jetzt ein paar Wochen lang wie die wilden Bestien gehetzt worden? Und tragt Ihr dabei nicht die meiste Schuld? Wir wären lange vergessen gewesen und hätten unsern Weg unbelästigt fortsetzen können; aber nein, da müßt Ihr den Reisenden mitten auf der Landstraße überfallen und wundert Euch nachher noch, wenn uns die Bevölkerung von drei Countys auf den Hacken sitzt und unsertwegen der ganze Staat in Aufregung ist. Überdies seid Ihr weiß und könnt immer noch eher, ohne gleich Verdacht zu erregen, in irgendeinem Hause einkehren und eine richtige Mahlzeit halten. Wenn ich mich aber mit meiner farbigen Physiognomie irgendwo blicken ließe, so wäre die erste Frage nach einem Paß und die zweite nach einem Konstabler. Nein, solch ein Leben habe ich satt, und ich will froh sein, wenn ich die Sklavenstaaten erst im Rücken weiß und die kanadische Erde unter den Füßen fühle.«

»Und ehe das geschieht, hast du noch manche Meile zu wandern«, murmelte der Weiße. – »Dan, Dan, du glaubst gar nicht, wie sie in Missouri und Illinois hinter den entlaufenen Negern her sind. Es ist entsetzlich schwer durchzukommen.«

»Ja, ja«, erwiderte der Mulatte sinnend, – »ich habe schon oft daran gedacht; am Ende wär's doch noch besser, wir gingen auf die Insel. – Hölle und Verdammnis, ein Hund führt ja ein besseres Leben als wir hier! Es ist dann auch kein Wunder, daß man schlimmer wird, als man eigentlich ist, und ein Menschenleben nicht mehr höher achtet als eben das eines Wolfs oder Panthers.«

»Nein, – auf die Insel gehe ich nicht«, brummte Cotton, – »wenigstens so lange noch nicht, als ich hoffen darf, auf andere Art zu entkommen. Es ist schon recht gut, daß man dort sein Leben gesichert weiß und von den Mühen und Strapazen, die wir beide zusammen durchgemacht haben, ausruhen könnte, aber der Schwur – und nachher ist man von lauter Spionen und Aufpassern umgeben, die immer nur darauf lauern, jemanden zu bekommen, durch dessen vielleicht unbedachtes, gar nicht so böse gemeintes Wort sie eine hohe Prämie gewinnen können; nein, das ist nicht meine Sache. Überdies traue der Teufel dem Kram; heute oder morgen nimmt die Sache einmal ein trübseliges Ende, und so viel Erfahrung habe ich doch auch in der Welt gesammelt, daß ich weiß, wenn irgendwelche bei solcher Gelegenheit die Zeche bezahlen müssen, so sind es stets die, die am wenigsten damit zu tun gehabt haben, die am wenigsten bekannt und vertraut mit dem Ganzen gewesen sind. Geht es indessen gar nicht anders, können wir auf keinem Boot den Verfolgern entgehen, gut, dann habe ich nichts mehr dagegen. Jetzt aber wollen wir erst einmal eine Reise nach dem Osten versuchen; denn dort vermuten sie uns gewiß am wenigsten. Sorge also nur für eine ordentliche Büchse; denn wir müssen noch Geld zur Reise anschaffen, und das kann nicht ohne Waffen geschehen; nachher habe keine Sorge. In der Gesellschaft eines Weißen fragt dich niemand nach einem Paß, – hat niemand ein Recht dazu, dich zu fragen, und es müßte mit dem Teufel zugehen, wenn wir nicht glücklich die lumpigen paar hundert Meilen zurücklegen könnten.«

»Nun, wenn weiter nichts dazu fehlt –« grinste Dan, »so hoffe ich, dem heute nacht abhelfen zu können. Ist überhaupt eine Büchse in einem der beiden Häuser, – und ich wette meinen Hals darauf, daß wenigstens drei dort sind –, so haben wir sie noch vor Tagesanbruch hier draußen, und dann ade, Arkansas!« »Vergiß aber auch die Kugeltasche nicht«, sagte Cotton; – »es wäre sonst nur ein nutzloses Stück Eisen.«

»Ihr haltet mich für gewaltig dumm. – Aber ein paar Stunden müssen wir noch warten; denn die Burschen da drin scheinen gar nicht zur Ruhe zu kommen.«

»Mich wundert es, daß die Hunde so still sind«, sagte der Weiße nach kurzer Pause, in der er aufmerksam das Haus und seine Umgebung beobachtet hatte; – »keiner der Köter rührt sich, und es müssen doch wenigstens elf oder zwölf von ihnen dort sein.«

»Läßt sich sehr leicht erklären«, kicherte der schlaue Mulatte, indem er die Hand gegen das Gebäude ausstreckte. – »Dort hinten, gerade zwischen dem Haus und Feld, hängt das Hirschfleisch. – Wir haben beide gesehen, wie es der eine vor kurzem dorthin getragen hat. – Die Hunde aber sind gut erzogen, und keiner würde es anrühren; keiner gönnt es aber auch dem andern oder traut einem der Kameraden; sie liegen alle darunter und bewachen es, und ich setze meinen Hals zum Pfande, daß mich keiner wittert, wenn ich zum Hause schleiche.«

»Das tust du allerdings«, murmelte der Weiße. »Wenn ich nicht ganz irre, so ist dies die Farm, auf der Cook wohnen soll, und der versteht keinen Spaß. Erwischte er dich, so wäre der Hals gerade derjenige Körperteil, der die Zeche bezahlen müßte. Hast du deine Waffen?«

»Ihr fragt sonderbar«, sagte der Mulatte, indem er ein langes, schweres Messer aus der versteckten Scheide zog und in dem matten Dämmerlicht blinken ließ. – »Unbewaffnet – ein Nigger zwischen lauter Weißen? Nein, wahrhaftig, das wäre nicht mehr Tollkühnheit, das wäre Wahnsinn. Wer mich lebendig fangen will, der muß früh aufstehen; denn auch meine Pistole hier ist mit kleinen Kugeln geladen.«

»Und sollten die Hunde dennoch anschlagen?« fragte Cotton ernst.

»Dann springt nach unserer Verabredung in den Bach«, flüsterte der Mulatte; – »an den drei Zypressen finden wir uns wieder.« »Wäre aber der Platz besetzt?«

»Hm, das ist nicht wahrscheinlich, – aber möglich. Nun, dann müssen wir wieder nach dem Hause zurück, in dem wir vorgestern nacht eingebrochen sind – Ihr kennt da schon unser Versteck. Von da aus können wir auch den Mississippi leicht erreichen. Hölle und Verdammnis, hättet Ihr nur das unnütze Blut nicht vergossen, so wären wir auch nicht so weit hier hinunter nach Süden getrieben worden und könnten jetzt vielleicht schon in Kanada sein.«

»Oh, geh mit deinen moralischen Vorlesungen zum Teufel!« knurrte Cotton. – »Hol die Büchse und überlaß das andere mir. – Wie ist's denn; – mir kommt es vor, als ob sie drüben zu Bett gehen wollten.«

»Nun, Zeit wär's«, sagte der Mulatte, »aber wir müssen sie auch erst einschlafen lassen.«

Cotton hatte recht gesehen. Die Nachtluft war, wie das stets in diesen Sümpfen der Fall ist, ungemein feucht, und die Männer zogen sich bald in Cooks Haus zurück, um sich ihre Lagerstätten so gut es gehen wollte herzurichten.

Zwei Betten standen nur in dem kleinen Raum; das eine hatte der alte Lively, das andere teilten sich Cook und Sander;

Ranch in Montana in den siebziger Jahren des 19. Jahrhunderts

James dagegen lag mit Cooks ältestem Knaben, einem Burschen von acht oder neun Jahren, auf einem ausgebreiteten Bärenfell mitten in der Stube. Auf dem kleinen Tischchen an der rechten Wand flackerte ein Talglicht und erhellte den Raum kaum hinlänglich, um noch ein paar rohgearbeitete Stühle und eine Art Eßschrank erkennen zu lassen, der links vom Eingang zwischen Kamin und Tür stand. Sonst war, einige Regale ausgenommen, auf denen die bescheidene Wäsche einer amerikanischen Haushaltung lag, nichts von Möbeln zu sehen, und die über den Betten aufgehängten Kleider der Mrs. Cook dienten auch noch, indem sie einen Kleiderschrank vollkommen entbehrlich machten, als Tapeten und Zierate.

Cooks Knabe war der letzte, der sein Lager aufsuchte. Er hatte eben das Licht ausgelöscht und sich auf sein Fellbett niedergeworfen, als ihn der Vater, der sich auf der knarrenden Bettstelle zurechtrückte, fragte, ob er auch den Pflock vor die Tür geschoben habe.

»Nein, Vater«, sagte der Knabe; – »die Hunde sind ja draußen.« »Die Hunde lagern, wie ich eben gehört habe, alle hier hinten unter dem Hirschfleisch«, erwiderte Cook.

»Es wird uns wohl keiner stehlen«, lachte Sander, »wir sind doch auch Personen genug und haben ein paar Büchsen im Hause.«

»Nun, zu spaßen ist nicht«, sagte der alte Lively und streckte sich behaglich aus; »in der vorigen Woche sind weiter im Lande drin viele Diebstähle vorgefallen, und erst vorgestern haben sie, wie uns James erzählte, einen Mann gar nicht weit von hier in seiner Hütte überfallen. Nicht wahr, James, du brachtest ja die Geschichte mit nach Hause?«

»In Bolweys Haus haben sie wahrscheinlich eine Büchse stehlen wollen«, sagte James; »Bolwey kam aber noch zeitig genug dazu und vertrieb sie wieder. Weiter hierher zu sind sie dann in derselben Nacht bei Isloos eingebrochen, haben den alten Isloo schwer am Kopfe verwundet und alles, was sie in

der Geschwindigkeit erwischen konnten, meistens Kleider und wertlose Sachen und eine Pistole, mitgenommen.«
»Ja, Isloo vermißt aber auch jetzt seine Brieftasche, wie ich von Draper gehört habe«, sagte Cook, »und in der sollen wenn auch kein Geld, doch für ihn sehr wertvolle Papiere sein.«
»Wo hast du den Draper gesehen?« fragte James.
»Draußen im Walde; als er meinen Schuß hörte, kam er herbei und half mir den Hirsch mit aufs Pferd heben.«
»Hat man denn gar keine Vermutung, wer diese Spitzbuben sein könnten, Gentlemen?« fragte Sander.
»Wahrscheinlich Cotton und der Mulatte, der frühere Helfershelfer Atkins'«, sagte Cook. – »Cotton soll auch den Mann in Poinsett County erschlagen haben, wenigstens sind alle Sheriffs und Konstabler, wenn auch vergebens, hinter ihm her gewesen.« »Und weiß man nicht, welche Richtung er überhaupt genommen hat?« meinte Sander.
»Nein, – jetzt nicht; – wie es den Anschein hat, wollten die Flüchtigen gen Norden hinauf; denn vom Fourche la Fave aus waren sie über den Arkansas gegangen und schon bis an die Straße gekommen, die den St.-Francis-Sumpf von Memphis nach Batesville durchschneidet. Dort aber verübten sie den Mord und hatten nun augenblicklich die ganze Ansiedlung am Languille – lauter tüchtige Jäger – hinter sich, so daß sie genötigt waren, wieder zurück in die Sümpfe zu flüchten. Ob sie nun ihren Plan geändert haben und vielleicht über den Mississippi wollen, oder ob das hier ganz andere sind, wer weiß es. So viel aber ist gewiß, hier in der Gegend treiben sie sich herum, und wir haben uns schon verabredet, beim ersten Zeichen, das wir wieder von ihnen finden, die ganze Nachbarschaft aufzubieten und einmal eine ordentliche Treibjagd auf die Kanaillen anzustellen.«
»Bei Heinze sind vor einigen Tagen ebenfalls mehrere Sachen weggekommen«, meinte der alte Lively, schon halb im Schlafe, – »ein Paar Schuhe, und – und der alte Heinze –«

»Den haben sie gestohlen?« lachte Cook.

»Ahem!« murmelte der Greis, und sein schweres Atmen bewies gleich darauf seine Unzurechnungsfähigkeit in allem, was für den Augenblick Fragen oder Antworten betraf.

Auch die übrigen fingen nach und nach an müde zu werden. Cook machte noch einige Bemerkungen, aber schon mit ziemlich schwerer Zunge und geschlossenen Augen, und endlich verriet auch sein Schnarchen, daß er eingeschlummert war.

Mehrere Stunden mochten so vergangen sein. Tiefe Ruhe herrschte auf der kleinen Ansiedlung. Kein Laut wurde gehört; nur das monotone Quaken der Frösche und dann und wann der Ruf eines auf Beute ausgehenden Nachtvogels unterbrachen das Schweigen. Der Mond, zeitweise durch vorbeiziehende Wolkenschleier verhüllt, sandte seine matten, ungewissen Strahlen über die Lichtung, und es schien fast, als ob er selbst da oben müde würde und sich hinabsehne in sein kühles Laubbett. – Da schlich leise und vorsichtig eine dunkle Gestalt über den schmalen, freien Raum, der die Wohnung von dem benachbarten Dickicht trennte. Lautlos war ihr Schritt, geräuschlos jede ihrer Bewegungen, und als sie die nur angelehnte Tür erreicht hatte, stand sie, dicht an den Pfosten geschmiegt, still und lauschte wohl mehrere Minuten lang auch dem leisesten Atemzug im Innern der Hütte. Dann erst, als sich dem scharfen Ohr nichts Verdächtiges darbot, öffnete der Verbrecher mit sicherer Hand die Pforte und schlüpfte hinein.

12

Der Mulatte hielt noch immer die wieder fest angedrückte Tür in der Hand. Vorsichtig lauschte er dabei auf den geringsten Ton, um sich erst vollkommen davon zu überzeugen, ob auch wirklich alle schliefen und nicht vielleicht ein einzelner ruhig auf der Lauer liege, um den nächtlichen Feind zu beobachten und zu überfallen. – Lange verharrte er in dieser Stellung und glich eher einer aus dunklem Stein gehauenen Statue als einem menschlichen, atmenden Wesen.

Undurchdringliche Finsternis herrschte in dem kleinen Raum, der die ermüdeten Männer beherbergte. Das Feuer im Kamin war niedergebrannt, und nur zwischen den oberen Balken hindurch fand das matte Dämmerlicht des Mondes einen Eingang. Nichts regte sich; kein Ton wurde laut, außer dem regelmäßigen Atmen der Schlafenden. Der Mulatte konnte das Schlagen seines Herzens deutlich, ja so deutlich hören, daß er schon fürchtete, es müsse ihn verraten, und er preßte die breite, schwielige Hand fest darauf, um diese augenblickliche Schwäche zu besiegen.

Endlich mochte er sich wohl überzeugt haben, daß ihm hier noch keine Gefahr drohe. Er griff jetzt leise hinauf über die Tür, wohin die Farmer stets auf dort eingeschlagene Pflöcke ihre langen Büchsen legen, und ein triumphierendes Lächeln durchzuckte sein dunkles Gesicht, als er den Lauf der erhofften Waffe fühlte. Schnell und ohne Zögern hob er sie herunter. Nun mußte er aber auch noch die Kugeltasche haben, und dem Jägerbrauch nach hing diese an der anderen Seite beim Kolben, und zwar an demselben Haken, der diesen trug.

Mit einem Schritt war er drüben; aber – »Pest!« knirschte er leise zwischen den Zähnen, als er den leeren Platz dort fühlte. Sie war nicht da, und wo sollte er jetzt zwischen den nur leicht schlafenden Männern die kleine Tasche finden? Mußte ihn nicht das unbedeutendste Geräusch verraten, und wäre es ihm möglich zu entkommen, sobald er erst einmal von diesen kühnen und in der Verfolgung so geübten Söhnen des Waldes entdeckt und wirklich gejagt würde? Hier aber half kein Besinnen; denn er wußte, daß ihn sein weißer Begleiter nicht ohne Gewehr durch die Sklavenstaaten der Freiheit entgegenführen würde. Überdies war er nun doch einmal mitten zwischen den Feinden; die Zähne also fest aufeinander gepreßt, die Rechte am Griff des scharfen Stahls, fühlte er seinen Weg links an der Wand hin und hoffte, dabei die ersehnte Kugeltasche auf irgendeiner Stuhllehne oder auf jeden Fall neben dem Kamin zu finden.

Jetzt war er an dem Wandschrank, der das einfache Haus- und Küchengerät der Familie trug, und unten – er streifte mit dem Beine daran – steckte der Schlüssel. Das mußte jedenfalls der Aufbewahrungsort für Lebensmittel sein, und so stark quälte ihn in diesem Augenblick nagender Hunger, daß er alles andere vergaß, ja selbst die Gefahr nicht achtete, der er sich aussetzte, und so geräuschlos wie möglich die kleine Tür öffnete.

Mit welcher Gier fühlte er aber dort eine große Schüssel, die, wie er sich bald überzeugte, Milch enthielt. Freudig hob er sie an die trockenen Lippen, um in langen durstigen Zügen die süße Labung einzusaugen. Kaum konnte er sich entschließen wieder abzusetzen, und dann tappte er vor allen Dingen nach fester Nahrung umher, die er auf seine Wanderschaft mitzunehmen gedachte. Er fand zwar nur wenige Stücke Maisbrot, schob diese jedoch schnell vorn in sein Hemd, das der Gürtel zusammenhielt, und hob nun noch einmal das Gefäß an den Mund. »Laßt mir auch noch was drin!« sagte da plötzlich eine Stimme dicht neben ihm, und fast wäre ihm vor lähmendem Schreck das schwere Gefäß aus der Hand gestürzt. – Seine Glieder bebten, – regungslos stand er da und wagte kaum zu atmen.

»Mr. Cook!« sagte dieselbe Stimme jetzt wieder. – »Mr. Cook!« »Was gibt's« fragte Cook schlaftrunken aus seinem Bett. – »Treib ihn hinaus! – Er ist über den Zaun gesprungen.«

»Wer?« fragte Sander erstaunt.

»Der Rappe«, murmelte Cook.

»Unsinn! – Schwatzt der im Schlafe von Pferden und Zäunen. – Ich glaubte, Ihr wärt aufgestanden, um einmal zu trinken.«

»Ja, ja – was gibt's« rief jetzt Cook, der sich, munter geworden, im Bett aufrichtete. – »Rieft Ihr mich?«
»Ich bin fürchterlich durstig«, sagte Sander, »und glaubte, ich hörte Euch trinken. – Wo steht denn das Wasser?«
»Draußen vor der Tür, auf dem kleinen Brett – gleich links«, erwiderte Cook; – »der Flaschenkürbis zum Ausschöpfen hängt dicht darüber am Nagel. Wollt ihr aber nicht lieber Milch trinken? Im Schrank steht eine ganze Schüssel voll; – sie wird doch bis morgen früh sauer.«
Der Mulatte setzte schnell und leise die Schale nieder und zog das Messer aus der Scheide. – Seine Entdeckung schien jetzt unvermeidlich, denn in der Dunkelheit durfte er, ohne sich zu verraten, keinen Schritt wagen. Wußte er doch gar nicht, wohin und auf wen er treten konnte.
»Nein, ich danke«, sagte Sander, – »Wasser wäre mir lieber; das ist aber eine Finsternis hier, man kann Hals und Beine brechen.« »Blast die Kohlen im Kamin ein wenig an!« rief ihm Cook zu. – »Rechts in der Ecke liegen ein paar Kienspäne.«
Der Mulatte faßte sein Messer mit festerem Griff und hoffte jetzt nur noch, sobald das Feuer emporflackerte, auf die erste Überraschung der Männer, um das Freie glücklich zu erreichen. Vorher durfte er keinesfalls wagen, seinen Platz zu verlassen, da er im Dunkeln ja kaum die genaue Richtung kannte, die er zu nehmen hatte, und ihm überdies dort, wo er sich gerade befand, noch allein die Hoffnung blieb, nicht entdeckt zu werden. Sander blies jetzt mit aller Macht in die heiße Asche, vermochte aber keine Flamme zu erwecken, sondern blies sich nur die Asche ein paarmal selber in die Augen. Endlich sprang er unwillig wieder auf und rief: »Der Teufel mag das Feuer holen; – nicht ein Krümel von einer Kohle ist mehr zu finden.«
»Ihr könnt ja nicht fehlen und braucht gar nicht aus dem Hause zu treten«, sagte Cook, – »wenn Ihr auf die Schwelle tretet, habt Ihr den Wassereimer gleich linker Hand.«

»Wieviel Uhr ist's?« fragte jetzt James, der ebenfalls wieder munter geworden war.
»Es kann noch nicht so spät sein!« erwiderte Sander. – »Aber, Donnerwetter, jetzt habe ich mir die Knochen an einem Büchsenschloß geschunden, – und – was ist denn das? Die Tür steht hier ja auf. – Da wird wahrscheinlich einer von den verwünschten Kötern hereingekommen sein. Wer läßt aber auch die Büchse hier unten stehen!«
»Nun, meine Büchse kann es doch wahrhaftig nicht sein!« rief Cook. »Die habe ich gestern abend selbst hinauf auf ihren Platz gelegt.«
»Dann ist sie auch von selber wieder heruntergekommen«, brummte Sander; »denn hier steht sie, und das Zeichen davon trage ich am Schienbein.«
»So hat sie der verwünschte Junge gehabt. – He, Bill!«
»Oh, laßt den um Gottes willen schlafen; es wäre schade, das schöne Schnarchen zu stören. Der Herr sei uns gnädig, der bläst ja wie nach Noten!«
Sander legte bei diesen Worten das Gewehr wieder an seine Stelle hinauf, trat dann in die Tür, fand den Eimer und trank das kühlende Wasser mit Ausrufen unverkennbaren Wohlbehagens.
»Ach«, sagte er, als er den langstieligen Flaschenkürbis wieder an den Nagel hängte. »Das tat gut! – Es gibt doch nichts Herrlicheres als einen Schluck Wasser, wenn man so durstig ist.« »Besonders, wenn halb Whisky drin ist«, fiel hier Cook ein, der ebenfalls zum Eimer trat, um seinen Durst zu löschen. – »Wo sind denn aber die Hunde? – He Deik – he Red, Bohs, Watch, hallo, hier! Wo steckt ihr Kanaillen alle?«
Die Tiere, die bis jetzt hinten am Hause gelegen hatten, kamen winselnd hervor, wedelten vor der Tür herum und wollten an ihrem Herrn hinaufspringen.
»Fort mit euch, ihr Bestien – nieder!« rief aber Cook. – »Was liegt ihr alle miteinander dort hinten unter dem Hirschfleisch? – Einer ist genug. – Du, Watch – willst du hinaus! –

Du, Bohs! – So hol' doch der Teufel die Hunde! – Willst du fort, Kanaille!« »Was haben sie denn?« fragte James.
»Ei, die Sappermenter wollen mit aller Gewalt hier herein«, rief Cook ärgerlich, – und schnüffeln, als wenn sie eine wilde Katze auf dem Baum hätten. – Hol' sie der Henker!«
Nur mit vieler Mühe gelang es ihm, die Tür zu schließen; denn die beiden größten der Hunde schienen sich ihren Weg in das Innere der Wohnung erzwingen zu wollen. Endlich aber schob er den hölzernen Pflock vor, tappte, während er Sander dabei führte, zu seinem Lager zurück und legte sich wieder nieder, schimpfte jedoch dabei noch fortwährend auf die ›Bestien‹, wie er sie nannte, die draußen vor der Tür lagen und winselten.
Sander schlief endlich wieder ein, Cook wälzte sich aber noch immer unruhig auf dem Bett herum; denn die Hunde wurden mit jedem Augenblick lauter und kratzten jetzt schon an der Pforte und an der Seite des Gebäudes, an welcher der Schrank stand. Einer – wahrscheinlich Bohs, der sich auskannte – hatte sich sogar durch irgendein lockeres Brett durchgearbeitet und heulte nun hier auf schauderhafte Art.
»Nein!« schrie Cook endlich, indem er wieder aufsprang. – »Das ist zum Rasendwerden. Wenn die Kanaillen jetzt nicht augenblicklich ruhig sind, so begehe ich einen Mord. Sie müssen aber doch wahrhaftig etwas wittern, sonst könnten sie sich ja gar nicht so toll und wunderlich anstellen.«
»Wittern?« brummte Sander, der durch den Lärm ebenfalls wieder munter geworden war. – »Was wollen sie denn hier wittern? – Ich hatte, als ich in der Tür stand, die Büchse in der Hand, und nun glaubt das dumme Viehzeug wahrscheinlich, wir wollten Waschbären jagen gehen. – Mir wär's jetzt gerade so.« Cook stolperte indessen mit halb verbissenem Fluchen zur Tür, riß sie auf und begrüßte hier die ihn fröhlich anbellenden Köter mit einem Hagel von Schimpfwörtern wie auch noch anderen, derberen Gegenständen, die ihm gerade in die Hand fielen.

»Da!« rief er dabei, als er etwas nach dem ihm zunächststehenden schleuderte. – »Da, du Kanaille, – und da – du Biest, du – und da, das für dich, du feinpiepige Quietscheule, du, und das für dich, du nichtsnutzige, heulende Hundeseele! Und nun rührt euch wieder, ihr Racker, – muckst euch, wenn ihr es wagt. Und du, Bohs, kommst unter dem Hause vor – hierher, Sir – hol dich dieser und jener; rühr' dich aber noch einmal, dann weißt du, wie wenig ich Spaß verstehe. Fort mit euch, ans Fleisch, wo ihr hingehört – du, Bohs – zurück da – daß du dich unterstehst!« Die Hunde gehorchten endlich, wenn auch mit vielem Widerstreben, und Cook schloß die Tür zum zweiten Mal.

»'s ist doch eine Finsternis hier«, sagte er jetzt, während er sich umdrehte, um zu seinem Bett zurückzutappen, »man kann die Hand nicht vor Augen sehen; – wo bin ich denn hier eigentlich hingeraten? – Wetter noch einmal, das hier ist der Schrank – da muß ich ja rechts hinüber.«

»Hier liege ich«, sagte Sander, der sein Lager mit ihm teilte.

»Komme gleich!« erwiderte Cook und stand in diesem Augenblick unter dem gezückten Jagdmesser des Mulatten, der sich, so dicht es gehen wollte, an die Wand gedrängt hatte. Ein einziger Schritt, ein einziges Ausstrecken der Hand mußte ihn mit dem Eindringling in Berührung bringen, und daß der zum Äußersten getriebene Mulatte sich dann auch nicht bedenken würde, den Feind unschädlich zu machen, der für den Augenblick seiner Flucht hemmend im Wege stand, war vorauszusehen. Cooks guter Geist lenkte jedoch seine Schritte, daß er sich dicht vor der dunklen Gestalt umwandte und quer über Bills Bett, über diesen und James hinweg seinem eigenen Lager zukroch, auf das er sich ermüdet warf, um auch bald wieder einzuschlafen.

Grabesschweigen herrschte aufs neue in der kleinen Wohnung. – Das regelmäßige Atmen brach allein wieder die Stille, und vorsichtig hob der Mulatte jetzt noch einmal die Schale, trank auch den letzten Rest Milch und schlich nun so geräuschlos wie möglich zur Tür zurück. Da stieß er mit dem Fuß an einen von Cook in den Weg geschobenen Stuhl, und zwei Menschen atmeten nicht mehr hörbar. Er wußte, sie waren erwacht oder wenigstens gestört. Bewegungslos blieb er an seiner Stelle und fand bald, daß – glücklich für ihn – nur das letzte der Fall gewesen sein konnte; denn bald darauf fielen sie wieder in den allgemeinen Chor ein, und Dan begann, seinen Weg weiter zu fühlen. Als er aber den Stuhl vorsichtig beiseite schieben wollte, berührte sein Finger an der Stuhllehne einen Ledergurt; rasch fuhr er daran hinunter und fand hier die langersehnte Kugeltasche. Schnell hängte er sie um seinen Nacken und wollte eben den Stuhl verlassen, da fühlte er auf dem Sitz noch eine zweite. Welches war nun die richtige? Einen Moment stand er unschlüssig – aber auch nur einen Moment, denn solche Kleinigkeit konnte ihn nicht lange die gefährliche Lage vergessen machen, in der er sich befand. Um sicher zu gehen, nahm er alle beide, trat geräuschlos an die Tür, fühlte nach der Büchse, die Sander wieder hinaufgelegt hatte, hob sie leise herab und zog jetzt den Pflock heraus, der die Tür verschlossen hielt.

Waren die Hunde noch auf der Wacht? – In diesem Falle wäre er verloren gewesen, denn die Meute, die erst vor wenigen Wochen einen fünfjährigen Bären gestellt und bezwungen hatte, würde den fast wehrlosen Schwarzen augenblicklich in Stücke zerreißen. Sein Herz schlug daher, als er die Tür ein klein wenig öffnete, wie ein Hammer. Glücklicher Zufall; – keiner der Hunde lag vor der Tür. – Der Befehl des Herrn hatte sie alle hinter das Haus gewiesen, und konnte er jetzt nur fünfzig Schritt Vorsprung gewinnen, so war er gerettet. – Geräuschlos öffnete er die Pforte.

»Seid Ihr es, Mr. Hawes?« fragte jetzt James, der in diesem Augenblick von dem kalten, gerade über ihn hinstreichenden Luftzug erwachte. – »Ja, – wer ist an der Tür?«

Keine Antwort kam, – kein Laut ließ sich hören, und der Fragende glaubte schon geträumt zu haben. Der Dieb aber

stand auf der Schwelle – im Freien –; die kalte Nachtluft kühlte seine in Fieberglut brennenden Wangen, und vorsichtig glitt er in der Dunkelheit dem nahen Dickicht zu, um die schlafenden Wächter nicht zu ermuntern und unentdeckt zu entkommen. Schon hatte er den niedrigen Zaun erreicht, der die Wohnung umgab, als er mit dem linken Fuß den Stiel einer Hacke berührte, die daran lehnte und jetzt umfiel.
Da schlug Bohs an, – ihm folgte Watch, und im nächsten Augenblick brachen die Hunde um das Haus herum. Mit langen, mächtigen Sätzen floh aber auch jetzt der Mulatte, die gewonnene Büchse hoch emporhaltend, dem Walde zu. Er hatte gerade das Dickicht erreicht, als die Meute auf seiner Fährte heulend anschlug. Da er den Gefährten nicht sehen konnte, rief er: »In's Wasser – in's Wasser!« sprang dann selbst, ohne auch nur eine Sekunde Zeit zu verlieren, in den kleinen Bach und watete, so schnell es ihm möglich war, stromab.
Noch hatte er sich keine fünfzehn Schritt vom Uferrand entfernt, als auch die Hunde, bellend und kläffend, mit den Nasen am Boden, dort angekommen waren, ohne weiteres hindurchsetzten und auf der andern Seite in der Irre umhersuchten. Da schlug ein junger Bracke an, wahrscheinlich auf einer Kaninchen- oder Waschbärenfährte, und obgleich Bohs und Watch im Anfang gar nicht gesonnen schienen, dem Lärmenden zu glauben, so wurden sie doch zuletzt selbst durch das wilde Toben der Meute verlockt und brachen jetzt in langen Sprüngen hinterher, um die Jagd nicht zu versäumen und in der Verfolgung, wie gewöhnlich, die ersten zu sein.
»Hahaha«, lachte der Mulatte vor sich hin, als er dem sich weiter und weiter entfernenden Toben lauschte, – »wie sich das Hundezeug jetzt abquälen wird, um etwas zu finden, was gar nicht da ist! Aber die Zeit vergeht; – he, Cotton, – wo seid Ihr?«
»Hier!« flüsterte sein Kumpan, der leise in dem Bache heran-

schritt. – »Alle Wetter, das hätte schlecht ablaufen können. – Und die Büchse hast du wohl auch nicht?«

»So? Meint Ihr das? – Hier ist sie; – nehmt schnell! – Da – die Taschen auch! Eine von beiden wird wohl die rechte sein. Aber nun fort; hatten wir früher, als die Hunde noch am Hause lagen, vortrefflichen Wind, so wird er jetzt, wenn sie zurückkehren, um so schlechter.«

»Wir müssen in die Hügel. – Dort entgehen wir am leichtesten jeder Verfolgung«, sagte Cotton.

»Ja, aber den Bach dürfen wir in der ersten halben Stunde noch nicht verlassen, und nachher heißt es erst recht Fersengeld geben. Cook ist ein verdammt guter Spürer, und der andere wird ihm darin auch nicht nachstehen.«

»Also fort!« flüsterte sein Begleiter, während er mit dem Ladestock untersuchte, ob die Waffe geladen sei. – »Hier wird's mit jeder Sekunde unsicherer, und seit ich das Eisen in der Hand fühle, ist es mir um hundert Prozent leichter ums Herz.«

Die beiden Männer schritten jetzt schnell in dem seichten Bach hinauf, der mehrere der niederen Hügel voneinander trennte, und sie verließen ihn erst, als er sich zu weit westlich wandte, weil sie doch vor allen Dingen auf den Arkansas zuhalten mußten. Es war eine Stelle, wo sich die Ufer von beiden Seiten ziemlich schroff und felsig emporhoben und nur rechts in eine ebenere, aber auch steinige Fläche ausliefen, während sie links bis zum Gipfel des höchsten Bergkammes aufstiegen. Dieser linken Spur wollten sie folgen; denn sie wußten, daß sie dann Helena oder doch die Umgegend der Stadt erreichen mußten. Hier hofften sie imstande zu sein, sich eine Weile versteckt zu halten. Drohte ihnen aber auch da Gefahr, ei nun, so ließ sich dort leicht ein Boot stehlen, um damit das gegenüberliegende sichere Ufer zu erreichen.

»Ei, so wollte ich denn doch, daß die verdammten Hunde beim Teufel wären!« rief James aufspringend. – »Das ist ja

ein Heidenlärm die ganze Nacht hindurch; – kein Auge kann man zutun. Nun höre nur einer die Bestien!«
»Hallo, – was gibt's?« fragte jetzt Cook, gewaltsam den Schlaf abschüttelnd. – »Mit wem spracht Ihr, James? – Wer war an der Tür?«
»Was haben denn die Hunde?« fragte ebenfalls der noch halb schlaftrunkene Sander.
»Mit wem ich sprach?« sagte der Angeredete und rieb sich die Augen. »Ja, wie zum Henker soll ich denn das wissen? Die Tür ging auf, das wollte ich beschwören, und ich dachte, es wäre einer von euch; ich war aber so im Schlafe, daß ich glaubte, es wäre ein Irrtum, und wieder zurück aufs Kissen fiel. Gleich darauf ging der Skandal mit den Hunden los, die jetzt in –«
»Beim ewigen Gott, – die Tür ist offen und meine Büchse ist fort!« schrie Cook, der inzwischen auf die Schwelle getreten war. Kaum hatte er entdeckt, daß der Riegel weggezogen war, als er auch schon, fast instinktiv, nach der eigenen Waffe griff. »Kann man denn die Tür von außen öffnen?« fragte Sander.
»Gott bewahre!« rief Cook und stampfte ingrimmig mit dem Fuße. »Die Spalten sind alle sorgfältig mit Klötzen und Brettern vernagelt. – Einer von euch muß den Vorstecker wieder zurückgezogen haben.«
»Es hat sich keiner von uns gerührt!« rief James.
»Dann ist auch jemand hier drinnen gewesen«, tobte Cook. – »Pest und Donner – jetzt weiß ich auch, weshalb die Hunde so außer sich waren und mit Teufelsgewalt hier herein wollten, – und ich Esel muß dem Schuft auch noch forthelfen.«
»Habt Ihr kein Feuerzeug hier im Hause?« fragte jetzt Sander. – »Es ist ja eine Dunkelheit, daß man Hals und Beine brechen möchte.«
»Wartet, – laßt mich vor! –« sagte James. – »Ich will gleich Feuer anmachen; – ich weiß hier Bescheid; – Ihr findet's doch nicht.«

Cook tappte indes im Dunkeln nach den Kugeltaschen umher. »Himmel und Hölle«, brummte er dabei vor sich hin, – »sollte der gottvergessene Halunke –; Bill – Bill! – Hat der Bengel einen Schlaf! – Bill, – wo hast du die Kugeltasche hingehängt?« Bill fuhr nun zwar empor, als er seinen Namen hörte, begriff jedoch noch lange nicht, was man von ihm wollte. James aber, der emsig damit beschäftigt war, einzelne Kohlen unter der Asche vorzuschüren und zu neuer Glut anzublasen, sagte: »Auf dem Stuhl – links vor der Tür – hängt die eine, – und die andere – verdammte Asche, das beißt schändlich in den Augen! – Und die andere muß auf dem Sitz liegen; – die gehört zu meiner Büchse.«
»Auf welchem Stuhl?« rief Cook schnell, indem er den nächststehenden von oben bis unten befühlte.
»Auf dem dicht an der Tür, – zwischen dieser und dem Schrank.«
»Dann sind sie fort!« knirschte Cook und schleuderte den Stuhl gewaltsam über den noch immer halb schlafenden Bill weg, so daß der Junge schneller, als es sonst wohl der Fall gewesen wäre, auf die Beine kam.
»Beide?« rief James erschreckt und leuchtete mit einem Kienspan überall im Zimmer umher. – »Meine auch? Beim ewigen Gott! – Auf den Stuhl da habe ich sie selbst gelegt. – Die Büchse ist auch fort und die Tür steht offen; – über das Geschehene brauchen wir also gar nicht mehr im Zweifel zu sein. Der diebische Hund war hier im Zimmer und lacht sich jetzt ins Fäustchen.«
In wilder Hast kleideten sich nun die Männer an, während Bill das Feuer im Herd heller lodern ließ und das Licht ebenfalls wieder anzündete, daß sie wenigstens den kleinen Raum übersehen konnten. Cooks Wut aber kannte keine Grenzen, als er das geleerte Milchgefäß fand, und er schwur und fluchte auf höchst gotteslästerliche Art. Was aber jetzt tun? Den Sternen nach war es wenig später als ein Uhr, und in solch dunkler Nacht ohne die Hunde eine Verfolgung zu

beginnen, wäre Wahnsinn gewesen. Ließen sie aber die Flüchtigen bis Tagesanbruch unverfolgt, so gewannen die Burschen einen solchen Vorsprung, daß ein Nachsetzen hoffnungslos werden mußte.

»Daß man auch gar nichts mehr von den Hunden hört!« rief James ärgerlich und horchte noch immer nach ihnen in die Nacht hinaus. »Das beste wird doch am Ende sein, ich sattle mein Pferd und reite in den Wald. Vielleicht sind die Tiere der rechten Spur gefolgt, haben den Schuft auf irgendeinen Baum getrieben und liegen darunter und heulen.«

»Unsinn!« sagte der alte Lively, der jetzt ebenfalls mit dem Ankleiden fertig geworden war. – »Wenn der Bursche da aus der Tür sprang, als du ihn anriefst, – denn das habe ich deutlich gehört –, so hat er auch höchstens zweihundert Schritt Vorsprung gehabt, ehe ihm die Hunde auf den Hacken waren, und dann blieb ihm keine Zeit mehr zu entkommen. Hundert Schritt weiter mußten sie ihn eingeholt haben, wären sie wirklich der richtigen Fährte gefolgt. Nein, sie sind ins Blaue hinein getobt, und wer weiß, wann sie wieder zurückkommen.«

»Wie wär's denn, wenn wir einmal das Horn bliesen, Vater?« sagte Bill. »Vielleicht sind sie nicht so weit fort und können es noch hören.«

»Wird wenig helfen, wir wollen's aber versuchen. – Tod und Teufel, was für ein Hauptspaß wäre das geworden, wenn die Hunde den Schuft auf frischer Tat erwischt hätten!«

»Nun, zu spät ist's noch immer nicht!« brummte James. »Ich habe wenigstens eine Kugel im Rohr, und die, hoffe ich, werde ich dem nächtlichen Halunken wohl noch auf den Pelz brennen. Wo zum Donnerwetter ist denn mein zweiter Schuh? – Ich habe doch alle beide hier nebeneinander hingestellt.«

»Ich kann meine Stiefel auch nicht finden«, sagte Sander. – »Nun, weiter fehlte nichts, als daß uns die Kanaille auch noch das Schuhwerk mitgenommen hätte.«

»Die werden draußen liegen«, brummte Cook ärgerlich, während er in die Tür trat; – »ich habe solche Dinger wie Schuhe oder Stiefel nach den verwünschten Kötern geworfen, als sie das Heulen gar nicht lassen wollten.«
»Sehr schön«, meinte Sander, als er jetzt draußen im Dunkeln mit bloßen Füßen zwischen den Spänen und Holzstücken nach den verlorenen Stiefeln umhersuchte, »das geht sich hier prächtig, barfuß auf den scharfen Splittern; – Herr Gott, – ich glaube, – ich habe mir die Zehen aufgestoßen.«
James kam ihm jetzt mit einem brennenden Kienspan zu Hilfe, und sie fanden bald ihr wild umhergestreutes Schuhwerk, während Cook den Schall des Horns laut und gellend in die stille Nacht hinaustönen ließ. Lange aber mußte der Farmer vergeblich blasen, und schon wollte er das einfache Instrument unmutig beiseite werfen, als ein leises Winseln wenigstens einen der sich nähernden Rüden verkündete. Gleich darauf kam auch Bohs, den langen buschigen Schwanz fest zwischen die Läufe geklemmt, mit dem Bauch fast die Erde streichend, heran und schlich demütig auf seinen Herrn zu. Es war fast, als ob er auf jede nur mögliche Art und Weise dartun wollte, wie tief zerknirscht er sich seines so ganz unwürdigen Betragens wegen fühle und wie leid ihm der begangene Fehler tue.
Cook war jedoch über die Rückkehr des treuen Tieres viel zu sehr erfreut, als daß er es lange hätte mit Vorwürfen überhäufen wollen. Er schleuderte ihm nur als erste Begrüßungsformel einige Kernflüche entgegen, die Bohs auch ohne weitere Bemerkung einsteckte, und streichelte dann dem durch ein einziges gütiges Wort Beruhigten mit unverkennbarer Freude den Kopf. »So, recht, mein Alter! – Laß die anderen Kanaillen laufen; wir beide wollen dem Burschen schon auf die Spur kommen. Wird es nur erst wieder hell, so müßte er ja mit dem Bösen im Bunde stehen, wenn er nicht wenigstens eine Fährte hinterließe; denn durch die Luft kann er doch wahrhaftig nicht davongesegelt sein.«

»Wo aber jetzt suchen?« fragte James. – »Ich begreife gar nicht, daß die Hunde, die so dicht hinter ihm gewesen sein mußten, seine Spur verloren haben sollten.«

»Paßt einmal auf, der hat den Bach genommen«, meinte der Alte. »Der Wind streicht von hier dort hinüber, wittern konnten sie ihn nicht gut, und wenn er von seiner Fährte absprang, so ist nichts wahrscheinlicher, als daß die Hunde dadurch irregeführt wurden.«

»Dann wird er sich auch stromab dem Mississippi zugewandt haben«, rief James; »wo der Bach wenigstens für ein Kanoe schiffbar wird, hat er das vielleicht angebunden und ist, während wir in den Bergen auf kalter Fährte umherhetzen, schon lange im Strom oder im andern Staat drüben.«

»Dort hat gestern abend kein Kanoe gelegen«, wandte hiergegen der junge Cook ein, »das weiß ich genau. Noch vor Dunkelwerden war ich mit Turners Henry unten, um ein paar Fische zu fangen, und wir sind in der ganzen Nachbarschaft unter jedem Busch herumgekrochen.«

»Waren keine Fährten zu sehen?« fragte sein Vater.

»Nicht eine; denn wir schauten uns auch noch besonders genau nach Otterzeichen um und hätten doch gewiß in dem weichen Boden die Fußstapfen eines Mannes erkennen müssen.«

»Dann sind sie in den Hügeln!« rief Cook. »Hat übrigens hier, wie ich kaum noch bezweifeln kann, der verdammte entsprungene Mulatte die Hand im Spiele, so sei Gott unseren Pferden gnädig; – dann dürfen wir auch keinen Augenblick Zeit mehr verlieren.«

»In Nacht und Nebel wird Ihnen aber eine Verfolgung wenig nützen«, warf hier Sander ein, der bis dahin sinnend am Kamin gestanden hatte. – »Wäre es nicht besser, Sie warteten das Tageslicht ab und ritten dann gleich zum nächsten Richter, um die nötige Anzeige zu machen?«

»Und was sollte der uns helfen?« fragte der alte Lively verächtlich, während er aus Leibeskräften in den verkehrten

Ärmel seiner Jacke fuhr. – »Wenn der was ausrichten wollte, müßte er uns doch immer wieder dazurufen. Nein, Jimmy, nach müssen wir, und das gleich. Bill soll die Pferde holen; glücklicherweise sind sie drüben über dem Bach im Schilfbruch, wo der Mulatte nicht sein kann, sonst hätten ihn die Hunde schon.«

»Jawohl, Lively hat recht«, sagte Cook. »Wir können ja, solange es dunkel ist, die Pferde an den Zügeln nehmen und vorsichtig am Bachufer hin suchen. Begreift Bohs erst einmal, was wir wollen, so hat es weiter gar keine Not.«

»Mit dem einen Hunde wird es freilich eine langwierige Geschichte werden«, meinte James. »Bohs kann doch bloß auf einem Ufer suchen und der Flüchtling indessen immer auf dem andern den Bach verlassen haben, wenn er, was überhaupt erst noch bewiesen werden muß, wirklich dem Wasserlauf gefolgt ist.« »Gefolgt muß er ihm sein«, meinte Cook, »sonst hätten ihn die Hunde auf jeden Fall aufgespürt. – Wie dem aber auch sei, Glück gehört zu einer solchen Nachthetze. Bleiben wir jedoch ruhig im Hause, so können wir gar nicht erwarten, daß wir irgend etwas ausrichten; denn hierher kommt er nicht wieder. Also fort! Bill, hole uns die Pferde! – Die Sättel liegen dort in der Ecke. – Gehen Sie mit, Mr. Sander?«

»Ei, das versteht sich«, lachte der junge Mann, »bin ich auch kein so vorzüglicher Spürhund wie ein alter Pionier, so hoffe ich doch, meinen Mann zu stehen. – Übrigens möchte ich Sie noch einmal darauf aufmerksam machen, daß es doch vielleicht besser wäre, die Sache zuerst den Gerichten anzuzeigen; wir könnten ja nachher immer noch –«

»Wir wollen um Gottes willen die Gerichte nicht bemühen«, sagte James unwillig; – »jetzt haben wir auch wirklich gar keine Zeit mehr, an sie zu denken. Der Dieb ist noch dazu bewaffnet, und gut bewaffnet, denn Cooks Büchse schießt scharf, und da sind wir es sogar den Nachbarn schuldig, ihm wenigstens, wenn wir ihn wirklich nicht einholen könnten,

doch so dicht auf den Fersen zu bleiben, daß er weiter keinen Schaden anrichten kann.«
»Ja, wahrlich, gut bewaffnet ist er«, – knirschte Cook zwischen den zusammengebissenen Zähnen hervor, indem er sich den breiten Ledergurt mit dem Jagdmesser umschnallte. »Gott sei ihm aber gnädig, wenn er mir unter die Hände fällt; das Eisen renne ich ihm zwischen die Rippen bis ans Heft.«
Er sprang jetzt hinaus, um dem Sohn beim Einbringen der Pferde zu helfen, die mit solch nächtlichem Ritt keineswegs einverstanden schienen. Auch die Hunde kehrten nun nach und nach einzeln zurück, doch hatten sie sich zu schlecht bewährt, um großes Vertrauen beanspruchen zu können. Sie erhielten deshalb mit Wort und Peitsche gemessene Befehle, beim Hause zu bleiben, denn die Jäger fürchteten nicht ohne Grund, durch die vielen Nasen Unheil und Verwirrung anzurichten. Bohs blieb jetzt seines Herrn einzige Hoffnung; aber auch die war schwach genug, wenn er bedachte, wie unsicher eine solche Verfolgung sei; wußte ja doch der Hund nicht einmal, welches Wild er hetzen sollte.
Der alte Lively ging nun vor allen Dingen zum andern Haus, um seine Büchse von dort zu holen und Cook damit zu bewaffnen. Er selbst nahm ein leichtes Gewehr, das ebenfalls über dem Kamine lag und seines kleinen Kalibers wegen sonst nur zu Eichhörnchenjagden benutzt wurde. Sander bekam eine alte Schrotflinte, ebenfalls Cooks Eigentum, die dieser einmal von einem deutschen Krämer erhandelt hatte, und so bewaffnet begannen die Männer die Verfolgung des kühnen Diebes.
Das einzige, das ihnen jedoch nur eine Aussicht auf Erfolg versprach, war, gleich von Haus aus den klugen Hund auf die Fährte zu setzen, und dieser schien auch da recht gut zu begreifen, was er eigentlich sollte. Am Bach hörte aber auch jede Spur auf, und stromauf und -ab suchten sie nun mit ungeschwächtem Eifer, bis der Morgen schon seinen grauen Dämmerschein über die rauschenden Wipfel der Niederung

ausgoß, ohne daß sie ihrem Ziele auch nur eine Handbreit nähergerückt wären.
Trotz Bills Beteuerung hatten sie nämlich noch einmal bachabwärts gesucht, freilich ohne auch nur das mindeste Zeichen von einem Boot zu finden, und sie mußten sich nun eingestehen, daß stromauf noch die einzige Möglichkeit lag, den Flüchtling einzuholen.
»Es bleibt uns nichts weiter übrig«, sagte Cook endlich unmutig, »als noch einmal in die Hügel zu steigen. – Es wird jetzt hell, und wer weiß, ob der Bursche nicht doch vielleicht in der Dunkelheit seine Fährte irgendwo so hinterlassen hat, daß wir sie bei Tageslicht erkennen und dann natürlich verfolgen können. Du, Bill, kannst die Pferde bis zu dem zweiten Hügeleinschnitt nehmen. Reite nur voran und warte dort, wo wir vorgestern den Birnbaum fällten. Brauchen wir sie eher, was ich von Herzen wünschen will, so blase ich das Horn. Finden wir aber ihre Spuren bis dorthin nicht, so bleibt uns nichts anderes übrig, als verschiedene Richtungen einzuschlagen, um die Nachbarn von dem Geschehen in Kenntnis zu setzen und dann vereint eine richtige Treibjagd anzustellen. Gefangen muß und soll der Bursche werden; denn einem Hinterwäldler in die eigene Wohnung einzubrechen und seine Waffen zu stehlen, das ist ein Vergehen, das schon seiner unerhörten Frechheit wegen exemplarische Strafe verdient.«
So großen Eifer nun auch die Jäger bei dieser Verfolgung zeigten, so unbehaglich schien sich Sander dabei zu fühlen, und da er ja auch mit seiner Kleidung gar nicht auf den Wald eingerichtet war, wäre er sicherlich zurückgeblieben, hätte ihn nicht die Furcht angetrieben, jener Flüchtling könne mit zur Insel gehören und bei seiner Gefangennahme vielleicht Sachen gestehen, die für sie von verderblichster Folge sein mußten. War er gegenwärtig, so konnte er ein Geständnis entweder verhindern oder doch die Folgen ablenken und möglicherweise auch die Flucht des Diebes, wer es immer sein mochte, begünstigen.

13

Die Männer schritten jetzt vorsichtig am Bach hinauf; der alte Lively und Cook mit Bohs am westlichen oder linken Ufer, und James und Sander am östlichen, den Bergen am nächsten. Bohs schien übrigens jeden Gedanken an Jagd aufgegeben zu haben. Immer wieder wurde er von neuem angetrieben, Fährten und Spuren zu suchen, kleinere Wildfährten vielleicht ausgenommen, die er ohnehin gründlich verachtete – doch in einer Gegend, in der sich größeres Wild nie aufhielt, hatte er jede Lust an der Sache verloren, ließ den Schwanz hängen und schlenderte verdrossen hinterdrein.

»Auf den Hund dürfen wir nicht weiter rechnen«, sagte endlich Sander zu James, als sie mehrere hundert Schritte über starre Felsblöcke hinweggeklettert waren und nun von einer etwas vorragenden Bergspitze zu den beiden anderen Männern und Bohs hinüberblickten; – »er sieht gerade so aus, als ob er eben einschlafen wollte.«

»Laßt uns nur das mindeste Verdächtige finden«, erwiderte James, »und er ist wieder Feuer und Flamme. – Mit uns Menschen ist es ja auch so. Bei erfolgloser Jagd werden wir müde und matt und haben in demselben Augenblick jedes Gefühl von Schwäche vergessen, wenn wir nur das Laub rascheln hören oder gewisse Anzeichen für die Nähe der ersehnten Beute finden; – das ist mir ja schon tausendmal selber begegnet.«

»Ich begreife aber wirklich nicht, wo wir etwas Verdächtiges finden sollen«, brummte Sander. »Hier könnte eine ganze Armee marschiert sein und in den umhergestreuten Steinen und Felsstücken wäre es nicht möglich, eine Spur zu erkennen.« »Meinen Sie?« sagte James, und ein triumphierendes Lächeln zuckte um seine Lippen. – »Ja ja, im Walde sind die Herren aus der Stadt gewöhnlich so im Trüben wie –«

»Die Herren aus dem Walde in der Stadt«, spöttelte Sander mit einem etwas boshaftem Seitenblick. James mochte auch fühlen, daß er recht hatte; denn er wurde feuerrot, warf aber die Büchse, über deren Kolben seine linke Hand herabhing und sie im Gleichgewicht hielt, über die linke Schulter und zeigte jetzt vor sich zwischen die Steine nieder.

»Für was halten Sie das hier?«

»Das?« sagte Sander und bog sich zu der bezeichneten Stelle aufmerksam nieder. – »Das? Ei nun, das ist gar nichts als etwas Laub und sehr viel Steine mit ein paar spärlichen Grashalmen dazwischen.«

»Und doch ist vor kaum einer Viertelstunde ein Hirsch zwischen diese Steine getreten«, erwiderte James.

»Aber woran sehen Sie das? Ich kann auch nicht das mindeste erkennen, das eine solche Vermutung bestätigte.«

»Wirklich nicht?« fragte der Jäger und beugte sich noch weiter zu der bezeichneten Stelle nieder. »So will ich Ihnen hier den Beweis geben, daß wir diese Verfolgung nicht unternommen haben, ohne imstande zu sein, sie auszuführen. Sehen Sie, wie der eine kleine Stein hier etwas zur Seite geschoben ist? – Zwar nur ein wenig; der schmale Streifen läßt sich aber deutlich auf dem feuchteren Grund erkennen. – Dort – gerade an dem grauen Moos, hat die Schale gescheuert, und hier unten ist auch noch zum Überfluß der Eindruck der Spitze. – Aber ha, – was ist das? – So wahr ich lebe –«

»Nun?« fragte Sander erstaunt. »Was sehen Sie denn da Besonderes auf der Steinplatte? Wenn der Bursche keine Meißel unter den Füßen gehabt hat, so kann er doch dort unmöglich eine Spur hinterlassen haben.«

»Habt ihr etwas gefunden, James?« rief jetzt Cook von drüben herüber.

»Kommt her und seht selber!« sagte James. – »Hier ist etwas, das auf jeden Fall Beachtung verdient.«

In wenigen Sekunden waren die übrigen an seiner Seite und blickten jetzt forschend und gespannt umher.

»Wann hat es zum letzten Mal geregnet?« fragte James.

»Vorgestern abend«, sagte der Greis.

»Und glaubt ihr, daß sich seit vorgestern nacht dieses Wasser hier auf dem Stein gehalten haben könnte?« fuhr James fort und deutete auf eine feuchte Stelle der Felsplatte. – »Hätte der Wind dies hier nicht schon lange auftrocknen müssen?«

»Der Wind kann es ja gerade aufgetrocknet haben«, sagte Sander, – »und das, was wir hier sehen, sind nur noch die Überreste.«

»Nein, das ist nicht möglich!« rief der alte Lively. – »Gerade hier ist dieser Stein etwas abschüssig, und der Regen hätte ablaufen und sich unten sammeln müssen; diese tiefe Stelle aber ist trocken. – Nein, nein, beim ewigen Gott, wir sind auf der rechten Spur.«

»Ja, wahrhaftig!« rief Cook freudig. – »Das muß die Stelle sein, wo der Flüchtling den Bach verlassen hat und wo seine nasse Fußspur noch nicht die Zeit hatte zu trocknen.«

»Das war mein erster Gedanke«, bestätigte James, »und nun, Cook, laßt uns sehen, ob Euer Bohs auch nur einen Pflaumenkern wert ist. Wir sind die ganze Nacht umhergerannt, und er muß wissen, daß wir etwas suchen. – Bringt ihn also auf die Spur und seht, was er sagt.«

»Bohs«, rief Cook den Hund an, – »Bohs, – komm her, Alter! – Was hältst du von der Fährte hier? Such, mein Hund, – such – und nimm dich zusammen, mein Bursche!«

Bohs gehorchte zwar der Aufforderung, schien aber sonst ungemein wenig Lust zu haben, sich weiter zu bemühen. Seine Meinung war in dieser Nacht schon zu oft befragt worden, als daß er darin etwas besonders Ehrenvolles oder Außerordentliches hätte sehen können, und mit schwerfälligen, langsamen Schritten stieg er auf die höherliegende Felsplatte hinauf, ohne sich auch nur die Mühe zu nehmen, die Nase auf den Boden zu halten.

»Nun sieh einer das faule Vieh an!« rief James unwillig. »Mich wundert es nur, daß die Bestie überhaupt noch die Beine hebt. Ich legte mich doch lieber gleich nieder und – ha – jetzt wittert er etwas!«

Bohs schien in der Tat plötzlich auf andere Gedanken zu kommen; denn er blieb stehen, spitzte die Ohren, blickte rechts und links mit schnellen, lebhaften Gebärden umher, und jetzt, als er noch einmal den Stein, auf dem er stand, berochen hatte, sträubten sich seine Haare; – er knurrte leise und schaute, mit dem Schwanz wedelnd, zu seinem Herrn auf.

»Das muß ein Wolf gewesen sein«, sagte James unmutig.

»Ein Wolf oder ein Neger!« rief Cook. – »Er zeigt beide auf gleiche Art an.«

»Ein Neger? Dann ist's wahrhaftig der entflohene Mulatte, und er soll uns nicht mehr entgehen. Zum Henker mit ihm! Es ist Zeit, daß wir ihm das Handwerk legen. Was sagt der Hund?« Bohs sah mit seinen klugen Augen fragend zu dem Herrn empor, und als dieser ihm schmeichelnd den breiten Nacken streichelte und ihn ermunterte, der Spur zu folgen, wedelte er aus Leibeskräften mit dem Schwanze, um vor allen Dingen seine unbedingte Bereitwilligkeit auszudrücken, dem Befehl Folge zu leisten. Dann aber wies er knurrend die Zähne, ging ein paarmal mit majestätischen Schritten um den Stein herum und stieg nun, die Nase dicht am Boden, langsam den steilen Gebirgsrücken hinauf, an dessen Fuß sie standen.

Cooks Jagdruf brachte den Sohn mit den Pferden zur Stelle und feuerte zugleich den treuen Hund an. Die Männer sprangen in die Sättel, und fort ging es, dem Führer nach, der nur im Anfang manchmal stehenblieb, um die Jäger auch nachkommen zu lassen. Kaum sah er die Männer aber beritten, als er mit fröhlichem, halblautem Gebell einige gar seltsame Luftsprünge ausführte und dann in langgestrecktem Trabe schnell und sicher der Bahn folgte.

Die Reiter blieben ihm, da der Wald hier nicht sehr verwachsen war, dicht auf den Hacken, und Bohs, der im Anfang in ziemlich gerader Richtung den Berg hinanklomm, hielt jetzt auf den Gipfel zu, der sich von Nordwest nach Südosten zum

Mississippi hinabzog. Sander wollte nun allerdings hiergegen Einwendungen machen und behauptete, der Hund müsse sich irren, der Flüchtling sei gewiß eher waldeinwärts als dem ziemlich dicht besiedelten Flußufer zu geflohen. Cook dagegen meinte lächelnd, er solle seinen Hund nur gehen lassen, der wisse, was er wolle, und werde sie wahrhaftig nicht auf die falsche Fährte bringen. Das geübte Auge des Waldbewohners hatte jetzt auch selbst auf weicheren Stellen des Bodens mehrere Fußstapfen gefunden, die unstreitig von dem Mulatten hinterlassen waren und seine Fluchtrichtung verrieten.

Plötzlich hielt Bohs, suchte rings auf dem Boden umher und schien dann die Männer erwarten zu wollen, die bis dahin weniger auf den Hund geachtet als den Wald im Auge behalten hatten, um womöglich selbst etwas zu erspähen und dann augenblicklich auf warmer Fährte nachsetzen zu können. Sie langten bald an der Stelle an, wo der Rüde unschlüssig zu werden schien, und fanden hier die deutlichen Spuren eines noch nicht lange verlassenen und nur flüchtig benutzten Lagers. Ein kleines Feuer hatte hier gebrannt, und herumliegende Federn und Knochen wie spitz zugeschnittene Hölzchen bewiesen deutlich genug, daß hier ein armer Truthahn überrascht, erlegt und auch teilweise gleich verzehrt worden war.

»Beim Himmel, die haben sich's hier ordentlich bequem gemacht!« lachte Cook. »Daß wir den Schuß nicht gehört haben!« »Wer weiß denn, wie weit der Bursche noch Vorsprung hat«, erwiderte James; »das Braten muß ihn aber auf jeden Fall aufgehalten haben; er kann gar nicht glauben, daß es irgend jemandem eingefallen ist, ihm zu folgen. Nur vorwärts jetzt; wir dürfen die einmal gewonnene schöne Zeit nicht wieder durch Gaffen und Plaudern vergeuden; Bohs wird, wie ihr seht, ebenfalls ungeduldig.«

James hatte recht. Bohs saß neben den halbverbrannten Kohlen, blickte winselnd zu seinem Herrn auf und scharrte bald mit der rechten, bald mit der linken Vorderpfote, als hätte er sagen wollen: Nun, so kommt doch und guckt nicht die Asche und Knochen stundenlang an! Cook war aber abgestiegen, und als er sich den Boden mehrere Minuten lang genau und aufmerksam betrachtet hatte, rief er: »Hier sehe ich Spuren und möchte mein Pferd gegen ein Kaninchen verwetten, daß sie von zwei Menschen herrühren. Die eine ist die breite Fährte eines Schuhs, die andere der leichte, runde Eindruck eines Mokassins. Der Schuh hat scharfe Hacken. – Sind die beiden auf dem Bergrücken geblieben, wo sie allerdings am schnellsten fortkommen könnten, so brauchen wir den Hund gar nicht mehr; dem Schuh folge ich mit bloßen Augen.«

Er hatte auch in der Tat nicht zuviel versprochen. Etwas vorgebeugt und die Augen fest auf den Boden geheftet, ritt er rasch voran, und da Bohs ebenfalls durch das schnellere Vorrücken neue Anregung fand und eifriger suchte, so schien ihre Verfolgung jetzt das glücklichste Ergebnis zu versprechen. Trotz des Aufenthalts mußten die Flüchtlinge aber doch keine weitere Zeit verloren haben; denn eine volle Stunde waren sie noch, und zwar in ziemlich scharfem Trabe, auf den Fährten geblieben, ohne daß sie auch nur das mindeste entdeckt hätten, als Bohs plötzlich stehenblieb, die Ohren spitzte, den Schwanz hoch und gerade emporhielt und mit leisem Knurren andeutete, daß er etwas sehr Verdächtiges bemerkte.

Die Reiter hielten ihre Tiere augenblicklich an und spähten nach allen Richtungen aus. Da preßte Cook auf einmal seinem Pferd wieder die Hacken in die Seite, stieß den Jagdschrei aus und rief den Gefährten zu: »Dort laufen sie! – Vorwärts und fangt sie, tot oder lebendig!«

»Hurra!« jubelte James. »Jetzt will ich doch einmal sehen, ob ich mir meine Kugeltasche nicht wieder holen kann. Die Pest über die Schurken! – Hallo, wie sie auskratzen! – Hupih! Ihr Hunde, das ist eine bessere Jagd, als wenn ihr einem alten Tatzensauger auf den Hacken wärt.«

Im vollen Rennen flogen die Pferde über den rauhen, steinigen Boden dahin, und wenn auch Sander nicht an solche Hetzen gewöhnt sein mochte, so ließ ihm schon das Tier, das er ritt, gar keine Zeit zu langen Betrachtungen. Im Gegenteil, es versuchte fortwährend, und zwar keineswegs zur großen Zufriedenheit seines jetzigen Reiters, der erste zu sein. Nicht mit Unrecht fürchtete Sander nämlich, wenn er als zu grimmiger und eifriger Verfolger auftauchte, etwas von dem Blei als Vorausbezahlung zu empfangen, das die Flüchtigen in letzter Nacht entwendet hatten. Er fand jedoch bald, daß es unmöglich wäre, sein Pferd zu zügeln, und fort stürmten die Reiter, fort in unaufhaltsamem Galopp. Wie die wilde Jagd brausten und prasselten sie mit klappernden Hufen über die hinausstiebenden Steine hin, und mit jedem Augenblick näherten sie sich mehr und mehr den Flüchtigen.

Dort, wo die Verfolger jene Überreste eines kleinen Feuers fanden, hatte Cotton, der es wirklich gar nicht für möglich hielt, daß sie aufgespürt werden könnten, einen wilden Truthahn erlegt und schnell in einzelnen Stücken gebraten, um wenigstens nicht durch Hunger erschlafft und an schneller Flucht gehindert zu werden. Cotton wäre denn auch hier ganz ruhig eine Zeitlang liegengeblieben, da er sich mit der guten Büchse; die sie durch die Keckheit des Mulatten gewonnen hatten, fast sicher fühlte. Davon wollte aber Dan nichts hören. Er drängte so ungestüm und redete so viel von der Gefahr, der sie hier ausgesetzt seien, daß Cotton endlich auch einzusehen begann, diesseits des Mississippi dürften sie, wie die Sachen jetzt ständen, nicht lange mehr verweilen.
Der Bergrücken, auf dem sie sich befanden, war derselbe, an dessen Fuß Livelys Wohnung stand, und sie passierten das Haus auch in kaum fünfhundert Schritt Entfernung; später aber hatten sie eine linke Abdachung für die gehalten, die sich nach Helena hinabzog, und waren ihr gefolgt. Tatsächlich beschrieb sie aber einen Halbkreis mehr gegen Norden

hinauf und endete weiter oben im Sumpf, und zwar in einem ziemlich schroffen Abhange, der sich von Ost nach West mit seinen steilen Seiten in ein dichtes Sassafrasgebüsch hinabzog. Wären sie unverfolgt geblieben, hätte ihnen jener Sumpf auch weiter keine großen Schwierigkeiten in den Weg gelegt; denn ein östlicher Kurs brachte sie in kaum einer Stunde an das Ufer des Mississippi, der hier einen Bogen in das Land hinein machte. Cotton jedoch glaubte, sie liefen in ziemlich gerader Richtung auf Helena zu, schlug also den größten Teil des Truthahns in seine wollene Decke, teilte das andere mit Dan, um es unterwegs zu verzehren, und schulterte nun die Büchse. Der Mulatte war weit weniger sorglos als sein weißer Begleiter, und fortwährend spähte er ängstlich hinaus, ob er nicht irgend etwas entdeckte, das ihnen Gefahr bringen oder ihre Flucht aufhalten könne.

»Wir hätten doch lieber, wie es gleich meine Absicht war, die Pferde mitnehmen sollen«, brach der Mulatte endlich das Schweigen. »Jetzt wären wir lange am Mississippi.«

»Und hätten Spuren hinterlassen, denen sie bei Nacht und Nebel folgen könnten«, brummte Cotton. – »Nein, so ist's besser; überdies, denke ich, gehen wir über den Fluß hinüber, und dort wird schon Gelegenheit sein, ein paar gute Tiere zu erwischen. – Nun, – was hast du wieder? Gift und Tod, du bist ja heute wie ein altes Weib! Alle Augenblicke bleibst du stehen, horchst und siehst aus wie verdorbenes Bier. – Was gibt's denn, in des Teufels Namen!« rief der Verbrecher jetzt selbst geängstigt, als er den Ausdruck des Schrecks und Entsetzens in den Zügen seines Gefährten las.

»Hört Ihr nichts, Massa Cotton?« fragte Dan flüsternd.

»Was denn? Was soll ich hören? So tu doch das breite Maul auf! Wozu hast du denn den Rachen? Was soll ich hören?«

»Hufschläge!«

»Hufschläge? Unsinn!« zürnte der Jäger, unwillkürlich aber wich ihm das Blut aus den Wangen. – »Nach welcher Richtung?«

Der Mulatte legte sich, ohne die Frage gleich zu beantworten, mit dem Ohr auf die Erde, sprang aber auch fast in demselben Augenblick wieder auf und rief: »Fort, fort, bei allem was lebt, wir werden verfolgt!« Und ohne eine weitere Zustimmung seines Gefährten abzuwarten, floh er in langen, flüchtigen Sätzen auf dem Abhang hin, wobei Cotton, der sich nicht einmal die Zeit nahm, die Wahrheit dieser Befürchtung selbst zu prüfen, ebenfalls nicht zurückblieb. Dans Ausruf sollte aber auch nur gar zu bald bestätigt werden; denn das Geräusch, das die durch das Dickicht brechenden Verfolger machten, wurde immer deutlicher, immer lauter, und nun konnte der Weiße sogar, als er den scheuen Blick zurückwarf, die Männer erkennen, wie sie laut rufend heranstürmten und in wenigen Minuten fast ihre Opfer einholen mußten. Cotton fühlte, daß er am Rande eines Abgrundes stand, erkannte aber auch, daß nur die einzige Hoffnung noch für ihn darin liege, die Aufmerksamkeit der Verfolger zu teilen. Wenig kümmerte es ihn dabei, ob sie den Neger erwischten oder nicht, wenn er nur seine eigene Haut in Sicherheit brachte; und als Dan jetzt wenige Schritte vor ihm am Rande einer schroff abfallenden Terrasse hinfloh, warf er sich plötzlich mit kühnem Satz den Hang hinunter, drängte sich dort durch ein dichtes Gewirr von Kastanienbüschen und Hickories und glaubte, so die Verfolger gänzlich von seiner Spur abgebracht zu haben. Das wäre ihm vielleicht auch vollkommen gelungen; denn kein Pferd konnte ihm gerade da folgen, wo er den Bergkamm verließ. Cooks scharfes Auge hatte aber schon seine eigene Büchse auf des Flüchtenden Schulter und ihn selbst als den berüchtigten Cotton erkannt; mit jedem Zollbreit Boden vertraut, setzte er also gleich da, wo er sich befand, den Hügel hinab, um Cotton den Weg abzuschneiden, und Sander, der seinerseits ebenfalls mehr Interesse an dem Weißen als an dem Neger hatte, folgte dem kühnen Jäger, so gut es gehen wollte.

Nun war der Weg, den Cotton eingeschlagen hatte, so wild

verwachsen und felsig rauh, daß er für ein Pferd fast unzugänglich schien. Cook aber, der von Jugend auf an die rasenden Bärenhetzen gewöhnt war, sah in diesem Ritt gar nichts Außerordentliches und folgte mit einer Nichtachtung der Gefahr, die Sander mehrere Male dazu brachte, sein eigenes Pferd scharf einzuzügeln. Das half ihm aber gar nichts; die beiden Tiere schienen einen Wettlauf halten zu wollen, und alles, was ihm zu tun übrig blieb, war, sich im Sattel zu behaupten.

Cotton hatte wieder, durch die Unebenheit des Bodens begünstigt, einen kurzen Vorsprung gewonnen; jetzt aber, wo eine etwas offenere Bahn den Pferden Vorteile gewährte, schien sich seine Flucht ihrem Ende zu nähern. Cook war ihm dicht auf den Fersen und rief ihm schon zu, er solle sich gutwillig ergeben, oder er würde ihn wie einen Wolf über den Haufen schießen. Dabei hatte er die größte Mühe, Bohs zurückzuhalten, der sich immer wieder auf den Flüchtigen werden und ihn fassen wollte. In dessen Hand blitzte aber der scharfe Stahl, und Cook wußte recht gut, daß sein wackerer Hund verloren gewesen wäre, hätte er sich dem Verzweifelten auf Armeslänge genähert. Aber auch Cotton fürchtete nicht die Büchse des Verfolgers, denn diesem blieb ja keine Zeit zum Halten, viel weniger zum Zielen, und im Walde vom Pferde herab zu schießen, wäre einfach eine weggeworfene Kugel gewesen. Das Pferd gewann aber mit jedem Sprung Boden, und er sah, daß er in wenigen Sekunden in der Macht seines Feindes sein müsse, wenn er, um das eigene Leben zu retten, nicht das des Verfolgers auslöschen konnte.

Kaum drei Pferdelängen waren die beiden noch voneinander entfernt, da wandte sich der Flüchtling; sein Auge sprühte Feuer, die Büchse fuhr mit Blitzesschnelle empor, und Cooks Leben schien verfallen, denn Cotton war ein ausgezeichneter Schütze. Die rasche Flucht aber hatte sein Blut in Aufregung gebracht; – große Schweißtropfen perlten ihm Stirn und Wangen hinab und trübten seinen Blick. Wohl richtete sich das todbringende Rohr auf den trotzig Heransprengenden; aber die zitternde Hand vermochte es nicht mehr fest und sicher zu halten, – es schwankte hin und her, und als der Finger den Drücker berührte, zischte die Kugel harmlos an der linken Schläfe des Jägers vorüber und durchbohrte noch den Hut des nachfolgenden Sander.

Ein wildes, herausforderndes Triumphgeschrei von Cooks Lippen verriet, wie erfolglos der Schuß gewesen war, und noch einmal wandte sich der Verfolgte zur Flucht. Der Augenblick war gekommen, wo sich sein Schicksal entscheiden sollte. Cook versuchte zwar zu schießen, sah aber ein, wie zweifelhaft in diesen Verhältnissen ein Schuß sein mußte; er ergriff also das leichte Rohr am schlanken Lauf, hob es hoch empor und holte schon aus zum gewaltigen und für den Flüchtigen sicher verderblichen Schlag. Da blieb sein Pferd mit den Vorderbeinen an einer schwachen Weinrebe hängen, tat noch im Versuch, sich loszureißen, einen Sprung nach vorn, stürzte dann auf die Knie nieder und schleuderte Cook, der in diesem Augenblick gar nicht auf sein Tier achtete, mit der schon geschwungenen Waffe neben dem rasch zur Seite springenden Verbrecher nieder.

Das Blatt hatte sich für Cook traurig gewendet, denn er war in der Hand eines unerbittlichen Feindes. Als sich Cotton aber rasch gegen ihn wandte und trotzig dem grimmig auf ihn einfahrenden Hund den Angriff abwehren wollte, kam Sander herangesprengt. In diesem mußte er natürlich nur einen neuen Verfolger sehen; seine eigenen Kräfte waren aber erschöpft, kaum vermochten die überspannten Glieder ihn noch zu tragen, und nur der Trieb der Selbsterhaltung weckte noch einmal den schon fast erloschenen letzten Funken von Kraft und Energie. – Er schleuderte seine leere Büchse mit verzweifelter Kraft gegen den heulend zurückfahrenden Hund, ergriff das Gewehr, das dem gestürzten Reiter entfallen war, sprang einen ziemlich steilen, von rollenden Steinmassen übersäten Abhang hinab, sah unten, daß ihm der zweite Reiter nicht folgte, und floh nun noch einmal, jetzt aber mit besserer Aussicht auf Rettung, den letzten Hügeldamm hinunter in das sumpfige Talland hinein.

Durch seinen Absprung von ihrer beabsichtigten Bahn zog Cotton zwar auch zwei Verfolger von Dans Fersen; der Mulatte aber zögerte nichtsdestoweniger unschlüssig, ob er seine Flucht wirklich allein versuchen oder dem weißen Gefährten folgen solle, mit dem er ja noch gar nicht besprochen hatte, wo sie sich notfalls wiederfinden wollten. James ließ ihm aber nicht lange Zeit zum Besinnen; die Hufe seines wackeren Ponys donnerten über die scharfen Steine, und mit einem: »Hurra, du Hund, jetzt bist du mein!« preschte er heran.

Instinktiv wandte sich der Mulatte wieder zur Flucht. Mehrere über den Weg gestürzte Fichten hemmten aber gleich darauf seinen Lauf, und wenn er sie auch in wilder Hast übersprang, so boten sie doch dem nachstürmenden Pferd fast gar kein Hindernis. In keckem Satze flog das Pony darüber hin, und als der Unglückliche den Blick wandte, sah er seinen Verfolger kaum zwanzig Schritte hinter sich.

Da fiel weiter unten am Abhang des Hügels ein Schuß; dort entschied sich vielleicht für seinen Gefährten der Sieg. – Das blieb auch seine letzte Hoffnung. – Nur zwei der Feinde waren hinter ihm; – noch lag die Möglichkeit vor ihm, die Verfolger durch entschlossene Gegenwehr zurückzuhalten. Rasch sprang er also ein paar Schritte zur Seite auf eine hochwüchsige Fichte zu, und hier – seine Pistole im Anschlag – stellte er sich und rief mit erstickender Stimme: »Zurück! Der ist ein Kind des Todes, der noch einen zweiten Schritt gegen mich tut!«

Vater wie Sohn hatten lange genug in den Wäldern gelebt, um nicht an der Wahrheit dieser Drohung zu zweifeln. Beide wußten aber auch jetzt, daß ihr Opfer gestellt sei und nicht weiter könne, während sie selbst noch mit frischen Kräften Kampf oder Flucht aufnehmen konnten. Sich aber ganz nutzlos als Ziel preiszugeben, fiel keinem von ihnen ein.

Noch von den indianischen Kriegen her hatten sie sich auch deren Taktik angeeignet, und kaum sahen sie, daß der Flüchtling einen Baum annahm, so flogen mit Blitzesschnelle ihre eigenen Pferde herum. Wie auf Kommandowort sprangen sie gleichzeitig aus den Sätteln, und jeder glitt ebenso rasch hinter den nächsten Stamm, um sowohl selbst gegen die feindliche Kugel gedeckt zu sein, als auch jede Bewegung des Opfers überwachen zu können.
Dan glaubte wohl, diesen ersten Augenblick benutzen zu können, um wieder kurzen Vorsprung zu gewinnen, denn als er die Männer absitzen sah, warf er sich rasch hinein ins Dickicht. Wohl aber war es gut, daß er noch einmal zurückblickte; denn schon lag des alten Lively Büchse so ruhig wie in einem Schraubstock im Anschlag auf ihn, und fast unwillkürlich schmiegte er sich schnell an den Boden, um der tödlichen Kugel zu entgehen.
»James!« rief der Alte hinter seinem Baum vor. »Der Racker hält sich von hier aus gut versteckt; ich kann nur die Mündung seiner Pistole sehen. – Wenn du imstande bist, ihn irgendwo unten an den Beinen zu erwischen, laß es ihm zukommen; aber – hab acht auf dich!«
»Nur keine Angst, Vater«, lachte der Sohn zurück; – »er soll nicht wagen, auf mich anzulegen, denn ich liege schon im Anschlag, und wenn er mir nur einen Zollbreit Raum gibt, sitzt meine Kugel.«
Kurze Zeit verharrten die drei in ihrer Stellung; denn auch die beiden Livelys hatten den Schuß gehört und wollten nun, ohne das eigene Leben irgendeiner nutzlosen Gefahr auszusetzen, erst einmal abwarten, welch Ergebnis Cooks Verfolgung gehabt hatte. Daß ihnen der Mulatte nicht mehr entgehen konnte, wußten sie recht gut, und James stieß jetzt seinen gellenden Jagdschrei aus, der auch nicht lange ohne Echo blieb. Die Büsche brachen in jener Richtung, nach welcher der Weiße geflohen war, und Sander sprengte auf schäumendem Roß durch das Dickicht.

Dan hörte ebenfalls das Geräusch und bog sich etwas nach vorn, um zu sehen, welch neuer Feind dort erscheine. Da berührte des alten Livelys Finger den Abzug, und der Schuß dröhnte durch den stillen Wald. Nun hatte Lively aber keineswegs auf den Mulatten gezielt, sondern nur ein locker hängendes Stück Rinde aufs Korn genommen, um den Flüchtling vielleicht zu erschrecken und zur Übergabe zu zwingen; der aber glaubte wahrscheinlich, daß er sich durch seine vorige Bewegung irgendeine Blöße gegeben hätte, sprang rasch und unwillkürlich nach vorn und vergaß dabei ganz, welch gefährlicher Feind ihn hier bedrohte. Mit Blitzesschnelle richtete sich James' Rohr auf ihn, und in demselben Augenblick zuckte auch der Strahl aus der Büchse, während der unglückliche Mulatte, durch den Schenkel getroffen, wehklagend zu Boden stürzte.
Diese Wunde wäre allerdings nicht tödlich gewesen, sondern galt nur dem Zwecke, ›den Nigger zu fangen‹, wie es die Absicht der Hinterwäldler gewesen war. Jetzt aber sprengte mit wildem Schreien, die blonden Locken wild um die Schläfe flatternd, den feinen Tuchrock durch Dornen und Reben zerrissen, die Flinte aber hochgeschwungen in der Hand, Sander auf den Schauplatz. Er warf sich neben dem verwundeten Mann vom Pferde und schmetterte ihm auch schon im nächsten Moment den schweren Kolben auf den Schädel nieder, daß er nur noch kaum den Arm zum Schutz emporwerfen konnte und dann von dem gewaltigen Schlage besinnungslos zusammenbrach. Sander aber war damit keineswegs zufrieden und holte aufs neue aus; jetzt aber hatte auch James den Platz erreicht und warf sich ihm entgegen.
»Halt, Sir, halt, sage ich; – ist es bei Euch Sitte, einen Menschen zu mißhandeln, wenn er verwundet am Boden liegt?«
»Die Pest über den Schuft!« schrie mit heiserer Stimme Sander und versuchte, sich von dem jungen Mann loszumachen. – »Laßt mich dem Buben den Schädel einschlagen, Mann, oder wollt Ihr einen von der Bande entkommen las-

sen, während Euer eigener Freund tot unten in der Schlucht liegt?«
»Was? – Cook?« rief James entsetzt und ließ den Arm des jungen Bösewichts frei, der rasch die schwere Waffe zum dritten Mal hob und schon mit zornblitzenden Augen die Stelle erspähte, wo er den Mulatten tödlich treffen könnte. Indessen war aber auch der alte Lively, nicht so flink mehr auf den Füßen wie sein Sohn, herangekommen, riß ohne weiteres die Schrotflinte aus des Wütenden Hand und warf sie weit von sich, trat dann zwischen ihn und den bewußtlosen Mulatten und rief ärgerlich: »Gottes Tod, Sir, wenn Ihr mit Gentlemen auf die Jagd reitet, so betragt Euch auch wie ein Gentleman! Der Gefangene hier gehört uns, und wir wollen ihn schon deshalb lebendig behalten, weil er uns über manches, was uns hier weggekommen ist, Aufschluß geben kann.«
»Er hat aber Euren Kameraden ermordet«, rief Sander dagegen. »Der kommt da eben über den Berg herüber«, erwiderte der Alte ruhig, und in der Tat kam Cook, der den Schuß gehört hatte, zu Fuß und mit blutender Stirn, seine eigene Büchse aber in der Hand, über den niedrigen Hügelkamm, der sich hier wellenförmig nach Nordwesten hinaufzog. Cook wollte jetzt aber vor allen Dingen wissen, weshalb Sander ihm nicht besser beigestanden und den Flüchtigen wenigstens mit seiner Schrotflinte in die Beine geschossen habe. Sander behauptete dagegen, viel zu weit entfernt gewesen zu sein. Überdies hätte er Cook für tödlich verwundet gehalten.
»Dann war es allerdings recht freundlich, mich allein zwischen den Steinen liegenzulassen«, brummte Cook. – »Doch wahrhaftig, – dort liegt der Mulatte! – Ist er tot?«
Mit wenigen Worten erzählte er nun den Hergang seiner Verfolgung und wie ihm unglücklicherweise im entscheidenden Augenblick das Pferd gestürzt sei. Weiter nachzusetzen blieb nutzlos, da Bohs wohl der Spur eines Mulatten, keines-

wegs aber der eines Weißen gefolgt wäre, wenn er noch überhaupt hätte laufen können. Der Schlag nämlich, den Cotton ihm versetzt hatte, als er ihn anspringen wollte, hatte seine Schulter und sein Rückgrat getroffen, so daß er, wenn ihm auch vielleicht kein Knochen beschädigt war, doch kaum mehr von der Stelle kam und mit augenscheinlicher Anstrengung und Pein hinter seinem Herrn herhinkte.

Sie beschlossen also, den Neger vor allen Dingen mit zur Farm zu nehmen, die ihnen auf jeden Fall näher als Helena lag, und dort das Weitere zu bereden.

James' Kugel war dem armen Teufel oben durch den rechten Schenkel gegangen, und er blutete stark. Der Kolbenschlag schien aber viel gefährlicher für ihn geworden zu sein, denn sein rechter Arm, den er der niederschmetternden Waffe entgegengehalten hatte, war dicht über dem Handgelenk gebrochen, und das Blut quoll auch in dunklen, langsamen Massen aus dem schwarzen Wollhaar an der rechten Seite seines Kopfes hervor. Der alte Lively verband ihn, so gut es gehen wollte, der Mulatte gab aber kein Lebenszeichen von sich; nur das schwache Schlagen seines Herzens verriet noch, daß er atmete, und sie konnten ihn nicht anders transportieren als mit Hilfe zweier Satteldecken, die sie zwischen die Pferde Cooks und des alten Lively ausspannten, um so eine Art Trage zu bilden, mit der sie freilich nur entsetzlich langsam über den rauhen Boden vorzurücken vermochten.

James jedoch erklärte, er werde den entflohenen Weißen diesmal nicht so leichten Kaufs entkommen lassen, sondern auf seiner Fährte bleiben, so lange ihm das irgend möglich sei. Er bat also nur noch seinen Vater, ihn bei den Damen zu entschuldigen, da die Verfolgung eine Sache von Wichtigkeit sei und nicht aufgeschoben werden könne, schulterte dann seine Büchse, warf sich auf sein Pferd und folgte, so rasch es ihm sein Scharfblick und der Instinkt des Jägers gestatteten, den Spuren des Weißen. Dieser mußte übrigens verwundet sein, da er an mehreren Orten Blutflecken hinterlassen hatte.

An einem Stein aber, wo er wahrscheinlich keine Verfolger mehr fürchtete und sich verbunden hatte, hörten diese Spuren auf, und dem jungen Mann blieb es jetzt überlassen, da eine Fährte zu erkennen, wo das Auge des Laien nur noch eine Wildnis gesehen haben würde, die nie ein menschlicher Fuß berührte.

14

Zur selben Zeit etwa, als Tom Barnwell von Helena abstieß, um in Montgomerys Point Vorerkundigungen einzuziehen und das Flatboot am nächsten Morgen wieder zu treffen, schoß auch aus den tief überhängenden Weiden der Insel ein kleiner, schmaler Kahn in die Strömung des Mississippi hinaus und hielt dem arkansischen Ufer zu. Zwei Personen saßen darin, der Neger Bolivar und der Mestizenknabe Olyo. Der Neger handhabte die beiden Ruder, in die er sich aus allen Kräften hineinlegte, während der Knabe in nachlässig vornehmer Stellung hinten im Heck des kleinen Bootes lag und das leichte Steuer regierte.

Er trug eine einfache graue Livree, die nur aus Jacke und Beinkleid bestand, deren Nähte mit karmesinen Schnüren besetzt waren; eine passende Mütze lag neben ihm; seinen Kopf aber schützte ein großer, breitrandiger Strohhut gegen die sengenden Sonnenstrahlen. Bolivar dagegen schien die Hitze weniger zu achten, ja im Gegenteil sich eher behaglich darin zu fühlen; denn er hatte Hut, Jacke und Hemd abgeworfen und nur die weiten grauleinenen Beinkleider anbehalten, so daß die Sonnenglut unmittelbar auf seine muskulösen, feuchtsamtnen, schwarzen Schultern herabbrannte. Im Kahn lagen mehrere starke Bleitafeln, über die zusammengelegtes Leinen – vielleicht ein Sack – hingeworfen war.

Ein freundliches Verhältnis schien aber zwischen den beiden, dem Mann und dem Knaben, nicht zu bestehen; denn der

Neger blickte, ohne ein Wort mit seinem Gefährten zu wechseln, mürrisch vor sich nieder, während Olyo, wie zum Hohn, eines der sogenannten Niggerlieder pfiff und dabei spöttisch lächelnd über die dunklen Glieder des Äthiopiers hin nach dem breiten Waldstreifen sah, dem sie sich rasch näherten. Der Knabe Olyo war nämlich ein Mestize – von weißer und indianischer Abkunft –, was ihn, den nordamerikanischen Ansichten nach, weit über den Neger stellte. Ohnedies wurde er aber auch noch von seiner schönen Gebieterin vor allen anderen wie ein verzogenes Kind begünstigt, so daß er sich selbst gegen die weißen Männer der Insel wenn nicht herrisch, doch jedenfalls trotzig und unfreundlich benahm. Keiner mochte ihn, und nur die Scheu vor dem Kapitän hielt wohl die wilden Burschen zurück, daß sie nicht den Günstling seines Weibes einmal recht derb und nachdrücklich züchtigten. Bolivar aber, der als einziger Neger unter dem Knaben stand und dessen Tyrannei schon mehrere Male hatte ertragen müssen, ohne bei Georgine selbst Gehör zu finden, nährte einen finsteren Haß gegen den jungen, leichtsinnigen Buschen, und wohl nichts Gutes mochte es diesem prophezeien, daß der Blick des Äthiopiers manchmal, und wenn auch nur für Sekunden, mit einem wilden, triumphierenden Lächeln auf dem schönen Antlitz des schwarzlockigen Knaben ruhte. Endlich brach Bolivar das Schweigen und brummte, während er eine kurze Zeit mit Rudern einhielt: »Steuert, zum Donnerwetter, gerade, oder laßt es ganz sein! – Der Henker soll eine solche Arbeit holen, wo man einmal im rechten und einmal wieder im linken Ruder liegen muß, weil es dem jungen Herrn da eben bequem ist, bald hierherüber, bald dahinüber zu halten; – 's ist kein Kinderspiel, in solcher Hitze zu rudern.«

»Deinen Teint wird sie dir wenigstens nicht verderben«, spottete der Mestize; – »aber Ruhe da vor dem Mast. – Es kann oder muß dir vielmehr gleich sein, ob du ein paar Ruderschläge mehr tust oder nicht. Unship your star board wheel

– hörst du, Bolivar? – Du sollst mit dem rechten Ruder einmal aufhören. – Holzkopf, versteht den gewöhnlichen Dampfboot-Ausdruck nicht!«
»Wir dürfen nicht so hoch oben landen«, erwiderte finster der Neger. – »Seht Ihr dort weiter unten den hellgrünen Fleck? – Es ist gerade da, wo der Rohrbruch bis vorn an das Ufer läuft; dort geht eine kleine Bucht hinein, und da wollen wir das Boot lassen; also steuert jetzt ordentlich oder laßt das Ruder ganz liegen.«
»Hu, hu, hu – alter Brummbär«, spöttelte der Knabe, – »wenn ich nun nicht will? – He? Aber meinetwegen, desto eher werde ich deine häßliche Gesellschaft los; so habe denn dieses eine Mal deinen Willen. Wo finde ich das Pferd?«
»Ich zeige Euch den Platz, wenn wir hinkommen.«
»Und die Straße?«
»Keine fünfhundert Schritt westlich von dort.«
»Führt keine rechts oder links ab?«
»Keine«, sagte der Neger düster; – »habt keine Angst, Ihr könnt den Weg nicht verfehlen.«
Olyo schien beruhigt zu sein und regierte von da an das Steuer regelmäßiger. Bolivar aber überflog jetzt forschend mit den Blicken die weite Fläche des Stroms, die er von dort aus übersehen konnte. Nichts ließ sich erkennen als drei oder vier Flatboote, die langsam und träge mit der Flut stromab kamen. Das kleine Boot geriet jetzt in die stärkere Strömung, die dicht am Ufer hinschoß, und Bolivar ruderte aus Leibeskräften.
»Haltet ein klein wenig mehr stromauf!« rief er dem Knaben zu. – »Noch mehr! – So! – Die Flut reißt uns sonst unter den Baumwollholzbaum dort drüben.«
»Der Fluß steigt!« meinte der Mestize, während er auf die rasch vorbeitreibenden gelben Schaumblasen sah. – »Nun, Zeit ist es auch; – die Missouri-Wasser haben dieses Mal lange auf sich warten lassen. Aber halt, Bolivar – halt, sage ich – verwünschter Nigger! Du führst mich ja mitten in die nassen

Büsche hier hinein«, rief der Kleine plötzlich, als der Neger scharf in die schmale Mündung der Bucht hielt, die von tief in das Wasser hängenden Reben und Ranken fast verschlossen war. – Bolivar schien den Rat aber nicht zu beachten. – »Wirst noch nasser werden«, murmelte er vor sich hin, und im nächsten Moment warf er mit schnellem Ruck die Ruder aus ihren Ruderlöchern ins Boot, das durch die letzte Anstrengung pfeilschnell vorwärts getrieben wurde und rasch in das grüne Gewinde hineinglitt und dahinter verschwand.
Was bedeutete jetzt jener scharf abgebrochene, wilde, kreischende Angstschrei, jenes kurze, aber verzweifelte Ringen? – Die Schlinggewächse erzitterten, und aus der Bucht drängten sich kurze, kleine Schlagwellen, als ob da drinnen irgendein großer Fisch das Wasser peitsche. – Kein Laut aber war mehr zu hören. – Die Reben hörten endlich auf zu schwanken, das Wasser beruhigte sich wieder, und mehrere Minuten lang herrschte ein lautloses, unheimliches Schweigen. – Endlich teilten sich die Büsche; – der Kahn glitt daraus hervor, und im Heck stand der Neger – allein. Sein ganzes Aussehen war wild und verstört, und sein Antlitz hatte eine graue Aschenfarbe angenommen. – Er strich sich die wirren Wollbüschel aus der Stirn und blieb, als das Boot langsam mit der Strömung hinabtrieb, mehrere Sekunden lang tief Atem holend stehen. Endlich warf er einen scheuen, trotzigen Blick zu dem grünen Dickicht zurück, das er eben verlassen hatte, griff dann wieder zu den Rudern und arbeitete sich langsam am arkansischen Ufer hinauf, um weiter oben zur Insel zurückrudern zu können.
Nur einmal hielt er unterwegs an, und zwar, vor der Strömung geschützt, dicht hinter einem dort in den Strom gestürzten Baum, an dessen Ästen er seinen Nachen auf kurze Zeit anband. Hier wusch er sich den Oberkörper, scheuerte einzelne Teile des Bootes aus und zog dann sein Hemd und seine Jacke an. Als er die Jacke aufnahm, fielen zwei daruntergeschobene und schon vergessene Briefe ins Boot. Bolivar

konnte zwar nicht lesen, aber dennoch betrachtete er die Adresse des einen mit großer Aufmerksamkeit; – es war ein Blutfleck darauf. Mit dem breiten angefeuchteten Finger versuchte er ihn wegzuwischen, doch das ging nicht, der Fleck wurde nur noch größer und häßlicher. Er hielt den Brief jetzt ein paar Sekunden in der Hand und schien nicht übel Lust zu haben, ihn über Bord zu werfen. Er drehte ihn bald nach rechts, bald nach links, dann aber, als ob er sich eines Besseren besänne, trocknete er die feuchte Stelle mit dem Ärmel seiner Jacke, so gut es gehen wollte, und schob die beiden Schreiben in die weiten Taschen seiner Beinkleider.

Schon wollte er das Tau wieder lösen, das den scharfen Bug des Fahrzeugs noch schäumend gegen die unruhigen kleinen Wellen anzog, da fiel sein Blick auf den Platz, wo der Knabe vorher gesessen hatte, und auf dessen zurückgelassene Mütze. Er trat ein paar Schritte vor, nahm sie auf und sah sich im Boot nach etwas um; – der Sack und die Bleiplatten waren verschwunden – im Boot lag weiter nichts als die beiden Ruder und sein eigener Strohhut.

»Verdammt«, murmelte er vor sich hin – »habe ich denn gar nichts?« – mit den Händen befühlte er sich am ganzen Körper. Da traf seine suchende Hand einen harten Gegenstand – es war sein großes, breites Messer – eine schwere massive Klinge mit gewöhnlichem braunem Holzgriff und einer kleinen Kreuzplatte daran, die die Hand vor dem Abrutschen bewahrte. Er betrachtete es einen Augenblick, dann murmelte er leise vor sich hin: »Hol's der Henker! – Von dem Zeug gibt's drüben noch mehr und bessere Ware; das hier mag seine letzten Dienste verrichten.«

Und damit spießte er die kleine Mütze auf den spitzen Stahl, drückte sie bis dicht unter das Heft und hielt sie mit ausgestrecktem Arm hinaus über das Wasser. Im nächsten Moment spritzen die Wellen empor und schlossen sich augenblicklich wieder über der versinkenden Waffe.

Der Neger ruderte langsam zur Insel zurück.

Dort ging es aber heute wild und lustig zu; reiche Beute war am vorigen Tage eingekommen, noch reichere wurde in kurzem erwartet, und die Führer hatten beide die Insel verlassen. Was Wunder dann, daß sich dieses wüste Volk zügelloser Völlerei überließ und jetzt nur noch mit Mühe von dem fast allein nüchternen Peter im Zaum gehalten werden konnte. Wieder und immer wieder mußte er vor den Folgen warnen, wenn vorüberfahrende Boote den Lärm hören sollten. Die Schar war fast nicht einmal mehr damit einzuschüchtern und behauptete, das sei schon oft vorgefallen, und kein Flatbootmann würde darin etwas Außerordentliches finden, wenn er Lärmen und Geschrei auf irgendeiner sonst unbewohnten oder ihm wenigstens unbekannten Insel höre. Überdies könne ja doch keiner landen, dafür wäre gesorgt.
Peter, der sich nicht anders zu helfen wußte, hatte schon mehrere Male des Kapitäns Frau gebeten, zwischen die Trunkenen zu treten und sie zur Ordnung anzuhalten; Georgine aber tröstete ihn fortwährend mit Kellys baldigem Erscheinen, und immer wieder umsonst verschwendete er Bitten und Drohungen an die zügellose Bande.
Da landete Bolivar, verbarg seine Jolle und betrat den inneren, von den Gebäuden eingeschlossenen Raum, wo er mit wildem Jauchzen von den Zechenden begrüßt wurde. Nun war der Neger sonst allerdings eher mürrischer, verschlossener Natur und hielt sich am liebsten fern von den Weißen, die ihn doch stets seiner Hautfarbe und Abstammung wegen verachteten. Heute aber, in seiner jetzigen Stimmung und Aufregung, kam ihm solches Treiben gerade gelegen. Seine Augen glänzten in lebendigerem, wilderem Feuer, und mit einer Art Schlachtschrei ergriff er die dargereichte Flasche und schien sie in wahnsinnigem Rausche leeren zu wollen.
»Hallo!« rief aber da ein langer Bursche aus Illinois. – »Hallo, mein Turkey-Bussard, willst wohl den Brunnen auf einen Ansatz austrinken? Abgesetzt, Schneeherzchen, abge-

setzt und Atem geholt! Nachher kann man auch noch ein vernünftiges Wort mit zur Unterhaltung beitragen.«

»Die Pest über eure Unterhaltung«, brummte der Neger, »euer Brandy ist mir lieber; – aber gebt her die Flasche! – Er schmeckt. Wo habt ihr den wieder aufgegabelt? Aus den nördlichen Staaten, wie?«

»Hahaha – die braune Schokoladentafel hat eine superfeine Nase«, lachte der Illinoiser, »wittert den Braten auf Tischlänge, – weiß, daß wir kürzlich ein kostbares Nordboot gekapert haben, und ist nun so verdammt scharfsichtig, zu ergründen, daß dieser vortreffliche Pfirsichbrandy aus dem Norden kommt. Aber, Schätzchen, du mußt auch Kunststücke machen, wenn du trinken willst, mußt dir dein tägliches Brot verdienen, auf daß dir's wohlgehe und du lange lebest auf Erden.«

»Oh, geht mit euren Narrheiten zum Teufel, Corny! Gebt die Flasche, sage ich; mich dürstet! – Nein? – Ei, so behaltet euer Gesöff und fahrt zur Hölle! – 's wird wohl noch anderer aufzutreiben sein.« Und damit wandte er sich ab und wollte zu seinem eigenen kleinen Wohnhause gehen, das dicht an das Haus seines Herrn angeschmiegt stand. Corny vertrat ihm aber den Weg, und während er ihm mit der linken Hand die bis dahin verweigerte Flasche vorhielt, erfaßte er mit der rechten seinen Arm und rief:

»Halt da, meine Alabasterkrone, so kommst du mir heute abend nicht fort! – Ich habe den Burschen hier – Gelbschnäbel, Bolivar, die eben aus den Buckeyestaaten herausgekommen sind, elende, erbärmliche Hosiers nur – von deinen Schädelfähigkeiten und Kopfarbeiten erzählt – nicht Hirnprodukte, Bolivar, sondern reine Schädelmanufaktur. – Weißt du noch, alter Bursche, wie du uns neulich mit der Stirn den Käse durchgeschlagen hast? Denk dir, die Lumpen hier wollen mir das nicht glauben – Landratten, die sie sind –; ich habe um zwanzig Dollar mit ihnen gewettet, Schneeball; willst du sie mir verdienen helfen? Halbpart, mein Silberfasan!«

»Ich wäre gerade heute abend zu solchen Albernheiten aufgelegt«, knurrte der Neger. »Die Pest auf Eure zwanzig Dollar; ich habe heute mehr Dollar verdient, als Ihr in Euren Hut schütten könnt – zwanzig Dollar – pah!« – und er schlug dem Weißen ein Schnippchen und wollte sich von ihm losmachen. Der aber war nicht gesonnen, den einmal Gefaßten so bald wieder loszulassen. Er hielt nur um so fester und rief, während er den übrigen einen schlauen Blick zuwarf und nach etwas an seinem Körper umherfühlte:
»Hier, Bolivar, – hier, meine zuckersüße Puderquaste, meine liebenswürdige Teerose, – hier sieh einmal, was sagst du zu dem Messerchen, ah? Verlohnte es sich denn nicht der Mühe, eines solchen Prachtstücks wegen einmal einem Freunde gefällig zu sein?«
Die übrigen drängten jetzt auch auf Bolivar ein, und während einige ihn bestürmten, lachten andere und riefen, er wisse selber am besten, daß er es nicht könne, deshalb sei er so wenig bereitwillig. Bolivar dagegen griff nach dem Messer und heftete den funkelnden Blick auf den herrlich verzierten Stahl. Es war ein türkischer Szimitar – Gott weiß wo erbeutet, auf jeden Fall aber leicht gewonnen – mit mattgrüner, gewässerter Klinge und kostbarem, gold- und silbergeschmücktem Griff, – eine Waffe, die ein Sultan hätte tragen können.
Wäre er nüchtern gewesen, hätte er Verdacht schöpfen müssen, daß der wilde Bootsmann so wertvollen Preis auf eine geringe Wette setze; so aber war er durch das rasch hinabgeschüttete feurige Getränk erregt und schien sich plötzlich eines Besseren zu besinnen. Er blickte mit den rollenden Augen rasch im Kreise umher, schleuderte den alten Strohhut weit in die Ecke und schrie: »Hurra, meine Burschen, – der Genickfänger ist prächtig! – Bolivar will euch zeigen, wie man sich in einen ›Westlichen Reserve-Käse‹ hineinarbeitet. Hussa! – Wer will noch mehr dagegen setzen?«
Ein wildes Getümmel entstand jetzt, alles drängte und schrie durcheinander. Bolivar hatte mitten zwischen den übrigen

die blanke Waffe gezogen und tanzte in phantastisch-rasenden Sprüngen einen Jim Crow, während er mit gellender, scharfer Stimme die Melodie dazu sang:

»Dreht euch nur, ihr Niggers, – dreht euch nur im Ring;
Dreht euch nur und wendet euch und höret, was ich sing';
Singen will ich euch ein Lied vom braunen Bill und Joe,
Und jedesmal beim letzten Vers, da tanze ich Jim Crow!«

Und mit einem Ton auf der letzten Silbe, der durch Mark und Bein drang, tanzte er unter dem Beifallsruf der jetzt einen Kreis Bildenden den beliebten und von ihm mit bewundernswerter Muskelkraft ausgeführten Negertanz, während er mit Hacken und Zehen den schneller und immer schneller wirbelnden Takt dazu schlug.

»So haltet zum Donnerwetter die Mäuler!« rief jetzt Peter noch einmal, während er den Neger bei den Schultern faßte und ihn zu beruhigen versuchte. »Heilige Dreifaltigkeit« – Peter schwur nur dann bei etwas Heiligem, wenn er wirklich ernstlich wütend war, – »'s ist ja zum Tollwerden. Wollt ihr uns denn die Nachbarschaft mit Teufelsgewalt auf den Hals schreien?«

»War einmal ein Nigger«, schrie Bolivar, indem er trotz des Gegendrucks immer wieder wie eine niedergedrückte Stahlfeder emporschnellte:

»War einmal ein Nigger – ein gar großer Mann,
Hatte gelbe Hosen und auch gelbe Stiefel an,
Aber seinen Hut dabei, den trug er etwa so,
Und jedesmal beim letzten Vers, da tanzte er Jim Crow!
Hurra ho!«

»Bravo – bravo!« schrie die Schar – »Peter soll auch tanzen – Hurra für Peter!«

»Ruhig, ihr Kreuzkröten, ihr. – Ruhig, sage ich«, tobte Peter dagegen und machte fast noch mehr Lärm als die übrigen; der Illinoiser aber brachte den Haufen wieder auf das frühere Thema zurück.

»Den Käse her!« rief er. – »Den Käse her; – Bolivar will ihn chinesisch begrüßen; – bringt einen Käse!«

Einige liefen augenblicklich fort und kamen bald mit einem der sogenannten ›Westlichen Reserve-Käse‹ zurück, die in den nördlichen Staaten, besonders in Ohio und Pennsylvanien, sehr viel bereitet und nach dem Süden verschifft werden. Es sind große, runde Käse, etwa zwei Fuß im Durchmesser und vier bis fünf Zoll stark, mit gewöhnlicher, dunkelgelber, zäher Schale, so daß der Käse etwas ungemein Elastisches hat. Ein gewaltiger Schlag gehört denn auch dazu, einen solchen Käse so zu treffen, daß die Schale in der Mitte bricht, denn gewöhnlich weicht sie vor dem Stoß wie elastischer Gummi zurück. Bolivar hatte dieses Kunststück aber schon mehrere Male gemacht und war seines Erfolges ziemlich gewiß. Überhaupt zeichnen sich die Neger durch eine entsetzlich harte Hirnschale aus, die sie ja auch oft selbst gegen ihre stahlharten Kriegskeulen unempfindlich macht, deren Schlag den Schädel eines Weißen wie eine Eierschale zertrümmern müßte. Im Ringkampf benutzt der Afrikaner ebenfalls die Stirn fast mehr als die Faust und versucht hauptsächlich, seinen Gegner zu erfassen und mit dem eigenen Vorderkopf zu Boden zu schlagen. Zwei miteinander ringende Neger geben sich daher oft Stöße, die wie das Zusammenrennen zweier Widder weit hinausschallen und dem Weißen beim bloßen Zusehen Kopfschmerz verursachen. Der Illinoismann, der den Neger nicht recht leiden konnte, hatte ihm aber etwas ganz anderes zugedacht und beredete sich jetzt schnell flüsternd mit einigen anderen.
Indessen hob ein junger Bursche den Käse mit dem Rand auf eines der an der Wand hier aufgestellten Zuckerfässer. Bolivar aber, der der Flasche noch immer wilder und unmäßiger zugesprochen hatte, zumal ihn die anderen auch gar nicht hinderten, machte noch ein paar Luftsprünge, schob sein schon im voraus beanspruchtes Messer in den Gürtel, faßte dann den Käse mit beiden markigen Fäusten, zog den Kopf so weit er konnte zurück – und schlug nun mit seiner Stirn mit solch unwiderstehlicher Gewalt auf die zähe Rinde, daß

diese barst und sein krauses Wollhaar in die weiche innere Masse eindrang.
Ein donnernder Jubelruf feierte den Triumph des Afrikaners, der den Käse in die Höhe hob und ihn höhnisch lachend vor die Füße der Jauchzenden warf.
»Da – ihr Buckras«, rief er dabei, – »da habt ihr euren Quark! – In ein solch breiweiches Ding fährt Bolivar mit der Nase hinein.«
»Das ist auch nur Quark!« schrie da ein kleiner Hosier, der sich durch die übrigen vordrängte. – »Mit einem ordentlichen Indianakäse solltest du das bleiben lassen, – Rußbutte!«
»Was?« tobte dagegen der von Illinois. »Bleiben lassen –? Bolivar bleiben lassen? Ihr verkümmerten Hosiers da oben in euren Holzländern wollt wohl was Apartes haben, he? – Her mit dem Indianerkäse! – Hier sind fünf Dollar für einen! – Bringt den zähesten, den ihr finden könnt, und setzt nachher, was ihr wollt, ich wette, daß Bolivars Eisbrecher ebenso leicht hineinfährt, als ob's eine New Yorker Damenhutschachtel wäre. Hurra, Bolivar, nicht wahr, wir sind die beiden, die es der Bande zeigen können?«
»Hurra!« schluckte Bolivar, dessen Augen schon anfingen, gläsern und stier zu werden. – »Hurra, – bringt einen von euren verdammten Hosierkäsen! – Her damit, sage ich; – hier ist das Kind, das ihn vernichten und bis in die Mitte nächster Woche hineinstoßen kann! – Wo ist der Hosierkäse?«
»Hier, Herzchen!« sagte der kleine Indiana-Mann, während er einen neuen Käse brachte und auf eine flache, dicht an der Wand lehnende Kiste stellte. – »So, den versuche mal, und wenn du in den auch hineinfährst, dann nenne mich einen Dutchman.«
»Hussa – hier kommt Bolivar!« jubelte der Neger und wollte sich schon wie ein Widder auf das neue Ziel stürzen; hieran aber verhinderte ihn für den Augenblick Corny und rief: »Halt, mein Schneekönig! – Den Käse habe ich eben für teures Geld gekauft, und ich möchte nicht gern einen Teil

deiner Wollperücke, als Andenken darin aufbewahrt, nachher zwischen die Zähne bekommen; – denn daß du mitten durchfährst, ist gewiß. – So – laß mich nur erst das Handtuch hier darüber decken; nachher magst du wie Gottes Gericht zwischen die Maden fahren.«

»Deckt ein Tuch darüber!« schrie der Neger, während sich die übrigen um ihn sammelten und seine Aufmerksamkeit ablenkten. Corny aber warf den Käse schnell beiseite und hob einen ebensogroßen Schleifstein rasch an seine Stelle, den er mit dem breiten Handtuch bedeckte.

»Aber er darf ihn auch nicht mit den Händen anfassen!« schrie der kleine Hosier. – »Hol ihn der Teufel, er drückt ihn an der Seite ein! Kein Wunder, wenn er in der Mitte platzt.«

»Hohoho«, brüllte der Neger und schlug eine wilde Lache auf, – »hohoho – meiner Mutter Sohn wird's euch zeigen, wie man westlichen Käse anschneidet, Platz da, ihr Buckras, Platz!

Wenn ich dann am Sonntag – zu der Liebsten geh',
Bring' ich bunten Kaliko und Kaffee ihr und Tee,
Küsse sie dann auf den Mund, und mach' es g'rade so,
Und jedesmal nach jedem Kuß, da tanze ich Jim Crow.

Hurra für Alt-Virginy!« Und mit zurückgezogenen Ellbogen, den Kopf vorn niedergebogen, die Augen geschlossen, sprang er in die Höhe und flog im nächsten Augenblick, während ihn die übrigen in erwartungsvollem Schweigen umstanden, mit fürchterlicher Gewalt gegen den verhüllten Stein.

Der Schlag hätte einen Ochsen zu Boden werfen müssen, und Bolivar stürzte denn auch, wie von der Kanonenkugel getroffen, hinterrücks auf die Erde nieder, wo er mehrere Sekunden lang, von keinem unterstützt, wie tot liegenblieb. Endlich aber, von dem lauten Jubeln der Schar wieder einigermaßen zum Bewußtsein gebracht, richtete er sich langsam empor und schien im Anfang nicht recht zu begreifen, was das Ganze bedeute, auf wessen Kosten dieses brüllende Gelächter der anderen den Raum erschüttere, und was eigentlich mit ihm selbst vorgegangen sei. Der Kopf mochte ihm aber wohl wirbeln und dröhnen; denn er drückte seine kräftigen Fäuste fest gegen die Schläfe an und schloß eine Weile die Augen. Dann aber, als er die Augen wieder aufschlug, fiel sein Blick gerade auf den noch an der Wand lehnenden Schleifstein, von dem das Tuch durch den Stoß herabgerissen war, und überrascht und verstört sah Bolivar die Männer im Kreise an. Das hatte jedoch auf die wilde Schar eine noch viel komischere Wirkung, und betäubendes Gelächter schallte ihm von allen Seiten entgegen.

Der Neger, der sich hier allein verachtet und verspottet sah und jetzt leicht begriff, welcher Streich ihm gespielt worden war, stand mehrere Sekunden lang mit zornblitzenden Augen und fest aufeinandergebissenen Zähnen da, bis ihm Corny noch spottend in den Weg trat und ihn fragte, ob er nicht glaube, die Hosierkäse seien zu sehr in der Sonne getrocknet. Da wurde es ihm klar, wer der Anstifter des ganzen Streiches sei, und ehe nur einer an Gefahr dachte oder sie verhindern konnte, fuhr er wie ein abgeschossener Pfeil auf den Matrosen zu und hatte den überrascht Zurückprallenden im Nu und wie der Panther seiner Wüsten mit den Zähnen an der Kehle gepackt. Wohl sprangen die Nächststehenden hinzu, um den Rasenden von seinem Opfer hinwegzureißen. Fest, fest hielt er es umklammert, und als es ihnen endlich gelang, stürzte Corny blutend in die Arme seiner Freunde zurück.

Bolivar wehrte sich jetzt mit verzweifelter Wut gegen die Überzahl und versuchte das Messer zu ziehen, das er im Gürtel trug. Daran hinderten ihn aber die Piraten. Sie warfen ihn zu Boden und banden ihm Hände und Füße; ja ein Teil der Zuschauer, besonders Cornys Freunde, schien nicht übel Lust zu haben, schnelle Gerechtigkeitspflege zu üben und ihn an Ort und Stelle zu strafen, weil er Hand an einen Weißen gelegt hatte.

Peter, der sein Bestes versucht hatte, die Tobenden zu besänftigen, und nun wohl seine Machtlosigkeit einsah, wandte sich noch einmal an Georgine und bat sie, den Sturm zu beschwören, er stehe sonst für nichts. Von vorbeifahrenden Flatbooten hätten sie allerdings wenig zu fürchten; – es könnten aber auch Jäger an dem gegenüberliegenden Ufer sein, und der Wind wehe gerade nach Arkansas hinüber. Er versicherte ihr dabei, daß ihm Kelly selbst ganz besonders aufgetragen habe, jetzt, da sie am Ziele ihrer Wünsche ständen, Ruhe zu halten und jede unnötige Gefahr zu vermeiden. Niemand anders aber als sie selber sei in diesem Augenblick imstande, dem rohen Haufen zu imponieren. »Und Marie?« fragte Georgine.

Das arme Mädchen kauerte bleich und tränenlos in der Ecke. Sie hatte am vorigen Nachmittag mehrere Male versucht, das Haus zu verlassen, Georgine hatte sie aber stets daran gehindert, während der Mestizenknabe oder auch Bolivar sie fortwährend im Auge behielten. Heute morgen war sie noch nicht von ihrem Platze aufgestanden und schien ihre Umgebung nicht zu beachten, ja sie kaum zu erkennen.

»Bleibt einstweilen ruhig hier sitzen«, rief der Narbige, während er einen mürrischen Seitenblick auf die Unglückliche warf.

– »Es fehlte auch noch, daß uns die im Wege wäre.«

Wildes Gebrüll schallte in diesem Augenblick von den trunkenen Bootsleuten herüber; Georgine raffte schnell den neben ihr liegenden Schal um sich und trat gleich darauf ernst und drohend zwischen die Schar.

Kein Wunder war es aber, daß selbst die Rohesten scheu und ehrerbietig vor ihr zurückwichen und der Lärm, wie durch ein Zauberwort gebannt, verstummte. Die hohe, edle Gestalt des schönen Weibes blieb stolz und gebieterisch dicht vor ihnen stehen; das schwarze Haar floß ihr in vollen Locken um den nur halb verhüllten, vollen Nacken; aber die dunklen, von langen Wimpern beschatteten Augen schweiften finster über die vor wenigen Sekunden noch so unruhigen Männer hin und schienen den herausfordern zu wollen, der es wagte, ihrer Macht zu trotzen. Nur der Neger wütete noch immer gegen seine Bande an, so daß es die ganze Kraft der ihn Haltenden erforderte, seinen rasenden Anstrengungen zu widerstehen.

»Was hat der Mann getan?« fragte Georgine endlich mit leiser, aber dennoch in ihrem kleinsten Laut verständlicher Stimme. »Was soll der Aufruhr?«

Alle wollten jetzt antworten, und ein verworrenes Getöse von Stimmen machte jedes einzelne Wort unhörbar. – Endlich trat Peter vor und erzählte mit kurzen Worten den Lauf der Sache, während der Haufe, als er den Angriff des Negers erwähnte, mit wilder Stimme dazwischenschrie: »Nieder mit der blutigen Bestie, die einen Mann wie ein Panther erwürgen will.«

»Seid ihr Männer?« zürnte jetzt Georgine, und ihre Augen hafteten drohend auf den Rädelsführern der Schar. – »Wollt ihr in unserem Herzen Aufruhr und Kampf entzünden, während uns außen von allen Seiten der Feind umgibt? Habt ihr den Neger nicht zuerst gereizt? Wundert es euch, daß die Schlange sticht, wenn sie getreten wird? Fort mit euch an eure Posten! – Euer Kapitän kann jeden Augenblick zurückkehren, und ihr wißt, was euch geschähe, wenn er in diesem Augenblick statt meiner hier stünde. – Fort, – schlaft euren Rausch aus und verhaltet euch ruhig! – Der erste, der noch einmal den Gesetzen entgegenhandelt, verfällt ihrer Strafe, – so wahr sich jener Himmel über uns wölbt. Hat sich der Afrikaner vergangen, so soll er der Züchtigung nicht entgehen; – ich wäre die letzte, die ihn schützte. Sobald Kelly zurückgekehrt ist, wird er euren Streit untersuchen, – bis dahin aber Friede!«

Die Bootsleute traten mürrisch, doch gehorsam von dem gefesselten Afrikaner zurück, und Peter wandte sich eben gegen ihn, um ihn bis zu des Kapitäns Rückkehr einzusper-

ren, als sein Blick auf die Tür von Kellys Wohnung fiel. Dort erkannte er die blasse, zarte Gestalt der Wahnsinnigen, die sich die wirren Haare aus der marmorbleichen Stirn zurückstrich, einen Augenblick nur forschend nach der vor der ›Bachelor's Hall‹ versammelten Schar hinüberstarrte, dann mit hellem, fast kindischem Lachen rechts hinaus über den freien Platz sprang und plötzlich zwischen den einzelnen Hütten verschwand.
Das Ganze war so schnell und plötzlich geschehen, daß der Narbige im ersten Augenblick kaum zu wissen schien, ob er wirklich richtig sehe. Georgine aber, die seinem Blick rasch mit den Augen folgte, erkannte kaum noch den eben hinter dem kleinen Hause verschwindenden Schein des flatternden Gewandes, als sie auch den Zusammenhang ahnte.
»Folgt ihr!« rief sie schnell und deutete nach jener Richtung. – »Folgt ihr, Bolivar – Peter – Weßley; bei eurem Leben – bringt sie zurück!«
Peter gehorchte rasch dem Befehl, und einige von den Nüchternsten taumelten hinterher, während die anderen, vielleicht froh, sich unbeobachtet fortstehlen zu können, schnell in ihre verschiedenen Wohnungen verschwanden. Bolivar blieb allein und noch gebunden am Boden zurück. Georgine löste jetzt zwar schnell seine Bande; denn ihr war es in diesem Augenblicke nur darum zu tun, die Entflohene zurückzubringen. Der Afrikaner aber fühlte sich durch den Brandy, jenen fürchterlichen Stoß und den letzten mit verzweifelter Kraftanstrengung geführten Kampf betäubt und entnervt. Er taumelte ein paar Schritte nach vorn und stürzte dann schwerfällig zu Boden nieder.
Georgine biß sich die zarte Unterlippe und stampfte mit dem kleinen Fuß den Boden. »Tier!« murmelte sie halblaut vor sich hin. Die Verfolgung selbst nahm aber für den Augenblick ihre Aufmerksamkeit so sehr in Anspruch, daß sie nicht weiter auf den Neger achtete. – Sie eilte der Stelle zu, wo Marie den hohen Zaun überklettert haben mußte, und schien

hier ungeduldig die Rückkehr der Gefangenen zu erwarten. Konnte sie sich doch nicht denken, daß das wahnsinnige Kind mit nur wenigen Schritten Vorsprung und in dem ihr gänzlich unbekannten Dickicht imstande sein würde, Männern zu entgehen, die jeden umgeworfenen Stamm und jeden einzelnen Platz kannten, wo ein Fortkommen überhaupt möglich war. Vielleicht wußten die halbtrunkenen Bootsleute selbst kaum recht, was sie wollten, und stürmten nur eben blind hinterher; vielleicht war auch Peter durch die erstgenommene Richtung der Wahnsinnigen irregeführt, daß er glaubte, sie würde sie beibehalten, kurz, die Insulaner durchkreuzten den ganzen umliegenden Waldstrich, ohne auch nur die mindeste Spur von der Entflohenen zu finden, und mußten unverrichteter Sache zurückkehren.

Nun behauptete Peter allerdings, in den Büschen könne sie nicht mehr stecken, da hätte sie ihnen nicht entgehen sollen; sie werde wahrscheinlich in den Strom gestürzt und ertrunken sein; Georgine beruhigte sich jedoch nicht mit dieser Erklärung. Noch einmal mußten die Männer hinaus, um das Mädchen zu suchen, aber sie kehrten wieder ohne Erfolg zurück, als die Dämmerung ihnen in dem dichten Walde jedes weitere Vordringen unmöglich machte. Für diese Nacht blieb auch weiter nichts zu tun übrig, und Georgine tröstete sich nur damit, daß die Entflohene unmöglich die Insel verlassen konnte und am nächsten Morgen leicht wiedergefunden werden mußte.

15

Mississippi, Riesenstrom jener fernen Welt, wild und großartig wälzt du deine mächtigen Fluten dem Meere zu, und hinein greifst du mit den gewaltigen Armen nach Ost und West, hinein in das Herz der Tausende von Meilen entfernten Felsengebirge wie in die innersten Klüfte der kühn empor-

starrenden Alleghenies. Aus den nördlichen eisbedeckten Seen holst du deine Wasser, und Bett und Bahn ist dir zu eng, wenn du mit gesammelter Kraft die Fluten zu wildem Kampfe gegen den stillen Golf hinabführst. Wie ein zuchtloses Heer erkennen sie dann keinen anderen Herrn an als nur dich; rechts und links durchbrechen sie gesetzlos Ufer und Damm; ganze Strecken reißen sie hinab in ihre gärende Flut, vernichten, was sich ihnen in den Weg stellt, zertrümmern, was ihre Bahn hemmen will, und plündern den weiten, rauschenden Wald, der sich ängstlich zusammendrängt, dem fürchterlichen Ansturme zu begegnen. Viele tausend Stämme und junge lebenskräftige Bäume reißen sie wie zum Hohn selbst aus seinen Armen heraus und führen sie ihm Triumph spielend und wirbelnd hinab, immer hinab, ja gebrauchen sie sogar als Waffen gegen die Schutz- und Notdämme der zitternden Menschen, schleudern sie mit entsetzlicher Kraft und Sicherheit wider sie und durchbrechen nicht selten ihre Festen. Gnade dann Gott dem armen Lande, das diese fessellosen Massen überschwemmen! Nicht einmal Flucht hilft mehr. Mit Sturmesschnelle wälzen sich die schäumenden Wogen durch friedliche Felder und über fruchtbare Ebenen hinaus; – erbarmungslos schleppen sie hinweg, was sie tragen können, und vernichten das übrige. Und wenn sie weichen, wenn sie dem vorangegangenen, nicht rechts noch links schauenden Kern der Armee folgen, dann lassen sie eine Wüste zurück, in der oft selbst die letzte Spur menschlichen Fleißes vernichtet wurde.
Solche fürchterliche Macht übt der Mississippi. – Ist er aber vorübergetobt, künden nur noch die schlammigen Streifen an Hügel und Baum, welch furchtbare Höhe er erreichte, dann strömt er gärend und innerlich kochend, aber doch in sein Bett hineingezwängt, zwischen den unterwühlten Ufern hin, von denen er nur hier und da, wie aus Grimm, daß ihm jetzt die Kraft fehlt, über sie hinauszubrechen, einzelne Stücke abreißt und sie spielend in seine Flut verwäscht. – Die

gelbe, lehmige Strömung schießt reißend schnell, hier und da mit trüben Wirbeln und Strudeln gemischt, von Landspitze zu Landspitze hinüber; schmutzige Blasen treiben auf ihrer Fläche, und selbst die sich weit hinüberbiegenden Weiden und Baumwollholzschößlinge suchen vergebens ihr Spiegelbild in dem flüssigen Schlamm. Dazu starren die Riesenleiber der Urbäume, selbst dicht am Rande der schroff abgerissenen Uferbank, ernst und finster zum Himmel empor, und weite undurchdringliche Rohrbrüche, von dornigen Lianen durchwoben, dehnen sich unter ihnen aus, den einzigen Raum noch erfüllend, der durch die Baum- und Strauchmassen zu führen schien.

Tom Barnwell hatte, ohne sich sonderlich anzustrengen, seine Bahn auf der angeschwollenen Flut langsam verfolgt und etwa zehn Meilen, teils rudernd, teils in seinem Kahn nachlässig ausgestreckt, zurückgelegt. Er sah jetzt eine kleine, runde Insel vor sich, die, dicht mit Weiden bewachsen, fast mitten im Strome lag und an der ihn die Strömung rechts vorbeizuführen schien. Er ließ denn auch sein Boot ruhig und selbständig gehen und wurde nahe an das westliche Ufer getragen, wo sich der Schilfbruch so dicht ans Ufer hinanzog, daß die vordersten Rohre stromüber in die Fluten gestürzt waren und nun mit ihren langen starren Blättern die Schaumblasen aufgriffen und zerteilten. Gestürztes Holz lag hier so wild durcheinander, daß Tom fast unwillkürlich das Auge kurze Zeit darauf haften ließ und noch eben bei sich dachte, wie es hier doch selbst einem Bären schwer werden würde durchzukommen, als fast neben ihm und höchstens zwanzig Schritt entfernt, mitten aus dem tollsten Gewirr von Rohr und Schlingpflanzen heraus – die munteren, scharfgellenden Töne einer Violine zu ihm drangen. Tom blickte erstaunt auf; es blieb ihm aber bald kein Zweifel mehr, daß dort wirklich ein Unbekannter die Violine spielte, und der Bootsmann sah sich ordentlich scheu einen Augenblick um, ob er auch in der Tat auf dem Mississippi und dicht neben einem Rohrbruch schwimme und nicht etwa aus Versehen an irgendeine bis dahin noch unentdeckte Stadt gekommen sei. Die Umgebung blieb aber wirklich, ebenso die Musik, und da er fest entschlossen war, sich selbst zu überzeugen, wer hier im Urwald von Arkansas ein Solo-Konzert gäbe, lief er mit seinem Kahn dicht ans Ufer, band ihn hier fest an einen jungen Sykomoreschößling, der zwischen zwei größere Stämme eingeklammert lag, und kletterte dann – ein Weg war nirgends zu sehen – mit Hilfe dieser Sykomore das steile Ufer hinauf, wo er sich aber erst mit seinem Messer gegen die immer lebendiger werdenden Töne hin Bahn hauen mußte. Mühsam arbeitete er sich durch und erreichte endlich den Wipfel eines umgestürzten oder, wie er später herausfand, eines gefällten Baumes. Er drängte sich durch das Geäst und lachte plötzlich laut auf, als er hier, mitten im Rohrbruch, von weiter nichts als Schlingpflanzen und Moskitos umgeben, den einsamen Musikanten vor sich sah.

Es war ein junger Mann, vielleicht von vier- bis fünfundzwanzig Jahren, mit krausen, dunkelbraunen Haaren und starkem, sonnenverbranntem Nacken. Er war nur in ein baumwollenes Hemd und ebensolche Hosen gekleidet und hatte neben sich einen breitrandigen Strohhut und eine Axt, die ruhig an dem Stamme lehnte, an dem er noch eben gearbeitet haben mußte. Er selbst aber, höchst behaglich an einen emporstarrenden Ast gelehnt, drehte Tom den Rücken zu und strich so eifrig auf seiner alles andere denn Cremoneser Geige herum, als ob er zahlreiche Zuhörer um sich versammelt sähe und den Ruf bedeutender Künstlerschaft zu wahren hätte.

Als er hier in dieser Wildnis das Lachen eines menschlichen Wesens hinter sich hörte, drehte er sich, ohne sein Spiel zu unterbrechen, halb nach dem Fremden herum, den er, die kurze Rohrpfeife zwischen den Zähnen, mit einem fast noch kürzeren: »Nun wie geht's, Sir?« anredete, als ob das jemand sei, den er schon den ganzen Morgen erwartet habe und der nun, aus weiter Ferne gesehen, auf breiter Fahrstraße herankomme, nicht aber hinterrücks, aus dichtem unwegsamem Busche heraus, zu ihm anschleiche.

»Hallo, Sir!« erwiderte Tom, während er von dem ziemlich hohen Stamm heruntersprang und zu dem Violinisten trat. – »Schon so fleißig heute? Ihr spielt ja, daß einem fast die Füße anfangen zu zucken. – Was, Wetter noch einmal, macht Ihr denn hier mit der Violine mitten im Rohrbruch?«

»Ich spiele den Yankee Doodle«, meinte der Backwoodsman sehr naiv. »Den Yankee Doodle und Lord Howes Hornpipe, oder auch einmal Washingtons Marsch und ›Such a getting upstairs I never did see‹; – ich bin mannigfaltig.« Und seinen Worten treu, fiel er aus dem amerikanischen Nationallied in den kaum weniger populären Negersang ein und schien Toms Verwunderung, ihn überhaupt hier zu finden, gar nicht zu bemerken.

»Ja, aber um Gottes willen, Mann«, rief Tom endlich ganz erstaunt aus, – »habt Ihr Euch denn hier den vier Fuß dicken Baumwollholzbaum allein umgehauen, um Euch darauf zu setzen und ›Such a getting upstairs‹ zu spielen? – Ist denn hier nicht irgendeine Wohnung, irgendein Lager in der Nähe, wo Ihr hingehört?«

»Ei gewiß«, lachte der junge Mann, setzte zum ersten Male die Violine ab und schaute Tom mit seinen großen, dunklen Augen treuherzig an, – »gewiß ist ein Haus hier, – und was für eins; – aber seht Ihr den Pfad nicht? Der führt hier gleich zum Mississippi hinunter, wo er eine kleine Bucht im Ufer bildet. Dicht dabei habe ich mein Klafterholz stehen, das ich an die vorbeifahrenden Dampfboote, das heißt an die, die nicht vorbeifahren, sondern bei mir anlegen, verkaufe. Aber kommt nur mit, ich muß Euch doch meine Residenz zeigen. Jetzt fällt mir's übrigens ein, wo kommt Ihr denn eigentlich her? Ihr schient zwar im Anfang wie aus den Wolken gefallen zu sein, müßt aber doch wohl noch irgendwo anders herstammen.«

»Mein Boot liegt unten am Mississippi«, sagte Tom.
»Wo? An meinem Hause?«
»Ich habe kein Haus gesehen; ich kam mitten durch die Dornen.«
»Hahaha, dann glaube ich's Euch, daß Ihr erstaunt über mein Spiel wart, wenn Ihr durch das Dickicht gekrochen seid«, lachte der junge Holzschläger; – »aber kommt nur, ich habe da drüben ein behagliches Plätzchen und muß Euch doch wenigstens einen Bissen zu essen vorsetzen, daß Ihr mir nicht hungrig wieder fortgeht. Seht«, fuhr er fort, als er, dem erstaunten Bootsmann voran, auf dem kleinen, kaum bemerkbaren Pfade hinschritt, – »hier den Baum habe ich gefällt, um ihn kleinzuspalten und die Klafterstücke zum Fluß hinabzunehmen. In einem fort aber so ganz allein Holz zu hacken ist höchst langweilige Arbeit, und da nehme ich denn gewöhnlich die Violine ein wenig mit, und wenn ich müde vom Hauen bin, spiele ich ein bißchen, bis mir die Arme wieder gelenkig werden. Aber hier ist mein Haus, – noch wenig Land dabei urbar gemacht, sonst jedoch ganz bequem und meinen Bedürfnissen vollkommen entsprechend.«
Mit diesen Worten schob er die letzten über den Pfad hängenden Rohrstangen zurück, und Tom stand auch schon im nächsten Augenblick dicht vor der aus unbehauenen Stämmen aufgeführten Wand des kleinen Hauses, um das sie sich erst herumdrücken mußten, um den schmalen, niedern Eingang zu erreichen. Hier aber dehnte sich auch ein etwas freierer Platz vor ihnen aus, der nach dem Flusse zu offen lag und einen Überblick über den freien Strom gewährte.
Die Hütte stand auf der sogenannten ›zweiten Uferbank‹, die ein wenig von der ersten zurück und wohl noch eine Elle höher als diese selbst lag. Dicht davor waren mehr als fünfzig Klaftern Baumwoll- und Eschenholz aufgestapelt; sonst zeigte aber auch gar nichts weiter, daß menschliche Hand in dieser Wildnis gearbeitet oder ein menschliches Wesen seinen

Wohnsitz da aufgeschlagen habe. Kein Dornbusch war abgehauen, er wäre denn dem Holztransport im Wege gewesen; weder Spaten noch Hacke hatte hier je eine Scholle aufgeworfen, und der Pflug mußte dem ganzen Platz ein ebenso fremder Gegenstand sein, wie es Hobel oder Kelle dem Hause gewesen waren. Nur die Axt hatte für den kecken Menschen ein Asyl aus dem Walde herausgehauen und den Bären und Panther aus seinem angestammten Wohnsitz vertrieben, in das sich unser munterer Musikfreund, ein Sohn des alten wackern Kentucky, häuslich und mutterseelenallein niedergelassen hatte.

Ein paar große gelbe Rüden, über und über mit Narben bedeckt, waren seine einzigen Gesellschafter und lagen vor der Tür der Wohnung ausgestreckt. Obgleich sie aber bemerkten, daß sich ein Fremder näherte, schienen sie es jedoch nicht einmal der Mühe wert zu halten, auch nur den Kopf deshalb zu heben. Er kam ja in Gesellschaft ihres Herrn, und diesen nur begrüßten sie mit einem lebhaften Versuch, die außerordentlich kurzen Schwänze in eine sichtbare Bewegung zu bringen, was ihnen übrigens ohne starke Anstrengung des ganzen Hinterteils gar nicht möglich gewesen wäre.

Was der Kentuckier an Lebensmitteln brauchte, mußte ihm der Wald liefern; seinen sehr geringen Brotbedarf bezog er von den dort anlegenden Dampfbooten, und im übrigen versorgte ihn der Mississippi mit Wasser und Fischen. Durch seine Axt konnte er aber ein gutes Stück Geld verdienen, von dem es ihm, selbst mit dem besten Willen, nicht möglich gewesen wäre, auch nur einen Cent wieder auszugeben, und er erreichte so, wie er dem jungen Bootsmann versicherte, wenn auch nicht gerade außerordentlich schnell, doch ziemlich gewiß seinen Zweck, ein kleines Kapital zu sammeln, um sich später in gesünderer Gegend und ›mehr unter Menschen‹, jedoch mit der Beibemerkung, ›keinen Nachbarn näher als fünf Meilen zu haben‹, niederzulassen.

Sie traten jetzt in das kleine Haus, und einfacher, was Möbel und Hausgerät betraf, konnte allerdings keine Wirtschaft eingerichtet sein. – Ein leeres Mehlfaß war der Tisch; ein paar gerade abgehauene Klötze bildeten die Stühle – er hatte deren zwei, um, wie er meinte, nicht auf der Erde zu sitzen, wenn er einmal Gesellschaft bekäme –; sein ganzes Kochgeschirr bestand aus einem einzigen eisernen Topfe ohne Henkel und Deckel, einem Blechbecher und zwei aus Rohr geschnitzten Gabeln. Eine Art Löffel hatte er sich ebenfalls aus Holz geschnitzt, der mußte aber nur bei festlichen Gelegenheiten benutzt werden, denn er steckte ruhig und mit Staub bedeckt über dem Kamin. Besser im Stande schien sein Schießgerät zu sein: eine treffliche Büchse lag, mit der Kugeltasche daran, über der Tür, und das sogenannte ›Skalpiermesser‹, das unsere Jäger Genickfänger nennen, war in dem Riemen der Tasche befestigt.

Außerdem lagen noch verschiedene Felle und eine wollene Decke auf der Erde ausgebreitet, und ein in der Ecke aufgespanntes Moskitonetz zeigte den Platz an, wo sein Bett gewöhnlich war; denn eine Bettstelle ließ sich weiter nirgends blicken. Ohne Moskitonetz hätte es hier auch kein Mensch ausgehalten, wenigstens hätte er kein Auge schließen können.

Die Speisekammer schien noch am besten bestellt; denn oben im Kamin hingen eine Anzahl geräucherter Hirsch- und Bärenkeulen und breitmächtiger Speckseiten, ebenfalls von Bären, – Vorrat für die Zeit, wo die Arbeit entweder zu dringend oder die Jagd nicht besonders gut war oder der einsame Mann vielleicht gar krank auf sein hartes Bett ausgestreckt lag und, vom Fieberfrost geschüttelt, kaum zum Fluß hinabkriechen konnte, um sich selbst einen Trunk frischen Wassers zu holen.

»Nun, Fremder«, sagte jetzt der Kentuckier, während er unter dem Moskitonetz eine bis dahin verdeckte, roh aus Holz gehauene Schüssel hervorholte, die kalte, aber feiste und delikate Hirschrippen und ein paar Stücke gebratenen Truthahn enthielt, »macht's Euch bequem und langt zu! – Viel ist nicht da; – halt, da drunter liegen auch noch ein paar kleine Weizenkuchen. – So! – Ein Schelm gibt's besser als er kann. – Das Essen ist übrigens nicht zu verachten; – das Wildbret schmeckt delikat, und der Truthahn kann gar nicht besser sein. – Ein Tropfen Whisky fehlt nur, um die kompakten Sachen damit hinunterzuspülen.«

»Hallo, wenn's Euch an Whisky fehlt, da kann ich aushelfen«, rief Tom lachend; »ich habe mir von Helena aus genug Vorrat mitgenommen, um acht Tage damit auszukommen, und will doch nur eine Nacht unterwegs sein; aber – wie komme ich dazu? Die Flasche liegt im Boot; da werde ich wohl wieder durch die Dornen zurück müssen.«

»Ei, Gott bewahre«, sagte der Kentuckier, »wenn wir den Whisky so nahe haben, so soll auch schon Rat geschafft werden, ihn herzubekommen, ohne durch solche Wildnis zurückzukriechen. Ich fahre rasch in meinem Kanoe hin und hole das Boot hierher. Alle Wetter, war mir's doch fast so, gerade ehe Ihr kamt, als ob ich Whisky röche! Entweder habe ich eine verdammt gute Nase, oder es gibt Ahnungen.«

Damit sprang er rasch das Ufer hinunter, stieg in sein Kanoe, verschwand damit um die kleine Landspitze, die der Fluß hier oben bildete, und kehrte schon nach wenigen Minuten mit Toms Boot zurück, daß er jetzt an seinem eigenen Landesteg befestigte, während Tom selber ihm dabei zu Hilfe kam und die Whiskykruke mit hinaufnahm.

»Nun sagt mir aber in aller Welt, wo wollt Ihr so allein mit der Kruke hin?« fragte der Kentuckier endlich, als sie ihren Hunger einigermaßen gestillt hatten und einen zweiten »steifen Grog« in dem einzigen Blechbecher bereiteten. »Ihr gedenkt doch nicht nach New Orleans hinunterzutreiben? Das wäre ein verwünscht langweiliger Spaß.«

»Nein«, sagte Tom, »ich will nur sehen, wie die Preise in Montgomerys Point sind. – Wir haben hier oben in Helena ein Faltboot, und da unser Steuermann so großes Wesen von jenem Ort machte, so gedachte ich einmal vorauszufahren und mich ein bißchen nach allem zu erkundigen.«

»Nun, Gott sei Dank«, lachte der Holzschläger, »das war der Mühe wert, auch noch nach dem Nest einen besonderen Boten vorauszuschicken. Wenn's noch Napoleon an der Mündung des Arkansas wäre! Aber auch da sind keine besonderen Geschäfte zu machen; denn die Leute dort kaufen wenig mehr, als sie für ihren eigenen Bedarf nötig haben, und das ist sehr wenig. Nein, da hättet Ihr in Memphis noch viel bessere Gechäfte machen können als hier, wenn Ihr überhaupt nicht bis Vicksburg oder Natchez hinunter wollt. Seid Ihr denn in Memphis gelandet?« »Nein, unser Steuermann meinte, dort sei auch gar nichts mehr abzusetzen, da die Memphis-Kaufleute ihre bestimmten Waren jetzt fast einzig und allein aus Kentucky bezögen.«

»Unsinn! Ihr mögt einen besonders klugen Steuermann haben; vom Handel versteht er aber, wenn er das sagt, nichts.«

»Vielleicht nur zu viel«, lachte Tom; »ich habe den Burschen in Verdacht, daß er irgendeinen guten Freund in Montgomerys Point hat, dem er die Waren zuzuschieben gedenkt. Da soll er aber unter dem falschen Baum gebellt haben; denn so lange ich ein Wort hineinreden darf, bekommt sie keiner, den er empfiehlt.«

»So, so?« meinte der Kentuckier. »Auch möglich. – In Kentucky habe ich überhaupt viel über die Mississippi-Bootsleute munkeln hören, was keineswegs sehr zu deren Vorteil spräche. Hier kann man freilich nichts Näheres darüber erfahren, obgleich ich mich schon einmal gewundert habe, wie oft hier in der Nacht Boote vorbeirudern, und zwar nicht allein stromab, denn das wäre nichts Besonderes, nein, auch stromauf, und zwar ziemlich regelmäßig vor der Morgendämmerung. Weiß der Henker, wer da so große Eile hat, daß er nicht das Tageslicht und ein stromaufgehendes Dampfboot abwarten kann und sich lieber abquält und plagt, gegen die starke Flut dieses Flusses anzuarbeiten. Wahrscheinlich muß in Helena oder auch in Montgomerys Point irgendeine heimliche Spielhölle sein, zu der das alberne Volk bei Nacht und Nebel hinschleicht, um sein gutes Geld förmlich in einen Abgrund zu werfen. Gestern nacht rief ich einmal eines an, das gerade hier unten an der Spitze und noch dazu mit umwickelten Rudern vorüberfuhr; – es war ein Nachbar hier, der nach Viktoria hinüber mußte; – sie wollten ihn aber nicht mitnehmen und meinten, sie hätten schon überdies zu schwer geladen. Ich hatte wahrhaftig gleich nachher das Vergnügen, ihn selber hinunterzufahren. Doch was kümmert's mich, laß sie ihr Geld totschlagen, wie sie wollen, ich weiß besser wohin damit, und wenn jene in den Tag hineinlebenden wilden Gesellen einmal keinen Platz haben, wohin sie ihr Haupt legen können, dann sitze ich behaglich auf meiner guten Farm und bin für mein übriges Leben versorgt.«

»Behaltet Ihr denn aber das Geld, das Ihr verdient, bei Euch?« fragte jetzt Tom. »Da würde ich doch nicht recht trauen; in der Art hat der Mississippi keinen besonders guten Namen. Wenn Ihr nun einmal vom Hause fortgeht?«

»Ei, das halte ich gut versteckt«, lachte der Holzhauer; »finden soll's schon so leicht keiner. Es läßt sich dabei aber auch nichts anderes tun; denn ehe ich es einer von den Arkansas- oder Mississippi-Banken anvertraute, könnte ich es ebensogut verspielen; da hätte ich doch wenigstens ein Vergnügen davon, wenn auch ein schlechtes.«

»Nun, ich weiß nicht«, meinte Tom, »mit Geld hier so ganz allein im Walde zu sitzen würde ich jedenfalls für gefährlich halten. – Es schwimmt eine ganz anständige Zahl von Leichen in diesem Vater der Wasser wie Brocken in einer guten Suppe herum. – Ich möchte nicht gern einer von den Brocken sein.«

»Ja, das ist wahr!« sagte der Kentuckier. »Besonders vor Viktoria treiben viele vorüber; denkt aber auch nur, wie manches Dampfboot zugrunde geht. Da ist's ja dann kein

Wunder, daß die erst versunkenen Leichen auch wieder zum Vorschein kommen. Aber müßt Ihr denn schon fort? Wenn Ihr bloß nach Montgomerys Point wollt, habt Ihr wahrlich nichts zu versäumen.«

»Ei nun, ich bin einmal unterwegs«, meinte Tom, während er aufstand und den letzten Rest aus dem Blechbecher leerte, »und da will ich doch auch hinunter; überdies soll ich ja dort meinen Alten wiedertreffen, der hier am Ende an mir vorbeifährt. Aber hört einmal, – wo gieße ich denn den Whisky hinein? Ich möchte ihn Euch gerne dalassen; denn da Ihr hier so schlecht damit beschlagen seid –«

»Gar zu gütig!« lachte der Mann. »Die Gabe nehme ich übrigens mit Dank an; an Gefäßen fehlt's freilich, doch habe ich hier ein paar Rohrstöcke, die halten wohl eine Pint.«

»Ach was, da geht ja gar nichts hinein«, brummte Tom. – »Doch halt, gebt sie einmal her! Wie weit ist's noch bis Montgomerys Point, und wann kann ich unten sein?«

»Ei, doch wohl noch vierundvierzig Meilen; wen Ihr aber bis Abend rudert und die Nacht hindurch treibt, so könnt Ihr es mit Tagesanbruch erreichen.«

»Gut, so behaltet Ihr die Flasche hier; – das Rohr hält so viel, wie ich brauche, bis ich hinunterkomme, und unten gibt's mehr.«

»Was? Die ganze Kruke?« rief der Kentuckier erstaunt. – »Ei, Mann, Ihr seid großmütig.«

»Ja, seht«, sagte Tom lächelnd, »ich weiß wie's tut, ohne Whisky zu sein, bin's auch schon manchmal gewesen und fühle deshalb mit jedem Menschen Mitleid, der sich in gleich trauriger Lage befindet. Unser halbes Boot ist übrigens mit Whisky geladen, und da könnt Ihr Euch wohl denken, daß es nicht gerade auf eine Gallone ankommt. Aber, ade! – Es wird spät, und ich möchte doch noch gern morgen früh alle die Geschäfte abmachen, derentwegen ich eigentlich heruntergekommen bin. So, guten Abend denn! – Wie ist Euer Name?«

»Robert Bredschaw, – und der Eurige?«

»Tom Barnwell«, lautete die Antwort, während das schmale Boot schon wieder in die Strömung hinausschoß, sich, bis Tom die Ruder ergreifen konnte, ein paarmal umdrehte und dann, dem starken Arm des jungen Mannes gehorsam, rasch über die gelben Fluten dahinschoß.
Tom hatte sich bei seinem neugewonnenen Freund doch länger aufgehalten, als es anfangs seine Absicht gewesen war, noch dazu, da er erst einen sehr kleinen Teil seiner Fahrt zurückgelegt hatte, – Bredschaws bescheidene Wohnung lag nämlich nur sieben englische Meilen zu Wasser von Helena entfernt –; doch hoffte er auf die starke Strömung, die ihn wohl auch ohne große Anstrengung seinem Ziele zuführen würde.
Die Sonne lag schon auf den Wipfeln der Bäume, als er aus der kleinen Bucht vorschoß, und da es in Nordamerika fast gar keine Dämmerung gibt, sondern die Nacht sich scharf von ihrem freundlicheren Bruder abscheidet, so legte er sich noch recht wacker in die Ruder, um den letzten Tagesschein soviel wie möglich zu benutzen. Links von ihm lag die sogenannte ›runde Weideninsel‹, ein flaches unbewohnbares Stück Land, dessen äußerste Ränder schon jetzt, da der Mississippi erst zu steigen anfing, unter Wasser standen, während es fast in jedem Jahr von der Flut vollständig bedeckt wurde. Im Innern war die Insel dicht mit Weiden bewaldet, doch hatten rings um diese herum, ein Zeichen neu angeschwemmten Bodens, junge Baumwollholzschößlinge Wurzel geschlagen und bildeten nun, je nach der Mitte zu höher und höher emporsteigend, eine so regelmäßige Anpflanzung, daß es fast gar nicht aussah, als ob sie nur der wildstreuenden Natur ihre dortige Existenz zu danken hätte, sondern von Menschenhand in terrassenförmiger Ordnung gepflanzt und gehegt sei.
Diese Insel ließ er jetzt hinter sich, und mitten im Bett des ungeheuren Flusses zog sich die Strömung mehrere Meilen lang hin bis dort, wo eine andere Insel, ›Nr. Einundsechzig‹,

die Flut teilte und die größere Hälfte der Wassermasse an das westliche Ufer hinüberwarf. Das wurde noch dadurch gefördert, daß die Strömung durch eine ziemlich scharfe Biegung des linken Ufers gerade oberhalb ›Einundsechzig‹ schräg, fast über die ganze Flußbreite getrieben wurde. Fast alle herabkommenden Boote ließen deshalb auch diese Insel links liegen und schnitten nur bei hohem Wasser die zwei oder drei Meilen ab, die sie sonst zurücklegen mußten, um wieder zwischen dem östlichen Ufer von Nr. Zwei- und Dreiundsechzig und dem Mississippistaat durchzufahren.

Tom nun, der die Flußbahn des Mississippi nicht kannte und nur nach dem Überblick, den er von einer Uferspitze bis zur anderen bekam, seine Fahrt regelte, sah, daß der Strom hier einen ziemlich starken Bogen zur Rechten machte, und hielt, um den abzuschneiden, scharf gegen das östliche Ufer hinüber, was auch für sein leichtes Boot der nächste und der beste Weg stromab sein mußte. Immer schneller dunkelte es aber jetzt, ein leichter Nebel legte sich wie ein dünner Schleier über die trübe Stromfläche, und selbst der letzte lichte Schein an den hohen Uferbäumen hatte einer blasseren, mattgrauen Färbung Platz gemacht.

In einzelne der hohen Sykomoren und Pappeln stiegen ganze Scharen weißer und blauer Reiher nieder, um hier ihren Nachtstand zu nehmen. Quer über den Strom zogen zwitschernde Schwärme von Blackbirds, den nordamerikanischen Staren. Auch die Krähen suchten mit dumpfem Krächzen ihren gewöhnlichen Ruheplatz, während lange Ketten von Wildenten dicht über das Wasser mit schnell schwirrenden Flügelschlägen dahinstrichen und hier und da einen scheuen Haubentaucher auftrieben, der dann, wenn sie vorüber waren, mit leise klagenden Lauten, als sei er verärgert, wieder seinen Platz auf einem alten treibenden Baumstamm einnahm, mit dem er vor Tag vielleicht mehrere zwanzig Meilen stromab zurücklegte.

Aus dem Walde heraus wurden dabei die Frösche lauter und lauter, und zwischen das helle, monotone Geschrei der kleineren Gattungen fiel manchmal im harmonischen Baß und mit grimmig tönender Stimme irgendein ernsthafter Ochsenfrosch ein und gab dadurch dem rauschenden Tenor- und Sopranchor eine gediegenere Grundlage. Zahlreiche Nachtfalken kreuzten dicht am Lande hin, und über dem westlichen Ufer schwebte sogar, in diesen flachen Gegenden ein seltener Gast, ein weißköpfiger Adler, das Symbol der Vereinigten Staaten, und suchte, den schönen Kopf mit den großen klugen Augen gar scharfsinnig seitwärts gebogen, nach irgendeinem unglücklichen Truthahn, den er aus den Zweigen herausholen und seinem eigenen Horst zutragen könnte.

Tom Barnwell mußte scharf rudern, um nicht von der Strömung auf den oberen Teil der Insel getrieben zu werden. Doch sobald die äußerste Spitze umschifft war, führte ihn auch die Flut selbst daran hin, und da er auch keine Snags und vorragenden Baumstämme zu fürchten brauchte, von denen sich sein leichtes Boot bald wieder losgerissen hätte, so legte er die Ruder bei, lehnte sich behaglich zurück und trieb nun, die Augen fest auf die hier und da hervorblitzenden Sterne geheftet, den Strom hinab. Lange hatte er in dieser Stellung verharrt. – Der dunkelblaue Himmel blitzte und funkelte in seinem prachtvollen Schmuck, und der Wald rauschte neben ihm, während unter den Planken des leichten, schlanken Fahrzeugs die wilde Flut gurgelte und murmelte und ihre eigenen wunderlichen Betrachtungen zu haben schien. Es war eine wundervolle Nacht, und stiller, heiliger Friede lag auf dem breiten, ruhigen Strome.

Ach, welch ein abgrundtiefer Seufzer entfloh da den Lippen des jungen Matrosen! Hatte der wilde Bootsmann des Mississippi solch bitteres geheimes Weh zu tragen? – Waren das Tränen, die dem rauhen Mann die Wimpern netzten und ihm leise, leise an den Schläfen hinabrannen? – Er sprang auf und

warf sich die langen braunen Locken halb unwillig aus der Stirn, ohne dabei die Augen zu berühren; – er wollte die Tränen nicht anerkennen.
»Zum Henker mit den Dämmerstunden!« murmelte er vor sich hin. »Ist's doch immer, als ob es einem ordentlichen Kerl da gleich breiweich ums Herz werden müßte. Und wenn man erst einmal in das endlose Blau da hinaufstarrt und hier und da so ein paar glänzenden Sternen begegnet, die wie Augen zusammenstehen, da möchte man doch fast glauben, der ganze Nachttau liefe einem in den Tränendrüsen zusammen und wollte nun auch augenblicklich wieder hinaus ins Freie. Pah – hier im Walde blitzen die Sterne ebenfalls, und diese tausend und abertausend Glühkäfer, die umeinander schwirren und glitzern und ein förmliches Feuernetz um die düsteren Baumschatten zu ziehen scheinen, glänzen auch wie Augen, fliegen aber doch vernünftigerweise umher und starren einem nicht immer so ernst und wehmütig entgegen.«
Er nahm langsam das eine Ruder auf und legte es ins Wasser. Er wollte seinen Kahn damit näher zu den rauschenden Baumwipfeln hinlenken, in deren Dunkelheit Myriaden von Glühwürmchen das heimliche Reich der Bäume mit einem ganz eigentümlichen, fast zauberhaften Licht erhellten.
»Wetter noch einmal«, murmelte er jetzt vor sich hin und suchte sich augenscheinlich dabei auf andere Gedanken zu bringen, »was für ein Paradies müßte das hier in diesem herrlichen Klima, unter dieser wundervollen Pflanzenwelt sein, wenn es keine –« Er schwieg einen Augenblick und sah trübe sinnend vor sich nieder, fuhr aber dann wieder rasch auf und rief halblaut und finster – »Moskitos und Holzböcke gäbe! – Die Pest über alle Insekten, mögen sie nun der unvernünftigen oder vernünftigen Tierwelt angehören! – Die Pest über die Kanaillen! – Sie wären imstande, selbst das Paradies in eine Hölle zu verwandeln.«
Er horchte plötzlich auf, denn nicht weit von ihm entfernt, dicht aus dem wildesten, das Ufer umdämmenden Baum-

sturz tönte ihm helles, fröhliches Lachen einer Mädchenstimme entgegen. »Nun, bei Gott, das ist wunderlich«, sagte der junge Mann erstaunt, »hat sich denn hier, in solchem Dickicht, eine Einsiedlerin niedergelassen, wie da oben ein Einsiedler? – Die beiden sollten doch wenigstens zusammenziehen.« Und fast unwillkürlich lenkte sich die Spitze seines Bootes dem Orte zu, von welchem her das Lachen klang.

»Hahaha, wie sie da drinnen durch die Büsche kriechen und den entflohenen Vogel wieder hinein haben wollen in den goldenen Käfig!« – rief da die Stimme. »Hol über, Bootsmann, hol über – ans andere Ufer, Fährmann! – Es wird dunkel, und die feuchte Nachtluft dringt mir kalt und schneidend durch die dünnen Kleider.«

Tom schaute erstaunt zum Wald hinüber und versuchte, unter dem Gewirr von Ästen und Stämmen hin mit den Blicken bis ans Ufer zu dringen, wo er ein menschliches Wesen erst vermuten konnte. Er befand sich jetzt an der südlichen Spitze von ›Einundsechzig‹ und dicht neben dem Platz, wo die Boote der Insulaner versteckt lagen. Hier aber dämmte auch um so wilderes Dickicht das Ufer ein, und Baum über Baum lag von innen herausgestürzt, während die starren Äste ihrerseits alles hier vorbeitreibende Driftholz aufgefangen und gegen die Strömung angestemmt hatten. Die Boote wurden dadurch vollkommen gedeckt, und ein Uneingeweihter hätte den schmalen, zu ihnen führenden Kanal gar nicht gefunden, hier aber auch kein menschliches Wesen vermuten können, wo sich kaum ein Eichhörnchen über die wirbelnde Flut hinauswagte. Da fesselte ein heller, flatternder Schein sein Auge. – Dort, wo ein dünner, weißer Sykomorenast über den gärenden Strom hinausstarrte, oben, fast auf seiner äußersten Spitze, wie sich der Falke auf schwankendem Zweige wiegt, saß, von dem dünnen, weißen Kleide umweht, eine weibliche Gestalt, und ihr fröhliches Kichern, mit dem sie von ihrer gefährlichen Stellung aus auf den erschreckten Bootsmann niederschaute, machte diesem das Herzblut vor Furcht und Entsetzen gerinnen. Er glaubte im ersten Augenblick wirklich, ein übernatürliches Wesen zu sehen. »Hahaha, Fährmann«, rief da wieder die Gestalt zu ihm nieder, »komm, lande dein Boot! – Der Mond scheint mir sonst von da drüben herüber ins Gesicht herein, und ich bekomme Sommersprossen. – So, – noch ein wenig; – jetzt hab acht«, und ehe nur Tom, der von einem ihm unbegreifbaren Gefühl getrieben dem Rufe des Weibes folgte, selbst die Hand ihr reichen konnte oder imstande war, das Boot zu befestigen, flog sie mit kühnem Satz von oben hinein. Ehe er hinzusprang, um sie zu unterstützen, denn infolge der entgegengesetzten Bewegung des Fahrzeugs taumelte sie und wäre bald wieder über Bord gestürzt, trieb der Kahn schon an der Südspitze der Insel vorüber und mitten im Strom in reißender Schnelle dahin.

Es war schon ziemlich dunkel, nur die Sterne verbreiteten ein mattes, ungewisses Licht.

Die Frau aber, von den Armen des jungen Mannes gehalten, verharrte in ihrer Stellung und blieb mehrere Minuten lang, den Blick fest auf die immer mehr verschwimmende Insel geheftet, stehen; dann aber wandte sie sich gegen ihren Retter um, sah ihm, während sie sich mit der rechten Hand den Scheitel langsam zurückstrich, kurze Sekunden starr ins Auge und flüsterte leise und ängstlich: »Kommt, Tom Barnwell! – Kommt, – fahrt mich ans andere Ufer hinüber; – dort muß Eduards Leiche angewaschen sein!«

»Marie«, schrie da plötzlich der junge Mann, und seine ganze starke Gestalt zitterte und bebte, – »Marie, – bei dem ewigen Gott da oben, – Ihr hier, – in diesem Zustand!«

»Ruhig, mein guter Tom«, bat die Wahnsinnige, – »ich weiß wohl, du hattest mich lieb; aber – es sollte nicht sein. – Eduard kam – ha, Eduard; – was schwimmt da drüben im Strome? – Laß uns hinüberfahren; ich denke, ich kenne das bleiche Antlitz, auf das die Sterne niederscheinen; – das muß mein Vater sein!« »Marie, um Gottes willen, was ist geschehen?« bat jetzt der junge Barnwell, während er sie langsam und vorsichtig auf den Bootssitz im Heck niederließ. »Was ist Euch Fürchterliches begegnet? Wo sind Eure Eltern? Wo ist Euer Gatte?«

»Meine Eltern? – Mein Gatte?« wiederholte die Unglückliche, und es war augenscheinlich, sie verstand im Anfang nicht einmal den Sinn der Worte, die sie nachmurmelte. – Endlich aber mochten wohl alle jene in Wahnsinnsnacht fast versunkenen gräßlichen Bilder, die ihr Hirn und Herz verwirrt hatten, vor ihrer Seele wieder auftauchen; denn sie barg plötzlich ihr Antlitz in den Händen, und während ein Fieberfrost ihre Glieder zu durchfliegen schien, stöhnte sie halblaut vor sich hin: »Alle tot – alle – alle! – In ihrem blutigen Grabe liegen sie. – Nein!« rief sie plötzlich und sprang empor. »Nicht blutig; – der Strom wusch sie rein; – er wollte die häßlichen Leichen nicht so rot mit fortnehmen. – Als Eduard wieder an der Seite emportauchte, sah er weiß und rein aus, und der Kopf war ihm nicht gespalten. – Er lachte – heiliger, allmächtiger Gott, – das Lachen ist es ja gerade, was mich wahnsinnig gemacht hat!« Zwischen den bleichen, zarten Fingern quollen jetzt unaufhaltsam die großen, hellen Tropfen vor, und ihr Schmerz schien dadurch wohl nicht leidenschaftsloser, aber doch ihrem ganzen zerrütteten Nervensystem weniger gefährlich zu werden. Tom hütete sich auch wohl, diesen Ausbruch langverhaltenen Grams zu unterbrechen. Mit krampfhaft gefalteten Händen stand er vor der Armen, und noch immer kam es ihm fast wie ein wilder, entsetzlicher Traum vor, daß Marie – Marie, an der früher sein ganzes Herz hing, jetzt hier – allein, – wahnsinnig, – von all den Ihren getrennt oder verlassen, in seinem Kahne ruhe und er nun für sie sorgen dürfe, für die er ja so gern sein bestes Herzblut verspritzt hätte. Endlich fühlte er aber doch, daß er nicht allein ein Unterkommen für das kranke Wesen finden, sondern auch erfahren müsse, wie ihr zu helfen und was die Ursache ihres Unglücks gewesen sei. Allerlei wirre Vermutungen kreuzten dabei sein Hirn; er verwarf sie aber alle wieder, und nur das eine blieb ihm wahrscheinlich, daß sie hier irgendwo an jener Insel mit Boot oder Fahrzeug verunglückt sei, vielleicht den Untergang aller übrigen gesehen und sich allein dort auf einem der in den Fluß ragenden Äste gerettet habe. Einzelne, nur wenig zusammenhängende Worte, die sie noch später ausstieß, bestärkten ihn auch in dieser Vermutung, und er wußte für den Augenblick keinen anderen Rat, als sie mit sich stromab zu nehmen, bis er entweder ein Dampfboot fände, das imstande wäre, Helena noch vor des alten Edgeworth Abreise zu erreichen, oder diesem selbst wieder begegnete. Edgeworth kannte Marie ebenfalls von früher her und wußte wohl überdies besser, was mit dem armen, unglücklichen Weibe anzufangen oder wo es unterzubringen sei.

Mehrere Stunden trieb er so langsam stromab und saß noch immer, das Haupt des armen Kindes unterstützend, in seiner Jolle, als er am linken Ufer ein Dampfboot liegen sah, das dort Holz einnahm. – Er richtete jetzt, so gut das in der Eile gehen wollte, mit der Jacke ein Lager für seinen Schützling her, der, teilnahmslos für alles, was um ihn her vorging, sich das auch ruhig gefallen ließ. – Dann aber griff er wieder zu den Rudern und hielt nun gerade hinüber nach jenem Holzplatz, um ihn noch vor Abfahrt des Bootes zu erreichen. Kaum hatte er denn auch seine Jolle daran befestigt und das arme Mädchen mit Hilfe einiger ihr beispringenden Matrosen an Deck gehoben, als die Maschine wieder zu arbeiten anfing und der ›*Van Buren*‹ – das war der Name des Dampfers – mit rauschenden Rädern seine Bahn stromauf verfolgte.

16

Langsam zogen die Männer mit ihrer traurigen Last heimwärts, Livelys Farm wieder zu. Übrigens waren sie von dieser gar nicht so weit entfernt, da, wie schon gesagt, der Hügel, welchem die Flüchtigen gefolgt, einen ziemlich starken Bogen machte. – Der Mulatte lag fast während der ganzen Zeit besinnungslos in der Decke, und nur manchmal, wenn eines der Pferde auf dem rauhen Boden einen Fehltritt tat, zuckte er zusammen und stieß einen Schmerzenslaut aus. Als sie sich der Farm näherten, hielten sie, um vor allen Dingen zu beraten, auf welche Art sie den Verwundeten am besten zum Hause brächten, ohne die Frauen dabei zu sehr zu erschrecken. Sander erbot sich zwar voranzureiten, Cook meinte aber, es wäre besser, wenn das einer von der Familie täte, und zwar niemand anderes als der alte Lively, da er selbst mit seinem blutigen Gesicht sie vielleicht noch mehr erschreckt hätte. Der Alte war damit auch vollkommen einverstanden, schulterte seine Büchse und wollte eben zu Fuß vorauswandern, als ihm Sander sein Pferd anbot, das er auch bestieg und nun rasch damit seinem eigenen Hause zutrabte. Unterwegs zerbrach sich aber James Lively *senior* gewaltig den Kopf, wie er es am klügsten anfange, die Frauen gleich von vornherein so zu beruhigen, daß sie nicht einmal erschräken, sondern augenblicklich wüßten, es wäre alles glücklich abgelaufen. Jene hatten nämlich noch vor dem Aufbruch der Männer gehört, daß die Diebe nicht unbewaffnet geflohen seien, was es denn auch außer allen Zweifel setzte, sie würden sich nur nach verzweifelter Gegenwehr gefangennehmen lassen. So gut und brauchbar nun aber auch der alte Mann im Walde oder überhaupt da sein mochte, wo es galt, kaltes Blut und eine mutige Stirn zu zeigen oder den Weg durch bahnlose Wildnisse zu finden, sosehr fühlte er sich hier außer seiner Sphäre, und es kostete ihn nicht geringe Mühe, eine nur irgend haltbare Anrede herauszuklügeln. Endlich war er jedoch damit im reinen und beschloß, ihnen vor allen Dingen zu sagen, daß sie sämtlich wohl und unverletzt seien, ihm auf dem Fuße folgten, den einen der Diebe gefangen brächten und den anderen ebenfalls noch vor Abend einzufangen gedächten. Damit mußte er sie vollständig beruhigen, und hierüber mit sich selbst einig, preßte er auch dem munteren Tierchen, das er ritt, die bloßen Hacken kräftig in die Seite – denn der alte Mann ging wie immer barfuß – und sprengte in kurzem Galopp den Hügel schräg hinab, an dessen Fuß er schon das helle Dach seines kleinen Hauses erkennen konnte. Die Frauen schienen aber die Rückkunft der Männer mit größerer Angst und Sorge erwartet zu haben, als diese vielleicht selbst glauben mochten; denn daß es einen ernsten Kampf galt, bewies ihnen schon der Umstand, daß sie alle nur vorhandenen Waffen mitgenommen hatten. Es ließ sich ja wohl denken, wie bei so ernster Verfolgung ernster Widerstand zu fürchten wäre. Diese Furcht wurde noch vermehrt, als sie jetzt den alten Mann allein zurückkehren sahen, und obgleich eine die andere beruhigen wollte, so eilten sie ihm doch sämtlich und in aller Hast entgegen, um das Schlimmste, was er sagen konnte, sogleich aus seinem eigenen Munde zu hören.

»Lively – um Gottes willen, was ist vorgefallen?« – rief seine Frau und mußte sich an dem Türpfosten halten, um nicht in die Knie zu sinken. – »Wo – wo ist James?«

»Wo ist Cook, Vater? – Wo ist mein Mann?« rief die Tochter, eilte zum Pferde und ergriff des Vaters Hand. – »Wo habt Ihr, – großer, allmächtiger Gott, – hier ist Blut an Eurem Fuß, und hier auch – an Knie und Schenkel, – auch Eure Hand ist blutig! – Wo, um des Heilands willen, ist mein Mann?«

»Wo ist James, – wo ist der Fremde? Was ist mit den Dieben geschehen?« riefen erschreckt auch Mrs. Dayton und Adele. Der alte Lively, der so von allen Seiten in einem Anlauf bestürmt wurde, daß er gar nicht zu Worte kam, vergaß natürlich auch jede Silbe von dem, was er zur Beruhigung der Frauen hatte sagen wollen, und vermehrte durch sein bestürztes Schweigen und Umherstarren nur noch die Angst und das Entsetzen der Frauen. Endlich aber, als ihm diese nur einen Augenblick Zeit gaben, seine Gedanken zu sammeln, fühlte er selbst, daß jetzt eine Antwort unumgänglich nötig sei, hielt sich aber, da ihm jeder weitere Faden abgerissen war, fest an die letzte Frage und stotterte nur, indem er dabei ein höchst beruhigendes Gesicht zu machen versuchte und in einem fort mit dem Kopfe schüttelte: »Er ist noch nicht tot – sie bringen ihn!«

»Wen? Um aller fünf Wunden unseres Heilands willen!« – schrien die beiden Frauen wie aus einem Munde, während Adele leichenblaß wurde und krampfhaft der Schwester Arm erfaßte. »Wen, Mann? – Wen bringen sie? – Wo ist James? Wo ist Cook?«

»Hinter dem anderen her!« rief der alte Lively jetzt, durch die vielen Fragen total verwirrt. – »Er kommt mit dem einen, den wir durchs Bein geschossen haben.«

»James?« rief die alte Dame.

»Cook?« stöhnte dessen Frau.

»Unsinn«, brummte aber jetzt der Alte, dem allmählich siedendheiß wurde. – »Der Mulatte. – Herr Jesus, Weiber, macht einen nicht toll! – James und Cook sind beide so gesund wie ich. – Cook hat sich die Nase ein wenig wundgeschlagen; – den Mulatten haben sie geschossen; der andere ist entflohen, und James ist auf der Fährte geblieben. – Vater Unser, der du bist im Himmel! – Ihr fragt ja, daß es einem wie mit Kübeln den Rücken hinunterläuft.«

»Beruhigen Sie sich«, sagte Mrs. Dayton jetzt, indem sie die alte Frau unterstützte, »es ist keiner unserer Freunde verwundet; – sie haben nur einen der Diebe gefangen, den sie nach Hause bringen.«

»Aber was in aller Welt erschreckst du uns da nur so!« rief mit vorwurfsvollem Tone die alte Frau.

»Ach, Vater«, beteuerte auch Mrs. Cook, »die Angst bekomme ich in vier Wochen nicht wieder aus den Gliedern!«

»Na, das ist eine schöne Geschichte«, brummte der Alte in komischer Verzweiflung, – »ich werde mit bester Absicht vorausgeschickt, um gleich als persönliches Beispiel zu dienen, daß sich alle wohl befinden, und springe nun gerade mit beiden Füßen ins Porzellan hinein. Aber besser noch so als so. Sie sind alle wohl, – Cook und Hawes werden gleich hier sein; – Bohs ist aber mit Cooks James – Heiland der Welt, man verliert hier noch das bißchen Verstand! – James ist mit Cooks Bohs, – nein, doch nicht – der Hund wollte nicht mit – dem weißen Dieb nach und wird wohl nicht eher wiederkommen, bis er ihn selber bringt oder doch genaue Kunde sagen kann, wohin er sich gewendet hat.«

Der alte Mann mußte jetzt umständlichen Bericht über das Geschehene abstatten; denn als er in der Nacht die Gewehre holte, hatte er ihnen nur flüchtig sagen können, daß jemand gestohlen habe, dem sie nachsetzen wollten. Diesem Bericht schloß sich aber eine von dem alten Lively bis dahin noch gar nicht bemerkte Person an, die erst diesen Morgen eingetroffen war und noch beim nachträglich bereiteten Frühstück saß, als die beiden Frauen dem Botschafter entgegeneilten. Dieses Individuum war aber niemand Geringeres als Doktor Monrove oder der Leichendoktor, wie ihn die Hinterwäldler nannten, der jetzt noch, zwischen Hunger und Neugier schwankend, mit einem halb abgenagten Truthahnknochen in der einen und einem Stück braungebrannten Maisbrots in der andern fettigen Hand, zu den Frauen trat und mit stetig wachsendem Interesse hörte, daß ein Mann verwundet, gefährlich verwundet sei und sogar hierhergeschafft werden würde.

»Bester Mr. Lively –« wandte er sich jetzt an den Alten.

»Ach, Leich – Doktor Monrove«, sagte Lively, während er sich erstaunt und vielleicht auch erschreckt nach dem sonst gern gemiedenen Mann umblickte. Erzählten sich doch die Landleute überhaupt schon von ihm, er wittere eine Leiche so weit wie ein Turkey-Bussard, – »Ihr kommt apropos – und könnt hier gleich Eure Kunst zeigen und herausfinden, ob einem armen Teufel noch zu helfen ist, dem das Tageslicht an mehr als einer Stelle durch die Haut scheint. – Aber da kommen sie wahrhaftig schon! – So mögt Ihr gleich mit anfassen. Alte, wo wollen wir ihn denn hinlegen?«

»Ach, du lieber Gott!« sagte die alte Dame. – »Hier ins Haus soll er?«

»Nun, wir dürfen –«

»Nein, nein, du hast recht; es ist auch ein Mensch so gut wie wir, wenn auch ein sündhafter, den Gott gestraft hat. Ja, da weiß ich aber meiner Seele keinen Rat weiter, als ihr müßt ihn in Cooks Haus schaffen, und ihr anderen zieht, bis er transportiert werden kann, zu uns herüber. – Ach, beste Mrs. Dayton, daß Sie gerade zu so unglücklicher Zeit zu uns kommen mußten, und wir hatten uns alle so auf Sie gefreut.«

Mrs. Dayton wollte sie nun zwar hier beruhigen, es blieb ihnen aber keine Zeit mehr; denn die kleine Kavalkade hielt in diesem Augenblicke vor dem Tor, und Cook und Sander an der einen und Doktor Monrove und der alte Lively auf der andern Seite trugen den Verwundeten langsam und so vorsichtig wie möglich in dieselbe Tür hinein, aus der er in voriger Nacht so schlau entwichen war.

Der Mulatte stöhnte, als er die Augen aufschlug.

Doktor Monrove hatte indessen auf des Alten Anfrage nur unzusammenhängende und diesem vollkommen unverständliche Worte erwidert, denn er nannte ihm in aller Geschwindigkeit eine Masse von Brüchen, Quetschungen und Hieb-, Stich- und Schußwunden, deren Auswirkungen er ungemein gern an irgendeinem menschlichen Wesen beobachtet hätte. Er schien die Zeit kaum erwarten zu können, wo er imstande war, die Verwundungen des Unglücklichen zu untersuchen. Er versicherte auch ein über das andere Mal, es sei der glücklichste Zufall von der Welt, der ihn hier zu so guter Stunde hergeführt habe. Auf Sanders Frage endlich, ob er wohl glaube, daß der Mann sein Bewußtsein wiedergewinnen könne, antwortete er, sich freudig dabei die Hände reibend: »Ei gewiß, gewiß – soll mir noch zwei, drei Tage leben;

hoffe ihn zu trepanieren und am rechten Arme wie rechten Beine zu amputieren.«
»Zu was?« fragte der alte Lively erstaunt.
»Lassen Sie mich nur machen, bester Herr«, erwiderte der kleine Mann, ohne die Frage weiter zu beachten, in größter Geschäftigkeit, – »lassen Sie mich nur machen. – Hier am Feuer, Gentlemen, wird wohl der beste Platz sein, sein Lager zu bereiten. – Ein paar wollene Decken genügen. – Verlange nichts weiter für meine Mühe, Gentleman, als die Leiche. – Werden mir wohl ein Pferd borgen, um sie nach Helena zu schaffen. – Ein alter Sack genügt; – schneide sie auseinander.«
Der alte Lively drückte sich leise aus dem Zimmer; ihm fing es an in der Gesellschaft des kleinen Mannes unheimlich zu werden, und selbst Cook wäre ihm gern gefolgt, wenn nicht noch einige zu treffende Anordnungen seine Gegenwart erheischt hätten. Sander, der eine Zeitlang sinnend und ohne mit jemandem ein Wort zu wechseln an dem Schmerzenslager des Mulatten stand, beobachtete aufmerksam den Zustand des Verletzten und erklärte endlich, als dieser matt die Augen wieder aufschlug, bei ihm bleiben zu wollen. In jedem andern Falle hätte nun Cook das vielleicht nicht einmal zugelassen, hier aber schien es ihm sogar lieb zu sein, und er verließ selbst auf kurze Zeit das Haus, versprach jedoch, bald zurückkehren zu wollen, um von dem Mulatten, wenn dieser aus seiner Betäubung erwache, noch über manches Aufklärung zu erhalten.
Das zu verhindern, war jetzt Sanders einziges Ziel, und mit verschlungenen Armen und fest aufeinander gebissenen Zähnen ging er, als er sich mit dem Doktor und dem Kranken allein sah, im Zimmer auf und ab, um seine Pläne zu ordnen und die nötigen Maßregeln zu ergreifen.
Er befand sich aber auch hier in einer kritischen Lage. Sein Plan, der ihn hierher geführt hatte, war durch eine Bemerkung der alten Mrs. Lively wenn nicht ganz beiseite gewor-

fen, doch sehr erschüttert worden. Er hatte nämlich durch ihr Gespräch mit Mrs. Dayton erfahren, daß die alten Benwicks in Georgia gestorben wären, und er wußte durch seine frühere Bekanntschaft mit Adele Dunmore recht gut, daß sie von jenen erzogen und einem eigenen Kinde gleich behandelt worden sei. Kellys Absicht mit ihr glaubte er nun zu durchschauen; – wahrscheinlich harrte ihrer eine bedeutende Erbschaft. Blackfoot hatte ihm ja gesagt, daß Kelly mit Simrow in Georgia auf das lebhafteste korrespondiere. In diesem Falle stand sonach der auf seinen Dienst gesetzte Preis in gar keinem Verhältnis zu dem Gewinn. Unter jeder Bedingung mußte er also, ehe er des Kapitäns Plan selber förderte, noch einmal mit diesem sprechen und ihm wenigstens zu verstehen geben, daß er mit der Sache näher bekannt sei, als jener jetzt zu ahnen scheine. Fand er diesen dann unnachgiebig, was er jedoch kaum fürchtete, ei nun, so gab es vielleicht irgendeinen Ausweg, die schöne Beute für sich selber zu entführen. Wie das möglich zu machen wäre, wußte er für den Augenblick allerdings noch nicht; dem eitlen Wüstling schien aber nichts unmöglich, wo seine eigene Person mit ins Spiel kam. Auf jeden Fall mußte er Kellys Plan aufschieben, um auch selbst noch seinerseits die nötigen Erkundigungen einzuziehen, und hierbei gab ihm des Mulatten Gefangennahme eine herrliche Ausrede, weshalb er den erhaltenen Befehl nicht ohne Zögern ausgeführt habe.

Des Mulatten Zustand wurde aber auch ohnedies ein neuer Grund solcher Handlungsweise. Er durfte ihn nicht verlassen, ohne sich vorher überzeugt zu haben, ob er überhaupt noch imstande sein werde, Geheimnisse zu enthüllen und wie weit seine Kenntnis derselben reiche. Konnte der Mulatte der Insel gefährlich werden, so verlangte es nicht allein Sanders Schwur – um den hätte er sich vielleicht weniger gekümmert –, nein, seine eigene Sicherheit, daß er unschädlich gemacht würde, und seine einzige Hoffnung blieb jetzt, alle Zeugen zu entfernen und dem Verwundeten dann schnell und unbemerkt den Todesstoß zu geben. Mit Blut bedeckt, wie er war, hätte niemand daran gedacht, ihn näher zu untersuchen, und war er dann rasch beerdigt oder auch dem Doktor überliefert, brauchte man von der Leiche keinen Verrat mehr zu fürchten.

Dieser Plan scheiterte aber an der fürchterlichen Leidenschaft, die der Doktor für Schwerverwundete hegte. Nicht durch alle Versprechungen der Welt wäre er zu bewegen gewesen, das Zimmer auch nur einen Augenblick zu verlassen, und er fing sogar jetzt schon an, obgleich der Unglückliche bei jeder Berührung die heftigsten Schmerzen zu empfinden schien, den Körper zu untersuchen und festzustellen, welche Teile besonders verletzt wären. Dies suchte Sander dadurch zu verschieben, daß er den kleinen Mann darauf aufmerksam machte, wie unumgänglich notwendig es sei, Schienen für die gebrochenen Gliedmaßen herzustellen. Davon wollte jedoch der Doktor nichts wissen, indem er auf schleuniger Amputation bestand, und er kramte zu diesem Zweck seine rasch herbeigeschleppte Satteltasche aus. Oben enthielt die Tasche eine Menge von kleinen Fläschchen und Büchsen, worunter nachher das schwere Geschütz, Messer, Sägen, Skalpelle und andere, gräßlich geformte und markdurchschneidend blank- und saubergehaltene Instrumente, folgte. Die Fläschchen und Büchsen stellte der kleine geschäftige Doktor, damit ihm nicht irgendein Unglück damit passiere, auf den Kaminsims, und die Sägen und übrigen Instrumente breitete er auf dem einzigen kleinen Tische aus, der im Zimmer stand, so daß sich Cook, als er einmal hereintrat, einen heimlichen, aber heiligen Eid schwur, von dem Tische nie wieder einen Bissen essen zu wollen.

In Livelys Hause drüben hielten die Männer indessen Rat, was jetzt am besten anzufangen sei, um den entflohenen Weißen einzuholen; denn Cook meinte, nach des Doktors Äußerungen dürften sie schwerlich darauf rechnen, den Mulatten so weit wieder hergestellt zu sehen, daß er irgendeine

Frage vernünftig beantwortete. Als sie jedoch noch miteinander darüber verhandelten, kehrte James zurück und erklärte, Cotton habe sich wieder dem Flusse zugewendet, und es sei kein Zweifel, daß er entweder südlich hinabgegangen sei oder den Strom bloß kreuzen wolle. Beides mußten sie zu verhindern suchen; denn nicht allein, daß er schon in Arkansas gemordet hatte, weshalb sogar ein Preis auf seinen Kopf ausgesetzt war, sondern auch in seiner jetzigen Lage blieb ihm fast nichts weiter als Raub und Mord übrig. Um den Nachbarstaat von solcher Geisel zu sichern und um auch nicht der Gefahr ausgesetzt zu sein, daß der Verbrecher in ihre eigene Gegend zurückkehre, beschlossen sie, dem Mississippi zu die Nachbarn zu warnen und aufzubieten. James sollte zu diesem Zweck, da Cook zu kurze Zeit in der Gegend war, um sie genau zu kennen, nach Helena zu, oder vielmehr etwas über Helena hinaus, alle Waldleute requirieren, während der alte Lively dem Strom in gerader und nächster Richtung zu ging, um von hier aus ebenfalls die nötigen Maßregeln zu treffen. Abends wollten sie jedoch zurückkehren, um zu hören, ob vielleicht von anderen Seiten Nachrichten eingegangen seien. Daß der Mörder versuchen sollte, den Mississippi hinauf zu entkommen, schien ihnen mit Recht unwahrscheinlich; für unmöglich hielten sie es aber, daß er nach Helena selbst fliehen würde, da sie ja die Verbindungen nicht ahnen konnten, die Helena verbrecherischerweise zu den Nachbarstaaten hatte.

Cook sollte also inzwischen versuchen, mit des Doktors Hilfe den Neger wieder ins Leben zurückzurufen und ihm, da er ja schon gegenwärtig genug für seine Sünden litt, gänzliche Straflosigkeit zusichern, wenn er gestehen wollte, wo besonders einzelne bei Little Rock geraubte wertvolle Gegenstände verborgen seien und wer seine bis dahin noch unentdeckten Helfershelfer wären.

Die Damen rüsteten sich jetzt ebenfalls zum Aufbruch, da ja auch der Raum in Livelys Hause auf so traurige Art beschränkt worden war. James aber mußte natürlich vermuten, Mr. Hawes, wie sich hier Sander nannte, würde sie auch zurückgeleiten, da er ja überdies Miß Adele abzuholen gekommen war. Ehe er also sein eigenes, unterdessen rasch gefüttertes Pferd wieder bestieg, ging er noch einmal hinüber zu den Damen und bat um Entschuldigung, daß er sie nicht noch ein Stückchen begleiten könne, aber der Gegenstand, um den es sich handle, erfordere zu dringende Eile, um ihn auch nur eine Viertelstunde aufschieben zu können. In nächster Woche sei jedoch hoffentlich alles beigelegt, und dann käme er wieder herunter nach Helena und wollte die Ladies, wenn's ihnen recht sei – und James wußte gar nicht, wie gut ihm seine jetzige Verlegenheit stand, er wäre sonst noch viel verlegener geworden –, einmal auf recht ordentlich lange Zeit hierheraus holen.

Treuherzig ging er dann auf beide zu, reichte und drückte ihnen herzlich die Hände, sprang in den Sattel und trabte rasch von dannen, während der alte Lively ebenfalls seine Büchse schulterte, die für ihn hingelegten Lebensmittel in die Kugeltasche schob und mit einem kurzen »Good bye« seinen eigenen Weg einschlagen wollte.

»Aber Mr. Lively«, bat da Mrs. Dayton und trat ihm in den Weg, »wieder barfuß? Sie sind erst kürzlich krank gewesen; – das kann ja auch gar nicht gesund sein. Wenn Sie sich nun recht ordentlich erkälten und einmal monatelang das Lager hüten müssen?«

Der alte Mann lächelte; – der Gedanke war ihm fremd, ja dergleichen hatte er noch nicht einmal für möglich gehalten, – monatelang krank im Bett, – nein – ein paar Tage vielleicht, wenn ihn einmal das kalte Fieber schüttelte, aber auf keinen Fall länger.

»'s hat keine Not«, sagte er und griff dabei in den Nacken, um einen lästig werdenden Holzbock fortzunehmen, – »bin einmal daran gewöhnt; – ich kann das Schuhwerk nicht leiden.«

»Ach, dazu bringen Sie ihn nicht«, meinte die alte Mrs. Lively kopfschüttelnd, »was habe ich da nicht alles schon geredet und gebeten; er bleibt bei seinem Dickkopf und läßt die Schuhe lieber verschimmeln, als daß er sie anzöge. Höchstens sonntags bequemt er sich einmal dazu, wenn er mit mir zur Kirche reitet.« Dem Alten fing es an unbehaglich zu werden und er wollte gehen, Adele aber trat ihm jetzt in den Weg und sagte, bittend dabei seine Hand ergreifend: »Kommen Sie, Mr. Lively, zeigen Sie einmal, daß die Frau unrecht hat und daß Sie auch nachgeben können. – Nicht wahr, Sie ziehen die Schuhe heute an? Sehen Sie, da drüben steigt ein Wetter herauf; wenn es regnet und Sie mit bloßen Füßen weit im Walde drin sind, da müssen Sie ja krank werden.«
Lively blickte verzweiflungsvoll nach der Tür. Das junge, schöne Mädchen war aber nicht so leicht abgefertigt wie seine Frau. – Mit den großen, sprechenden Augen blickte sie ihm so bittend und treuherzig ins Gesicht, daß er schon, fast wie unwillkürlich, die rauhen Sohlen auf der Diele abzustreichen anfing, als ob er direkt in die heute wirklich unvermeidlichen Schuhe hineinfahren wollte. Das merkte seine Frau aber kaum, als sie auch schon rasch an den Schrank lief, um die von dem Gatten sonst so wenig gebrauchten und ›Fußquetschen‹ genannten Schuhe herbeizuholen. Gleich darauf standen sie mit gelösten Riemen und sauber abgestäubt dicht vor ihm, und als er noch einmal von Mrs. Dayton wie von Adele recht freundlich gebeten war, nur dieses Mal ihrem Rat zu folgen, und dann vorsichtig erst in den rechten und dann in den linken Schuh hineingesehen hatte, als ob er etwa glaube, es habe sich in der langen Zeit, in der sie unbenutzt gestanden, irgendein junges Schlangenpaar häuslich darin niedergelassen, schüttelte er lächelnd mit dem Kopfe, blickte noch einmal ins Freie und fuhr endlich, als er hier den Rückzug dreifach abgeschnitten sah, tief aufseufzend in die ihm lästige Fußbekleidung. Während er sich die Riemen zuband, hielt ihm seine Frau das Gewehr. – Als er endlich

zum zweiten Male Abschied genommen hatte und über den schmalen Hofraum schritt, begegnetete ihm Cook, und er ging dicht hinter einem dortliegenden Trog weg, damit jener nur nicht sehen sollte, daß er Schuhe trage. – Es kam ihm so fremdartig vor, daß er sich ihrer ordentlich schämte.
»Ich bin wirklich froh«, sagte Adele lächelnd, als der alte Mann endlich über den Zaun gestiegen war und hinter den dichten Büschen der Waldung verschwand, »daß wir ihn so weit gebracht haben. In seinen Jahren ist es doch sicherlich gefährlich, dem Wetter auf solche Art zu trotzen.«
»Mich wundert's, daß er's tat«, meinte Mrs. Lively, »das hab ich aber nur Ihnen zu verdanken, meine gute Miß; – so gern er mich hat, mir zuliebe hätte er sie im Leben nicht angezogen. Jetzt will ich aber auch sehen, ob ich ihn nicht dabei behalten kann, und wenn er mir eine Weile die Schuhe getragen hat, ei, dann schwatze ich ihm am Ende auch noch die wollenen Socken auf!«
Gute Mrs. Lively, wie du in deiner Unschuld da so freundliche Pläne auf rindslederne Schuhe und wollene Socken bautest! – Hättest du deinen Alten in demselben Augenblick, wo du dich deines Sieges freutest, gesehen, deine kühnen Hoffnungen würden sich nicht zu solcher Höhe hinaufgeschwungen haben.
Und was tat old man Lively?
Er schritt langsam und vorsichtig, als ob er auf Eiern ginge, in dem teils ungewohnten, teils verhaßten Schuhwerk wirklich in den Wald, wie es seine Frau von ihm verlangt hatte. Kaum aber hatte er das düstere Dämmerlicht der Holzung betreten, da warf er den Blick zurück und schaute sich um, ob er die Heimat noch von da aus erkennen könne. Ja – er sah durch die Büsche den hellen Schein der Häuser schimmern. – Weiter wanderte er, noch etwa hundert Schritt, bis er zu einem kleinen Dickicht von Dogwoodbäumen kam, das tief versteckt im stillen Hain lag. Hier lehnte er vorsichtig seine Büchse an einen Hickory, band sich dann die Schuhbänder

wieder eins nach dem andern auf, zog die Schuhe aus, hängte sie sorgsam oben hinein in den laubigen Wipfel eines niedern Dogwoodbusches, streckte das linke und dann das rechte Bein, als ob er irgendein lähmendes oder beengendes Gefühl hinausdehnen wollte, schulterte aufs neue, aber diesmal viel rascher und freudiger, seine Büchse und zog nun mit so schnellen und lebhaften Schritten in dem leise rauschenden Walde hin und lächelte dabei so stillvergnügt und selbstzufrieden in sich hinein, daß gewiß jeder, der ihn so gesehen hätte, seine recht herzliche Freude an ihm gehabt haben müßte, ob er auch barfuß mit den hornigen Sohlen durch gelbes Laub und dürre Äste dahinschritt. Von dem Tage an weigerte sich Vater Lively nie, wenn seine Frau ernsthaft in ihn drang, die Schuhe anzuziehen. Sonderbar war es aber, daß er dann auch stets genau wieder an derselben Stelle aus dem Walde kam, wo er ihn zuerst betreten hatte. Seine Frau wußte nicht, warum; er aber desto besser. Er mußte ja die aufgehängten Schuhe erst wieder anziehen, ehe er sich vor dem Hause blicken lassen durfte.

17

Die beiden Ladies hatten sich jetzt zum Aufbruch gerüstet, ihre Pferde waren vorgeführt, und nur Sander fehlte noch, um sie zur Stadt zurückzugeleiten. Obgleich er aber recht gut fühlte, wie man auf ihn allein warte, ja, es sogar für ganz in der Ordnung fand, daß er die Damen, die er herausgeführt hatte, auch wieder zurückgeleite, so konnte und wollte er doch aus den schon früher angegebenen Gründen den Platz jetzt unter keiner Bedingung verlassen. Eine Ausrede mußte aber gefunden werden, und da ihn die in den Dornen zerrissenen Kleider nicht länger entschuldigen konnten, indem ihn Cook sehr bereitwillig mit einem von seinen eigenen Anzügen versah, so bat er Mrs. Dayton um wenige Worte unter vier Augen. Hier erklärte er ihr, der Doktor Monrove sei ein unmöglicher Mensch, dem nur daran zu liegen scheine, die Leiche unter sein Skalpell zu bekommen. Er selbst aber habe Medizin studiert und fühle sich überzeugt, daß der unglückliche Verwundete durch sorgsame Behandlung noch gerettet werden könne; verließe er ihn aber in diesem Augenblick, so sei er rettungslos verloren.

Natürlich beschwor ihn Mrs. Dayton, wie er das auch vorausgesehen hatte, nicht von des Armen Seite zu weichen, und dankte ihm zugleich für die Teilnahme, die er für einen wenn auch verbrecherischen, aber dennoch unglücklichen Menschen zeige. Sie selbst hätten den Weg schon mehrere Male allein zurückgelegt und hofften nur, ihn bald, und zwar mit recht guten Nachrichten, wieder bei sich zu sehen. Sander versprach das auch und bat nun Miß Adele, der Mrs. Dayton mit wenigen Worten den Stand der Dinge erklärte, ihm nicht wegen seines jetzigen Mangels an Aufmerksamkeit zu zürnen. Er hoffe aber, vielleicht schon heute abend den Verwundeten so weit versorgt zu sehen, daß dieser wenigstens seiner Hilfe entbehren könne, und er würde dann augenblicklich nach Helena zurückkommen, um die junge Dame der Freundin zuzuführen.

Adele konnte natürlich hiergegen nichts einwenden. Alle kannten ja auch den Doktor Monrove und fürchteten den entsetzlichen Menschen, von dem das Gerücht vielleicht noch schrecklichere Sachen erzählte als verbürgt waren. Mißmutig aber bestieg sie ihr kleines Pony und sprengte nach allerdings herzlichem Abschied von den beiden gutmütigen Frauen und mit dem Versprechen recht baldiger Rückkehr schweigend voran in den heimlichen Schatten des Waldes.

Sie war verdrießlich, ärgerlich über sich selbst und über – sie wußte oder wollte nicht wissen, über wen noch sonst, und das kleine Tier, das sie trug, fühlte plötzlich so scharfen und ungewohnten Peitschenschlag, daß es erschreckt scheute und dann in raschem Galopp den schmalen Pfad entlangflog.

Mrs. Dayton konnte kaum Schritt mit dem Wildfang halten. Indessen saß Doktor Monrove neben dem Mulatten und beobachtete aufmerksam und, wie es schien, mit wohlwollender Zufriedenheit die schmerzdurchzuckten Züge des Unglücklichen, während Sander am Kamin lehnte und ungeduldig seine Nägel kaute. Endlich schien der Mann des Messers einen Entschluß gefaßt zu haben. – Er stand auf, ging an den Tisch und fing an, die kleinste der Sägen hier und da nachzufeilen. Cook, der eben in der Tür erschien, wandte sich schaudernd wieder ab und ging in den Wald, nur um das Geräusch nicht zu hören, das ihm durch Mark und Nieren drang.

Sander vernahm kaum, was um ihn her vorging, so sehr war er mit seinen eigenen Plänen beschäftigt. Desto entsetzlicheren Eindruck machte es aber auf den armen Teufel von Mulatten, der in diesem Augenblick zum ersten Male sein volles Bewußtsein wiedererlangt zu haben schien. Wenige Sekunden starrte er, von keinem der Männer beachtet, nach dem Doktor hinüber, dann aber, als ob ihm eine Ahnung dessen, was ihn erwarte, dämmere, sank er stöhnend auf sein Lager zurück. Sander schaute sich rasch nach ihm um; der Unglückliche hatte aber die Augen schon wieder geschlossen und lag starr und regungslos da.

»Hört einmal, Mr. Hawes«, brach der Doktor endlich das Schweigen, indem er sich plötzlich mit schmunzelnder Miene an Sander wandte, als ob ihm da eben bei seiner Beschäftigung etwas ungemein Komisches eingefallen sei, – »es ist doch eigentümlich, wie man manchmal in der Praxis – so alt und erfahren man auch sein mag – irgendeinen lächerlichen Schnitzer macht. – Bei dem Sägeschärfen muß ich gerade wieder daran denken. Oben in – aber Ihr hört mir doch zu?«

»Ja, sicher«, sagte Sander flüchtig und wandte sich verzweifelnd gegen das Kaminfeuer, während sein Blick über die dort aufgestellten Fläschchen mit ihren darangeklebten Etiketten schweifte. – Die Überschriften waren jedoch lateinisch

oder wenigstens in ihm unbekannten Zeichen geschrieben; denn er log, als er sagte, er habe Medizin studiert.
»Nun seht«, fuhr der Leichendoktor, noch immer vor sich hinschmunzelnd, fort, »oben in Little Rock haben die Ärzte – es war im Jahre 39 – ein Plakat erlassen, worin sie eine bestimmte Summe für jede Kur ansetzten und dadurch gewissermaßen eine Gilde mit ›festen Preisen‹ bildeten. Das wäre nun ganz gut gewesen; denn die Leute taten damals gar nichts für die Wissenschaft, – es gab keine Aufopferung, keinen wirklichen Eifer unter ihnen, und sie wollten nur Geld, immer nur Geld verdienen. Die schönsten Leichen ließen sie sich auch, ohne ein Messer daran zu legen, vor der Nase begraben, ja vernachlässigten sogar auf wirklich unverantwortliche Weise die Gehängten. Die Preise aber, die sie auf die Heilung setzten, waren so enorm, daß sie von armen Leuten gar nicht bestritten werden konnten. Heilung eines einfachen Beinbruchs steigerte sich z.B. bis zu hundertfünfundzwanzig Dollar. Damals kam ich nach Little Rock, fing um einen billigen Preis an zu kurieren und behauptete mich trotz zwanzigmal gedrohten Meuchelmordes ein volles Vierteljahr mit unglaublicher Praxis, bis die verwünschten Ärzte eines einfachen Irrtums wegen das gedankenlose Volk gegen mich aufhetzten und ich rasch die Stadt verlassen mußte. Ich hatte noch einige hundert Dollar dort gutstehen, aber so weit ging sogar die Bosheit jener Quacksalber, daß sie, nur aus Niederträchtigkeit gegen mich, damit ich nie mehr einen Cent davon zu sehen bekäme, nach und nach alle meine Patienten unter die Erde brachten und auch dann noch obendrein frech behaupteten, sie wären an den Folgen meiner Kuren gestorben.«
»Doktor, was ist denn hier in dem Fläschchen?« unterbrach ihn da Sander, der augenscheinlich kein Wort von der ganzen Erzählung gehört hatte.
Der Doktor blickte zu ihm auf, sah einige Sekunden scharf mit der Brille dorthin und rief dann: »Nehmen Sie sich in

acht, – ziehen Sie den Pfropfen ja nicht heraus; – das ist Arsenik, – und das gelbe Gläschen enthält Scheidewasser, – das andere Weiße, in der großen Flasche, ist Kalomel.«

»Und das hier mit dem blauen Papier und der daruntergebundenen Blase?«

»Ist acidum zooticum oder Blausäure, – das gefährlichste von allen. Lassen Sie's lieber stehen; – ich habe nur das eine Fläschchen mit, und es könnte Ihnen aus der Hand fallen und entzweigehen. Aber wo war ich doch gleich stehengeblieben? – Ja, bei dem Irrtum« – und er tat immer zwischen den einzelnen Sätzen einige Striche mit der Feile, gleichsam als Begleitung seiner Geschichte. – »Der Fall betraf nämlich einen jungen Kaufmann aus Little Rock, der in einem Wortwechsel von seinem Gegner angeschossen, und zwar so sonderbar getroffen war, daß ihm die Kugel durch das dicke Fleisch des rechten Oberschenkels in das linke Bein, eine Spanne etwa über dem Knie, hineinfuhr und dort zwischen Muskeln und Schenkelknochen so fest sitzen blieb, daß sie meine hartnäckigsten Bemühungen, sie wieder herauszubekommen, trotzte, während der junge Mann wirklich musterhaft stillhielt und, solange meine versuchte Operation dauerte, ein ganzes Stück Gummi elasticum kurz und klein biß. Die Wunde in dem einen Oberschenkel war nur durch Blutverlust bedeutend geworden, und ich verband sie deshalb sorgfältig, tat dann ein gleiches mit der anderen, in der die Kugel stak, und gelangte bald zu der Überzeugung, daß hier nichts anderes geschehen könne als eine Amputation des die Kugel enthaltenden Beines, um innerliche Schwärung und Knochenfraß zu vermeiden. Der junge Mann zeigte sich auch zu allem bereit, wenn er nur am Leben erhalten würde; denn er war Bräutigam und hoffte, auch mit einem Beine glücklich werden zu können. Ich ging also frisch an die Arbeit, während er – denn festbinden wollte er sich nicht lassen – ruhig auf dem Bette lag und an die Decke hinaufsah. Da« – und der Doktor nahm in der Erinnerung an das Geschehene die Brille

ab und legte die Feile vor sich auf den Tisch –, »als ich schon im besten Schneiden war, schrie der junge Kaufmann plötzlich – ich sehe ihn noch vor mir, wie er mir rasch nach dem Arm griff, – ›Doktor – Heiland der Welt, – Sie nehmen mir das falsche Bein ab!‹
Ich erschrak natürlich; denn ich hatte schon den Fleischschnitt gemacht und die Säge eben angesetzt. – Übrigens können Sie sich in meine Lage denken, als ich fand, daß er wirklich recht habe. Hier galt es Geistesgegenwart und rasche Enschlossenheit. – Gestand ich den Irrtum ein, ich wäre verloren gewesen; sie hätten mich gesteinigt. – Ich durfte mich also nur nicht irremachen lassen, lahm wäre er jetzt doch jedenfalls auf dem Beine geworden. – Ich lachte ihm also gerade ins Gesicht, bewies ihm, daß er von der und nicht von der Seite gestanden hätte, als der Schuß fiel, und sägte ihm, da er überdies ohnmächtig wurde, den Knochen vollends durch.«

»Wirklich das falsche Bein?« fragte Sander erstaunt.

»Die Sache wäre übrigens ganz gut abgelaufen«, fuhr der Doktor fort, ohne die Frage geradehin zu bejahen; – »denn glücklicherweise fiel die Kugel jetzt aus dem andern Bein, vielleicht durch das krampfhafte Zucken der Muskeln getrieben, von selber heraus, und ich behandelte nun den andern Schenkel ganz so wie früher das nur leicht verwundete und jetzt abgesägte Bein; der Kranke selber hätte es nie merken sollen. Die verwünschten anderen Ärzte aber mengten sich unberufenerweise in die Sache, und da ich nicht zu ihrer Clique gehörte – denn sonst hätte keiner von ihnen einen Mucks getan – und sie mich überdies gern von Little Rock forthaben wollten, so fielen alle über mich her, bewiesen auf einmal, daß ich das Bein wirklich abgenommen hätte, durch welches die Kugel glatt durchgegangen war – die vermaledeiten Kugellöcher von beiden Seiten ließen sich auch nicht wegdisputieren –, und ich mußte bei Nacht und Nebel die Stadt und eine ausgebreitete Praxis sowie viele

Kranke hinter mir lassen, die über meine Flucht trostlos waren.«

»Die Blausäure wirkt wohl als Gift am stärksten?« sagte Sander, dessen Gedanken immer wieder zu dem einen Ziele zurückkehrten, während er das Fläschchen sinnend in der Hand wog. »Allerdings, – ist ein fürchterliches Mittel, animalisches Leben zu zerstören«, erwiderte der Doktor und begann sein im Feuer der vorigen Erzählung fast ganz vergessenes Feilen wieder von neuem, – »eine Verbindung von Cyane und Wasserstoff, – zieht den Tod durch plötzliche allgemeine Lähmung des ganzen Nervensystems nach sich, aber sehr gefährliche Medizin zugleich. – Nur ein Tröpfchen zuviel angewandt und – ab«, – und der kleine Mann sah dabei wieder über seine Brille hinüber und drehte die gegen Sander ausgestreckte flache Hand schnell um. – Es sollte den plötzlichen Tod eines Menschen bildlich darstellen.

»Könnte Ihnen darüber auch zwei wunderbare Geschichten mitteilen; – ich habe nämlich schon zweimal Unglück, wirkliches Unglück mit Blausäure gehabt. – Einmal betraf es noch dazu einen ganz guten Freund von mir – tat mir wirklich leid, – das andere war nur ein Deutscher; doch man schweigt lieber über solche Sachen. – Es kommt nichts dabei heraus, und wenn es nachher weitererzählt wird, machen es die Leute gewöhnlich viel schlimmer, als es eigentlich ist.«

»Und dieses Gift tötet unfehlbar und schnell?« fragte Sander noch einmal.

»Stellen Sie mir um Gottes willen das Glas hin!« rief der Doktor ängstlich und sprang von seinem Sitze auf. – »Sie richten wahrhaftig noch etwas an; – das ist fürchterliches Gift und kann in den Händen des Laien zu entsetzlichen Folgen führen.«

Sander sah sich gezwungen, das Fläschchen wieder auf den Kaminsims zu stellen.

»So«, sagte jetzt Monrove, – als er die Säge durch eines seiner Brillengläser genau betrachtete, – »ein Mulattenbein habe ich mir lange gewünscht. – Ich wollte schon einmal Daytons Burschen amputieren; der Squire gab's aber nicht zu, und es war auch vielleicht gut – für den Jungen heißt das; denn die Natur half sich wieder.«

Er trat jetzt zu dem Bewußtlosen hin, legte die Instrumente neben diesen auf einen Stuhl und betrachtete ihn aufmerksam. »Ja, ja«, sagte er endlich, nachdem er den Puls des Verwundeten gefühlt und die Hand auf dessen Stirn gelegt hatte, – »er bessert sich, wie ich sehe, da werden wir also doch ans Amputieren gehen müssen.«

»Glauben Sie wirklich, daß er sich wieder erholt?«

»Ja – wahrscheinlich; – er atmet ganz regelmäßig, und der Puls geht auch, allerdings noch fieberhaft, aber doch ruhiger als vorher. – Wäre er mir gestorben, so hätte ich ihn lieber ganz mitgenommen, so aber werde ich ihn nur um ein Bein bitten. Dafür will ich ihm aber den Arm wiederholt ordentlich einrichten, und er wird deshalb seinem künftigen Herrn gewiß nicht weniger, vielleicht noch mehr wert sein. Es ist manchmal recht gut, wenn Neger zwei Arme zum Arbeiten und nur ein Bein zum Weglaufen haben. Alle Wetter, jetzt habe ich aber meine Schienen zu Hause gelassen; ei nun, im Walde kann man sich da schon helfen; – der Hickory wird sich wohl noch schälen, und da hole ich mir ein paar Rindenstreifen. Bitte, Sir, bleiben Sie einen Augenblick bei dem Kranken hier! – Ich gehe nur dort zu den nächsten Bäumen, um mir die passenden Stücke zu holen, – bin gleich wieder da. Aber – habe ich denn gar nichts, womit ich die Streifen abschälen könnte?« Er wandte sich von dem Bette ab, um irgendein Instrument zu suchen, und Sander griff fast konvulsivisch wieder nach dem Giftfläschchen, das er rasch in seiner Hand verbarg.

»Ach – dieser Tomahawk wird gut sein«, rief der kleine Mann, als er die in der Ecke liegende Waffe aufhob und damit zur Tür schritt. »Da drüben steht auch Mr. Cook, den werde ich Ihnen indessen herüberschicken.«

Sander löste rasch das Papier von der Viole ab und zog sein Messer, um die Blase zu durchschneiden; er durfte keinen Augenblick mehr verlieren, der nächste konnte schon entscheidend sein.
»Wasser!« stöhnte da der Mulatte. – Es war das erste Wort, das er seit seiner Verwundung sprach. Sander aber zuckte mit wild gemurmeltem Fluch zusammen, denn in dem Moment fast, wo er Verrat für immer unmöglich gemacht hätte, drehte sich der Doktor, der jenen Ausruf vernommen hatte, rasch wieder herum und kam eilenden Schrittes zurück. Auch Cook näherte sich dem Hause.
»Alle Wetter«, rief da Monrove, nachdem er einen flüchtigen Blick auf den Kranken geworfen hatte, – »völlig bewußter Zustand, – klare Augen, – freies Atmen – und unbezweifelt rückkehrende Lebenskräfte; – ich bekomme wahrhaftig nur das Bein. – Mr. Hawes, wir werden augenblicklich zur Operation schreiten müssen.«
»Wasser!« stöhnte der Unglückliche. – »Ich verbrenne; – ich will ja alles – alles bekennen, – nur – nur Wasser, – Wasser!«
Der Doktor, so eifrig er auch seine eigenen Zwecke im Auge haben mochte, begriff doch, daß es sich hier um etwas handle, was für die Farmer von besonderer Wichtigkeit sein mußte. Er unterstützte also den Kopf des Verwundeten, was diesem jedoch einen lauten Schmerzensschrei auspreßte, und hielt ihm dann einen neben dem Bett stehenden Blechbecher an die lechzenden Lippen.
Sander schlug, die Zähne vor machtlosem Ingrimm zusammenknirschend, das kleine Fläschchen rasch wieder in seine Papierhülle ein, die Blase war aber schon durch den darangesetzten Stahl verletzt worden, und ein Bittermandelgeruch erfüllte das Haus.
»Blausäure!« rief der Doktor und wandte sich, während er jedoch den Kranken noch nicht aus dem Arm lassen konnte, halb gegen Sander um. »Blausäure, so wahr ich gesund bin!

– Alle Wetter, Sir, Sie werden mir mit dem Glase so lange gespielt haben, bis es zerbrochen ist; es riecht hier ganz danach. Mr. Cook, es ist gut, daß Sie kommen; hier – der Bursche da scheint noch etwas auf dem Herzen zu haben; – lassen Sie ihn erst einmal beichten, und dann wollen wir sehen, was die Wissenschaft für ihn tun kann.«

»Lebt er? Hat er gesprochen?« rief Cook und trat schnell zum Bett. »Wie geht es ihm?«

»Schlecht, Sir!« flüsterte der arme Teufel. – »Schlecht, – sehr schlecht; – mein Kopf, – o mein Kopf!«

»Ja, die Wunde ist böse«, bestätigte der Doktor; – »Hirnschale hier oben auf jeden Fall sehr bedeutend verletzt, – Knochenhaut getrennt und Gehirn bloßgelegt. Mulatten haben zwar höchst anerkennenswert harte Schädel; – das Instrument aber, mit dem der Schlag geführt wurde, muß tödlich gewesen sein. – Bitte, beeilen Sie sich nur mit den Fragen; ich möchte gern noch imstande sein, den Mann zu trepanieren. – Man hat überhaupt viel zu wenig Erfahrung, wielange ein Mensch bei bewußtem Zustande den Gebrauch der Säge an der Hirnschale aushalten kann.«

»Massa Cook«, sagte der Mulatte und streckte langsam die Hand nach dem jungen Farmer aus, »ich kenne Sie noch von früher her. – Sie sind gut; – wollen Sie mir, – wenn ich alles bekenne, eine Liebe antun?«

»Sprich, Dan«, sagte Cook mitleidig und reichte ihm noch einmal den Becher hinüber, da er merkte, daß seine Augen schon wieder matt und glanzlos wurden; – »wenn du aufrichtig alles bekennst, so soll dir weiter nichts geschehen, darauf gebe ich dir mein Ehrenwort; du hast Strafe genug durch diese Wunden gelitten.«

»Und jener Mann«, stöhnte der Mulatte, denn der Doktor war in ganz Arkansas berüchtigt, und er kannte und fürchtete ihn noch von früher her, – »der Leichendoktor – soll mich – soll mich nicht haben und – zerschneiden?«

»Unsinn – Leichendoktor – zerschneiden«, rief der Doktor

und richtete sich unwillig auf; – »zwischen Löschpapier kann ich ihn natürlich nicht trocknen.«

»Er soll dir nichts tun, Dan; – ich habe dir mein Wort gegeben; – weder Messer noch Säge darf er an dich legen; aber du mußt auch aufrichtig bekennen, was du weißt.«

»Mr. Cook«, sagte Monrove, indem er sich schnell an den jungen Farmer wandte, – »Sie geben da ein höchst unüberlegtes Versprechen, ein Versprechen, das Sie unmöglich werden halten können, wenn Sie nicht die Wissenschaft mit ihren segensreichen Folgen gänzlich hintansetzen wollen. Ich glaube überdies gar nicht, daß dieses Niggers Leben wird erhalten werden können, wenn es ihm nicht gerade meine Säge erhält.«

»Dann will ich sterben«, stöhnte der Mulatte und sank für den Augenblick wieder bewußtlos zurück.

»Doktor!« sagte Cook, als er ihn eine Weile beobachtet und gesehen hatte, daß er wahrscheinlich kurze Zeit der Ruhe bedürfe, ehe er wieder imstande sein würde, irgendeine an ihn gerichtete Frage zu beantworten. – »Ich will einmal hinübergehen und die Frauen fragen, was wir mit dem armen Teufel am besten anfangen; denn Pflege muß er doch haben. Ich bin gleich wieder hier; aber – tut mir den Gefallen und redet, wenn er früher zu sich kommen sollte, als ich zurück bin, nicht mit ihm von all den gräßlichen Dingen, wie Ihr das gewöhnlich tut, – nicht wahr, Ihr vergeßt das nicht? Einem Gesunden gerinnt ja schon das Blut in den Adern, wenn er solche Sachen nur erwähnen hört, wieviel mehr also einem unglücklichen Christenmenschen, dem das alles versprochen wird.« Damit verließ er rasch das Haus, während ihm der Doktor, dabei sehr eifrig und ungeduldig mit seinem langen goldnen Petschaft spielend, ärgerlich nachsah. »Hm – ja – hm!« sagte er und nahm aus seiner kleinen silbernen Dose eine entsetzliche Prise. – »Hm – das ist nicht recht, – das fehlte auch noch, daß sich solche Holzköpfe um die Wissenschaft kümmerten. Soll nicht einmal davon reden, soll weder

›Messer‹ noch ›Säge‹ wie sich dieser Barbar ausdrückt, an den schwarzen Kadaver legen dürfen; ich möchte nur um Gottes willen wissen, wozu er sonst noch gut wäre?«
Sander hatte die ganze Verhandlung in wirklich peinlicher Ungeduld mit angehört. – Was aber konnte er machen? Einen Schritt tun, der auf ihn selbst den Verdacht lenkte, und dann fliehen? Er hatte erst an diesem Morgen gesehen, wie die Hinterwäldler einer Spur folgten. Überdies war es ja noch nicht einmal gewiß, ob der Mulatte um die Existenz der Insel wirklich wußte, und unnütz eine solche Gefahr zu laufen wäre mehr als töricht gewesen. Da brachten ihn des Farmers letzte Worte und des Doktors Unwillen darüber auf einen neuen Gedanken. – Vielleicht konnte der Arzt gewonnen werden, ihm beizustehen, wenn er seine Liebhaberei mit zu Hilfe rief, und nach kurzem Überlegen sagte er, indem er sich an den grimmig auf und ab laufenden kleinen Mann wandte:
»Doktor Monrove, Sie sollten sich nicht über einen Menschen wundern, der weder von Arznei noch Wissenschaft einen weiteren Begriff hat, als daß ›Indianphysik‹ auf die eine und Rizinusöl auf die andere Art wirkt. – Was hält uns denn ab, doch zu tun, was wir wollen?«
»Was uns abhält?« rief der Doktor unwillig, indem er stehenblieb und dem Ratgeber ins Antlitz sah. – »Was uns abhält? – Haben Sie gesehen, was der Mensch für Fäuste hat? Ließe sich mit Gewalt dagegen etwas ausrichten?«
»Nein«, sagte Sander lächelnd, – »aber mit List, – wenn man da überhaupt wirkliche List anzuwenden hat, wo es nur gilt, einem solchen mit der Axt zugehauenen Verstande zu begegnen.«
»Aber wie?« fragte der Doktor und warf einen scheuen Seitenblick auf den Verwundeten.
»Er verbietet Ihnen, Hand oder vielmehr Instrument an den Lebenden zu legen«, sagte Sander.
»Ja –«
»Und wenn der Mann nun stürbe?«

»Aber er stirbt ja nicht«, lamentierte der Doktor. – »Solche Mulatten haben Katzenleben, und an einer Hirnwunde ist, glaube ich, noch nicht ein einziger draufgegangen. – Zähe Naturen sind's, denen das Leben nur im Magen sitzt.«
»Gut, – was hindert Sie dann, es auch dort anzugreifen?« fragte ihn Sander lauernd.
»Was mich hindert? Wie verstehen Sie das?«
»Ei nun, die Sache ist einfach genug; wozu führen Sie diese Gifte bei sich?«
»Doch nicht, um Menschen zu vergiften, Sir!« rief der kleine Doktor erschreckt aus.
Allerdings war es bei ihm zur Leidenschaft geworden, menschliche Glieder zu sezieren und sich in eine ›Wissenschaft hineinzuarbeiten‹, wie er es selber nannte, von der er kaum imstande gewesen war, oberflächliche Kenntnis zu erwerben. In der Ausübung derselben hielt er denn auch alles für vollkommen gerechtfertigt, was einem ihm einmal unter die Hände gefallenen Opfer zustieß. Nie aber hätte er es so weit getrieben, wirklichen Mord zu begehen, um eben dieser Leidenschaft zu frönen, ja der Gedanke war vielleicht noch nicht einmal in ihm aufgestiegen; denn er starrte den jungen Verbrecher mehrere Sekunden lang ganz erstaunt und bestürzt an. Als Sander einsah, daß er vielleicht gleich beim ersten Anlauf ein wenig zu weit gegangen sei, lenkte er rasch wieder ein und sagte: »Verstehen Sie mich nicht falsch, Sir – nicht tödliches Gift würde ich dem Burschen geben, nur irgendeinen unschädlichen, aber doch dahin wirkenden Trank, daß er in einer Art Starrkrampf liegenbliebe, wo Sie dann nicht allein imstande sein würden, ihn mit fortzunehmen, da die unwissenden Farmer das sicherlich für den Tod selbst hielten, sondern ihn auch – ein Sieg der wirklichen Kunst – wiederherzustellen.«
»Hm, so – ja so, – auf die Art meinten Sie das? – Hm ja, das wäre vielleicht eher möglich. Da könnte man zum Beispiel –«
Seine Rede wurde hier durch Cook kurz abgeschnitten, der

in diesem Augenblick mit einem großen Blechbecher irgendeines kühlenden,von Mrs. Lively selbst bereiteten Getränks in der Tür erschien und ohne weitere Umstände zum Lager des Kranken schritt. »Dan«, sagte er hier, – »Dan, – wie geht dir's?« »Besser!« flüsterte der arme Teufel nach kleiner Pause, während er die Augen aufschlug und einen leisen Dank murmelte, als ihm Cook den Becher an die Lippen hielt. – »Massa Cook, – Ihr seid gut«, sagte er dann, während er mit einem tiefen Seufzer wieder zurücksank, – »recht gut; – aber – laßt die beiden Männer einmal hinausgehen, – will Euch – will Euch wichtige Nachricht mitteilen.«

»Die beiden Herren da, Dan? – Ei, die mögen dableiben«, meinte Cook; »es ist doch kein Geheimnis, was mich allein betrifft?«

»Nein«, stöhnte Dan, und man sah ihm an, wie schwer ihm das Reden wurde, – »nein, – nicht allein, – geht alle an in Arkansas, – viel böse Buckras, – will's Euch aber allein sagen.« Cook bat nun die beiden Männer, das Zimmer einen Augenblick zu verlassen. Sander natürlich suchte alle möglichen Entschuldigungen vor, um nur wenigstens in der Nähe zu bleiben; da der Mulatte aber unter keinen anderen Bedingungen reden wollte, bestand Cook fest darauf, und er mußte sich zuletzt fügen. Cook und Dan hatten nun eine gar lange und heimliche Konferenz miteinander, bei der selbst der Pflock innen vor die Tür geschoben war, um dadurch auch die geringste Störung zu vermeiden.

Erst als Dan vom vielen Reden erschöpft, wieder ohnmächtig wurde oder doch in eine Art bewußtlosen Zustand verfiel, rief der junge Farmer die beiden Frauen herüber, die sich erboten hatten, die Wunden zu besorgen, und besprach sich nun, während es sich der Doktor nicht nehmen ließ, wenigstens gleichfalls hilfreiche Hand anzulegen, mit dem vermeintlichen Mr. Hawes über das, was er eben von des Mulatten Lippen gehört.

Obgleich Dan recht gut das Bestehen der Insel kannte, da

Atkins schon sehr viele Pferde dorthin besorgt und ihn selbst einmal bis zum Stromufer mitgeschickt hatte, war er doch nicht imstande, die Lage derselben genau anzugeben, ja er wußte nicht einmal bestimmt, ob sie dicht über Helena oder weiter abwärts liege, – wenn er sie auch in der Nähe dieser Stadt vermutete. So viel aber sagte er als gewiß aus, daß sich die Bewohner derselben fürchterlicher Verbrechen schuldig gemacht hätten, und Cook wollte jetzt nur noch die Rückkunft der Freunde abwarten, um augenblicklich die entscheidenden Schritte zu tun. Diese nämlich sollten nicht nur dahin gehen, jenes Raubnest aufzuheben, sondern auch die Verbrecher selbst zu überraschen und sie den Arm strafender Gerechtigkeit fühlen zu lassen. Früher hatte er schon gehört, daß Sander mit dem Mississippi ziemlich vertraut sei, und er verlangte nun von ihm zu höhren, wie man der gesetzlosen Bande am besten und zwar so beikommen könne, daß ihre Flucht verhindert werde.
Sander schaute lange und sinnend vor sich nieder; – seine schlimmsten Befürchtungen waren eingetroffen; – ihrer aller Leben war bedroht, ihr Schlupfwinkel verraten, und er selbst stand machtlos da, konnte den Verräter nicht züchtigen, ja wußte im ersten wirren Augenblick selbst weder Rat noch Tat, diesem fürchterlichen Schlage zu begegnen.
In seinem ersten Schreck suchte er denn auch, ehe er irgendeinen andern Plan fassen konnte, die Sache geradehin als unglaublich und unwahrscheinlich darzustellen und meinte, der Mulatte habe allem Anschein nach solch tolle, wahnsinnige Schreckbilder nur erfunden, um sein eigenes Leben zu retten, – seine eigene Haut in Sicherheit zu bringen. Davon wollte Cook aber nichts wissen, und erst als Sander merkte, daß er ihn auf keinen Fall dazu bringen würde, des Mulatten Aussage zu mißachten, beschloß er, nach einem anderen, nach dem letzten Plane vorzugehen. Cook war allerdings jetzt noch der einzige Mensch, der um das Geheimnis wußte, und wäre er mit ihm allein im Walde gewesen, wer weiß, ob

er da nicht versucht hätte, sein Leben zu nehmen. Hier aber wäre das für ihn mit zu großer persönlicher Gefahr verknüpft gewesen, und überdies genügte es ihm ja, die Entdeckung der Insel nur noch zwei Tage hinauszuschieben. Bis dahin behielt er vollkommen Zeit, seine Freunde zu warnen; die Beute konnte dann rasch verteilt, und alle konnten in Sicherheit sein, ehe die schwerfälligen Waldleute in der Lage waren, einen Schlag gegen sie zu führen.

»Gut, Sir«, sagte er nach langem, ernstem Nachdenken zu dem Farmer, – »wenn Sie denn wirklich glauben, daß jener Bursche die Wahrheit gesagt hat, und gesonnen sind, eine Bande, wie er sie beschreibt, auszuheben, so dürfen Sie das nicht als ein Kinderspiel betrachten; denn solche Burschen, wenn sie wirklich existieren, würden, da für sie alles auf dem Spiele steht, auch wie Verzweifelte kämpfen. Fallen Sie also nicht mit der gehörigen Macht über sie her, so geben Sie ihnen nur eine Warnung und finden später das Nest leer. – Und ich kenne den Mississippi und seine Ufer zu genau – und Sie vielleicht auch –, um Ihnen nicht die feste Versicherung geben zu können, daß an eine Verfolgung dann nicht mehr zu denken ist. Wollen Sie also das, was Sie vorhaben, auch mit Erfolg tun, so bereden Sie die Sache heute abend mit Ihren Freunden, benachrichtigen Sie dann morgen Ihre Nachbarn und kommen Sie morgen abend oder Sonntag früh nach Helena. Ich selbst will augenblicklich nach Helena reiten, dort den Richter davon in Kenntnis setzen und dann nach Sinkville hinüberfahren, um dort ebenfalls alles an waffenfähigen Leuten aufzubieten. Sonntag nachmittag spätestens bin ich wieder in Helena, und dann müssen wir noch an demselben Abend den Schlag ausführen, da wir keine lange Zeit darüber versäumen dürfen.«

Dies alles leuchtete dem jungen Farmer, der Sander natürlich nicht selbst in Verdacht haben konnte, vollkommen ein. Früher, das wußte er selber, war es auch kaum möglich, die nötigen Kräfte zusammenzubringen. Er versprach also, bis spätestens Sonntag morgen wohlbewaffnet mit allen Nachbarn in Helena einzutreffen, und Sander, dem jetzt natürlich nur daran liegen mußte, die Freunde so schnell wie möglich von der ihnen drohenden Gefahr in Kenntnis zu setzen, erklärte, keinen Augenblick länger verlieren zu wollen, um die nötigen Schritte noch vor der zum Aufbruch bestimmten Zeit in Sinkville zu tun. Rasch holte er sein Pferd, das er selbst aufzäumte und sattelte, und sprengte bald darauf, dem Tier vollkommen die Zügel lassend, in wildem Galopp die Straße nach Helena entlang.

18

Edgeworth' Steuermann trieb den ganzen Freitag morgen, daß sie abfahren sollten, und drohte mit Wettern und Nebel. Edgeworth aber, der in den Wolken nichts sah, was Wetter verkündete, und die gewaltigen Nebel des südlichen Mississippi noch gar nicht kannte, also auch nicht fürchtete, hatte einen Freund, einen früheren Nachbarn aus Indiana angetroffen und mit diesem in Smarts Hotel drüben ein Stündchen verplaudert. Smart selber saß dabei, das eine Bein hoch heraufgezogen und mit beiden Händen haltend, und hörte den Erinnerungen der beiden alten Leute zu, die sie nicht allein auf Jagd und Wald, sondern auch auf die wilden Kriege mit den Indianern, auf Präriekämpfe und die nächtlichen Hinterhalte jener dunklen Rasse zurückführten.
Da trat endlich Blackfoot ins Zimmer und mahnte dringend zum Aufbruch. Er habe, wie er sagte, die Güter gleich morgen früh zu versenden und müsse bestimmt darauf dringen, jetzt abzufahren, damit sie noch vor Tagesanbruch an Ort und Stelle kämen. Hierin pflichtete ihm der Indianamann selber bei, indem er versicherte, sie hätten keinen Augenblick mehr zu verlieren, wenn sie noch rechtzeitig Viktoria erreichen wollten. Der Steuermann Bill, der einige Minuten nach

Blackfoot, ohne sich aber um die übrigen zu kümmern, zum Schenktisch getreten war, fragte jetzt den alten Edgeworth, ob er noch heute morgen abfahren wolle, sonst ginge er gern einmal ein Viertelstündchen vor die Stadt, wo ein alter Schiffsgefährte von ihm wohnen solle.
»Nein, Mann!« rief Blackfoot schnell dazwischen. »Das geht unmöglich mehr. – Ihr habt die ganze Nacht Zeit dazu gehabt. – Entweder wir fahren jetzt, oder ich kann die ganze Ladung nicht brauchen.«
»Ei nun, meinetwegen«, brummte der Steuermann und trank sein Glas auf einen Zug aus, drückte sich den Hut trotzig in die Stirn und verließ Ärger heuchelnd das Zimmer.
»Unfreundlicher Geselle«, sagte der vermeintliche Kaufmann, als er dem Bootsmann nachblickte. »Habt Ihr den schon lange an Bord?«
»Ja, von Indiana aus«, erwiderte Edgeworth, »und ich weiß nicht, was mir den Menschen so verhaßt gemacht hat; doch wir sind ja bald geschieden. Er ist übrigens ein wackerer Steuermann und versteht seine Sache; den Fluß kennt er wie ich meine Tasche, und mein Boot hat er bis dahin wacker und gut geführt. Aber, wie gesagt, ich will froh sein, wenn ich von ihm los bin; sein Blick hat für mich etwas Abstoßendes, das ich nicht überwinden kann. Apropos, Landlord«, wandte er sich da plötzlich an den Wirt, der indessen Blackfoot von der Seite mit flüchtigem Blicke maß, »hat denn der Büchsenschmied mein Schloß hergeschickt? Er versprach es wenigstens.«
»Ja, die Büchse steht da drin«, sagte Smart, ohne seine Stellung zu verändern. »Francis, reiche einmal das lange Schießeisen heraus, an dem Toby erst herumgearbeitet hat.«
»Habt Ihr ihm die Reparatur bezahlt?« fragte Edgeworth.
»Ja«, erwiderte der Barkeeper, »es war ein halber Dollar. – Er sagte, die Feder wäre zerbrochen und die ganze Nuß hätte drin gefehlt; Ihr müßtet sie einmal auseinandergenommen und die Nuß verloren haben.«

»Unsinn!« rief der Alte. »Ich habe die Büchse, seit ich sie abschoß, auswischte und wieder lud, nicht angerührt, – Tom ebensowenig, denn der hat seine eigene. Weiß der Henker, wie die Nuß herausgekommen sein kann! Nun, meinetwegen; – sie schießt doch jetzt wieder. Da kann ich auch gleich den Schuß herausbrennen, der noch im Rohr steckt, und einen anderen hineinladen. Wo schießt man denn hier wohl am sichersten hin?«
»Ei nun, am sichersten gar nicht«, meinte Smart; »eigentlich ist's auch in der Stadt verboten, wir nehmen's aber nicht immer so genau. Schießt nur hoch! Seht, da oben sitzt ein Specht an dem trocknen Stumpf, – ganz hoch, – gerade über dem rechts hinausstehenden Aste; – seht Ihr ihn? – Ihr könnt Euer Gewehr da an den Pfosten anlegen.«
Edgeworth war indessen, mit der Büchse im Anschlag, vor die Tür getreten und blickte scharf zu dem bezeichneten Gegenstande auf.
»Anlegen?« sagte er dabei lachend. – »Auf neunzig Schritt anlegen? Das fehlte auch noch. Wenn das Schloß ordentlich Feuer gibt, könnt Ihr den Specht holen.« Er hob rasch die Büchse, zielte einen Augenblick, und mit dem Krach des Gewehrs fast zuckte das arme, kleine Tier hoch empor und stürzte dann dicht am Stamme herab auf die Erde.
»Es geht ja noch«, lächelte der alte Mann, während er die Büchse neben sich niederstellte und aus der umgehängten Kugeltasche den Krätzer nahm, um sie erst ordentlich wieder auszuwischen. »Da man aber nicht mehr auf Indianer zu schießen braucht, schießt man Spechte, das ist so der Welt Lauf. Der Mensch ist wenn nicht das größte, doch sicherlich das gefährlichste Raubtier; – er mordet zum Vergnügen. Doch mein Handelsmann da wird ungeduldig. – Geht nur voraus, guter Freund! Ich lade bloß meine Büchse, bezahle meine Rechnung und bin gleich unten.«
Blackfoot schien damit zufrieden, bat ihn nur noch einmal, nicht lange mehr zögern, und verließ das Zimmer. Als er aber

die Tür hinter sich zugedrückt hatte, wandte sich Smart an Edgeworth und fragte ihn: »Kennt Ihr den da schon von früher?«
»Nein, – weshalb?«
»Wie seid Ihr denn dazu gekommen, den Handel mit ihm abzuschließen?«
»Wie? Ei nun, ich fand ihn hier im Union-Hotel, Ihr wart ja selbst dabei. – Bill hat ihn irgendwo in der Stadt getroffen.«
»Bill? Wer ist Bill?«
»Mein Steuermann!«
»So?« sagte der Wirt nach ziemlich langer Pause und fing an, das Knie, das er wieder zwischen den Händen hielt, hin- und herzuschaukeln. – »So? – Also Bill hat Euch den rekommandiert. Hört einmal, Mr. Edgeworth, der Bursche gefällt mir nicht.«
»Weshalb?« lachte der Alte. »Weil er nicht wie ein Handelsmann aussieht? Ei, laßt Euch das wenig kümmern. Unsere indianischen Händler sind immer mehr Krieger und Jäger als Kaufleute und müssen ihre Waffen so gut wie ihre Gewichte zu führen wissen.«
»Aber die beiden verstehen sich miteinander«, sagte Smart.
»Wer? Der Kaufmann und Bill? – Hm, das ist wohl kaum möglich. Der Mann hat mir treffliche Preise geboten und einen Teil sogar schon als Draufgeld bar ausgezahlt.«
»Ich sah, wie sie Blicke wechselten«, versicherte Smart, indem er aufstand, »und müßte mich sehr irren, wenn sie nicht wenigstens bekannter miteinander sind, als sie hier anzugeben scheinen. Habt lieber acht, es gibt gar nichtsnutziges Volk am Flusse, und besonders Helena weiß eine Gechichte davon zu erzählen. Auf Eure Leute könnt Ihr Euch doch verlassen? Denn ein Fremder hat hier unten gerade nicht viel Hilfe zu erwarten.«
»Ei, gewiß kann ich das«, sagte der alte Mann, »mehr jedoch verlasse ich mich auf mich selber; es hat übrigens keine Not. So klug ist der alte Edgeworth auch noch, daß er sich nicht

von bloßem Gesindel freizuhalten wüßte. Aber was ich noch sagen wollte, Mr. Smart, eine junge Frau hier, die von irgend jemandem erfahren haben muß, daß ich in Viktoria landen will, hat mich gebeten, sie und ihre Sachen mit an Bord dorthin zu nehmen, – eine gewisse Mrs. – – Mrs. – Everett, glaube ich. Sie will von Helena fortziehen, um sich, wenn ich nicht irre, in Viktoria niederzulassen. – Ist das eine ordentliche Frau?«

»Ei gewiß, Sir«, rief Smart eifrig, »ein braves wackeres Weib, dessen Bräutigam erst kürzlich im Flusse verunglückte; ich kaufte sein Land. Ich habe ihr alle nur mögliche Hilfe angeboten, sie weigert sich aber hartnäckig, auch nur die geringste Unterstützung anzunehmen. Und sie will wirklich nach Viktoria ziehen?«

»Ja, so sagte sie aus; – doch ich muß wahrhaftig fort. Also, Good bye! Sollte ich Tom Barnwell verfehlen und er wieder hierher nach Helena kommen, so sagt ihm, er möchte nur gleich wieder zurückfahren. – Werde ich mit dem Ausladen früher fertig, nun so warte ich auf ihn, bis er kommt.«

Damit warf sich der alte Mann die Büchse auf die Schulter, reichte dem Wirt noch einmal die Hand zum Abschied und schritt zum Flusse hinab, wo eben auf einer sogenannten Dray, einer Art zweirädrigem Güterkarren, die wenigen Habseligkeiten Mrs. Everetts angefahren kamen. Die junge Frau ging neben ihnen her. Es war eine schlanke, schöne Gestalt, von Kopf bis zu Fuß in Schwarz gehüllt, aus dem das bleiche, gramgedrückte Schmerzensantlitz gar traurig mit den großen blauen Augen herausblickte. Das hellkastanienbraune Haar quoll ihr dabei in vollen Locken aus dem enganschließenden Kopftuch hervor, und manchmmal noch fuhr sie sich wie verstohlen über die blassen Wangen nach den rotgeweinten Augen hinauf, als ob sie da jede ungehorsame Träne, die sich trotz allen festen Willens unter den langen Wimpern vorstehlen wollte, gleich auf frischer Tat zu ertappen und fortzunehmen gedenke.

Der Karren hielt an der Flatbootlandung, dicht vor Edgeworth' Boot, und der Mann, der Peitsche und Hut zu Boden warf, wollte eben einen Teil seiner Ladung über die schmale Planke an Bord tragen, als sich ihm hier Bill, der Steuermann, in den Weg stellte, und ihn mit einem herzhaften Fluche fragte, was er da noch für Packen und Passagiere an Bord bringe; – sie hätten keine Fähre und brauchten keine Gesellschaft weiter.
»Laßt's nur sein, Bill!« sagte Edgeworth, der gerade oben von der Uferbank herabschritt. – »Wir setzen die Lady in Viktoria an Land. – Es ist schönes Wetter, und die Sachen können oben an Deck bleiben.«
Der Steuermann trat brummend beiseite; der Fluß schien aber seine Aufmerksamkeit jetzt mehr in Anspruch zu nehmen als das Land. Den Mississippi herunter trieben gerade sechs oder sieben Ohioboote – als was sie das geübte Auge der Bootsleute bald erkannte –, und dem ruhigen Aussehen der an Bord Befindlichen nach mußten sie auch gar nicht gesonnen sein, hier zu landen. Oben an Deck ausgestreckt lagen die meisten der Männer höchst behaglich in der ziemlich heiß niederbrennenden Sonne, und nur an der hintersten langen Steuerfinne lehnte der Lotse, beide Arme rechts und links hinausgelegt über das baumlange Holz, und schaute gemächlich nach der kleinen Stadt hinüber.
»Nun, da finden wir Gesellschaft«, meinte Edgeworth. – »Schnell, Ihr Leute, nehmt die Sachen an Bord! Wenn wir uns ein bißchen scharf in die Ruder legen, können wir die da drüben wohl noch einholen.«
Damit schien aber der Steuermann nicht besonders einverstanden und meinte, sie hätten nicht gar zu weit von Helena eine Insel mit ziemlich schmalem Fahrwasser zu passieren, durch das sie aber wohl acht Meilen Biegung abschnitten. Wären dann viele Boote beisammen, so geschähe es nicht selten, daß sie einander auf versteckte Snags trieben. Sie wollten deshalb die Boote immer vorausfahren lassen, und

wenn sie nicht ganz vortreffliche Lotsen an Bord hätten, gedächte er ihnen vor Viktoria den Weg schon wieder abzuschneiden.
Blackfoot stimmte ihm darin bei, und die Leute trugen eben die letzten Sachen an Bord, denen Mrs. Everett gerade folgen wollte, als diese auf eine ebenso unerwartete wie gewaltsame Weise daran verhindert werden sollte.
Mrs. Breidelford nämlich war die Mainstreet herabgekommen und erkannte dort die schwarzgekleidete Gestalt der jungen Witwe, die, wie sich nicht verkennen ließ, mit all ihrer Habe in Begriff war, Helena zu verlassen. – Einer Rachegöttin nicht unähnlich – sofern man sich nämlich Rachegöttinnen in einem höchst altmodischen, verblichenen Seidenhut mit künstlichen Blumen, einem hochroten, großen Umschlagetuch, gelb und grünem Kattunkleid und ledernen Schuhen mit Kreuzbändern denken kann –, fuhr sie da plötzlich auf die wirklich erschreckte Frau ein, faßte sie am linken Handgelenk und schüttete nun eine solche Flut von Schimpf- und Drohwörtern über sie aus, daß die unglückliche Frau nur noch bleicher wurde und sich zitternd dem Griffe der Wütenden zu entziehen suchte.
Diese aber wurde dadurch noch mehr erbost, hob drohend die geballte Rechte gegen sie empor und rief mit vor innerer Bosheit fast erstickter Stimme: »So? Fortlaufen will sie, diese Kreatur? Fortlaufen wie ein Dieb in der Nacht? Oh, wo seid Ihr denn die letzten zwei Tage überhaupt gewesen, Madame? Wo hat man sich denn, solange es hell war, heimlich aufgehalten, um nachts, in Dunkelheit und Nebel, fremder Leute Schlösser zu probieren und durch fremder Leute Schlüssellöcher zu gucken?« »Um Gottes willen, – befreien Sie mich von der Rasenden!« rief Mrs. Everett und sah sich überall nach Schutz und Beistand um. Die Leute aber, die sie rings umstanden, konnten natürlich nicht anders glauben, als daß die junge schöne Frau auch wirklich ein ganz absonderliches Verbrechen verübt haben müsse, wenn sie solcher Art auf

öffentlicher Straße angehalten wurde, und scheuten sich, da, wo allein das Gesetz entscheiden konnte, dazwischenzutreten.

»So?« rief aber hier wieder, jetzt auch zugleich an ihrer Ehre angegriffen, Mrs. Breidelford aus und rückte sich den ihr immer in das Gesicht rutschenden Blumenhut wohl zum zwanzigsten Mal nach hinten. »So? – Eine Rasende bin ich, wohl weil ich auf meinem Recht bestehe und mein Haus nicht nachts von fremden Menschen visiert haben will? Ich bin auch eine einsame Witwe, ich stehe auch allein, mutterseelenallein in der Welt, aber ich betrage mich anständig und zurückhaltend und laufe nicht nachts allein und heimlicherweise in der Stadt herum und anderen Männern nach, daß ich um jeden Bootsmann trauern müßte, der im Mississippi ersäuft. Luise, sagte mein Seliger immer – Luise, du –«

»Mr. Edgeworth«, bat die zur Verzweiflung getriebene Frau, »schützen Sie mich vor dieser Wahnsinnigen! Sie bringt mich um.«

»Zurück da, Master Eschhold, oder wie Sie sonst heißen mögen!« rief diesem aber die erzürnte Dame entgegen. »Laufe einmal einer von euch zum Richter! – Squire Dayton soll einmal herkommen, – gleich! – Der Konstabler soll her! – Da drüben stehen ihre Sachen; – Stück für Stück muß sie auspacken. Ich will doch sehen, was sie nachts an meinem Schlosse zu probieren hat; ich will doch sehen, ob ordentliche Bürgersfrauen turbiert und geängstigt werden sollen, daß sie abends nicht einmal bei Freunden eine Tasse Tee ruhig trinken können. Wo ist der Konstabler, sage ich!«

»Großer Gott, ist denn niemand hier, der sich eines armen Weibes annimmt?« rief die junge Frau.

Bill und Blackfoot hatten heimlich lachend die ganze Szene beobachtet. Der Aufenthalt kam ihnen überdies höchst gelegen, denn dadurch gewannen die anderen Boote einen Vorsprung, und nach allem, was sie sahen, glaubten auch sie natürlich, die gute Dame habe das junge Frauenzimmer auf irgendeiner bösen Tat ertappt und wolle sie nun dafür vor Gericht ziehen. Edgeworth aber, der Menschenkenntnis genug zu haben glaubte, in dem bleichen, edlen Antlitz der einen nichts Schlechtes und Unehrenhaftes, dagegen alles nur mögliche Widerliche in dem ihrer Anklägerin zu lesen, brach die Sache kurz ab, erfaßte Mrs. Breidelfords Arm und zwang sie, während er ihr das Handgelenk fest zusammenpreßte, Mrs. Everetts Arm loszulassen. Dabei schüttelte er jedoch der darüber empörten und laut aufschreienden Frau herzlich und nachdrücklich eben dieselbe Hand, erklärte ihr, daß jene Dame sein Passagier sei und die Fahrt nicht versäumen dürfe, reichte Mrs. Everett den eigenen Arm und führte diese nun, während seine Leute dicht hinter ihm der nachstürmenden Witwe Breidelford den Weg vertraten, rasch auf sein Boot, wonach die Planken schnell eingezogen und die Taue gelöst wurden. Die übrige Mannschaft sprang an Bord, und die ›Schildkröte‹ löste sich langsam von den übrigen Fahrzeugen ab.

Im Anfang trieb das breite, gewaltige Boot dicht an der Flatbootlandung nieder und drohte, auf einen unten angeschwemmten Baum aufzulaufen. Dann aber, als die Leute erst rasch die langen Finnen in ihre eisernen Halter gestoßen und Raum gewonnen hatten, um mit diesen mächtigen Rudern ordentlich auszugreifen, gehorchte auch das sonst so schwerfällige Fahrzeug dem Steuer. Mit dem Bug langsam der Mitte des Flusses zustrebend, arbeitete es sich weiter und weiter von der gefährlichen Stelle weg, bis es, über jenen Platz hinaus, die eigentliche Strömung erreicht hatte, die es in gerader, südlicher Richtung der schon früher erwähnten runden Weideninsel zuführte.

Wer beschreibt aber die Wut Luise Breidelfords, als sie sich ihr Opfer so plötzlich und ganz hoffnungslos entrissen sah. Sie war nämlich, Gott weiß weshalb, zu der unumstößlichen Überzeugung gelangt, daß Mrs. Everett jene Frau sein müsse, die nach Mr. Smarts Aussage vor einigen Abenden ihr Haus umschlichen und versucht hatte, mittels Nachschlüssels ihre Tür zu öffnen. Einige Gegenstände, die sie wohl verlegt haben mußte oder sonst nicht finden konnte, bestärkten sie noch mehr darin, und sie hatte jetzt wirklich nichts Eiligeres zu tun, als zu Squire Daytons Haus zu laufen und allen Ernstes die Gerechtigkeit anzurufen, damit jenes Boot aufgehalten und ihr zu ihrem Rechte verholfen würde. Squire Dayton war aber ebensowenig zu Hause wie irgendeine der Damen, wenigstens gab ihr Nancy hierüber die Versicherung aus dem Fenster heraus, ohne sich dabei die Mühe zu nehmen, der sehr erhitzten Lady die Tür zu öffnen. Ihre einzige Hoffnung blieb jetzt der Konstabler. Um aber rasch zu dessen Hause zu kommen, mußte sie, da er an dem anderen und äußersten Ende der kleinen Stadt wohnte, etwa zweihundert Schritt auf einem schmalen Fußwege hin durch ein Dickicht gehen, das hier aus einer früheren Rodung wieder aufgewachsen war. Rasch schlug sie auch diesen Pfad ein und hatte etwa die Hälfte des Weges zurückgelegt. Eine Eiche war hier quer über die Straße gestürzt, und als sie um diese herum ihre Bahn suchen wollte, trat ihr plötzlich, wie es schien zu beiderseitiger Überraschung, ein Mann entgegen, dessen ganzes Aussehen in diesem etwas abgelegenen und selten betretenen Teile allerdings ein Erschrecken der sonst gerade nicht sehr furchtsamen Dame rechtfertigte.

Die Kleider hingen ihm fast in Streifen vom Leibe; die Haare umstarrten ihm wild den bloßen Kopf, und der Bart mußte wochenlang kein Rasiermesser gefühlt haben. Schweiß und Blut klebten ihm dabei auf Gesicht und Händen, und Mord stand ihm mit fürchterlichen Zeichen auf der Stirn und sprach aus seinen stier, aber mißtrauisch umherschweifenden Augen.

»Jesus Maria!« rief Mrs. Breidelford, als der Mann plötzlich vor ihr stand und, gleichfalls überrascht, den Blick fest und prüfend auf sie geheftet hielt. – »Was wollen Sie, Sir? Was sehen Sie mich so stier an, Sir? Ich bin auf dem Wege zum Konstabler; – er wohnt keine zehn Schritte von hier, und der

Friedensrichter kommt dicht hinter mir.« Und damit trat sie rasch etwas zur Seite und suchte an der unheimlichen Gestalt vorüberzuschreiten. Der Fremde rührte sich auch gar nicht; er folgte ihr nur mit den Augen. Als sie aber gerade an ihm vorüberschritt und nur noch einmal mißtrauisch den Kopf nach ihm hinwandte, flüsterte er leise: »Mrs. Dawling!«

Wären die wenigen Silben der Bannfluch irgendeines morgenländischen Zaubers gewesen, nach denen Mrs. Breidelford von nun an verdammt sein sollte, drei- bis viertausend Jahre unbeweglich und in der gerade angenommenen Stellung auf einem Platz stehenzubleiben, so hätte die würdige Lady über den einfachen Namen Dawling nicht mehr erschrecken können. Ihre Augen fingen dabei an, sich aus ihren Höhlen zu drängen, so erstaunt und zugleich entsetzt hafteten sie auf dem Manne, der unzweifelhaft ein für sie fürchterliches Geheimnis kennen mußte. Dieser aber schien nicht im mindesten den hervorgebrachten Eindruck zu beachten, – außer daß vielleicht ein trotziges Lächeln für einen Moment um seine Lippen zuckte, dann trat er rasch einen Schritt gegen sie vor und flüsterte: »Folgt Euch der Friedensrichter wirklich dicht auf dem Fuße?«

»Nein«, stammelte Mrs. Breidelford und schien noch immer weder zu Atem noch zu völliger Besinnung gekommen zu sein; – »nein, – er kommt – er kommt nicht.«

»Desto besser! – Ihr müßt mich verbergen; die Verfolger sind mir auf den Fährten. Im Walde konnte ich den verdammten Schurken nicht mehr entgehen; wie die Indianer spürten sie meiner Fährte nach, und ich mußte mich endlich, als ich die breite Straße traf, auf dieser halten. Vielleicht aber sind sie dicht hinter mir, – jede Minute kann mich in ihre Hände bringen, also macht schnell, – führt mich in Euer Haus!«

»Heiland der Welt, Henry Cotton, so wahr ich wünsche gesund zu bleiben und selig zu werden. Cotton; nach dem ganz Arkansas fahndet. Zu mir wollt Ihr, Mann? In mein Haus? Das geht nicht, das ist unmöglich! – Ihr müßt fort.«

»Ich kann nicht weiter«, knirschte der Flüchtling. »Matt und abgehetzt, wie ich bin, würde ich den Verfolgern augenblicklich in die Hände fallen; – ich muß wenigstens einen Tag rasten. Gift und Pest! Über vierzehn Tage werde ich nun schon wie ein Panther gehetzt, zehnmal hatte ich den Rettungsweg vor Augen, den sicheren Hafen fast erreicht, immer und immer wieder wurde ich zurückgetrieben in Elend und Not, immer wieder gejagt und umstellt und auf Mord und Raub förmlich angewiesen. Verbergt mich deshalb in Eurem Hause, bis ich über den Fluß setzen oder vielleicht auch in irgendeinem Boot stromab – ja – wenn es nicht anders möglich ist, bis auf die Insel gehen kann. Ich habe dieses Leben satt und will es nicht länger führen.«
»In mein Haus könnt Ihr nicht, Sir«, rief die Witwe schnell, – »ich bin eine alleinstehende Frau, und wenn –«
»Oh, laßt zum Donnerwetter den Unsinn!« rief Cotton ärgerlich. – »Die Pest über Euer Schwatzen! – Bringt mich in Sicherheit!«
»Es geht wahrhaftig nicht an«, rief die würdige Dame in Verzweiflung; »denkt nur, wenn Ihr in dem Aufzug durch die Stadt und in meine Wohnung gingt, was das für Aufsehen erregen müßte! Die geringste Nachfrage hier nach Euch würde auch Eure Verfolger augenblicklich auf die richtige Spur bringen, wenn sie bei mir Haussuchung anstellten –; nein, das darf nicht sein. Bleibt hier im Walde irgendwo versteckt, und ich will Euch heute abend abholen und sicher auf die Insel befördern lassen; mehr kann ich für Euch nicht tun.«
»So? Wirklich nicht?« höhnte Cotton. »Sagt lieber, mehr wollt ihr nicht tun; – aber Ihr werdet wohl müssen. Doch die Zeit drängt, und nochmals sage ich Euch, ich werde verfolgt und bin, wenn Ihr mich nicht verbergt, heute abend noch in den Händen meiner Feinde. Ihr seid jetzt imstande, mich zu retten, tut Ihr es nicht, nun, so mögen auf Euer Haupt noch die Folgen fallen. Glaubt aber nicht etwa, daß ich den Groß-

mütigen spiele und als Märtyrer in Kerker und Ketten verkomme oder gar am Galgen paradiere, während Ihr hier hochnäsig als fromme Lady sitzt. – Ich werde Kronzeuge, und was Euch dann bevorsteht, könnt Ihr Euch etwa denken!«

»Seid Ihr rasend?« rief Mrs. Breidelford erschreckt. »Wollt Ihr mich und uns alle unglücklich machen, Mann?«

»Nein, gewiß nicht; Ihr müßtet mich denn dazu zwingen. Aber in einem Stück habt Ihr recht. – Ginge ich so in die Stadt, wie ich hier stehe, so müßte ich die Aufmerksamkeit aller auf mich ziehen, denen ich begegnete. Geht also und holt mir Kleider! Ihr werdet sie Euch schon zu verschaffen wissen. Ich will indessen hier in diesem kleinen Sassafras-Dickicht liegenbleiben und Eurer Rückkunft harren. Bleibt aber nicht zu lange; wenn ich entdeckt werde, tragt Ihr die Schuld und die Folgen.«

»Wo soll ich denn um Gottes willen die Kleider hernehmen!« rief Mrs. Breidelford erschreckt. – »Ich weiß ja gar nicht –«

»Das ist Eure Sache«, unterbrach sie Cotton und wandte sich gleichgültig von ihr ab; – »denkt aber an Dawling, oder – soll ich Euch vielleicht noch einen anderen Namen nennen? – Ich dächte doch, der genügte Euch!«

»Schrecklicher Mann!« stöhnte die Frau. – »Ha, fort, – rasch fort! – Ich höre jemanden kommen; – verbergt Euch!«

Cotton hatte schon seit einigen Augenblicken hoch aufgehorcht; denn auch er vernahm Schritte und wußte nur noch nicht recht, von welcher Seite sie nahten. Endlich schien er sich davon überzeugt zu haben und glitt recht rasch, den Finger nur noch einmal drohend gegen die Frau erhoben, in die Büsche, die sich wieder hinter ihm schlossen.

Gleich darauf schritt pfeifend, die Hände in die Taschen geschoben, den Hut etwas nach hinten auf den Kopf gedrückt, Jonathan Smart auf der Straße heran, und Mrs. Breidelford hatte wirklich kaum Zeit, sich zu sammeln und einen Entschluß zu fassen, nach welcher Seite sie sich über-

haupt wenden wolle, als Jonathan auch um die umgestürzte Eiche bog und nun seinerseits ebenfalls überrascht war, Dame Breidelford in unverkennbarer Verlegenheit hier allein zu finden. Sein erster Verdacht fiel auf ein Liebesabenteuer, den verwarf er jedoch augenblicklich wieder als total unmöglich und konnte nur ein in aller Eile herausgestoßenes »Guten Morgen, Madame« vorbringen, als diese auch schon in voller Eile an ihm vorbeistürmte und der Stadt wieder zueilte.
»Potz Zwiebelreihen und Holzuhren!« rief der Yankee lächelnd, als er stehenblieb und ihr erstaunt nachblickte. »Gewaltige Eile, Mrs. Breidelford, gewaltige Eile! – – Wichtige Geschäfte wahrscheinlich; – vielleicht wieder eine Freundin mit einem Besuch für einen ganzen Abend elend machen oder einen guten Namen vernichten oder auch einmal zur Abwechslung eine Frau gegen ihren Mann aufhetzen? – Wäre noch gar nicht dagewesen, – oh, Gott bewahre! Was aber hat sie in aller Welt nur hier zu tun gehabt? Irgendeine Zusammenkunft? Oder war der Aufenthalt hier zufällig? Weshalb aber zeigte sie sich da so augenscheinlich verlegen?«
Smart fing an, die Straße gerade da, wo er sie zuerst gesehen hatte, zu untersuchen, um vielleicht Spuren andern Schuhwerks darauf zu erkennen. Obgleich er aber die Fußstapfen eines Männerschuhs zu sehen glaubte, die sich hier und da abgedrückt zeigten, so war er doch zu wenig geübt, zu wenig Waldmann, um auf dem betretenen Wege etwas Genaueres darüber bestimmen zu können. Er schüttelte also ein paarmal gar bedeutsam den Kopf, schob seine Hände auf ihren alten Platz zurück, schritt wieder langsam weiter und fiel genau mit demselben Tone mitten im Liede wieder ein, wo er vorhin durch Mrs. Breidelfords Anblick unterbrochen worden war.
Etwa eine Stunde später verließ die Dame zum zweiten Male an diesem Tage dieselbe Straße und eilte, ohne sich höchst ungewöhnlicherweise auch nur im mindesten um das zu kümmmern, was um sie her vorging, ihrem eigenen Hause zu.

Am anderen Ende der Straße aber folgte ihr ein in die gewöhnliche Tracht der Landleute gekleideter Mann, den breiten Strohhut jedoch tief ins Gesicht gedrückt. Hinter ihm schloß sich bald darauf ihr Haus und wurde jetzt von innen fest verriegelt.

19

Tom Barnwell hatte, wie schon früher erwähnt, seinen unglücklichen Schützling an Bord des ›Van Buren‹ gebracht und gab ihn hier, um allen lästigen Fragen überhoben zu sein, einfach für seine kranke Schwester aus, die er nach Helena zu Verwandten bringen wolle. Marie war dabei durch die vorangegangene Aufregung so erschöpft und angegriffen, daß sie, ohne auch nur die geringste Einwendung dagegen zu machen, alles mit sich geschehen ließ. Die Kammerfrau der Kajüte staunte allerdings, als sie das durch die Dornen und Zweige zerrissene Oberkleid sah, und mochte wohl nach dem stieren, an nichts haftenden Auge der Unglücklichen ihren wahren Zustand ahnen. Doch was kümmerte sich die Mulattin um den Zustand der Weißen? Sie hatte darauf zu sehen, daß ihre Kajüte, nicht das Hirn ihrer Passagiere in Ordnung sei, und sie bereitete ihr deshalb das Lager und überließ sie dann ihren eigenen wilden Phantasien und Traumgebilden.

Der ›Van Buren‹ war ein wackeres Dampfschiff, einer der sogenannten Klipper, die nach St. Louis oder Louisville und Cincinnati einlaufen, gewöhnlich mit einer Tafel vorn, auf welcher die Zeit ihrer Fahrt mit großen, weitscheinenden Ziffern gemeldet wird. In der Tat grenzt auch die Schnelle, mit welcher diese Boote oft ungeheure Strecken, und zwar gegen die starke Strömung des Mississippi zurücklegen, ans Unglaubliche. So rühmte sich der ›Van Buren‹, auf seiner letzten Fahrt von New Orleans nach Louisville, eine Entfernung von 1350 englischen Meilen stromauf, nur eine halbe Stunde länger gebraucht zu haben als die ›Diana‹ – wobei er diese halbe Stunde auf einer Sandbank im Ohio festgesessen haben wollte –, und das war 5 Tage und 23½ Stunden. Der ›Van Buren‹ arbeitete denn auch diesmal gar wacker gegen die steigende Flut an, und hoch und gewaltig tanzten und schlugen die Wogen hinter ihm drein und brachen sich in trübem, gärendem Schaum. In wenigen Stunden hätten sie Helena erreichen müssen; gerade aber an jener schon mehrmals erwähnten runden Weideninsel war der Lotse, der den Ohio vielleicht gut genug kannte, den Mississippi aber zum ersten Mal, und zwar nach seinem ›Navigator‹ befuhr, zu nahe an die kleine Insel geraten und aufgelaufen und konnte trotz des gewaltigen und stundenlangen Arbeitens der Maschine nach rückwärts nicht wieder loskommen. Da sie nun endlich einsahen, daß jeder weitere Versuch nutzlos, die Nacht dagegen eingebrochen war und der Fluß mit jeder Stunde stieg, so hofften sie, mit Tagesanbruch vielleicht von selber flott zu werden, und versuchten deshalb mit der Jolle ans Ufer zu fahren und ein Springtau dort irgendwo zu befestigen. Dies geschah, damit sie, wenn sie wirklich loskämen, nicht wieder mit der Strömung hinabtrieben. Die mit der Befestigung des Taues beauftragten Leute fanden indes ein schwereres Geschäft, als sie im Anfang vermutet haben mochten. Die ganze Insel war allerdings dicht mit Bäumen bewachsen, jedoch nur mit schwachen Baumwollholzstämmen, die kaum ein Flatboot, viel weniger denn ein so schweres Fahrzeug gehalten hätten. An dem äußeren Rande der Insel stand dabei der junge Aufwuchs, lauter Schößlinge der Baumwollholzbäume, die starr und dicht wie Schilf aus dem schon etwas angeschwollenen Mississippi herauswuchsen und dem breiten Bug der Jolle hartnäckig den Eingang verweigerten. Die ersten bogen sich zwar, wenn die Matrosen mit allen Kräften dagegen ruderten, elastisch zur Seite wie Stahlfedern, preßten sich aber dann auch augenblicklich mit

rückwirkendem Druck wieder gegen das Boot an, sobald die Ruder nur einen Augenblick aufhörten zu arbeiten.
Die Matrosen mußten den Versuch endlich aufgeben und in das hier etwa drei Fuß tiefe Wasser springen, was des Triebsandes wegen an und für sich schon mit großer Gefahr verknüpft war. Mit vereinter Anstrengung zogen sie nachher das lange, schwere Tau so weit inselwärts wie ihnen das möglich war, schlugen es hier, wo sie wieder trockenen, das heißt wenigstens nicht unter Wasser stehenden Boden fanden, um eine Anzahl der schwachen Stämme herum und kehrten dann an Bord zurück, um zu weiteren Operationen den anbrechenden Tag zu erwarten.
Nun waren allerdings zwei Wachen an Deck gelassen, die auch die Feuer unter den Kesseln unterhalten sollten. Wie das aber mit fast allen Wachen geht, so blieben sie im Anfang ungemein munter, warfen sorgsam Holz nach und sahen nach dem Tau, ob es noch immer straff sei und festhalte; sobald jedoch einmal Mitternacht vorüber und keine Ablösung für sie bestimmt war, legten sie sich auf das vor den Kesseln aufgeschichtete Holz, fingen an sich Geschichten zu erzählen und suchten sich damit munter zu halten. Der Erzähler wurde endlich aber auch schläfrig; der Zuhörer hatte schon lange aufgehört, Zuhörer zu sein, und tiefes Schweigen herrschte bald auf dem schlummernden Koloß.
Leise murmelnd brach sich die Flut an seinem Bug, und in der nicht fern gelegenen Weideninsel rauschte und brauste es; das vorn angeschwemmte Holz stemmte die Strömung, und dann und wann warfen sich mächtige losgeschwemmte Stämme dagegen und versuchten, diesen natürlichen Damm zu durchbrechen. Rabenschwarze Nacht lag dabei auf dem dumpf grollenden Strome, und es war, als ob die Waldgeister von beiden Ufern wunderliche, unheimliche Weisen herüber- und hinüberriefen, während der alte Mississippi die langgehaltenen Melodien dazu in seinen schäumenden Bart summte.

Auf dem Boote rührte sich nichts mehr. Nur die beiden Wachen hoben noch dann und wann einmal müde und schon halb bewußtlos die Köpfe und blickten nach den Sternen empor und zu den leise schwankenden Weiden an der Steuerbordseite, ob sie noch auf der alten Stelle lägen. Das monotone Summen des Stromes schloß aber bald wieder ihre Augenlider, und das harte Lager war doch nicht hart genug, festen, gesunden Schlaf von ihnen fernzuhalten.

An dem Springtau zerrte und zog indes die kräftige, unermüdliche Flut, und der steigende Strom hob das Boot aus seinem sandigen Bett. Je mehr es aber anfing flott zu werden, desto mehr wirkte auch die Strömung darauf ein und begann schon, das noch haltende Tau straff anzuspannen. Im Anfang hielten die schwankenden, jungen Stämme allerdings noch sicher die ihnen anvertraute Last, je stärker aber das Boot anzog, desto mehr bogen sie sich, desto mehr rutschte das Tau nach oben. Wohl leistete die Zahl noch einigen Widerstand; hier und da brach aber einer der am meisten in Anspruch genommenen Stämme, ein anderer ließ das Tau über den elastischen Wipfel gleiten; mit jedem Augenblicke verminderte sich der Halt, den jenes ungeheure Gewicht erforderte, und jetzt – knickte auch der letzte Stamm.

Der Ruck, der das ›Van Buren‹-Tau befreite, zitterte aber durch das ganze Boot und störte den Schlummer der sorglos im Bug ausgestreckten Wachen. Zuerst schlugen sie erstaunt die Augen auf und sahen zum Himmel; der spannte sich aber noch in seiner alten Gestalt über ihnen aus. Dieselben Sterne schauten funkelnd auf sie nieder, auf die sie beim Einschlafen ihre Blicke geheftet hatten; doch entsetzt sprangen sie empor, denn die Baumwollholzschößlinge, deren träumendes Wiegen sie bis dahin ebenfalls neben sich beobachtet und deren Nicken sie mit dem eigenen Kopf gar oft begleitet hatten, lagen hinter ihnen. – Das Wasser rauschte nicht mehr gegen ihren Bug an; die Weiden rückten weiter und weiter zurück. Die Männer wurden mit einem Male munter und sprangen,

Mississippidampfer um 1870

von einem unguten Gefühl getrieben, nach dem Tau. – Es hing locker über Bord, und ihr Ruf »Das Boot ist los!« weckte mit Blitzesschnelle die noch hier und da in der warmen Sommernacht an Deck verstreuten Gefährten.
Alles sprang jetzt herbei und lief wild und ratlos durcheinander; einige fühlten nach Grund, andere rissen am Tau, ein paar sprangen nach dem Lotsen, um ihn ans Steuerrad zu rufen, keiner aber dachte an die Hauptsache, daß das Dampfboot auch nicht ohne Dampf regiert werden könne und erst die Feuer wieder aufgeschürt und das Wasser erhitzt werden müsse, ehe sie hoffen durften, wirklich ernster Gefahr für ihr Boot zu entgehen.
Erst des Steuermanns fester Ruf sammelte die Schar wieder zu geregelter Tätigkeit. Rasch wurden vor allen Dingen um die stets bereitliegenden kleinen Anker Taue geschlagen, um sie über Bord zu werfen und sie wenigstens da zu halten, wo sie sich gerade befanden. Die Feuerleute mußten indessen unter allen Kesseln die Feuer aufschüren und zu gleicher Zeit nachpumpen, damit nicht durch Wassermangel ein noch größeres Unglück – das Zerspringen der Kessel – herbeigeführt würde. Diese Vorsichtsmaßregeln, zur rechten Zeit getroffen, wären auch hinlänglich gewesen, um das Boot gar bald wieder instandzusetzen. Durch die ungemein starke Strömung aber waren sie schon weiter hinabgerissen, als sie im Anfang selber vermutet hatten; denn diese führte mit reißender Schnelle, und zwar rückwärts, dem westlichen Ufer entgegen.
»Stangen hinter – an Backbord Zwischendeck!« schrie der Steuermann mit heiserer Stimme. »Stemmt Euch, meine Burschen, versucht die Bäume zu treffen und schiebt ab!«
Die Matrosen gehorchten in flüchtiger Eile dem Befehl. Die langen Stangen wurden, alles von Passagieren niederstoßend, was ihnen zufällig im Weg war, nach hinten geschleppt und dort rasch über Bord und gegen die Seitenwand gestemmt, um das jetzt unvermeidliche Anprallen wenigstens

soviel wie möglich zu mildern. Die Anker waren zu gleicher Zeit ebenfalls übergeworfen; der weiche Schlammboden gewährte ihnen aber noch keine Festigkeit, – sie schleppten nach, und in demselben Moment rannte auch der ›Van Buren‹, seitwärts gegen das Ufer treibend, mit der Backbordseite und mit dem hinteren Teil zugleich so gewaltig gegen die Stämme an, daß das mächtige Boot bis in seinen Kiel hinunter erzitterte und das Backbordradhaus krachend und prasselnd zusammenbrach.

Die Passagiere stürmten jetzt erschreckt von allen Seiten herbei, einzelne sogar schon mit ihren Habseligkeiten unter dem Arm oder auf dem Rücken, bereit, mit nächster Gelegenheit ans Ufer oder doch wenigstens in ein rettendes Boot zu springen. Auch die Mannschaft selbst war im ersten Augenblick bestürzt; denn man wußte noch nicht genau, wie bedeutend der angerichtete Schaden sei und ob der Rumpf wirklich so gelitten habe, daß das Fahrzeug sinken müsse.

Der Zimmermann sprang denn auch vor allen Dingen in den Rumpf hinunter, und die Pumpen wurden versucht. Da ergab es sich, daß der ›Van Buren‹ wahrscheinlich nur mit dem breiten Oberteil in das starre Treibholz hineingerannt war und weiter nicht gelitten hatte als an Rad, Bulwarks und Steuer. Allerdings wurde der Schaden jetzt so schnell wie möglich und so gut es gehen wollte ausgebessert; ehe das Steuer aber wieder hergestellt war, konnten sie nicht daran denken auszulaufen, und die Sonne stand schon hoch am Himmel, als es, mit Hilfsstücken und starken Ketten geschnürt und befestigt, so weit hergerichtet war, um den ›Van Buren‹ wenigstens bis Helena zu bringen. Dort mußte dann alles wieder ordentlich repariert werden.

Zweimal machten sie dabei vergebens den Versuch auszulaufen; denn noch immer verweigerte das Steuer den Dienst. Das Backbord-Rad war nämlich ganz zertrümmert, und sie mußten mit dem ebenfalls beschädigten Steuerbord-Rad allein

gegen den Strom anarbeiten. Hierdurch wurde der Bug aber natürlich gegen Backbord hinübergeworfen, was das Steuer außergewöhnlich anstrengte. Endlich, und noch mit einem starken Tau versehen, schien es genügend zu sein; die Maschine fing wieder an zu arbeiten, und wie ein verwundeter Leu, der traurig die zerschossene Pranke nachschleppt, so keuchte und ächzte das verletzte Boot schwerfällig stroman.
Die Sonne hatte den Zenit schon überschritten, als sie Helena erreichten und dort landeten, um vor allen Dingen erst wieder ordentlich flußtüchtig zu werden. Tom Barnwell aber, der sich in peinlicher Ungeduld zehnmal ans Ufer gewünscht hatte, um zu Fuß schneller noch die Stadt zu erreichen und der Abfahrt des alten Edgeworth zuvorzukommen, war indes den ganzen Morgen bitteren Unmuts voll auf dem Hurrikandeck hin- und hergelaufen und hatte vergebens nach den zahlreichen vorbeitreibenden Flatbooten ausgeschaut. Eins sah aus wie das andere, und er konnte unmöglich erkennen, welches das sei, zu dem er gehörte.
Einmal zwar glaubte er an mehreren nur dem Auge eines Bootsmannes bemerkbaren Kleinigkeiten und trotz des beginnenden Nebels die ›Schildkröte‹ zu erkennen, und er hatte schon die Hände trichterförmig an den Mund gelegt, um sie womöglich anzurufen. Da entdeckte er an Bord jenes Bootes eine Menge Kisten und zwischen diesen eine Frau, die, wie es ihm vorkam, geschäftig unter ihnen umherging. Das konnte ihr Boot also auch nicht sein, an Bord der ›Schildkröte‹ war keine Frau, und er hoffte jetzt nur, Edgeworth werde, vielleicht durch irgend etwas aufgehalten, Helena noch gar nicht verlassen haben.
Darin sollte er sich freilich getäuscht sehen; das Boot war wirklich und, wie er später erfuhr, erst ganz kurze Zeit vor seiner Ankunft abgefahren, und als er hörte, daß der Alte eine Frau als Passagier mitgenommen hatte, wußte er auch gewiß, daß er sich in dem Boote damals nicht geirrt hatte. Hier half aber freilich kein langes Überlegen weiter, und er

geleitete nun vor allen Dingen das arme Mädchen, das sich willenlos an seinen Arm hängte, so rasch wie möglich in das Union-Hotel und erzählte dort, um allen weiteren Fragen darüber auszuweichen, daß es seine Schwester sei, die von New Orleans heraufgekommen wäre. Hier aber hatte er noch mit einer und allerdings am allerwenigsten erwarteten Schwierigkeit zu kämpfen; denn Mr. Smart, der ihm in das Zimmer hinauf folgte und sich bald selbst von dem trostlosen Zustand der Unglücklichen überzeugte, erklärte ihm ganz frei und offen, daß er, was ihn selbst beträfe, das arme Wesen von Herzen gern bei sich aufnehmen und verpflegen würde, daß dieses aber weiblicher Pflege bedürfe und seine Frau jetzt so mit Geschäften überhäuft sei wie noch nie vorher. Sie befände sich deshalb auch keineswegs rosenfarbener Laune, und er versicherte dem jungen Manne, sie würde, wenn ihr das Mädchen so ohne weiteres aufgebürdet werden sollte, nicht allein aus Leibeskräften dagegen protestieren, sondern auch in diesem Departement, wo ihr Befehl vor allen anderen gelten mußte, ohne Umstände die Wiederentfernung der Kranken verlangen.

»Aber wo, um Gottes willen, soll ich mit dem armen Wesen hin?« sagte Tom traurig, als er dem Wirt den wahren Verlauf der Sache erzählt hatte. »Das Boot ist fort, ich muß hinterherreisen, denn ich habe nicht allein mein ganzes kleines Vermögen, sondern auch alle meine Kleider dort an Bord, und dieses unglückliche Weib darf ich in ihrem Zustand ohne Schutz, ohne Freunde hier in einer fremden Stadt unmöglich zurücklassen. – Ebensowenig kann ich sie aber mit mir nehmen; behaltet sie deshalb hier, mein guter Herr, und seid versichert, daß ich vielleicht schon in wenigen Tagen wieder zurück bin und Euch dann reichlich vergüten werde, was Ihr an ihr getan habt.«

Ihr Gespräch wurde hier von außen her und auf etwas laute Weise unterbrochen; denn draußen auf dem Gange hörten sie plötzlich Mrs. Rosalie Smart, die eben in keineswegs freundlichen Ausdrücken dagegen eiferte, daß hier jeder ›lumpige Bootsmann‹ hereinfallen dürfe, um ihr seine Dirne ins Haus zu schleppen.

»Schwester?« rief sie dabei, wahrscheinlich auf eine Entgegnung des Negers. »Schwester? – Was da Schwester, da könnte jeder kommen und seine Schwester bringen. Und noch dazu nicht recht bei Sinnen, – na, weiter fehlte mir gar nichts. Jetzt, wo ich Tag und Nacht nicht weiß, wo mir der Kopf steht; jetzt, wo ich mich placken und quälen muß, um nur das Haus in Ordnung zu halten und die gesunden Gäste zu bedienen, ja, wo nur erst noch gestern mein Mädchen fortgelaufen ist, das mir diese Person, diese Mrs. Breidelford, abspenstig gemacht hat, jetzt soll ich auch noch Krankenwärterin werden? So? Oder will Mr. Smart das junge Ding vielleicht gar selber warten und pflegen? Nein, daraus wird nichts, aus dem Hause muß sie mir wieder, und das gleich; ich will doch sehen, wer hier Zimmer zu vergeben hat, Mr. Smart oder ich. Wenn er das besorgen will, so soll er auch die Wirtschaft führen und die Betten in Ordnung halten, und dann bin ich ganz überflüssig; – ich werde so schon mehr wie ein Dienstbote und Sklave behandelt. Hier will ich denn aber doch einmal sehen, wer –«

Das Weitere wurde unhörbar, denn Madame arbeitete sich in gewaltigem Eifer die Treppe hinauf, und es war augenscheinlich, daß sich die Aussichten, diese Sachen in Frieden und Freundschaft beizulegen, mit jeder Minute verringerten.

»Ich will hinaufgehen und sie selbst darum bitten«, sagte Tom jetzt rasch und griff nach seinem Hute; »sie kann und wird mir's nicht abschlagen. Sie muß auch wissen, was sie dem eigenen Geschlecht schuldig ist und darf ihr Herz dem Mitgefühl nicht ganz verschließen.«

Er wollte hinaus, Smart aber, der sich bis jetzt das Kinn mit dem Zeigefinger und Daumen der rechten Hand sinnend gestrichen und starr dabei vor sich niedergesehen hatte, ergriff ihn rasch am Arm und sagte schnell: »Halt! Sie verderben die ganze Geschichte. – Meine Frau ist herzensgut, wir haben aber einen Fehler gemacht: dem Mädchen ist nämlich eine Stube angewiesen worden, ehe sie darum befragt wurde, und das vergibt sie nie. – Gehen Sie jetzt nachträglich zu ihr und bitten sie um etwas, was wir schon vorher als gestattet angenommen haben, so möchte ich Sie nur ersuchen, mich vorher etwa zweihundert Schritt fortzulassen; denn Sie bekämen das schönste Aufgebot, das man sich wünschen kann, und Ihre Bitte erfüllte sie nachher erst recht nicht. Darin kenne ich –«

»Aber, um Gottes willen, was sollen wir denn da tun?« rief Tom in Verzweiflung. »Sie sind der einzige Mensch hier in ganz Helena, dem ich diese Unglückliche anvertrauen möchte, und gerade Sie verweigern es. Oh, fürchten Sie ja nicht, daß ich etwa nicht wiederkäme und die Schuld abtrüge; Sie wissen nicht, wie teuer mir jenes arme Wesen einst war –«

»– meine Alte zu gut«, fuhr Smart fort. »Ein Mittel gibt es aber noch, und das wäre wenigstens eines Versuches wert.«

»Und das ist?«

»Ruhig, – lassen Sie mich machen, – warten Sie einmal!« Und er sah sich dabei im Zimmer um. – »Ja, das wird gehen. Springen Sie einmal zu dem Fenster da hinaus.«

»Aber, Mr. Smart!« sagte der junge Bootsmann erstaunt.

»Ja, ich kann Ihnen nicht helfen«, lächelte der Yankee; »wir müssen heute ein bißchen Komödie spielen. Springen Sie nur da zum Fenster hinaus und kommen Sie mir vor Abend nicht wieder ins Haus.«

»Das geht unmöglich!« rief Tom. – »Ich kann die Unglückliche nicht eher verlassen, bis ich sie sicher untergebracht weiß. Und – und was sollte ihr denn das auch nützen? – Ich muß erst wissen, was aus ihr wird.«

»Ja, dann müssen wir's unterlassen«, sagte der Yankee gleichgültig und schob die Hände wieder in die Taschen. –

»Das ist das einzige, was ich weiß; wenn Sie dafür keine Zeit haben, so tut es mir leid. – Vielleicht nähme sie Squire Dayton.«

»Wer ist Squire Dayton?«

»Der Friedensrichter hier im Orte. – Er ist verheiratet und hat auch ohnedies noch eine weitläufige Verwandte seiner Frau bei sich. – Vielleicht nimmt der sie ins Haus.«

»Glauben Sie, daß ich ihn jetzt finden kann?« fragte Tom schnell. »Nein«, sagte der Yankee ruhig; – »der ist fortgeritten, und die beiden Damen sind auch nicht daheim.«

Tom ging unruhig ein paarmal im Zimmer auf und ab.

»Und hoffen Sie wirklich, daß Sie Ihre Frau dazu überreden können, die Unglückliche aufzunehmen?« sagte er endlich und blieb wie verzweifelt vor Smart stehen.

»Überreden? Nein«, erwiderte der Wirt. – »Es kann sich niemand auf dieser Welt rühmen, meine Frau zu etwas überredet zu haben; doch – ich bringe sie dazu, – ich hoffe es wenigstens, und das ist ja alles, was Sie wollen. Also – wenn's Ihnen gefällig wäre, – dort ist das Fenster –«

»Aber weshalb nur zum Fenster hinaus?«

»Weil Sie jetzt meiner Frau nicht draußen begegnen sollen. – Oh, Sie können wohl die fünf Fuß nicht herunterspringen!«

Tom wollte noch etwas erwidern, – bezwang sich aber, öffnete den einen Fensterflügel und drehte sich dann noch einmal gegen den Wirt um.

»Sir«, sagte er, – »wenn Sie nur ahnen könnten –«

Ein Schritt war auf dem Gange zu hören.

»Meine Frau«, sagte der Yankee einfach und machte dabei eine leise Verbeugung, als ob er dem jungen Manne jemanden, der eben in die Tür träte, vorstelle. Dieser verstand den Wink, legte ohne weiter ein Wort zu erwidern, die rechte Hand auf das Fensterbrett und war mit einem Satze unten auf der Straße.

Keine drei Sekunden später ging die Tür auf. Mrs. Smart trat mit erhitztem Gesicht ins Zimmer. Diesmal hatte ihre Röte einen anderen, viel gefährlicheren Grund als andere Male. Smart aber ging plötzlich, die Hände auf dem Rücken, den Hut fast noch weiter nach hinten gedrückt als gewöhnlich, mit schnellen Schritten in der Stube auf und ab.

»Wer hat mir die Mamsell ins Haus –?« waren die ersten Worte, die sie sprach, und sie stemmte dabei, als ob sie ihren Grimm erst recht von unten heraufdrücken wollte, die Arme in die Seite. Selber unterbrach sie sich aber in ihrer Rede, als sie niemanden bei ihrem Manne bemerkte, wo sie doch gewiß glaubte, Stimmen gehört zu haben. – »Mit wem sprachst du denn eigentlich eben hier?« sagte sie dann erstaunt und schaute sich überall um. »Ich weiß doch, daß ich jemanden reden hörte.« »Wohl möglich«, erwiderte der Gatte kurz, ohne den Blick auch nur einmal auf sie zu heften; – »ich kann mit mir selbst gesprochen haben. Doch das ist einerlei, ich will nichts mit vagabundierendem Gesindel zu tun haben, und ich muß dich bitten, mein Kind, mich künftig, ehe du Gäste, das heißt solche Gäste, kranke Gäste ins Haus nimmst, davon zu benachrichtigen.«

Mrs. Smart blieb, ohne auch nur eine Silbe darauf zu erwidern, vor Verwunderung stehen.

»Es ist ganz gut, mildtätig zu sein«, fuhr der Wirt, ihr Erstaunen gar nicht beachtend, fort; – »ich will aber mit dem Bootsgesindel nicht zu tun haben. Niemand hat weiter Not und Sorge davon als ich, und niemand –«

»So?« fuhr jetzt plötzlich Mrs. Smart auf, denn Jonathan hatte eine Saite berührt, die jedesmal bei ihr einen rauschenden Anklang fand. – »So – der gestrenge Herr da hat Sorge und Not davon, wenn Gäste im Hause sind? Er kocht wohl das Essen oder hält Betten und Stuben rein? Oder besorgt Wäsche und sonstige Gegenstände, die zu Küche und Haus gehören? Hat nun je ein Menschenkind schon so etwas gehört? Wo aber kommt das Mädchen her? Wer hat sie mir ins Haus gebracht und was soll mit ihr geschehen?«

»– wird dann auch später einmal dafür verantwortlich ge-

macht«, sagte Jonathan, der, während sie sprach, ihr ruhig ins Auge gesehen hatte und nicht um die Welt einen einmal begonnenen Satz unvollendet gelassen hätte.
»Wer sie ins Haus gebracht hat, will ich wissen«, rief Mrs. Smart ärgerlich.
»Das kann uns gleichgültig sein«, entgegnete Jonathan, – »ein junger Farmer aus Indiana war es; – es ist seine Schwester, und er ist fremd hier und meint, die Person müßte elend umkommen, wenn sich nicht eine rechtschaffene Frau ihrer annehme, weil er jetzt, um seinen Geschäften nachzugehen und sein Leben zu fristen, den Fluß hinab muß. Was geht das aber uns an? Ich kann hier kein krankes Geschöpf pflegen und – will die Umstände und den Spektakel auch nicht in meinem Hause haben.« »Person – Geschöpf? Ja, das ist so die Art, wie die Herren der Schöpfung von einem armen Frauenzimmer reden, das nicht ein Seidenkleid an und einen Federhut auf hat«, – fiel ihm hier Mrs. Smart etwas pikiert in die Rede. – »Du brauchst auch kein krankes Geschöpf zu warten und zu pflegen; – das wäre auch die rechte Wartung und Pflege, die es bekäme. Wo ist denn aber der Musjö, der hier anderen Leuten seine Schwester ins Haus bringt?«
»Fort!« rief Mr. Smart in höchster Aufregung. – »Fort ist er; – das ärgert mich ja eben so; – zwingt mir die Person ordentlich auf, – sagt, ich hätte überhaupt darüber gar nichts zu bestimmen, das wäre der Hausfrau Sache, und Mrs. Smarts Edelmut wäre bekannt und noch mehr solchen Unsinn, und fort ist er nun, mitten in den Wald hinein, vielleicht nach Little Rock oder sonstwohin. Doch was geht das mich an? Macht er sich so wenig aus seiner kranken Schwester, daß er sie auf solche Art fremden Leuten überläßt, so brauche ich noch weniger an ihr Anteil zu nehmen. Nicht einmal ein einziges Kleidungsstück hat sie mit, – nicht einmal ein Hemd, um ihre Wäsche zu wechseln.«
»Mr. Smart!« rief Mrs. Smart auf das tiefste empört aus. – »Ich muß Sie bitten, Ihre Ausdrücke anständiger zu wählen,

wenn Sie in meiner Gegenwart von solchen Sachen reden wollen. Ich bin geradesogut eine Lady, als ob ich in New York oder Philadelphia wohnte. Wo hat übrigens der gestrenge Herr bestimmt, daß die Kranke hingeschafft werden soll?«

»Hingeschafft? Was kümmert das uns?« fragte Jonathan. »Scipio soll sie vor die Tür führen, und sie mag gehen, wohin es ihr beliebt. Ich will weiter nichts mehr mit ihr zu tun haben.«

»Vor die Tür können wir sie nicht setzen«, sagte Mrs. Smart, »das ist gegen Menschen- und Christenpflicht, und ich will es nicht nachgesagt bekommen, daß ich so ein armes Ding aus dem Hause geworfen hätte, bloß weil es kein Geld und keine Kleider hatte und sonst noch unglücklich war. – Übrigens hast du auch gar nichts damit zu tun; die Sache geht dich weiter nichts an. Das Mädchen mag meinetwegen ein paar Tage hierbleiben, und wenn es sich ordentlich beträgt und sich wieder erholt, so wollen wir sehen, was weiter wird. Ich brauche sowieso jemanden als Hilfe im Hause, wenn ich nicht förmlich draufgehen und mich aufreiben soll. Das ist dir aber einerlei; – du gehst deinen Geschäften oder Vergnügungen nach und kümmerst dich nicht, wie sich dein armes Weib plagen und quälen muß. Du weißt freilich nicht, wie es so einem armen Wesen zumute ist, das keine Eltern mehr hat und nun verlassen in der Welt steht. – So seid ihr Männer aber, – hartherzige Egoisten alle miteinander, und uns, die wir so etwas besser wissen müssen, denen der liebe Hergott ein Herz in die Brust gelegt hat, das Leiden anderer zu fühlen, – uns wollt ihr dann auch noch vorschreiben, was wir tun oder lassen sollen, wenn es sich um etwas handelt, wo eben nur ein Weib über ein Weib entscheiden kann. Das laß dir aber nur nicht weiter einfallen; das Mädchen bleibt jetzt bei mir, bis ich sie selber fortschicke.«

Und damit verließ Madame das Zimmer, warf die Tür hinter sich zu und stieg stracks zu dem Zimmer des armen Kindes hinauf, – freilich jetzt in anderer Absicht, als sie vorhin in ihrem Selbstgespräch geäußert hatte. Jonathan aber schob wieder, wie das so seine Art war, wenn er entweder gar ernsthaft über etwas nachdachte oder sich ganz außergewöhnlich freute, die Hände fest in seine Beinkleidertaschen und schritt, aus Leibeskräften den Yankee Doodle pfeifend, in dem kleinen Zimmer auf und ab.

20

Jonathan Smart wurde in seinen höchst erfreulichen Selbstbetrachtungen durch einen Besuch unterbrochen, der ihn nicht allein störte, sondern auch ohne weitere Umstände seine Aufmerksamkeit auf längere Zeit verlangte.

»Nun, O'Toole«, fragte der Wirt, als er seinen Gast erstaunt betrachtete, »wo habt Ihr denn gestern und heute den ganzen Tag gesteckt? Ihr wart ja auf einmal verschwunden! Donnerwetter, Mann, wie seht Ihr denn aus?«

»Verschwunden?« wiederholte O'Toole. – »Nein, das wohl nicht, aber heimlich fortgegangen – ja. Doch hört, Smart, – ich habe ein Wort mit Euch zu reden und machte das, aufrichtig gesagt, lieber mit Euch im Freien ab. Hier in dem Zimmer, denke ich immer, kann man nichts sagen, was der Nachbar, der an der anderen Seite der Wand steckt, nicht ebenfalls hören müsse, und da mir keineswegs damit gedient wäre, daß die ganze Stadt gleich von Haus aus erführe, was ich Euch mitzuteilen habe, so denke ich, wir gehen ein bißchen, meinetwegen ans Flußufer hinunter, spazieren.«

»So? Also Geheimnisse?« lachte Smart. »Nun, da muß ich ja wohl mitgehen. Aber was betrifft es?«

»Kommt erst hinaus; dort draußen spricht sich's besser«, erwiderte der Ire, und ohne weiter die an ihn gerichtete Frage zu beachten, verließ er rasch das Haus und schritt dem Flußufer zu, wo ihn Smart bald einholte und stellte.

»Nun, zum Henker, was rennt Ihr denn so?« rief Jonathan hier, als er den kleinen Mann hinten am Rockkragen faßte und festhielt.
»Wir wollen doch wahrlich nicht zu Fuß zum Arkansas, daß Ihr dorthin Sieben-Meilen-Schritte macht.«
»Smart«, sagte O'Toole, indem er plötzlich stehenblieb und sich gegen den Wirt wandte, »Ihr erinnert Euch doch, daß neulich abends jenes Boot dorthinüber ruderte.«
»Jawohl.«
»Gut, – das Boot ist nicht bei Weathelhope gelandet.«
»Das ist ja schlimm«, meinte der Yankee lächelnd, – »aber wo denn sonst?«
»Das weiß ich eben nicht«, rief der Ire ärgerlich und stampfte mit dem Fuß auf den Boden.
»Ihr habt mir in der Sache allerdings kein Stillschweigen auferlegt, Mr. O'Toole«, bemerkte Smart feierlich, »ich versichere Euch aber nichtsdestoweniger, und zwar ganz aus freien Stücken, daß ich keiner sterblichen Seele dieses mir anvertraute Geheimnis je – selbst nicht unter peinlicher Tortur – vertrauen oder gestehen werde.«
»Smart, – die Sache ist ernsthafter, als Ihr glaubt«, rief O'Toole ärgerlich. – »Allerdings weiß ich nichts Bestimmtes, ein Geheimnis liegt aber diesen Booten zugrunde. Jenes Fahrzeug ist nicht drüben gelandet, aber auch nicht, weder stromauf noch stromab, am Ufer hingefahren; ich bin eine ganze Strecke hinauf- und hinuntergegangen, und überall haben mir die Leute versichert, es könne kein Ruderboot, außer mit umwickelten Rudern, zu jener Stunde an ihrem Ufer vorbeigefahren sein, ohne daß sie es gehört hätten. Weshalb sind nun die Burschen dahinübergefahren, wenn sie nicht landen wollten? Einfach deshalb, um uns hier glauben zu machen, sie gingen dorthin, während ihr Ziel ganz woanders lag, – und weit kann das Ziel auch nicht von hier sein, sie hätten sich sonst nicht solche unnütze Mühe mit uns gegeben. Ich bin jetzt – und das ist eigentlich die Sache, die ich

Euch mitteilen wollte – fest davon überzeugt, daß die Bootsleute irgendwo drüben im Sumpf, ja vielleicht sogar hier auf der Arkansasseite einen Schlupfwinkel haben, wo sie, wenn sie nichts Schlimmeres tun, wenigstens ihre Spielhöllen unterhalten und andere ehrliche Christenmenschen dadurch unglücklich zu machen suchen. Meinen armen Bruder haben sie in solcher Spielspelunke auch einmal bis aufs Hemd ausgezogen und nachher halbnackt vor die Tür geworfen. Es wäre ein Werk der Barmherzigkeit, ein solches Nest zu zerstören und überhaupt eine Bande hier aus der Gegend zu vertreiben, die nichts Gutes, aber unendlich viel Elend über ihre Nachbarn bringen kann. Hier oben das Haus, der Graue Bär, wie sie es nennen, ist auch ein solcher Platz, dem ich von Herzen wünsche, daß ihn der Mississippi einmal bei nächster Gelegenheit mit fortspülte.«

»Hm – ja«, sagte Smart endlich nach ziemlich langer Pause, während er sich das Kinn strich und gar ernsthaft vor sich niedersah. – Das, was ihm Tom Barnwell an diesem Morgen erzählt hatte, fiel ihm fast unwillkürlich wieder ein, und er blickte sinnend auf den Strom hinaus, den aus Sümpfen kommender leichter Nebel umzog und mit einem dünnen beweglichen Schleier bedeckte. »Und Ihr wißt ganz sicher, daß sie nicht drüben gelandet sind?« fragte er endlich. – »Nicht etwa bei Millers unten? Denn von da an führt auch noch ein Weg durch den Sumpf.«

»Das dachte ich ebenfalls«, rief O'Toole, »und ließ mich deshalb die Mühe nicht verdrießen, hinabzulaufen, aber Gott bewahre! Millers Nigger, Jim, Ihr kennt ihn ja, hat von Dunkelwerden an das Ufer nicht verlassen und schwört Stein und Bein, es sei keine Katze in der Zeit vorbeigeschwommen, viel weniger an Land gestiegen. Und in den Rohrbruch, unten und oben, können sie doch wahrhaftig auch nicht ohne ganz besondere Gründe hineingekrochen sein. Beiläufig gesagt, ich war auch bei dem Deutschen dort unten, Brander heißt er, glaube ich, der neulich hier auf einmal krankgesagt wurde und nach dem der Doktor in Nacht und Nebel fortsprengen mußte. Aber kein Finger tut ihm weh oder hat ihm die letzten acht Tage wehgetan. Ich will gerade nicht be – aber da kommt einer von der Bande; seid ruhig, wir bereden die Sache ein andermal.«

Smart wandte sich schnell nach dem so Bezeichneten um, erkannte aber niemand anders als unseren alten Freund Tom Barnwell, der nach seinem Boot gesehen hatte und nun am Ufer heraufschlenderte. Als er den Wirt bemerkte, ging er rasch auf ihn zu und rief ihn schon von weitem an:

»Nun Sir, – wie ist's? Habt Ihr Euch des armen Mädchens erbarmt? Wollt Ihr sie nicht wieder auf die Straße hinausstoßen?« »Ei nun«, lächelte Jonathan, – »ich hätte das schon gern getan, aber – meine Frau will das nicht. – Sie besteht darauf, das arme Kind bei sich zu behalten und es zu pflegen, bis es wieder gesund ist; nachher soll es aber erst recht dableiben und ihr in der Wirtschaft helfen.«

»Das haben Sie durchgesetzt?« rief der junge Mann freudig.

»Wer? Ich?« fragte Mr. Smart. – »Fragen Sie einmal meine Frau darüber. – Aber – Scherz beiseite, Sir – erzählen Sie uns doch noch einmal, – uns beiden hier, – Mr. O'Toole ist ein Freund von mir und ein braver Mann, – wie und wo, aber besonders genau, wo Sie das Mädchen gefunden haben und was es dort für Auskunft über sich gab.«

Tom willfahrte gern diesem Wunsche und gab über den Ort, wo er die Unglückliche auf so wunderbare Art angetroffen hatte, so ausführlichen Bericht, wie es ihm möglich war.

»Und konntet Ihr gar nichts weiter von dem armen Kinde herausbekommen, wie es auf die Insel geraten sei? Ob es Schiffbruch erlitten, ob das Boot vielleicht einfach auf einen Snag gerannt oder vielleicht gar – angefallen worden wäre?« fragte Smart endlich, während der Ire mit der gespanntesten Aufmerksamkeit dem Bericht lauschte.

»Nein«, sagte Tom sinnend, – »nichts Gewisses, denn in ihrem Zustande konnten ihre Reden kaum für zurechnungsfähig gelten, obgleich einzelne Worte, die ihr entschlüpften, auch wieder das Fürchterlichste ahnen ließen. – Sie sprach von gespaltenen Köpfen und blutigen Leichen, – von ihrem – Gatten, der rein und weiß aus der Flut emporgetaucht wäre. Ich hoffe, ihr Zustand wird sich, bis ich zurückkehre, gebessert haben und sie selbst dann vielleicht Näheres über ihr Unglück anzugeben weiß. Ach Gott, es ist ja auch möglich, daß irgendein entsetzliches Los die Ihren traf und Schreck und Entsetzen ihre Sinne verwirrten. Es sollen sich, wie ich gehört habe, noch immer Indianer in der Nähe des Flusses aufhalten.«

»Sie sprach also gar nichts, was auf das Vorgefallene weiter Bezug haben konnte?« fragte der Ire.

»Die ersten Worte, die ich hörte«, sagte der junge Mann nachdenkend, »handelten von einem Vogel, den sie in seinen goldenen Käfig zurückhaben wollten, und sie redete von ›durch die Büsche kriechen und ihn wieder fangen wollen‹. Doch das war der Wahnsinn; sie saß auch wie ein Vogel auf dem Aste eines niedergebrochenen Baumes.«

»Nun, einen goldenen Käfig hätte sie wahrlich nicht gehabt, wenn sie auch gefangen gewesen wäre«, meinte der Yankee.

»Auf welcher Insel war das?« fragte der Ire. »Unten auf Dreiundsechzig?«

»Ja, ich kenne die Zahlen nicht genau«, erwiderte Tom; »es muß die zweite oder dritte von hier gewesen sein.«

»Es lagen zwei von ihnen nicht weit voneinander entfernt?«

»Ja, ich glaube; – erst kam eine runde, kleine Insel, dicht mit Baumwollholzschößlingen bedeckt; – an der haben wir auch die Nacht mit dem Dampfboot gelegen.«

»Die hat keine Nummer und ist unbewohnbar«, sagte der Ire. »Dann, – ja wahrhaftig, dann muß die gekommen sein, wo ich Marie fand; – ich weiß mich wenigstens an keine weiter zu erinnern als noch ein Stück weiter unten an zwei größere nebeneinander, zwischen denen ich hindurchfuhr.«

»Das sind Zwei- und Dreiundsechzig, – also war das Einundsechzig. Die hat aber ein Hurrikan durch und durch verwüstet; – ich wollte dort einmal ans Land; es war jedoch nicht möglich einzudringen, die Bäume lagen wild und toll durcheinander.« »Ja, ganz recht, – an der Insel war's und Gott nur weiß, wie sie in das Zweig- und Astgewirr hineingeraten ist; ein wahres Wunder muß sie gerettet haben.«

»Smart, Smart«, sagte der Ire kopfschüttelnd, »ob am Ende nicht doch jenes Boot mit der ganzen Geschichte zusammenhängt?«

»Das wäre kaum möglich«, meinte der Wirt, »am Mittwoch abend sind die hier abgefahren, und Donnerstag – nun ja, es könnte schon sein, das glaube ich aber nicht.«

»Was für ein Boot?« fragte Tom, aufmerksam werdend. »Am Mittwoch abend?«

O'Toole erzählte ihm von seinem Verdacht und wie ein Boot, das hier vom Lande gestoßen und gerade über den Strom gerudert, doch von niemandem drüben gesehen worden wäre.

»Und das war am Mittwoch abend?«

»Ja, spät.«

»Ein junger Farmer namens Bredschaw, den ich unterwegs sprach, erzählte mir, daß er an jenem Abend ein mit vielen Männern besetztes Boot angerufen habe«, sagte Tom.

»Bredschaw? Der wohnt ja gleich hier unten, keine sechs oder sieben Meilen von hier, und an dieser Seite des Flusses.«

»Ja, ganz recht; – er hat es mir erst gestern erzählt, – er behauptet auch, es gingen, besonders nachts, recht häufig Boote dort vorüber, und zwar ebensooft stromauf wie stromab. Er meint, es müsse irgendwo, in Helena oder Montgomerys Point, eine Spielhölle sein, daß sich die Leute nächtlicherweile des Stromaufruderns unterzögen, um nur nicht entdeckt zu werden und in Strafe zu verfallen.«

»Sonderbar bleibt das«, sagte Smart; – »das Flußvolk – Ihr nehmt mir die Benennung nicht übel – ist doch sonst gerade nicht so entsetzlich furchtsam vor den Gesetzen, die sie wahrhaftig am allerwenigsten genieren.«

»Smart«, – rief jetzt der Ire plötzlich, – »ich habe mein Wort gegeben, dem Boot nachzuspüren, und ich will es halten. – Vorerst lande ich einmal bei Bredschaw und lasse mir von dem sagen, was er weiß, und dann untersuche ich die Weideninsel und die darauffolgenden Nummern, eine nach der anderen. Finde ich verdächtige Spuren, so hole ich Hilfe und spüre die Sümpfe ab. Bei St. Patrick, ich will doch sehen, ob ich so auf den Kopf gefallen bin, daß ich am hellichten Tage Gespenster sehe, wenn keine da sind.«

»Wann fahrt Ihr ab?« fragte Tom.

»Gleich; – das verschiebe ich keinen Augenblick länger«, lautete die Antwort; »wollt Ihr mit?«

»Ich gehe allerdings auch stromab, aber jetzt noch nicht. – Ich darf jenes unglückliche Mädchen wenigstens heute noch nicht aus den Augen lassen und kann morgen immer noch zeitig genug in Viktoria eintreffen, ehe Edgeworth sein Boot ausgeladen hat, noch dazu, da er Mr. Smarts Versicherung nach auf mich warten will, bis ich ihm nachkomme. Ein solcher Fall wird sicherlich mein etwas längeres Zögern entschuldigen.«

»Gut, mir auch recht«, sagte O'Toole, »desto ungestörter und vielleicht auch unbemerkter kann ich meine Nachforschungen beginnen, aber – etwas an Lebensmitteln sollte ich mitnehmen.« »Die mögt Ihr bei mir zu Hause einpacken. Geht zu meiner Frau, bittet sie darum und sagt nur, Ihr hättet –«

»Die gibt sie mir im Leben nicht«, rief O'Toole – »Acushla machree, Smartchen, kennt Ihr Eure Alte so wenig, daß Ihr noch glauben könnt, die gehorchte einem solchen Befehl? Sie hat mich ganz gern und weiß, daß ich ihr, wo ich nur kann, gefällig bin, heute ist sie aber in so bitterböse Laune, daß ich ihr nicht gern wieder zu nahe kommen möchte. Ich sprach vorher einen Augenblick mit ihr.«

»– mich schon darum gebeten; ich aber habe Euch grob angefahren und Euch geheißen, zum Teufel zu gehen.«
»Hahahaha«, lachte O'Toole, – »Smart spielt wieder einmal den Herrn im Hause. – Nun, meinetwegen, versuchen kann ich das, und auf jeden Fall ist's besser, als wenn ich sagte, Ihr schicktet mich deshalb. Good bye, Gentlemen, Good bye, die Zeit vergeht, und bei Gott, wir bekommen auch einen echten Mississippi-Nebel. Nun wahrhaftig, wenn das nur nicht ärger wird, und ich habe noch dazu neulich meinen Kompaß verloren. Da gehe ich lieber zum Richter und borge mir da einen, der führt ihn immer in der Tasche. – Der Henker mag das Rudern holen, wenn man nicht weiß, wo Nord und Süd ist.«
»Und soll ich jetzt mit zu Euch gehen?« fragte Tom, als O'Toole des Richters Wohnung zuschritt. »Ich hätte gern Gewißheit über ihr Schicksal, denn zu lange darf ich mein Boot nicht verlassen.« »Nein, jetzt noch nicht«, sagte Smart – »bleibt meiner Frau lieber noch ein bißchen unter den Augen weg. Sie ist herzensgut, will aber immer gern ihren eigenen Willen haben, und solange mir der nicht geradezu in die Quere läuft, laß ich ihr auch die Freude. Ihr habt übrigens keine Eile, daß Flatboot erreicht heute Viktoria nicht, ja liegt vielleicht jetzt schon irgendwo an einer Sykomore festgebunden; denn bei dem Nebel, der gerade den Fluß heraufkommt, also weiter unten schon ärger ist als hier, dürfte der beste Lotse nicht wagen, mit einem Flatboot unterwegs zu sein. Es würde auf irgendeine Sandbank laufen und das Steigen des Wassers abwarten müssen oder gar, was noch viel schlimmer wäre, auf irgendeinen Snag rennen, und dann sänke er so tief, daß ihm nicht einmal das Steigen weiter etwas hülfe. Also geduldet Euch; – die Nach bleibt Ihr bei mir, und morgen früh wollen wir schon sehen, wie es weitergeht.«
Tom Barnwell, der wohl einsah, daß er dem Rat des gutmütigen Yankee folgen müsse, schlenderte langsam am Ufer hin, um zu sehen, ob er nicht auf einem der anderen Flat-

boote vielleicht einen Bekannten finde. Das war jedoch nicht der Fall, und er wollte eben in die Stadt zurückgehen, als er Pferdegetrappel hinter sich hörte. Gleich darauf sah er zwei Damen die Straße hinabsprengen, die, aus dem Innern des Landes kommend, den Fluß gleich oberhalb Helena berührte und etwa in hundert Schritte Entfernung an dessen Ufer hinführte, ehe sie wieder rechts nach Squire Daytons Wohnung zu abzweigte.
Tom blieb einen Augenblick stehen, um sie an sich vorüberzulassen, und sah zu ihnen empor; die Sonnenbonnets aber, die beide trugen, verhinderten ihn, ihre Züge genau zu erkennen. Nur einmal, als die Jüngste ihre klaren Augen einen Moment fest auf ihn heftete, war es ihm fast, als ob er das Gesicht schon einmal gesehen habe, doch wurde ihm der Anblick so schnell wieder entzogen, daß er zu irgendeiner Gewißheit darüber nicht kommen konnte. Überdies gingen ihm jetzt viel andere, ernstere Dinge im Kopfe herum, und er schritt schweigend, der unbekannten Reiterin nicht mehr gedenkend, in die Stadt.

21

Jene beiden Damen, welche der junge Bootsmann am Ufer des Flusses gesehen hatte, waren Adele und Mrs. Dayton gewesen, die von Livelys zurückkehrten und nun in kurzem Galopp vor ihr Haus sprengten. Ihr Mulattenknabe empfing sie schon an der Tür und nahm ihnen rasch die Pferde ab, während Mrs. Dayton zuerst nach ihrem Gatten fragte.
»Squire Dayton ist diesen Nachmittag fortgeritten«, lautete des Knaben Antwort; – »Mr. O'Toole hat ebenfalls nach ihm gefragt. Er muß aber schon wieder in Helena sein, denn vorhin brachte ein Matrose von dem Dampfschiff, das unten an der Landung liegt, sein Pferd und sagte, Master würde bald nach Hause kommen.«

Die Frauen stiegen schweigend die Treppe hinauf, und Adele legte nun ihren Bonnet ab, warf sich die langen, vollen Locken aus der Stirn und öffnete das Klavier. Langsam glitten ihre Finger zuerst über die Tasten hin; in leisen, kaum hörbaren Akkorden deutete sie mit leichtem Griffe einzelne Melodien an. Immer schwermütiger wurde aber die wehmütig-ernste Weise, in die sie hineingeraten schien, immer weicher verschmolzen die sanften Töne ineinander, und erst als sie plötzlich schroff in einen Dur-Akkord überging, um nun in rauschenden, wilden Harmonien die frühere Schwäche zu bannen oder wenigstens zu übertäuben, glänzten und blitzten ihre holden Augen wieder in dem alten gewohnten Feuer, und die kleinen zarten Finger berührten die Tasten mit so festem, sicherem Anschlag, daß dieser auch wieder in seiner Rückwirkung der Seele der Spielenden Festigkeit und Sicherheit zu geben schien. Mrs. Dayton hatte indessen, von Nancy dabei unterstützt, ihre Reitkleider abgelegt, saß in ihren weichgepolsterten Stuhl zurückgelehnt, das reizende, aber etwas bleiche, kleine Antlitz in die Hand gestützt, und heftete nur manchmal das Auge fest und prüfend auf das halb von ihr abgewandte Köpfchen der jüngeren Schwester.
»Was fehlt dir, Adele?« fragte sie endlich leise, während ein kaum merkliches Lächeln um ihre Lippen spielte. – »Weshalb bist du so verdrießlich?«
»Wer? Ich? Verdrießlich? Was mir fehlt? Ein paar wunderliche Fragen, Hedwig; – es ist mir nie wohler und ich bin nie munterer gewesen als eben jetzt; – was soll mir fehlen? Ach, du meinst, weil ich das alberne ›Days of Absence‹ einmal durchspielte? Hahaha, es kam mir nur gerade so unter die Finger. – Nein, tanzen möchte ich jetzt, – tanzen bis ich – bis ich mich einmal recht sattgetanzt hätte. Apropos, Hedwig, der junge Mann, der gerade da, wo die ersten Flatboote lagen, am Ufer stand, kam mir recht bekannt vor; ich bemerkte ihn nur eben erst, als wir vorbeisprengten; aus Helena ist er aber nicht. – Ich muß das Gesicht schon einmal gesehen

haben, wenn auch vielleicht in anderer Tracht und anderer Umgebung.«

»Mir war er fremd!« sagte Mrs. Dayton. – »Seiner Kleidung nach schien er zu einem der Boote zu gehören. Doch wo nur Dayton wieder bleiben mag; ach, wenn er doch das, was er vor kurzer Zeit zum ersten Male erwähnte, wahr machen und von hier fortziehen wollte; – ich weiß nicht, Arkansas will mir gar nicht mehr gefallen. Dieses rüde Leben und Treiben verletzt mich; die Leute sind mit wenigen Ausnahmen so roh und teilnahmslos, und Dayton sieht sich so von allen Seiten in Anspruch genommen, daß er sein Leben ja gar nicht mehr genießen kann. Wie er mir sagte, will er nach New York ziehen.«

»Ich gehe mit Euch«, sagte Adele, indem sie rasch vom Klavier aufstand, ans Fenster trat und mit den kleinen Fingern der rechten Hand langsam an die Scheiben trommelte; – »mir gefällt es ebenfalls nicht mehr hier; ich will auch fort; ich glaube, dieses Arkansas ist ein recht ungesundes Land. – Es wundert mich, daß ihr so lange hier ausgehalten habt.«

»Allerdings ist das Klima hier in Helena nicht gerade besonders gut«, erwiderte mit leichtem Lächeln Mrs. Dayton, »aber etwas weiter im Lande drin, – in und auf den Hügeln soll die Luft doch –«

»Sieh, dort kommt der Fremde«, – unterbrach sie schnell Adele, »er scheint sich die Stadt ein bißchen ansehen zu wollen. Jetzt bin ich neugierig, wer das sein – Tom Barnwell bei allem, was da lebt! – Tom Barnwell aus Indiana! Den glaubte ich eher in Afrika oder Europa.«

»Aber wer ist Tom Barnwell?«

»Ein früherer guter Bekannter unserer Familie und ehemaliger sehr starker Anbeter von Marie Morris, der jetzigen Mrs. Hawes. Jene Liebe soll auch die Ursache gewesen sein, daß er zur See ging; er ist aber rasch wieder zurückgekehrt.«

»Er kommt gerade auf das Haus zu.«

»Ei, – ich rufe ihn an«, sagte Adele plötzlich; – »Tom war

stets ein wackerer Bursche und überall beliebt. Marie verstand ihn nur damals nicht, so wenigstens glaube ich, und als er sah, daß sie den anderen Bewerber vorzog, räumte er freiwillig das Feld und verließ die Staaten. Ob er wohl weiß, daß sie hier so ganz in der Nähe ist? – Aber er geht wahrhaftig vorüber, ohne heraufzusehen. – Der muß in tiefen Gedanken sein, unser Haus fiele ihm doch sonst gewiß vor allen übrigen auf. Höre, Nancy, geh einmal rasch hinunter und sage dem jungen Manne dort – siehst du den, der da gerade um die Ecke biegen will –, eine alte Bekannte ließe ihn bitten, einen Augenblick hierherzukommen, – sie wünschte ihn zu sprechen.«

Die Mulattin folgte rasch dem Befehl, und Tom war nicht wenig erstaunt, auf solche Art und in einer ihm wildfremden Stadt angeredet zu werden, gehorchte aber ohne weiteres der Einladung und stand bald darauf vor Adele, die ihm freundlich grüßend die Hand entgegenstreckte.

»Willkommen in Arkansas, Mr. Barnwell! Es ist hübsch von Ihnen, daß Sie des alten Onkel Sams Territorien nicht ganz vergessen haben. – Mr. Barnwell aus Indiana, Mrs. Dayton aus Georgia.«

»Miß Dunmore!« rief Tom erstaunt und erfaßte mechanisch die ihm dargebotene Rechte. – »Miß Dunmore, träume ich denn oder wache ich? – Sie hier in Helena? – Und wissen Sie denn? – Nein, nein, wie könnten Sie es denn wissen – Marie! –« »Um Gottes willen!« sagte Adele erschrocken, – »Was fehlt Ihnen, Sir, erst jetzt sehe ich, – Sie sind leichenblaß, – Sie haben Marie gesehen?«

»Ja«, stöhnte der junge Mann und barg für einen Augenblick das Antlitz in den Händen, dann aber, sich rasch wieder sammelnd, sagte er leise: »Sie ist hier!«

»Ja, ich weiß es«, erwiderte Adele mitleidig, »wenn auch nicht hier in Helena, doch gar nicht weit entfernt, in Sinkville.«

»In Sinkville? Nein, – hier – hier – in der Stadt.«

»Wer? – Marie?« rief Adele. – »Und ihr Mann?«

»Oh, Miß Dunmore!« bat Tom, ohne die letzte Frage zu beantworten, ja ohne sie vielleicht zu hören. – »Sie waren stets Marie eine treue, liebende Freundin; – verlassen Sie jetzt nicht die Unglückliche in ihrer größten, fürchterlichsten Not! –«
»Um alles Lebendigen willen, was ist geschehen?« rief Adele und erfaßte krampfhaft den Arm des Unglücksboten. Dieser aber erzählte der atemlos Zuhörenden die Erlebnisse des gestrigen Abends und wie und wo er das arme Wesen getroffen, teilte ihr seine Befürchtungen mit und bat sie nochmals, sich der Schutzlosen hier in der fremden Stadt anzunehmen. Mrs. Dayton, die teilnehmend dem Bericht zugehört hatte, fiel hier, als sie das trostlose Entsetzen in Adeles Angesicht bemerkte, dem jungen Mann in die Rede und versicherte ihm, die Freundin ihrer Adele solle in ihrem eigenen Hause ein Asyl finden.
Das Mädchen faßte dankend ihre Hand.
»Wie aber teilen wir Hawes die Schreckensbotschaft mit?« rief sie ängstlich. »Und wie kommt Marie gestern abend auf den Fluß, da er sie doch erst gegen Morgen auf seiner Plantage verlassen haben kann?«
»Wer – Hawes?« fragte Tom erstaunt. – »Edward Hawes? Der muß mit auf dem Boot gewesen sein. Maries Phantasien kehren immer wieder zu ihrem Gatten zurück, den sie wie ihre Eltern totsagt.«
»Was ist das?« rief Adele entsetzt. – »Sie wahnsinnig – ihre Eltern tot – und Hawes hier – gesund und wohl? Großer Gott, wie kann das zusammenhängen? – Waren wenige Stunden imstande, solche fürchterliche Veränderungen hervorzubringen, – oder – ich weiß nicht, mir schwindelt selbst der Kopf, wenn ich nur so Entsetzliches denken soll; es kann ja wahrhaftig nicht sein.«
»Fasse dich, liebes Kind«, beruhigte sie Mrs. Dayton, – »gewiß herrscht hier noch irgendwo ein Mißverständnis. – Marie Hawes, die Mr. Hawes erst gestern morgen auf seiner Plantage verlassen hat –«

»Liegt jetzt krank, halb wahnsinnig in Mr. Smarts Hotel in Helena«, unterbrach sie Tom seufzend. – »Wollte Gott, ich hätte mich wirklich geirrt; – doch das alles ist nur zu wahr, zu fürchterlich wahr.«
»Ich muß hin, – ich muß sie sehen!« rief Adele. – »Komm, Hedwig! – Nicht wahr, du begleitest mich?«
»Gewiß, Adele; es wäre mir sogar lieb, wenn uns auch Georg dort aufsuchen wollte. – Er ist Arzt wie Friedensrichter, und ich fürchte fast, das arme Mädchen wird die Hilfe des einen wie des anderen brauchen.«
»Oh, so laß uns eilen«, bat Adele; – »jeder Augenblick Verzögerung könnte der Tod der Unglücklichen sein. – Komm, Hedwig, komm!«
Rasch setzte sie den erst abgelegten Bonnet wieder auf, half Mrs. Dayton ein Tuch umhängen und schritt hastig voran zur Tür; Hedwig aber blieb hier noch einmal stehen und trug Nancy auf, Mr. Dayton, sobald er nach Hause kommen sollte, zu sagen, sie seien in das Union-Hotel gegangen, um eine Kranke zu besuchen, und sie ließen ihn bitten, doch auf jeden Fall dort, sobald ihm das nur irgend möglich wäre, vorzusprechen.
Unten im Hotel trafen sie weiter niemanden als den Neger, der ihnen auf ihre Frage mitteilte, Mrs. Smart sei oben bei der kranken jungen Frau, Mr. Smart aber abwesend, und ihm selber wäre befohlen worden, keine menschliche Seele, die hinauf wollte, passieren zu lassen, den Doktor ausgenommen.
»Schon gut, Scipio, schon gut!« sagte Adele und drückte ihm aus ihrer kleinen Börse einen halben Dollar in die rauhe, schwielige Hand. »Wir müssen die junge Dame sprechen, hörst du?«
»Ja, Missus, wenn Sie müssen, da ist's was anderes«, lachte der Neger mit breitem Grinsen! – »meine Missus hat mir nur ausdrücklich befohlen, alle die abzuweisen, die hinauf wollten, – selbst Massa; – aber wenn Sie müssen«, und er machte

eine etwas ungeschickte Verbeugung, während die Damen an ihm vorüber die Treppe hinaufstiegen. Nur erst, als Tom ihnen folgen wollte, faßte er dessen Arm und erklärte, er würde ihn unter keiner Bedingung hinauflassen. Tom aber, darauf wohl vorbereitet, flüsterte ihm, mit einem ähnlichen Geschenk, rasch zu: »Es ist meine Schwester, Bursche, und ich muß ebenfalls hinauf«, wonach er auch schon dadurch allen Bedenklichkeiten des Äthiopiers ein Ende machte, daß er diesen ohne weiteres mit riesenstarker Faust zur Seite schob und den Damen in raschen Sätzen treppauf folgte. Scipio aber steckte die beiden Halb-Dollarstücke in die Tasche und murmelte, während er sich mit breitem, innigvergnügtem Lachen abwandte: »Es war doch ein Glück, daß Missus den Posten hierhergestellt hat, – hätte sonst das größte Unglück passieren können.«

Im nächsten Augenblick standen die beiden Damen mit Tom an der Tür der Krankenstube, und auf ihr leises Klopfen öffnete Mrs. Smart, allerdings nur so weit, als nötig war, um die Außenstehenden zu erkennen, wobei sie schon mit scharfer Zunge, aber sehr gedämpfter Stimme eine grimmige Zornrede von innen heraus begann. Kaum erkannte sie jedoch Mrs. Dayton und die muntere Miß Adele Dunmore, ihren Liebling, als sich ihr eben noch so finsteres Angesicht auch aufklärte und sie, zurücktretend, die Frauen und ihren ihnen dicht folgenden Begleiter eintreten ließ, dabei aber durch alle nur möglichen Zeichen und Gebärden Stillschweigen als etwas unumgänglich Nötiges anempfahl und zur Pflicht machte.

Marie schlief, und noch immer trug sie das weiße, von Dornen zerrissene Oberkleid. Die langen Locken hingen ihr wirr und unordentlich um die fast leichenbleichen Schläfen, die rechte Hand hielt sie fest auf das Herz gepreßt und die linke stützte die blutleere Wange, gegen welche die langen, dunklen geschlossenen Wimpern nur noch mehr abstachen und ihre Blässe hervorhoben. Ihre Brust hob sich ängstlich, und die Lippen bewegten sich leise; – ihr zerrütteter Geist ließ ihr selbst im Schlaf keine Ruhe. Adele blickte starr und entsetzt auf die Freundin hinüber, und große, helle Tränen liefen ihr an den Wangen herab.

»Marie, oh du arme, unglückliche Marie!« stöhnte sie.

Leise, fast unhörbar waren diese Worte gelispelt worden; dennoch hatten sie das Ohr der Schlummernden erreicht. – Sie öffnete die großen blauen Augen, und ihre Blicke hafteten im ersten Moment erstaunt auf ihrer Umgebung. Dann richtete sie sich halb auf dem Lager empor, strich sich das wirre Haar aus der Stirn und streckte Adele lächelnd die Hand entgegen. Sie schien gar nichts Außerordentliches darin zu finden, die Freundin, die sie doch weit von da entfernt glauben mußte, so plötzlich hier zu sehen.

»Marie!« rief aber Adele und warf sich schluchzend über sie. – »Marie, – armes – armes unglückliches Kind! – Wo bist du gewesen, was ist dir widerfahren?«

»Das ist schön von dir, daß du mich besuchen kommst«, sagte die Frau, schob ihr leise mit beiden Händen die Locken zurück und küßte ihre Stirn. – »Auch Tom Barnwell ist da; – armer Tom!« – Und sie bot ihm mit mitleidigem Blick die eine kleine Hand, die er schweigend nahm und leise drückte.

»Marie, – willst du mir eine Frage beantworten?« flüsterte endlich Adele und suchte sich soviel wie möglich zu sammeln. »Willst du mir über einiges, was uns beide angeht, Auskunft geben?« »Ei, jawohl, – recht gern«, – lächelte die Kranke, »gewiß will ich das; warum nicht?« – Sie war ganz ruhig und gefaßt; nur der unstete, umherschweifende Blick verkündete noch die wilde Richtung, die ihr Geist genommen hatte.

»Gut«, – sagte Adele und hielt gewaltsam die Tränen zurück, die ihr fortwährend die Stimme zu ersticken drohten; – »wann – wann hast du Sinkville verlassen?«

»Sinkville?« wiederholte Marie erstaunt. – »Sinkville? Den Namen habe ich nie gehört; – in Indiana liegt doch kein Sinkville?«

»Ich meine deine Plantage drüben in Mississippi.«
»Plantage? In Mississippi?« sagte Marie noch ebenso verwundert und halb lächelnd. – »Du träumst wohl, närrisches Kind – wie sollte ich denn zu einer Plantage in Mississippi kommen? – Ich kenne den Staat gar nicht und habe ihn nie betreten.«
»Hat sich denn Eduard nicht bei Sinkville angekauft?« fragte Adele verwundert.
Marie war bis jetzt vollkommen ruhig gewesen, und augenscheinlich mußte sie die letzten fürchterlichen Vorgänge ganz vergessen haben. Der fremde Ort, an dem sie sich befand, die Personen, von denen keine eine Erinnerung an das Geschehene zurückrief, die Erwähnung fremder, ihr unbekannter Namen lenkte sie mehr und mehr von den Erlebnissen jener Nacht ab oder mochte ihr diese wenigstens, wenn sie in düsteren Bildern dennoch wieder vor ihrer Seele aufsteigen wollten, wie irgendeinen wilden, fürchterlichen Traum erscheinen lassen.
Eduards Name aber, ihr so plötzlich entgegengerufen, war das Zauberwort, das diesen glücklichen Schleier zerriß. Krampfhaft fuhr sie empor; die Hände preßte sie gegen die Stirn, und die stieren Blicke heftete sie wild auf die zurückbebende Freundin. Dann aber sprang sie rasch von ihrem Lager auf und rief, während sie mit ausgestrecktem Finger, dem ihr Blick in glanzloser Leere folgte, nach dem Fenster deutete: »Dort – dort steigt er herauf! – Seine Locken sind naß; – aber sein helles Lachen schallt über das Verdeck. Eduard! – Heiland der Welt, – Eduard, schütze dein Weib! – Hahaha, Kinder, – das ging vortrefflich! – Über Bord mit dem Aas! – Gebt ihnen nur die Steine mit! – Eduard, – schütze dein Weib! – Eduard! – Hahahahaha!« und mit krampfhaftem Lachen sank sie bewußtlos auf ihr Bett zurück.
Die Frauen hatten ihr schaudernd zugehört, und selbst Toms Herz erbebte, als er den markdurchschneidenden Schmer-

zensschrei der einst – ach, der noch so Geliebten hörte. Mrs. Smart war die erste, die sich wenigstens so weit sammelte, um dem armen Kinde alle nur mögliche äußerliche Hilfe zu leisten. Marie kam bald wieder zu sich, und die wilde Angst, die sie bis dahin erfaßt hatte, schien jetzt einem sanfteren Schmerz Raum geben zu wollen. – Sie weinte sich an Adeles Brust recht herzlich aus und horchte wenigstens ruhig den Trostworten der Freunde zu. Alles aber, was diese versuchten, um Aufklärung über das entsetzliche Geheimnis von ihr zu bekommen, blieb fruchtlos; denn was sie darüber äußerte, verwirrte sie nur immer noch mehr, da es mit Eduard Hawes' Worten so gar nicht zusammenstimmte.

Dieser mußte nun vor allen Dingen von seines Weibes Zustand benachrichtigt werden, und Adele beschloß, ihn brieflich in ihre eigene Wohnung zu bestellen, um ihn dort erst auf das Gräßliche vorzubereiten. Ein Bote sollte zu diesem Zweck augenblicklich nach Livelys Farm hinausgesandt werden, und während Adele die kurze Note schrieb, beriet sich Mrs. Dayton mit Mrs. Smart, wie und auf welche Weise Marie am besten in ihre Wohnung geschafft werden könne. Das wollte nun die gute Frau im Anfang allerdings gar nicht zulassen; da sie aber doch wohl einsehen mußte, die Unglückliche würde sich, von der Freundin gewartet und gepflegt, viel schneller erholen, als das bei ihr möglich sei, so gab sie endlich nach, ja erbot sich sogar, die Kranke in ihrem eigenen Kabriolett hinüberzuschicken, damit sie nicht die Aufmerksamkeit des stets müßigen und gaffenden Volkes zu sehr errege.

Der Bote, der nach Livelys Farm hinausritt, sollte zu gleicher Zeit vor Daytons Haus halten und Nancy beauftragen, das kleine Zimmer im oberen Stock herzurichten, damit sie, wenn sie dort ankämen, alles bereit fänden. Scipio, der zu diesem Dienst erwählt war, hatte denn auch eben Squire Daytons Wohnung verlassen und den breiten, nach Livelys Farm hinausführenden Reitpfad eingeschlagen, als der Squire selbst zurückkehrte und von Nancy die hinterlassene

Botschaft seiner Frau empfing. »Eine kranke Freundin? Woher?« fragte er erstaunt.
»Missus sagte nichts davon«, erwiderte das junge Mädchen, »aber Sip, der eben hier war und einen Brief nach Livelys Farm hinausbringen soll, meint, es wäre die Schwester eines Bootsmanns, der sie mit dem Dampfschiff von New Orleans gebracht hätte.«
Squire Dayton ging, ohne hierauf etwas zu erwidern, in sein Zimmer hinauf, schloß in den dort stehenden Sekretär ein ziemlich großes Paket Papiere, zog den Schlüssel wieder ab und schritt dann in tiefem Nachdenken und augenscheinlicher Unruhe rasch zum Union-Hotel.
Marie hatte sich unterdessen beinahe vollständig von ihrer ersten Aufregung erholt. Adele war nämlich eifrig bemüht gewesen, ihr das Ganze, was jetzt ihre Seele ängstigte und quälte, als einen fürchterlichen Traum zu schildern, der aber auch weiter nichts als eben ein Traum sei; denn ihr Eduard lebe, sei gesund und werde sie noch heute abend in seine Arme schließen. Das aber, was sie da immer von hohen Palmen, einer wunderschönen, stolzen Frau und wilden Gestalten phantasiere, die ihr Leben bedrohten, sei auch eben nur eine Phantasie, der sie sich nicht so willenlos hingeben, sondern die sie bekämpfen müsse. Da waren Schritte auf der Treppe zu hören, und gleich darauf fragte dicht vor ihrer Tür Squire Daytons Stimme, in welchem Zimmer sich die Kranke befinde. Kaum aber hatte Marie diese Töne gehört, als sie, ein Bild starren Entsetzens, von ihrem Lager emporfuhr.
»Um Gottes willen, was ist dir wieder, Marie?« fragte Adele erschreckt.
»Hier? Gleich hinter dieser Tür?« fragte noch einmal der Squire draußen, als ihm diese wahrscheinlich von unten herauf bezeichnet worden war.
»Heiland der Welt, – das ist er!« schrie Marie entsetzt. – »Das ist der Fürchterliche! – Schützt mich vor ihm; – er will mich wiederhaben.«

»Marie, beruhige dich doch nur«, bat sie Adele; »das ist ja Squire Dayton, der Gatte dieser Dame, – ein braver, wackerer Mann, der dich vor jedem Schaden bewahren wird.«
In diesem Augenblick öffnete sich die Tür, und der Squire trat ein. Marie heftete dabei fest und prüfend den Blick auf ihn und schien mit peinlich-ängstlicher Spannung in seinem Innern zu lesen; als aber Dayton nach einigen flüchtig mit seiner Frau gewechselten Worten auf sie zuging, ihre Hand erfaßte und sie mit seiner gewinnenden Stimme und den sanftesten Tönen begrüßte, ließ die Furcht in ihrem ganzen Wesen nach; sie sank auf ihr Lager zurück und wurde ruhig. Nur noch manchmal, wenn sie die Augen schloß und dann nur den Laut seiner Worte vernahm, fuhr sie wieder empor und sah sich scheu im Zimmer um, als ob sie sich überzeugen wolle, wo sie denn eigentlich und was ihre Umgebung sei.
Der Wagen fuhr indessen vor, und die Frauen geleiteten Marie die Treppe hinab, Tom aber, der mit dem Squire noch zurückblieb, erzählte diesem jetzt umständlich, was es eigentlich für eine Bewandtnis mit dem armen Mädchen habe, wie er sie gefunden und wie sein Verdacht durch alles Gehörte immer mehr verstärkt würde, hier irgendeine planmäßige Büberei zu vermuten, wenn es auch jetzt noch nicht möglich sei, sie zu ergründen. Mr. Hawes' Gegenwart müsse indessen viel dazu beitragen, Licht auf die Sache zu werfen.
»Und Sie glauben, daß Sie die Unglückliche an einer Insel gefunden haben?« fragte ihn der Squire, der bis jetzt der Erzählung des jungen Mannes mit dem gespanntesten Interesse gefolgt war.
»Glauben?« sagte Tom. – »Das weiß ich gewiß, es ist die zweite von hier stromab und muß nach jenes Irländers Bericht Nr. Einundsechzig sein.«
»Welches Irländers? – Des Mannes, der im Union-Hotel aus und ein geht?«
»Das weiß ich nicht; doch sprach ich ihn allerdings mit Mr.

Smart am Ufer, und er ist jetzt stromab, um jene Insel zu untersuchen.«

»Wer? Der Ire?« fragte der Squire schnell.

»Nun ja, er will überhaupt allerlei Verdächtiges in letzter Zeit bemerkt haben und behauptet sogar, es müsse dort irgendwo eine Art von Spielhölle existieren, die das böse, nichtsnutzige Gesindel so in Helenas Nähe halte. Er war seiner Sache ziemlich gewiß und ist jetzt den Strom hinuntergefahren, um sich vollkommen davon zu überzeugen. Ich selbst möchte nur noch abwarten, wie die Veränderung auf den Zustand jener unglücklichen Frau einwirkt, und dann nehme ich meine Jolle und fahre so rasch wie möglich nach Viktoria, um unser Flatboot einzuholen. Unterwegs will ich übrigens selbst dort landen, wo ich die Arme gefunden habe, und einem Jäger, wie ich es bin, wird es nicht schwer werden zu entdecken, was jener Ort verbirgt.«

«Sie fahren allein?« fragte der Squire.

»Leider, ich muß Steuermann und Bootsknecht spielen; doch das ist nicht zu ändern. Wenn sich nur der verwünschte Nebel ein klein wenig aufklären wollte.«

»Ja, ja«, sagte Dayton, »wie es jetzt ist, würde es Ihnen auch unmöglich werden, stromab zu gehen; sobald Sie die Ruder eingelegt haben, wissen Sie nicht mehr, wohin. Ich rate Ihnen auf jeden Fall, erst den Nebel abzuwarten; vielleicht finden Sie bis dahin auch eine Begleitung. Es sind fast stets Leute hier, die nach Viktoria hinüber wollen.«

»Nun, statt mancher Begleitung führe ich lieber allein«, meinte Tom. »Wenn mich jedoch jemand, um seine Passage zu verdienen, hinabrudern wollte, hätte ich nichts dagegen. Das wird übrigens keiner tun, und ich habe auch keine Zeit, darauf zu warten. Kann ich in dem Nebel nicht rudern, ei nun, so lasse ich das Boot eben treiben, und die Strömung muß es ja dann mit hinabnehmen; jeder Snag, an dem ich vorbeikomme, sagt mir die Richtung der Flut, und überdies kann ich mich ja auch im Anfang noch ein wenig in der Nähe

des Ufers halten. Doch ich muß einmal nach meinem Boot sehen; es ist nicht angeschlossen, und ich traue den Burschen hier nicht besonders viel Gutes zu.«
»So erwarten Sie mich wenigstens, ehe Sie abfahren, an Ihrem Boot«, sagte der Richter; »ich will Ihnen ein paar Zeilen an den Friedensrichter in Sinkville mitgeben, damit Sie, falls Sie wirklich etwas Verdächtiges entdeckten, dort gleich Unterstützung fänden. Die junge Dame soll inzwischen gut aufgehoben sein.« »Ich fürchte das Schlimmste für die Unglückliche«, seufzte Tom und schritt langsam dem Flußufer zu, während der Richter stehenblieb und ihm lange und sinnend nachschaute.
Noch stand er so, als ein kleiner weißer Knabe auf ihn zutrat und ihm ein locker und unordentlich zusammengefaltetes, aber mit vielen Siegeln fest verklebtes Briefchen gab, das er las und zu sich steckte. Dann ging er langsam die Mainstreet hinab und verschwand in der nächsten rechts abführenden Straße.

22

Dicht bei Helena, und zwar die nördlichste Grenze der Stadt bildend, ja eigentlich fast wie ein verlorener Posten schon über das Weichbild derselben hinausgerückt, stand ein einsames, kleines Häuschen ganz dicht am Ufer, im Norden und Westen hoch von Bäumen, im Osten vom Mississippi, im Süden aber, und zwar nach der Stadt zu, von dichtem, niederem Buschwerk eingeschlossen, das einer vorjährigen unbenutzten Rodung entwuchert war. Die Frontstreet führte übrigens bis hier heraus, wenigstens verkündete das ein neben der ›ausgehauenen‹ Straße an eine starke Eiche genageltes kleines Brett, und der ganze umliegende Platz war auch in einzelne ›Lots‹ oder Bauplätze abgeteilt, von Spekulanten aber angekauft und liegengeblieben, da sich die meisten Ansiedler lieber dem wacker gedeihenden Städtchen Napoleon an der Mündung des Arkansas anschlossen. Dieses erhielt nämlich durch den Arkansas eine ununterbrochene Verbindung mit dem ganzen ungeheuren Westen der Vereinigten Staaten, während Helena gerade im Westen fast gänzlich durch jene ungeheuren Sümpfe von den auch nur sparsam dort zerstreuten Ansiedlungen abgeschlossen war. Nur durch jene niedere Hügelreihe konnte es mit Little Rock und Batesville eine Verbindung unterhalten, die noch überdies das ganze Jahr hindurch leichter auf Dampfbooten bewerkstelligt wurde. Selbst nach Batesville liefen kleine Dampfer schon bei nur mäßigem Wasserstande.

Der Besitzer jener dicht am Ufer gelegenen ›Lots‹ schien auch geglaubt zu haben, seine Rechnung in der Bebauung des Platzes selbst zu finden; denn er errichtete dort ein ziemlich geräumiges Häuschen, lichtete den Wald um dieses herum und begann sogar ein in der Nähe gelegenes und ihm gehörendes Feld zu bebauen. Bald aber, wie es bei den westlichen Pionieren und Backwoodsmen gewöhnlich geschieht, fing der Ort an, ihm zu mißfallen; Helena hatte sich nicht so rasch vergrößert, wie er es erwartete, und er verkaufte, kaum zum Betrag der darauf verwendeten Arbeitskosten, sein kleines Besitztum an einen früheren Bootsmann. Dieser ließ sich dort nieder, erhielt vom Richter die Erlaubnis, spirituöse Getränke – nach dem amerikanischen Gesetze nur nicht an Indianer, Neger und Soldaten – zu verkaufen, und mußte wohl auch ganz gute Geschäfte machen; denn er legte bald darauf noch ein Flatboot dicht an sein Haus an, das bei hohem Wasser mit diesem fast parallel stand, im Frühjahr aber tief unten auf dem Strome an langen Tauen befestigt lag, während eine in die Ufererde gestochene Treppe die Verbindung zwischen Land und Wasser unterhielt.

Allerdings wollte man in der Stadt ziemlich bestimmt wissen, es werde, besonders auf jenem Flatboot, nachts, und zwar um bedeutende Summen, gespielt.

Der Richter hatte aber schon mehrere Male mit dem Konstabler selbst ganz unerwartet Nachsuchung gehalten, ohne auch nur das mindeste Verdächtige zu bemerken, und da das Haus ziemlich getrennt von der Stadt lag und man das nächtliche Singen und Zechen dort nicht hören konnte, so kümmerte sich bald niemand mehr darum.

Der Wirt, der seine Bedürfnisse ebenfalls nur von Flat- oder Dampfbooten bezog, kam überdies selten oder nie nach Helena hinein, so daß ihn viele Bewohner der Stadt nicht einmal vom Ansehen kannten.

Der Nachmittag war jetzt ziemlich weit vorgerückt; trübe und düster lag er aber auf der niederen Sumpfstrecke, die sich fast nach allen Himmelsgegenden hin in weiter, ununterbrochener, trostloser Fläche ausdehnte.

Der Nebel, der bis dahin in einzelnen, noch zerrissenen Wolken bald hier, bald da hinüberdrängte und dann und wann kleine Strecken des Flusses, ja manchmal sogar bei einem etwas stärkeren Luftzuge das gegenüberliegende Ufer sichtbar werden ließ, hatte sich jetzt zu einer festen Masse verdichtet und lagerte ruhig auf der unheimlich unter ihm dahinschießenden Flut. Selbst der leise, noch nicht ganz erstorbene Wind vermochte nicht mehr auf ihn einzuwirken und konnte nur dann und wann einen wehenden Streifen von ihm losreißen und über das feste Land hinauspressen. Dieser Nebelfetzen durchzog es dann in weißen, durchsichtigen Wolken, um später, mit den Schwaden der Niederung vermischt, nur neue Kräfte in seinen rötlichen, ungesunden Dünsten zu sammeln und in das nebelgefüllte Strombett zurückzuführen.

Die Sonne selbst vermochte nicht durch die ihrem Lichte trotzenden Massen zu dringen, und ihre blutrote Scheibe stand strahlenlos und düster am Firmament. – Die ganze Mittagszeit hindurch hatte sie den Titanenkampf gegen die ineinandergepreßten Schwaden gekämpft, doch vergebens, und jetzt schien es fast, als ob sie voll zornigen Unwillens das unerfreuliche Ringen aufgebe und ernst und mürrisch in ihr waldumschlossenes Lager niedersteige. Brach sich dann die Abendluft nicht Bahn und zerstreute diese nicht mit starkem Hauch den stämmigen Feind, dann konnte die Nacht wohl schwerlich seine Massen bewältigen. Feuchter Nachttau und der Atem der schlummernden Erde nährten ihn mehr und mehr, so daß er sich noch nach allen Seiten ausbreitete und zuletzt sogar den Wald bis zum Rande mit milchweißem Schaum erfüllte, was ihm am Tage nicht möglich gewesen war.

Das dicht am Ufer stehende kleine Haus befand sich ebenfalls im Bereiche dieser Schwaden oder doch wenigstens so dicht an der Grenze derselben, daß bei jedem nur leise herüberwehenden Luftzug der ganze Drang des Nebels sich über das Gebäude hinwälzte und es förmlich umhüllte. Wenig schien das aber die darin versammelte lustige Schar von Bootsleuten zu kümmern, deren Lärmen und Johlen nur einmal, und selbst da nur auf Sekunden, unterbrochen werden konnte, als ein augenscheinlich nicht zu ihnen gehörender, sehr modern und elegant gekleideter Mann eintrat und rasch, ohne links oder rechts zu sehen, den menschengedrängten Raum durchschritt und gleich darauf in einer Tür verschwand, die zu dem hinteren Teil des Gebäudes führte.

Als er das auf den Strom hinaussehende niedere Gemach betrat, wollte sich eine andere Person, wie es schien, leise und unbemerkt zur gegenüberliegenden Tür hinausstehlen, des Fremden scharfes Auge vereitelte aber den Versuch.

»Waterford!« rief er ernst. – »Bleib hier! – Ich will jetzt nicht untersuchen, weshalb Ihr Euren Posten verlassen habt; – ich bedarf Eurer; – später werdet Ihr vielleicht darüber Rechenschaft zu geben wissen. Ist Toby eingetroffen?«

»Nein, Kapitän Kelly!« lautete die demütig gegebene Antwort des sonst wild und trotzig genug aussehenden Burschen, der mit dem einen funkelnden Auge – das andere hatte er in

einen Gouchkampfe* verloren – scheu unter den grauen buschigen Augenbrauen hervorblinzelte.
»Nein?« rief Kelly und stampfte unmutig den Boden. »Daß die Pest seine faulen Sohlen treffe! – Schicke ihm rasch jemanden entgegen! – Er muß unterwegs sein und noch heute nacht auf der Insel eintreffen. – Rasch, – sende Belwy; der ist leicht und kann dem Rappen eher etwas zumuten. Er soll sich übersetzen lassen und reiten, bis ihm daß Roß unter dem Leibe zusammenbricht, und halt – noch eins! Sobald Ihr drüben das Raketenzeichen seht, braucht Ihr keine weiteren Befehle von mir abzuwarten. Ihr wißt dann, was Ihr zu tun habt. Seid aber schnell und sendet alle, die Ihr auftreiben könnt, und zwar alle auch zu augenblicklicher Flucht gerüstet.«
Der Einäugige verschwand durch die Tür, und der Kapitän schritt mit festverschlungenen Armen und schweigend wohl

*Das *gouching* ist eine den sonst so kräftigen und offenen Charakter der Amerikaner wahrhaft schändende Sitte und wird überhaupt nur in einem sehr kleinen Teile der Union, hauptsächlich in Kentucky, ausgeübt. Hat nämlich beim Boxen oder Ringen der eine Kämpfer den andern niedergeworfen, und will dieser sich durch Treten oder Beißen befreien – denn bis der Besiegte nicht sein »enough« – genug – ruft, wird der Kampf nicht für beendet angesehen –, so sucht der Obenliegende den schon so weit Überwundenen zu gautschen – das heißt, er drängt ihm einen oder auch beide Daumen in die Augenhöhlen hinein, aus denen er, wenn nicht daran verhindert, die Augäpfel herauspreßt. Nicht selten wickelt er dabei mit raschem geschicktem Griff die an den Schläfen wachsenden Haare des Opfers um seine Zeigefinger, um dadurch in seinem fürchterlichen Geschäft nicht allein mehr Sicherheit zu gewinnen, sondern auch den Niedergeworfenen zu hindern, sich die ihm mit Blindheit drohenden Daumen in den eigenen Mund zu ziehen und mit verzweifelter Wut abzubeißen. Hunderte können bei solchem Kampfe gegenwärtig sein, keinem wird es einfallen, das gräßliche Ergebnis zu verhindern, ausgenommen, der eine gesteht mit dem Rufe »genug« seinem Gegner den Sieg zu. Dann müssen augenblicklich alle Feindseligkeiten eingestellt werden. Das Gouchen bedingt übrigens nicht jedesmalige Blindheit, zuweilen können die Augen ohne ihre Sehkraft zu verlieren wieder in ihre Höhlen zurückgeschoben werden; nur zu oft zieht es jedoch seine entsetzlichen Folgen nach sich, und Hunderte gibt es, die so, teils halb, teils ganz erblindet, die Wirkung eines unnatürlichen Kampfes durchs ganze Leben schleppen. Der Verlust eines Auges gilt auch dabei als vollkommen hinreichende Entschuldigung, einen angebotenen Kampf auszuschlagen, ohne dabei in den Verdacht der Feigheit zu geraten, da man es erklärlich findet, daß der Verkrüppelte nicht gern auch sein zweites Auge gleicher Gefahr aussetzen wolle.

mehrere Minuten lang rasch im Zimmer auf und ab. Endlich blieb er vor Thorby, dem Wirt dieser Diebesspelunke, stehen, der ihm ehrfurchtsvoll, mit der Mütze in der Hand, zuhörte, und sagte mit leiser, aber schneller Stimme: »Es wird – hoffentlich in kurzer Zeit – ein Bote von dem See hier sein, – der soll mir augenblicklich auf die Insel folgen, auch dann, wenn es Sander selbst ist; – ich muß ihn sprechen. Im übrigen haltet Euch heute und morgen ruhig; – entfernt alles, was bei einer etwaigen Hausdurchsuchung Verdacht erregen könnte, und – seid wachsam! Daß mir die Burschen an den Raketen ihre Plätze nicht verlassen! Vielleicht ist die Vorsicht nur noch –«
Kelly horchte auf, denn heftiges und rasches Pferdegetrappel ließ sich im nächsten Augenblick hören und hielt, wenn ihn sein Ohr nicht täuschte, vor der Tür. Thorby glitt hinaus, um den Besuch zu erkunden, kehrte aber auch gleich darauf mit dem erschöpften Sander zurück, der in den fremden Kleidern, mit den flatternden Haaren – den Hut hatte er unterwegs in den Büschen verloren – gar wild und verstört aussah.
»Sendet einen Boten zu Kelly«, – waren die ersten Worte, die er dem Wirt leise zurief; – »aber rasch – rasch – rasch! – Habt Ihr die Ohren verstopft, Holzkopf? Einen Boten sollt Ihr zu Kelly senden!«
»Der Kapitän ist hier«, sagte endlich der durch die wilde Anrede und das wunderliche Aussehen Sanders erstaunte Wirt; – »er hat schon nach Eurem eigenen Boten gefragt.«
Ohne ein weiteres Wort des Alten abzuwarten, schob ihn der junge Mann zur Seite, warf sich die Haare aus der Stirn und trat rasch in den mit Gästen gefüllten Raum. Lauter Jubelruf schallte ihm hier entgegen, und von mehreren Seiten hoben einzelne die Becher zu ihm auf, daß er mit ihnen trinken solle. Aber nur einen Becher ergriff er, leerte ihn, ohne es auch nur erst der Mühe wert zu halten, zu prüfen, was er enthalte, bis auf die Hefe und trat dann, nicht einmal mit einem Kopfnicken dafür dankend, rasch in die vorerwähnte Tür, die er hinter sich verriegelte. Kelly war allein und faßte ihn scharf ins

Auge; Sander aber, der nur einmal den Blick scheu im Kreise umhergeworfen hatte, um sich vor allen Dingen zu überzeugen, daß niemand weiter seine Worte hörte, trat dicht an den Kapitän heran und flüsterte leise: »Wir sind verraten.«
Erstaunt sah er zu dem Führer auf, der anstatt, wie er es erwartete, vor der fürchterlichen Botschaft zurückzuschrecken, den ruhigen, kalten Blick fest auf ihn geheftet hielt. Das einzige, was er darauf erwiderte, war: »Weshalb habt Ihr Euren Auftrag nicht erfüllt?«
Sander, hierüber faßt außer Fassung gebracht, zögerte einen Augenblick, und Kelly, der gewohnt war, in der Seele der Menschen zu lesen, durchschaute ihn im Nu. Der junge Verbrecher aber, vielleicht mehr durch des Kapitäns Betragen als durch die Frage überrascht, sammelte sich gleich wieder und erzählte nun so kurz, aber auch so genau wie möglich die Vorgänge bei Livelys bis zu des Mulatten Geständnis, bei dem Cook und der Doktor Zeuge gewesen waren. – Seine Gründe, weshalb er zu solcher Zeit den Mulatten nicht verlassen durfte, waren – das wußte er auch recht gut – wichtig genug, und alle Nebenpläne mußten jetzt fallen, wo es galt, das Leben vor den aufmerksam gewordenen Bewohnern des Staates zu retten.
Kelly erwiderte ihm keine Silbe, sondern trat nur an das kleine, auf den Strom hinausgehende Fenster und blickte sinnend in das weiße Nebelmeer hinaus, das seine Fläche bedeckt hielt. Sander schritt unterdessen ungeduldig auf und ab, bis ihm das lange Schweigen peinlich wurde und er es mit einem halb ängstlichen, halb trotzigen »Nun, Sir?« brach.
»Nun, Sir?« wiederholte der Kapitän und wandte sich langsam gegen ihn. – »Das, was ich lange befürchtete, ist endlich eingetroffen, und es wundert mich weiter nichts, als daß diese sonst so scharfsichtigen Waldläufer mit all ihrem gepriesenen indianischen Spürsinn die Sache nicht früher herausbekommen und uns jetzt vollkommen Zeit gegeben haben, unser Schäfchen ins Trockene zu bringen.«

»Ins Trockene?« fragte Sander erstaunt. »Verdammt wenig Schafe sind's, die ich ins Trockene gebracht habe; – ich hoffte auf die morgige Teilung der in Euren Händen befindlichen Vereinskasse; ich habe mich so verausgabt, daß ich nicht einmal die Kajütenpassage nach New Orleans bezahlen könnte. Ins Trockene bringen! – Zum Henker, Kapitän, Ihr nehmt die Sache verdammt kaltblütig! Wißt Ihr denn, daß uns die verdammten Schufte in jedem Augenblick hier auf den Hacken sitzen können? Doch – noch eins – ich muß Euch um Vorschuß bitten, Sir; man weiß doch jetzt nicht, wie die Sachen stehen und was einem passieren kann, und da ist's gut, wenigstens so viel in der Tasche zu haben, um vielleicht für den Augenblick eine kleine Reise machen zu können. Schießt mir fünfhundert Dollar vor und zieht sie mir morgen abend von meinem Anteil ab. Ich muß auch in den Kleiderladen in Helena gehen und mir neue Sachen schaffen. Ich sehe wahrhaftig wie eine Vogelscheuche im Herbst aus und kann mich gar nicht so vor den Damen wieder sehen lassen.«
»Ihr tätet überhaupt besser, Euch von denen heute etwas fernzuhalten«, sagte Kelly ruhig lächelnd; »wie ich gehört habe, ist dort Besuch angekommen!«
»Besuch? – Was für Besuch? – Ist Lively schon hier?«
»Nein, Damenbesuch – Mrs. Hawes aus Sinkville.«
»Unsinn, laßt Euren Scherz jetzt! Donnerwetter, Mann, das Messer sitzt uns an der Kehle, und Ihr steht da und lacht und spaßt, als ob wir uns auf irgendeinem guten Segelschiff und etwa tausend Meilen von Amerika entfernt befänden. Mir ist jetzt gar nicht nach Spaßen zumute.«
»Und wer sagt Euch denn, daß es mir so wäre?« erwiderte Kelly ernst. »Ich spaße nicht, Sir, – Mrs. Hawes befindet sich in diesem Augenblick in der Pflege von Mrs. Dayton und Miß Adele Dunmore, und heute nachmittag ist der Ire O'Toole nach Nr. Einundsechzig abgefahren, da er auf die unschuldige Insel solchen Verdacht geworfen hat, daß er eine genaue Untersuchung derselben beabsichtigt. Ebenso wird

in etwa einer Stunde ein anderer junger Bootsmann von hier auslaufen, und zwar zu demselben Zwecke. – Das sind meine Neuigkeiten; nicht wahr, meine Spione sind gut?«

Sander hatte ihm starr vor Schrecken und Entsetzen zugehört. »Wie, in des Teufels Namen, ist Marie –«

»Ruhig, Sir«, unterbrach ihn Kelly, – »ich ahne den ganzen Zusammenhang; aber noch ist nichts verloren. – Die Insel müssen wir allerdings aufgeben; doch uns selber sollen sie nicht fangen. Ich bin gerade deshalb hier, Gegenmaßregeln zu ergreifen. In der Stadt dürft Ihr Euch übrigens, solange es hell ist, noch nicht sehen lassen, und selbst dann möchte es geraten sein, irgendein Tuch ums Gesicht zu binden. Ich selbst will augenblicklich auf die Insel hinunterfahren, um dort die nötigen Anordnungen zu treffen. Glück genug, daß wir alles so zeitig erfahren haben; das hätte sonst ein böser Schlag werden können.«

»Und ein junger Bootsmann wird, wie Ihr sagt, von hier auslaufen, um die Insel aufzuspüren?«

»Ja«, erwiderte Kelly, und seine Lippen umzuckte ein höhnisches Lächeln, – »das ist jetzt wenigstens seine Absicht; doch die wird zu vereiteln sein. Er darf die Stadt nicht verlassen. – Aber das ist das wenigste. Nichts ist leichter, als einen solchen Burschen auf ein paar Tage unschädlich zu machen. – Wofür haben wir denn die Gesetze?«

»Die Gesetze?« fragte Sander erstaunt.

»Laßt mich nur machen; – meine Maßregeln sind schon getroffen.«

»Aber der Ire? –«

»Kann die Insel, bis ich hinunterkomme, noch nicht wieder verlassen haben, und wenn auch, – ehe unsere langsame Justiz die Sache in die Hände nimmt, sind wir lange außer aller Gefahr.«

»Die Justiz? Ihr glaubt doch nicht, daß die Nachbarn hier auf die warten werden?«

»Desto weniger können sie dann ausrichten. Lebendig fangen sie uns nicht, und in unsere Schlupfwinkel in den Sümpfen von Mississippi sind sie ebensowenig imstande, uns gleich zu folgen. Auf jeden Fall behalten wir Zeit zur Flucht, und ich glaube fast, daß wir die morgige Nacht noch ruhig abwarten können. Übrigens sind wir auf das Schlimmste gerüstet. An gewissen Stellen befestigte Raketen, die eine laufende Linie bis zu uns bilden, künden uns unten an, ob uns von hier aus Gefahr drohe, und dafür sind meine Pläne ebenfalls bis zur Ausführung fertig. Wollen die Burschen Gewalt, gut, dann soll sich's auch zeigen, in wessen Händen sich die befindet; – wir sind fürchterlicher, als sie es jetzt noch ahnen.«

Er sprach die letzten Worte mehr zu sich selbst als zu dem Kameraden, der indessen, ganz in Gedanken vertieft, mit seinem Bowiemesser lange Späne von dem rohen Holztisch abhieb.

»Pest!« murmelte er nach einiger Zeit. – »Daß wir jetzt unser freundliches Plätzchen verlassen müssen; – es ist schändlich. – Konnte diese vermaledeite Katastrophe nicht noch wenigstens zwei Tage später kommen! – Nun, wie ist's Kapitän, wollt Ihr mir das Geld geben?«

»Ich habe nicht so viel bei mir«, sagte Kelly ruhig und schritt zur Tür, deren Griff er erfaßte; »seid aber um acht Uhr wieder hier, dann sollt Ihr es haben. Bis dahin hat es noch keine Gefahr. – Auf Wiedersehen! – Vorsicht brauche ich Euch weiter nicht anzuempfehlen.«

Er verschwand aus dem Zimmer, und Sander blieb noch einige Minuten in tiefem Nachdenken, die Augen fest und finster auf die wieder geschlossene Tür geheftet, sitzen.

»So?« sagte er endlich und stieß, während er von seinem Sitze aufstand, das Messer wohl einen Zoll tief in das weiche Holz. –»Deine Pläne sind also zur Ausführung fertig, aber du hast nicht einmal lumpige fünfhundert Dollar für jemanden, der in den letzten Monaten deiner Privatkasse solche ungeheuren Summen einbrachte? Und warten soll ich, mich hier bis acht Uhr versteckt halten, um dann vielleicht aufs neue halsbre-

cherische Aufträge zu bekommen, aber kein Geld? Nein, mein Alterchen, da du so für dein eigenes Wohl gesorgt zu haben scheinst, so vergönne mir wenigstens ein gleiches. Mrs. Breidelford kann unmöglich schon von der uns drohenden Gefahr wissen, die will ich anzapfen. Das Zauberwort, das mich Blackfoot gelehrt hat, wird, wenn es das fast Unglaubliche vermögen soll, ihre Zunge zu hemmen, doch auch wohl ein paar hundert Dollar aus ihr herauspressen. – Die alte Hexe hat früher überdies genug durch meine Vermittlung verdient. Ans Werk denn; es kennt mich ja doch niemand hier in der Stadt als Daytons, und deren Wohnung kann ich vermeiden.«
Er verließ rasch das Haus und verschwand bald in dem sich immer mehr und mehr verdichtenden Nebel, der jetzt sogar selbst die vom Fluß am weitesten entfernten Straßen erfüllte.

23

Tom schritt ungeduldig in der Frontstreet auf und ab. Dem Richter hatte er versprechen müssen, auf ihn zu warten, und der kam jetzt nicht zurück. Seine Jolle befand sich zur Abfahrt bereit, dicht neben dem dort noch immer an der Ankertrosse liegenden Dampfboot ›Van Buren‹, das seine Schäden so weit ausgebessert hatte, um am nächsten Morgen um elf Uhr wieder abfahren zu können, und zweimal schon war er die vom Fluß abführende Wallnutstreet in aller Ungeduld hinauf- und heruntergelaufen, und immer noch wollte sich der Squire nicht sehen lassen.
Der Abend brach dabei mehr und mehr herein, und Tom blieb plötzlich mitten in seinem Marsch stehen, stampfte ärgerlich mit dem Fuß und rief:
»Ei, so hole ihn der Henker! Ich gehe wieder zum Flusse hinunter, und läßt er dann noch nichts von sich sehen, dann fahre ich ohne seinen Wisch ab. Wetter noch einmal, der Konstabler in Viktoria muß mir überdies beistehen, wenn ich

eine gerechte Sache vertrete, und wenn ich die nicht vertrete, kann mir auch die Empfehlung nichts helfen!«

Er schritt die Wallnutstreet wieder hinab und bog eben scharf um die Frontstreet-Ecke, als ihm ganz unerwartet ein Mann entgegenkam, der, den Fremden kaum bemerkend, sein Taschentuch schnell vor das Gesicht hielt, als ob er Zahnschmerzen habe, und dann rasch, aber den Kopf gesenkt, an ihm vorbeischritt.

Nebel und Abenddämmerung vergönnten dem scheidenden Tageslicht nur noch einen schwachen Strahl. Dennoch genügte er dem Scharfblicke des jungen Mannes, in dem schnell verhüllten Antlitz des Fremden die Züge eines Mannes zu entdecken, die sich, außer ihren ganzen Eigentümlichkeiten, ihm auch noch mit einer Schärfe in Herz und Gedächtnis eingegraben hatten, die ein Vergessen unmöglich machten.

Es war Eduard Hawes – die blonden, flatternden Locken ließen ihm keinen Zweifel, wenn auch der grobe Farmersrock den für einen Augenblick erweckt haben mochte. – Es war der Mann, der ihn damals, als er in der Nähe der reizenden Marie Morris sein ganzes irdisches Glück zu finden glaubte und wirklich fand, aus all seinen süßen, seligen Träumen riß und wieder in die kalte Welt hinausstieß. Ach, Marie hatte ja nicht einmal geahnt, mit welcher Glut und Leidenschaft der rauhe Jäger an ihr hing! – Wie einen Bruder hatte sie ihn geliebt, und als Hawes mit Reichtum, Schönheit und seinem dem einfachen Kinde imponierenden Geiste dazwischentrat, reichte sie ihm, des Schrittes kaum bewußt, den sie tat, die Hand. Erst als Tom jetzt in Verzweiflung floh und sie beim Abschied seinen tiefen, kaum bezwungenen Schmerz erkannte, mochte ihr eine Ahnung seiner Gefühle dämmern. Da war es aber zu spät; – schon am anderen Tage legte der alte Friedensrichter Morris, der Onkel der Braut, der Tom Barnwell wie einen Sohn liebte und der auch auf dessen Verbindung mit seiner Nichte schon als auf den Trost seines Alters gehofft hatte, die Hände der beiden Verlobten inein-

ander und drückte dann die weinende, zitternde Braut, selbst mit Tränen im Auge, an sein Herz.
Dieser Hawes, dessen Bild sich Tom Barnwells Seele mit unauslöschlichen Zügen eingeprägt hatte, stand plötzlich vor ihm, und das ganze Wesen und Benehmen des Mannes mußte in Tom den fast unwillkürlichen Gedanken erwecken, jener wollte nicht gesehen sein. Mit Blitzesschnelle stiegen da all die wirren und fürchterlichen Vermutungen wieder in ihm auf, die er, seit er Marie gefunden, oft hatte fast gewaltsam zurückdrängen müssen. Hawes hier, wo ein Brief an ihn auf das Land hinausgeschickt war, in einem ganz andern Teile der Stadt als der, in dem sich Marie befand! – Wollte er wirklich unerkannt sein, oder war diese Bewegung nur Zufall? All diese Gedanken zuckten pfeilschnell durch Tom Barnwells Hirn, als er stehenblieb und der Gestalt des rasch Davoneilenden nachsah. Im Augenblick hatte er sich aber auch wieder genügend gesammelt, um einen festen Entschluß zu fassen; auf keinen Fall durfte er jenen Mann aus den Augen verlieren, denn wußte er wirklich noch nichts von seines Weibes Zustand, so war es nötig, daß er es erfuhr, und wußte er es – Barnwell blieb keine Zeit zu längerem Überlegen; mit flüchtigen Schritten folgte er dem jungen Manne, der gerade um die nächste linke Ecke bog, und wollte ihm, dort angelangt, eben nachrufen. Da sah er ihn, keine zwei Häuser entfernt, vor einer Tür stehen, an die er augenscheinlich eben erst angeklopft haben mußte. – Daß ihm der, dem er begegnete, gefolgt war, hatte Hawes nicht einmal bemerkt.
Die Straße bildete hier eine Art von freiem Platz, denn die linke Reihe der Häuser war, die zwei vordersten abgerechnet, weiter zurückgedrückt und enthielt neben anderen Privatwohnungen auch das etwas alleinstehende Gerichtshaus und die County Jail, das Gefängnis. Schräg diesem gegenüber befand sich aber das Haus, vor welchem der vermeintliche Mr. Hawes jetzt stand, und Tom Barnwell schritt rasch und ohne Zögern auf ihn zu. Jener jedoch, viel zu sehr in sein

Klopfen vertieft und vielleicht ungeduldig, daß ihm von innen nicht geöffnet wurde, mußte den sich nahenden Schritt des leichten, mit Mokassins bekleideten Fußes gar nicht gehört haben, denn er bog sich eben zum Schlüsselloch und rief ärgerlich hinein: »Aber, in drei Teufels Namen, Mrs. Breidelford; – ich bin es ja, Sander, und muß Euch wichtiger –«

Er schrak empor; – dicht neben sich vernahm er in diesem Augenblick zum ersten Male die Tritte des ihm Folgenden, und als er überrascht auffuhr, blickte er in das ernste, ruhige Antlitz Tom Barnwells. Dieser stutzte allerdings über die eben gehörten Worte, war jedoch zu sehr mit dem Zustande Maries beschäftigt, um ihnen auch nur mehr als flüchtiges Gehör zu schenken. Über den Mann selbst aber, der vor ihm stand, blieb ihm kein Zweifel mehr. Es war Hawes, und Tom, der das Zurückschrecken und den ängstlichen Blick seines einstigen Nebenbuhlers bemerkte, der scheu die Straße hinabsah, als ob er sich dem vermuteten Feinde durch die Flucht entziehen wollte, sagte, ihn mißverstehend, ruhig: »Fürchten Sie nichts, Sir; – ich bin Ihnen nicht in feindlicher Absicht gefolgt und hege in der Tat keinen Groll gegen Sie. Wenn das aber auch wirklich der Fall wäre, so müßte er jetzt ganz anderen Gefühlen weichen. Wissen Sie, daß Mrs. Hawes hier in der Stadt ist?«

»Ich? – Ja – ich – ich weiß es; – ich bin eben auf dem Wege dorthin!« stotterte der sonst so kecke und zuversichtliche Verbrecher, der aber in diesem Augenblick ganz außer Fassung schien. Stieg ihm der Mann, den er da plötzlich vor sich sah, doch fast wie aus dem Boden herauf, und der Gefahr bewußt, in der er sich befand, vielleicht selbst durch den Platz beunruhigt, an dem er angetroffen worden war, konnte er sich kaum zu einer Antwort sammeln.

»Was? – Sie wissen es? – Und sind auf dem Wege dorthin?« fragte Tom erstaunt. – »Mr. Hawes, ich begreife nicht; – wer wohnt in diesem Hause?«

»Nun, Squire Dayton doch!« rief Sander, der kaum wußte, was er sagte, und noch nicht einmal gesammelt genug war,

selbst nur dem fest auf ihm haftenden Blick des jungen Bootsmannes zu begegnen.
»Squire Dayton?« wiederholte Tom langsam und zum ersten Male mit wirklichem Mißtrauen. – »Sie nannten eben einen anderen Namen, sie riefen eine Dame an, der Sie Wichtiges mitzuteilen hatten; – nicht so?«
»Ich sage Ihnen, ich bin eben im Begriff, Squire Daytons Haus aufzusuchen!« rief da Sander, jetzt zum ersten Male seine verlorene Fassung wiedergewinnend. – »Die Dame, die hier wohnt, wollte ich nur – sie sollte Krankenwärterin meiner Frau werden, aber sie – sie scheint nicht zu Hause zu sein.«
»Nein, – so scheint es«, erwiderte Tom kalt und war jetzt fest entschlossen, dem Manne nicht von der Seite zu weichen, bis ihm dessen sonderbares Benehmen erklärt sei; – »kennen Sie Squire Daytons Haus?«
»Ja – jawohl; – es liegt an der oberen Grenze der Stadt. – Ich bitte Sie, mich dort anzumelden. – Ich werde gleich nachkommen, Mr. Barnwell, ich hoffe, dort das Vergnügen zu haben –« Er lüftete den Hut und wollte sich von dem jungen Mann abwenden.
»Halt, Sir!« sagte Tom aber und ergriff seinen Arm. – »Ich kann Sie nicht so fortlassen. – Marie, – Mrs. Hawes, liegt ihrer Sinne nicht mächtig, nur wenige Straßen von hier entfernt, – und Sie – wie ich jetzt kaum anders glauben kann, Sie wissen darum und wandern in diesen Kleidern, offenbar nicht Ihren eigenen, in einem fremden Teil der Stadt umher.«
»Sie nennen Ursache und Wirkung in einem Atem, Sir, –« erwiderte Sander mit einiger Ungeduld und jetzt wieder vollkommen gefaßt. – »Ich kann Ihnen aber unmöglich hier auf der Straße erzählen, wie ich zu diesen Kleidern gekommen bin oder was mich gezwungen hat, sie anzulegen. – Sollte Sie das interessieren, so können Sie es morgen von Mr. Lively erfahren; – jetzt aber bin ich eben, um diese Lumpen loszuwerden, im Begriff, mir andere zu kaufen, damit ich mich vor den Ladies in Mr. Daytons Hause in anständiger Weise

sehen lassen kann. Übrigens fühle ich mich Ihnen für den Anteil, den Sie an Mrs. Hawes nehmen, sehr verpflichtet, möchte aber zugleich bemerken, daß ich jetzt, da ich zurückgekehrt und selber imstande bin, für meine Frau zu sorgen, Sie dieses Dienstes oder dieser Gefälligkeit, wie Sie es nun auch nennen wollen, vollkommen entbinde.« Sander hatte sich nach und nach wieder ganz in seinen alten Trotz hineingearbeitet, und Tom würde wohl auch bei jeder anderen Gelegenheit durch seine jetzige Ruhe und Sicherheit getäuscht worden sein. Seine erste augenscheinliche Verlegenheit aber, die groben Kleider des sonst in dieser Hinsicht förmlich stutzerhaften Gecken, ja, sogar die Worte, die er von ihm, als jener sich unbeobachtet glaubte, vernahm, das alles hatte einen Verdacht in ihm erweckt, den einfache Unbefangenheit von Hawes' Seite nicht allein besiegen konnte. Nur den Arm des Mannes gab er frei, da aus einigen der nächsten Türen die Köpfe Neugieriger hervorsahen, um die Ursache des etwas lebhafter werdenden Gesprächs zu erfahren.

Auch in Mrs. Breidelfords Hause ließ sich oben mit äußerster Vorsicht die Spitze einer Haube blicken, der dann und wann – jedoch rasch niedertauchend, sobald sich einer der beiden Männer gegen ihr Haus wandte – eine rotglänzende Stirn und ein Paar große, graue Augen folgten.

»Sie haben recht, Sir«, sagte Tom; – »die Straße hier ist nicht der Platz zu langen Erklärungen. Ich begleite Sie aber jetzt zu Daytons Haus, dort werden Sie hoffentlich den Damen – Ihrer Frau solche nicht verweigern. Folgen Sie mir! –«

»Ich sehe nicht ein, Sir, welches Recht Sie haben, mich hier auf öffentlicher Straße aufzugreifen«, sagte jetzt Sander mit ärgerlicher, doch unterdrückter Stimme. »Ihre Gesellschaft ist mir überdies nicht angenehm genug, sie bis dorthin zu beanspruchen. Wie ich Ihnen schon einmal gesagt habe, bin ich eben im Begriff, Toilette zu machen, und ehe das nicht geschehen ist, bringen Sie mich nicht einmal in die Nähe jener

Damen, viel weniger in ihre eigene Wohnung. Ich denke, Sie haben mich jetzt verstanden!«

»Vollkommen!« sagte Tom; seine Züge nahmen aber einen ernsten, finsteren Ausdruck an, und er flüsterte, während er sich zu dem halb von ihm abgewandten Mann niederbog: »Sie wollen nicht mit mir gehen; ich aber schwöre es hier bei meiner rechten Hand – und den Schwur breche ich nicht, Sir –, daß ich Sie zwingen will, mir zu folgen; – ein Geheimnis liegt hier zugrunde, und ich will es enthüllen.«

»Mein Herr!«

»Ha, – dort kommt der Squire! – So, Sir; Widerstand wäre jetzt nutzlos. – Um Ihrer selbst willen vermeiden Sie jedes Aufsehen und folgen Sie uns gutwillig.«

Sander war in peinlicher Verlegenheit. – Wie sollte er die Umstände jener Nacht erklären, die Marie doch jedenfalls schon entdeckt hatte! Sollte er versuchen, in den Wald zu entkommen? Kaum hundert Schritt von dort, wo sie standen, begannen die Büsche. Er war dabei schnellfüßig wie der Wind und fürchtete kaum, von seinem Feinde eingeholt zu werden. Wenn es aber doch geschah, – dann hatte er alles auf eine Karte gesetzt – und verloren. Nein, noch blieb ihm ein anderer Ausweg; Flucht sollte das letzte sein, denn er wußte recht gut, daß ihn der Kerker von Helena nicht hätte daran hindern können, die Insel wieder zu erreichen.

»So kommen Sie, Sir«, erwiderte er nach sekundenlangem Nachdenken, »kommen Sie, ich will jetzt Ihrem sonderbaren Willen Folge leisten, später aber werden auch Sie sich nicht weigern, mir für ein Betragen Rede zu stehen, das ich in diesem Augenblick nur in Ihrer ungeheuren Frechheit begründet sehen kann.« »Genug der Worte«, sagte Tom mürrisch und wandte sich an des jungen Verbrechers Seite rasch zum Gehen, – »es sind deren schon zu viel gewechselt. – Squire Dayton, ich habe das Vergnügen, Ihnen hier Mr. Hawes vorzustellen.«

»Oh, wahrhaftig, Sir, – das ist ein glücklicher Zufall, daß Sie jetzt schon eintreffen! – Der Brief hat Sie wahrscheinlich unterwegs erreicht. – Aber, Mr. Barnwell, ich suchte Sie unten vergebens an Ihrem Boot und wurde erst von ein paar Dampfbootleuten heraufgewiesen.«

»Ein glücklicher Zufall ließ mich Mr. Hawes treffen«, sagte Tom hier, mit einem ernsten Blick auf den jungen Mann.

»Das Glückliche ist dann ganz auf Ihrer Seite gewesen, Sir«, entgegnete mürrisch der so wider seinen Willen ans Licht Gezogene; »ich habe Ihre Gesellschaft wahrhaftig nicht gesucht. –« »Aber Gentlemen«, sagte Dayton erstaunt, »ich begreife nicht –« »Das ist er, Mr. Nickleton«, rief da plötzlich eine fremde Stimme von der Mitte der Straße aus, und zwei Männer, die eben an ihnen hatten vorbeigehen wollen, wandten sich jetzt, des Richters Rede unterbrechend, scharf gegen diesen und seine beiden Begleiter um.

»Welcher? Der mit dem Wachshut?« sagte der mit Nickleton Bezeichnete, der Konstabler von Helena.

»Ja, bei Gott, – das trifft sich prächtig!« – jubelte der andere. »Packen Sie ihn, mein wackerer Haltefest, – bringen Sie ihn auf Numero Sicher!«

»Sir, Ihr seid mein Gefangener«, sagte der Konstabler und legte seine Hand auf Toms Schulter, – »im Namen des Gesetzes!« Tom blickte ihn erstaunt an, und wirklich kam das Ganze so schnell und unerwartet, und er selbst war mit dem aufgefundenen Gatten Maries so ganz und gar beschäftigt gewesen, daß er die Gegenwart der übrigen erst bemerkte, als sie ihn anredeten. Jetzt aber, mit dem gefürchteten Bannspruch im Ohr, richtete er sich rasch auf und sagte lachend:

»Hallo, Sir! – Der Waschbär wird auf dem andern Baume sitzen. – Diesmal habt Ihr Eure Zauberformel wohl an den Unrechten verschwendet; das muß ein Irrtum sein.«

»Seid Ihr nicht gestern den Fluß hinab und dann ganz plötzlich wieder mit einem Dampfschiff aufwärts gefahren?« sagte der Fremde.

»Allerdings bin ich das!« erwiderte Tom. »Und was weiter?«

»Ich wußte es – ich wußte es!« rief jener. – »Tut Eure Pflicht, Konstabler, und laßt den Burschen nicht wieder entspringen!« »Das muß auf jeden Fall ein Irrtum sein, Sir«, unterbrach ihn hier der Richter und legte seine Hand auf den Arm des Konstablers, der Tom noch immer an der Schulter hielt. – »Dieser Gentleman ist ein gewisser Mr. Barnwell aus Indiana, mit meinem Hause befreundet und gewiß nicht der –«
»Tut mir leid, Squire, – hier hört die Freundschaft auf. Ihr habt mir übrigens selber den Haftbefehl ausgestellt –«
»Ja, auf den, der bei diesem Manne eingebrochen war und seinen Geldkasten gewaltsam aufgerissen hatte«, sagte Dayton, – »aber nicht auf –«
»Und das ist der hier!« rief der Kläger und deutete mit grimmigem Blick auf Tom Barnwell. – »Das ist der niederträchtige Bursche, der sich heimlicherweise vom Flußufer aus an einzelngelegene Häuser anschleicht und dort, wenn man draußen im Walde an der Arbeit ist, raubt und plündert. Das ist die Kanaille, und ich bin fest überzeugt, er wird schon gestehen, wohin er meine silberne Uhr gebracht hat, wenn er sie nicht etwa gar bei sich trägt.«
Der Abend hatte indessen mehr und mehr gedunkelt; dennoch versammelte sich, durch das laute Gespräch herbeigezogen, eine Menge neugieriger Menschen um Konstabler und Richter und umgaben so die kleine Gruppe. Sander, der es jetzt für das beste hielt, sich leise zu entfernen, suchte unbemerkt hinter den Bootsmann zu treten; Tom aber ließ ihn trotz dieser plötzlich gegen ihn auftauchenden Klage keine Sekunde aus den Augen, und jener sah wohl, daß er, wenn er nicht ebenfalls Aufsehen erregen wollte, die Flucht auf gelegenere Zeit verschieben müsse. Tom Barnwell wandte sich jetzt im Bewußtsein seiner Unschuld ruhig an den Richter und sagte lächelnd: »Dem Manne hier ist wahrscheinlich etwas aus seiner Hütte entwendet worden, und er hat nun, Gott weiß aus welchem Irrtum, auf mich einen falschen Verdacht geworfen; ich kann mich auch deshalb nicht durch

seine Reden beleidigt fühlen. So unangenehm mir das übrigens in diesem Augenblick sein mag, so soll es und darf es doch auf keinen Fall die Aufklärung eines gräßlichen Geheimnisses verhindern, die uns Mr. Hawes hier wahrscheinlich zu geben imstande ist. Fürchten die Herren hier, daß ich ihnen entspringe, so mögen sie mit uns gehen; Ihre Gegenwart, Squire, wird hinlängliche Bürgschaft dabei sein. Meine Anklage kann sich nachher bald beseitigen lassen.«

»Was ist denn vorgefallen?« fragte der Konstabler.

»Auf jeden Fall etwas, das mich ganz und gar nichts angeht!« rief der Kläger unwillig. – »Ich bin keineswegs gesonnen, mit dem Burschen hier in der Stadt herumzulaufen, bis er irgendeine Gelegenheit findet zu entspringen. – Konstabler, tut Eure Schuldigkeit! – Richter Dayton, Ihr müßt mir in dieser Sache beistehen; – wenn der Mann entkommt, halte ich mich wegen allem, was mir abhanden gekommen ist, an Euch!«

»Könnt Ihr denn aber beweisen, daß dieser Mann auch wirklich der ist, für den Ihr ihn haltet?« fragte der Richter.

»Kommt nur mit zum Flusse hinunter«, erwiderte jener; »zwei von meinen Leuten haben ihn gesehen und wollen auf ihn schwören!«

Tom Barnwell, dem das, was er erst für ein tolles Mißverständnis gehalten hatte, doch jetzt anfing zu ernst zu werden, noch dazu, da es wirklich drohte, ihn in seinen freien Bewegungen zu hindern, tat jetzt ernsthaften Einspruch und rief den Richter zum Beistande an. Dieser aber zuckte mit den Schultern und erklärte, »nicht selber gegen das Gesetz handeln zu können«; Mr. Nickleton wisse hier ebensogut wie er, was er zu tun habe, und eine Einrede von ihm würde nicht einmal von Nutzen sein. Tom sah bald, daß er sich den Umständen fügen müsse; denn ein dichter Menschenhaufen umstand schon die Redenden, aus dem ein Entrinnen zur Unmöglichkeit wurde. Nichtsdestoweniger ließ er Sander nicht aus den Augen und bat nun den Richter, da er selber nicht imstande sei, es zu tun, jenen Mr. Hawes mit sich nach Hause zu nehmen und dort Aufklärung über das Geschehene zu verlangen. Mr. Dayton versprach ihm das auch und schritt gleich darauf durch die ihm Bahn machende Menge, mit Sander an seiner Seite, dem eigenen Hause zu, während der Konstabler, von einem großen Teile Müßiggänger gefolgt, den jungen Bootsmann in das County Gefängnis brachte und ihn dort seinen eigenen Betrachtungen überließ.

24

»Hebt die Finnen! – Munter, meine braven Burschen!« rief der alte Edgeworth, während er mitten auf dem gebogenen Deck seines breitspurigen Fahrzeuges stand und mit dem Blick die Entfernung maß, die sie wohl noch zwischen sich und den letzten an der Landung liegenden Booten zu fürchten hatten. – »Greift aus, daß wir hinüber in die Strömung kommen; – die Boote drüben halten sich ja ganz dicht am anderen Ufer.«
»Das sieht nur in dem Nebel so aus; sie müssen, wie wir, im Fahrwasser bleiben«, meinte Blackfoot, der sich neben ihn stellte, aber noch immer zurück ans Ufer blickte, wo die Gestalt der empörten Mrs. Breidelford auf- und abflog. Diese schien sich nämlich keineswegs in das Unabänderliche – die Flucht ihres Opfers – gefügt zu haben, sondern durch rachedrohende Gesten irgendeinen wohltätigen Snag zu beschwören, seinen scharfen Zahn in dieses nichtswürdige Fahrzeug zu bohren und es mit Mann und Maus zu versenken.
Der Steuermann, der indessen stromauf zu mit den Augen die dunstige Atmosphäre zu durchdringen suchte, ob vielleicht den vorangegangenen Fahrzeugen noch andere folgten, schien jedoch mit dem Befehl des alten Mannes ganz zufrieden. Er gehorchte ihm wenigstens schnell und willig

und hielt den Bug gerade über den Strom hinüber, während die Ruderleute die vorgelegten Schultern gegen die langen, über das Verdeck ragenden Finnen preßten und jedesmal, ehe sie das unten angebrachte Schaufelbrett wieder aus der Flut hoben, diesem noch mit einem letzten Ruck den stärksten Nachdruck zu geben suchten. Dann drückten sie die Stange an Deck nieder, liefen rasch damit zu ihrem Ausgangspunkt zurück und begannen ihr mühseliges Geschäft von neuem.

Das Flatboot, schon an und für sich ein ungelenker, schwerer Kasten, ist auch eigentlich nur auf die Strömung angewiesen und hat die Finnen einzig und allein dazu, um vorstehenden Landspitzen und drohenden Snags auszuweichen oder vielleicht mit den Rudern einen nicht gerade durch bloßes Treiben zu gewinnenden Landungsplatz zu erreichen.

Die auf solchen Fahrzeugen angestellten Ruderleute tun auch nichts so ungern als gerade rudern, obgleich das die einzige von ihnen verlangte Arbeit sein mag. Es dauerte deshalb gar nicht lange, so murrten sie gegen das ›querüber schinden‹, wie sie es nannten. Bill dagegen machte wenig Umstände, warf ihnen ein paar kräftige Flüche entgegen und nannte sie ›faule Bestien‹, die lieber ihre breiten Kehrseiten in der Sonne brieten, als ihre Pflicht tun wollten.

Bill war ein breitschultriger, kräftiger Geselle, mit ein Paar Fäusten gleich Schmiedehämmern; es mochte auch deshalb nicht gern einer mit ihm anbinden, noch dazu, da sie im Unrecht waren. Edgeworth aber, der jetzt sah, daß sie mit den vorangegangenen Booten in einem Fahrwasser waren, sagte endlich: »Nun, so laßt's gut sein; – ich denke auch, wir sind weit genug hinüber – easy boys – easy –; wir rennen sonst am Ende drüben auf die Sandbank, die hier im ›Navigator‹ angegeben steht.« »Hat keine Not«, brummte Bill; – »die Sandbank ist schon teilweise weggewaschen, und überdies haben wir die lange passiert; – drüben liegt sie, wo die Nebel dicker und massenhafter herüberkommen. Bleibt nur noch

eine Weile bei den Rudern, bis ich's euch sage, – nachher habt ihr es dafür leichter.«
»Wie weit ist's noch bis zu der hier angegebenen Sandbank?« fragte Edgeworth jetzt und deutete auf das Buch, das er in der Hand hielt.
»Noch ein gut Stück«, mischte sich Blackfoot da in das Gespräch; »wenn wir übrigens, wie der Steuermann ganz richtig sagt, noch rechtzeitig ein bißchen überhalten, so bekommen wir gar nichts von ihr zu sehen. – Doch – Alligatoren und Mokassins; der Nebel wälzt sich immer derber herauf! – Nun, weiter fehlte uns nichts als eine recht ordentliche Mississippimütze, die sich uns über Augen und Ohren zöge; nachher könnten wir die Finnen wie Fühlhörner vorstrecken und wüßten noch nicht einmal, ob wir rechts oder links abkämen.«
»Nun, so gefährlich sieht's doch nicht aus«, meinte Edgeworth; – »man kann ja noch den halben Fluß übersehen und die Bäume auf beiden Seiten des Ufers erkennen! – Es sind nur ganz dünne, luftige Schatten, die ein richtiger Abendwind leicht vor sich herscheucht.«
»Ich will's wünschen«, sagte der angebliche Handelsmann und schritt langsam zum Steuer zurück, an dem Bill jetzt, beide Hände in den Taschen, nachlässig mit dem Rücken lehnte und wie träumend vor sich niedersah.
»Das wär's«, sagte einer von den Ruderleuten, der beim Rückgegen die Finnenspitze führte, indem er das lange Ruder durch Niederdrücken seines Teils vollständig aufs Verdeck hob und niederlegte. – Die übrigen folgten darin augenblicklich seinem Beispiel.
»Hallo, was ist das?« rief der Steuermann. – »Habe ich euch geheißen aufzuhören? Bob – Johnson, – nehmt eure Ruder wieder auf; wir müssen noch weiter hinüber.«
»Dem Kapitän sind wir weit genug drüben«, erwiderte trotzig der erste Sprecher, eine lange Hosiergestalt mit breiten, scharfen Schulterknochen und sehnigen Fäusten; »wenn's dem nicht recht ist, wird er's sagen!«

»Die Pest über dich, Kanaille!« rief Bill wütend, ließ sein Steuer los und sprang den ihn ruhig erwartenden Bootsmann an.
»Nun, Sir?« lachte der Hosier, während er sich rasch in Boxerstellung gegen ihn drehte und die beiden Fäuste bis etwa in Schulterhöhe brachte. »Bedient euch, – tut, als ob ihr zu Hause wärt! – Langt einmal aus und seht dann, ob ich nicht Kleingeld bei mir habe, um euch zu wechseln!«
»Halt da, Leute!« sagte Blackfoot und trat zwischen sie. – »Halt! – Werdet doch auf ein und demselben Boote Frieden halten? – Schiffskameraden und wollen sich untereinander schlagen – pfui! – Geht an eure Ruder, Leute, und tut eure Pflicht! – 's ist nicht mehr weit, und ihr habt das bißchen Arbeit bald überstanden.«
»Ich will verdammt sein, wenn ich's tue«, brummte der Hosier trotzig, »außer, Kapitän Edgeworth sagt's. – Dann meinetwegen, und wenn wir bis Viktoria hinunter hinter den Quälhölzern liegen sollten, – sonst aber keinen Schritt wieder auf Deck. Donnerwetter, ich habe das Wesen von dem Burschen da satt! – Warum hielt er denn das Maul, solange Tom Barnwell noch an Bord war, der ihm die Spitze bot? – Er glaubte wohl, er kann über uns nur so weglaufen? – Steckt da in einem verwünschten Irrtum, den ich ihm gern noch nehmen möchte, ehe wir von Bord gehen.«
Bill heftete seine Augen mit wilder, tückischer Bosheit auf die unerschrockene Gestalt des Rudermannes und schien nicht übel Lust zu haben, den Streit noch einmal zu beginnen. Blackfoot warf ihm aber einen schnellen, warnenden Blick zu, und trotzig kehrte er mit leise gemurmeltem Fluch zu seinem Platz zurück. Edgeworth hatte keine Silbe während der ganzen Zeit gesprochen und nur, vielleicht der Worte Smarts eingedenk, die Streitenden beobachtet. Dadurch war ihm aber auch der zwischen seinem Abkäufer und dem Steuermann gewechselte Blick nicht entgangen, der ihm das jetzt fast zur Gewißheit machte, was er bis dahin schon gefürchtet

hatte, daß nämlich jene beiden Männer zusammen im Einverständnis waren. Natürlich bezog er das noch immer nur auf den Verkauf seiner Waren und beschloß, ein besonders wachsames Auge nicht allein auf die Ablieferung der Güter, sondern auch auf das dafür zu empfangende Geld zu haben. Das Boot trieb langsam mit der Strömung hinab, und die Leute waren in verschiedenen Gruppen oben an Deck, teils am Bug, teils in der Mitte des Fahrzeuges gelagert. Auf dem hinteren Teile, dem Quarterdeck, wie es scherzweise genannt wurde, standen nur Bill und Blackfoot zusammen, und dieser machte jetzt dem wilden Gesellen leise Vorwürfe über sein unbedachtes Handeln.

»Ei, zum Henker, Bill«, sagte er und deutete dabei nach dem linken Ufer hinüber, als ob er mit ihm über Gegenstände am Lande spreche, »du bist wohl toll, daß du noch kurz vor Toresschluß Händel suchst; – ich dächte doch, du könntest deinen Groll in gar kurzer Zeit vollständig genug auslassen, als daß er jetzt vor der Zeit übersprudeln und vielleicht alles verderben sollte. – Weshalb hast du dich nicht mit den Leuten in besseres Einverständnis gebracht? Vielleicht hätten wir sogar einige davon für unser Vorhaben gewinnen können.«

»Nicht von denen«, erwiderte Bill trotzig, »nicht einen einzigen! – Dolch und Gift, – die Brut haßt mich von oben bis unten! – Selbst der Hund knurrt, wenn ich ihm nur zu nahe komme, und hätte mich neulich, als ich ihn steicheln wollte, fast an der Kehle gepackt. Ich würde die Bestie schon längst über Bord gestoßen und ersäuft haben; – aber sie geht ihrem Herrn nicht von der Seite.«

»Also, Hilfe haben wir von denen auf keinerlei Art zu erwarten?« sagte Blackfoot nachdenklich.

»Nein, – eher das Gegenteil; aber, hol sie der Teufel, das soll ihnen wenig frommen! – Sieh nur, daß du Edgeworth' Büchse einmal auf eine oder andere Art in die Hand bekommst! – Hier sind ein paar Stifte; treibe einen von ihnen ins Zündloch, nachher kann er schnappen! – Ich sehe nicht ein, weshalb man seine Haut nutzlos zu Markte tragen soll.«

»Gib her, ich will's wenigstens probieren, glaube aber kaum, daß mich der alte Bursche das Schießeisen wird haben lassen. Nun, es kommt auf einen Versuch an.«

»Wie wär's denn, wenn ihr die Büchsen tauschtet?« sagte Teufelsbill. – »Die deine ist reich mit Silber beschlagen und sieht prächtig aus, – schießt auch famos; – die seine ist alt und schlecht. – Er wird leicht dazu zu bringen sein; – du darfst aber dann auch in der deinigen den Stift nicht vergessen!«

»Hm – das wäre ebenfalls etwas; – die Burschen tauschen alle gern, und wenn ich ihm ein geringes Aufgeld abverlangte –«

»Nur nicht zu wenig, sonst würde er mißtrauisch.«

»Nein, nein, so klug bin ich auch. Wie haltet Ihr's denn diesmal mit dem Zeichen? Wieder das vorige, oder ist etwas anderes bestimmt? – Ich kann das Schießen nicht leiden.«

»Und doch ist's das beste«, sagte Bill; – »überdies ist nichts anderes verabredet, und wir werden es beibehalten müssen. Was könnte man denn auch sonst in dem Nebel für ein Zeichen geben? – Denn Nebel, richtigen, handfesten Nebel bekommen wir noch in dieser Nacht, darauf kannst du dich verlassen.«

»Meinetwegen, – ich hoffe nur, die Burschen sind gleich bei der Hand, ehe sie hier an Bord etwas merken.«

»Sie werden schon; – wenn aber auch nicht, so haben wir Zeit genug. – Laufen wir in dem Nebel auf Sand, so ist gar kein Gedanke daran, vor morgen früh davon abzukommen, und Edgeworth ist auch klug genug, den Versuch nicht einmal zu machen.«

»Getraust du dich denn, die Insel wirklich zu finden, wenn es ganz zuziehen sollte?« fragte Blackfoot jetzt besorgt und schaute ringsum auf die dünnen, milchigen Streifen, die mehr und mehr die Gestalt von kleinen rollenden Wolken annahmen. – »Hol mich der Teufel, ich glaube wahrhaftig, es wäre besser, wir legten an, ehe wir am Ende vorbeitrieben!«

»Hab keine Sorge!« lachte Bill. – »Als ich das letzte Mal herunterkam, – Ihr wart gerade in Vicksburg, – da konnte man den Nebel mit dem Messer schneiden, und ich fand die Insel, als ob es im hellsten Sonnenschein gewesen wäre. – Treffe ich die Sandbank wirklich nicht oben an der Insel, nun, so nimmt mich die Strömung gerade auf die Zwischenbank, und das wäre auch weiter kein Unglück, als daß wir nachher ein bißchen Arbeit hätten, das Boot wieder flott und stromab zu bekommen. – Die Fracht können wir so nicht ganz gebrauchen.«
»Von wo fahren wir denn da ab?« fragte Blackfoot. »Denn einen Anhaltspunkt müssen wir doch auf jeden Fall haben.«
»Ei, jawohl; – gerade etwa zwei Meilen unter der Weideninsel liegt das Treibholz, das du kennen wirst. Wenn wir nicht imstande sind, das zu sehen, hören wir sein Rauschen eine halbe Stunde weit, und von dort an kann man nur durch unausgesetztes Rudern Nr. Einundsechzig, oder vielmehr unseren künstlich aufgeworfenen Damm vermeiden. – Im neuen ›Navigator‹ steht er sogar schon angegeben als eine erst kürzlich durch sich selbst entstandene Sandbank.«
»Gut! – Danach kommen wir also etwa gleich nach Dunkelwerden an die Insel; desto besser, dann ist die Geschichte bald abgemacht, und wir können ordentlich ausschlafen. Aber höre, Bill, wird uns der Laffe, der vorausgerudert ist, nicht etwa Verdrießlichkeiten machen? Wenn der das Boot findet, schlägt er auf jeden Fall Lärm.«
»Dafür ist gesorgt«, lachte Bill, »ich habe schon meine Maßregeln dafür getroffen. – Aber jetzt Ruhe, – der Alte scheint aufmerksam auf uns zu werden. – Geh ein wenig nach vorn und höre, was er so viel mit dem Weibe zu schwatzen hat; – später wollen wir unseren Plan noch besser bereden. – Der Augenblick muß freilich zuletzt immer noch den Ausschlag geben.«
Und damit wandte er sich ab von ihm und arbeitete mit dem

Steuer, um den Bug ein klein wenig mehr gegen den Strom anzubringen.
Inmitten des Bootes, mehr jedoch nach vorn zu, stand das Gepäck der jungen Frau, und sie selbst saß, der letzten Szene noch immer mit unheimlicher Angst gedenkend, auf dem einen Koffer, während ihre Sachen unordentlich, wie sie die Ruderleute an Bord geworfen hatten, um sie her lagen. Seit dem letzten Streit der rohen Bootsmänner, der das Interesse aller erregt zu haben schien, bekümmerte sich auch niemand weiter um sie. Nur Wolf, des alten Edgeworth' treuer Schweißhund, hatte sich, mitten zwischen das Gepäck hinein, neben Mrs. Everett gelegt, und zwar seinen Kopf so auf ihren Fuß, als ob sie ganz alte, liebe Bekannte wären; diese ließ das auch gern geschehen, hatte doch selbst eines Hundes Annäherung unter all den fremden, wilden Männern etwas Wohltuendes und Beruhigendes für sie.
Edgeworth schritt endlich auf sie zu, setzte sich auf die neben ihr stehende große Kiste und sagte freundlich: »Ängstigen Sie sich nicht, Madame; – Bootsleute sind fast stets roh und derb, und einige der unseren ganz besonders; Ihre Fahrt wird aber bald beendet sein. – Wenn dieser Nebel nicht gar zu bösartig werden sollte, hoffe ich Viktoria bald nach Abend zu erreichen. Wird es dunkel, so lasse ich Ihnen hier oben aus meinen Decken ein kleines Zelt aufschlagen, und da können Sie dann ganz ungestört schlafen, bis wir an Ort und Stelle die Taue auswerfen.«
»Sind Sie in Viktoria bekannt, Sir?« fragte Mrs. Everett jetzt und heftete ihre großen, tränenfeuchten Augen auf den alten Mann.
»Nein, Madame«, sagte der Greis und streichelte den Kopf seines wackeren Hundes, der sich jetzt an ihm aufrichtete; – »ich war nie in Viktoria, habe aber von dem Ort oft reden hören.«
»So sind Sie ganz fremd in dieser Gegend?« fragte die Frau besorgt. – »Mit dem Wasser und seinen tückischen Gefahren

unbekannt? Fürchten Sie sich nicht, in diesem Nebel auf eine Sandbank oder Drift aufzulaufen?«

»Die Gefahr ist wohl nicht so groß, wie Sie glauben«, erwiderte Edgeworth. – »Wir haben einen sehr guten Steuermann, der den Fluß genau kennt, und nicht mehr weit zu fahren; der Mann, der meine Ladung gekauft hat, befindet sich ebenfalls an Bord und ist mit dem Strome vertraut. Da glaube ich wirklich nicht, daß da viel zu fürchten ist.«

»Ach Gott, es verunglücken so viele Menschen auf diesem bösen Wasser!« seufzte die arme Frau.

»Jawohl, Madame, jawohl«, stimmte ihr mit wehmütigem Kopfnicken der Alte bei, – »an diesem und den anderen westlichen Strömen Tausende; – aber es gibt auch böse Menschen. Nicht der Strom allein reißt die zahlreichen Opfer in seine Tiefe.«

»So haben auch Sie schon von jenen Fürchterlichen gehört, die hier auf dem Mississippi ihr Wesen treiben sollen?« flüsterte Mrs. Everett erschreckt und ängstlich. – »Vielleicht wissen Sie etwas Näheres über ihr Bestehen?«

»Ich verstehe nicht recht, wen Sie meinen, Madame«, sagte Edgeworth.

»Sie haben in Helena gehört, daß mein Bräutigam vor kurzer Zeit im Fluß verunglückte?« fragte die Frau dagegen.

»Ja, – Mr. Smart sprach davon.«

»Man sagt, das Boot sei auf einen Snag gerannt.«

»Das ist wenigstens das Wahrscheinlichste. – Du lieber Gott, so mancher arme Bootsmann hat ja schon auf solche Art seinen Tod gefunden.«

»Ich glaube es nicht«, – flüsterte Mrs. Everett, – aber noch viel leiser als vorher.

»Was?« fragte Edgeworth erstaunt.

»Das Holks Boot auf natürliche Weise untergegangen sei«, erwiderte die junge Frau, wie früher flüsternd. – »Ich habe einen fürchterlichen Verdacht und will eben nach Viktoria ziehen, wo sich ein Bruder von mir, ein wackerer Advokat, niedergelassen hat. Der soll sehen, ob er die Täter nicht aufspüren kann.« »Wäre aber da nicht Holks Sohn, der, wie ich höre, des Verstorbenen Land so schnell verauktionieren ließ, eine viel passendere Person gewesen?« meinte der alte Mann. »Ich weiß nicht recht, ob eine Frau imstande sein sollte, gegen dieses Volk aufzutreten, – wenn es nämlich wirklich existierte.«

»Holk hatte gar keinen Sohn«, fuhr Mrs. Everett noch ebenso leise wie früher fort. – »Mein Leben setze ich zum Pfande, daß jener Mann, der sich für seinen Sohn ausgab, ein falsches Spiel spielte. Ich habe oft – oft mit dem armen Holk über seine Familie gesprochen, und er verbarg mir nichts. Ach, wie oft hat er mir versichert, er stehe ganz allein in der Welt und habe nur mich, auf die er sein künftiges Lebensglück baue. – Hätte er den Sohn verleugnen sollen? Nie!«

»Hm!« murmelte Edgeworth und schaute eine ganze Weile sinnend vor sich nieder; – er erinnerte sich dessen, was ihm Smart noch vor seiner Abfahrt gesagt hatte. – Unwillkürlich schweifte dabei sein Blick zu den beiden Männern hinüber, die jetzt in sehr angelegentlichem Gespräche begriffen schienen. – »Hm – ich wollte, Tom wäre hier. Weiß auch der Henker, weshalb ich den Jungen allein voranfahren ließ. Höre einmal, Bob Roy« – und er wandte sich damit zu einem der Bootsleute, der ihm am nächsten stand, und zwar an denselben, der schon früher den Streit mit dem Steuermann gehabt hatte, – »was hältst du von dem Nebel? Du bist doch auch nicht das erste Mal auf dem Mississippi.«

»Ich halte davon, daß wir sobald wie möglich irgendwo an Land laufen oder den Notanker über Bord lassen«, sagte der Mann unwillig, – »hier so in den Nebel hineinzusegeln ist wahre Tollkühnheit. – Wenn uns ein Dampfboot begegnet, sind wir verloren, und begegnet uns keins, so bleibt uns doch noch immer die ziemlich sichere Aussicht, irgendwo festzurennen. Wenn ich ein Boot zu befehligen hätte, so wüßte ich so viel, daß es bei solchem Nebel lieber Mississippisand als Mississippiwasser unter sich haben sollte, – obgleich beides noch manches zu wünschen übrigläßt.«

»Ihr meint, wenn der Nebel dichter würde, sollte ich beilegen?« »Gewiß meine ich das, wenn Ihr mich denn einmal drum fragt«, sagte der Rudermann, »es ist mir ohnedies ein unheimliches Gefühl, so gar nicht zu sehen, wohin man fährt, und dann dem Burschen da –« und er wies rückwärts über die Schulter mit dem Daumen nach Bill hin – »anvertraut zu sein!«

Edgeworth folgte der Bewegung mit den Augen, brach aber jetzt, als Blackfoot langsam auf ihn zuschritt und bald darauf neben ihm Platz nahm, das Gespräch mit dem Mann ab.

»Es wird trübe!« sagte der, während er dabei den Strom hinabdeutete, wo die Nebelmauer höher und höher zu steigen schien. – »Es wird verdammt trübe. – Wir können froh sein, daß wir einen so guten Lotsen an Bord haben.«

»Ja, ja«, erwiderte Edgeworth und blickte unruhig umher, »es sieht böse dort unten aus. – Dauern diese Mississippi-Nebel lange?«

»Sehr verschieden, Sir, – sehr verschieden; manchmal treibt sie ein leichter Abendwind wie gar nichts vor sich hin, manchmal aber liegen sie so zäh auf dem Strom, als ob sie aus Gummi elasticum wären und immer weiter und weiter sich ausbreiteten, je mehr der Wind daran zerrte und zöge. – Wahrscheinlich wird's aber, wenn der Mond aufgeht, besser; jedenfalls können wir noch ein oder zwei Stündchen ruhig weiterfahren, bis wir einmal in die Nähe von Nr. Dreiundsechzig kommen. – Dort pflegen die Boote gewöhnlich beizulegen.«

»So? Also ratet Ihr mir selbst, das Boot irgendwo zu befestigen; – ich hätte Lust, schon früher anzulegen.«

»Nein, ja nicht!« rief Blackfoot. – »Wozu die schöne Zeit versäumen, wenn es nicht unumgänglich nötig ist! Habt nur keine Angst, Sir, mir liegt, wie Ihr Euch denken könnt, die

Wohlfahrt des Bootes jetzt ebenso am Herzen wie Euch, und ich würde seine Sicherheit gewiß nicht unnütz oder leichtsinnig aufs Spiel setzen. – Ihr habt da eine stattliche Büchse, – Kentucky-Fabrikat oder pennsylvanisches?«
Edgeworth hatte seine Büchse noch zwischen zwei dort stehenden Fässern lehnen und griff jetzt hinüber, um sie an sich zu nehmen; – jeder Jäger hört es gern, wenn seine Waffe gelobt wird.
»Ja«, sagte er, während er das gute Gewehr vor sich auf den Schoß legte, die Mündung jedoch vorsichtig dabei auf das Wasser richtete; – »es gibt wohl schwerlich ein besseres Stück Eisen in Onkel Sams Staaten als dieses alte, unansehnliche Ding hier. – Manchen Hirsch habe ich damit umgelegt, ja, und manchen Bären dazu; auch gute Dienste gegen die Rothäute hat sie schon geleistet und manchen heißen, blutigen Tag gesehen.«
»Ihr möchtet sie wohl nicht gegen irgendein anderes, wenigstens besser und zierlicher aussehendes Gewehr vertauschen?« warf hier der Fremde ein und hielt dem Alten seine eigene Büchse hin, die er noch nicht aus der Hand gelegt hatte. Es war ein herrliches, reich mit graviertem Silber verziertes und beschlagenes Gewehr, mit damasziertem Lauf und wunderlichem Sicherheitsschloß versehen, wie es dem alten Jäger noch gar nicht unter die Augen gekommen war.
»Hm«, sagte er und nahm die fremde Waffe fast unwillkürlich in Anschlag, – »das ist ein prachtvolles Stück Arbeit, – liegt vortrefflich, – ganz ausgezeichnet, – gerade wie ich's gern habe, – mit hellem Korn und nicht zu grobem Visier; muß viel Geld gekostet haben in den Staaten, – sehr viel Geld. Schießt es gut?«
»Ich wette, auf sechzig Schritt aus freier Hand einen Vierteldollar achtmal, auch zehnmal zu treffen.«
»Ei nun, das wäre aller Ehren wert; – warum wollt Ihr es aber vertauschen?«
»Aufrichtig gesagt«, – meinte der andere und blickte sinnend

dabei vor sich nieder, – »tut mir's weh, von der Büchse zu scheiden; dann aber auch wieder habe ich mich fest dazu entschlossen. – Sie kommt aus lieber Hand und erweckt dadurch nur zu oft recht bittere und schmerzliche Erinnerungen. – Ich gebe sie auf jeden Fall weg, und – wenn sie doch einmal in eines Fremden Hand kommen soll, so wäret Ihr gerade der Mann, dem ich sie wünschen könnte. Kommt, Ihr findet mich gerade in der Stimmung und könnt einen guten Handel machen.«

»Ich wäre der letzte, Vorteil aus der Stimmung eines anderen zu ziehen«, sagte der alte Jäger; »das aber beiseite, so scheinen wir auch in einer andern Sache sehr verschiedener Ansicht zu sein. – Was Euch durch schmerzliche Erinnerung peinigt, macht es mir teuer, und ich möchte mich nicht um vieles Geld von dieser alten Waffe trennen. Ich hatte einst einen Sohn, der sie zuerst führte – ich brachte sie ihm aus Kentucky mit –, und der arme Junge – doch einerlei. – Dies ist das einzige Andenken, das ich von ihm habe, und es soll bei mir ausharren in Freude und Leid.«

»Also, Ihr habt keine Lust zum Tausch?«

»Nicht die mindeste, und wenn Euer Gewehr so von Gold strotzte wie jetzt von Silber.«

»Ach, Mr. Edgeworth, das Silber ist das wenigste an einem guten Gewehr«, sagte der Händler, – »das wißt Ihr selber wohl besser, als ich es Euch sagen kann; der Wert liegt im Innern, und da habt Ihr denn wohl ganz recht, wenn Euch das Eure, unscheinbare, genügt, – das finde ich auch schon ohne irgendeinen anderen Grund, der es Euch noch werter machen könnte, natürlich. – Bitte, erlaubt mir einmal, Euer Gewehr anzusehen. – – Steht der Stempel des Fabrikanten nicht daran?«

»Ich weiß wirklich nicht«, sagte Edgeworth; – »ich habe nie danach gesehen. – Es bleibt sich auch ziemlich gleich, ob der Mann John oder Harry geheißen hat, wenn seine Arbeit nur gut war.«

»Ja, allerdings; – aber ich bin mit mehreren Büchsenschmieden in Kentucky befreundet, und es wäre mir interessant, einen bekannten Namen hier zu finden.«
Er nahm bei diesen Worten die Büchse in die Hand und drehte sie langsam nach allen Seiten hin, betrachtete besonders aufmerksam den Lauf, an dem noch einige, wenngleich undeutliche Zeichen sichtbar waren, und öffnete endlich auch die Pfanne. »Gebt acht, – Ihr werdet mir das Pulver herunterschütten!« rief Edgeworth.
»Es scheint ohnedies vom Nebel feucht geworden zu sein«, erwiderte Blackfoot, während er sein eigenes Pulverhorn hervorzog; – »wir wollen anderes darauf tun.«
Mit der linken Hand hielt er die Büchse, und die rechte, mit der er zugleich das Pulverhorn öffnete, bewahrte einen der kleinen, von Bill empfangenen Stifte. – Edgeworth wollte aber noch immer nicht den Blick von ihm wenden.
»Was habt Ihr für Pulver?« fragte er den Fremden.
»Dumont'sches – natürlich«, – erwiderte Blackfoot. – »haltet einmal Eure Hand her! – Nun seht das Korn! – Ist das nicht herrliche Ware?«
Edgeworth prüfte das Pulver mit dem Finger, und in demselben Augenblick saß der Stift im Zündloch seiner eigenen Waffe. – Blackfoot schüttete gleich darauf frisches Pulver auf und schloß die Pfanne wieder.
»Ja, das Pulver ist gut«, sagte der Alte, während er es noch mit der Zunge kostete, »reinlich und von gutem Geschmack; – man bekommt es selten von der Art in Indiana. – Ich will mir auch ein Fäßchen davon mit hinaufnehmen; – es steht schon auf meinem Zettel«, – und damit nahm er sein Gewehr wieder aus Blackfoots Hand und stellte es neben sich. Mrs. Everett hatte dabeigesessen und nur manchmal und flüchtig den Blick zu den Männern erhoben.
»Hallo, Sir!« rief da plötzlich der Händler und zeigte auf die junge Frau. – »Was ist denn mit der Lady – die wird ja leichenblaß.«

»O Gott, Mrs. Everett«, sagte Edgeworth aufspringend, – »fehlt Ihnen etwas? Sie sehen wahrlich ganz aschfarben aus.«
»Es wird schon vorübergehen«, flüsterte die junge Frau leise und hielt sich einen Augenblick ihr Tuch fest gegen die Augen gedrückt; – »es war nur so ein Anfall – die Aufregung in Helena – der schnelle Wechsel – vielleicht auch die feuchte Flußluft.«
»Ja, ja«, sagte Edgeworth, – »die ist hauptsächlich daran schuld, ich hätte das schon früher bedenken sollen. Aber warten Sie nur, ich hole Ihnen gleich die Decken herauf, und dann wollen wir schon ein ordentliches Lager für Sie herrichten; es gibt nichts Besseres als wollene Decken, um feuchte Luft abzuhalten.« Und der alte Mann ergriff sein Gewehr und schritt, ohne weiter auf die Einwendungen der Frau zu achten, vorn zum Bug und dort eine kleine Treppe hinunter in den unteren Raum. Von dort kehrte er auch bald mit drei großen Makinawdecken zurück und ging nun mit Blackfoots Hilfe emsig daran, eine Art Zelt herzustellen, unter dem sich Mrs. Everett ungesehen und ungestört der Ruhe überlassen konnte. Dies ist eine Art Galanterie und Aufmerksamkeit für das weibliche Geschlecht, wie sie selbst der roheste Hinterwäldler fast instinktartig beweist, und jede Frau kann deshalb auch, ohne fürchten zu müssen, der geringsten Unannehmlichkeit ausgesetzt zu sein, die ganzen Vereinigten Staaten allein durchreisen. Sie wird in jedem Fremden, der durch Zufall ihr Begleiter geworden ist, einen bereitwilligen, aber fast selten oder nie benötigten Schutz finden.
Mrs. Everett schien übrigens, so herzlich sie auch dem alten Mann für seine Güte dankte, dennoch keinen Gebrauch von dem Lager machen zu wollen, denn sie blieb unruhig an Deck und schien von jetzt an besonders aufmerksam die noch immer sorglos gelagerten Gestalten der Flußleute zu betrachten. Sie befanden sich auch alle oben; nur einer von ihnen war unten im Raume beschäftigt, um auf dem dort befindlichen Rost oder Kochofen das einfache Abendmahl

der Mannschaft zu bereiten. Er tauchte von dort manchmal mit glühendrotem Gesicht auf, um sich entweder abzukühlen oder Holz von oben mit hinunterzunehmen.

»Hallo, was für Land ist das da drüben?« fragte da plötzlich Edgeworth, als er auf einen im Nebel kaum erkennbaren, etwas dunkleren Streifen deutete, den sie zu ihrer Linken liegen ließen. »Kann das wohl das Mississippi-Ufer sein?«

»O bewahre!« erwiderte ihm Blackfoot. »Das muß ja der Steuermann wissen. – Was für Land ist das, Sir?«

»Runde Weideninsel!« erwiderte Bill lakonisch und drückte den Bug etwas davon ab; denn er fürchtete selbst eine von dieser Insel auslaufende Sandbank, auf welcher ja auch das Dampfschiff ›Van Buren‹ festgesessen hatte.

»Wie wäre es denn, wenn wir hier eine Weile vor Anker gingen?« meinte Edgeworth. – »Wenigstens so lange, bis sich der Nebel etwas verzogen hätte.«

»Geht nicht!« rief Bill ruhig dagegen. – »Wir können nicht bis an hundert Schritt von der Insel selbst kommen. – Der Sand läuft hier ein tüchtiges Stück in den Strom hinein. – Nehmt einmal das Senkblei!«

Edgeworth nahm die Leine, an welcher das Blei befestigt war, und warf es über Bord. – Bill hatte recht; der Strom war hier höchstens acht Fuß tief, und sie durften allerdings nicht wagen, näher heranzufahren. Die Strömung lag aber – dem ›Navigator‹ nach – von hier an rechts an der Insel vorüber dem Arkansasstaat zu und drängte erst von dort aus, etwa vier bis fünf Meilen unterhalb, der Mitte des Stromes wieder zu. Nr. Einundsechzig lag, wie schon früher erwähnt, dreizehn englische Meilen unter der Weideninsel.

Durch den Nebel noch beschleunigt, fing es jetzt recht ernstlich an dunkel zu werden, und der alte Farmer schüttelte gar bedenklich den Kopf, als selbst die letzten bis dahin fast noch immer sichtbar gebliebenen Wipfel der nächsten Uferbäume verschwanden. Sie trieben ja auch nun, fast auf gut Glück und ohne den leisesten Halt von irgendeiner Seite aus, stromab und, wie er recht gut wußte, zwischen unzähligen Gefahren hin. Er stand vorn auf dem Bug und lauschte auch dem unbedeutendsten Geräusch, ob er nicht das Brechen der Wasser an irgendeiner Drift oder das Wehen der vielleicht nahen Uferbäume hören könne. Aber alles lag ruhig und still; kein Laut ließ sich vernehmen; die ganze Natur schien wie ausgestorben, und selbst der Wind, der noch früher den Nebel einigermaßen zerteilt hatte, mußte gänzlich eingeschlafen sein; denn die Dünste lagen wie ein graues Leichentuch fest und unbeweglich auf dem Strome, und müde und träumend schwamm das schläfrige Boot auf seiner mattblinkenden Fläche.

Eine halbe Stunde mochte auf diese Weise verflossen sein, und Edgeworth war oft ungeduldig zum Steuermann gegangen, um mit ihm eine mögliche Gefahr zu bereden, dann wieder mit raschen Schritten auf dem runden Verdeck hin und her gelaufen – unschlüssig, was er tun, ob er seinem Lotsen folgen oder selber handeln solle, wie er es für gut finde, das heißt, augenblicklich zum nächsten rechten Ufer rudern und dort anlegen, bis sich der Nebel verziehen möchte. Blackfoot hatte sich indessen fast immer an seiner Seite gehalten, um jeden möglicherweise in ihm aufsteigenden Verdacht abzulenken. Jetzt aber, da sie sich mehr und mehr dem verhängnisvollen Punkt näherten, gab es noch so manches, was er mit dem Verbündeten zu besprechen wünschte, und er zog sich nach und nach dem Steuer wieder zu, wobei er zuerst eine Zeitlang in Bills Nähe auf- und abging, ohne ein Wort an diesen zu richten. Endlich tat er einige laute Fragen über den Fluß in dieser Gegend und knüpfte zuletzt ein leiseres, dem Ohr des entfernter Stehenden unverständliches Gespräch mit dem Steuermann an.

Mrs. Everett hatte sich erst in letzter Zeit in ihr hergerichtetes Zelt zurückgezogen, oft aber den Vorhang gelüftet, der es verschloß, und jenen Teil des Verdecks mit ihren Augen überflogen, auf dem sich Mr. Edgeworth befand. Jetzt, da sie ihn zum ersten Male auf kurze Minuten allein und ungestört sah, verließ sie ihr Lager wieder und schritt, mit flüchtigem Blick sich überzeugend, daß keiner der übrigen Männer in der Nähe sei, auf ihn zu.

»Ach, Madame«, sagte der alte Mann, als er ihren Tritt hörte und sich nach ihr umwandte, »Sie sind auch noch munter? Ja, ja, man hat keine Ruhe, wenn man nicht weiß, wo man ist, und Gefahren jeden Augenblick erwarten kann, ohne imstande zu sein, sie zu sehen. – Geht mir's doch selbst nicht besser.«

»Ich fürchte nicht die Gefahren, die uns der Fluß selber entgegenstellt«, flüsterte jetzt Mrs. Everett rasch und sah sich scheu nach den Männern am Steuer um. – »Ihnen – vielleicht uns allen droht etwas Schlimmeres, und gebe nur Gott, daß es noch Zeit ist, es zu vermeiden.«

Was haben Sie, Mrs. Everett«, sagte Edgeworth erstaunt, »Sie scheinen ja ganz aufgeregt; – was fürchten Sie?«

»Alles«, sagte die Frau, noch mit unterdrückter Stimme. »Alles, sobald Sie nicht der Treue Ihrer eigenen Leute gewiß sind.«

»Aber ich begreife nicht –«

»Wo haben Sie Ihre Büchse?«

»Unten an meinem Bett.«

»Gehen Sie hinab und untersuchen Sie das Schloß!«

»Das Schloß?«

»Zögern Sie keinen Augenblick; der nächste kann unser aller Verderben besiegeln.«

»Aber was fürchten Sie denn? Was ist mit dem Schloß meiner Büchse?«

»Sie gaben es vorhin in die Hand jenes Mannes; ich bin im Walde aufgewachsen und oft gezwungen gewesen, die Schußwaffe zu führen, wenn Everett tage- und wochenlang auf der Jagd blieb. Ich warf fast zufällig den Blick auf jenen Menschen, als er aus seinem eigenen Horn Pulver auf die Pfanne schüttete. Wäre mir der Gebrauch jener Waffe fremd,

so hätte ich nichts Auffallendes in seinem Benehmen finden können; – er trug etwas Spitzes in der Hand und öffnete scheinbar damit das Zündloch; aber der lauernde Blick, den er dabei auf Sie warf, machte mich zuerst stutzig. – Ich lehnte den Kopf in die Hand und behielt, ohne daß er mein Gesicht sehen konnte, seine Hand im Auge. Wohl drehte er sich, während Sie sein Pulver prüften, so weit von Ihnen ab, daß sein eigener Arm das Schloß verdeckte, deutlich aber erkannte ich, wie er irgend etwas, ob Holz oder Nagel weiß ich nicht, in das Zündloch drückte, und seine Hand zitterte, als er gleich darauf wieder Pulver auf die Pfanne schüttete. – Ich sah, wie das Pulver reichlich an Deck hinabfiel. So sehr übermannten mich Angst und Schreck, daß mir das Blut stockte und ich beinahe ohnmächtig an Deck niedergesunken wäre. Seit der Zeit war es mir aber noch nicht möglich, Ihnen auch nur eine Minute lang unbemerkt meinen Verdacht mitzuteilen, und ich fürchte nur, es ist fast zu spät, dem zu begegnen, was jene Schreckliches beabsichtigen mögen.«
Edgeworth stand mehrere Minuten lang in tiefes Nachdenken versunken und starrte schweigend in den Nebel hinaus, der sein Boot jetzt dicht und undurchdringlich umgab. – Endlich sagte er, während er sich langsam gegen die Frau umwandte: »Gehen Sie ruhig wieder in Ihr Zelt, meine gute Mrs. Everett. Ich danke Ihnen für Ihre Mitteilungen; wir dürfen aber für den Augenblick jene Leute noch nicht merken lassen, daß wir Verdacht geschöpft haben. Ich durchschaue jetzt alles, oh, daß Tom doch hier wäre! Doch – es wird auch ohne ihn gehen; ich will nur gleich unten nach meiner Büchse sehen und sie wieder instandsetzen. – Fürchten Sie aber nichts; – meine Indiana-Männer sind treu wie Gold.«
Er schritt langsam dem vorderen Teile des Fahrzeugs zu, wohin die Bootsleute einige der Kisten geschafft hatten, damit sie beim Rudern nicht im Wege wären, und wo sich auch der alleinige Eingang in das untere Deck und zu den

Schlafstellen der Männer befand. Dieser bestand in einem viereckig ausgeschnittenen und nur dreieinhalb Fuß im Durchmesser haltenden Loche, in dem eine kurze Leiter lehnte. Er stieg hinab und verschwand gleich darauf im unteren Raume.

25

Der Nebel hatte sich, während die ›Schildkröte‹ mit der reißenden Strömung rasch hinabtrieb, mehr und mehr verdichtet. Selbst die nur wenig vom Boot entfernten Stücke Floßholz ließen sich kaum noch erkennen, und an eine Bestimmung des Ufers war längst nicht mehr zu denken. Blackfoot, der den Strom nicht so genau kannte wie sein Kamerad, fing denn auch bald an unruhig zu werden, blickte oft forschend nach allen Seiten hinaus und wandte sich endlich mit etwas ängstlicher und bedenklicher Miene an den Steuermann.

»Höre einmal, Bill«, sagte er, »die Sache fängt an, verdammt unklar zu werden. Bist du auch sicher und deiner Sache gewiß, daß du die Insel findest? Bedenke wohl, die Strömung ist jetzt durch das steigende Wasser selbst viel stärker geworden, und ich bin fest überzeugt, sie würde einen Gegenstand, den sie früher vom Arkansas-Ufer aus gerade auf unsere Sandbank warf, wie die Sache jetzt steht, weit darüber hinwegführen.«

»Darin magst du recht haben«, erwiderte, mit dem Kopfe nickend, Bill; »du weißt aber auch, daß unsere Insel ein paar Meilen lang ist und wir fast die ganze Strecke lang das Brechen des Wassers gegen die in den Strom geworfenen Baumstämme hören können. Leicht wird es dann sein, die Bootsleute zum Anlegen zu bewegen; denn es fängt ihnen allen schon jetzt an unheimlich auf dem Wasser zu werden. Wenn's nicht dasselbe mit mir wäre, wollte ich sagen, es gäbe Ahnungen.«

»Hm – ja, das möchte gehen; – haben wir noch weit bis zur Landspitze?«
»Meiner Berechnung nach kann es keine halbe Meile mehr sein. Geh aber indessen einmal vorn aufs Boot und horche ein wenig, ob du das Rauschen noch nicht hören kannst. Halt, noch eins; bist du auch sicher, daß des Alten Büchse von der Pfanne blitzt?«
»Haha«, – lachte der dunkle Geselle höhnisch, »das war ein verdammt guter Einfall; – der kann schnappen, bis ihn der Finger schmerzt! Vielleicht war es aber gar nicht nötig; er hat das alte Schießeisen hinuntergetragen, damit ihm das Pulver nicht feucht wird, und da unten wird's denn wohl auch liegen, wenn er sich's hier an Deck wünschen soll.«
Still und höhnisch vor sich hinlächelnd schritt der Pirat nach vorn und traf hier Mrs. Everett, die noch immer mit gefalteten Händen und gesenktem Haupt auf einer ihrer Kisten saß und sich nicht entschließen konnte, den freien Raum zu verlassen. Ihre ganze Gestalt zitterte und bebte, als sie an die schlaue List der Fremden dachte, die auf Fürchterliches schließen ließ.
»Nun, meine junge Lady«, sagte der Händler, als er neben ihr stehenblieb und in das bleiche, rasch und erschreckt zu ihm aufgehobene Antlitz des jungen Weibes sah, – »noch immer die Szene mit der Dame nicht verschmerzt? Hahaha! Mrs. Breidelford ist ein wenig obenhinaus, wenn sie sich in ihren Rechten gekränkt glaubt; – was war denn eigentlich vorgefallen?«
»Gott weiß es«, stöhnte die Arme und zwang sich gewaltsam, gefaßt zu bleiben; – »irgendein Mißverständnis wahrscheinlich. – Ich bin ihr nie zu nahegetreten, ja habe früher nie ein Wort mit ihr gewechselt, noch ihre Schwelle je überschritten.«
»Wunderlicher Kauz, diese Mrs. Breidelford«, lachte Blackfoot, – »sehr wunderlicher Kauz; – aber seelensgut, wo was zu verdienen ist, – aufopfernd für Freunde, wo sie Nutzen

erwartet, – uneigennützig wie keine, wenn sie alles hat, was sie will, – und nützlich – Sie glauben gar nicht, wie nützlich, Mrs. Everett. – Eine sehr vortreffliche Frau, diese Mrs. Breidelford.«

Der Mann war augenscheinlich in äußerst guter Laune, denn er schritt lachend bis zur Bootsspitze vor und blieb hier, auf die Vorfinne gelehnt, jetzt aber mit nicht zu verkennender Aufmerksamkeit lauschend, stehen. Er hörte gar nicht, wie Edgeworth in diesem Augenblick, von dem langen Hosier gefolgt, die Leiter wieder heraufkam. – Die übrigen Leute waren kurz vorher in den Raum hinabgestiegen.

»Hallo, Sir«, sagte Blackfoot plötzlich, als er sich umwandte und den alten Mann mit der Büchse neben sich stehen sah, – »wollt Ihr Nebelkrähen schießen? Ich hatte eben Lust, mein Gewehr hinunter ins Trockene zu tragen, und Ihr bringt das Eure wieder herauf?«

»Eine alte Angewohnheit«, sagte der Jäger, – »ich kann nicht gut ohne die Büchse sein, und da ich die Nacht an Deck schlafen will, soll sie wenigstens neben mir liegen. Meine Pfanne schließt ausgezeichnet, und das Pulver, das Ihr mir aufgeschüttet habt, wird sich ja wohl trocken halten.«

»Ei gewiß, aber ich würde Euch nicht raten, oben zu schlafen; die Nässe dringt förmlich durch, und in Euren Jahren –«

»Schadet nichts, – bin's gewohnt und habe schon manchmal in Sturm und Regen draußen gelegen. Aber komm, Bob Roy«, – wandte er sich dann an den Hosier – »rufe einmal die anderen auch herauf; – ich denke, wir legen lieber bei; – ich mag nicht länger in dem Nebel herumfahren!«

»Beilegen, jetzt?« fragte Blackfoot rasch. – »Das ist noch zu früh; – Bill meint, es wäre jetzt noch gar keine Gefahr.«

»Ich will aber auch nicht warten, bis Bill meint, daß wirklich Gefahr bestünde«, erwiderte Edgeworth. »Ob wir nun noch ein paar Meilen weiterfahren oder jetzt anhalten, das wird sich in der Zeit ziemlich gleich bleiben. – Da drüben höre ich die Schläge einer Axt, und zwar gar nicht weit entfernt, dort muß also auch Land sein, und da wollen wir denn nicht warten, bis uns die Stömung wieder mitten in den Fluß hineinnimmt. Von dort an fahre ich auch nicht eher wieder ab, bis es nicht heller, lichter Tag geworden und der Nebel gewichen ist.«

Die Bootsleute kamen jetzt rasch an Deck, machten die Finnen frei und stellten sich bereit, sobald das Steuerruder gerichtet wäre, einzufallen. Bill aber, der von seinem Platz aus die ganze Bewegung mit keineswegs freudigem Staunen beobachtet hatte, rief jetzt ärgerlich aus: »Ei, zum Donnerwetter, – wer hat euch denn gesagt, daß ihr rudern sollt? Ihr wollt wohl auf irgendeinen Snag mit aller nur möglichen Gewalt auflaufen?«

»Nein, Bill«, sagte Edgewort, stellte seine Büchse an das Zelt, neben dem Wolf noch immer lagerte, und ging auf ihn zu; – »wir wollen dort drüben, wo Ihr noch jetzt die Axt hören könnt, anlegen, bis sich der Nebel verzogen hat. Haltet ein bißchen hinüber!«

»Unsinn«, brummte der Steuermann; – »das Ufer dort drüben starrt vor lauter Snags und Sawyers. – Wenn wir nicht ganz genau den Landungsplatz treffen, so laufen wir so sicher auf, wie wir jetzt gutes Fahrwasser unter dem Rumpf haben. Legt die Finnen wieder hoch, und wartet noch ein paar Stunden; – am Fuß von Nr. Zweiundsechzig ist ein trefflicher Landungsplatz, und ich glaube auch, wir können am östlichen Ufer von Nr. Einundsechzig ohne Gefahr eine Stelle erreichen, wo wir imstande sind, die Taue zu befestigen.«

»Schadet nichts, Bill«, sagte der alte Mann ruhig, »haltet nur nach Arkansas hinüber, ich will lieber ein bißchen zu vorsichtig sein, als nachher Boot und Ladung einbüßen.«

»Aber ich sage Euch, Sir«, fiel Blackfoot hier etwas ärgerlich ein, – »wir dürfen die schöne Zeit nicht noch länger nutzlos versäumen. – Ich muß die Ladung morgen früh mit Tagesanbruch in Viktoria haben, wenn ich sie überhaupt gebrauchen kann.«

»Ei, Sir, von muß darf hier gar keine Rede sein«, erwiderte Edgeworth ernst. »Wenn es übrigens bloß die Ladung wäre, so möchte es noch angehen; ich würde sagen, laßt es uns riskieren; geschähe ein Unglück, so wäre weiter nichts als Geld verloren; aber hier stehen auch Leben auf dem Spiele. Wir haben nicht einmal die Jolle am Boot, um uns bei irgendeinem Unfall hineinzuflüchten. – Die Dame hier hat mir ebenfalls alles anvertraut, was sie noch auf dieser Welt besitzt, und wir müssen deshalb vorsichtig, ja, vielleicht vorsichtiger sein, als es sonst nötig wäre.«
»Aber mir nützt die Ladung nichts, – wenn ich sie nicht –«
»Ei, so laßt sie in Gottes Namen mir«, erwiderte Edgeworth kaltblütig. – »Liefere ich Euch die Güter nicht zur bestimmten Zeit nach Viktoria, so seid Ihr an nichts gebunden; die Waren sind doch deshalb nicht schlechter geworden, weil schon jemand darauf geboten hat. Haltet hinüber, Bill, oder wir treiben wieder vorbei!«
Blackfoot stampfte ärgerlich mit dem Fuße; Bill aber, der wenige Sekunden unschlüssig dagestanden hatte, schien sich jetzt eines Besseren besonnen zu haben, hob rasch das Ruder, drückte es nach Backbord hinüber und ließ den Bug langsam gegen die Richtung zu anluven, von wo aus die regelmäßigen Schläge der Axt noch immer herübertönten. Die Ruderleute legten sich dabei scharf hinter die Finnen; denn sie wußten doch nun einmal wieder, nach welcher Richtung zu es eigentlich ging, und langsam strebte der breite Bug, ein klein wenig nach oben gehalten, quer durch die Strömung, daß sich die Wasser leicht an seiner Steuerbordseite kräuselten. Einzelne niedertreibende Stämme und Holzstücke legten sich dabei nicht selten gegen die mächtige Flanke des Bootes, so daß sie dieses, wenn der Andrang und das Gewicht solcher Holzmassen zu schwer wurde, völlig stromauf halten mußten, um jene Anhängsel abwerfen zu können.
»Aber sage einmal, Bill, bist du denn ganz des Teufels, daß du diesem alten Seehunde gehorchst?« zürnte Blackfoot, als

er, während die Leute eifrig mit ihrer Arbeit beschäftigt waren, zu dem Kameraden ans Steuer getreten war. »Wenn wir jetzt anlegen und bis Tagesanbruch hier liegenbleiben, so ist zehn gegen eins zu wetten, daß unser schöner Plan zu Wasser wird. – Der Nebel geht dann allerdings fort, aber wir haben helles Tageslicht und müssen gewärtig sein, daß uns vorbeitreibende Flatboote oder Dampfboote die Ausführung unserer Arbeit total vereiteln.«

»Bist du nun fertig?« grollte der Steuermann, während er das Boot wieder gerade stromauf hielt. – »Halt da mit den Steuerbordrudern! – So – das tut's – nun wieder ein!« Die laut gerufene Rede galt den Bootsleuten, die solchem Befehl auch willig gehorchten. »Willst du dich jetzt widersetzen?« fuhr dann Bill nach kurzer Zeit mit gedämpfter Stimme fort – »Wo wir zwei gegen die Überzahl nicht allein nichts ausrichten könnten, sondern uns selbst noch mutwillig in die größte Gefahr stürzten? Willst du jetzt einen Verdacht wecken, der jenen Burschen dann gleich von vornherein gegen uns mißtrauisch machen müßte?«

»Aber wie, zum Henker! –«

»Bist doch sonst nicht so auf den Kopf gefallen«, höhnte der Steuermann, ohne die Einrede zu beachten, – »so nimm die fünf Sinne auch jetzt ein bißchen zusammen und laß ihnen für den Augenblick den Willen. – Du hast den Alten durch dein tolles Dazwischenfahren ohnedies schon stutzig gemacht. – In zwei Stunden treiben wir hinunter an Ort und Stelle. Haben sie aber jetzt ihr Boot befestigt und finden sie, daß wir ebenfalls damit einverstanden sind, so legen sie sich ruhig aufs Ohr, und es ist dann nichts leichter, als das Tau sachte zu lösen oder durchzuschneiden, das uns ans Ufer befestigt hält. Merken sie's nicht, so erwachen sie, wenn sie ebensogut hätten bis in die Ewigkeit fortschlafen können, und sehen sie's vor der Zeit, ei, dann haben wir einen kleinen Tanz zu bestehen, aber ändern können sie nachher nichts mehr an der Sache, noch dazu, da der Alte nicht einmal einen

Kompaß bei sich führt und des Nebels wegen ruhig wird stromab treiben müssen.«

»Das ist eine gefährliche Sache«, sagte Blackfoot mürrisch. – »Gift und Klapperschlangen, wenn die verwünschten Hosiers nur noch eine Stunde gewartet hätten! Da muß aber jener vermaledeite Holzhacker da drüben noch bis in die späte Nacht hinein an seinem Holze herumschlagen, und richtig, die alte Landratte hört kaum die bekannten Laute, da segelt sie auch schon mit vollen Backen darauf los; – hol sie der Böse!«

»Steht bei dem Springtau!« rief Bill jetzt, seinen Gefährten nicht weiter beachtend, laut den Bootsleuten zu, – als plötzlich vor ihnen die dämmernden Schatten der Uferbäume sichtbar wurden. Edgeworth stand vorn am äußersten Ende des Bugs und suchte mit den Augen die Dunkelheit zu durchdringen; denn er fürchtete nicht mit Unrecht die in der Nähe des Landes stets häufigen Snags. Dicht unterhalb tauchten da plözlich die weitgespreizten weißen Arme einer kürzlich stromeingestürzten Sykomore auf, und gleich unter dieser zog sich – das konnten sie deutlich erkennen – der Strom wieder scharf nach Westen hinüber. War diese Spitze einmal passiert, so konnten sie nur durch gewaltiges Rudern, und vielleicht selbst dann nicht, das Ufer wiedergewinnen, da die Strömung von hier aus mit ungeheurer Kraft zur Mitte zurückschoß.

»Hurra«, jubelte Blackfoot mit unterdrückter Stimme; – »die Sache geht besser, als ich dachte; – ich glaubte noch gar nicht, daß wir der Spitze so nahe wären. Jetzt sollen sie es wohl bleibenlassen, das Land zu erreichen, und sind wir nur erst einmal wieder so weit ab, daß uns der Nebel umgibt, dann brauchst du den Bug nur ein klein wenig weiter niederzuhalten, und wir treffen die westliche Sandbank unserer Insel nach Herzenslust.« Bill erkannte gleichfalls, wie ihr Plan hier ganz unerwarteterweise durch Ufer und Strömung begünstigt wurde, und wollte eben den Bug wieder abfallen lassen,

damit sie an den starren Ästen der Sykomore vorbeitrieben; Bob Roy aber, der mit dem Springtau vorn am Bug stand und die Bewegung von vornherein beobachtet hatte, schrie ihm wild zu: »Port, Sir, – hart an Port! – Verdamm Euch! Wollt Ihr unsere ganze Arbeit zuschanden machen?«
»Geht zum Teufel!« fluchte Bill und hob das Ruder nach der entgegengesetzten Seite. Edgeworth aber sprang rasch nach dem vorn eingefügten Stiershorn und riß es nach der Backbord-Seite hinüber. Bill schien nicht übel Lust zu haben, sich dem zu widersetzen; Blackfoot war aber nach vorn zu gegangen, wahrscheinlich um zu sehen, was Bob Roy eigentlich mit dem Springtau wolle, und die Ruderleute hatten sämtlich ihre Finnen herausgehoben und, zum Wiedereinsetzen bereit, zurückgetragen, was die Hintersten bis dicht an den alten Mann brachte. Die Übermacht war unstreitig gegen ihn, und er fügte sich. Seine Aufmerksamkeit wurde übrigens in diesem Augenblick ebenfalls nach vorn gelenkt; denn Bob Roys sonore Stimme rief aus: »Steht bei hier, – Boys! – Steht bei! – Nehmt das Tau – ahoi!« und ehe nur irgendeiner recht begreifen konnte, was er eigentlich meine, denn er rief gerade, als ob er jemanden, der draußen stände, das Tau zuwerfen wolle, schleuderte er es mit kräftigem Wurf über den alten Sykomore-Stamm hinüber und folgte dann mit Blitzesschnelle der vorangesandten Leine.
Alles drängte sich jetzt nach vorn, um das Ergebnis solchen Wagestücks zu sehen, denn das Boot trieb rasch vorüber, und gelang es ihm nicht, in wenigen Sekunden das Tau so zu befestigen, daß es dem ganzen ungeheuren Druck des schweren Bootes widerstehen konnte, so war zehn gegen eins zu wetten, daß es ihn selbst in die Flut hinabriß, wo sein Untergang zwischen den starren, knorrigen Ästen der Sykomore ziemlich gewiß war. Bob Roy hatte das Ganze aber keineswegs unternommen, ohne sich ziehmlich sicher in der Ausführung zu fühlen. Kaum erfaßte er einen der gerade emporragenden Zweige, als er auch mit der Gewandtheit des geüb-

ten Matrosen das Tau um einen starken Ast schlug und das ziemlich kurze Ende einmal durchzog und befestigte. Den zweiten sicheren Halt hatte er noch nicht gefunden, als sich plötzlich das starke Tau straffte, etwa zwei Fuß auf der schlüpfrig-nassen Rinde fortglitt und dann, als es in anderen Ästen Widerstand fand, mit fürchterlichem Ruck, vom Gewicht des ganzen Bootes gezogen, den zitternden Stamm aus seinen Fugen zu reißen drohte.

Der alte Baum saß aber ingrimmig fest in seinem schlammigen Bett und war nicht so leicht zu überreden, den lange behaupteten Platz zu verlassen; – er wich und wankte nicht, aber der blattlose Wipfel wurde durch die Spannung tief hinein in den Strom gerissen, und ein Schrei der Angst rang sich gewaltsam aus der Brust der sonst nicht gerade sehr empfindsamen Bootsleute, als plötzlich im entscheidenden Augenblick der ganze weitästige Baum mit dem fest darangeklammerten Kameraden in der gelben, sprudelnd aufgähnenden Flut verschwand. Gleich darauf tauchten wieder einzelne Spitzen aus der kochenden Stromfläche empor, und während das tolle Anschäumen der Wasser gegen den breiten Bug des Flatbootes und das rasche Herumschwenken seines Hecks verriet, wie es wirklich und glücklich von dem so keck befestigten Tau gehalten werde, kam auch das nasse, von langem, braunem Haar umklebte Gesicht des Bootsmannes wieder zum Vorschein. Der aber öffnete die Augen nur eben weit genug, um den Ort zu erkennen, wo das Tau saß, ergriff dieses rasch, um den angefangenen Knoten erst noch fester durch ein zweites Umschlagen zu schürzen, und arbeitete sich dann an dem straffgespannten Tau so schnell wie möglich zum Boot zurück. Er fürchtete nämlich nicht mit Unrecht, durch den hier wirbelnden und reißenden Strom unter das Boot gezogen zu werden, wenn er es mit Schwimmen erreichen wollte; denn die Anziehungskraft solcher flachen ›Bottoms‹ ist ungemein stark und äußerst gefährlich.

Aller Arme streckten sich ihm hier entgegen, und während

ihm noch ein Teil vollends heraushalf, bemühte sich der andere, das Tau auch an Bord ordentlich und sicher zu befestigen. Das Ganze aber hatte kaum so viele Sekunden gedauert, wie ich hier Minuten Zeit zum Erzählen brauche, und noch standen die Männer, über die Tollkühnheit des Kameraden plaudernd, zusammen, als auch dieser schon wieder in trockenen Kleidern oben erschien und sich behaglich auf seine dort ausgebreitete Decke streckte. Das Abendessen, das vorher durch den schnellen Aufruf zum Rudern unterbrochen war, wurde jetzt beendet, wobei der Whiskybecher fleißig im Kreise herumging, und die Mannschaft schien sich überhaupt mit der solchen Leuten eigenen Sorglosigkeit ungestörtem Frohsinn hinzugeben. War ja doch für den Augenblick jede Gefahr und Ungewißheit beseitigt, und ihr Boot lag sicher und ruhig vor starkem Tau. Brach sich mit der Morgendämmerung dann der Nebel, so konnten sie ruhig und bequem stromab treiben und ihre Fahrt beenden. Mürrisch ging Blackfoot indessen an Deck auf und ab, während sich Bill dagegen den Zechenden anschloß und in bester Laune von der Welt mit dem jetzigen Beilegen des Bootes vollkommen einverstanden schien. Edgeworth hielt sich von seinen Leuten etwas abgesondert und sprach nur einmal, als er an ihm vorüberging, einige Worte mit Bob Roy, während sich Mrs. Everett in ihr Zelt zurückzog und dort Gott in heißen Gebeten anflehte, sie alle aus einer Gefahr zu retten, die um so peinlicher und fürchterlicher war, da sie ihren Umfang wie ihre Nähe nicht einmal kannten. Nach und nach wurde es ruhiger an Deck; – die Leute waren meistens in ihre Schlafkojen hinabgegangen. Nur Blackfoot und der Steuermann lagen, dieser am Steuer, der andere dem Vorderteil des Bootes näher, wo das Springtau an Bord befestigt war, und zwar mit seinem Kopf auf der Rolle. Edgeworth hatte sich gleichfalls mehr nach vorn, aber dicht an dem dort aufgeschichteten Gepäck ein Lager gesucht, neben dem auch Wolf, dicht zusammengerollt, schlief und träumte.

Obgleich Edgeworth aber still und regungslos dalag, so schlief er doch keineswegs, vielmehr horchte er mit durch innere Aufregung noch mehr geschärften Sinnen selbst dem leisesten Geräusch, das ihn umgab. Das heute Erlebte ließ ihn nicht ruhen, und er konnte auch kaum noch einen Zweifel hegen, daß jene beiden Männer, sein Steuermann und der fremde Händler, ein Einverständnis, und zwar zu unrechtlichen, ja vielleicht gar gewalttätigen Zwecken miteinander hatten. Den in sein Zündloch geschobenen Stift hatte er richtig gefunden, und einen Grund mußte der Fremde gehabt haben, seine Waffe unbrauchbar zu machen. Was es aber auch sei, er fürchtete es nicht, und es lag ihm jetzt fast ebensoviel daran, ihre Pläne zu ergründen und zunichte zu machen, als die Schuldigen zu gleicher Zeit zu ergreifen und der strafenden Gerechtigkeit zu überliefern.

Mehrere Stunden waren so verflossen, und dunkle, rabenschwarze Nacht lag auf dem Strome. – Lautloses Schweigen herrschte, und nur das Wasser schäumte und rauschte um die emporragenden Äste der Sykomore und gegen den breiten Bug des Flatbootes an. Oben vom Himmel aber, doch nur gerade über ihren Häuptern, denn der Nebel erlaubte ihnen nicht, in schräger Richtung seine finsteren, undurchsichtigen Massen zu durchdringen, blitzten einzelne Sterne wie aus mattem Schleier hernieder, und vom nahen Ufer trug dann und wann ein starker Luftzug das Quaken der Frösche und den einsamen Ruf des Ziegenmelkers herüber. Es war eine stille, aber unfreundliche Nacht auf dem gewaltigen Strome. – Die ungesunden Dünste der Niederung rollten in immer dichteren Massen heran und mischten sich mit dem zähen Nebel des Mississippi, und wenn der Himmel auch klar und heiter darüber ausgespannt blieb, so fiel doch ein häßlicher feuchter Schwaden nieder und durchnäßte die ihm Ausgesetzten fast stärker, als es ein derber, aber schnell vorübergehender Regen getan haben würde.

Bill, der schon seit einigen Minuten mehrmals den Kopf

erhoben und über das ruhige Boot hingehorcht hatte, warf jetzt seine Decke von sich und stand leise auf. Nichts regte sich, und die ausgestreckten Gestalten Blackfoots und des Alten waren das einzige, was seinem Blick begegnete. Leise und vorsichtig schritt er dem Bug zu und lauschte hier mehrere Minuten aufmerksam irgendeinem entfernten Geräusch. – Er kannte es gut genug; es war das Schäumen der Wasser an der gar nicht mehr weit entfernten Drift. Trieb das Boot von hier fort, so führte es die Strömung unrettbar gegen den künstlich gebildeten Damm von Nr. Einundsechzig, wo es, wenn die Ruder nicht scharf dawider anarbeiteten, auf jeden Fall festrennen mußte. Nur eins blieb zu fürchten; – der Ruck, den das Boot tat, sobald es sich in solcher Strömung von seinem Tau befreite oder plötzlich von ihm getrennt wurde, mußte die Schläfer wecken, die überhaupt auf längeren Reisen eine Art gemeinsames Leben mit ihrem Fahrzeug zu haben scheinen und fast jeden Stoß, jede unregelmäßige Bewegung so genau fühlen, als ob die Einwirkung unmittelbar auf sie selbst geschähe. Fanden sie dann das Tau durchschnitten, so war der Verdacht unvermeidlich, und die Folgen konnten für sie beide gefährlich werden. Außerdem blieb es auch ziemlich wahrscheinlich, daß sich die Hosiers in diesem Fall aus Leibeskräften in die Finnen legen würden, um ihr Fahrzeug, solange sie noch wußten, auf welcher Seite das nächste Land eigentlich lag, auch in der im ›Navigator‹ angegebenen Strömung zu halten. »Ist es Zeit?«, fragte jetzt Blackfoot, der dicht neben ihm lag und vorsichtig den Kopf hob.
»Ja«, sagte Bill leise; – »aber ich weiß nicht –« Er sah auf den Kameraden nieder und bemerkte, wie dieser, ohne weiter eine Erklärung seiner Absicht zu geben, den Arm ausstreckte, so daß seine Hand auf dem fest und stramm angespannten Tau lag; im nächsten Moment vernahm das scharfe Ohr des Steuermanns das Reißen einzelner Hanffasern.
»Gut!« murmelte er leise un lächelte still vor sich hin. – »Sehr gut! – Wenn du aber –«

Blackfoot winkte ihm ungeduldig, er möge sich entfernen, um die Aufmerksamkeit der vielleicht Erwachenden nicht unnützerweise hierher zu lenken, und Bill, der noch einen flüchtigen Blick umhergeworfen hatte, folgte schnell der Aufforderung, deren Zweckmäßigkeit er selber einsah. Ebenso leise wie er gekommen, schritt er wieder auf seinen früheren Platz zurück und warf sich hier, in seine Decke gehüllt, aufs neue nieder; jetzt aber mit dem Gesicht dem Steuerruder zu, damit er, sobald sich das Boot von seinem Halt losrisse, die Richtung, die es nähme, im Auge behalten und seine Berechnung der Inselnähe danach machen könne. Edgeworth hatte, als der Steuermann nach vorn ging, vorsichtig nach seiner Büchse gegriffen und den Kopf gehoben, um zu sehen, was jene miteinander trieben. Die stille Nacht trug ihm auch die leise gemurmelten Laute einer Stimme, aber nicht die Worte selbst herüber, und als er bald darauf die lange Gestalt seines Lotsen wieder auf ihren früheren Platz schreiten sah und hörte, wie sie sich dort an Deck streckte, ließ auch er den Kopf zurücksinken auf sein hartes Kissen, und das matte Blinken der auf ihn niederscheinenden Sterne, das melancholische, monotone Rauschen der Wasser, das Murmeln und Plätschern des rasch vorbeiflutenden Stromes fingen bald an, den Schlummer auf seine müden Augenlider herabzuziehen. Es dauerte nicht lange, so verschmolzen die äußeren ihn umgebenden Szenen mit seinem inneren Geist, und Traum und Phantasie führten ihn zurück zu den Ufern des Wabasch, an das Grab seines Sohnes, über dem die kreuzbezeichnete Eiche rauschte und wunderlich wilde Weisen in ihren weitausgestreckten Ästen und Zweigen sang und murmelte.

Das starke Tau aber, durch welches sein gefährdetes Boot an sicherem Ankerplatz gehalten wurde, zitterte und zuckte unter der leichten, doch scharfen Schneide des feindlichen Stahls; – Faser nach Faser gab vibrierend nach, und kaum ein Drittel des Ganzen hielt noch die gewaltige an ihm hängende Last. Blackfoot lag jetzt ebenfalls regungslos still; – er erwartete geduldig die Wirkung des einmal verletzten Taues. Das aber schien in seinem letzten Teile auch seine zähe Kraft vereinigt zu haben, und ein kaum daumenstarkes Seil stemmte sich wacker gegen Strömung und Flut der eindringenden Wassermasse. Da glitt noch einmal rasch und vorsichtig die scharfe Schneide über die schon ohnedies zum Zerspringen angespannten Fasern hin, von denen zum Halten des Ganzen keine einzige mehr entbehrt werden konnte. – Blackfoot hörte, wie in rascher Reihenfolge eine nach der anderen sprang, und jetzt – ängstlich und selbst erschreckt hob er den Kopf –, jetzt riß auch der letzte schwache Halt, und mit plötzlichem Ruck, aber sonst still und geräuschlos, verließ das Boot im nächsten Augenblick pfeilgeschwind die alte Sykomore, die nun, von ihrer gewaltigen Last befreit, in dem sie umschäumenden Strome auf- und niederflog und sich der neugewonnenen Freiheit in grimmiger Lust zu freuen schien.

26

Der entscheidende Schritt war getan; das Boot trieb in der reißenden Strömung rasch hinab, der Insel und seinem sicheren Verderben entgegen; die aber, über deren Haupte das Damoklesschwert noch hing, träumten ruhig fort und schienen alles das, was am vorigen Abend ihre Seelen mit Besorgnis erfüllt hatte, vergessen zu haben. Selbst Mrs. Everett war durch die Aufregung der vorigen Stunden so ermüdet, daß sie in leichtem Schlummer auf ihrer unter dem Zelt ausgebreiteten Decke lag. Bill war jetzt aufgestanden und schlich nach vorn zu dem Gefährten, und als dieser seinen Schritt auf den schwankenden Brettern mehr fühlte als hörte, hob er den Kopf und folgte dann leise seinem Beispiel.
»Wir sind dicht an der Insel«, flüsterte Bill, als er an Black-

foots Seite stand; – »ich höre schon den Bruch der Wasser in den an der oberen Spitze hineingeworfenen Wipfeln.«

»Das habe ich auch gehört«, erwiderte Blackfoot mit vorsichtig gedämpfter Stimme; – »aber es kommt mir fast so vor, als ob es zu weit rechts wäre. Möglich könnte es doch sein, daß uns die Strömung weiter hinübergebracht hätte, als wir erwarteten; am Ende ist es besser, du gehst ans Steuer und lenkst den Bug ein klein wenig rechts hinüber; – vorbei fahren wir an der rechten Seite auf keinen Fall.«

»Das geht nicht«, sagte Bill; – »das Knarren des schweren Ruders würde die Schläfer oder doch auf jeden Fall den Alten wecken. – Pst – der Hund knurrt schon. Wenn ich nur die verdammte Bestie über Bord hätte.«

»Dort drüben höre ich Land«, flüsterte Blackfoot rasch, – »das muß, bei Gott, die Insel sein, und zwar rechts. – Hölle und Teufel, wie weit uns der Strom hinübergetrieben hat! Wie wär's denn, wenn wir die Mannschaft rasch an Deck und an die Finnen riefen? – Die Burschen sind jetzt alle schlaftrunken und werden sich, wenn sie das zerrissene Tau sehen, aus Leibeskräften auf die Sandbank rudern.«

»Vielleicht«, sagte Bill kopfschüttelnd, »und wenn wir das verbürgt wüßten, wäre der Plan vorzüglich; wollen sie aber nicht, so haben wir verspielt oder setzen uns selbst fast gewisser Todesgefahr aus. Nein, sobald wir noch eine Meile weiter unten sind, mag sie mein Schuß wecken; vorher aber schieben wir die schwere Kiste, die dicht an der Luke steht, über den Einstieg, und daß nachher aus der keiner der Eingesperrten herausklettert, soll meine Sorge sein. Du fertigst indessen rasch den Alten ab. – Dein Schuß mag zugleich unser Signal werden, und wir schlagen so, während du von seiner Büchse nicht das mindeste zu fürchten hast, zwei Fliegen mit einer Klappe. Wenn du nachher mit deinem Kolben das hier an Backbord angebrachte kleine Küchenfenster bewachst, damit uns von da aus keiner an Deck steigt, so haben wir die ganze Gesellschaft wie in einer Rattenfalle gefangen und können sie nachher einzeln, wie wir sie herauflassen, abfertigen. Die Burschen drüben werden doch aufpassen?«

»Ei gewiß!« rief Blackfoot. – »Das Enterboot wird nach deinem Brief schon seit gestern abend ununterbrochen von einander ablösenden Wachen besetzt gehalten und stößt in dem Augenblick, wo es den Schuß hört, vom Lande. Das zweite Boot folgt dann augenblicklich nach. Es schadet übrigens nichts, wenn wir auch an der Insel hier vorbeitreiben; sobald unsere Leute an Bord kommen, legen wir uns in die Ruder und sind nachher mit leichter Mühe imstande, die Notröhre zu erreichen. – Das wird Kelly ohnedies lieber sein, als wenn wir das Boot gleich oben hätten aufrennen lassen.«

»Desto besser«, sagte Bill; – »aber jetzt laß uns auch keinen Moment länger verlieren; – wir müssen schon ein hübsches Stück an der Insel hinunter sein. Wetter, die Kiste ist schwer; – nimm dich in acht, daß sie nicht so scharrt!«

»Das wird reichen; – so! –« flüsterte Blackfoot. – »Die kleine Ecke –«

»Nein, – wir dürfen kein Luftloch lassen; – mehr hier an dieser Seite!« erwiderte ihm rasch der Steuermann, und beide stemmten eben wieder, alles andere um sich her vergessend, die Schultern gegen die schwere, riesige Kiste an.

Der alte Mann aber, den Müdigkeit zu kurzem Schlummer übermannt hatte, schlief wirklich nicht fest genug, um alles das, was keineswegs geräuschlos um ihn her vorging, zu verträumen. Der Schritt des Steuermanns, der, als er an ihm vorüberschlich, auf dieselbe Planke treten mußte, auf der er lag (da die Deck-Bretter solcher Flatboote stets über das ganze Fahrzeug von Backbord nach Steuerbord hinüberreichen, und zwar an beiden Seiten etwas niedergebogen, in der Mitte dagegen etwas rund erhöht sind), wie das leise Knurren seines Hundes hatten ihn geweckt, und wenn er auch regungslos seine Stellung beibehielt, so lauschte er doch mit der gespanntesten Aufmerksamkeit den leise geflüsterten Lauten der beiden Männer. Das Boot glaubte er aber natürlich noch immer an seinem früheren Platz festgebunden. Da fiel sein Blick zufällig auf einen dunklen Schatten, der nicht weit von ihnen festzuliegen schien. Noch halb im Schlafe blickte er darauf hin; plötzlich aber richtete er sich erschreckt empor; – der Gegenstand, den er sah, befand sich ja auf der Steuerbordseite, und ihr Boot, das mit dem Bug stromauf gehalten wurde, hatte jetzt doch das Land auf Backbord. »Träume ich denn?« flüsterte er halblaut vor sich hin. – »Ist denn das da nicht der schwimmende Wipfel eines Baumes? – Bei Gott, – die ›Schildkröte‹ treibt!«

Rasch ergriff er die Büchse, sprang empor und sah, wie die beiden ihm jetzt schon mehr als verdächtigen Männer bemüht waren, die eine der Kisten dem Rande des Bootes zuzuwälzen.

»Hallo da!« rief er fast unwillkürlich aus, und sein Fuß stampfte das Deck – sein Zeichen für Bob Roy, rasch heraufzukommen. »Beim ewigen Gott, wir sind los! –«

»Da hast du's«, brummte Bill. – »Nun geht der Tanz los; – jetzt mach schnell und fertige ihn ab!«

»Nun? – Werdet ihr Rede stehen; – Was ist das? Mein Boot schwimmt. – Was soll's mit der Kiste dort?«

»Werde es dir gleich auseinandersetzen«, knurrte Blackfoot vor sich hin und sprang nach seiner Büchse, die er neben sich hingelegt hatte, um bequemer an der Kiste arbeiten zu können. Edgeworth stand halbverdeckt von einem großen Koffer, der ebenfalls auf anderem Gepäck lag; der Pirat aber nahm die Büchse in Anschlag und tat rasch noch ein paar Schritte nach vorn, um die Brust seines Feindes frei zu bekommen und ein sicheres Ziel zu haben.

»Hölle und Teufel!« schrie in dem Augenblick Bob Roy von unten. – »Wer hat den Eingang versperrt? Bahn frei, ihr Schufte, – oder euch soll der –« Seine Rede wurde in gewaltsamen, wenn auch noch erfolglosen Versuchen erstickt, die mächtige Last zu rücken; denn die eine Leitersprosse, auf der er stand, konnte das so übermäßig vermehrte Gewicht nicht tragen und brach unter ihm. Der augenblickliche Versuch war aber dennoch hinreichend gewesen, Bill davon zu überzeugen, wie die Last einem erneuten und von mehreren ausgeführten Angriff vielleicht doch nicht widerstehen konnte. Er warf einen flüchtigen Blick nach dem alten Edgeworth hinüber und rief dem Gefährten also schnell zu: »Schieß in drei Teufels Namen und gib damit das Zeichen; – wir können's brauchen!« Er hatte auch die letzten Silben noch nicht ausgesprochen, als schon der scharfe Knall einer Büchse durch die stille Nacht dröhnte.

Rasch wandte er den Kopf, um den Erfolg zu beobachten, fuhr aber mit wildem Fluch empor, als er sah, wie sein Kamerad, die Büchse hoch in der Hand, taumelte, ein paar Schritte nach vorn trat und dann schwerfällig an Deck niederstürzte. Der alte Jäger, mit der eigenen Waffe schußfertig, hatte kaum gesehen, wie sein Feind die Maske abwarf und die Büchse zum tödlichen Angriff erhob, als er auch schon sein treues Rohr in die Höhe riß und die Kugel mit unfehlbarer Sicherheit durch den Kopf des Verräters sandte. Hiermit aber nicht zufrieden – denn er mußte jetzt natürlich in seinem eigenen Steuermann einen ebenso feindlichen Gegner vermuten –, sprang er rasch vor, um sich der noch geladenen Waffe zu bemächtigen; Bill jedoch wußte seinerseits ebensogut wie er, daß er, wenn jener seine Absicht wirklich ausführte, ganz in dessen Hände gegeben sein würde. In gleicher Schnelle flog er also dem Kampfplatz zu, erfaßte zugleich mit dem alten Mann das Rohr und schrie dabei mit vor Wut erstickter Stimme: »Warte, Kanaille, – warte! – Habe deinem Sohn in die Ewigkeit geholfen und will ihm jetzt den Alten nachschicken! – Wahre dich, mein Bursche!« – Und mit riesiger Kraft, der die altersschwachen Sehnen des Greises nicht widerstehen konnten, entriß er diesem die Waffe. Diese entlud sich allerdings in demselben Augenblick und sandte die Kugel harmlos in die Luft; aber wer weiß, wie der Kampf für den alten Mann geendet haben würde; denn die beschriebenen Vorgänge folgten blitzschnell aufeinander, und der schwere Kolben einer amerikanischen Büchse blieb ein fast noch tödlicheres Werkzeug in der Hand eines solchen Giganten als das bloße Kugelrohr. Die Worte aber, die dieser sprach, wirkten mit wahrhaft elektrischer Kraft auf die fast schon ermatteten Arme des Alten.

»Ha, – Mörder, – Mörder!« schrie er und fuhr in wildem, sein eigenes Leben mißachtenden Sprung nach der Kehle des Buben, daß dieser dem raschen und schon nicht mehr vermuteten Angriff kaum begegnen konnte. Er faßte nur gerade noch die ihm Verderben drohende Hand und preßte sie zwischen seine Eisenfinger, hob aber auch zu gleicher Zeit mit dem rechten Arm die gewonnene Büchse und wollte sie eben auf das Silberhaar des Greises niederschmettern, als ein anderer Feind auf dem Kampfplatz erschien.

Wolf hatte bis dahin den Lärm nur insoweit beachtet, daß er nach dem ersten Schusse aufgefahren und rasch von einer Seite des Bootes zur andern gelaufen war, um das erlegte Wild zu erspähen, denn sein Herr hatte schon früher manchmal Wildenten und andere Wasservögel von Bord aus geschossen. Er sah jetzt kaum den Kampf und hörte die vor Mut fast erstickte Stimme seines Herrn, als er wild nach dem Nacken des ihm ohnedies verhaßten Steuermanns fuhr und diesen dadurch zwang, die Büchse fallen zu lassen. Edgeworth hatte ihn indessen um den Leib gefaßt, und alle drei stürzten ringend an Deck.

Die durch die schwere Kiste in den Raum eingeschlossenen Leute waren aber unter der Zeit auch nicht müßig gewesen, drückten, durch rasch hingerollte Fässer erhöht, die eigenen Rücken unter die Last und schoben diese mit gemeinsamer Kraft doch wenigstens so weit von der Stelle, daß ein einzelner Mann sich hindurchzwängen konnte. Dies hatte Bill auch schon früher berechnet, und sein Plan war demnach ganz richtig gewesen. Konnte er nämlich an seinem Posten bleiben, so verteidigte er diesen Engpaß, ohne die mindeste Gefahr für sich selbst, so vollkommen, daß jeder rettungslos verloren sein mußte, der den eigenen Schädel in den Bereich des feindlichen Armes brachte. Jetzt sah er sich dagegen gezwungen, diesen Platz zu verlassen; die List mit dem Unschädlichmachen des Gewehres war dabei ebenfalls nicht allein gescheitert, sondern ein wirklicher und gefährlicher Gegner erwuchs ihm sogar da, wo er vorher nur einen alten Mann geglaubt hatte, den die Kugel des Kameraden noch überdies schnell beseitigen würde.

Bob Roy preßte sich zuerst aus dem engen Raume heraus und flog seinem ›Kapitän‹, wie der Alte gewöhnlich genannt wurde, zu Hilfe. Der Kampf war auch bald entschieden; obwohl er aber dem übermannten Verräter das eben gezogene Bowiemesser entwand und ihn, der in wilder Verzweiflung gegen die Übermacht kämpfte, vollkommen unschädlich machte, konnte er den Greis nicht bewegen, seinen Hals loszulassen. In blinder, nichts mehr achtender Wut hing der alte Mann mit der eigenen Hand fest eingeklammert in den Kleidern von seines Sohnes Mörder, während seine Augen, die fast aus ihren Höhlen drängten, stier auf dem bleichen Antlitz des Verbrechers hafteten und die andere konvulsivisch zitternde Hand vergebens nach dem ihm im Kampfe entfallenden Messer an seinem Körper umhersuchte.

Wolf, der seinen Herrn noch immer in persönlichem Kampfe sah, dachte ebensowenig daran loszulassen und hielt Halstuch und Rockkragen des gefangenen Mörders so fest, als ob er ihn im Leben nicht wieder freigeben wollte.

Die übrigen Ruderleute kletterten jetzt ebenfalls nach, banden mit einzelnen an Deck liegenden Seilen den unausgesetzt dagegen anwütenden Lotsen und suchten nun den alten Mann zu bewegen, ihn ihrer Wachsamkeit zu übergeben. Da richtete sich Bob Roy plötzlich auf und rief, während er über Bord hinüberhorchte: »Still, – ich höre ein Ruderboot! – Dort drüben ist es.«

»Boot ahoi!« schrie da plötzlich der angebundene Steuermann und versuchte mit letzter Anstrengung eine kleine, an einer Schnur ihm locker um den Hals hängende Pfeife zu erfassen. – »Ahoi – ih!« und der letzte Ruf drang gellend über die stille Wasserfläche; Bob Roys Hand lag aber in der nächsten Sekunde fest auf seinem Munde, während er rasch und flüsternd sagte: »Halt, – um Gottes willen still! – Mir fängt die Sache an klar zu werden. – Einen Knebel her! – Rasch, und ihr hier, Leute, bei eurem Leben, keinen Laut mehr!«

Ein scharfer Schrei, wie ihn der Nachtfalke manchmal ausstößt, wenn er in stürmischer Nacht die Luft mit den starken Fittichen schlägt, antwortete und schien des Bootsmanns Verdacht bestätigen zu wollen; dieser flüsterte aber jetzt leise: »Ruhig! – Rühre sich keiner von euch; – dieser Bube hier gehört mit zu jenem Boote; – sind wir aber still, so können wir ihnen vielleicht in dem Nebel und in so finsterer Nacht entgehen. – Haltet ihm die Füße fest; – der Bestie liegt jetzt nur daran, einen Laut von sich zu geben. – Mr. Edgeworth, nehmen sie den Hund zu sich, ein einziges Bellen von ihm könnte unser aller Tod sein; pst –«

»Ahoi – ih!« – rief in diesem Augenblick die Stimme aus dem Boote herüber. – »Bill, – ahoi ih! Hol dich der Böse! So antworte doch!«

Edgeworth lauschte, seinen Griff an dem Gefangenen jetzt zum erstenmal lockernd, aufmerksam nach jener Richtung hin, während die Männer den fast rasenden Steuermann nur mit größter Anstrengung und allein durch ihr vereintes Gewicht so niederhalten konnten, daß er nicht mehr imstande war, auch nur ein Glied zu regen.

Da knarrte ihr Steuerruder ein wenig, und Bob Roy schritt rasch dorthin zurück und wollte es aus dem Wasser heben, um auch den geringsten Laut zu vermeiden, der ihnen Gefahr brachte. Aber es war ungewöhnlich schwer; irgendein fremdes Gewicht mußte daran hängen, und der Bootsmann suchte mit vorgebeugtem Körper zu erspähen, was die Ursache davon sei. Die Nacht war jedoch so dunkel, und die lange Steuerfinne reichte so weit vom Boote ab, daß ihm das unmöglich wurde. – Er erkannte wohl auf dem etwas heller schimmernden Brette einen dunklen Gegenstand; was dieser aber sei oder woraus er bestehe, konnte er nicht bestimmen, drückte also die Ruderfinne, soweit es die Last erlaubte, an Deck nieder und verhinderte dadurch, indem er sie in dieser Lage hielt, das ihnen sonst gefährliche Knarren.

»A – hoi – ih!« riefen jetzt plötzlich die Männer in dem Ruderboot und zwar gar nicht mehr weit entfernt, aber etwas mehr im Strom drüben als früher. »A – hoi – ih! – Bill, – wo zum Teufel steckst du?«

Bill machte einen neuen verzweifelten Versuch, auch nur ein Zeichen seines Daseins von sich zu geben, vier kräftige Männer lagen aber über ihn hingebeugt, und acht Arme hielten jedes seiner Glieder wie mit eisernen Banden an Deck gezwängt. – Nicht einmal den Kopf konnte er auf die Bretter niederschlagen, obgleich er selbst den Versuch machte. Einer der Leute, der seinen linken Arm umklammert hielt, nahm den zwischen die Knie und hielt ihn da wie in einem Schraubstock.

Das Boot kam jetzt – nach den Ruderschlägen konnten sie es deutlich hören – wieder zurück, und es war fast, als ob es in gerader Richtung hinter ihnen herfahre. – Eine Pause fürchterlicher, peinlicher Erwartung machte fast den Atem der Männer stocken; die Verfolger konnten kaum zwanzig Schritt von ihnen entfernt sein, und mit jedem Augenblick erwarteten sie den Ruf, daß sie entdeckt wären. Da hörten für kurze Zeit die Ruderschläge auf. – Jene hielten wahrscheinlich eine kurze Beratung, wohin sie ihren Kurs richten sollten; denn einige Minuten lang blieben sie halten, und so nahe lagen sie dabei dem Flatboot, mit dem sie jetzt stromab trieben, daß sie auf diesem die Stimmen von dort herüber hören und sogar abgebrochene Worte und Flüche verstehen

konnten. Endlich griffen die fremden Bootsleute wieder zu den Rudern; sie fürchteten sicherlich, zu weit hinabzukommen und dann im Nebel den Rückweg zu verfehlen.
Dicht hinter dem Indianaboot strichen sie vorbei, und zwar dorthin zu, wo Edgeworth Land vermutete, und gleich darauf tönte noch einmal der frühere Ruf über den Strom. – Er wurde nicht beantwortet, und lautlos glitt die ›Schildkröte‹ mit der Flut fort, während die Ruderschläge nach und nach in immer weiterer Ferne langsam verhallten.

27

An demselben Abend, an welchem Kelly im ›Grauen Bären‹ jene Anordnungen traf, die den Schlag wenn auch nicht von ihren Häuptern abwenden, doch ihn noch aufhalten sollten, bis sie selbst einer Entdeckung und Verfolgung lachen konnten, ging Georgine, die Königin dieses Verbrecherstaates, mit raschen, ungeduldigen Schritten in ihrem kleinen prachtvollen Gemach auf und ab. Nur dann und wann blieb sie am Fenster, um hinauszuhorchen, als ob sie jemanden erwarte, der immer und immer noch nicht kommen wolle.
Die Augen des schönen Weibes glühten in Zorn und Unmut; ihre kleinen, schwellenden Lippen waren fest zusammengepreßt, ihre feingeschnittenen Augenbrauen berührten sich fast, und der zierliche Fuß stampfte mehrmals in rücksichtslos ausbrechendem Unmut den teppichbelegten Boden. Kelly hatte am Donnerstag morgen fast mit Tagesanbruch die Insel verlassen und sie seit der Zeit nicht wieder betreten; ihr ausgesandter Bote, der Mestize, ein Knabe, den sie aufgezogen und der sich nur ganz und allein ihrem Dienste geweiht hatte, war ebenfalls nicht zurückgekehrt und ihre Gefangene entflohen – Gott allein wußte, wohin; Grund genug, ein Gemüt wie das ihre zu äußerster Aufregung zu treiben. Zwar hatte sie schon mehrere Boten dem Mestizen

nachgeschickt, doch umsonst; keiner konnte ihr Nachricht über ihn bringen, keiner wollte ihn gesehen haben. Nur noch einer fehlte jetzt – Peter –, und lange Stunden hatte sie in immer peinlicher werdender Ungeduld gewartet, ihn zu sehen und günstigen Bericht von ihm zu hören. Endlich konnte sie das ruhige, untätige Harren nicht länger ertragen; sie öffnete rasch und heftig die Tür und wollte eben zur ›Bachelor's Hall‹ hinüberschreiten, als das schmale Eingangstor knarrte und gleich darauf Peters breitschultrige Gestalt aus dem jetzt dicht auf der Insel lagernden Nebel hervortrat. Als er die winkende Bewegung der Herrin sah, schritt er auf sie zu und mußte ihr augenblicklich zurück in das Haus folgen. Hier aber kündete sein ernstes, bedenkliches Gesicht keineswegs Gutes, und er wollte auch im Anfang gar nicht so recht mit der Sprache heraus. Georgine jedoch, die ihn erst mehrere Sekunden lang scharf und prüfend fixierte, faßte plötzlich seine Hand, zog ihn zur eben entzündeten Ampel, die ein sanftes, wohltuendes Licht über den kleinen Raum warf, und flüsterte endlich, als ob sie durch den leisen Ton der Frage die schon gefürchtete Antwort zu mildern hoffte: »Was ist Olyo?«

»Ich weiß nicht«, lautete die halb scheue, halb mürrische, kurz herausgestoßene Antwort des Narbigen, der dabei den Kopf zur Seite wandte und mit der anderen freien Hand emsig in seiner Tasche nach dem Kautabak suchte.

»Wo ist Olyo?« wiederholte aber mit noch dringenderem, ernsterem Tone die Gebieterin. – »Mensch, sieh mich an und beantworte mir meine Frage: Wo ist Olyo?«

»Ich weiß es nicht, habe ich Euch schon gesagt«, knurrte der Bootsmann und spuckte seinen Tabak ziemlich ungeniert auf die blankgescheuerten Messingzierate des Kamins; – »ich bin im ganzen Walde herumgekrochen, habe ihn aber nicht finden können.«

»Im Walde? Weshalb im Walde?« fragte Georgine mißtrauisch. – »In der Stadt mußte er sein, nicht im Walde. – Weshalb suchtest du ihm Walde?«

»Weil er nicht in der Stadt war. – Donnerwetter, durch die Luft kann er nicht davongeflogen sein, und da glaubte ich, ich müßte ihn entweder in der Stadt, im Walde oder im – oder woanders finden. – Irgendwo muß er doch stecken, aber umsonst; – in der Stadt ist er nicht, im Walde auch nicht –«
»Und im Wasser, Peter? – Im Wasser?« flüsterte Georgine mit kaum hörbarer Stimme.
»Im Wasser?« fragte der Bootsmann erschreckt und blickte sich scheu nach ihr um. »Wie kommt Ihr darauf?«
Georgine begegnete seinem Auge in stummem Entsetzen und stöhnte endlich, – aber so leise, daß er die Worte kaum verstehen konnte: »Also im Wasser, – im Wasser hast du ihn gefunden? Mensch, rede! – Du bringst mich, beim ewigen Gott, noch zur Verzweiflung.«
»Nein, – auch nicht!« sagte der Alte und biß ein riesiges Stück von seinem Tabak herunter.
»Also hast du doch im Wasser nach ihm gesucht? Du mußt Verdacht geschöpft haben; – du glaubtest ihn dort zu finden. – Sprich und reiße mich aus einer Ungewißheit, die fürchterlicher ist, als selbst die gräßlichste Wahrheit sein könnte.«
»Im Wasser gesucht? Ich? – Unsinn! Weshalb sollte ich im Wasser suchen? – Harris meinte nur –«
»Was meinte Harris, Peter?« fragte Georgine jetzt mit erkünstelter Fassung, da sie bemerkte, daß der Narbige endlich zu erzählen begann, und sie ihn irre zu machen fürchtete, wenn sie sich nicht soviel wie möglich bezwang.
»Ei nun, daß der Mestize nicht ans Ufer gekommen wäre«, – fuhr der Bootsmann fort und hustete dabei ein paarmal, als ob die Worte nicht recht aus der Kehle wollten. – »Harris sah das Boot ans Land kommen und wollte gern nachher mit Olyo sprechen. Den einzigen möglichen Weg aber, der von dort aus, wo das Boot eingelaufen ist, in den lichteren Wald führte, hatte er nicht betreten, und kein Mensch antwortete ihm auch, als er später nach allen Richtungen hin den Namen rief.«

»Olyo wird sich versteckt haben«, flüsterte Georgine mit kaum hörbarer Stimme; – »er – er traute sicherlich dem Rufe nicht und wünschte ungesehen zu bleiben.«
»Ja, das meinte Harris auch«, fuhr Peter fort, der jetzt durch die angenommene Fassung der Frau selbst beruhigt und sicher gemacht wurde – »das meinte Harris auch; es – es kam ihm aber sonderbar vor, daß der Neger so schnell wieder zurückruderte, da er ihn doch eigentlich, wie es am wahrscheinlichsten gewesen wäre, wenigstens so weit hätte begleiten müssen, daß er sich nicht mehr verirren konnte. Bolivar trieb überdies noch ein ganzes Stück stromab, ehe er wieder zu rudern anfing, und war indessen emsig mit etwas beschäftigt, das jener aber der weiten Entfernung wegen nicht erkennen konnte. Nachher wollte er gern sehen, wo das Boot in der kleinen Bucht, in der es eingelaufen war, gelandet wäre. Nirgends aber war eine Spur davon zu entdecken, und der weiche Erdboden hätte auf jeden Fall selbst den leisesten Eindruck bewahren müssen.«
»Nun? – Und was weiter?« fragte Georgine, als jener einen Augenblick schwieg und dann unschlüssig zu der Frau aufblickte. Aber er sah nicht das leise, kaum merkbare Zucken der Lippen; er sah nicht das innerliche Beben der ganzen Gestalt; er sah nicht, wie die eine kleine Hand krampfhaft die Stuhllehne umklammert hielt, auf die sie sich stützte, als ob sie in das reichgeschnitzte Mahagoniholz die zarten Finger fest und tief eingraben wollte. – Nur die totenbleichen Wangen sah er und das kalt und ruhig auf ihn geheftete Auge und fuhr nach kurzem Zögern wieder fort: »– Am Ufer war nichts zu erkennen – aber auf dem Wasser –«
»Auf dem Wasser?« – wiederholte Georgine leise und tonlos.
»Ei, zum Teufel, er kann sich auch geirrt haben!« brach da der Bootsmann die Mitteilung plötzlich kurz ab; – er wußte recht gut, wie Georgine an dem Knaben hing, wenn er auch dafür keinen Grund angeben konnte. Es wurde ihm auch dabei selber peinlich, eine Geschichte, die ihm selbst fatal

schien, so aus sich herauspressen zu lassen, während er sich doch auch wieder scheute, gerade von der Leber weg zu reden. Georgine war aber nicht gesonnen, ihn so wieder loszugeben, da sie jetzt wohl fühlte, er wisse mehr, als er gestehen wollte. »Er hat etwas auf dem Wasser schimmern sehen, Peter«, sagte sie, fast ebenso leise wie vorher. – »Was war es? Verheimliche mir nichts, – selbst wenn es nur noch Vermutung sein sollte! –«

»Hm, Unsinn«, brummte Peter und sah sich sehnsüchtig nach der Tür um. Die jetzt auf ihm haftenden Augen des schönen Weibes ließen ihm aber nicht Ruhe noch Rast, wohin er sich auch wenden mochte. Er wußte, ihr Blick war auf ihn geheftet, und er knurrte endlich, während er halb trotzig den alten schwarzen Filz mit beiden hornigen Fäusten knetete: »Zum Donnerwetter, wenn Ihr's denn einmal wissen müßt, so kann mir's auch recht sein; – Blut, meinte er, wär's gewesen, fettige Blutflecke mit ihren häßlich schillernden Farben, die sich in der kleinen Bucht herumtrieben und, gerade als er den Platz erreichte, dem Einflusse zuströmten; – auch ein paar gelbe Schaumblasen waren dabei, – andere, als sie der Regen auf dem Flusse erzeugt. Der ganze Platz sah unheimlich aus, und er sagte, ihm wäre es ordentlich so vorgekommen, als ob sich das ganze Schilf des Ufers hinauf- und von dem einsamen Platz fortdrängen wollte.«

»Hat er die Leiche gefunden?« flüsterte Georgine, aber so leise, daß sie die Frage wiederholen mußte, ehe sie der Bootsmann verstand.

»Die Leiche? Nein, Gott bewahre; – es ist ja auch noch immer nur ein Verdacht, den er hat; Olyo kommt vielleicht heute oder morgen zurück, und dann ist die ganze Sorge um nichts gewesen.«

»Peter«, sagte die Frau nach kurzem Sinnen, während sie die Hände fast unbewußt auf der Stuhllehne faltete, auf welche sie sich wirklich stützen mußte, – »willst du mir in dieser Sache – Gewißheit verschaffen? Willst du mir –«

»Die könnte am besten der Neger geben«, entgegnete Peter mürrisch. – »Aufrichtig gesagt möchte ich auch mit der ganzen Geschichte nicht viel zu tun haben. – Der – der Kapitän könnte es nicht gern sehen!«

»So? Vermutest du das auch?» fragte Georgine rasch.

»Nun ja, – er machte sich nicht besonders viel aus dem Knaben und wußte auch, daß der Junge auf ihn aufpassen sollte.«

»Er wußte das? Und so glaubst du vielleicht gar, daß es ihm lieb sein möchte, den Knaben auf solche Art losgeworden zu sein, – daß es vielleicht gar auf seinen Befehl –«

»Bitte um Verzeihung«, rief Peter rasch und erschrocken, »so lange in meinem Kopf nur ein Fingerhut voll Verstand bleibt, soll solche Behauptung wahrhaftig nicht über meine Lippen kommen. Das sind auch überdies Sachen, um die ich mich nie kümmere. Ich tue meine Arbeit und lasse den Rest in Ruhe, so lange sie mir ein Gleiches gönnen.«

»Gut dann, Peter, das ist recht von dir; aber – würdest du dich weigern, mir, wenn ich dich recht dringend darum bäte, einen großen Dienst zu leisten, – einen Dienst, den ich dir fürstlich lohnen wollte?«

»Einen Dienst zu leisten? – Weigern? Ei, Gott bewahre! Es wäre ja nur eigentlich meine Pflicht und Schuldigkeit, besonders gegen eine Lady!«

»Gut, – du versprichst mir also, meine Bitte zu erfüllen?«

»Wenn ich es kann, von Herzen gern.«

»Gib mir deine Hand darauf.«

Peter zögerte; die Sache fing an, zu ernsthaft zu werden, und es gereute ihn schon fast, sein Wort so ganz bestimmt gegeben zu haben. Georgine streckte ihm aber die weiße und jetzt marmorkalte Hand so bittend entgegen, daß er nicht nein sagen konnte und einschlug. Die Hornfinger ruhten für einen Augenblick in dem weichen Griff der zarten Rechten.

»Du hast dein Wort gegeben«, flüsterte jetzt die Frau, »du wirst es als Mann nicht brechen wollen. – Nimm Haken und

Seile mit; – jene Bucht, von der du sprichst, wird nicht so tief sein. Schaffe mir die Leiche! – Du kannst einen von den Enterhaken mitnehmen; – auf dem Boden hingezogen, muß er sich in die Kleider –« sie hielt einen Augenblick inne und barg das Gesicht in den Händen; gleich darauf aber fuhr sie mit der vorigen Ruhe und Festigkeit fort: – »in die Kleider des unglücklichen Knaben einhaken. Die Leiche schaffst du mir, sobald du sie hast, hier herüber. – Olyo soll wenigstens ein Grab in trockener Erde haben. Willst du das tun?«

»Wenn aber Kapitän Kelly kommt und nach mir fragt?«

»Die Entschuldigung deiner Abwesenheit laß meine Sorge sein. – Willst du mir die Leiche herschaffen?«

»Meinetwegen denn, ja«, – brummte Peter; – »die Bucht ist höchstens zehn Fuß tief, vielleicht nicht einmal das; wo aber schaffe ich den – den Kadaver hin?«

»Hier in mein Haus, – dort in jenes Kabinett. Das Weitere besorge ich selber. Doch jetzt noch eins, – wo habt ihr den Neger aufbewahrt?«

»Der liegt in dem einen Stalle da drüben, den sie für ein zeitweiliges Gefängnis hergerichtet haben«, sagte Peter. »Corny ist heute tatsächlich an den Bißwunden gestorben; – es war doch wohl eine Ader gesprengt und nicht recht abgebunden, und wir wollen jetzt nur des Kapitäns Ankunft abwarten, daß dieser beschließt, was mit dem Schufte werden soll. Wenn's kein Neger wäre, so hätten wir uns allerdings nicht so viel Mühe um die Sache gegeben; denn Corny hatte ihn auch genug gereizt, und sie konnten's zusammen ausmachen. Daß sich aber ein Neger an einem Weißen ungestraft vergreifen sollte, dürfen wir doch nicht gestatten, sei's auch nur des bösen Beispiels wegen, und Kapitän Kelly mag deshalb bestimmen, was mit ihm werden soll. Losgeben darf er ihn aber nicht; die Leute sind wütend auf das schwarze Fell.«

»Bring ihn hierher!« sagte Georgine jetzt, als sie wie aus tiefem Sinnen emporfuhr.

»Wen? Den Neger?«

»Bolivar, – gebunden wie er ist – und – schicke mir zwei von den Männern mit! – Wähle ein paar von Cornys Freunden!«

»Hm«, meinte der Alte, »da bedeutet das wohl nichts Gutes für den Schwarzen. – Wenn Ihr übrigens glaubt, daß ihr den zu irgendeinem Geständnis zwingt, so seid Ihr verdammt irre; – der ist störrisch wie ein Maulesel. Doch meinetwegen; ich gehe indessen, um mein Wort zu lösen; wenn Ihr mir und Euch übrigens einen Gefallen tun wollt, so erwähnt nichts gegen den Kapitän, wenn er etwa kommen sollte.«

Mit diesen Worten verließ er das Zimmer; Georgine aber warf sich, kaum von seiner Gegenwart befreit, auf die Ottomane und machte ihrem gepreßten und bis dahin nur gewaltsam bezwungenen Herzen Luft in einem wilden, lindernden Tränenstrom. Der Schmerz des schönen, leidenschaftlichen Weibes konnte sich aber nicht auf solch sanfte Art brechen; ihr Charakter wollte nicht leiden und dulden, er wollte ankämpfen gegen den Druck, der ihn beengte, und Rache üben an dem, der es wagte, ihr feindselig gegenüberzutreten. Grenzenloser Liebe war sie fähig, aber auch grenzenlosen Hasses, und diese Leidenschaften wurden nur verstärkt, da Zweifel und Eifersucht die eine umnachtete, während noch immer die Gewißheit fehlte, der anderen freien und ungehinderten Lauf zu lassen. Sie hatte Richard Kelly mit einer Stärke geliebt, die sie selbst erbeben machte; – alles – alles hatte sie ihm geopfert, Gefahren mit ihm geteilt, Verfolgung und Not mit ihm getragen; in seinen letzten Schlupfwinkel war sie ihm gefolgt; unter dem Auswurfe der Menschheit lebte sie mit ihm – für ihn; – jede Rückkehr in das gesellschaftliche Leben war ihr abgeschnitten; ihre einzige Hoffnung auf dieser Welt war er, der einzige Stern, zu dem sie bis jetzt mit Vertrauen und Liebe emporblickte, er, der einzige Gott fast, zu dem sie gebetet, er, und jetzt – zum ersten Male der fürchterliche Verdacht, – nein, fast die Gewißheit schon, daß er falsch sei. Das alles machte ihr Hirn schwindeln, jagte ihr das Blut in Fieberschnelle durch die Adern. Er war schuldig; – wozu brauchte er denn auch sonst ihren Boten zu fürchten? – Wozu hätte er – großer allmächtiger Gott, die Sinne vergingen ihr, wenn sie den Gedanken fassen wollte! – das Kind ermorden lassen?

»Gewißheit!« stöhnte sie mit krampfhaft gefalteten Händen. – »Heiland der Welt, gib mir Gewißheit, nur Gewißheit, und überlaß das übrige mir! – Richard, Richard, wenn du dein Spiel mit mir getrieben hättest –«

Ein Stimmengewirr wurde vor der Tür laut, und als sie öffnete, standen etwa ein halbes Dutzend der Insulaner davor, von denen einige Fackeln trugen, andere den gebundenen Neger in der Mitte führten. Bolivar schritt trotzig zwischen ihnen einher; den Kopf umwand eine Binde, und das eine Auge war ihm vom Kampfe mit der Übermacht angeschwollen. Des Messers hatten sie ihn beraubt, daß er nicht doch noch Unheil damit anrichte.

Georgine trat auf ihn zu, sah ihm erst einige Sekunden lang fest und starr in das halb trotzig, halb scheu zu ihr aufgeworfene Auge und sagte dann, während sie ein kleines silberverziertes Terzerol spannte und in der Hand hielt, jetzt aber auch in kaum zwei Fuß Entfernung von dem Afrikaner stehenblieb: »Bolivar, – deine Tat ist verraten; – du bist in meiner Macht, und kein Gott könnte dich vor der verdienten Strafe retten, wäre nicht noch ein anderer hineinverwickelt, dessen Entdeckung mir wichtiger ist als dein Leben, Sklave! Du hast den Knaben, der deiner Obhut anvertraut wurde, – ermordet, in jener Bucht drüben den Leichnam versenkt. Du siehst, ich weiß alles; jetzt gestehe aber auch, so dir dein schwarzes Leben nur den Wert einer Glasperle hat, was und wer dich dazu bewogen hat. Der Knabe hatte dir nie ein Leid getan. – Er war manchmal übermütig, nach der Knaben Art, aber sonst noch fast ein Kind. In deinen Händen mußte er wie die Taube in des Geiers Krallen sein. Wer hat dich also gedungen, Mensch, oder wessen Befehlen hast du dabei gehorcht? Sprich, denn ich weiß alles; aber ich will nur erst durch deinen Mund Gewißheit. – Sprich!«

»Ich weiß nicht, wer Euch all den Unsinn in den Kopf gesetzt hat«, knurrte Bolivar; »aber so viel ist gewiß, daß ich hier um nichts und wieder nichts niederträchtig behandelt werde. – Wäre Massa Kelly hier –«
»Der würde dir beistehen, das glaube ich«, flüsterte die Frau, »doch deine Ausflüchte helfen dir nichts. – Gestehe, sage ich, oder, beim ewigen Gott, ich jage dir diese Kugel durchs Hirn, du kennst mich, wenn es gilt, eine Drohung auch auszuführen.«
»Ja, darin kenne ich Euch!« trotzte der wilde Sohn der Wüste. – »Darin kenne ich Euch nur zu gut; aber ich lache Eurer Drohungen. Dieses Leben, das ich in letzter Zeit hier geführt habe, ist doch kaum besser als das eines Hundes gewesen. – Drückt in drei Teufels Namen ab; aber glaubt nicht, daß ich mich vor solchem Kinderspielwerk fürchten soll; – 's wäre lächerlich.«
»Löst ihm die Hände und bindet sie an jenen Baum«, rief Georgine jetzt, die ihren Entschluß geändert hatte, während sie die kleine Unterlippe mit ihren hellglänzenden Zähnen fast blutig preßte. – »Ich will doch sehen, ob ich die schwarze Bestie nicht zum Reden zwingen kann. – Tusk, bringe die Peitsche heraus, und peitscht ihn mir so lange, bis er bekennt, und wenn ihr ihm das schwarze, tückische Fell in Streifen vom Rücken ziehen solltet. Tod und Verdammnis dieser mörderischen Kanaille! Er soll mir, wenn er nicht gestehen will, unter der Knute verbluten.«
»Das war mein Rat von vornherein«, rief der angeredete Bootsmann. Er hatte seinen Namen von einem eberähnlich vorstehenden Zahn erhalten, der seinem Gesicht etwas Fürchterliches gab. – »Hier habe ich die Knute gleich mitgebracht, und nun wollen wir doch einmal sehen, ob das Blut ebenso schwarz ist wie die Schwarte, unter der es steckt. – Herunter mit dem Kittel, mein Mohrenprinz, und tu mir den Gefallen und schreie nicht gleich ›genug‹, daß der Spaß nicht so bald aus ist.«

Bolivar warf ihm einen wilden, trotzigen Blick zu; aber kein Laut kam über seine Lippen, und schweigend ertrug er es, als der herkulische Bursche die schwere Sklavenpeitsche nach besten Kräften über seinen nur mit einem dünnen Kattunhemd bekleideten Rücken zog, so daß dieses bald in Streifen herunterhing und das helle Blut den fürchterlichen Streichen folgte. – Schweigend knirschte er nur mit den Zähnen, als sie ihn seiner Abkunft und Rasse wegen verhöhnten, seine Eltern verfluchten und ihm in übermütigem Grimme ins Gesicht spien. Schweigend hörte er die Drohungen noch füchterlicherer Strafe Georginens an, die mit zornfunkelnden Augen vor ihm stand und in der Empfindung befriedigter Rache Gefühl und Weiblichkeit vergessen zu haben schien. Bolivar blieb aber standhaft; seine zerrissenen Schultern zerfleischte die unbarmherzige Knute mehr und mehr; seine Glieder zuckten im gräßlichen Schmerz, und die Knie zitterten unter ihm. Er konnte kaum noch aufrecht stehen; aber abgebissen hätte er eher die Zunge, ehe sie seinen Henkern das verriet, was sie begehrten. – Fest aufeinander knirschte er die Zähne und fest auf das stolze Weib heftete er den wilden, drohenden Blick. Vor seinen Augen fing es jetzt an, sich in tollen, schwarzen und schillernden Nebeln zu regen – Sterne blitzten auf und nieder, und eine unbezwingbare Schwäche überkam ihn. – Er wollte sich mit letzter Anstrengung aufrecht halten; – er lehnte seine Schulter an den Baum, der seine Fesseln hielt; – aber es war vergebens. – Die Gestalten fingen an sich vor seinen Augen zu drehen; – purpurschimmernde Nacht folgte, und er sank halb ohnmächtig in die Knie.

»Will die Bestie beten?« rief der eine mit dem Eberzahn. – »Auf, Kanaille! Wenn wir mehr Zeit haben, – ehe du gehängt wirst, rufe deine schwarzen Götzen an, jetzt ist's noch zu früh –«

»Halt!« rief da dicht neben ihnen eine Stimme, und zwar so kalt und gebieterisch, so ruhig und doch so fürchterlich ernst, daß die Henker überrascht in ihrer blutigen Arbeit innehiel-

ten und auch Georgine sich erschreckt dem wohlbekannten Tone zuwandte.
Es war Kelly, der, den bunten mexikanischen Mantel über den Schultern hängend, den schwarzen, breitrandigen Filz tief in die Stirn gedrückt, dicht neben ihnen stand und die Hand gegen die mit Peitschen Bewaffneten ausstreckte. – »Wer hat hier ein Urteil zu vollziehen, das ich nicht gefällt habe?«
»Ich sprach das Urteil!« sagte Georgine mit fest auf ihn gehefteten Augen, indem sie die noch immer gegen die Männer ausgestreckte Hand ergriff. »Ich verurteilte ihn, weil er – den Knaben ermordet hat. Das Kind, das ich aufgezogen und gepflegt habe, hat er mit seinen teuflischen Händen erwürgt, und du darfst mich nicht hindern, ihn zu strafen, – du darfst es nicht –« und sie zischte die letzten Worte mit leiser, vor innerer Aufregung fast erstickter Stimme –, »wenn du nicht – selbst als ein Teilnehmer jenes Mordes erscheinen willst.«
»Bindet den Neger los!« lautete des Kapitäns ruhiger, den Einwand gar nicht beachtender Befehl. – »Bindet ihn los, sage ich; – die Tat soll untersucht werden!«
»Sie ist untersucht, Mann!« rief Georgine, sich heftig und wild emporrichtend. – »Ich trete gegen ihn auf und rufe den allmächtigen Gott zum Zeugen an, daß er den Mord verübt hat. Willst du ihn jetzt noch schützen und befreien?«
»Bindet ihn los, sage ich«, wiederholte Kelly mit finsterer, drohender Stimme. – »Zurück da, Georgine! – Dein Platz ist nicht hier. – Willst du alle meine Befehle übertreten?«
Georgine wandte sich erbleichend ab, der Eberzahn aber rief, sich trotzig gegen den Gebieter kehrend: »Ei, zum Henker, Sir, der Bursche hier hat Hand und Zähne an einen weißen Mann gelegt, und verdammt will ich sein, wenn er nicht dafür hängen soll. Subordination ist ganz gut, muß aber auch nicht zu weit getrieben werden. Wir sind freie Amerikaner, und die Majorität entscheidet sich hier für Strafe. Nichts für ungut, aber den Neger binde ich nicht los.«

Schneller zuckt kaum der zündende Blitz aus wetterschwangerer Wolke in den stillen Wald, als Kellys schweres Messer in seiner Hand blitzte, zurückfuhr und dem trotzigen Gesellen im nächsten Augenblick mit fürchterlicher Sicherheit das Herz durchbohrte. Er blieb noch mehrere Sekunden mit stieren, entsetzt vor sich hinstarrenden Augen stehen, schlug dann die Arme empor und stürzte, eine Leiche, nach vorn auf sein Gesicht nieder. Die anderen sprangen wild empor; Kelly aber, unbewaffnet die Gefahr verachtend, warf sich ihnen entgegen und rief zürnend: »Rasende, – wollt ihr euch selbst verderben? Verrat umgibt euch von allen Seiten; – unsere Insel ist entdeckt; – Spione von Helena durchziehen nach allen Richtungen hin den Strom; – unser Leben und das, was wir mit saurem Schweiß erbeutet haben, steht auf dem Spiele, und ihr hier, in wahnsinnigem Übermut, frönt dem eifersüchtigen Trotz eines Weibes und schlagt gegen die Hand an, die allein imstande ist, euch zu retten. Toren und Schufte, die ihr seid, an eure Posten! Ein fremdes Boot ist hier gelandet, und sein Besitzer liegt vielleicht nur wenige Schritte von uns versteckt, um unser Treiben zu belauschen. Er darf die Insel nicht wieder verlassen. Fort! – In Bachelors' Hall erwartet meine Befehle. – Ich bin im Augenblick bei euch. – Bindet den Neger los, sage ich, und ihr beiden – schafft den Leichnam hinaus aus dem Lager und begrabt ihn. – Der Bursche kann froh sein, noch so aus dieser Welt hinausgeschickt zu sein; – er hatte Schlimmeres verdient. – Er war in Helena schon einen Kontrakt eingegangen, um uns zu verraten. Nur die Gier, noch höheren Lohn zu erhalten, hatte ihn bis jetzt daran gehindert. Fort mit ihm, und du, Bolivar, erwartest mich hier, bis ich zurückkehre!«
Die Männer gehorchten schweigend den Befehlen, Kelly aber folgte Georgine in ihre Wohnung, wo sie ihn mit kaltem, mürrischem Trotz empfing.
»Wo ist die Kranke?« fragte er, als er, in der Tür stehenbleibend, mit seinen Blicken den kleinen geschmückten Raum

überflog. »Wo ist das Mädchen, das du hier bei dir behalten und bewahren wolltest?«

»Wo ist der Knabe?« rief Georgine jetzt, vielleicht noch durch das Bewußtsein eigener Schuld gereizt, wild und heftig dagegen auffahrend. »Wo ist der Knabe, den jener teuflische Afrikaner auf deinen Befehl erschlug? Wo ist das Kind, das ich mir aufgezogen hatte, – das einzige Wesen, das mit wahrer, aufopfernder Liebe an mir hing und dessen alleinige Schuld nur – die Treue gegen mich gewesen sein konnte. Kelly, du hast ein entsetzliches Spiel mit mir gespielt, und ich fürchte fast, ich bin das Opfer einer gräßlichen Bosheit geworden.«

»Du phantasierst«, sagte Kelly ruhig, während er den breitrandigen Hut abnahm und auf den Tisch warf. – »Was weiß ich, wo der Knabe ist? – Weshalb hast du ihn von dir gesandt? – Ich riet dir stets ab. – Überhaupt kann er ja auch heute oder morgen zurückkehren, wer weiß, ob er nicht, froh der neugewonnenen Freiheit, in tollem Übermut in Helena herumtaumelt, wo unser aller Leben an seiner kindischen Zunge hängt. Wo ist das Mädchen? – Rufe es her!«

»Zurückkehren?« rief Georgine in bitterem Schmerze. – »Ja, seine Leiche! – Peter holt sie aus der Bucht drüben, wo sie der Neger versenkte. – Sein ›toller Übermut‹ wurde in gieriger Flut gekühlt, und seine kindische Zunge droht keinem Leben mehr Gefahr.«

Der lange zurückgehaltene Schmerz des stolzen Weibes brach sich jetzt endlich in wilden, undämmbaren Tränen Bahn; Georgine barg das Antlitz in ihren Händen und schluchzte laut.

Kelly stand ihr erstaunt gegenüber und hielt das dunkle Auge fest und verwundert auf ihre zitternde Gestalt geheftet.

»Was bedeutete dir jener Knabe?« sagte er endlich mit leiser, schneidender Stimme. – »Welchen Anteil nimmst du an einem Burschen, der, aus gemischtem Stamm entsprossen, dir nur als Diener lieb sein durfte? – Georgine, ich habe dich nie nach jenes Knaben Herkunft gefragt; jetzt aber will ich wissen, woher er stammt.«

»Aus dem edelsten Blute der Seminolischen Häuptlinge!« rief das schöne Weib und richtete sich, ihren Schmerz gewaltsam bezwingend, stolz empor. – »Seines Vaters Name war der Schlachtschrei einer ganzen Nation; er ist unsterblich in der Geschichte jenes Volkes.«

»Und seine Mutter?«

Georgine fuhr wie von einem jähen Schlage getroffen zusammen; – ihre ganze Gestalt zitterte, und fast unwillkürlich griff sie, eine Stütze suchend, nach dem Stuhle, neben welchem sie stand. Kellys Lippen umzuckte ein spöttisches Lächeln, aber er wandte sich, als ob er ihre Bewegung nicht bemerke oder doch nicht bemerken wolle, rasch dem kleinen Kabinett zu, wo Marie ihren Schlafplatz angewiesen bekommen hatte.

»Wo ist die Kranke?« fragte er, den Ton zu dem eines gleichgültigen Gesprächs verändernd. – »Ist sie in ihrer Kammer?«

»Sie schläft!« sagte Georgine, wohl überrascht über das kurze Abbrechen seiner Frage, doch schnell gesammelt. – »Störe sie nicht; – sie bedarf der Ruhe!«

»Ich will sie sehen!« erwiderte der Kapitän und näherte sich dem Vorhang, der das kleine Gemach von dem Wohnzimmer trennte.

»Du wirst sie wecken; – tu mir die Liebe und laß sie ungestört«, bat Georgine.

Kelly wandte sich gegen sein Weib und schaute ihr mit so scharfem, forschendem Blick ins Auge, als ob er ihre innersten Gedanken ergründen wollte. – Ihr Antlitz blieb aber unverändert, und sie ertrug ohne Zucken den Blick. Schweigend drehte er sich von ihr ab und lüftete den Vorhang. – Das Bett stand diesem gerade gegenüber, und auf ihm, die schlanken Glieder von warmer Decke umhüllt, den Rücken ihm zugewendet, daß nur der kleine, von wirren Locken umschmiegte Kopf, ein Teil des blendend weißen Nackens und die rechte, auf der Decke ruhende zarte Hand sichtbar blie-

ben, lag eine weibliche Gestalt. Die äußeren Umrisse hatten auch Ähnlichkeit mit dem entflohenen Mädchen; aber Kellys scharfer Blick entdeckte rasch den Betrug.
Im ersten Augenblick machte er allerdings eine fast unwillkürliche Bewegung, als ob er noch weiter vortreten wolle; – plötzlich aber hielt er wieder ein, ließ noch einmal seinen Blick erst über die ausgestreckte schlummernde Gestalt, dann über das schöne, doch marmorbleiche Antlitz seines Weibes schweifen und verließ dann rasch die Kammer und das Haus.
Draußen schritt er an dem Neger vorüber, der noch neben dem Baum kauerte, an welchem er mißhandelt worden war, und trat zwischen die jetzt in ›Bachelors' Hall‹ versammelten Männer. Die Zeit drängte; – keinen Augenblick durfte er verlieren; denn der nächste konnte schon verderbenbringend über sie hereinbrechen, und in kurzen, klaren Befehlen verteilte er einzelne der Schar über die Insel, von denen einige die Ufer nach einem gelandeten Kahn absuchen, andere die Dickichte durchstöbern sollten. Fanden sie den Kahn, so war weiter nichts nötig, als ihn wohlversteckt zu bewachen; der Ire mußte dann in ihre Hände fallen. Ahnte er aber, daß er entdeckt sei, und hielt er sich verborgen, nun, so konnte er auch die Insel nicht verlassen und war für den Augenblick unschädlich gemacht, bis ihn das Tageslicht seinen Verfolgern entdecken mußte. Posten wurden dann auch, um jeder anderen, bis jetzt noch unbekannten Gefahr zu begegnen, an all den Plätzen ausgestellt, wo eine Landung überhaupt möglich war, und die Bewohner der Insel erhielten gemessenen Befehl, ihre Sachen gepackt in Bereitschaft zu halten, um jeden Augenblick zum Aufbruch fertig und gerüstet zu sein. Ihre Boote mußten zu diesem Zweck doppelt bewacht und überhaupt alles getan werden, den Ausbruch des ihnen drohenden Wetters so lange wie möglich zu verzögern. Noch war ja auch nicht einmal die Gewißheit da, daß ihr Schlupfwinkel ernstlich verraten sei, denn die beiden, die auf dessen

Erforschung ausgegangen waren, konnten unschädlich gemacht werden.
Ließen sich die Bewohner von Helena und besonders die der Umgegend wieder beruhigen, so wäre es töricht gewesen, in unkluger Furcht voreilig einen Platz zu verlassen, wie es vielleicht keinen zweiten für sie in den Vereinigten Staaten gab. Auf jeden Fall konnten sie ihn dann so lange behaupten, bis sie imstande waren, all ihre Habseligkeiten in die südlicher gelegenen Staaten, besonders nach Texas und Mexiko zu schaffen, so daß, wenn später je einmal eine Nachsuchung gehalten wurde, die Nachbarn höchstens den leeren Horst, die Geier aber ausgeflogen fanden. Zu diesem Zwecke mußte Kelly jedoch augenblicklich wieder nach Helena hinauffahren und wollte nur in dem Fall gleich zu ihnen zurückkehren, wenn unverzögerte Flucht nötig werden sollte. Galt es die letzte Rettung, so blieb ihnen auch immer das letzte Mittel gewiß, sich Bahn zu hauen, ehe die Feinde auch nur eine Ahnung bekamen, wie stark und zahlreich sie wären.
Diese Anordnungen waren alle so umsichtig getroffen und die Kräfte derer, deren Macht sie zu fürchten hatten, so genau dabei berechnet, daß wirklich eine ganz genaue Kenntnis jener Verhältnisse dazu gehörte, mit solcher Sicherheit selbst den letzten Augenblick abzuwarten, wo eine einzige versäumte Stunde alles ins Verderben stürzen konnte. Sei es aber nun, daß die Insulaner von der Nähe der Gefahr nicht so genau unterrichtet waren, denn Kelly teilte ihnen nur das mit, was sie notwendigerweise wissen mußten, oder vertrauten sie ihm und seiner Klugheit wirklich so sehr, kurz, die meisten schienen die Sache ungemein leicht zu nehmen und verließen sich auf ihre Übermacht. Solche lange Ungestraftheit ihres verbrecherischen Treibens hatte sie übermütig gemacht, und einige äußerten sich sogar ganz offen darüber, es wäre ihnen gleichgültig, ob sie entdeckt seien oder nicht. Den wollten sie sehen, der sie hier in ihrer eigenen Feste angriffe.

Kelly dachte hierüber freilich anders und kannte recht gut die Gefahr, die ihnen drohte, wie auch die Mittel, die ihnen zu Gebote standen, um ihr zu begegnen. Ihn beunruhigte aber auch jetzt das Ausbleiben des schon längst von Indiana erwarteten Bootes; denn der Zeit nach, und wenn es fortwährend flottgeblieben war, hätte es die Insel lange erreichen und passieren müssen. Der entsetzliche Nebel erklärte freilich einigermaßen dieses Zögern. Entweder hatte der alte Hosier die Sicherheit seines Bootes nicht preisgeben wollen, oder Bill mochte auch selbst gefürchtet haben, vielleicht zu früh aufzulaufen oder gar vorbeizurennen und die kostbare Beute dadurch aufs Spiel zu setzen.

Es schien indessen, als ob sich der Nebel lichten würde, der Wind fing wenigstens an zu wehen, hierfür immer ein gutes Zeichen, und es war also möglich, daß jenes Fahrzeug mit oder vielleicht gleich nach Tagesanbruch eintreffen würde.

Während sich jetzt die Männer über die Insel zerstreuten, um die gegebenen Befehle zu erfüllen und ihr Asyl gegen Verrat zu schützen, schritt Kelly langsam zu dem Neger zurück und legte leise seine Hand auf dessen Schulter. Der Afrikaner zuckte zusammen, als er den leichten Druck der Finger auf seiner Achsel fühlte; sie hatten eine durch die Peitsche gerissene Wunde getroffen. – Bald erkannte er aber seinen Herrn und erhob sich schweigend.

»Bolivar«, flüsterte der Kapitän und blickte finster in das Antlitz des treuen Negers, – »sie haben dich mißhandelt und mit Füßen getreten, weil du mir ergeben bliebst?«

Der Neger knirschte mit den Zähnen und warf den funkelnden Blick zu dem hellerleuchteten Fenster der Herrin hinüber.

»Ich weiß alles«, sagte Kelly und hob beruhigend die Hand gegen ihn auf; – »aber – vielleicht ist es gut, daß es so gekommen ist, auf keinen Fall soll es dein Schade sein. Doch hier darfst du nicht bleiben«, fuhr er nach kurzer Pause fort. – »Georgine weiß, was du getan hast, und kennt in diesem

Punkte keine Grenze ihrer Rache. – Wir haben uns beide dagegen zu wahren. Packe das zusammen, was du mitzunehmen gedenkst, und komm mit mir!«
Bolivar blickte staunend zu dem Kapitän empor. Es lag ein finsterer Ausdruck in diesen Worten. – Wollte er die Insel, wollte er Georgine ihrem Schicksal überlassen?
»Kehren wir nicht zurück?« fragte er, als er den Blick des Herrn von sich abgewendet sah.
»Du nicht, wenigstens nicht in nächster Zeit; – ich vielleicht schon morgen«, sagte Kelly. – »Doch eile dich, eile dich; – unsere Minuten sind gemessen; wir haben manche lange Stunde gegen die Strömung des Mississippi anzurudern.«
»Ich kann nicht rudern!« murrte der Neger. – »Meine Arme sind gelähmt; die Peitsche hat mich meiner Kraft beraubt.«
»Du wirst steuern«, sagte der Kapitän. – »Hast mich manchmal hinübergerudert und magst heute deine Arme ruhen lassen. Doch, Bolivar, willst du fortan auch mir nur folgen, dein Leben meinem Dienst weihen und in unveränderter Treue an mir hängen? Willst du gehorchen, was auch immer der Befehl sein möge?«
»Ihr habt mich heute gerächt, Massa«, flüsterte der Neger, und seine dunkelglühenden Augen hafteten an der Gruppe, die eben den Leichnam des Erstochenen durch die Einfriedigung schleppte. »Das Blut jenes Schurken, von eurer Hand vergossen, ist über mich weggespritzt, und jeder einzelne Tropfen war wie Balsam auf meine brennenden Wunden; glaubt Ihr, daß ich das je vergessen könnte?«
Kellys prüfender Blick haftete wenige Sekunden auf ihm, dann sagte er leise: »Genug, – ich glaube dir. – Geh jetzt und rüste dich; mein Boot liegt auf seinem gewöhnlichen Platze.«
Und rasch wandte er sich von ihm ab, um ihn zu verlassen.
Da hemmte des Negers Ruf noch einmal seine Schritte.
»Massa!« sagte Bolivar und griff in die Tasche seiner Jacke. – »Hier sind zwei Briefe, die – der Rothäutige bei sich gehabt hat; – sie scheinen aber nicht für Euch bestimmt zu sein.«

»Schon gut«, flüsterte Kelly und nahm sie an sich; – »ich danke dir«, – und schnell verließ er durch das kleine nordwestliche Tor die innere Einfriedigung, die ein schmaler Pfad mit dem oberen Teil der Zwischenbank verband. Bolivar aber schlich in seine eigene Hütte, raffte dort das Beste seines Eigentums zusammen und verließ, ohne Gruß oder Wort weiter an irgendein lebendes Wesen der Insel zu richten, durch den feuchtdunstigen Nebel hin dem wohlbekannten Pfade folgend, die Kolonie, um seinen Kapitän an dem bestimmten Platze zu treffen.

28

Patrick O'Toole schritt, als er die Männer am Ufer verließ, rasch zu des Richters Wohnung hinauf. Diesen wollte er jedoch nicht etwa von seiner Absicht in Kenntnis setzen. denn er verlangte die Hilfe des Gesetzes noch nicht, sondern ihn vielmehr um den Kompaß bitten, da der Nebel immer dichter und hartnäckiger zu werden schien. Er fand aber den Richter nicht zu Hause, und da ihm die Leute dort auch nicht einmal bestimmt angeben konnten, wann er wieder zurückkehren würde, so beschloß er kurzerhand, auch ohne Kompaß aufzubrechen und sein gutes Glück zu versuchen. Ohne weiteres Zögern schritt er also zu seinem kleinen Boote zurück, machte es flott und ruderte nun langsam am westlichen Ufer hin, Bredschaws Wohnung zu, die er mit der Strömung in etwa einer Stunde erreichen konnte. Solange er sich so nahe zum Lande hielt, daß er das Ufer oder wenigstens die dunklen Schatten der Bäume noch erkennen konnte, ging das auch recht gut. Von Snags und Sawyern hatte er nichts zu fürchten; sein Fahrzeug war zu leicht, um von diesen ernstlich bedroht zu werden, und warf ihn auch die Flut dagegen, so trieb er bald wieder los. Höchstens konnte ihn vielleicht, wie das in der Tat manchmal geschieht, ein plötzlich emporschnellender Sawyer so auf die Seite werfen, daß er etwas Wasser einnahm. Das kam aber sehr selten vor, und rüstig, nur manchmal Ausschau haltend, ob er nicht ein erhebliches Hindernis vor sich sehe, legte er sich scharf in die Ruder. Der leichte Kahn schoß fast pfeilschnell auf der schäumenden Strömung und an Wald und steiler Uferbank vorübergerissen hin, bis sich rechts die Bucht öffnete, die Bredschaw bewohnte. In diese lief er ein und hörte nun von dem jungen Mann dieselbe Kunde, nur noch ausführlicher und bestimmter, wie jener sie dem Indiana-Bootsmann mitgeteilt hatte. Er fühlte sich jetzt auch ziemlich fest überzeugt, daß sein Verdacht nicht allein begründet gewesen sei, sondern daß er sogar die ziemlich sichere Spur habe, dem nichtsnutzigen Gesindel, gegen das er einen unbesiegbaren Groll hegte, auf die Spur zu kommen.

Allerdings riet ihm Bredschaw ebenfalls ab, solchen Weg so unvorbereitet und allein und noch dazu bei solchem Nebel zu unternehmen, wo er ja gar nicht imstande sein würde, die Insel zu finden; O'Toole aber, der störrisch das einmal angenommene Ziel verfolgte, erklärte, unter jeder Bedingung wenigstens den Versuch machen zu wollen, und meinte dabei ziemlich richtig, eigentlich sei solches Wetter gerade das geeignetste, da jener Platz, wenn er wirklich der Aufenthaltsort von Verbrechern wäre, heute gewiß nicht so sorgsam bewacht würde wie sonst. Er hielt sich denn auch, um die schöne Zeit nicht unnötig zu versäumen, nur kurze Zeit bei Bredschaw auf und nahm, von diesem fast gezwungen, noch eine wollene Decke mit für den Fall, daß er genötigt sein sollte, länger auszubleiben, als er jetzt beabsichtigte. Dann band er mit frohem Mute sein Fahrzeug los, dem jungen Mann noch dabei zurufend, er solle bald wieder von ihm hören, den Bootsschuften wolle er's aber eintränken, ihn auf solche Art zu behandeln.

Bredschaw blieb am Ufer stehen und sah ihm nach, bis das Boot seinen Blicken entschwand; nur noch eine Zeitlang

hörte er die regelmäßigen, langsamen Ruderschläge des wackeren Iren, und dann verschollen auch diese endlich in weiter, weiter Ferne.
O'Toole ging keck und unverzagt, ein echter Sohn der ›grünen Insel‹, seinem Abenteuer entgegen, und mehr noch war es fast ein glücklicher Leichtsinn, ein sorgloses Überlassen der Zukunft als rein tierischer Mut, der ihn zu allerdings ungeahnten Gefahren trieb. Niemand in Arkansas hatte es aber auch für möglich gehalten, daß sich inmitten zivilisierter Staaten, auf dem breiten, einem jeden Boot offenen Wege des ganzen westlichen Handels eine so wohlorganisierte, fürchterliche Bande festsetzen und behaupten konnte, wie es hier wirklich der Fall war. Nicht einmal Waffen hatte er mitgenommen, ein einfaches kurzes Jagdmesser ausgenommen, das er unter der Weste mit einem Bindfaden am Knopfe seines Hosenträgers befestigt hatte und eigentlich mehr zum wirklichen Haus- und Feldgebrauch denn als Verteidigungswaffe bei sich führte.
Der Abend konnte nicht mehr fern sein. So angenehm unserem Kundschafter aber auch sonst wohl dieser Umstand gewesen wäre, da er ihn immer noch mehr vor Entdeckung schützte, so zweifelhaft wurde es ihm aber selber, ob er in solch undurchdringlichem Nebel jene Insel auch wirklich finden würde. Weit entfernt war er auf keinen Fall mehr davon. Der Zwischenraum von der Weideninsel bis Nr. Einundsechzig wurde auf dem Wasser nur für acht Meilen gehalten, und die Strömung allein mußte ihn bei dem gegenwärtigen Wasserstand fünf Meilen die Stunde führen; ruderte er also nur ein wenig zu, so konnte er recht gut die ganze Strecke in eben der Zeit zurücklegen. So lange er dicht am Ufer blieb, ging das auch an, er sah das Flußufer neben sich und behielt dadurch die genaue Richtung bei; jetzt aber, und nicht weit unter der Weideninsel, machte der Mississippi nach Arkansas hinein einen starken Bogen und zwang ihn, wenn er nicht ganz vom Wege abkommen wollte, das Ufer zu verlassen.

Nun war O'Toole allerdings noch nie in einem recht ordentlichen Mississippi-Nebel auf diesem Strom gewesen, sonst hätte er das auch wohl schwerlich ohne Kompaß gewagt. Er arbeitete im Gegenteil noch immer in dem Glauben, die Strömung müsse ihm auf jeden Fall zeigen, wohin der Fluß gehe, wobei das zahlreich treibende Holz einen vorzüglichen Wegweiser abgeben werde. Außerdem war die Insel Nr. Einundsechzig ziemlich lang und breit, und er durfte, wenn er sich nur in der Mitte des Stromes halten konnte, allerdings hoffen, sie zu erreichen. Eines jedoch hatte er in dieser sonst vielleicht sehr vorzüglichen Berechnung vergessen, daß nämlich die Bestimmung einer Strömung ganz unmöglich wird, wo jeder feststehende Haltepunkt für das Auge fehlt. Ebenso wie man auf der See auch nur dadurch die Richtung der Meeresströmungen bestimmt, daß man das Fahrzeug auf kurze Zeit entweder durch einen wirklichen oder bloßen Notanker so lange wie möglich auf einer Stelle festhält und die Bewegung irgendeines in die Flut geworfenen schwimmenden Gegenstandes beobachtet, ebenso ist es auf einem so ungeheuren Strome unmöglich, irgendeine Richtung anzugeben, wenn man sich in starkem Nebel auf seiner ruhigen Fläche befindet.
O'Toole ruderte nun zwar, als er das Ufer nicht mehr erkennen konnte, noch eine ganze Weile ruhig nach der Gegend fort, die er für die rechte hielt; gar bald aber machten ihn einzelne Stücke schwimmenden Holzes irre, und er hielt einen Augenblick, um zu sehen, welchen Weg diese trieben. Ja, die lagen, als er selbst mit Rudern aufhörte und also ebenfalls seinen Kahn der Flut überließ, gerade so ruhig da wie er selbst, und das Ganze sah aus wie ein von dichtem Dampf umschlossener See, der weder Ab- noch Zufluß habe und vollkommen stillstehe. Er beobachtete nun eine Zeitlang einzelne treibende Stämme, um zu sehen, auf welche Seite die Flut gegen sie drücke; das war aber nicht möglich; – sie schwammen eben ungedrängt im Wasser und zeigten, da sie

der Flut auch nicht den geringsten Widerstand leisteten, sondern sich ruhig mit fortnehmen ließen, auch nicht den mindesten Einfluß der Strömung. Er fing jetzt wieder an zu rudern, aber auch das blieb sich gleich; – es war eben, als ob er auf einem Teiche oder stillen See herumfahre, und wo Ost, Nord oder West sein könnte, wurde ihm jetzt zu einem vollständigen Rätsel. Der Fluß lag in spiegelglatter Ruhe um ihn her, und nur die Nebel schwebten in dichten, fest ineinander gedrängten und, wie es schien, vollständig miteinander verbundenen Wölkchen darüber hin und wichen und wankten nicht. Was hätte er jetzt für einen einzigen, noch so fernen Blick des Ufers gegeben, um nur eine Ahnung zu bekommen, wo er sich eigentlich befinde. Der Wunsch schien aber nicht in Erfüllung zu gehen, ja die Dämmerung fing sogar an deutlich merkbar zu werden und er zweifelte nun fast daran, die Insel oder sogar in vielen Meilen Entfernung ein Ufer zu erreichen.

Nun gibt es allerdings ein Mittel, selbst in solchem Verhältnis und ohne Kompaß eine gerade Richtung beizubehalten; ist man nämlich gänzlich im Zweifel, woher die Strömung kommt oder wohin sie geht, so braucht man nur so lange im Kreise herumzurudern, bis man die Flut vorn unter dem Bug rauschen hört. Dann kann man überzeugt sein, daß man gegen die Strömung anhält, und ist nun imstande, die Richtung zu bestimmen. Allerdings würden aber selbst dann nur wenige Ruderschläge den Rudernden wieder auf den alten Fleck bringen; denn weil die seitwärts gegen das Fahrzeug andrängende Wassermasse auch den Bug bald stärker, bald schwächer niederdrückt, je nachdem, ob man ein ganz klein wenig mehr auf- oder abhält, so wäre es unmöglich, die Richtung so genau im Gefühl der Hand zu haben. Das einzige Mittel in diesem Falle ist – da man doch in einem zweirudrigen Boot mit dem Rücken nach vorn sitzt – die Augen fest auf das Fahrwasser seines Kahns zu halten, d.h. auf den Streifen, den das Boot beim schnellen Durchschneiden des Wassers hinter sich läßt. So lange dieser eine durchaus gerade Linie beschreibt – denn eine kurze Strecke kann man selbst beim stärksten Nebel sehen –, so lange behält auch das Boot dieselbe bei; die geringste Abweichung würde es gleich hinter dem Heck durch eine krumme Linie verraten. Man darf aber während dieser Zeit natürlich keinen Augenblick mit Rudern aufhören oder nachlassen, weil eine gleichmäßige Fortbewegung zu solcher Bestimmung unumgänglich nötig ist.

Davon hatte jedoch O'Toole, der sich sonst wenig mit Wasserfahrten beschäftigte, keine Ahnung; er wußte nur, daß er noch nicht weit genug vom Land entfernt sein könne, um sich schon oberhalb der Insel zu befinden. Trieb er also jetzt mit der Strömung abwärts, so führte ihn diese an seinem Ziele vorbei, und rasch griff er daher wieder zu den Rudern. Nur einmal noch betrachtete er mit prüfendem Blick die ruhige Nebelfläche um sich her, drehte dann den Bug dorthin, wo er die Mitte des Stromes vermutete, und zeigte in Handhabung der elastischen Ruder bald so viel Energie, daß das Wasser an seinem Bug rauschend schäumte und hoch aufspritzte. So arbeitete er wohl eine volle Stunde lang, daß ihm der Schweiß in großen perlenden Tropfen auf der Stirn stand und er bei richtiger Führung den Mississippi schon zweimal gekreuzt haben konnte, aber er bekam kein Land zu sehen, weder rechts noch links, weder vor noch hinter sich, und fühlte nun wohl, daß er in die falsche Richtung gefahren sei.

Einen Augenblick ließ er die Ruder sinken und wischte sich den Schweiß von der Stirn; dann aber ergriff er sie wieder und legte sich von neuem mit aller Kraft und bestem Willen hinein, bis er endlich einsah, daß alle seine Anstrengungen vergeblich sein mußten. Das beste also, was er jetzt tun konnte, war, nach Arkansas zurückzukehren, um den Versuch ein anderes Mal unter günstigeren Verhältnissen zu erneuern. – Aber, guter O'Toole, es erwies sich als ebenso schwer, nach Arkansas wie nach Mississippi hinüberzuhal-

ten. Nacht und Nebel umgaben ihn bald mit undurchdringlichem Schleier, und keinen Laut hörte er, nicht einmal das Gequake von Fröschen, das ihm die Nähe des Landes – gleichviel nun, welchen Ufers – verraten hätte. Er mußte sich inmitten des gewaltigen Stromes befinden. Da hielt er endlich, nachdem er sich noch eine ganze Zeitlang bis zu tödlicher Ermattung abgemüht hatte, mit dem Rudern ein, warf die Ruder in den Kahn und streckte sich selbst, gleichgültig gegen alles, was ihn befallen könnte, in dem Heck des Bootes aus. Einmal mußte er ja doch irgendwo antreiben oder doch wenigstens Geräusch von irgendeinem Boot oder dem Ufer, in dessen Nähe ihn die Strömung zuerst bringen würde, hören, und er hatte eingesehen, daß er selbst nicht imstande sein würde, das mindeste dafür oder dagegen zu tun. Er war förmlich verirrt und wußte in der Tat nicht mehr, wo er sich befand, ob er irgendwo festhänge oder immer stromab der Mündung des Arkansas zutreibe.
In dumpfem Brüten lag er in seinem Boot ausgestreckt und schaute schweigend zu der grauen Masse hinauf, die ihn in fast fühlbarer Schwere und Feuchtigkeit umgab. Da war es ihm plötzlich, als ob er das Quaken eines Frosches höre. Er horchte auf. Fast in demselben Augenblick vernahm er ein dumpfes Rauschen, und ehe er sich noch recht umschauen konnte, von welcher Richtung dies eigentlich komme – da er es natürlich auf der entgegengesetzten Seite erwartet hatte –, trieb auch sein schwankendes Boot schon in den starren Wipfel einer Eiche hinein. Land hatte er jetzt, Bäume wenigstens, und er wußte doch nun, daß er nicht mehr weiter stromab und von Helena fortgetrieben werden könnte. Wo er sich aber befand, ob in Arkansas, Mississippi oder an einer der weiter unten gelegenen Inseln, vielleicht Drei- oder Vierundsechzig, das war ihm unmöglich zu bestimmen, ja, so hatten sich seine Gedanken verirrt, daß es einer langen Zeit bedurfte, bis er mit sich überhaupt im reinen war, er befinde sich noch im Mississippi und sei nicht etwa in irgendeinen

Fluß oder eine Bucht unversehens hinein- und diese, Gott weiß wie weit, hinaufgerudert. Das einzige, worüber er vollkommen Gewißheit zu haben glaubte, war, daß er wenigstens fünfzig bis sechzig Meilen von Helena entfernt sein müsse.
Wo aber befand er sich? Am Anfang wollte er rufen, denn vielleicht befanden sich Menschen in seiner Nähe, die ihn hörten. Doch konnte es nicht ebensogut möglich sein, daß er gerade in jenes Nest geraten wäre, nach dem er suchte, und welchen Empfang durfte er von denen erhoffen, die ihm noch vor kurzer Zeit so unzweideutige Beweise ihres Hasses gegeben hatten? Nein, – da heute nun doch einmal keine Gedanke daran war, Nr. Einundsechzig noch zu erreichen, und der Nebel auch auf jeden Fall den Morgenwinden weichen mußte, so beschloß er, seinen Kahn an einer sicheren Stelle zu befestigen und nachher ruhig darin ausgestreckt den Tag abzuwarten.
Das war nun freilich nicht so leicht, wie er es anfangs erwartet hatte. Eine Masse Baumgewirr versperrte ihm überall den Eingang, und dort, wo er sich gerade befand, konnte er ebensowenig bleiben. Die Flut preßte gerade dagegen und brachte sie irgendeinen fortgeschwemmten Baumstamm mit, so mußte ihm dieser, mit der Gewalt solcher Wassermassen vereint, unfehlbar das leichte Fahrzeug zertrümmern und ihn selber unter das Treibholz schwemmen. Er arbeitete sich darum jetzt mit aller Anstrengung links hin, bis er zu einer Art Landspitze kam; denn die Strömung brach sich hier mit großer Stärke am Ufer und schoß dann rasch und schäumend vorbei. Dort hatte auch augenscheinlich die Kraft des Wassers einen früher dort liegenden Baum zur Seite geschwemmt, so daß eine Art kleine Bucht entstanden war. In dieser lief er ohne Zögern ein und richtete nun, gegen eine äußere Gefahr geschützt, so gut es gehen wollte sein Lager her, um wenigstens ein paar Stunden schlafen zu können.
Kurze Zeit mochte er so gelegen haben, und das gleichför-

mige Rauschen des Wasser begann seine Wirkung auf ihn auszuüben, als es ihm, schon halb im Traume, so vorkam, als ob er Stimmen höre, die in ziemlich lebhaftem Gespräch miteinander begriffen wären. Im Anfang horchte er halb unbewußt den unverständlichen Tönen; er hatte schon geträumt, er sei in die See hinausgetrieben, und vom Ufer aus riefen sie hinter ihm her und warnten ihn vor den Gefahren des Golfes. Mehr und mehr aber wieder munter werdend, staunte er zuerst über den Ort, wo er sich befand, und konnte sich endlich nur mit vieler Mühe des Vorgefallenen erinnern.

Nun war O'Toole allerdings nicht Waldmann genug, um ein solches Lager in dem feuchten Flußnebel einem warmen Bette vorzuziehen; dennoch aber hielt ihn eine gewisse Angst zurück, jene Sprechenden anzurufen; die Absicht schon, in der er ausgezogen war, ließ ihn in jedem Menschen, den er traf, einen Räuber, Mörder und falschen Spieler erblicken. Er kroch also, um vor allen Dingen festzustellen, wo er eigentlich sei und in welcher Umgebung er sich befinde, aus seinem Boote heraus, über ein paar umgestürzte Stämme ans Ufer und schlich nun hier, so geräuschlos wie es ihm die jetzt wirklich außergewöhnliche Dunkelheit und die rauhe Wildnis erlaubte, vorwärts, dem Schalle nach.

Das Geräusch und Sprechen schienen an einem Ort zu bleiben, und O'Toole vermutete hier natürlich nichts weiter als eine Farmerwohnung, zu der er nur nicht den rechten Pfad getroffen habe, sondern in irgendeine neue Rodung geraten sei. Er hatte denn auch, obgleich mit entsetzlicher Anstrengung, schon einen guten Teil des Dickichts durchdrungen, als plötzlich alles wieder ruhig war und nur noch das einförmige Quaken der Frösche und das Zirpen einzelner Grillen die Totenstille unterbrach. Nichtsdestoweniger behielt er die Richtung bei, in der er früher die Laute gehört hatte, und erreichte gerade einen kleinen, ziemlich freien Platz, als er aus dem Nebel, und zwar dicht vor sich, zwei Gestalten treten sah, so daß er nur noch eben Zeit genug behielt, hinter einem niederen Busch auf die Erde zu sinken.

»Und ich sage Euch, Jones, Ihr dürft die Insel bei Gott nicht verlassen, ohne den Schwur geleistet zu haben«, beteuerte jetzt plötzlich der eine von ihnen, während er stehenblieb und sich gegen seinen Begleiter umwandte. – »Es ist uns allen streng befohlen worden, Euch nicht fortzulassen.«

»Aber ich habe ja den Schwur leisten wollen«, rief der andere ärgerlich. – »Hölle und Teufel, ich kann doch nicht mehr tun, als Euch sagen, ich will beschwören, was Ihr begehrt? Es ist schändlich, mich jetzt gegen meinen Willen hier zurückzuhalten, wo ich in Mississippi drüben die besten Geschäfte machen könnte.«

»Auch das wißt Ihr, warum das jetzt nicht möglich ist«, erwiderte ihm der andere; »solcher Schwur muß seine gehörige Feierlichkeit haben und von allen gehört werden, damit es später keine Ausrede gibt. – Die Versammlung ist aber erst morgen abend, und bis dahin werdet Ihr Euch also zu gedulden haben.«

»So? Und wenn nun bis morgen abend schon die saubere Bescherung hereinbricht, von welcher der Kapitän gemunkelt hat?« brummte Jones. – »Was habe ich dann für ein Interesse, meine Haut ebenfalls dabei zu Markte zu tragen, he? Gehöre ich schon mit dazu, und würde ich nicht, mitgefangen, auch ganz unschuldig mitgehangen werden?«

»Unschuldig?« spöttelte der andere.

»Ja, ja, unschuldig«, rief Jones mürrisch, – »wenigstens in dieser Sache, und was am Ende noch viel fataler wäre, mit dem Bewußtsein, daß die Kanaillen aus Versehen den Rechten erwischt hätten. Nein, Ben, Ihr müßt mir einen Kahn verschaffen; ich will Euch den Eid leisten, und das wird Euch doch genügen können.«

»Mir? Verdammt will ich sein, wenn ich meinen Kopf statt Euren in die Schlinge zu stecken gedenke«, brummte Ben und wandte sich wieder zum Gehen, jetzt aber gerade auf den

Iren zu, der dicht und regungslos an die Erde geschmiegt lag. – »Sobald Ihr einmal versprecht, den Eid zu leisten, so seid Ihr auch – Gift und Donner!« rief er plötzlich, vor der Gestalt zurückprallend, die sein Fuß berührt hatte.
»Was ist denn?« fragte Jones erschrocken und blickte scheu umher.
Der Ire rührte sich nicht. – Die Unterredung der beiden Männer hatte ihm bald verraten, daß er sich an seinem Ziele befand, obgleich er noch nicht wußte, wo das eigentlich lag, und teils lähmte die Angst seine Glieder, teils war er auch noch unentschlossen, wie er sich verhalten solle. Floh er, so mußten ihn die mit dem Platze Vertrauten augenblicklich wieder einholen können, – stellte er sich zur Wehr – er war fast unbewaffnet, die Feinde dagegen sicher mit Messern und Pistolen versehen –, so war er gleichfalls verloren. Endlich beschloß er, sich zu stellen, als ob er schlafe; sie mußten dann wenigstens glauben, daß er nichts von ihrer Unterhaltung gehört habe, und versuchten in diesem Falle vielleicht selber, ihn so schnell wie möglich wieder fortzubringen.
Das waren etwa die Gedanken, die ihm pfeilschnell durchs Hirn schossen. Bens nächste Worte teilten ihm aber nicht allein eine andere Rolle als die eines Schlafenden zu, sondern ließen ihn auch die Gefahr ziemlich deutlich ahnen, in welcher er sich befand.
»Seeschlangen und Meerwölfe!« rief Ben, während er heruntergriff und den Arm des Reglosen erfaßte. – »Soll mich dieser und der holen, wenn die verdammten Halunken nicht Tusk hierher geschleppt und liegengelassen haben. – Hol doch der Teufel das faule Zeug! – Nicht einmal zu dem Ort ihn hinzutragen, wo wir ihn einscharren wollen. Ei, da mag er zum Donnerwetter auch hier liegenbleiben; 's ist weit genug vom Lager, und er schläft hier ebensogut wie hundert Schritt weiter oben.« Damit warf er das Werkzeug, das er trug, neben dem vermeintlichen Leichnam von der Schulter nieder und fing an, die Erde mit der schweren Hacke aufzuschlagen.

»Dann will ich unterdessen hingehen und einmal zusehen, ob nicht irgendwo hier oben ein Boot befestigt ist«, sagte Jones; – »so lautete ja Kellys Befehl.«

»Ja – und mich hineinsetzen, nicht wahr? Und ruhig den Strom hinabrudern?« äffte ihn der wilde Bootsmann nach, während er mit der Hacke auf den Boden stampfte. – »Ei, zum Teufel, Sir, Ihr müßt uns doch hier für gotteslästerlich dumm halten, daß Ihr uns auf solche erbärmliche Art anzuführen gedenkt. Ihr bleibt hier; – die Ursache, weshalb Ihr mir zur Gesellschaft mitgegeben seid, ist, das Grab schaufeln zu helfen und nachher des Irländers Boot aufzuspüren und den Burschen abzufangen, – wenn wir ihn erwischen, heißt das. Also greift zu, wenn's gefällig ist, und glaubt nicht, daß Ihr mich von der rechten Fährte durch irgendeinen Seitensprung abbringt.«

Damit warf er dem kleinen Manne den Spaten zu und bedeutete ihm, die Erde aus-, aber nicht zu weit fortzuwerfen, damit sie dieselbe zum Aufhäufen gleich wieder bei der Hand hätten. O'Toole zitterte an allen Gliedern. – Dicht neben ihm wurde ein Grab gegraben, in das er lebendig hineingeworfen werden sollte, sobald er nur regungslos liegenblieb, und zeigte er, daß er noch lebe, so war sein Tod ebenfalls gewiß. Er war verraten, soviel sah er ein. – Aber durch wen? Und wie konnte die Botschaft schon an diesen von Helena so entfernt gelegenen Punkt gelangt sein? Hatte er nicht die ganze Zeit aus Leibeskräften gerudert und seinen Entschluß, hier herabzugehen, erst kurz vor seiner Abfahrt irgendeinem Menschen und dann natürlich nur lauter Freunden mitgeteilt? Es blieb ihm aber keine Zeit zu langen Betrachtungen; die Gefahr lag hier zu fürchterlich nahe, und jede ausgeworfene Erdscholle brachte ihn seinem Geschick näher.

Das einzige, was ihn möglicherweise retten konnte, war ein schneller Entschluß. – Er wollte emporspringen, und die Männer, die ihn jetzt noch für irgendeinen Erschlagenen hielten, waren vielleicht im ersten Augenblick so überrascht, daß er, ehe sie sich ermannten, sein Boot wieder erreichen konnte. Der eine schien überdies, soviel sich in der Dunkelheit erkennen ließ, klein und schwächlich, und den anderen hätte im schlimmsten Falle, ehe er ihm selbst gefährlich wurde, ein Messerstich unschädlich gemacht. Vorsichtig griff er also, um sich durch keine Bewegung zu verraten, nach dem scharfen Stahl, zog ihn leise aus der Scheide und bog sich langsam auf die linke Seite hinüber – er hatte sich die Richtung, von der er gekommen war, ziemlich genau gemerkt, und an rasche Verfolgung war dorthin überhaupt nicht zu denken. – Einmal dann im Nebel wieder auf dem Strome, hätte ihn auch nur der Zufall seinen Verfolgern verraten können. Der eine der Männer stand nur jetzt gerade zwischen ihm und dem Stamm, über den er zuerst wegsetzen mußte. Den Raum wollte er erst noch frei haben, ehe er den Angriff wagte. Es war Ben; er hatte die Hacke beiseite geworfen und den zweiten Spaten in die Hand genommen, der dort lag. Jetzt trat er wieder zurück auf seinen früheren Platz, und jetzt war auch der einzige, vielleicht letzte Augenblick gekommen. »Ben?« rief da plötzlich eine leise unterdrückte Stimme, die gerade von der Richtung her tönte, wo sein Fahrzeug lag, und in den dichten Büschen und Dornen rauschte und regte es sich.

»Ja«. sagte der Mann und hielt in seiner Arbeit ein, »was gibt's? Wer ruft da?«

»Hier liegt bei Gott das fremde Boot«, flüsterte die Stimme wieder. – »Laßt Euer Graben jetzt lieber sein und kommt mit hierher, es gibt vielleicht nachher gleich zwei hineinzuwerfen.«

O'Tooles Herzblut stockte; – nicht allein der Rückweg war ihm abgeschnitten, sondern sein Boot sogar entdeckt. – Er konnte, falls er sich wirklich auf einer Insel befand, den Platz gar nicht wieder verlassen. Seine einzige Hoffnung blieb jetzt nur noch die, daß die Totengräber dem Rufe Folge leisten und ihn allein lassen würden.

»Wo liegt es denn?« fragte Ben und hielt inne im Erdeauswerfen.
»Gleich hier, dicht an der äußersten Landspitze, unter der alten Sykomore –«
»So tut, was Euch Kelly befohlen hat, und haltet die Mäuler«, brummte der Bootsmann; – »wer weiß denn, ob er nicht gerade jetzt hier in der Gegend herumkriecht. Nehmt eure Plätze ein und verhaltet euch ruhig; – kommt er zurück, so fertigt ihn ab; – doch ohne Schuß.«
»Wie wird's aber, wenn Teufelsbill mit dem Flatboot kommen und das Zeichen geben sollte?« fragte jener zurück, – aber immer noch mit unterdrückter Stimme.
»Das geht euch nichts an; – ihr bleibt auf eurem Posten, und wir anderen treiben, wenn das Boot abgefertigt ist, nachher die Insel von unten herauf vor. – Finden wir ihn dann nicht, so läuft er euch in die Hände.«
Wieder fing er an zu graben, und die Gruft mußte bald tief genug sein; denn ein ziemlich hoher Erdhaufen lag schon an ihrer Seite. – Des Iren Herz schlug so laut, daß er schon durch dessen Klopfen verraten zu werden fürchtete. – Auch die letzte Stimme hatte er erkannt, es war die jenes Buben, den er in Helena zu Boden geschlagen hatte. Erbarmen hatte er hier nicht zu erhoffen; wurde er entdeckt, so konnte kein Gott ihn retten. Ein Gedanke durchzuckte ihn jetzt. Wenn er nun vielleicht, während jene sich emsig mit ihrer Arbeit beschäftigten, leise in die Büsche kroch, dann, erst einmal im Dickicht, entweder im Sumpf einen Schlupfwinkel suchte, oder auch, sobald er den Fluß erreichte, hinausschwamm in den Nebel? – Es trieb jetzt so viel Holz im Strom, daß er nicht zu fürchten brauchte zu ertrinken, – und das wäre übrigens ja doch noch immer besser gewesen, als sich hier wie ein Hund totschlagen zu lassen.
Langsam schob er den linken Arm zur Seite, um sich darauf zu stützen und den Körper nachzuziehen; doch das raschelnde Laub machte die größte Vorsicht nötig. Zwar gru-

ben die beiden Männer noch immer eifrig, und das Geräusch der fallenden Erde übertäubte jede nicht zu auffällige Bewegung; auch hatte er sich auf diese Art wohl schon zwei Schritte zurück und dicht zum Rande eines wirren Dornbusches gezogen, hinter dem ihm ein weicher, moosiger Fleck raschere Bewegung möglich machte. Gerade aber, als er sich ein wenig aufrichten wollte, um über einen dort liegenden heruntergebrochenen Ast zu gleiten, drückte er mit der Hand auf einen dürren und morschen Zweig, der mit ziemlich lautem Krachen abbrach.

O'Toole schrak zusammen und blieb regungslos in der gerade eingenommenen Stellung liegen. Ben aber sprang rasch aus dem fast fertigen Grabe heraus auf den Erdhügel hinauf und blickte überall forschend in die neblige Nacht hinein.

»Hörtet Ihr nichts, Jones?« fragte er nach einem kleinen Zwischenraum. »Mir war's, als ob irgend jemand auf einen Ast träte.«

»Ich habe nichts gehört«, brummte der andere, während er mürrisch den Spaten aus der Grube warf und selbst nachkletterte. – »So – das Loch ist jetzt tief genug, hol der Teufel das Maulwurfsgeschäft! Wenn Ihr glaubt, daß ich hier auf die Insel gekommen sei, um Totengräber zu werden, so habt Ihr Euch verdammt geirrt. – Werft das Aas hinein, daß wir fertig werden! – Verwünscht unheimliches Geschäft ohnedies, so in Nacht und Nebel dazustehen und Leichen einzugraben. – Ihr habt wohl manchmal derlei Arbeit hier?«

»Daß Ihr doch das Maul nicht halten könnt und in einem fort Euer ungewaschenes Zeug schlabbern müßt«, brummte Ben. – »Mir war's, als ob hier jemand auf einen Zweig getreten wäre. – Nun? Donnerwetter, wo ist denn der Leichnam? Ah, hier! – Ich dachte, er läge weiter drüben. – Kommt, Jones; – der Bursche ist schwer; schleppt ihn mit über den Hügel hinüber! – Zum Teufel, fürchtet Euch nicht, ihn anzufassen; es wird nicht die erste Leiche sein, die Ihr mit unter die Erde bringen helft.«

»Er ist noch ganz warm«, sagte Jones, während er schaudernd dem Befehle gehorchte; – »am Ende lebt er gar noch?«
»Unsinn«, sagte Ben lachend, »wer Kellys Messer einmal geschmeckt hat, braucht keine Medizin weiter. – Warum soll er denn auch schon kalt sein? Er ist ja kaum eine Stunde tot.«
Sie faßten den vermeintlichen Leichnam und trugen ihn an die Grube. – Jones, der die Schultern hob, rutschte dabei aus und fuhr in die frischaufgeworfene Erde, so daß er den Oberkörper des Iren loslassen mußte, der allein in sein Grab hineinglitt. Jetzt war auch der Augenblick erschienen, wo er handeln oder verderben mußte; denn noch sah er sich unentdeckt. Zwar zuckte er zusammen, als ihn jener fallen ließ, und griff fast unwillkürlich mit den Armen aus, sich zu schützen, doch die Dunkelheit der Nacht verhinderte Ben daran, es zu sehen. Er fühlte wohl das Zucken, schrieb es jedoch dem Übergewicht des schweren Körpers zu und ließ jetzt die Beine ebenfalls hinab, um die Erde wieder einzuwerfen und die Arbeit zu beenden. Die erste Scholle fiel auf den entsetzten Iren. – Sprang er auf und floh er, so war sein Verderben fast gewiß. Die Männer hätten ihn nie fortgelassen, und einmal entdeckt, wußte er recht gut, daß er kein Erbarmen zu hoffen habe. Blieb er aber liegen, so war er in wenigen Minuten lebendig begraben. – Nur eine Möglichkeit auf Rettung sah er noch; Jones' Worte erweckten einen neuen Gedanken in ihm. Sobald sie ihn für noch nicht tot hielten, begruben sie ihn auch nicht, und in solcher Dunkelheit brauchte er kaum zu fürchten, gleich entdeckt zu werden. Auf jeden Fall gewann er dadurch Zeit, und das war ihm jetzt, das sichere Verderben vor Augen, alles.
Der zweite Spaten voll Erde fiel auf ihn nieder, und er stöhnte laut.
»Herr Jesus!« schrie da Jones, erschreckt zurückfahrend. – »Habe ich's Euch nicht gesagt? Der lebt noch; – beinahe hätten wir ihn lebendig verscharrt.«
»Hm«, brummte Ben und hielt mit dem Schaufeln ein; »wäre

auch noch kein so fürchterlicher Verlust gewesen; aber was, zum Donnerwetter, fangen wir denn da –«

Ein ferner Schuß unterbrach hier seine Worte. Er sprang wenigstens, als er den Knall vernahm, rasch empor und horchte hoch auf. Ein scharfer Pfiff – das wohlbekannte Zeichen der Bande – wurde in demselben Augenblick laut und schien sich mit Blitzesschnelle am ganzen Ufer hin fortzupflanzen.

»Das ist Teufelsbill! – Bei Gott!« rief der Pirat und schwenkte jubelnd den Hut. – »Hurra, da gibt's frische Beute. Jetzt aber – alle Wetter! Den Kadaver hätte ich bald vergessen. Jones, scharrt ihn einmal wieder aus und seht, was Ihr mit ihm anfangen könnt. – Ich bin gleich wieder da und will nur einmal nach dem Boot oben springen, daß die Burschen ihre Schuldigkeit tun.«

»Aber, bester Sir«, rief Jones ängstlich, »ich soll doch nicht –«

»Tut, beim Teufel, was man Euch sagt, und rührt Euch nicht von der Stelle!« rief Ben drohend. »In zwei Minuten bin ich wieder da.« Und ohne Bens Widerspruch weiter zu beachten, warf er den Spaten hin und sprang im nächsten Augenblick über den neben ihm liegenden Stamm hinweg, dem Orte zu, wo des Iren Boot angebunden lag.

O'Toole wußte jetzt aber, daß für ihn der einzige, vielleicht letzte Moment zum Handeln gekommen sei, und er war nicht der Mann, der den unbenutzt hätte vorübergehen lassen.

»Hilfe!« stöhnte er mit halbunterdrückter Stimme leise und kläglich. – »Hilfe! – Ich – ich ersticke!«

»Ei, so wollt ich denn doch« murmelte Jones vor sich hin, während er in die Grube sprang, den Iren unter die Arme faßte und mit äußerster Anstrengung seiner Kräfte emporhob, – »daß den verdammten Wassertreter der Teufel hole! – Läßt mich hier mit dem – schweren – Burschen – Herr Gott, hat der Mensch ein Gewicht – ganz allein. So, Sir, könnt Ihr das eine Bein heben? – Ich will Euch nur für jetzt – alle

Wetter, Ihr seid ja ganz kräftig auf den Füßen – was ist denn d –«

Er hatte alle Ursache, erschreckt zu sein, denn der vermeintlich schwer Verwundete, den er aus der Grube mit emporheben half, richtete sich plötzlich und anscheinend mit aller Leichtigkeit auf, faßte, ehe der zu Tode Erschreckte auch nur einen Hilfeschrei ausstoßen konnte, diesen mit der Linken und schlug ihn im nächsten Augenblick mit der geballten Rechten so urkräftig und boxerrecht zwischen die Augen, daß dem so gewaltig Getroffenen mit Blitzesschnelle die ganze Himmelskarte vor seinem inneren Gesichte vorüberflog und er bewußtlos neben dem Grabe zusammenknickte.

O'Toole war denn auch nicht faul, die ihm jetzt gebotene Freiheit zu nutzen; rasch übersprang er das ihm nächste Gewirr von Ästen und Strauchwerk und floh dem Strome zu, als Ben eben wieder zu dem Grabe zurückkehrte.

»Jones!« rief er hinter dem Davonspringenden her. – »Jones, – wo zum Teufel wollt Ihr denn hin? Ei, so hole doch die Pest den Halunken!« brummte er dann halblaut in den Bart. »Wenn der glaubt, daß ich ihm in solchem Dickicht nachrenne, ist er verdammt irre, und fort kann er auch nicht, so viel weiß ich; denn vom Schwimmen versteht er nichts, und die Boote sind besetzt; – wird schon wiederkommen. Aber zum Donnerwetter«, wandte er sich dann, als er mit dem Fuß an den regungslosen Körper stieß, gegen diesen, »wirklich tot und nur noch einmal zu guter Letzt gestöhnt? Nun, dann komm, Tusk, dann wollen wir auch keine langen Umstände mit dir machen. – Dank es überhaupt dem Kapitän, der dir den Strick erspart hat!« – Er stieß bei diesen Worten den Körper in die Grube zurück, suchte nach dem Spaten, und der nächste Augenblick fand ihn eifrig beschäftigt, den nur betäubten Genossen – lebendig zu begraben.

29

Lautlos trieb die ›Schildkröte‹ mit dem Strom hinab. Bob Roy hielt das schwankende Steuer fest im Griff, und die Männer, die sich noch immer um den Lotsen drängten, machten es ihm unmöglich, den nahen Freunden auch nur das geringste Zeichen zu geben. Wohl eine Stunde konnte in peinlicher Erwartung verflossen sein; lange schon waren die Ruderschläge des fernen Bootes verhallt, und weiter, immer weiter ließen sie den Platz zurück, der ihnen bald so verderblich geworden wäre. Aber noch immer wußten sie nicht, wo sie sich eigentlich befänden, und ob mit der Vermeidung des einen Feindes die Gefahr auch wirklich vorbei sei.
Edgeworth lud jetzt so rasch und geräuschlos wie möglich die beiden Büchsen; aber kein Auge wandte er dabei von dem Mörder seines einzigen Sohnes, der jetzt in grimmem Trotz, doch ohne weiteren, überdies nutzlosen Widerstand zu leisten, von Seilen umwunden an Deck lag. Bob Roy dagegen beobachtete seinerseits kaum weniger aufmerksam und immer noch mißtrauisch das Steuer, an dem unstreitig irgendein fremdartiger Körper hing. Was es aber sei, konnte er unmöglich erkennen, und er hoffte nur auf das nicht mehr ferne Tageslicht. Bis dahin sollte er jedoch nicht über den Gegenstand seiner Neugierde und Besorgnis in Ungewißheit gelassen werden; noch stand er und suchte durch irgendeine vielleicht zufällige Bewegung des Anhängsels dessen Natur zu erkennen, als plötzlich sein scharfes Gehör ein leises Stöhnen vernahm. Es blieb ihm jetzt kein Zweifel mehr, daß irgendein Mensch – ob Freund oder Feind, mußte noch dahingestellt bleiben – an dem weit in den Strom hinausragenden Holze hing.
Wäre das übrigens wirklich ein Feind gewesen, so hätte er sicherlich schon früher das getan, was der gefesselte Bill in verzweiflungsvoller Anstrengung umsonst versuchte; den nahen Kameraden ein Zeichen zu geben. Wenn aber das

Gegenteil der Fall war, weshalb hängte er sich da so heimlicherweise an ihr Boot und verriet durch keinen willkürlichen Laut seine Gegenwart? Um die Ungewißheit, die ihm peinlich wurde, loszuwerden, winkte er dem Kapitän. Dieser aber, hätte er seine Bewegungen auch wirklich in der dunklen Nacht erkennen können, achtete nicht auf ihn, und die übrigen Leute waren ebenfalls so mit sich selbst beschäftigt, daß er endlich beschloß, die Sache auf eigene Hand abzumachen.

»Hallo the boat!« sagte er in dem gewöhnlichen Anruf mit halb unterdrückter Stimme und bog sich, so weit er konnte, über Bord hinaus dem fremden Gegenstande zu. – Keine Antwort erfolgte, und es war augenscheinlich, der ›Passagier hintenauf‹ wünschte inkognito weiterzureisen.

»Hallo the boat!« wiederholte Bob Roy und schüttelte das eine Ende der langen Steuerfinne, das er in der Hand hielt, ein wenig, um wahrscheinlich dem am anderen Ende Befindlichen dadurch anzudeuten, daß er gemeint sei. Die Worte – es waren die ersten, die nach jenem Kampfe an Bord der ›Schildkröte‹ gesprochen wurden, erregten die Aufmerksamkeit der übrigen, und sie wandten alle die Köpfe zurück, während Edgeworth, die Büchse im Anschlag, leise dem Steuer zuschritt. »Hm«, meinte der lange Hosier, als seine freundliche Anrede noch immer erfolglos blieb, – »verstockter Geselle, wie es scheint, – verdammt schweigsam, – liebt trockene Unterhaltung, müssen ihn einmal ein wenig anfeuchten.« Und indem er dem Worte die Tat folgen ließ, hob er das bis dahin niedergedrückte Steuer, welches er in den Händen hielt, empor und tauchte dadurch, da es fast auf der Mitte balancierte, das andere Ende, an welchem er den geheimnisvollen Besuch vermutete, natürlich unter Wasser. Dann zog er die Spitze wieder so weit wie früher herunter, lehnte sich mit der Brust darauf und rief nun noch einmal, als ob in der Zwischenzeit gar nichts Besonderes vorgefallen wäre: »Hallo the boat!«

Lauteres Schnaufen und Atemholen war die Folge dieses Versuchs, aber immer noch kam keine Antwort, wonach Bob ohne besondere Umstände die Taufe wiederholte, das Steuer diesmal aber etwas länger unter Wasser hielt als früher.
»So, mein Herzchen«, sagte er dann, als er es zum zweiten Male an Deck niederdrückte, »wenn du jetzt nicht redest, so lasse ich dich wieder hinab und stemme dann hier den Stock unter die Finne, nachher wirst du –«
»Nehmt mich – nehmt mich – an – Bord!« stöhnte da eine menschliche Stimme, und Edgeworth, der jetzt wohl einsah, daß ihnen von dieser Seite keine Gefahr drohe, ließ den Hahn seiner Büchse fahren und legte sie an Deck.
»Ja, – nehmt mich an Bord!« brummte Bob Roy leise vor sich hin. »Das ist leicht gesagt, aber wie? – Die Jolle ist nicht da. – Kannst du nicht am Ruder heraufklettern, mein Herzchen?«
»Nein, – ich kann – nicht!« lautete die Antwort, und die Sprache bewies, wie der Fremde erschöpft und kaum noch fähig sei, sich dort festzuhalten, viel weniger denn mit den nassen, schweren Kleidern an der schlüpfrigen Stange heraufzuklimmen.
»Wir wollen ihm ein Tau zuwerfen«, flüsterte Edgeworth.
»Wird auch nicht viel helfen«, meinte Bob; – »er scheint halb fertig zu sein; – ich werde wohl wieder hinausmüssen.«
»Wenn es nun einer jener Buben wäre!«
»Glaube es kaum«, sagte Bob und warf Jacke und Hose an Deck; – »aber wenn auch, er ist kaputt und – auf solche Art möchte ich ihn doch nicht dahinten umkommen lassen. Steht einmal, ein paar von euch, hier bei dem Tau; aber haltet fest; – ich will hinunter und es ihm um den Leib schlagen. Nachher kann er sich mit größter Bequemlichkeit wie ein Katfisch an Deck ziehen lassen.« Und damit kletterte er rasch, das eine Ende des Taus in der Hand, auf dem Steuerruder hinaus, bis er einen fest an das nasse Holz geklammerten Arm ergreifen konnte. An dem fühlte er sich hin, ließ sich rasch neben ihm

ins Wasser hinab, schlang das Tau um den Körper des Fremden, zog den Knoten fest und rief nun , während er selbst mit der Rechten in die Schlinge griff: »Holt an Bord!«
Wenige Minuten später lag der Gerettete an Deck, aber es bedurfte geraumer Zeit, ehe er sich nur insoweit erholt hatte, daß er einzelne an ihn gerichtete Fragen verständlich zu beantworten vermochte. Kälte und Angst hatten ihn fast seiner Sinne beraubt, und er mußte in wollene Decken eingeschlagen und tüchtig gerieben und geknetet werden. Sein erstes Wort nach allen diesen Vorbereitungen war ebenfalls eine Art instinktiven Gefühls für das beste Hilfsmittel; er stöhnte: »Whisky«, und die Bootsleute, welche selbst die vorzüglichste Meinung von solcher Arznei hegten, waren rasch mit dem Labsal zur Hand. Als er sich aber so weit erholt hatte, daß er einen etwas umständlichen Bericht über sich geben konnte und zugleich einsah, er befinde sich unter guten, ehrlichen Menschen – wobei er allerdings noch manchmal scheu den Blick nach dem erschossenen Insulaner wie nach dem gebundenen und wohlbewachten Lotsen warf – entdeckte er dem alten Edgeworth, wer er sei und was ihm begegnet wäre.
Es war O'Toole, der, als er das Ufer des Mississippi erreicht hatte, ohne Zögern in den Strom sprang und so weit er konnte hinausschwamm, um in dem Nebel jede Verfolgung unmöglich zu machen. Da der Mississippi stieg, wußte er auch, daß er, sobald er die Strömung erreichte, Treibholz genug finden würde, um sich darauf auszuruhen. Zu diesem Zweck hielt er, soweit er das vermochte, quer über, bis er plötzlich das Flatboot vor sich sah und an dessen Steuerruder stieß. Wohl erfaßte er es augenblicklich, aber der Lärm an Bord machte ihn schon unschlüssig, ob er es nicht doch lieber wieder fahrenlassen und versuchen sollte, irgendeinen schwimmenden Stamm zu erreichen. Da vernahm er dicht hinter sich das Rudern des Bootes; – er wußte, es waren seine Verfolger, und in Angst und Entsetzen klammerte er sich

fester an das Holz, das ihn jetzt noch hielt und vielleicht allein retten konnte. Eben dieses feste Anklammern ließ aber das freihängende Ruder auch knarren und bewog Bob Roy, es festzuhalten. Der Ire fürchtete indessen immer noch, in Feindes Hände zu geraten, wenn er sich denen an Bord zu erkennen gäbe, und erst das gewaltsame Eintauchen des Ruders, bei dem er, hätte Bob seine Drohung wahr gemacht, ersticken mußte, zwang ihn, sich auf Gnade oder Ungnade zu ergeben. – Seine Kräfte waren erschöpft; – er konnte nicht mehr.
Aufmerksam lauschten jetzt die Männer dem Bericht über das, was O'Toole gesehen und erlebt hatte, und Edgeworth schauderte zusammen, als er an die Gefahr dachte, der sie so glücklich und fast wunderbar entgangen waren. Großer Gott, wie weitverzweigt mußte diese Bande sein, der er selbst, aus dem Norden Indianas kommend, durch einen ihrer Helfershelfer hatte in die Hände gespielt werden sollen. Was aber jetzt tun? In der nächsten Stadt die Anzeige machen und die Bewohner aufrufen, um den Platz zu zerstören? War es wahrscheinlich, daß sich gleich Männer genug zusammenfanden, um einen solchen sicherlich wohlbefestigten Ort mit Erfolg anzugreifen? Und mußten sie nicht im entgegengesetzten Falle jene selbst vor der Gefahr warnen, daß sie sich ihr durch die Flucht entziehen konnten? Ja, war das nicht vielleicht jetzt schon durch all das Vorhergegangene geschehen, und welches Elend konnte über das Land gebracht werden, wenn sich eine solche Verbrecherbande nach allen Richtungen hin zerstreute?
Rasch trieben sie indessen mit der Strömung hinab; – sie mochten, seit sie die gefährliche Insel verlassen hatten, vielleicht zehn bis zwölf englische Meilen gemacht haben. – Da rief der Mann, der vorn als Wache auf dem Boot saß, ein Licht an, neben dem sie rechts vorbeitrieben und das, wie sie bald fanden, von einem dort gelandeten Dampfboot herrührte. Die Ofentüren waren geöffnet, und so nahe strichen

sie daran vorüber, daß sie deutlich zwei vor den halb niedergebrannten Kesselfeuern lagernde Neger erkennen konnten.
»Greift zu den Finnen, meine Burschen!« rief Edgeworth. »Rasch, Boys; das Ufer kann hier kaum fünfzig Schritte entfernt sein! – Komm, Bob, laß den Bug anluven! – Halt, – ruhig noch mit den Backbordfinnen! – So, nun greift zusammen aus! – Ein bißchen mehr hinauf, Bob; wir kommen sonst zu weit von dem Dampfer ab! – So ist's recht! –«
Und mit raschen, kräftigen Ruderschlägen trieben die Leute das schwere Boot dem Lande zu, warfen um den ersten Baum, den sie erreichen konnten, das Tau und lagen bald, etwa zweihundert Schritt unter dem Dampfer, ruhig und sicher vor Spring- und Sterntau. O'Toole aber, der sich jetzt wieder vollkommen erholt und erwärmt hatte, sprang mit Edgeworth an Land, um auf der noch trocken gelegenen Uferbank hin das Dampfboot zu erreichen und den Kapitän von den Ereignissen der letzten Nacht in Kenntnis zu setzen.
Das Dampfboot war der ›Black Hawk‹ – von Fort Jonesboro am Redriver, für St. Louis bestimmt, und führte die von der indianischen Grenze abgelösten Truppen zur Missouri-Garnison hinauf. Der Nebel hatte es ebenfalls gestern abend gezwungen, hier beizulegen, und es mußte sich ohnedies als altes, schon ziemlich mitgenommenes Boot gar sehr in acht nehmen und schonen, um nicht durch ein zufälliges Aufrennen der größten Gefahr ausgesetzt zu werden.
Kaum vernahm übrigens Kapitän Colburn, selbst ein alter Soldat und früher Kapitän der texanischen Aufständischen, das Nähere jener von O'Toole beschriebenen Verbrecherkolonie, als er erklärte, unter jeder Bedingung dort landen und den Ort untersuchen zu wollen. Lag ein Irrtum zugrunde, so konnten ihm die Ansiedler nur Dank wissen, daß er wenigstens den Willen gezeigt habe, ihnen beizustehen, und erwies sich die Sache als begründet, so war es vielleicht nur durch augenblickliche und nachdrückliche Maßregeln zu ermöglichen, die Flußpiraten zu überraschen und gefangenzunehmen.

O'Toole warf zwar hiergegen ein, daß er ebensowenig eine Idee habe, wo jene Bande hause, noch wo er sich selber gegenwärtig befinde, da er im Nebel förmlich blind umhergefahren sei. Edgeworth dagegen bezeichnete Kapitän Colburn ziemlich genau den Platz, wo sie am letzten Abend gelandet waren, und da von dort aus die Strömung gerade auf Nr. Einundsechzig zuführte, so blieb es denn auch nicht langem Zweifel unterworfen, daß diese bis dahin für öde gehaltene Insel der Zufluchtsort der Verbrecher sei.

Vor allen Dingen wurden einige Matrosen mit der Jolle zu dem Flatboot hinuntergesandt, um den Steuermann Bill an Bord des ›Black Hawk‹ zu bringen; dieser aber verharrte trotz Versprechungen und Drohungen in hartnäckigem Schweigen und ließ nur, als er die fremden Matrosen um sich sah, den Blick von einem zum andern schweifen, ob er nicht doch vielleicht ein ihm freundliches gesinntes Anlitz darunter entdecke. Überall hafteten aber die Augen der Männer mit dunklem Unheil verkündendem Ernst auf seiner gefesselten Gestalt, und er wandte sich endlich mit wildem Unmut ab von der feindlichen, von flammenden Kienholzspänen grell beleuchteten Schar.

Ehe sich der Nebel zerteilte, war übrigens ein Vordringen unmöglich; denn erstlich hätten sie stromauf die Insel gar nicht aufs Ungewisse hin gefunden, und dann durften sie sich auch nicht der Gefahr aussetzen, auf den Sand zu laufen, da sich sonst die Verbrecher leicht und ungestraft auf Booten gerettet hätten.

Edgeworth wollte nun allerdings auf seinem Fahrzeug bleiben, um nicht allein seine Ladung stromab zu führen, sondern auch das Mrs. Everett gegebene Versprechen zu halten. Das sah er aber bald durch zwei Umstände unmöglich gemacht, erstlich durch den Kapitän Colburn selbst, der seine Gegenwart unbedingt verlangte, um ihn auch für diese eigentlich willkürliche Handlung bei der nächsten Behörde zu vertreten, mehr aber noch durch die feste und bestimmte

Erklärung seiner Leute, lieber den letzten Cent ihres Gehalts im Stiche zu lassen, ehe sie nicht das Räubernest mit aufsuchen und die Schlangen zertreten möchten, die die giftgeschwollenen Fänge auch gegen sie erhoben hätten. Allein konnte Edgeworth das Boot unmöglich stromab führen. Der Kapitän beseitigte aber endlich auch die letzten Einwände, denn als er erst erfahren hatte, welche Ladung jener führe, erklärte er die Waren selber, und zwar für die Garnison am Missouri, ankaufen zu wollen. Über den Preis verständigte er sich leicht mit dem alten Manne, und da er selbst fast gar keine Fracht an Bord hatte, so ließ er sein Dampfboot langsam den Strom hinab bis neben das Flatboot schaffen. Während nun die Mannschaft beider Fahrzeuge, von den Soldaten redlich dabei unterstützt, mit einem Eifer arbeitete, als hinge ihre künftige Glückseligkeit an dem schnellen Überladen der Fracht und als handle es sich hier nicht darum, einem Kampfe mit Verzweifelten, vielleicht dem Tod entgegenzugehen, schlossen die beiden Männer in der Kajüte den Handel ab. Das der Dame gegebene Versprechen durfte den alten Mann jetzt auch nicht länger hindern; denn diese erklärte, nach den Vorfällen der letzten Nacht viel lieber wieder mit dem ›Black Hawk‹ nach Helena zurückkehren und das nächste Dampfboot stromab benutzen zu wollen, als sich noch einmal solcher Gefahr auszusetzen. Überdies konnte man nicht wissen, ob die Verbrecher nicht vielleicht auf ihren Booten flüchtig geworden wären oder noch würden, und dann machten sie gewiß den Strom für die nächste Zeit unsicher.

Die Zerteilung des Nebels war nun das einzige, was noch abgewartet werden mußte, und ein frischer Morgenwind, der sich gegen Sonnenaufgang erhob, ließ sie in dieser Hinsicht das Beste hoffen. Indessen verträumten sie ihre Zeit nicht unnütz; alle Vorbereitungen waren getroffen, um einem gefährlichen Feinde zu begegnen, die Waffen in Ordnung gebracht und die Leute gemustert. Der Kapitän wollte anfangs

Freiwillige auswählen, um die erste Landung mit diesen zu wagen, sah sich aber bald gezwungen, selbst eine Auswahl zu treffen, denn alle traten vor und verlangten, den ersten Fuß an Land setzen zu dürfen. Außer ihren gewöhnlichen Waffen empfingen die Leute noch, um das von O'Toole beschriebene Dickicht zu durchdringen, Beile, Äxte und schwere Messer, so viele sich auftreiben ließen, und ihr erster Angriff sollte sich auf den Platz richten, von dem die Männer auf der Insel gesprochen hatten, die untere Spitze, wo aller Wahrscheinlichkeit nach ihre Boote versteckt lagen. Gelang es, sich ihrer zu bemächtigen, so schnitten sie den Piraten die Flucht ab, und der Tapferkeit der Angreifenden blieb es in dem Fall allein überlassen, der gerechten Sache den Sieg zu gewinnen.

30

Der Leser muß noch einmal mit mir zu jenem Zeitpunkt zurückkehren, wo Tom Barnwell, so unerwarteterweise angeklagt und verhaftet, von dem Konstabler dem Gefängnis oder der sogenannten *County Jail* zugeführt wurde, während der Squire mit Sander den Weg nach dessen eigenem Hause einschlug. Dieses Gefängnis befand sich aber in derselben Straße mit Mrs. Breidelfords Haus, und zwar gerade schräg über von ihm, auf der anderen Seite des schon früher erwähnten freien Platzes, so daß also die beiden Männer, sobald sie in die links abführende Straße traten, den dem Gefangenen nachdrängenden Menschenhaufen verließen. Tom dagegen sah sich bald in einer kleinen, nach dem Platz hinausführenden Zelle einquartiert und seinem eigenen, nichts weniger als angenehmen Nachdenken überlassen. Unruhig schritt er in dem engen, dunklen Raume auf und ab und suchte sich die wunderlichen Vorgänge dieses Abends möglicherweise zusammenzureimen; doch umsonst, des Richters Betragen selbst blieb ihm rätselhaft, und daß Hawes ein Schurke sei, bezweifelte er jetzt keinen Augenblick mehr. War er verhaftet worden, um an der Entdeckung irgendeines Bubenstückes verhindert zu werden? Er blieb, als ihm dieser Gedanke zum ersten Male das Hirn durchzuckte, schnell und betroffen stehen und sah starr vor sich nieder. War das möglich? – Nein, nein, der wirkliche Konstabler hatte ihn ja verhaftet, und der Richter war dabeigewesen; – das konnte nicht sein; ja der Mann selbst, der ihn beschuldigte, war ihm fremd; er hatte ihn in seinem ganzen Leben noch nicht gesehen; – das wußte er gewiß. Es mußte also ein Irrtum sein, der sich bald aufklären würde. Sollte er aber inzwischen hiersitzen? Edgeworth hätte unmöglich so lange auf ihn warten können, – und Marie? – Was wurde aus dem armen, unglücklichen Wesen?

Wiederum schritt er schnell und heftig auf und ab und suchte in der raschen Bewegung auch jene wilden, tobenden Gefühle zu beschwichtigen, die ihm Herz und Sinn durchglühten. Endlich, als sein Blut anfing, sich ein wenig abzukühlen, trat er an das kleine, durch schwere Eisenstäbe wohlverwahrte Fenster und blickte in die neblige, nur hier und da von einem mattschimmernden Licht erhellte Straße hinaus.

Der Platz vor dem Gefängnis war menschenleer. Die, die ihm dorthin gefolgt waren, hatten gesehen, wie sich die schwere, eichene Tür hinter ihm schloß, hatten eben diese Tür dann noch eine Weile angestarrt und nun langsam wieder den Weg zu ihren verschiedenen Wohnungen eingeschlagen. Nur ein einzelner Mann kam durch die Straße herunter und blieb – er hatte sich den Ort deutlich genug gemerkt – gerade vor demselben Hause stehen, vor dessen Tür er jenen jungen Mann überrascht hatte. Sollte das wieder Hawes sein? War er zurückgekehrt von seinem kranken Weibe, und suchte er jetzt noch einmal da, wo ihm der Einlaß früher verweigert worden war, Zutritt zu erhalten? Es dunkelte zu sehr; – er konnte die Gestalt nicht mehr erkennen; deutlich aber vernahm er das mehrmalige, zuletzt ungeduldige Klopfen, und endlich wurde es in dem Hause lebendig. An den unteren Fenstern erschien ein Licht. Bald darauf öffnete sich die Tür – ein heller Strahl fiel wenigstens auf den Weg hinaus –, und gleich darauf verschwand die Gestalt. Nach und nach erstarb auch das letzte Geräusch; die letzten Lichter, die er teils oben, teils unten an der Straße beobachtete, erloschen. Nur in jenem Hause blieb es hell.

Stunde um Stunde stand Tom so an dem kleinen Fenster und blickte in die feuchte, trostlose Nacht; Stunde um Stunde lauschte er dem fernen monotonen Geräusch der Frösche und dem wunderlichen, dann und wann die Stille unterbrechenden Schrei einzelner über die Stadt hinwegstreichender Nachtvögel. Träumend hingen seine Augen an dem Nebel, und er erinnerte sich der vergangenen Tage, – der vergangenen Liebe. Manche Träne war ihm dabei, so recht heiß aus dem Herzen kommend, über die gebräunte Wange gelaufen, und er gab sich nicht einmal die Mühe, sie wegzuwischen, ja er fühlte sie vielleicht nicht einmal.

Allein, – ganz allein stand er in der Welt; keine Seele hatte er mehr, die ihn liebte, kein Herz, das an ihm hing; starb er jetzt, wer war da, der sich viel um ihn gekümmert, der seiner vielleicht mit einer Träne gedacht hätte? Niemand, niemand, und als ihn der Gedanke durchbebte, barg er tief aufseufzend das Anlitz in den Händen und starrte in die wilden, wirren Bilder hinein, die an seinem inneren Auge vorüberstürmten. Einmal fuhr er empor; es war ihm fast, als ob er über die Straße herüber einen schwachen Schrei gehört hätte. Sein Blick traf auf das noch schimmernde Licht in dem geheimnisvollen Hause, aber alles war ruhig, kein Laut störte die tiefe Stille und ermüdet warf er sich endlich auf sein hartes Lager nieder, um ein paar Stunden zu schlafen und wenigstens für kurze Zeit alles das zu vergessen, was ihn jetzt mit so schmerzlichem Weh erfüllte.

Gar verschieden ging es unterdessen in dem kaum zweihundert Schritt entfernten und noch erleuchteten Hause zu, wo Mrs. Luise Breidelford ihre, wie sie oft äußerte, ›bescheidene und anspruchslose Wohnung‹ aufgeschlagen hatte. Allerdings hatte Tom Barnwell ganz recht gesehen oder wenigstens recht vermutet; jene Gestalt, die bald nach seiner Gefangennahme vor das Haus zurückkehrte, war wirklich die des vermeintlichen Hawes gewesen, und lange mußte der junge Verbrecher wieder klopfen, ehe er Einlaß erhielt. Er war aber nicht so leicht abzuweisen und viel zu schlau, um sich durch ein einfaches Ruhigverhalten der Hausbewohner gleich davon überzeugen zu lassen, das Haus sei wirklich für den Augenblick unbewohnt. Er kannte seine Leute besser und vermutete gar nicht mit Unrecht, daß Mrs. Breidelford, trotz ihrer sonst in der Tat ungewöhnlichen Schweigsamkeit, sicherlich hinter der Tür stehe und jede seiner Bewegungen belausche. Als sein Klopfen deshalb immer noch erfolglos blieb, bog er sich zum Schlüsselloch nieder und flüsterte: »Meine verehrte Mrs. Breidelford, es tut mir zwar unendlich leid, daß Ihnen meine Gesellschaft nicht übermäßig interessant oder wünschenswert zu sein scheint, ich muß aber nichtsdestoweniger Einlaß haben, und wenn Sie die Tür nicht öffnen, so klopfe ich hier so lange, bis die ganze Nachbarschaft rebellisch wird. – Dort unten höre ich schon wieder Leute kommen.« Und wiederum begann er mit den Fäusten hart an die schwere Tür zu hämmern.
Keine halbe Minute hatte er es diesmal fortgesetzt, als er von innen einen schweren Riegel zurückschieben hörte, – gleich darauf noch einen, dann war alles wieder ruhig. Er versuchte jetzt, die Tür zu öffnen; diese mußte aber auf jeden Fall noch verschlossen sein, und ohne sich auf weitere Demonstrationen einzulassen, begann er sein Pelotonklopfen aufs neue.
»Herr, Du mein Gott!« sagte da die entrüstete Stimme der ehrsamen Mrs. Breidelford, während sie jedoch den Schlüssel im Schloß umdrehte und die Tür ein klein wenig auf-

machte. – »Daß sich unser Herr Jesus erbarme! – Wer in aller Welt –« Sander schnitt ihr hier den Redeschwall kurz ab; denn kaum zeigte die Tür so viel Öffnung, daß er einen Fuß dazwischenschieben konnte, so legte er sich rasch mit seinem ganzen Gewicht dagegen und befand sich im nächsten Augenblick im inneren Raum. Ohne jedoch hier den Ausruf des Schrecks wie die entfernte Andeutung unverweilt eintretender Krämpfe weiter zu beachten, warf er die Tür schnell hinter sich zu und verwahrte sie nun seinerseits ebenso sorgfältig mit Schloß und Riegeln, wie sie vorher verwahrt gewesen war.

»Aber ich bitte Sie, um Gottes willen!« rief die bestürzte Frau.

»Ruhe, meine süße Lady!« bat Sander lächelnd. »Ruhe, holde Luise!« – Deine Unschuld ist unbedroht, deine freundlichen Augen sind nicht gefährdet, nur deine herzigen Lippen mußt du verschließen,

Und wenn dir dann das Herz, zu voll,
Im wilden Drange überquillt,
Dann wirf dich, Lieb', an diese Brust,
Und all' dein Sehnen ist gestillt,
dein Sehnen, das dir –«

»Der Henker ist Euer Du!« unterbrach ihn jedoch hier Luise Breidelford auf nicht gerade freundliche Art. »Was in des Teufels Namen vollführt Ihr für einen Lärm an einsamer Witwen Türen, als ob Ihr Euch ein Gewerbe daraus gemacht hättet, die Füllungen einzuschlagen! Mensch, seid Ihr rasend, oder wollt Ihr mich und Euch selber unglücklich machen?«

»Keines von beidem, holde Ariadne«, sagte Sander und machte einen Versuch, seinen rechten Arm um ihre Taille zu legen, eine Bewegung, die sie auf geschickte und ärgerliche Weise parierte, – »keins von beiden, ich hatte nur Wichtiges mit Ihnen zu bereden, und da meine Zeit etwas beschränkt ist –; aber, holdseligste der Krämerinnen Helenas, wollen Sie mich denn hier die ganze Nacht auf dem Hausflur stehenlassen? Ich bin kalt, naß, hungrig, durstig, beraubt, verliebt und – in Gefahr, – Eigenschaften, von denen jede einzelne hinreichend sein müßte, bei einer so liebenswürdigen, entzündlichen Frau auch das größte Interesse für den Eigentümer zu erwecken. Zuerst bitte ich also um Beseitigung der ersten vier, nachher wollen wir über die anderen reden. Mrs. Breidelford, mein Name ist Sander, und ich habe schon früher das Vergnügen gehabt –«

»Ei, so soll einem doch der liebe Gott in Gnaden beistehen!« rief die Frau in höchstem Erstaunen aus. – »Geht dem nicht das gesegnete Mundwerk wie die Yankee-Dampfmühle am Whiteriver. Was wollt Ihr von mir, Sir? Was kommt Ihr in später Nacht in einzelner und alleinstehender Frauen Häuser und macht zuerst einen Lärm vor der Tür, daß die ganze Nachbarschaft aufmerksam werden muß? Bin ich hier in Helena, um Logis für vagabondierende Landstreicher zu halten? Soll ich jeden hergelaufenen Bootsmann bei mir aufnehmen, jeden nichtsnutzigen Galgenstrick der gerechten Strafe entziehen? Aber das geschieht mir schon recht, mein Seliger, – wenn er jetzt von oben auf mich herabsieht, weiß er, daß ich die Wahrheit rede –, mein Seliger hat mir das schon immer tausendmal gesagt – und tausendmal reichen nicht – Luise, sagte er – halt, was soll's da? Die Tür ist verschlossen; – was wollt Ihr an der Tür?«

»Nur Einlaß, holde Luise«, sagte lächelnd Sander, »wenn nicht hier, doch oben; – ich höre solche moralischen Bemerkungen des alten seligen Breidelford ungemein gern, aber ich muß ein Glas heißen Grog oder Stew vor mir und einen weichen, behaglichen Sitz unter mir haben. – Also, wenn's gefällig wäre –«

»Die Tür da ist verschlossen, sage ich«, rief Mrs. Breidelford jetzt wirklich ärgerlich; »hol Euch der Henker, Mann, was wollt Ihr? Weshalb kommt Ihr her?«

»Nachtquartier will ich, teuerste Luise«, erwiderte Sander

mit unzerstörbarem Gleichmut, – »Nachtquartier, ehrbare Wittib, und einen guten warmen Imbiß, um dabei mit dir von einigen Geschäftssachen reden zu können.«

»Das geht nicht; – ich beherberge niemanden«, rief Mrs. Breidelford schnell; – »kommt morgen am Tage wieder, wenn Ihr Geschäfte mit mir abzumachen habt!«

»Mrs. Breidelford!«

»Geht zum Teufel mit Eurem Unsinn; ich will nichts mehr hören! – Macht, daß Ihr fortkommt, oder ich rufe, so wahr ich selig zu werden hoffe, den Konstabler!«

»Mrs. Breidelford«, sagte Sander mit sanfter, schmelzender Stimme, – »teure Mrs. Breidelford, – wollen Sie einen Unglücklichen von Ihrer Schwelle, wollen Sie mich jetzt in den feuchten Nebel, fast in der Gewißheit eines lebensgefährlichen Schnupfens und Katarrhs, hartherzig hinausstoßen?«

»Geht gutwillig, Sir, oder ich rufe wahrhaftig den Konstabler!« rief die Frau und schob die beiden Riegel wieder zurück. Sander aber, der jetzt einsah, daß er den Scherz weit genug getrieben hatte, flüsterte ernst und drohend: »Halt, Madame, nicht weiter! – Gutwillig wollen Sie mich nicht hören, meine Bitten konnten Sie nicht bewegen, so mag die Furcht Sie dazu zwingen!«

»Furcht, Sir?« rief Madame, heftig auffahrend.

»Soll ich Ihnen vielleicht einen Namen nennen, der, nur laut geflüstert, Ihren Hals schon dem Henker überliefern würde?« sagte Sander jetzt mit immer gesteigerter Stimme. – »Soll ich Ihnen einen Nagel nennen, der der Nagel Ihres Sarges werden könnte? – Soll ich Ihnen – doch nein«, brach er plötzlich ruhiger ab, »ich will das nicht tun, ich bitte Sie nur um ein Nachtlager und Speise und Trank, das übrige bereden wir drin. – Ich bin ein Freund, – Sie verstehen, was ich damit meine. Kann ich hierbleiben?«

Mrs. Breidelford sah ihn verstört an. – Ein leichtes Lächeln spielte um seine Lippen, und seine Augen schienen ihr in nur zu deutlicher Sprache zu sagen: Ich weiß mehr, als ich dir jetzt mitteilen will; – hüte dich. – Ihr Gewissen schlug; – ihr Herz klopfte ängstlich, – und sie sagte mit zitternder Stimme, die sie nur noch durch angenommene Verdrießlichkeit zu verdecken suchte: »Ei, zum Henker! Sir, Ihr gebraucht sonderbare Worte, jemanden um eine Gefälligkeit zu bitten; aber – geht nur hinauf! – 's ist ein häßlicher Abend heute, und – es ist auch noch jemand oben, den Ihr vielleicht kennt. Eigentlich ist mir's sogar lieb, daß ich mit dem – mit dem Herrn nicht ganz allein bleibe. – Nein, hier ist die Treppe! – Ach, Du lieber Gott, ob denn mein Seliger nicht recht hatte, wenn er sagte: Luise – es sind seine eigenen Worte –«

»Bitte, Madame, wen soll ich oben finden, wenn ich fragen darf?« unterbrach sie Sander hier. »Sie werden begreifen, daß ich nicht jede Gesellschaft –«

Luise Breidelford sah sich einen Augenblick um, als ob sie selbst hier fürchtete gehört zu werden, und flüsterte dann, während sie mit dem Lichte rasch an ihm vorbei- und die Stiegen hinaufschritt: »Henry Cotton. – Ihr werdet begreifen, daß ich Ursache hatte, vorsichtig zu sein, ehe ich Gäste aufnahm.«

»Hm«, sagte Sander und blieb, sinnend das rohe Treppengeländer mit der einen Hand erfassend, noch einen Augenblick unten an der Treppe stehen, – »hm – wunderbar; – Henry Cotton jetzt hier, und heute morgen –; doch – was tut's? Vielleicht ist es sogar gut, daß ich ihn hier treffe.« Und mit flüchtigen Sätzen folgte er der schon vorangeschrittenen Lady, die jetzt ein Seitenzimmer öffnete und dem späten, wenig willkommenen Gaste hineinleuchtete.

Es war ein kleines, düsteres Gemach, von innen und nach der Straße zu mit Gardinen verhangen, die Wände nicht tapeziert; doch die Spalten der Stämme, aus denen sie bestanden, wohlverklebt und das Ganze übertüncht; der Fußboden auch ziemlich rein und sauber gehalten. Die Möbel schienen übrigens wenn auch einfach, doch bequem, und das im Kamin lodernde Feuer, über dem ein breitbäuchiger kupferner

Kessel zischte, gab dem Ganzen etwas Heimliches und Gemütliches. Dies aber schien besonders dem hier schon früher eingetroffenen Gaste wohlzutun. Er lag, die Hände auf der Brust gefaltet, in einem großen Sorgenstuhle, dem sonstigen Leibsitz der Eigentümerin, behaglich zurückgelehnt und mußte so ganz in die Betrachtung des vor ihm stehenden halbgeleerten Glases vertieft sein, dessen purpurroter, funkelnder Inhalt von einer hellbrennenden Studierlampe beleuchtet wurde, daß er den jetzt Eintretenden kaum eines Blickes würdigte. Er tat auch wirklich, als ob er hier Herr im Hause und nicht ein Flüchtling und vogelfreier Verbrecher wäre, auf dessen Einlieferung sogar schon bedeutende Prämien gesetzt worden waren. Übrigens wußte er recht gut, daß ihm seine Wirtin niemanden bringen würde, der ihm gefährlich war, und es freute ihn sogar, Gesellschaft zu bekommen, da er in der alleinigen Gegenwart von Mrs. Breidelford wohl nicht mit Unrecht einen höchst langweiligen Abend befürchtete. Madame hatte nämlich, um selbst nicht in die Gefahr zu kommen, daß ihr Dienstmädchen ahnen konnte, wer ihr Gast sei, das Mädchen heute nachmittag, und noch ehe Cotton ihr Haus betrat, unter irgendeinem Vorwande zu ihren Eltern geschickt, von wo sie vor morgen früh auf keinen Fall zurückkehren würde. Sander schritt auf den Tisch zu, an dem der Flüchtling saß, und sagte lachend: »Nun, wie geht's, Sir? Die Bewegung gut bekommen?«

Cotton sah staunend zu ihm auf, und es dauerte wohl eine halbe Minute, ehe er den früheren Kameraden und Gehilfen erkannte; dann aber streckte er ihm rasch und freudig die Hand entgegen und sagte schnell: »Ach, Sander, bei Gott, das ist köstlich, daß ich Euch hier finde; haben uns verdammt lange nicht gesehen.«

»Nun, so verdammt lange ist das eigentlich nicht her«, meinte der junge Verbrecher, die dargebotene Hand ergreifend, »es müßte denn sein, daß Ihr einen so ausgedehnten Begriff von zehn oder zwölf Stunden hättet.«

»Von zehn oder zwölf Stunden?« fragte Cotton verwundert, und Sander erzählte ihm jetzt lachend, wie und auf welche Art er einer seiner Verfolger geworden sei und sehr wahrscheinlich, vielleicht auch etwas unfreiwillig, das Leben des mit dem Pferde gestürzten Cook gerettet habe.

»Ei, zum Teufel, das hätte ich wissen sollen!« rief Cotton erstaunt und schlug mit der Hand auf den Tisch. – »Die Pest noch einmal, wie hätte ich dem vermaledeiten Hund den Ritt versalzen wollen! Doch – 's ist vielleicht so ebenso gut; es hätte das County nur noch rebellischer gemacht, das mir überdies gerade genug auf den Hacken sitzt.«

Die beiden Männer unterhielten sich jetzt von seiner Flucht und den am Fourche la Fave vorgefallenen Szenen, über die Sander wenig Bestimmtes wußte, während Mrs. Breidelford geschäftig das Abendbrot auftrug, das sie für ihre Gäste reichlich und schmackhaft bereitet hatte. Diese ließen sich denn auch nicht lange dazu nötigen. Cotton, der schon zu Mittag wirklich fabelhafte Portionen zu sich genommen hatte, fing noch einmal an zu essen, als ob er wochenlang gefastet habe, und Sander, der ebenfalls seit diesem Morgen gehungert hatte, unterstützte ihn hierin mit einem Eifer, der die würdige Wittib bald für ihre Speisekammer besorgt machte. Während des Essens wurde denn auch nach amerikanischer Sitte fast kein Wort zwischen den Männern gewechselt. Jeder schien zu sehr mit sich selbst beschäftigt, um an irgend etwas anderes zu denken, und erst als die Mahlzeit beendet und die Bowle mit dem dampfenden Gebräu gefüllt war, lösten sich wieder ihre Zungen, und Cotton fing nun an – ein Gegenstand, den sie bis dahin alle vermieden hatten, – von der Insel zu reden, über die er von dem Gefährten Auskunft verlangte.

»Hol's der Henker!« rief er dabei. – »Ich sehe ein, daß ich's am Ende doch nicht umgehen kann. Die Pest über die Schufte; aber sie hetzen mich wie einen Wolf, und es ist ordentlich, als ob sie mir nur mit Willen den einen Schlupfwinkel offengelassen hätten. Gut – sie treiben mich zum Äußersten, so mögen sie's denn haben. – Wer dick aufstreicht, darf sich nachher nicht wundern, wenn ihm das Brot zu fett wird; – es wäre möglich, daß ich der Brut auch noch einmal zu fett würde. Sander, ich bin euer Mann. – Nehmt mich morgen oder meinetwegen noch heute nacht mit auf die Insel hinunter; – aber nein, heute und morgen muß ich mich erst einmal ordentlich ausruhen; – ich bin halbtot gehetzt, und abgemattet mag ich mich da unten nicht vorstellen. Aber nun sagt mir auch, wie steht's mit der Insel? – Wie sind die Bedingungen, unter denen man aufgenommen werden kann, und – was hat man dafür zu tun? Es ist nicht um der Gewissensbisse mehr; aber man möchte doch gern, ehe man in eine solche Falle geht, ein klein wenig vorher wissen, was dort von einem verlangt wird. Nun? Ihr schweigt? Ihr habt doch nicht etwa Angst, daß ich Euch verraten könnte?«

Sander schüttelte den Kopf und sah eine Weile sinnend vor sich nieder. – Sollte er jetzt dem Manne von der Gefahr erzählen, in der sie schwebten? – Daß alles auf dem Spiele stand und ihre ganze Sicherheit an einem Haar hing? – Nein, – Mrs. Breidelford war noch im Zimmer oder ging doch wenigstens aus und ein, und erfuhr sie das, so blieb natürlich keine Hoffnung, auch nur einen Cent von ihr zu erhalten.

»Das hat keine Gefahr, Cotton«, sagte er endlich. »Also, Ihr wollt mit hinüber? – Kennt Ihr denn schon die Wirksamkeit der Insel?«

»Ih nun, Rowson hat mir einmal einen kurzen Überblick gegeben. – Es existiert auch ein gewisses Zeichen, nach dem sie einen aufnehmen.«

»Allerdings; – kennt Ihr aber auch den Schwur, den Ihr leisten müßt?«

»Ich kann ihn mir wenigstens sehr lebhaft denken«, brummte Cotton. – »Doch – heraus mit der Sprache; – seid nicht so verdammt geheimnisvoll! Donnerwetter, Mann, bei mir habt Ihr doch weiß Gott nichts zu fürchten, denn wenn irgendeiner in der weiten Welt Ursache hat, Schutz zu suchen, so bin ich es.« Mrs. Breidelford hatte in diesem Augenblick das Geschirr hinausgetragen, und Sander bog sich rasch zu Cotton hinüber und flüsterte: »Laßt die Alte nur erst zu Bette sein. Ich habe Euch wichtige Nachrichten mitzuteilen, von denen aber gerade sie nichts zu wissen braucht.«

»So? Über die Insel?«

»Ruhig! – Sie kommt wieder; – reden wir jetzt lieber von etwas anderem.«

In diesem Augenblick trat die würdige Dame wieder ein, und Sander erzählte jetzt lachend dem Kameraden, wie sie vorhin unten vor ihrer Tür einen ganz unschuldigen Mann verhaftet hätten, von dem sie fürchteten, daß er ihnen gefährlich werden könnte.

»Nun, wie ist's?« sagte da Mrs. Breidelford und trat mit zum Tisch. – »Wie steht's? Schon verabredet? Geht Cotton mit hinunter? 's ist das beste, Mann, was Ihr tun könnt, und ich würde noch diese Nacht dazu benutzen. Luise, sagte mein Seliger immer, schneller Entschluß, guter Entschluß. – Nur nicht zaghaft, wenn du auch eine Frau bist. – Ein merkwürdiger Mann war Mr. Breidelford – Gentlemen, und –«

– »Mußte ein solch unglückseliges Ende nehmen«, fiel Sander hier mit einem Seitenblick auf Cotton ein.

»Unglückseliges Ende, Sir?« rief Madame schnell, und ihre Blicke flogen von einem der Männer zum andern. – »Unglückseliges Ende? Oh, ich weiß recht gut, was Sie damit meinen, Sir. – Pfui, schämen Sie sich, Mr. Sander, solche niederträchtigen Gerüchte auch noch in den Mund zu nehmen, seine Zunge solchen nichtswürdigen Verleumdungen zu leihen. – Aber ich sehe wohl, wie es ist; mein Seliger, das liebe gute Herz, hatte ganz recht – Luise, sagte er immer –«

»Lassen Sie's gut sein, meine liebe Mrs. Breidelford«, sagte Sander rasch und versuchte, ihre Hand zu ergreifen, die sie ihm jedoch unwillig entriß, – »'s war wahrhaftig nicht so böse gemeint; Sie müssen auch nicht gleich immer das Schlimmste darunter verstehen. Haben Sie mir nicht selbst einmal versichert, daß Ihr Seliger gesagt hätte – Luise, sagte der gute Mann, der nun im Grabe liegt – denk nicht gleich von jedem das Schlimmste; – die Welt ist besser, als man sie macht?«

»Ja, Mr. Sander, das hat er gesagt, mehr als tausendmal hat er das gesagt«, fiel hier die Frau, an ihrer schwachen Seite angegriffen, schnell beruhigt wieder ein, »und darin bin ich ihm auch gefolgt. – Breidelford, sagte ich oft – ich weiß, du hast recht, und wir sind alle sündige Menschen, aber ich kenne meine Schwäche, und wenn ich auch in manchen Stücken selbst schwach und fehlerhaft sein mag, meine Nebenmenschen achte ich und verehre ich und bisse mir eher die Zunge ab, ehe ich mir ein böses Wort gegen sie über die Lippen kommen ließe.«

»Nun sehen Sie wohl, beste Madame«, fiel hier Cotton, mit einem spöttischen Zucken um die Mundwinkel, beruhigend ein, – »es ist manches nicht so schlimm, wie es aussieht. Aber – um was ich Sie noch bitten wollte, – Sie redeten mir da erst von Zigarren. – Denken Sie, ich habe seit drei Wochen keine vernünftige Zigarre geraucht und vergehe fast vor Sehnsucht danach. – Nicht wahr, Sie tun mir den Gefallen?«

»Und habe nachher mein bestes Zimmer so verräuchert, daß ich mich zu Tode husten kann? Der Geruch zieht einem in die Betten, daß es zehn Pfund Seife nicht wieder herausbringen!« erwiderte Mrs. Breidelford.

»Wir rauchen jeder nur eine einzige«, beteuerte Sander; – »seien Sie nicht so hartherzig! – Ach, Mrs. Breidelford, ich habe auch auf der Insel einen Kasten mit Bändern und Pariser Blumen stehen.«

»Wie die Herren artig und höflich sein können, wenn sie von einem armen Frauenzimmer etwas haben wollen«, sagte Mrs. Breidelford, aber schon bedeutend milder gestimmt. – »Also Bänder und Blumen? Ach, Du lieber Gott, was sollte eine alte Frau, wie ich es bin, mit Bändern und Blumen? Übrigens, sehen möchte ich sie doch einmal; – es wäre doch möglich –«

»Alte Frau?« wiederholte staunend Sander. – »Alte Frau? Mrs. Breidelford, ei, ich möchte Ihnen nicht gern widersprechen, aber so viel weiß ich doch, daß Sie es in manchen Stücken mit den Jüngsten –«

»Oh – Schmeichler!« – sagte Madame und schlug naiv lächelnd nach ihm. – »Aber ich sehe schon, ich werde die Zigarren holen müssen. Nein, ich danke, ich brauche kein Licht; – ich bin gleich wieder oben.« Und mit raschen Schritten verließ sie das Zimmer und eilte die Treppe hinab.

»Ihr könnt nicht auf die Insel!« flüsterte Sander schnell, als sich die Tür hinter der Frau schloß. – »Der Mulatte, der mit Euch floh, ist gefangen und hat alles bekannt. – Wir sind verraten und müssen sobald wie möglich fliehen.«

»Was? Die Insel verraten?« rief Cotton wirklich erschreckt. – »Also auch der letzte Zufluchtsort abgeschnitten? – Pest und Tod! Das fehlte noch, – und was habt Ihr jetzt im Sinn?«

»Mrs. Breidelford muß mir Geld vorstrecken. Sie weiß noch nichts von der uns drohenden Gefahr und braucht es auch jetzt noch nicht zu erfahren.«

»Hat sie Geld?«

»Sie leugnet es zwar immer; ich bin aber fest überzeugt, daß sie Tausende liegen hat. – Sie ist zu schlau, um für nichts jahrelang die Hehlerin eines solchen Geschäfts gewesen zu sein.«

»Und Ihr glaubt, daß sie Euch gutwillig Geld gibt?« fragte Cotton rasch.

»Ruhe! – Nicht so laut! – Ich hoffe es wenigstens, das bleibt auch meine einzige Aussicht; denn wir alle müssen jetzt flüchten, und verbreitet sich erst einmal das Gerücht im Lande, daß ein solches Nest ausgehoben und die Mannschaft zerstreut sei, dann wäre der, der ohne Geld entkommen wollte, rein verloren. Jeder erbärmliche Farmer würde zum Polizeispion und jeden den Gerichten überliefern, der ihm nur irgend verdächtig vorkäme.«

»Und wann wollt Ihr fort?« fragte Cotton.

»Ich ginge gleich«, erwiderte Sander mürrisch; – »aber noch

hoffe ich, daß wir bis morgen abend ungestört bleiben; dann haben wir unten unsere Hauptversammlung und auch Teilung der Beute. – Jedenfalls muß ich mich aber auf das äußerste vorsehen und dabei soll mir die Schatzkammer unserer freundlichen Wirtin helfen.«

»Wenn aber«, sagte Cotton sinnend und sah starr vor sich nieder, – »wenn aber nun – wenn wir aber nun – noch diese Nacht ein sicheres Unterkommen brauchten, – wäre das hier in Helena zu finden?«

Sander sah ihn fragend an und sagte dann endlich mit einem halb spöttischen Lächeln: »Das sicherste liegt uns hier schräg gegenüber; – ein guter Bekannter von mir ist dort einquartiert.«

»Unsinn«, brummte Cotton, – »wißt Ihr keinen Platz – pst – ich glaube, die Frau kommt wieder. – Wißt Ihr keinen Platz«, fuhr er schnell, mit noch viel leiserer Stimme fort, »wo man, solange es morgen Tag ist, vor Nachforschungen sicher wäre?«

»Gerade oberhalb der Stadt! – Fragt nur nach dem ›Grauen Bären‹«, flüsterte Sander schnell zurück. »Ha, – ich glaube, unsere Mistreß horcht!«

Die beiden Männer saßen einige Minuten schweigend nebeneinander bis die Tür, ohne daß sie vorher einen Schritt gehört hätten, aufging und Mrs. Breidelford mit den erbetenen Zigarren eintrat. Sander war nun allerdings ganz Freundlichkeit. Er bat die Dame, an ihrem Tisch mit Platz zu nehmen, um doch auch ein Glas von dem höchst delikaten Stew zu kosten, während Cotton, ganz in seine Gedanken vertieft, fast unbewußt näher zum Licht rückte, um die Zigarre an der hellen Flamme zu entzünden. Mrs. Breidelford dankte aber und schöpfte sich nur ein kleines Töpfchen voll Stew aus der Bowle, trug dieses in die entfernteste, dunkelste Ecke des Zimmers, wohin sie sich auch einen Lehnstuhl zog und schien nun gar nicht den mindesten Anteil mehr an dem ferneren Gespräch der Männer zu nehmen. Ja als diese noch ein

halbes Stündchen etwa unter sich geplaudert hatten, bewiesen der vorgebeugte Oberkörper und das unregelmäßige, oft lebensgefährlich aussehende Nicken des Kopfes mit der mächtigen Haube, daß Madame dem Schlummergott in die Arme gesunken und heute abend auf jeden Fall für die Unterhaltung verloren wäre.
Dem war keineswegs so. – Madame behielt ihre Sinne so gut beisammen wie irgendeiner der beiden Männer; aber ihr Verdacht war erregt worden. An der Tür draußen hatte sie gehört, wie jene leise zusammen flüsterten. – Sie horchte eine ganze Weile, konnte jedoch kein Wort davon verstehen und beschloß nun, auf jeden Fall herauszubekommen, was sie so geheimzuhalten wünschten. Durch Fragen würde sie nie etwas erfahren haben, das wußte sie recht gut, List mußte ihr also helfen, und ihr eifriges Nicken wie ihr ziemlich gut nachgeahmtes schweres Atmen täuschte auch die beiden Verbrecher bald so weit, daß Cotton, dem jetzt vor allen Dingen daran lag, etwas Näheres über die Gefahr, die ihnen drohe, zu hören, erst eine Weile nach der Schlummernden hinüberhorchte und sich dann mit leise geflüsterter Rede wieder an den Kameraden wandte.
Sander erzählte ihm jetzt, aber ebenfalls noch mit unterdrückter Stimme, die Begebenheiten auf Livelys Farm (wobei er jedoch natürlich verschwieg, was ihn selbst dorthin geführt habe) und riet ihm dann, sich nur an Kelly zu wenden und Unterstützung von ihm zu verlangen. – Er würde sie ihm keinesfalls versagen.
»Aber treffe ich den Kapitän auch?« fragte Cotton ängstlich. – »Bedenkt, Mann, hier kann das Leben an jeder Sekunde hängen! Finden sie mich, so werden, davon mögt Ihr überzeugt sein, wahrhaftig keine Umstände gemacht; – mich knüpfen sie an dem ersten besten Baum auf. Hätte ich den Rückhalt der Insel nicht gehabt, – nie würde ich so keck den ganzen Staat fast herausgefordert haben. Jetzt ist mir der mit einem Schlage abgeschnitten, und ohne einen Cent in der

Tasche weiß ich bei Gott nicht, wie ich entkommen soll. Wie wär's denn, wenn wir lieber gleich aufbrächen und zum ›Grauen Bären‹ hinaufgingen? Die Straßen sind ruhig, und wir brauchen nicht zu fürchten, daß uns jemand sieht.«
»Noch nicht«, sagte Sander. – »erst muß ich mit der Frau da reden.«
»Und glaubt Ihr, daß sie Euch gutwillig Geld auszahlen werde?« fragte Cotton lauernd.
»Ja«, sagte der junge Verbrecher; – »ich kenne einen Zauberspruch, der sie wahrscheinlich überreden wird.«
»Hm, – vielleicht derselbe, der mir hier Einlaß verschafft hat; – aber sie muß sich fügen. – Die Pest über sie! – Sie hat das Geld und wir –« Sein Blick flog, durch die linke Hand gegen den blendenden Schein des Lichts gedeckt, zu der Gestalt der Frau hinüber; aber mit einem lauten Ausruf der Überraschung sprang er empor und rief, als er die großen, grauen Augen der schlafend Geglaubten fest und entsetzt auf sich gerichtet sah: »Verdammt, sie schläft nicht!«
»Nun, Sir?« fragte die Witwe, die trotz der fürchterlichen Angst, die ihr für den Augenblick den Atem zu nehmen drohte, dennoch ihre Geistesgegenwart behielt. »Das ist dann wahrhaftig nicht Eure Schuld. Wenn Ihr so verwünscht langweilige Geschichten erzählt, könnt Ihr kaum verlangen, daß man die Augen offen behält. – Jesus, die Lampe geht ja beinahe aus! – Wie spät ist's denn?«
Die Blicke der beiden Männer begegneten sich. Was sollten sie tun? – Wie sollten sie sich benehmen?
»Zehn Uhr muß es vorbei sein«, sagte Sander endlich; »ich habe die Stöcke der Wachen schon unten an der Straßenecke gehört.«
»Dann will ich noch ein wenig Öl für die Lampe holen«, sagte Mrs. Breidelford, während sie aufstand und sich nach der Tür wandte. – »Nachher zeige ich Euch Euer Bett. – Ihr müßt beide vor Tagesanbruch unterwegs sein und wollt doch vorher ein wenig schlafen.«

Sie faßte die Klinke und wollte eben die Tür öffnen; aber das Herz drohte ihr dabei vor Furcht und Entsetzen die Brust zu zersprengen. Der Blick des Mörders, dem sie begegnete, hatte ihr das Schrecklichste verraten; – ihr Leben stand auf dem Spiele. – Nur noch zwei Schritte, und sie konnte die Tür von außen verriegeln und das Freie erreichen, – nur noch eine Sekunde, und sie war gerettet. Ihr Fuß betrat die Schwelle, und Sander, der an einen Gewaltstreich kaum gedacht hatte, sah ihr unschlüssig nach. Da sprang Cotton, der ihre Absicht ahnte und jetzt wußte, daß es das Äußerste galt, rasch auf sie zu und faßte, als sie gerade die Tür hinter sich zuziehen wollte, ihren Arm.

»Mörder!« schrie die Frau in Todesangst, und der Ruf hallte gellend und schauerlich in dem leeren Hause wider, »Mör –« Es war ihr letztes Wort gewesen. – Cottons Faust, voll riesiger Kraft geführt, schmetterte sie mit einem einzigen Schlage zu Boden, und Sander sprang in wildem Entsetzen empor. Kein Laut unterbrach die Stille, und der ausgestreckte Körper der unglücklichen Frau lag auf der Schwelle ihres eigenen Zimmers.

»Cotton«, flüsterte Sander endlich und sah sich erschreckt um, »was habt Ihr getan? – Ist sie tot?«

»Ich weiß nicht«, brummte der Mörder und wandte sich scheu von der zu Boden Geschlagenen ab. – »Macht jetzt schnell, daß wir finden, was wir brauchen! – Wo hat sie denn wohl ihr Geld aufbewahrt? Donnerwetter, Mann, steht nicht da, als ob Ihr mit Tran begossen wärt; jetzt ist keine Zeit mehr zum Gaffen; 's ist geschehen, und an uns liegt's nun, den Zufall so gut wie möglich zu nutzen.«

»Wie soll ich wissen, wo sie ihr Geld hat?« sagte Sander. – »Doch wohl dort, wo sie schläft.«

»Dann kommt«, entgegnete Cotton; – »der Platz muß gleich hier nebenan sein; – ich sah die Tür offenstehen, als ich eintrat. – Nun? – Fürchtet Ihr Euch etwa, über den Kadaver zu treten? Ihr habt wohl noch keine Leiche gesehen?«

Cotton hatte die Lampe ergriffen und war über den Körper weggestiegen – Sander folgte ihm, doch die Schlafkammertür fanden sie verschlossen, und der Mörder drehte sich noch einmal gegen sein Opfer um.
»Ach, beste Mrs. Breidelford«, sagte er höhnisch, und sein Gesicht verzog ein in diesem Augenblick wirklich teuflisches Lächeln, – »dürfte ich Sie wohl einmal um Ihre Schlüssel ersuchen?«
Er bog sich rasch zu dem Körper nieder und hakte das Schlüsselbund auf; Sander hatte ihm die Lampe aus der Hand genommen, und beide betraten jetzt das Schlafzimmer der Witwe. Vergebens durchstöberten sie aber hier alle Winkel und Kästen; vergebens wühlten sie selbst das Bett auf und durchsuchten jede einzelne Schublade. Es war alles umsonst, keinen Cent an Geld fanden sie, nur einzelne Schmucksachen, die sie zu sich steckten, die ihnen aber doch für den Augenblick nicht das waren, was sie brauchten. Wer kannte in dieser Wildnis den Wert solcher Sachen, und mußte nicht allein schon ihr Besitz den Verdacht noch mehr auf sie lenken? –
»Schöne Geschichte«, knirschte Sander endlich, als er eine Masse wertlosen Plunders mit wildem Fluche neben sich auf die Erde schleuderte; – »müßt Ihr immer gleich mit Fäusten dreinschlagen. Hättet Ihr mich gewähren lassen –«
»So wäre Madame jetzt auf der Straße und schrie Zeter und Mordio!« erwiderte Cotton unwillig. »Sie hatte gemerkt, was wir wollten, und wäre auf jeden Fall geflohen.«
»Und jetzt?«
»Verrät sie wenigstens nicht mehr, wen sie beherbergt hat«, brummte der Mörder. »Doch ich dächte, wir beeilten uns ein wenig; – wo nur die alte Hexe ihre Schätze stecken hat? – Hol's der Teufel, mir wird's unheimlich hier, und je eher wir den Mississippi zwischen uns und –«
Ein donnerndes Pochen an die Tür machte, daß er entsetzt emporfuhr und fast krampfhaft den Arm seines Kameraden

faßte. »Pest«, zischte er dabei und sah sich wild nach allen Seiten um, – »wir sind verloren! Können wir nicht hintenhinaus entfliehen?«
»Ich weiß nicht«, flüsterte Sander; – »der Teufel traue aber, der Ort hier ist mir völlig unbekannt, und sprängen wir in einen fremden Hof und würden von Hunden angefallen und gestellt, so wäre es um uns geschehen.«
»Hallo, da drinnen!« rief jetzt eine rauhe Stimme von außen, und der schwere Hickorystock schlug gegen die Tür an. – »Mrs. Breidelford, was gibt's da? Sind Sie noch munter?«
Cotton stand wie vom Schlage gerührt; Sander aber, dem die Nähe der Gefahr auch wieder seinen ganzen kecken Übermut gab, riß schnell eine der vielen im Zimmer umhergestreuten Hauben der Ermordeten vom Boden auf, zog sie sich über den Kopf und schritt nun rasch damit zum Fenster.
»Was wollt Ihr tun?« fragte Cotton erschreckt.
Sander gab ihm gar keine Antwort, schob die Gardinen von innen zurück, öffnete das Fenster ein wenig, so daß sein Kopf von untenherauf nur etwas sichtbar blieb, und fragte, die kreischende Stimme der Mrs. Breidelford auf das treffendste nachahmend, anscheinend ärgerlich und rasch: »Nun, was gibt's da wieder? Hat man in diesem unseligen Neste nicht einmal des Nachts Ruhe, daß sich eine arme alleinstehende Frau –«
»Hallo – nichts für ungut!« rief da eine rauhe Stimme von unten, die, wie Sander augenblicklich hörte, von einem der in den Straßen postierten Wachen oder sogenannten Watchmen herrührte. – »Mir war's, als ob ich hier im Hause einen Schrei gehört hätte, und da ich durch die Fensterspalten noch Licht sah –«
»Schrei? – Fensterspalten?« rief unwillig die vermeintliche Mrs. Breidelford und schlug das Fenster heftig wieder zu; – »Wer weiß, wo Ihr die Ohren gehabt habt. Geht zum Teufel und laßt arme alleinstehende Frauen –« Das andere wurde

dem Nachtwächter draußen durch das Zuschlagen des Fensters unverständlich.

»Nu, nu«, sagte der Mann lachend, als er hörte, mit welcher Heftigkeit sich Madame zurückzog. – »wieder einmal nicht richtig im Oberstübchen? – Der Stew muß heute abend absonderlich gut geschmeckt haben. – Hahahaha, das hat mein Seliger tausend und tausendmal gesagt; – Luise, sagte er immer, ich weiß, du verabscheust geistige Getränke, und mit Recht; – sie passen auch nicht für das zarte Geschlecht; aber du mußt das auch nicht übertreiben – sagte er, ach, ich sehe ihn noch vor mir, das liebe, gute Herz, das jetzt kalt in seinem Grabe liegt. – Es gibt Zeiten, wo ein Tröpfchen Rum, mit Mäßigkeit genossen, Arznei werden kann, und du bis eine zu verständige Frau, Luise – das waren seine eigenen Worte, Ladies – als daß du nicht wissen solltest, wann dir ein Tröpfchen nützen und wann es schaden könnte – hahahaha!«

Und der Mann ging, halblaut dabei die im ganzen Städtchen bekannten Redensarten der würdigen Dame zitierend, während er mit dem rechten Arme dazu gestikulierte, langsam die Straße hinunter. Erst an der Ecke stieß er den schweren Stock, den er bis dahin im linken Arm getragen hatte, auf die Steine nieder: ein Zeichen, das von anderen Teilen der Stadt beantwortet wurde und hauptsächlich dazu diente, die Wachen gegenseitig zu überzeugen, ihre Kameraden seien munter, und sie könnten im Notfall auf deren Schutz rechnen.

Die Schritte des Wächters waren lange verhallt, und noch immer standen die beiden Verbrecher laut- und regungslos nebeneinander. Sander aber, der, sobald er den Laden geschlossen hatte, die Mütze gleich wieder abwarf, brach zuerst das Schweigen und flüsterte: »Wir sind gerettet; – den Wachen wird es jetzt nicht wieder einfallen nachzufragen, und die ganze Nacht bleibt uns, das versteckte Geld zu suchen; vergraben kann es doch unmöglich sein.«

»Wäre es nicht besser, wir flöhen jetzt, wo es noch Zeit ist?« sagte ängstlich der Mörder. – »Mir graut es hier in dem Hause.«

»Ist Euch das Herz in die Schuhe gefallen, weil Ihr da unten den Zauberstab habt klopfen hören?« lachte höhnisch Sander, der durch die plötzliche Angst des Gefährten und die gelungene List neuen Mut gewann. – »Nein, nun wollen wir auch sehen, ob unsere blutige Saat nicht goldene Früchte tragen wird. Geld befindet sich hier im Hause, davon bin ich überzeugt; nur das Versteck brauchen wir zu finden.«

Und rasch nahm er die vorhin auf den Tisch gestellte Lampe wieder auf und begann, von Cotton dabei eifrig unterstützt, seine Nachforschungen aufs neue. Es blieb aber alles vergebens. Sie öffneten zwar mit den Schlüsseln alle Türen und Kästen und durchstöberten jeden Winkel; aber keine Spur von Geld konnten sie entdecken, – Waren und Güter genug, nur nicht das, was in diesem Augenblick für sie zehnfachen Wert gehabt hätte: Silber oder Banknoten.

Der dämmernde Tag erst mahnte sie, ihre nutzlosen Bemühungen einzustellen und an die eigene Rettung zu denken. Traf man sie in diesem Hause, so konnte selbst Dayton sie nicht retten. Sie verschlossen also rasch wieder die Türen, um nicht gleich beim ersten Betreten des Hauses augenblicklichen Verdacht zu erregen, trugen dann den Leichnam der Unglücklichen auf ihr Bett, – lauschten vorher sorgfältig aus dem jetzt dunklen Zimmer auf die Straße hinaus, ob auch keiner der Wächter in der Nähe sei und sie aus dem Hause der Witwe kommen sähe, schlichen dann schnell die Treppe hinunter ins Freie und eilten nun, als sie erst einmal die Stadt hinter sich hatten, schnellen Schrittes der Schenke zu, in welcher sie den Kapitän zu sprechen und Hilfe und Schutz zu erwarten hofften.

31

Der Tag dämmerte. Die Dunkelheit der Nach wich unbestimmten grauen Schatten, die, Grabesschleiern gleich, das ganze düstere, noch immer von dichtem, schwadigen Nebel erfüllte Land wie den leise gurgelnden Strom einhüllten. Die Massen aber, die bis dahin mit der Nacht verschmolzen gewesen waren, schienen sich jetzt erst wieder zu einem festen Ganzen auszuscheiden. Es sah fast so aus, als ob sie den Feind ahnten, der sich im Osten gegen sie rüste; denn inniger drängten sie ineinander und bildeten bald einen förmlichen Schutz und Wall gegen den gefürchteten Gegner. Wolke türmte sich über Wolke, und links und rechts klammerte sich der wilde Nebelkreis mit den milchweißen Armen kräftig an Busch und Baum des waldigen Ufers; links und rechts stemmte er sich gegen die Landspitze, ja gegen jeden in den Strom hinausragenden Baum, als ob er selbst durch die kleinste Hilfe und Stütze auch neue Kraft und Festigkeit gewinnen könnte. So matt und entkräftet aber auch gestern die Sonne in ihr stilles Lager gestiegen war, als sie der Übermacht weichen mußte, so kampfesmutig und frisch erstand sie heute morgen wieder, und schon der kühle Luftzug, den sie voraussandte, trieb die Plänkler des Feindes zu Paaren und warf sie auf die Hauptmacht zurück. Das waren aber auch eben nur Plänkler, kleine naseweise Wölkchen, die in tollem Mutwillen hoch oben in freier Luft spielten und die ersten sein wollten, die dem Vater Nebel das Nahen des Feindes verkündeten. Schon sein Anblick jagte sie wie Spreu vor sich her, und, hoch errötend, von seinem rosigen Licht übergossen, flüchteten sie schnell in die Arme des Vaters, der sie sich rasch in den Busen schob und nun dem anrückenden Kämpfer die Stirn bot.

Von Westen aus hatte gestern der Sonnengott umsonst versucht, mit seinen Pfeilen den Schuppenpanzer des Alten zu durchbohren; heute griff er die Sache vom anderen Ende an. Der scharfe Nord lieh ihm dazu die Hilfstruppen, pausbäckige Gesellen, die sich rücksichtslos auf den Feind warfen; rohes Volk freilich, aber zu solchem Kampfe ganz geeignet. Die griffen denn auch ohne Zögern von allen Seiten zugleich an, und als sich der Kern der Bestürmten mehr und mehr in sich selbst zusammenzog, da demaskierte plötzlich Gott Phöbus seine gewaltigen Batterien. Helleuchtende Strahlen schoß er mitten hinein in die scheu Zurückweichenden, wie glühende Keile trieb er die Licht- und Sonnenboten selbst in das Herz der nach allen Himmelsgegenden hin geformten Karrees, von oben herab kamen seine Streiche, das Haupt trafen sie trotz Schild und Wehr, und zurückgeworfen von der fürchterlichen, unwiderstehlichen Gewalt wichen die Massen und gerieten ins Schwanken.

Das aber hatten die leichten Bataillone der derben Nordwinde kaum bemerkt, als sie sich mit erneuter Kraft auf den einmal in Unordnung gebrachten Feind stürzten. Hier und da sonderten sie einzelne schwache Schwärme von dem Hauptkorps ab und trieben sie rasch hinaus in die Weite; mehr und mehr drangen sie zum Zentrum vor, wo noch der trotzige Alte in voller Stärke die weiße, wehende Fahne schwang; immer näher rückten sie dem Panier, immer näher und näher, und jetzt – jetzt hatten sie es erreicht, jetzt trieben sie die hier versammelten Kerntruppen erst langsam und schwerfällig, dann immer rascher vor sich hin, und nun, einmal zum Weichen gebracht, zeigte das ganze Gefilde bald nichts als flüchtige Massen, die sich links und rechts in wilder, unordentlicher Eile durch die wehenden Wipfel des Urwaldes jagten. Hinterdrein aber, daß die alten Bäume gar bedenklich dazu mit den wehenden Zweigen schüttelten, die jungen schlanken Weiden aber den Flüchtigen sehnend die Arme nachreckten, stürmten die kecken Nordbrisen immer toller, immer mutwilliger und drangen durch den rauschenden Hain und sprangen über die leichtgekräuselte Flut. Droben am Himmel indes, in all ihrer siegreichen Herrlichkeit, stieg die glühende, funkelnde Sonnenscheibe empor, zu stolz, um den Feind zu verfolgen, den sie geschlagen hatte, zu rein aber auch, um sich ihr helles Himmelslicht durch seinen giftigen Hauch verhüllen zu lassen.

Adele stand in Hedwigs Zimmer an dem Eckfenster und blickte sinnend zu dem aufsteigenden Tagesgestirn hinüber, dessen Strahlen eben die Nebel teilten und ihr holdes Antlitz mit zartem, rosigem Hauche übergossen.
»Sieh, Hedwig«, sagte sie jetzt plötzlich und wandte sich nach der Schwester um, – »sieh nur, wie die Sonne jetzt auch den letzten Zwang abzuwerfen scheint und frei und rein aus all den häßlichen Schatten heraustritt; man sieht fast, wie sie hochaufatmet und ordentlich froh ist, all den Zwang und Dunst überwunden zu haben. – Ach, ist mir's doch gerade so, wenn ich aus der Stadt komme und den Fuß in den freien, herrlichen Wald mit seinen Blüten und Blumen setze.«
Mrs. Dayton war neben sie getreten und schlug das große, treue Auge zu dem reinen, von keinem Wölkchen getrübten Firmament empor. Zwei klare Tränen hingen aber an ihren Wimpern, und sie wandte sich ab, um sie zu verbergen.
»Hedwig«, sagte Adele leise und ergriff die Hand der Schwester, – »was fehlt dir? Du bist seit gestern abend so ernst geworden. – Hat dich Maries Zustand –?«
Mrs. Dayton schüttelte leicht den Kopf und sagte seufzend: »Weiß ich's denn selbst, was mich drückt? Seit gestern, ja, seit wir von Livelys zurückritten, ist mir das Herz so beklemmt, daß ich in einem fort weinen möchte und doch nicht sagen kann, warum.«
»Jener Vorfall dort hat dich so angegriffen«, beruhigte sie die Schwester, »liegt mir's doch selber seit der Zeit ordentlich in den Gliedern. Es war recht häßlich, daß wir auch gerade draußen sein mußten.«
»Ach nein, – das ist es nicht allein«, erwiderte Mrs. Dayton unruhig; – »auch hier; – das ganze Verhältnis in Helena wird mir von Tag zu Tag drückender. Dayton lebt jetzt mehr außer dem Hause als bei uns und ist seit kurzer Zeit total verändert.«
»Ja, das sei Gott geklagt!« beteuerte Adele. »Sonst war er froh und heiter, oft sogar selbst ausgelassen lustig; – weißt du

noch, wie du über mich lachtest, als ich mich deshalb vor ihm gefürchtet hatte? Und jetzt ist er ernst wie ein Methodist, spricht wenig, raucht viel und fährt vom Stuhl auf, wenn nur irgend jemand unten vorbeigeht.«

»Er hat davon gesprochen, daß wir Helena verlassen wollen«, sagte Mrs. Dayton. – »Wollte Gott, das könnte heute geschehen! – Helena wird mir mit jedem Tag verhaßter, je wilder und roher die Einwohner zu werden scheinen.«

»Das sind nicht die Einwohner«, entgegnete Adele; »die verhalten sich ziemlich ruhig; nur die vielen fremden Bootsleute, die hier fortwährend kommen und gehen, werden die Ursache des ewigen Haders und Unfriedens. Ach, ich wollte ja auch froh sein, wenn ich Helena verlassen könnte! Ist denn Mr. Dayton die Nacht noch nach Hause gekommen? Ich hörte die Tür öffnen.«

»Ja, er kehrte etwas nach zwei Uhr und todmatt zurück. Das ewige Reiten, und noch dazu in Nacht und Nebel und in der feuchten Sumpfluft, muß ihn ja endlich aufreiben. Aber es wird bald Zeit, daß ich ihn wecken lasse; er wollte um acht Uhr aufstehen.«

»Wer war denn der fremde Neger, dem ich heute morgen hier unten im Hause begegnete?« fragte jetzt Adele. »Er schaute ganz entsetzlich wild und verstört drein; – ich erschrak ordentlich, als er mich ansah.«

»Den hat Dayton, wie er mir nur flüchtig sagte, gestern von durchziehenden Auswanderern billig gekauft. – Er ist wohl unterwegs krank geworden. Morgen oder übermorgen will er ihn auf eine Plantage nach Mississippi hinüberschicken. – Aber wie geht es denn Marie?«

»Hoffentlich besser. – Ich sah heute morgen einen Augenblick in ihre Kammer hinein, und sie schlief sanft und süß; Nancy soll mich rufen, wenn sie erwacht. Vorher werde ich auch noch auf einen Augenblick zu Mrs. Smart hinübergehen müssen; sie hat mich darum gebeten, ihr Nachricht von dem Befinden der Kranken zu geben.«

»Dann leg dich aber auch nachher selbst ein wenig nieder«, sagte Mrs. Dayton; »Ruhe wird dir guttun; du hast ja fast die ganze Nacht kein Auge geschlossen.«
»Ich bin nicht müde«, entgegnete Adele wehmütig. – »Ach, wie gern wollte ich Nacht für Nacht an der Unglücklichen Bett sitzen, wenn ich nur dadurch ihren Zustand um das mindeste lindern könnte! Wo aber Mr. Hawes sein muß? Wie Mrs. Lively Cäsar draußen gesagt hat, ist er schon gestern nachmittag hierher aufgebrochen. Es ist doch kaum wahrscheinlich, daß er gleich übergefahren wäre, ohne hier erst noch einmal vorzusprechen.«
»Sollte er vielleicht von dem Zustand seiner Frau Kunde erlangt haben und, da er ihren Aufenthalt nicht kennt, nach Hause gesprengt sein? – Aber wahrhaftig, – da kommt er die Straße herab und zwar im vollen Laufe gerade auf unser Haus zu. – Der arme – arme Mann!«
»Das ist nicht Mr. Hawes!« rief Adele, die sich rasch nach ihm umwandte und den Blick hinabwarf. »Das ist der Mann, dessen Kleider er gestern trug, – Mr. Cook. – Was mag der wollen?«
Der Reiter zügelte in diesem Augenblicke, und zwar dicht vor ihrem eigenen Hause, sein schnaubendes Pferd scharf ein, sprang aus dem Sattel und gab sich nicht einmal die Mühe, das schäumende Tier anzubinden. Ruhig ließ er ihm den Zügel auf dem Sattelknopf liegen und trat rasch in die Tür, während sein Pony erst den schlanken, schöngeformten Hals schüttelte und den Kopf auf- und niederhob, daß der weiße Schaum rings umherflog, und dann mit dem rechten Vorderhuf den Grund vor sich zerscharrte und stampfte, als ob es nur ungeduldig hier des Herrn harre und die Hetze so schnell wie möglich fortzusetzen wünsche.
Im nächsten Augenblick war Cooks rascher Schritt auf der Treppe zu hören und seine Stimme fragte nach Squire Dayton. Mrs. Dayton übernahm aber hierauf die Antwort; sie öffnete die Tür und bat den jungen Farmer einzutreten.

Dieser leistete allerdings der Einladung augenblicklich Folge, entschuldigte sich aber auch zugleich mit der dringenden Notwendigkeit der Sache, daß er so ungebeten und in so wildem Aufzuge vor ihnen erscheine.

»Ich muß den Squire sprechen, Ladies, und möchte Sie bitten, mich sobald wie möglich zu ihm zu führen. – Es betrifft Sachen von dringendster Wichtigkeit«, sagte er heftig.

»Ich will ihn gleich rufen, Sir«, erwiderte Mrs. Dayton; »er schläft noch, müde und matt von gestriger, vielleicht zu großer Anstrengung –«

»Dann tut es mir leid, ihn gleich wieder so in Anspruch nehmen zu müssen«, sagte Cook; »aber die Sache, wegen der ich hier bin, betrifft Leben und Eigentum von vielleicht Tausenden und wird, wie ich fast fürchte, unserer ganzen Energie, unseres stärksten Zusammenwirkens bedürfen, um ihr mit Erfolg zu begegnen. Doch Mr. Hawes hat dem Squire wahrscheinlich gestern schon einen ungefähren Überblick über das gegeben, was wir entdeckten.«

»Mr. Hawes?« riefen beide Frauen erstaunt und zu gleicher Zeit aus, und Mrs. Dayton, die schon die Türklinke in der Hand hatte, blieb stehen.

»Mr. Hawes war nicht hier; – wir haben ihn jede Stunde, ja jeden Augenblick erwartet«, versicherte Adele; – »der Neger brachte den Brief an ihn wieder zurück.«

»Ja – allerdings, aber – wie ist das möglich?« sagte Cook verwundert. »Er kann sich doch wahrscheinlich auf der ebenen, breit ausgehauenen Straße nicht verirrt haben und sprengte doch gestern nachmittag nicht allein nach Helena, um selber Squire Dayton aufzusuchen, sondern sogar mit in unserem Auftrage, um ihm vorläufig eine Meldung zu machen, damit er die nötigen Schritte tun könne.«

»Er war nicht hier.«

Cook blickte sinnend vor sich nieder und stampfte endlich, ziemlich in Gedanken, ungeduldig und fest den schweren Fuß so stark auf den Teppich, daß die Gläser auf dem

Tische aneinanderstießen. Er schrak zusammen und errötete; andere Gedanken verdrängten aber bald diese Peinlichkeit. – Er strich sich, wie im Nachdenken über etwas, das er nicht recht begreifen könne, langsam mit der Linken über die Stirn und flüsterte dann noch einmal, aber mehr mit sich selber redend denn als Frage: »Also, Mr. Hawes war nicht hier?«

»Nein, mit keinem Schritt!«

»Ach bitte, Mrs. Dayton, – rufen Sie den Squire!« sagte der junge Farmer jetzt plötzlich. »Ich muß ihn wahrhaftig sprechen; denn ich fürchte fast –«

»Was fürchten Sie?« rief die Frau besorgt. – »Ist denn etwas so Schreckliches vorgefallen? – Betrifft es meinen Mann selber?«

»Nein, nein«, beruhigte sie Cook, »ganz und gar nicht; ich verlange auch nicht Mister Dayton, sondern nur den Squire in ihm zu sehen. – Ich habe überhaupt noch gar nicht einmal das Vergnügen, ihn persönlich zu kennen.«

»So will ich ihn rufen; bitte, bleiben Sie einen Augenblick hier bei Adele; ich bin gleich wieder zurück.«

Sie verließ rasch das Zimmer, und Cook, der die junge Dame fast gar nicht beachtete, ging rasch und mit untergeschlagenen Armen auf und ab in dem kleinen Raume.

»Sie finden Mr. Hawes' Betragen sonderbar?« sagte Adele endlich. »Sie scheinen sogar unruhig darüber?«

Cook blieb vor ihr stehen und sah ihr einige Sekunden, noch ganz in seine Gedanken vertieft, ins Auge.

»Ja, Miß«, sagte er dann und nickte leise mit dem Kopfe, – »ja, – rätselhaft und – verdächtig; verdächtig von vornherein. Doch das sind Sachen, um derentwillen ich lieber mit dem Squire sprechen will, und ich hoffe, wir werden schon alles zu gutem Ende führen.«

»Wie befindet sich denn der Verwundete?« fragte jetzt Adele. – »Haben Mr. Hawes' Mittel ihm genützt?«

»Mr. Hawes' Mittel? Hawes ist doch kein Arzt!«

»Aber ja; – wenigstens sagte er uns, daß er deswegen zurückbleiben müsse.«

»Hm, – also nur deshalb; – doch es mag sein. – Ja, der Verwundete befindet sich besser; – seine kräftige Natur läßt ihn vielleicht wieder gesunden. Also, Mr. Hawes wollte ihn kurieren? – Und gerade er war es doch, der ihn ohne der Übrigen Dazwischenkunft getötet hätte. – Ich will verdammt – ah – bitte um Verzeihung, Miß, aber – ha, ich glaube, der Richter kommt; – ich höre Schritte.«

Squire Dayton war es wirklich, der, als ihn Mrs. Dayton von dem Besuch benachrichtigte, seine Kleider rasch übergeworfen hatte und eben jetzt ins Zimmer trat. Er ging auf den jungen Farmer zu und sagte, ihm die Hand entgegenstreckend: »Herzlich willkommen, Sir, in Helena und in meinem Hause. – Es müssen wichtige Dinge sein, denen ich Ihren angenehmen Besuch so früh zu verdanken habe.«

Er sah blaß und angegriffen aus; die Haare hingen ihm noch wirr um die marmorbleiche Stirn, und die Augen lagen tief in ihren dunklen Höhlen. Es war fast, als ob Krankheit ihren Schreckensarm nach der sonst so kräftigen Gestalt des starken Mannes ausgestreckt und seine Sehnen erschlafft habe.

»Squire Dayton«, erwiderte Cook und hielt dabei den Blick fest und erstaunt auf den Richter geheftet, als ob er hier jemandem gegenüberstehe, den er schon früher einmal gesehen habe, ohne zu wissen, wo und wann das gewesen sei, »Squire Dayton, – ich weiß nicht – alle Wetter, ich muß – ich muß Sie doch schon irgendwo einmal – ha – Mr. Wharton – am Fourche la Fave. – Waren Sie nicht vor vierzehn Tagen etwa bei dem Regulatorengericht am Fourche la Fave?«

»Ich? Nein, in der Tat nicht«, lächelte der Squire und sah dem jungen Mann unbefangen ins Auge. – »Ein Regulatorengericht würde zu meiner Stellung als Friedensrichter auch gerade nicht besonders passen. Wie kommen Sie darauf?«

»Dann haben Sie eine merkwürdige Ähnlichkeit mit irgendeinem anderen Mann, der sich – am Fourche la Fave wenigstens

– für einen Mr. Wharton aus Little Rock ausgegeben hat«, sagte Cook, sah aber noch immer dabei dem Squire fest und, wie es schien ungläubig ins Auge. – »Eine solche Ähnlichkeit in den Gesichtszügen wäre noch gar nicht dagewesen.«

»Wharton, – Wharton«, wiederholte sinnend der Richter; – »den Namen habe ich erst kürzlich gehört. – Wharton, Wharton; – wer erzählte mir doch von einem Wharton, – Advokaten, ganz recht. Nun es wird mir schon wieder einfallen. Trösten Sie sich übrigens, ich bin schon mehrere Male für einen anderen angesehen worden. – Mein Gesicht muß doch so ziemlich alltäglich sein, daß es einer Menge anderer gleicht.«

»Das wüßte ich gerade nicht«, erwiderte Cook, immer noch fest das Auge auf ihn geheftet; – »Squire, mich soll der Teufel holen, wenn ich nicht glaube, – nein, wenn ich es nicht fast gewiß weiß, daß Sie jener Wharton sind. – Ich habe mir die Züge des Advokaten damals zu deutlich eingeprägt.«

»Mr. Cook«, sagte der Richter jetzt lachend, »ich habe das Vergnügen, Ihnen hier Mrs. Dayton, meine Frau, vorzustellen. Der werden Sie doch wenigstens glauben, daß ich nicht der Advokat Wharton, sondern George Dayton, Friedensrichter hier in Helena und dem County bin.«

Cook machte eine etwas verlegene Verbeugung gegen die ebenfalls lächelnde Dame und sagte dann, jedoch immer noch wie halb zweifelnd: »Eine merkwürdige Ähnlichkeit aber bleibt es, – eine Ähnlichkeit, wie sie mir noch gar nicht vorgekommen ist. Selbst die kleine Narbe da auf der Stirn hatte jener Wharton.«

»Und was war es, was mir die Ehre Ihres Besuches heute verschaffte?«

»Kann ich ein paar Worte mit Ihnen allein reden?« fragte Cook – durch solche direkte Frage rasch auf die Ursache seines Kommens zurückgeführt. »Es ist etwas von höchster Wichtigkeit und betrifft nicht allein die Sicherheit Helenas, sondern die des ganzen Staates, des ganzen Mississippi.«

Dayton wandte sich, als ob er mit dem Gaste das Zimmer verlassen wollte, nach der Tür, in welcher zu gleicher Zeit Nancy erschien, und Mrs. Dayton sagte rasch: »Wir wollen gehen, Adele; Marie wird erwacht sein. – Nicht wahr, Mr. Cook, Sie bleiben doch zu Mittag bei uns?«
»Ich weiß nicht, Madame, ob ich Ihre freundliche Einladung werde annehmen können«, erwiderte der Farmer; – »es hängt wohl ganz davon ab, wie sich hier unsere Maßregeln gestalten.«
»Nun gut, Sie sollen sich nicht binden; sind Sie zu der Zeit noch in Helena, so finden Sie sich hübsch ordentlich ein; um ein Uhr wird gegessen.« Und ohne weiter eine Antwort abzuwarten, verließ sie, von Adele gefolgt, rasch das Zimmer.

32

»Squire Dayton«, sagte Cook, als sich die Tür hinter den Frauen schloß, »Mr. Hawes verließ gestern nachmittag unsere Farm, und zwar einzig und allein in der Absicht, ja sogar mit dem ganz besondern Auftrage, Sie zu sprechen und Ihnen wichtige Mitteilungen zu machen. Wie ich aber eben gerade höre, hat er sich hier in Helena nicht einmal sehen lassen. Mrs. Dayton–«
»Sie irren sich«, entgegnete ihm ruhig der Squire; – »er war hier, und wenn Sie in derselben Absicht hierherkommen wie er selbst, so sehe ich allerdings Ihre Eile und Aufregung gerechtfertigt.«
»Er war hier?« fragte Cook erstaunt. – »Mrs. Dayton sagte aber doch –«
»Ich traf ihn unten in der Stadt«, fiel ihm der Squire ins Wort, »und weil mir die Sache zu wichtig schien, auch nur eine Sekunde zu verzögern, so sandte ich ihn, damit er nicht durch einen bloßen Höflichkeitsbesuch die kostbare Zeit vergeuden sollte, augenblicklich nach Sinkville, während ich selbst das

zu besorgen übernahm, was hier zu tun blieb. Wie er mir sagte, wollten Sie im Lande oben an Männern aufbieten, was Sie in der Eile zusammenbekommen könnten, damit wir, sobald er zurückkehrte, den entscheidenden Streich führen könnten. Ist das geschehen?«

»Ich sollte es meinen«, rief Cook schnell, – »der Alte und Bill mit noch ein paar anderen Drapers sind mit einer tüchtigen Schar im Anzuge.«

»Gut, dann wollen wir uns wenigstens jetzt so lange ruhig verhalten, bis wir von Sinkville Nachricht bekommen. Mr. Hawes hatte ganz recht, daß er mir besonders ans Herz legte, die Verbrecher nicht vor dem entscheidenden Schlage gegen das aufsteigende Unwetter zu warnen. Auf jeden Fall möchte es geraten sein, die Farmer nicht früher nach Helena selbst hereinzulassen, bis wir nicht auch ungesäumt gegen den Feind aufbrechen können.«

»Mr. Hawes mochte damals recht haben«, fiel ihm hier Cook in die Rede; – »die Sache hat sich jetzt aber geändert. Allerdings waren wir ebenfalls der Meinung, nicht alle auf einmal in die Stadt zu rücken; denn jene Bande hat ganz gewiß ihre Spione in Helena. James und ich ritten deshalb sogar voraus, und die übrigen lagern etwa eine Meile von hier in der ›Skalpprärie‹, Ihr kennt ja wohl den Platz, Squire, wo vor zwei Jahren die beiden Männer beraubt und skalpiert wurden. Der entscheidende Streich wird auch verschoben werden müssen, bis wir eine hinreichende Macht gesammelt haben; es sind aber unterdessen andere Vorbereitungen nötig geworden, und zwar hier in der Stadt selbst.«

»Hier in Helena?«

»Ja, – Hawes wird Ihnen gesagt haben, daß Cotton entflohen ist.«

Der Squire nickte einfach mit dem Kopfe.

»Gut«, fuhr Cook fort; – »im Anfang glaubten wir, er würde entweder versuchen, an die Sümpfe oder über den Mississippi hinüber zu entkommen. Dem ist aber nicht so; er muß hier nach Helena zu geflüchtet sein, mein Schwiegervater und Drosly haben ihn deutlich aufgespürt, und so ritten wir beiden denn, James und ich, gestern abend noch von zu Hause fort, um heute morgen gleich in aller Frühe unsere Nachforschungen beginnen zu können. Unterwegs wollten wir nun ein paar Stunden lagern und die Pferde rasten lassen, überlegten uns aber, daß wir nicht wissen könnten, ob wir die Tiere vielleicht in nächster Zeit sehr anstrengen müßten. Deshalb beschlossen wir, scharf zuzureiten und im Union-Hotel den Nigger herauszuklopfen. So kam es denn auch, daß wir etwas vor Tagesgrauen den oberen Teil der Stadt und zwar, wie James sagte, das Wirtshaus ›Zum Grauen Bären‹ erreichten, wo noch Licht und Lärm genug war. James verspürte hier merkwürdige Lust nach einer Tasse heißen Kaffee, und da ich ebenfalls nichts dagegen hatte, klopften wir an. Wäre das einfache Klopfen ein Donnerschlag gewesen, der das kleine Nest bis in die Wurzel hinein traf, so hätte die Wirkung nicht zauberhafter sein können. Der ganze Lärm verstummte im Nu, und James, der noch ein paar Schritte hinter mir war und die erleuchteten Seitenfenster übersehen konnte, meinte, sie seien dunkel geworden, ehe er hätte Jack Robinson sagen können.«

»Und antwortete niemand auf das Klopfen?« fragte der Richter.

»Ei, allerdings«, fuhr Cook fort, »ganz Opossum konnten sie doch nicht gut spielen*; ein alter Bursche kam endlich, als ich noch einmal mit dem Fuß an die Tür stieß, heraus und fragte, was wir wollten. James, der jetzt neben mich trat, brachte unser Anliegen vor; der Alte aber ließ ihn nicht einmal ausreden, versicherte, keinen Mais und keinen Kaffee zu haben, wünschte uns einen guten Morgen und schlug uns die Tür vor der Nase zu.«

* Das Opossum, die amerikanische Beutelratte, stellt sich, wenn sie angegriffen oder auch nur berührt wird, augenblicklich tot und läßt alles über sich ergehen; es ist daher ein in den Backwoods sehr häufiges und allgemeines Sprichwort, für jemanden, der sich verstellt, zu sagen: »Er spielt Opossum.«

»Nun? – Und das Verdächtige?« fragte der Richter.
»Ei, ich sollte denken, das wäre verdächtig genug gewesen«, meinte Cook; »doch hatten wir noch immer kein Arg, gingen wieder zu unseren Pferden zurück, die auf der Straße angebunden standen, und ritten eine kurze Strecke nach Helena zu. Da – gerade als wir den offenen Fleck erreichten, wo der einzelne rebenumhangene Gum neben dem Papaodickicht steht – sahen wir von jenseits des Flusses drüben ein paar Raketen aufsteigen, die nach gar nicht langer Zeit vom ›Grauen Bären‹ aus erwidert wurden. Natürlich hielten wir jetzt, wo wir uns gerade befanden, um das, was hier vorging, abzuwarten und hörten auch in kaum einer halben Stunde die regelmäßigen Ruderschläge eines Bootes, das vom anderen Ufer drüben herüberkam. Es konnte etwa von derselben Stelle ausgefahren sein, wo die Raketen aufgeblitzt waren.«
»Und es landete am ›Grauen Bären‹?«
»Allerdings tat es das«, erwiderte ihm Cook, »wenigstens an dem Flatboot, das unter dem Hause am Ufer liegt. Weiter konnten wir freilich für den Augenblick nichts erkennen.«
Der Squire blickte lange Zeit nachdenklich vor sich nieder; endlich wandte er sich rasch gegen den Farmer um und fragte ihn: »Wie viele Raketen waren es, – und was für Licht hatten sie?«
»Was für Licht?« fragte verwundert der Farmer, der wohl schon Raketen gesehen und davon gehört hatte, eine Lichtunterscheidung aber nicht kannte. – »Wieviel? – Kennen Sie etwa das Zeichen?«
»Ich? Nein«, lächelte der Richter, – »ich meine nur, wenn es vielleicht bloß eine, irgendeine gewöhnliche Rakete war, so konnte die auch zufällig geworfen sein. Flatboote machen sich oft den Spaß oder geben sich auch manchmal ein Zeichen, wenn zum Beispiel Arbeiter von ihrem Boote vorausgerudert sind und am Ufer warten, um ihnen das Fahrzeug anzudeuten, zu dem sie gehören.«
»Ja ja, das weiß ich wohl«, sagte Cook, – »dasselbe würden

wir auch gedacht haben, – wozu aber dann das augenscheinliche Verborgenhalten der Leute im Hause? Weshalb ließen sie uns nicht ein und öffneten den anderen, die später kamen, die Tür?«

»Ich weiß nicht«, meinte Squire Dayton, – »Sie können sich doch wohl irren.«

»Ja, Squire«, sagte der Farmer, etwas eifriger werdend, »wir können uns irren; jetzt aber ist nicht die Zeit, solche Sachen auf die leichte Schulter zu nehmen. Daß eine gefährliche Bande auf jener Insel im Mississippi existiert, wissen wir, und es ist mehr als wahrscheinlich, daß auch in Helena ein Absteige- und Hehlquartier dieser Schurken zu finden ist. Jener ›Graue Bär‹ soll noch dazu, wie mir James versichert, schon seit langem einen fast mehr als zweideutigen Ruf haben, und andere Verbrechen sind ebenfalls in unserer Nähe, und zwar auf dem festen Lande verübt worden, von denen der Verdacht noch stärker auf Helena fällt. Der Farmer Howitt, der am Mittwoch abend hier von Helena fortritt, ist gestern im Walde, gar nicht weit von uns entfernt, erschlagen aufgefunden worden, und einen anderen armen Teufel haben sie hinter Strongs Postoffice kaltgemacht und beraubt. Cotton ist ebenfalls hierher nach Helena geflohen, und wir müssen jetzt ernsthafte Maßregeln ergreifen, um dem ein Ende zu machen.«

»Aber wo ist denn jetzt James Lively?« fragte der Richter und blickte sinnend vor sich nieder. – »Ist er mit nach Helena gekommen?«

Die Tür öffnete sich, und Adele schaute herein.

»Ist es erlaubt, mir nur meinen Bonnet zu holen?« fragte das junge Mädchen lächelnd. – »Ich möchte einen Sprung zu Mrs. Smart gehen und habe ihn hier liegenlassen, – oder sind es Geheimnisse, in denen ich störe? Ich gehe gleich wieder fort.«

Der Richter sah zerstreut zu ihr auf; Cook aber erwiderte: »O bewahre, Miß, nicht für Sie, wenn auch vielleicht für andere Leute. – James Lively, Sir?« wandte er sich dann wieder, die Frage beantwortend, an den Squire, während Adele, die

schon den Bonnet ergriffen hatte und eben wieder hinausgehen wollte, fast unmerklich zusammenfuhr und ordentlich fühlte, wie sie rot wurde. Das durfte sie die Männer doch nicht merken lassen, und verließ sie jetzt das Zimmer, so mußte sie gerade an ihnen vorbei. Sie trat schnell an den Nähtisch, wo sie den beiden den Rücken zukehren durfte, und zog ihn auf, als ob sie darinnen etwas suche.
Cook fuhr fort: »James Lively traute dem Frieden nicht recht und meinte, dem geheimnisvollen Wesen läge wohl noch mehr zugrunde. Er bat mich also, hierher zu reiten und Sie von dem Vergangenen in Kenntnis zu setzen, während er selbst sein Pferd in dem Papaodickicht befestigte, neben dem wir hielten, und dann zurück zum Hause schleichen wollte. Von Nebel und Dunkelheit begünstigt, hoffte er herauszubekommen, was dort getrieben würde, und als ich ihn verließ, flüsterte er mir noch zu, wir sollten ihn, falls wir selber herauskämen oder nach ihm schickten, in dem Kieferndickicht gleich über dem ›Grauen Bären‹ droben finden.«
Adele hatte inzwischen ihren Sonnenbonnet aufgesetzt, zog ihn sich fast ganz in die Stirn hinein und schlüpfte gleich darauf mit einem kaum halblaut geflüsterten »Guten Morgen, Gentlemen« rasch aus der Tür.
»Mein Rat ist jetzt«, sprach Cook weiter, ohne den Gruß zu erwidern, ja wahrscheinlich, ohne ihn zu hören, »daß wir vor allen Dingen die Spelunke da oben umzingeln, den Insassen derselben die Flucht zu Wasser und zu Lande abschneiden und dann einmal sehen, was für ein Kern in der Schale sitzt. Wer weiß, ob wir da nicht die Wurzel des ganzen Übels fassen und vernichten können, so daß wir nachher mit den übrigen leichtes Spiel haben.«
»Lieber Mr. Cook«, sagte der Squire ernst, – »auf einen bloßen Verdacht hin kann ich in das Privateigentum eines Bürgers der Vereinigten Staaten nicht gut eindringen. Ja, wenn Sie nur für irgend etwas eine Art Beweis hätten –«
»Ei, zum Henker mit Ihren Beweisen, Sir!« rief der Hinter-

wäldler trotzig aus. »Wenn ich die hätte, brauchten wir Sie und alle Umstände nicht; Beweise sind es ja gerade, zu denen uns das Gesetz verhelfen soll; finden wir die, nachher werden wir auch wissen, wie wir zu handeln haben.«

»Mein guter Sir«, erwiderte der Richter achselzuckend, – »Sie scheinen zu glauben, daß Sie noch am Fourche la Fave sind und nur einen Aufruf ergehen zu lassen brauchen, um die ganze Nachbarschaft zur Ausübung des Lynchgesetzes bereit zu finden. Nicht wahr, Sie gehörten mit zu den Regulatoren?«

»Allerdings«, sagte finster der junge Mann.

»Nun, sehen Sie wohl, Sie werden sich getäuscht finden. Wir leben hier in einer zivilisierten Stadt, und sosehr ich auch selbst geneigt bin, jeden Verbrecher seiner gerechten Strafe überliefert zu sehen, so werde ich mich doch andererseits sicherlich jedem willkürlichen Gerichtsverfahren widersetzen.«

»Also haben wir auf Ihre Hilfe nicht zu rechnen?« fragte Cook scharf.

»Allerdings haben Sie das«, entgegnete der Richter, »ich halte es sogar für meine Pflicht, Ihnen in jeder gerechten Sache Vorschub zu leisten, ebenso aber auch jede ungerechte zu unterdrücken. Übrigens glaube ich wirklich«, brach er plötzlich lächelnd ab, »daß Sie diese Sache in zu schwarzen Farben sehen. Ich habe jenes Haus schon seit längerer Zeit selber in Verdacht, bin aber ziemlich fest überzeugt, daß es nichts Schlimmeres als eine Spielhölle ist, die jedoch allerdings auch ungesetzlich wäre und deshalb nächstens einmal ausgehoben werden soll. Nur fehlen mir erst noch die Beweise; habe ich die erst, so sollen auch die Gesetze in aller Strenge ihre Ausübung finden.«

»Ja, das haben wir in Vicksburg gesehen«, sagte Cook unwillig; »was hat der Magistrat dort ausrichten können? Nichts! Die Bürger mußten sich erst selbst ihre Hilfe verschaffen, und hätten sie nicht damals die Verbrecher ohne weitere Umstände gehängt, so liefen sie jetzt noch zum Skandal der Menschheit und zur Schande der Stadt herum. Doch wir vertrödeln hier die schöne kostbare Zeit, Squire Dayton; deshalb jetzt direkt zu meinem Auftrage. Ich fordere Sie vermöge der mir verliehenen Vollmacht hiermit im Namen meiner Nachbarn nochmals auf, uns vor allen Dingen und ohne weiteren Aufschub Ihre Hilfe zu leihen, jene Kneipe, ›Zum Grauen Bären‹ genannt, zu umstellen und durchsuchen zu lassen. Ich verspreche Ihnen auch noch, daß wir Farmer uns bei der ganzen Sache gar nicht wirklich tätlich beteiligen, sondern nur Ihre Schutzwache bilden wollen. Das übrige mag sich später aus dem ergeben, was wir dort finden.«

»Sir«, entgegnete der Richter ernst, »bedenken Sie, was Sie tun! Sie wollen gesetzlose Menschen bestrafen und stellen sich zu gleicher Zeit auf dieselbe Stufe mit ihnen. – Sie wollen –«

Er hielt plötzlich inne und horchte hoch auf, und auch Cook bog sich, aufmerksam lauschend, dem Fenster zu. Ein wunderlicher Laut tönte von dort herauf. Fast wie das schäumende Gebraus der See vor Ausbruch eines Sturmes murmelte es in dumpfen, drohenden Tönen, und nur dann und wann scholl der einzelne gellende Schrei einer zürnenden Menschenmenge hervor aus dem Chaos von immer wachsendem Lärm und Aufruhr. Aus dem Fenster, an dem sie standen, konnten sie die in die Stadt hineinführende Straße übersehen, und von dorther wälzte sich jetzt ein wildverworrenes Menschenknäuel, den Konstabler an der Spitze, gerade auf das Haus des Squire zu und verlangte nach dem Friedensrichter.

»Hallo, da gärt's schon!« rief jetzt Cook freudig. »Nun, Sir, wollen wir doch einmal sehen, ob die Männer von Helena aus anderem Teig geknetet sind als die vom Fourche la Fave.«

Er riß schnell das Fenster auf und rief mit lauter, fröhlicher Stimme auf die Straße hinunter: »Was gibt's, meine wackeren Burschen? Wo hat's eingeschlagen? Wo brennt's?«

Ein tolles, entsetzliches Geschrei, aus dem nur manchmal die einzelnen Wort »Breidelford – Mörder – Räuber« hervorschallten, war die Antwort, und Cook, der sich rasch gegen den Richter wandte, sah, daß dieser leichenblaß wurde und vom Fenster zurücktrat.

»Alle Wetter, Sir«, rief der Farmer und blickte ihn erstaunt an, – »Sie werden ja käseweiß; – sind Sie krank?«

»Krank? – Ich? Nein, – wahrhaftig nicht«, sagte Squire Dayton schnell; »aber die Nachricht überraschte mich. – Ich weiß kaum, ob ich recht gehört habe; – es wäre fürchterlich!«

»Was ich aus dem Gebrüll heraushören kann«, sagte Cook und griff rasch nach seinem Hute, »ist, daß sie einen gewissen Breidelford ermordet haben, – kenne den Menschen nicht.« Und mit flüchtigen Sätzen sprang er die Treppe hinab, riß beinahe den Konstabler um, dem Cäsar eben die Tür geöffnet hatte, und sprang mitten zwischen das Volk hinein.

»Hallo, Boys!« rief er, als er hier mehrere Bekannte aus der Nachbarschaft erblickte. »Seid ihr gekommen, um die Gerichte zu holen, oder was gibt's sonst? Keine Spur von den Mördern gefunden?«

»Noch keine, Cook«, sagte ein langer Virginier, der sich vorarbeitete und dem Freunde die Hand bot; »ich denke aber, wir finden sie, haben auch noch gar nicht gesucht; denn die Burschen da wollten sich absolut erst den Richter holen, damit der Magistrat vor allen Dingen die Nase in die Geschichte stecke. Nun, mir kann's recht sein; Zeit wär's aber, daß auch in Helena ein bißchen nachgespürt würde.«

»Schändlich ist's«, rief ein anderer aus der Schar, – »eine arme, alleinstehende Frau zu überfallen! – Das Haus muß versiegelt werden, bis ihre Verwandten kommen. – So eine gute, brave Seele, wie sie war!«

»Nun, ihre Güte ließ sich allenfalls tragen«, murrte einer von der entgegengesetzten Seite; »sie hat in letzter Zeit besonders viel mit verdächtigem Gesindel verkehrt. – Aber, Donnerwetter, wenn das hier dem einen mitten in der Stadt passieren

kann, so ist auch der andere nicht besonders sicher, und da müssen wir doch sehen, ob wir den Mörder nicht herausbekommen können.«
»Heda, Richter!« schrie jetzt ein vierter aus der Menge. »Macht, daß Ihr herunterkommt! – Die Zeit vergeht, und die Schufte gewinnen mit jeder Minute nur noch größeren Vorsprung.«
»Gentlemen«, sagte Squire Dayton, der neben dem Konstabler in der Tür erschien und die Versammelten aufmerksam und forschend zu prüfen schien, mit tiefer, fast tonloser Stimme, »es ist, wie ich eben höre, ein entsetzlicher Mord geschehen. Ohne Zögern sollen augenblicklich die nötigen Vorkehrungen –«
»Ist schon sämtlich in bester Ordnung besorgt«, fiel ihm hier der Virginier ohne große Umstände in die Rede; »der Konstabler hat gleich alles getan, was sich für den Augenblick nur tun ließ. Vor allen Dingen haben wir den Fluß besetzt, daß uns kein Kahn entrinnen kann. Es fehlt jetzt nur noch eine Untersuchung des Hauses selbst, ob wir dort vielleicht irgendeine Spur von den Mördern finden, und wir wollten Euch dazu abholen, Sir, damit die Sache doch auch ein bißchen gesetzlich aussähe und wir später keine weiteren Umstände haben.«
Der Richter schaute wie in tiefen Gedanken die Straße hinunter und hinauf. – Sein Antlitz hatte eine unheimliche Blässe angenommen, und seine Augen blickten stier und glanzlos. Die Wege, die er übersehen konnte, waren menschenleer; alles schien sich dem Schauplatze des Mordes zugedrängt zu haben. Da tönte das Geräusch knarrender Ruder an sein Ohr. Sein Blick flog über den Strom hin und erkannte dort eines jener mächtigen Kielboote, die im Westen Amerikas gewöhnlich noch solche Flüsse befahren, auf denen Dampfer nicht gut angewandt werden konnten, wie sie auch manchmal auf dem Mississippi zu allerlei Zwecken benutzt und, mit Waren beladen, stromab geführt werden.

Es trieb augenscheinlich auf die Stadt zu, und vier Bootsleute arbeiteten langsam mit den schweren Finnen das breitbauchige Fahrzeug dem Lande entgegen. Daytons Lippen umzuckte aber ein triumphierendes Lächeln; denn auf der langen, knarrenden Steuerfinne der sogenannten Arche* flatterte ein rot-grünes Fähnchen.

»Habt Ihr die Geschworenen schon zusammengerufen, Konstabler?« fragte er.

»Ja, Sir«, sagte der Mann; »sie werden wohl schon oben sein.«

»So kommt, Gentlemen!« entgegnete der Squire und schritt, von den wenigen gefolgt, die bis dahin noch zurückgeblieben waren, rasch dem Hause der Witwe zu.

Cook war schon ein kleines Stück vorausgelaufen, und der Virginier wollte ebenfalls gerade folgen, als er sich von der Hand eines jungen Burschen zurückgehalten fühlte, der ihn wie schüchtern mit einem kaum hörbaren »Sir« anredete.

Er ging in die gewöhnliche Tracht der Hinterwäldler gekleidet, aber alles, was er trug, schien nicht für ihn gemacht; es war viel zu weit und zu groß. Der blaue, grobe Rock hing ihm förmlich auf den Schultern, und die Ärmel bedeckten fast seine Hände. Besonders war ihm der alte, schwarze Filz bis tief in die Augen hereingerutscht. Der Virginier lachte, als er ihn sah.

»Sir«, sagte der Kleine und wandte sich, um den Davoneilenden nachzusehen, halb von dem Mann, mit dem er sprach, ab, »war der eine – ich meine den mit dem weißen Filzhut – wirklich der Richter hier aus Helena?«

»Jawohl, mein Bursche«, sagte der Lange, – »weshalb?«

»Und er heißt – wie heißt er denn eigentlich?«

»Dayton, – Squire Dayton nennen sie ihn gewöhnlich; – der andere, der mit ihm geht, ist der Konstabler.«

»Wohnt er hier in der Stadt?«

»Wer? – Der Konstabler?«

* Eine häufige Benennung dieser Fahrzeuge.

»Nein, der Richter.«
»Das versteht sich doch wohl von selber; wo denn sonst? Aber ich muß fort. – Nun, was gibt's jetzt noch?«
»Kennt ihr ihn sonst nicht? – Ist er vielleicht – wißt Ihr nicht, ob –«
»Nein, – kenne ihn weiter gar nicht«, rief der Virginier und machte sich von der Hand, die ihn hielt, frei, »habe auch jetzt keine Zeit, denn ich möchte nicht gern zu weit zurückbleiben. Wollt Ihr mehr über ihn wissen, so steht da oben am Fenster seine Frau, die wird Euch nähere Auskunft geben.« – Und er eilte fort, blieb aber gleich darauf unwillkürlich wieder stehen und sah sich nach dem jungen Burschen um. Die Hand, die er eben in der seinen gehalten hatte, war so weich und warm gewesen, – der Hutrand hatte ihn bis jetzt noch ganz daran verhindert gehabt, das Gesicht des Kleinen zu sehen. Dieser mußte sich indessen rasch von ihm abgewandt haben; denn er drehte ihm jetzt den Rücken zu und starrte zu dem geöffneten Fenster hinauf, aus welchem Mrs. Dayton ängstlich der davonstürmenden Volksmenge nachschaute.
»Hallo, Mills!« rief da Cook dem Virginier zu. »Kommt, – wir dürfen nicht die letzten drüben sein!«
»Ay, ay«, lautete dessen Antwort, indem er dem Rufe rasch Folge leistete, – »bin gleich dort. – Merkwürdig zartes Bürschchen«, murmelte er dann vor sich hin, während er durch schnelleren Lauf das Versäumte wieder nachzuholen versuchte. »Die Hand fühlte sich an wie das Fell eines fliegenden Eichhorns; – muß mir ihn doch nachher einmal genauer betrachten.«
Der junge Bursche stand vor Squire Daytons Tür allein, und sein Blick hing stier an dem lieblichen Frauenbild, das sich bleich und tränenden Auges aus dem Fenster beugte.
Wenige Sekunden schien er mit sich zu kämpfen, tat ein paar schnelle Schritte nach dem Hause zu, blieb nochmals stehen, wandte sich, als ob er den Platz fliehen wollte, und trat dennoch plötzlich, wie von einem raschen Entschluß bestimmt, hinein. Gleich darauf schloß sich hinter ihm die Tür.

Im Hause der sonst so genauen und ordentlichen Mrs. Luise Breidelford sah es gar wild und schauerlich aus. – Die stets festverschlossen gehaltene Haustür stand heute weit geöffnet, und aus und ein strömten Scharen von Neugierigen und gingen treppauf, treppab in dem kleinen Gebäude. Freilich konnten sie nur ein einziges Zimmer betreten; die übrigen hatte der Konstabler schon durch gewaltige Vorhängeschlösser verwahrt, und nur hier und da suchten die in reichlicher Anzahl versammelten Knaben und jungen Burschen durch Schlüssellöcher und Türspalten, wenn auch meist erfolglos, einen Blick in die geheimnisvollen Räume zu gewinnen.

Oben in dem Zimmer aber, wo man die Leiche gefunden hatte, standen in ernstem und feierlichem Schweigen die Leichenbeschauer – geschworene Bürger von Helena – und sahen auf das bleiche, krampfhaft verzerrte Antlitz der Erschlagenen nieder. Wunden hatten sich weiter nicht an ihr gefunden als am Kopfe. Dort war die Haut von dem gewaltigen Faustschlag versehrt, und einzelne Tropfen geronnenen Blutes zeigten die Stelle an, wo sie zu Tode getroffen worden war. Der Richter, der zu den Geschworenen trat, hielt ein Paket Papiere in der Hand, das man nebst einigen Schlüsseln und einem Geldtäschchen bei ihr gefunden und ihm überliefert hatte.

Der Konstabler gab jetzt Bericht, wie man heute morgen dem Mord auf die Spur gekommen sei. Die Wachen wollten, ihrer Aussage nach, in der Nacht einen Schrei gehört haben, waren jedoch später durch den Anblick der jetzt Ermordeten selbst beruhigt worden und hatten nicht weiter darauf geachtet, bis sie, und zwar erst mit grauendem Morgen, zwei Männer aus eben dieser Straße kommen und die Uferbank am Flusse hinaufgehen sahen. Wohl fiel ihnen jetzt der Schrei wieder ein, und sie schritten rasch hinter den beiden her, verloren sie aber in Dunkelheit und Nebel bald wieder aus den Augen. Indessen war, aber doch erst mit Sonnenaufgang, das Mädchen zurückgekehrt, das Mrs. Breidelford am vorigen Abend zu ihren vor der Stadt wohnenden Eltern geschickt hatte. Das junge Ding fand zu ihrem Erstaunen die Haustür nicht allein nur angelehnt, sondern auch noch unten im Hause manches in höchst auffallender Unordnung. Rasch lief sie die Treppe hinauf, und ihr Hilfeschrei, als sie zurückschreckend die Leiche erkannte, rief bald nachher die Nachbarn zusammen. Dort konnte natürlich über den gewaltsam verübten Mord – den noch überdies die wild in den Zimmern umhergestreuten Sachen als Raubmord bestätigten – kein weiterer Zweifel bleiben. Der Ausspruch der Geschworenen lautete: »Durch heftigen Schlag auf den Kopf gewaltsam getötet!« Die Aufmerksamkeit der Männer richtete sich jetzt auf das Zimmer selbst, um hier vielleicht etwas zu entdecken, was auf die Spur der Mörder führen konnte. Besonders wichtig schienen hierbei einige Gegenstände, die man neben einer geleerten Stew-Bowle und der niedergebrannten Lampe auf dem Tisch fand. Es waren eine kleine, lederne Brieftasche, ein gewöhnliches, aber noch neues und erst wenig gebrauchtes Jagdmesser mir ordinärem Holzgriff und zwei halbgerauchte und verlöschte Zigarren. Mrs. Breidelford hatte, obgleich das sonst im Westen von Amerika nichts Ungewöhnliches gewesen wäre, selber nie geraucht. Männer mußten sich also auf jeden Fall, und zwar eine ziemlich geraume Zeit, im Innern des Hauses, ja, wenn man das Zeugnis der Wache annahm, auch mit Einwilligung der Frau aufgehalten haben. – Wer aber konnten sie gewesen sein? Cook, dem es grauste, in all dem wilden, lauten Treiben der Gerichtsbeamten die Leiche der Frau mit dem blutigen Angesicht so kalt und starr daneben ausgestreckt zu sehen, war mit dem Virginier wieder unten vor die Tür getreten, während unterdessen oben die gefundenen Sachen von Hand zu Hand gingen und genau besehen und geprüft wurden.

Unter den Leuten, die sich jetzt herzudrängten, befand sich auch ein deutscher Krämer, der in Helena mit allerhand

Sachen handelte, sie mochten Namen und Wert haben, wie sie wollten. Dieser aber hatte kaum das Messer gesehen, als er rasch danach griff, es von allen Seiten aufmerksam betrachtete und schnell hin- und herwandte. Die Augen der Umstehenden hafteten schon auf ihm, als wenn sie eine Erklärung erwarteten. Da sagte der kleine Mann, während er das Messer in die Höhe hob und die rechte Hand dabei aufs Herz legte: »Soll mer Gott helfe, – ich waiß, wem das Messerche ischt.«

»Und wem gehört es, Bamberger?« rief der Konstabler und faßte den kleinen Burschen an der Schulter. – »Heraus mit der Sprache, Mann! – Die Frau ist allerdings mit keinem Messer getötet worden, aber der Mörder kann es hier vergessen haben.« »En elender Mensch will ich sain«, beteuerte Bamberger, indem er sich gegen den ihn scharf beobachtenden Richter wandte, – »en erbärmlicher, elender Mensch, wenn's Messerche nicht ä jungem Borschen vom Lande isch – Schämes Lively haißt er met Nomen. – Hot er mer doch erscht am vergangena Donnerschtog ä blanken, baren Silberdollar defir gegebe.«

»James Lively«, brummte der Konstabler, »nun, der hat die Frau nicht ermordet; – weiß aber der Henker, wie sein Messer hier hereinkommt!«

»James Lively?« wiederholte der Richter schnell. – »Das wäre wunderbar. – Wo ist Mr. Cook? Nach jenes Mannes Geständnis soll er selbst gerade mit diesem James Lively heute morgen schon vor Tagesanbruch in Helena gewesen sein. Watchman, – Ihr saht heute morgen zwei Männer rasch am Flußufer hinaufgehen?«

»Ja, allerdings«, entgegnete der Angeredete; – »aber ich kann natürlich nicht gewiß behaupten, daß es die Mörder waren.«

»Gentlemen«, sagte der Richter ernst, – »die Sache verdient mehr Erwägung, als Sie vielleicht jetzt glauben. Dieser Cook ist ganz plötzlich, und zwar gleich nach jenem am Fourche la Fave gehaltenen Regulatorengericht von dorther hier eingetroffen.« »Das spricht in der Tat nicht besonders für Cook«, erwiderte der Konstabler; »James Lively aber ist ein ehrlicher, braver Mann und als solcher auch hinlänglich bekannt.«

»Sein Messer ist hier gefunden worden«, sagte ruhig der Richter. »Ja, – und zum Henker auch! – Wir wollen den Burschen doch erst einmal sprechen«, fiel hier einer der Beistehenden ein. »Auf jeden Fall sind die Beweise stark genug, einen Verdacht zu wecken. Überdies möchte ich hier noch bemerken, daß vorgestern erst – kaum eine Meile von eben dieses Livelys Haus entfernt – ein Mann erschlagen und beraubt gefunden worden ist. – Und wenn er auch des Konstablers Freund wäre –«

»Halt da, Sir«, fiel ihm der Konstabler ins Wort, »es soll niemand sagen, daß ich meine Freunde begünstige. – Ich bin augenblicklich bereit, James Lively zu verhaften; desto schneller wird er seine Unschuld beweisen können.«

»Heda, – wer sagt hier was gegen James Lively oder Bill Cook?« rief dieser in demselben Augenblicke, indem er rasch in die Tür sprang. Ein Freund von ihm hatte ihn schnell gerufen, damit er sich gegen die auftauchende Anklage verteidigen könne. »Hier kommt Cook, und Lively ist auch nicht weit. – Wer hat Mut oder Unverschämtheit genug, meiner Mutter Sohn einen Mord ins Gesicht zu werfen?«

»Halt, Sir«, mahnte ihn ernst der Squire, – »nicht mit Prahlen kann solche Sache beseitigt werden. Hier – dieses Messer hat man auf dem Tisch neben der Ermordeten gefunden.«

Cook drängte sich durch die bereitwillig Raum gebenden Männer zum Richter hin, erblickte aber kaum das Messer, als er auch die geballte Faust auf den Tisch schlug und ausrief: »Heilige Dreifaltigkeit! – Hat dieser neunhäutige Schurke auch hier wieder die Hand mit im Spiele? – Steckt denn die blutige Bestie überall? Aber warte, du sollst uns nicht lange mehr äffen; einmal kommst du uns doch in die Hände und dann –«

»Sir?« sagte der Richter ungeduldig.
»Dieses Messer«, entgegnete jetzt Cook rasch, »kann kein anderer als der berüchtigte Cotton hierhergebracht haben. – Der hat es vorgestern abend mit noch zwei Kugeltaschen aus unserem Hause gestohlen. Jetzt dürfen wir aber auch keinen Augenblick mehr verlieren, wenn wir diesen niederträchtigen Schurken noch erreichen wollen. Kommt, Leute, hier gilt es, den Staat von einer wahren Geißel zu befreien!«
Der Konstabler vertrat ihm auf einen Wink des Richters den Weg, und dieser fragte jetzt, ohne des jungen Mannes Entrüstung darüber weiter zu beachten:
»Wann sind Sie heute nach Helena gekommen, Sir?«
»Ich? Weshalb?« rief Cook ärgerlich.
»Ich verlange eine Antwort auf meine Frage«, lautete die ernste Entgegnung.
»Nun gut denn, heute morgen.«
»Und zu welcher Zeit?«
»Ei, zum Donnerwetter, – ich führe keine Taschenuhr bei mir«, sagte Cook unwillig – »'s war noch dunkel; – das mag Euch genügen!«
»Und wo hält sich der junge Mann jetzt auf, der, wie Ihr sagt, mit Euch gekommen ist und dem dieses Messer hier gehört?«
»Squire Dayton – ich habe darüber schon heute morgen –«
»Ich muß Sie bitten, Sir, meine jetzigen Fragen einfach zu beantworten. Wo ist James Lively in diesem Augenblick?«
»Squire«, sagte Cook und richtete seinen Blick fest und ernst auf den Richter, – »es will mir fast so vorkommen, als ob hier eine Art Spiel mit mir getrieben werden sollte. – Wetter noch einmal, ich bin kein Kind mehr! Was bedeuten diese Fragen?« »Einer Frage gebührt auch eine Antwort«, sagte in diesem Augenblick eine scharfe schneidende Stimme, und ein langer, hagerer Mann, dem vier oder fünf andere, ebenfalls Fremde, folgten, wandte sich freundlich gegen den jungen Farmer. Fast aller Blicke hefteten sich verwundert auf die so plötzlich Eintretenden; der Richter aber fuhr mit einem freu-

dig überraschten »Ah!« empor, streckte dem ersten die Hand entgegen und rief in frohem Erstaunen:

»Mr. Porrel aus Sinkville. – Sie kommen wie gerufen, um an unseren Verhandlungen und Geschäften teilzunehmen, die, wie ich fast zu fürchten anfange, gar ernster Art werden könnten.« »Guten Morgen, Squire«, sagte der Neuankömmling; – »es ist, wie ich höre, ein Mord geschehen –«

»Lassen Sie sich die Geschichte ein anderes Mal mitteilen«, rief Cook unwillig dazwischen und wandte sich der Tür zu; – »wir haben jetzt keine Zeit, weder für Erzählungen noch für leere Gerichtsformen, wenn wir nicht die Schuldigen inzwischen wollen entfliehen lassen. Hallo, meine Burschen, wer geht mit mir?«

»Ei, eine ganze Menge, denke ich«, sagte der Virginier und sah sich dabei im Kreise um. – »Vor allen Dingen müssen wir die Kneipe da oben ausheben.«

»Halt, Sir, – Ihr seid mein Gefangener!« rief in diesem Augenblicke der Konstabler und legte seine Hand auf die Schulter des Farmers. – »Im Namen des Gesetzes!«

»Das Gesetz soll zum Teufel gehen!« schrie der Backwoodsman, der keineswegs gesonnen schien, sich solcher Willkür geduldig zu fügen. – »Zurück da, Mann! – Hierher, Virginny! – Hierher, meine Helena-Burschen! Das ist Gewalt!«

»Schützt das Gesetz!« rief es aber von allen Seiten, und wenn der junge, riesige Hinterwäldler auch den Konstabler wie einen Federball zurückschleuderte und sich, von dem Virginier und zwei oder drei anderen unterstützt, der Tür zukämpfte, so sahen sich diese doch bald von der Übermacht bewältigt. Cook wurde umschlungen und trotz seines wütenden Sträubens mit schnell herbeigebrachten Stricken gebunden.

»Die Pest über euch!« schrie der Farmer und suchte, freilich vergebens, seine Arme, freizubekommen. – »Nennt ihr das Gesetz, ehrliche Männer festzuhalten, damit eure Schurken frei ausgehen? Und Ihr da, vermaledeiter Tintenkleckser,

Dayton oder Wharton, wie Ihr nun heißen mögt, Ihr sollt mir Rede stehen für dies! – Hallo, Virginny, – sind denn keine Männer mehr da?«

»Raum da!« schrie in diesem Augenblicke der baumlange Virginier und stürzte sich mit einigen rasch geworbenen Freunden aufs neue zwischen die hinein, die Cook gefangen hielten.

»Schützt das Gesetz!« tönte es ihm aber überall entgegen, und wo er Hilfe erwartet hatte, fand er nur Widerstand. Es schien auch für kurze Zeit wirklich zu einem ernsten Kampfe zu kommen; die Mehrzahl befand sich jedoch zu stark auf seiten der gesetzlichen Partei; – die übrigen waren nicht imstande, den Gefangenen zu befreien, und Dayton, der mit kaltem Lächeln der tollen Wirrnis zugeschaut hatte, gab jetzt ruhig den Befehl, Cook in das Gefängnis hinüberzuschaffen.

»Virginny!« rief Cook, als er unten in der Tür stand und den Virginier sah, der sich noch immer vergebens bemühte, bis zu ihm hinzudringen – »Wollt Ihr mir einen Gefallen tun?«

»Ruhe da, Sir!« rief der Konstabler. – »Kein Wort weiter, oder –«

»Ay ay!« rief der Lange hinüber.

»Keine Verabredungen, Sir! – Duldet keine Verabredungen, Konstabler!« schrie jener Mr. Porrel und eilte rasch herbei. – »Leute, – bringt die beiden auseinander.«

»Warnt James Lively!« schrie da der Farmer, so laut er schreien konnte, und sah sich im nächsten Augenblick von den Wächtern erfaßt und fortgerissen.

»Ja, aber – wo finde ich ihn?« rief der Virginier zurück.

»Fort da! – Weg mit dem Burschen! – Habt acht auf Euch! – Damn you! – Schlagt ihn zu Boden!« tobte es indessen von allen Seiten, und während die einen den Farmer mit sich auf die Straße zogen, verhinderten die anderen den Virginier, ihm zu folgen, so daß, ehe er sich Bahn brechen konnte, die Tür des County-Gefängnisses hinter dem jungen Mann ins Schloß fiel. Der Virginier schritt, da er sah, daß jeder weitere

Versuch vergebens sein würde, die Straße hinunter, während sich die übrigen teils um das Haus der Witwe scharten, das der Konstabler eben verschloß, teils auf dem Platze selber zusammentraten und das Geschehene miteinander besprachen. – Mit seinem Auftrag war er aber gar nicht zufrieden. »Hm«, brummte er vor sich hin und schob die Hände in die Taschen, »jetzt soll ich Jimmy Lively warnen; – da werde ich zu Livelys hinauslaufen können. – Zum Henker auch! – Ob man denn hier nicht irgendwo ein Pferd kriegen könnte? – He, Bob!« rief er dann einen Bekannten an, der dem Schauplatz gerade zueilte – »Wer borgt einem wohl in der Stadt ein Pferd, wenn man keins hat?«

»Smart«, lautete die lakonische Antwort, und der Angeredete, der sich nicht nach dem Frager umschaute, eilte rasch vorwärts. »Smart? – So?« murmelte der Virginier und sah dem Laufenden nach. – »Verdammte Eile! – Kommt auch noch zur rechten Zeit. – Smart, muß einmal zu Smart gehen und hören, was er sagt. Daß der Henker übrigens das Reiten hole! – Habe noch in meinem Leben auf keinem so vierbeinigen Dinge gesessen, außer einmal, wo's mich aber schon abwarf, ehe ich nur recht aufgestiegen war.«

Und mit leise in den Bart gebrummten Flüchen schritt der Lange dem Union-Hotel zu, um dort sein Glück zu versuchen.

33

Squire Dayton war, während sich das übrige Volk zerstreute, mit Porrel und einem Teil seiner Verbündeten zurückgeblieben und stand, die Arme fest verschlungen, mitten auf dem breiten Platze, der Mrs. Breidelfords Haus von dem Gefängnis trennte. Er wußte recht gut, daß sich jetzt – vielleicht heute noch – nicht allein sein Schicksal, sondern auch das aller übrigen entscheiden mußte, und tollkühne Pläne waren es, die für den Augenblick sein Hirn durchkreuzten. Sollte er hier der Gefahr ausgesetzt bleiben, verraten und vielleicht einmal überrascht und gefangen zu werden? Sein Blick schweifte wild über die wogenden Menschenmassen hin. – Oder sollte er sich, der Macht, die er jetzt um sich versammelt sah, vertrauend, im letzten entscheidenden Streiche den Feinden entgegenwerfen? Noch war ihm Zeit gegeben, das, was er an Schätzen angehäuft hatte, in Sicherheit zu bringen; der nächste Augenblick vernichtete vielleicht schon alle Hoffnungen und Pläne.

Porrel, der eben erst von Sinkville eingetroffene Verbündete, mochte wohl ahnen, was in seiner Seele vorging. Er schritt langsam auf ihn zu, blieb wenige Sekunden dicht neben ihm stehen und flüsterte dann, indem er ganz vorsichtig seine Schulter berührte:

»Nun, Sir, beschließt rasch, was Ihr tun wollt; unsere Augenblicke sind gezählt.«

»Wißt Ihr?« fragte Dayton und schaute zu ihm auf.

»Ich weiß alles«, entgegnete mürrisch der Fremde. – »Sander, der Euch oben im ›Grauen Bären‹ sehnsüchtig erwartete, hat mir wenigstens das Wichtigste mitgeteilt.«

»Wo ist Simrow?« fragte der Squire rasch. – »Habt Ihr nichts von ihm gesehen?«

»Die Pest über den Burschen!« rief der Advokat. »Ich habe ihm nie getraut!«

Dayton sah ihm überrascht und mißtrauisch ins Auge.

»Wahrscheinlich spielte er ein falsches Spiel«, fuhr Porrel fort, ohne den Blick zu beachten; »soviel ist gewiß, er hatte sich, als der alte Benwick kaum begraben war, bedeutender Kapitalien gegen seinen Auftrag bemächtigt und wollte damit fliehen. – Ein paar Georgier setzten ihm nach, holten ihn ein und – schossen ihn glücklicherweise gleich nieder.«

»Und das Testament?« fragte Dayton mit fest zusammengebissenen Zähnen.

»Man soll allerlei darüber munkeln«, grollte der Sinkviller;

»ich glaube, es wird das beste sein, wenn wir uns nicht weiter um die Sache bemühen.«

»Sind denn alle Teufel heute auf einmal losgelassen?« rief der Richter, mit dem Fuße stampfend. »Mord und Tod! Es ist ja fast, als ob uns das Schicksal selbst zum letzten entscheidenden Schritt treiben wollte.«

»Verzögert den wenigstens so lange wie möglich«, warnte Porrel; »denn wenn der mißlingt, sind wir natürlich verloren, weil es eben der letzte war.«

»Seid außer Sorge«, entgegnete finster der Richter, »wir haben bisher zu trefflich gebaut, um uns jetzt, Wahnsinnigen gleich, das Sparrwerk selber über den Häuptern zusammenzureißen. Ich habe einen Plan entworfen, der uns nicht allein Freiheit, sondern auch Rache sichert. Vor allen Dingen müssen wir aber die Unseren, die sich noch oben im ›Grauen Bären‹ aufhalten, in Sicherheit bringen. – Wohl ahne ich, wer der Rasende war, der am Tage der Entscheidung durch einen solchen Mord uns alle der größten Gefahr aussetzte; doch dürfen wir die Kameraden nicht verderben lassen, und dorthin wird sich die bis jetzt nur mühsam gedämmte Rache des Volkes zuerst Bahn brechen. Eilt also schnell hinauf und schickt mir alle, die man hier in Helena nicht kennt, augenblicklich herunter; Sander aber und Thorby und – noch einige andere, die ich dort vermute, mögen gleich den oberhalb liegenden und für sie bestimmten kleinen Chickenthief* benutzen und so rasch wie möglich mit der Strömung unterhalb Helena antreiben.«

»Was aber, zum Donnerwetter, habt Ihr vor?« fragte Porrel ärgerlich. »Tut doch nicht so verdammt geheimnisvoll und schießt einmal los! Wie kann ich denn sonst wissen, wie ich zu handeln habe?«

* Chickenthief oder Hühnerdieb ist auf dem Mississippi, besonders an der Louisianaküste, der Name kleiner, schmaler Segelboote, die, ihrer Leichtigkeit und Schnelle vertrauend, wohl früher manchmal die Hühnerhöfe der Pflanzer geplündert haben mögen, und davon ihren Namen bekamen.

»Die Sache soll für Euch alle gar kein Geheimnis mehr sein«, entgegnete ihm der Führer. »Wollten wir jetzt in offenem Ansturm das Dampfboot, das gerade an der Landung liegt, nehmen, so würde uns natürlich die ganze Bevölkerung von Helena nicht daran hindern können; ich selbst verstehe ein Dampfboot zu führen, und der ›Van Buren‹ ist auch schnell genug, um jeder Verfolgung zu spotten.«

»Nun, weshalb greifen wir denn da nicht zu?« meinte Porrel. – »Wo böte sich eine bessere Gelegenheit?«

»Wir selbst wären vielleicht imstande, uns zu retten«, fuhr Dayton, den Einwurf nicht beachtend, fort, »dürften es aber gar nicht wagen, an der Insel zu halten. Das Land wäre augenblicklich in Aufruhr, und Ihr wißt recht gut, daß bei dem jetzigen Wasserstande fast keine Stunde vergeht, in der nicht Dampfboote hier vorbeikommen, die wir dann augenblicklich auf den Fersen hätten. Nicht allein unsere ganze mühsam aufgespeicherte Beute wäre in dem Falle verloren, nein, auch unser Leben fast mehr als gefährdet; wir müssen daher sichergehen.«

»Aber wie wäre das möglich?« fragte Porrel gespannt.

»Einfach genug«, sagte der Richter. »Die Existenz der Insel ist den Farmern verraten; wie ein Lauffeuer fliegt jetzt die ihnen fast noch fabelhaft scheinende Mär von Mund zu Mund. Leugnen können wir es nicht mehr und ebensowenig den Sturm aufhalten, der sich noch heute dort hinunterwälzen wird. Ein einziges Mittel gibt es nur, den Todesstreich, der unserem Haupte droht, nicht allein abzuwenden, sondern auch auf die Stirn des Feindes zurückzuführen. In wenigen Stunden werden wir Hunderte von berittenen Waldleuten hier in der Stadt sehen; dieser Cotton hat das ganze Land gegen uns in Aufruhr gebracht, und offenen Kampf in Helena dürfen wir nur als letzte Rettung wagen. Sie werden jetzt ungesäumt gegen die Insel aufbrechen wollen; bleiben wir zurück, so erregen wir nicht allein Verdacht, sondern teilen auch zugleich unsere Kräfte. Also müssen wir vereint mit den Feinden sie scheinbar begleiten und unterstützen. – Einen Boten habe ich vor etwa einer Viertelstunde schon abgeschickt, der die Insulaner von unserem Plane in Kenntnis setzt. Wir selbst aber und alle kampfesfähigen Männer des Countys ziehen mit dem United-States-Paketboot gegen die Insel. In etwa zwei Stunden landet es hier auf seiner Fahrt von Memphis nach Napoleon und muß mir als Richter zu einem Zwecke, wo es die Sicherheit des ganzen Staates gilt, zu Diensten stehen. Meine wackeren Backwoodsmen würden auch gar nicht anstehen, den Kapitän zu zwingen, sollte der wirklich geneigt sein, Schwierigkeiten zu machen.«

Porrel nickte lächelnd mit dem Kopfe.

»So dampfen wir rasch zur Insel hinunter«, fuhr Dayton, schon in der Begeisterung des Kampfes, freudig fort. »Dort ordne ich die Scharen; die Unseren unter die Farmer gemischt und in ihrem Rücken, bis wir das Fort in Sicht haben, hinter dem die Freunde lauernd des Zeichens harren. Langes Zögern dulden die Hinterwäldler nicht, in ihrem tollen Mute werden sie blind darauf losstürmen wollen. Dann aber brechen die Insulaner von allen Seiten hervor; wir fallen den überraschten Gegnern in die Flanke, und sehen sie sich in dem dichten Unterholz unserer Verhaue von denen angegriffen, die sie bis dahin als die Ihrigen betrachtet hatten, werden sie nicht einmal mehr wissen, gegen wen sie sich verteidigen, wen sie bekämpfen sollen. Haben wir dann gesiegt, und der Sieg muß unter diesen Umständen ein ganz leichter sein, dann schaffen wir unsere Schätze auf das dort liegende – auf unser Dampfboot, und fort fliegen wir mit wehender Flagge durch den Atchafalaya in den Golf von Mexiko.«

»Der Plan ist vortrefflich!« rief Porrel. – »Die hitzköpfigen Hinterwäldler gehen unbedingt in die Falle; – aber – weshalb haltet Ihr da noch Cook und den andern Bootsmann gefangen? Das wird böses Blut machen.«

»Sie hätten mir durch ihre Hitze den ganzen Plan verdorben«, sagte Dayton. – »Eilt nur jetzt hinauf zum ›Grauen

Bären‹, daß wir die Unseren früh genug zurückziehen, und nachher bleibt uns immer noch Zeit, die Gefangenen zu befreien, – wenn das überhaupt nötig ist. Vielleicht sind wir sogar imstande aufzubrechen, ehe sie alle hier eintreffen; desto leichtere Arbeit haben wir dann. Auf jeden Fall müssen wir versuchen, einen von ihnen, den jungen James Lively, hierher zu bekommen, ehe er uns die ganze wilde Schar auf den Hals hetzt, und – vielleicht auch mehr sieht, als gerade nötig ist. – Er liegt in dem kleinen, dem ›Grauen Bären‹ fast gegenüber befindlichen Kieferndickicht versteckt, um von dort aus das ihm verdächtige Haus zu beobachten. Bringt ihn womöglich im guten mit her; geht aber das nicht – ei, dann auch mit Gewalt. – Es ist derselbe, dessen Messer in dem Hause der Ermordeten gefunden wurde.«

»Gut!« sagte Porrel und rieb sich freudig die Hände. »Vortrefflich, da gibt's doch endlich einmal ein ordentliches Dreinschlagen, wo man nicht mehr süß und freundlich zu sein braucht. Tod und Teufel, das Leben hatte ich satt! – Nun weiß man doch, woran man ist, und braucht nicht mehr in steter Angst und Not zu leben. Also Good bye, – meinen Auftrag richte ich aus, sorgt Ihr nur auch dafür, daß wir, wenn das Memphis-Paketboot kommt, die Unseren alle beisammen haben.« Rasch eilte er die Straße hinab, wo er bald ein paar seiner Freunde zu sich rief und mit ihnen um die Ecke der seitlich abzweigenden Gasse verschwand.

Der Squire schritt indessen langsam und sinnend der eigenen Wohnung zu.

»Wer war der Knabe, der da eben das Haus verließ?« fragte Squire Dayton, als er in seine Tür trat und nach einem jungen Burschen zurücksah, der jetzt flüchtigen Laufes die Straße hinabeilte. »Was wollte er, und von woher kommt er?«

»Gott weiß es, Massa«, sagte Nancy, die ihrem Herrn zugleich einen eben für ihn eingetroffenen Brief überreichte. – »Noch gar nicht so lange ist es her, da kam er herein, – ging

zu Missus hinauf, blieb ein paar Augenblicke oben und wäre dann beinahe die Treppe wieder heruntergefallen. Unten setzte er sich auf die Stufen hin und weinte, als ob ihm das Herz brechen wollte. Weil ich mich vor ihm fürchtete, schickte ich den neuen Nigger zu ihm, den Massa gestern mitgebracht hat. Von dem wollte er aber gar nichts wissen, steckte den Kopf fest unter die Arme – er schämte sich wahrscheinlich, weil er weinte – und rührte und regte sich nicht. Erst als Bolivar wieder fort war, stand er auf, drückte sich den Hut fast bis in die Augen hinein und verließ rasch das Haus, – keine zwei Minuten, ehe Massa kam.«
»Sind die Damen oben?« fragte der Squire jetzt, ohne des fremden Burschen weiter zu gedenken.
»Miß Adele ist zu Mr. Smart gegangen«, erwiderte Nancy; – »Missus ist aber oben. Soll ich –«
»Laß nur«, sagte der Squire und stieg langsam die Stufen hinauf; – »sollte jemand kommen und nach mir fragen so mag er hier im Zimmer warten. – Ich bin gleich wieder unten.«
Der Friedensrichter Helenas, der blutige Piratenhäuptling des Mississippi, betrat das Gemach seines braven, unschuldigen Weibes, das keine Ahnung hatte, welche Verbrechen die Brust barg, die ihr Liebe vorgelogen und ihr reines Herz an sich zu fesseln gewußt hatte.
Das Zimmer war leer. – Hedwig saß während Adeles Abwesenheit oben am Bett der armen Marie. Dayton aber blieb an der Tür stehen und ließ die Augen sinnend in dem kleinen, friedlichen Raum umherschweifen, wo er alles, alles besaß, was ihn zum Glücklichsten der Menschen hätte machen können, alles, was das Herz eines braven, rechtlichen Mannes mit Stolz erfüllen mußte. Aber der Ehrgeiz hatte die scharfen, giftigen Krallen in seine von wilden Leidenschaften durchwühlte Brust gehauen, – kalte Berechnung allein leitete seine Handlungen, und das Heiligste opferte er rücksichtslos dem eigenen Ich. Wohl gibt es Tausende wie ihn, Menschen

mit eisernem Herzen, die ebenso kalt und entsetzlich in das Leben hineingreifen und alles andere rücksichtslos unter die Füße treten, wenn sie nur für sich jede Lust, jede Befriedigung ihrer Wünsche erlangen können; aber der kecke, tollkühne Mut fehlt ihnen, den der Piratenhäuptling in so entsetzlichem Maße besaß. Sie strecken die spitzigen, behandschuhten Finger vorsichtig aus, daß sie nirgends anstoßen, und nur dann, wenn sie sich vollkommen unbeachtet wissen, zeigen sie sich in ihrer wahren Gestalt. Und die Welt ehrt sie; das Gesetz schützt sie; denn ›es ist ihm gegen sie ja nichts bekannt geworden‹. Dennoch fluchen ihnen zahllose Unglückliche, die sie elend gemacht haben; die Verwünschungen der Witwen und Waisen heften sich an ihre Sohlen, und Schätze und Reichtümer, in verzweiflungsvoller Stunde an fromme Stiftungen hinausgeschleudert, können nicht die feige Angst der letzten Augenblicke betäuben.

Anders war es mit dem Führer jener gesetzlosen Schar; – seine Rechnung mit dieser Welt hatte er abgeschlossen und ruhig und fest sein Fazit gezogen. Er scheute weder den Tod, noch achtete er das Leben. Deshalb aber war er gerade so entsetzlich, so fürchterlich gewesen; denn die Gesetze der Menschen konnten ihn nicht mehr schrecken, Glaube und Schwur an das Heiligste ihn nicht mehr binden. Fest und bestimmt ging er seine verbrecherische Bahn, und wie auf dem Brett die Schachfiguren, so stellte und benutzte er die Menschen zu seinen Zwecken und Plänen, – nur dann um sie besorgt, wenn ihr Verlust ihm selber schaden konnte.

Und jetzt, als er so dastand und wilde Szenen des Bluts und Entsetzens vor seinem inneren Auge vorüberglitten, schweiften seine Blicke, im Anfang fast unbewußt, über den kleinen freundlichen Raum hin, der ihn umschlossen hielt. Mehr und mehr aber hafteten sie an den einzelnen Gegenständen; die Gegenwart erzwang sich den Eintritt in sein Herz, und zum ersten Male vielleicht seit langer Zeit durchzuckte ihn ein Gedanke an das, was er sein könnte, an das, was er war. Hier

– hier wohnten Liebe und Treue; hier schlug ein Herz für ihn, das ihm mit freudigem Lächeln in Not und Elend gefolgt wäre; hier atmete ein Wesen, das nur in ihm seine Seligkeit kannte. Und er –?

Die Sonne schien warm und freundlich in das trauliche Gemach; sie hatte die finsteren Nebelschatten überwunden und spielte jetzt in funkelnder Luft mit den Staubkörnchen, die der Schritt des finsteren Mannes aufgeregt hatte, legte sich über die bunten Farben des Teppichs hin, dem sie noch weit höheren Glanz verlieh, und drang wie ein neugieriges Kind in alle Winkel und Ecken. Dort aber, an dem einen Fenster, wo sich ihre Strahlen erst sanft und leise durch blühende Myrten- und Rosenstöcke stahlen, die Orangenblüte küßten und die sanfte Vanille und einen purpurnen Schein um die blauroten Glocken der prachtvollen Fuchsie zogen, da ruhten sie auch noch um so friedlicher und lieber auf dem freundlichen Plätzchen der Herrin vom Hause: auf dem weichgepolsterten Stuhl und dem kleinen zierlichen Mahagoni-Nähtisch, auf den Strick- und Arbeitskörbchen und dem kleinen eingespannten Stickrahmen. Selbst nach der zierlichen Fußbank blinzelte ein etwas gar zu geschäftiger Strahl hinab, und von Blumen und grünem Laub umgeben, auf dem noch die klaren Perlen des Frühtaues blitzten und funkelten, lag ein Zauber über dem Ganzen, der nicht beschrieben, der nur gefühlt und empfunden werden konnte. Und in diesem Kreise häuslicher Glückseligkeit und Ruhe stand die dunkle, ernste Gestalt des Mannes, der ihn zum Paradies hätte schaffen können, wie der vernichtende, starre Todesengel, die Faust schon zum letzten fürchterlichen Schlage erhoben. Sein Auge aber, das immer wilder und ängstlicher den Raum überflog, haftete endlich fast unwillkürlich an dem Bild seines Weibes, das neben dem seinen dort drüben hing. Das waren die sanften Engelszüge des holden Angesichts, die mit freundlichem Lächeln zu ihm herüberblickten; das war das treue, dunkle Auge, das ihm damals Liebe – Liebe, wie sie nur das Weib gewähren kann, geschworen, und ihren Schwur nie – noch nicht durch Gedanken oder Wort gebrochen hatte. – Und er?

Starr und regungslos stand er dort, seine Hände hatten sich krampfhaft geballt, und alles um ihn her schien sich plötzlich im tollen, wirren Kreise mit ihm zu drehen. Da rang sich das Herz noch einmal frei, einmal noch tauchte es auf aus Sünde und Verbrechen; die Zeit kehrte vor sein inneres Auge zurück, wo er zuerst die holde, züchtige Jungfrau gesehen und um sie geworben hatte. Was hatte er ihr damals gelobt, welche Schwüre hatte er der hold Errötenden in das Ohr geflüstert! Und jetzt – jetzt? War er nicht hierhergekommen, um diesen Raum auf immer zu meiden? War er nicht hierhergekommen, um die zu verlassen, die kein Glück weiter kannte als das, was sie an seiner Seite, in seiner Liebe fand? Wollte er nicht mit roher Hand das Band zerreißen, das in dem Herzen seiner Gattin die festen, unzerreißbaren Wurzeln geschlagen hatte? Der Gedanke an alles, was sie ihm bisher gewesen, so lange und gewaltsam zurückgehalten, stürmte da mit ganzer vernichtender Kraft auf ihn ein. –

»Hedwig – Hedwig!« stöhnte er.

Da vernahm er auf der Treppe leichte Schritte. – Sie war es selbst, und kräftig zwang er den Schmerz hinein in sein altes Bett. – Die Züge nahmen wieder ihren starren Ernst an, nur die Augen lagen noch hohl und glanzlos in ihren Höhlen, und seine Wangen waren bleich und gefurcht.

»Georg!« rief die junge, schöne Frau, als sie in die Tür trat und freudig erstaunt den ferngeglaubten Gatten erkannte. – »Georg, – Gott sei gedankt, daß du wieder bei mir bist! Ach, Georg, ich kann dir gar nicht sagen, wie beengt mir das Herz war, als du heute fortgingst.«

»Närrisches Kind«, sagte der Squire, und ein mattes Lächeln zuckte um seine Lippen, »mußt dir nicht unnötige Sorge um mich machen; es gibt Leid genug in der Welt; – wir sollten es nicht bei den Haaren herbeiziehen.«

»Tue ich denn das?« flüsterte Hedwig bittend. – »Sieh nur einmal, Georg, sieh nur, wie bleich und angegriffen du aussiehst! – Habe ich da nicht Ursache, besorgt zu sein?«
Sie zog ihn mit leiser Hand vor den breiten Spiegel, der zwischen den beiden Fenstern befestigt war, und Daytons Blick fiel auf das Glas; rasch aber wandte er sich ab; – sein eigenes Antlitz neben dem ihren, – der Gegensatz war zu fürchterlich.
Da waren rasche Hufschläge auf der Straße zu hören. – Mrs. Dayton wandte sich unwillkürlich dorthin, und beide riefen im gleichen Moment überrascht aus: »Adele!«
Und wahrhaftig hatten sie Ursache, erstaunt zu sein; denn auf schnaubendem Rappen, das Köpfchen gegen den scharfen Luftzug niedergebogen, den Sonnenbonnet mit der Linken haltend, während sie mit der Rechten die Zügel des feurigen Tieres regierte, flog Adele in sausendem Galopp vorbei, und kaum war der Ruf ihren Lippen entflohen, so verschwand auch schon die wilde Reiterin um die nächste, dem oberen Teil des Flußufers zuführende Ecke.
»Nun sieh einer das tolle Mädchen an!« sagte endlich Mrs. Dayton, während der Squire im ersten Augenblick einen raschen, fast unwillkürlichen Schritt nach der Tür getan hatte, als ob er sie zurückhalten wollte, jetzt aber wieder langsam zum Fenster trat. – »Kein Pferd ist ihr zu wild und unbändig, sie muß es besteigen. Was sie nur wieder vorhaben mag? Sie wird es so lange treiben, bis sie einmal wirklich Schaden nimmt.«
Der Richter blickte sinnend der Richtung nach, welche die Reiterin genommen hatte. – Was wollte Adele dort? Weshalb trieb sie ihr Pferd zu so wilder, entsetzlicher Eile an? War etwas vorgefallen, das ihn selbst bedrohte?
»Dayton!« rief seine Frau, die sich jetzt gegen ihn umwandte. –
»Du siehst totenbleich aus; fehlt dir etwas?«
»Mir?« sagte der Squire und bog sich mit einem krankhaft gezwungenen Lächeln zu ihr nieder. »Mir? Was soll mir

fehlen, du wunderliches Kind? Nur den Kopf habe ich voll von all dem Lärm und Treiben dieser guten Stadt. – Mir wird dieses wilde, ruhelose Leben nachgerade verhaßt.«

»Ach, Georg!« flüsterte die junge Frau und schmiegte sich leise an den Gatten an. »Wie oft ist es – lange, lange Nächte hindurch, die du fern von mir weilen mußtest, mein heißer, inniger Wunsch gewesen, daß du dieses Leben wirklich verlassen möchtest. Sieh, du bist hier geachtet und geehrt, bist der Erste in dieser Stadt, und ich kann begreifen, daß der Ehrgeiz einen Teil an dem Herzen des Mannes haben muß, wie er dem des Weibes fremd sein sollte; aber deine Gesundheit leidet, deine Kräfte reiben sich auf; Ärger und mühevolle Arbeiten und Pflichten rauben dir jede Ruhe und halten nächtelang den Schlaf von deinen Augen. Ach, wenn du dich losreißen könntest von all diesem Schaffen und Treiben, wenn dir das Herz deines Weibes genügte, das nur durch dich, nur in dir seine Seligkeit findet! –« Sie barg das Haupt an seiner Brust, und viele Sekunden lang hielt er sie fest, fest umschlungen; aber ein anderes, wunderbares Gefühl überkam ihn. – Seine Züge verloren das Finstere und Starre; seine Blicke hafteten sinnend mit einem neuen, belebenden Glanze auf dem liebend an ihn geschmiegten Haupte seines Weibes; seine Hand, die ihre schlanke Gestalt umschloß, zitterte, und bunte, freudige Bilder waren es, die plötzlich in seiner Seele vorüberglitten. Dort in weiter Ferne, auf einsam gelegener, meerumtoster Insel, unter Palmen und Blütenhainen erstand eine Hütte. – Milde Lüfte fächelten seine Wangen; an seiner Seite ruhte sein treues Weib, und der Ozean wälzte sich zwischen ihm und seinen Verbrechen; die mächtige Flut wusch und tilgte die Vergangenheit. – Und die Gegenwart? – Ein Eden erstand ihm in jedem neuen sonnigen Tage. Noch war es Zeit, – noch war der letzte entscheidende Schritt nicht geschehen, – noch hatte ihn das Verderben nicht ganz in die ehernen Arme geschlossen.

Er bog sich nieder zu ihr; seine Lippen preßten sich fest und innig an ihre reine Stirn, und dort – ha! War das eine Träne, die dem Auge des finsteren Mannes einen so herrlichen Glanz verlieh? War es eine Träne der Reue, die ihn noch durch den Kuß der Peri mit dem Himmel verband?

»Hedwig!« flüsterte er, und sein Arm zog sie inniger an sich. Da läutete draußen die erste Glocke des ›Van Buren‹. – Das Boot rüstete sich zur Abfahrt. – In kaum einer Viertelstunde verließ es den Landungsplatz. In wenigen Tagen konnte er in Louisville sein, und floh er von dort aus unter fremdem Namen nach irgendeinem der östlichen Hafenplätze, so war es unmöglich, ihn zu verfolgen. – Der nächste Monat schon sah ihn frei, auf offenem Meere; Tod und Verderben lagen hinter ihm; – er war gerettet!

»Hedwig«, flüsterte er, und die Erregung dieser neuen, mächtigen Gefühle drohte fast, ihn zu ersticken; seine Lippen zitterten, als sie die flüsternden Worte sprachen. – »Hedwig, ich bin deiner unwert, ein Sünder bin ich, den du reiner Engel zu dir emporziehen solltest; – aber ich muß fort – fort von hier, oder ich bin verloren, – für immer und ewig verloren. – Doch jetzt, jetzt ist es noch Zeit, – noch ist Rettung möglich. – Hörst du den Laut jener Glocke? Nur Minuten noch, und das stolze Boot, das sie trägt, braust in gewaltiger Kraft dem Norden zu. Jetzt – jetzt ist es mir noch möglich, mich loszureißen von allem, was mich bindet; – in der nächsten Stunde wäre es vielleicht zu spät. – Willst du mich retten, Hedwig, – retten vor mir selbst und aus diesem Gewirr, das mich zu erdrücken droht?«

»Du willst fort, Georg?« rief sein Weib und blickte erstaunt zu ihm empor. »Wir wollen alles verlassen, ohne Abschied hier von allen scheiden, die uns lieben?«

»Alles, – alles mußt du verlassen, wenn du mich liebst, wenn du mich retten willst«, drängte ihr Gatte; »an deinen Lippen hängt jetzt mein Geschick; – Tod oder Leben bindet sich an ihren Spruch. – Hedwig, du ahnst nicht, wie glücklich, – wie elend du mich mit wenigen Worten machen kannst.«

»Und Adele?« fragte Mrs. Dayton, schon halb besiegt.
»Bleibt hier. – Ihr mag das Haus gehören und alles, was wir zurücklassen. – Ich habe genug für uns und führe dich dem Überflusse entgegen.«
»Aber jetzt, Georg? Wie soll ich alles packen und besorgen, was nur – du lieber Gott, es ist ja gar nicht möglich, ich brauchte wenigstens acht Tage, ehe ich daran denken könnte.«
»Hedwig, willst du mir folgen?« rief der Mann, und seine Stimme, sein ganzer Körper zitterten vor wilder, innerer Bewegung. »Noch kannst du mich der Liebe, dem Leben erhalten. – Ja, Hedwig, mein Leben vielleicht hängt an dem Ausspruch deines Mundes, – meine und deine Seligkeit. Willst du mir folgen, oder – mich mit dem Verderben im Herzen allein in die kalte Welt hinausstoßen?«
»Georg!« rief Mrs. Dayton erschreckt, und ihr Blick haftete angstvoll an dem des Geliebten. – »Georg, um Gottes willen, was redest du da für Worte? Dich allein hinausstoßen? Heiliger Gott, wenn du mich lieb hast, sprich! – Was ist geschehen?« »Ich muß fort«, flüsterte der Richter, und sein Blick wandte sich erschüttert von ihr ab; – »die fürchterlichste Gefahr schwebt über meinem Haupte. – Du, du allein kannst mich jetzt noch retten. – Willst du mir folgen, Hedwig!« –
»In den Tod, Georg! – Wohin du mich führst!« – rief sie aus und warf sich an seine Brust. – »In Mangel und Elend! Nur nicht – nur nicht getrennt von dir!«
Lange Minuten hielten sie sich so fest umschlungen, dann richtete sich der Squire langsam auf und flüsterte, ihre Stirn noch leise mit einem Kuß berührend: »Dank, Geliebte, Dank, innigen Dank! – Aber jetzt eile dich auch, mein süßes Kind; das wenige, das du mitnehmen mußt, kann bald geordnet sein. Ich selbst schicke Bolivar voraus und lasse den Kapitän des ›Van Buren‹ bitten, noch einige Minuten auf uns zu warten. Cäsar und Nancy mögen inzwischen hinabtragen, was du ihnen gibst, und die nächste Stunde finde uns fern von hier, neuem Leben, neuer Freiheit entgegeneilend.«

Er trat jetzt rasch an seinen Sekretär, aus dem er mehrere fest versiegelte Briefe und Pakete nahm, die er in den nicht weit entfernten Kamin warf. – »So«, sagte er, »diese Papiere mag die Glut zerstören, und hiermit reiße ich mich von der Vergangenheit los. Diese Brieftasche bewahre du mir; sie enthält, was ich an eigenem Vermögen mein nennen kann. Jetzt muß ich dich für wenige Minuten verlassen; noch bleiben Anordnungen zu treffen, die ich nicht versäumen darf. – Du aber, meine Liebe, rüste dich schnell und bald! – In kurzer Zeit kehre ich zu dir zurück, um mich nie wieder von dir zu trennen.«

Noch einen Kuß drückte er auf ihre Lippen, schob sie dann leise von sich und verließ rasch das Zimmer, während Hedwig sich kaum einreden konnte, daß sie wache, und das Ganze sei nicht ein wilder, wirrer Traum gewesen. Dennoch packte sie die wenigen Gegenstände, die sie auf einer nur etwas ausgedehnten Reise brauchte, in einen kleinen Koffer, und dann schrieb sie mit tränenumdunkelten Augen den kurzen Abschiedsgruß an die Schwester. Mit ängstlich klopfendem Herzen harrte sie jetzt der Rückkehr des Gatten, um Helena und alles, was ihr sonst noch hier lieb geworden war, für immer zu verlassen.

Der fremde Neger verließ inzwischen, ein kleines wohlverschlossenes Mahagonikästchen unter dem Arm tragend, das Haus und schritt dem Dampfboote zu, auf dem die zweite Glocke das Signal zur baldigen Abfahrt läutete.

34

Vor dem Union-Hotel der guten Stadt Helena war es an diesem Morgen wie ausgestorben. Einige Pferde standen allerdings an dem Reck und ließen, unmutig ob des langen Wartens, die Köpfe hängen oder blickten schläfrig zur Seite nach den Hausschwalben, die sie in kreisenden Zügen umschwärmten, um Moskitos und andere in ihre Nähe gezogene Insekten wegzufangen. Aus der Einfriedigung aber, die des Wirtes eigenen Tieren und denen seiner Gäste gewöhnlich zum Aufenthaltsort diente, kam Scipio und führte Mr. Smarts Rappen am Zügel dem Hause zu, aus welchem eben Smart und unser Bekannter von vorhin, der Virginier, traten.

»Lege rasch den Sattel auf, Sip!« rief Jonathan seinem langsam heranschlendernden Neger entgegen. – »Potz Zwiebelreihen und Holzuhren, du gehst ja, als ob du Blei in den Beinen hättest! – Ah, Miß Adele, – schönen guten Morgen; nun, nehmen Sie meine Alte mit? Ja, es gibt heute morgen nicht viel zu tun hier. – Mrs. Breidelford hat all die Kundschaft –«

»Pfui, Mann, schäme dich! Wie kannst du nur so häßlich reden?« sagte Mrs. Smart, die eben mit gewaltigem Sonnenbonnet und riesigem Arbeitsbeutel neben Adele auf die Veranda trat und die linke Treppe niederstieg. – »Ich machte mir auch nichts aus ihr, aber solch schreckliches Ende –«

»Mr. Smart meint's nicht böse«, entgegnete, sie beruhigend, Adele. – »Ach, wissen Sie wohl, Sir, wie Sie vor wenigen Abenden noch jenen Scherz mit ihr trieben? – Wer hätte da gedacht, daß ihr auf fast ähnliche Weise ein so fürchterliches Schicksal bevorstand? Sie ist sicherlich überfallen worden.«

»Nein, Miß«, sagte der Virginier, indem er die Mittelstufen hinabgestiegen und auf das Pferd zuging, – »ich war dort. Die Buben, die sie erschlagen haben, hatten sich's vorher ganz bequem gemacht; es sind wahrscheinlich einige von ihren Freunden gewesen, die sich dort auskannten. Aber, Smart, ich muß wahrhaftig fort, sonst komme ich zu spät. Wie weit ist's denn eigentlich bis zu Livelys, und nach welcher Richtung zu liegt die Farm?«

»Ihr könnt sie, wenn Ihr Euch daranhaltet, in zwei Stunden recht gut erreichen«, erwiderte der Yankee, »die Richtung ist ziemlich Nordwest.«

»Wen von den Livelys wollen Sie denn sprechen?« fragte Adele und wendete sich gegen den Virginier; denn sie gedachte des heute gehörten Gesprächs zwischen dem Squire und William Cook. – »Ich glaube kaum, daß Sie jemanden von ihnen zu Hause finden werden.«

»Na, weiter fehlte mir nachher nichts«, brummte der Virginier; – »erst den Ritt, und dann umsonst! Ich will James Lively aufsuchen, und die Sache hat Eile; – er ist in Gefahr.«

»In Gefahr?« fragten Smart und Adele zu gleicher Zeit. – »Wieso? Durch wen?«

»Ei, sie haben Cook verhaftet –«

»Cook verhaftet?« rief der Yankee und zog vor lauter Verwunderung zum ersten Male die Hände aus den Taschen. – »William Cook?«

»Ei, jawohl, und wollen James auch an den Kragen. – Man hat James' Messer in der Ermordeten Hause gefunden.«

»Das ist nicht möglich!« rief Adele entsetzt. – »Großer Gott, sie können doch nicht solch fürchterlichen Verdacht – Squire Dayton weiß ja selbst, daß er erst heute morgen und weshalb er in die Stadt gekommen ist.«

»Der Squire? Hm, das glaube ich kaum; – der ist's gerade, der mir am meisten auf Livelys Verhaftung zu dringen scheint. – Wenn ich nur wüßte, wo er wäre –«

»Oben, gleich über der Stadt, am Flußufer«, sagte Adele rasch und heftig; – »es ist keine Viertelstunde von hier, – gerade an der kleinen Schenke vorüber, wo das Kieferndickicht steht –« »So nahe? Hm, da werde ich wohl zu spät kommen«, meinte der Virginier und rückte sich den Filz mit beiden Händen fest in die Stirn. – »Den Henker auch, wenn's nicht weiter ist, sind sie schon lange oben –«

»Ja, aber was macht er denn im Kieferndickicht?« fragte Smart verwundert.

Adele beobachtete, die Frage wahrscheinlich ganz überhörend, die Bewegungen und Anstalten des langen Virginiers mit fast fieberhafter Aufregung. Er stand auf der linken Seite des Pferdes, hob höchst sorgfältig das rechte Bein in die Höhe und stellte es in den Bügel und wurde erst durch das vergnügte Grinsen des Negers darauf aufmerksam gemacht, daß er die ›Backbord-Finne‹ zuerst lüften müsse, um, Bug nach vorn, ins Fahrwasser zu kommen. – Er wechselte hierauf die Füße.

»Sie können nicht reiten, Sir?« rief Adele ängstlich, während sich Smart mit hochgezogenen Brauen ganz ungemein auf das Aufsitzen des Langen zu freuen schien.

»Ein Boot wäre mir lieber«, meinte Mills; – »'s hat mir was schrecklich Unbehagliches, daß die Beine so an beiden Seiten herunterhängen sollen.«

Er hatte jetzt den richtigen Fuß in den Steigbügel gebracht, warf das rechte Bein über den Sattel und kam, als das kleine, muntere Tier ein wenig zusammenfuhr, mit plötzlichem Ruck ›an Bord‹, wie er's nannte.

»Großer Gott, ist der Steigbügel kurz!« sagte er, während er erschreckt auf seine bis fast an die Brust gezogenen Knie blickte. »Und wo hängt denn eigentlich das andere Ding?«

Er bog sich etwas rechts hinüber und suchte vorsichtig mit dem Fuße den ziemlich hochhängenden Riemen zu treffen; das Pony aber, das schon durch den schwankenden Sitz des Bootsmanns etwas geängstigt war, warf scheu den Kopf zur Seite.

»Brrrrr!« rief Mills. – »Brrrrr, mein Tierchen! – No bottom*?« Und immer noch fühlte er mit dem rechten Bein vergebens nach dem weiter oben hin- und herschlenkernden Bügel. Da kam dieser unter den Bauch des Ponys, was einen raschen und kurzen Seitensprung verursachte. Mills' ›Hinterläufe‹, wie sie der alte Lively betitelt haben würde, zuckten schnell und unwillkürlich zusammen und begegneten sich unter dem Rappen; der aber, solcher Behandlung ungewohnt, schlug kräftig hinten aus und warf den Kopf zwi-

* *No bottom!* Kein Grund! Der Ruf des Senkbleiwerfers, wenn er mit der Leine keinen Grund gefunden hat.

schen die Vorderbeine, während der Virginier mit einem »Halt da –« gerade über die Ohren des scheuen Tieres hinweg und mit dem ganzen langen Leibe auf den Hofraum flog.

»Hallo!« lachte Smart. »Bedeutendes Stück Arbeit, das! War der längste Wurf, den ich in meinem Leben gesehen habe.«

»Mrs. Smarts Sattel, – Sip!« – rief Adele und zitterte vor Angst und Aufregung. – »Mrs. Smarts Sattel –«

»Meinen Sattel?« rief, während Scipio rasch dem Befehle gehorchte, Rosalie Smart etwas erstaunt. »Meinen Sattel, Kind? Ich denke gar nicht daran zu reiten.«

»Nicht wahr, Sie borgen ihn mir auf wenige Stunden?« bat Adele und ergriff dabei den Zügel des ihr willig gehorchenden Tieres – »Mr. Smart, – bitte, den andern Sattel! –«

»Aber, beste Miß Adele! –«

»Mr. Smart«, sagte das schöne Mädchen, und der Ton, mit dem sie diese Worte sprach, klang so weich, so ängstlich, daß Jonathan Smart kein Yankee hätte sein müssen, wenn er dem widerstehen konnte. Mit einem Ruck hatte er den Sattelgurt geöffnet und den Sattel abgehoben, Scipio legte den andern in derselben Minute von der rechten Seite, wo der Damensattel auch geschnallt wurde, auf, und ehe noch Mrs. Smart, die durch die Eile dieses Entschlusses total aus den Wolken zu fallen schien, auch nur imstande war, eine Frage zu tun, ja kaum von Smart selber so weit unterstützt, daß er ihr leise den linken Ellbogen hob, legte das schöne, in ihrer Eile jetzt lieblich erglühende Mädchen die rechte Hand auf den Sattel und schwang sich hinauf. Smart reichte ihr auf der einen Seite den kleinen, für den linken Fuß bestimmten Bügel, Scipio eine kurze, gerade dort liegende Weidengerte, und im nächsten Moment, ja, bevor sich Mills ganz von seinem Sturze erholt hatte, warfen schon die rasch über den harten Boden dahinklappernden Hufe des kleinen Ponys den Staub hinter sich auf, die Männer, vor allem aber Mrs. Smart in wirklich unbegrenztem Erstaunen zurücklassend.

James Lively hatte indessen, sobald Cook davongeritten war, vorsichtig seinen Platz gewechselt und sich, einem Indianer gleich, bis dicht an das Haus geschlichen. Das aber war viel zu gut verwahrt, um ihm auch nur das Geringste zu verraten. Bloß ein dumpfes Stimmengemurmel hörte er, als ob viele Menschen miteinander sprächen, und ein paarmal wurden Türen geöffnet und wieder geschlossen. Da vernahm er aufs neue vom Flusse her Ruderschläge, die näher und näher kamen, und glitt nun so rasch und geräuschlos wie möglich zum Ufer hinunter, wo er den Platz übersehen konnte, der zwischen dem Boot und dem Hause lag. Es waren etwa zwölf bis vierzehn Schritte Zwischenraum; denn der Strom hatte noch lange nicht die Uferhöhe erreicht. Als Versteck fand er aber hier weiter nichts als den Stamm einer angeschwemmten Zypresse, hinter der er sich niederkauerte und mit gespannter Aufmerksamkeit dem näher und näher kommenden Fahrzeug entgegensah.

Endlich erkannte er durch den Nebel den dunklen Schein des Bootes. – Es legte an, und acht Männer, einige in der Tracht der Bootsleute, andere wie Städter gekleidet, stiegen aus.

»He, Thorby«, sagte eine große, grobknochige Gestalt, als ihr ein anderer – der Wirt der Schenke – entgegenkam, »war Kelly schon da? Was gibt's denn eigentlich? Waterford hat uns weiter nichts gesagt.«

»Weiß auch nicht recht«, brummte der, »werdet's schon erfahren. – Donnerwetter, es geht jetzt wild in der Stadt zu; 's ist fast so, als ob jemand auszöge! Habt ihr Porrel mitgebracht?«

»Toby? Nein, der kommt mit einem Kielboot, – muß aber auch bald da sein. Kelly zieht ja seine ganze Mannschaft zusammen; es muß uns doch von irgendeiner Seite Gefahr drohen! Wie steht's mit der Insel?«

»Gut«, sagte Thorby, – »es ist eben ein Boot von dort hier eingetroffen; doch geht hinein, drinnen besprechen wir das alles viel besser. Kommen noch mehr?«

»Ja, Waterford selbst bringt alle die Sumpfmänner mit. Wie er uns sagt, wollen wir dann gleich von hier aus heute abend zur Versammlung nach Nr. Einundsechzig hinunterfahren.« – Und mit diesen Worten verschwanden die Männer im Innern des Hauses, dessen Tür sich augenblicklich hinter ihnen schloß.

James Lively blieb noch ein Weilchen in seinem Versteck liegen, bis er ganz sicher war, daß keiner der mit dem Boote Gekommenen mehr in diesem weile, und kroch dann vorsichtig und geräuschlos, wie er gekommen, zum Hause zurück. Obgleich er dort aber deutlich genug hören konnte, wie die Besucher ein lebhaftes Gespräch miteinander führten und hier also keineswegs nur zum Spielen und Trinken zusammengekommen schienen, so war es ihm doch auch nicht möglich, etwas Näheres darüber zu bestimmen. Übrigens fühlte er sich jetzt fest davon überzeugt, der ›Graue Bär‹ stände, wie sie schon heute morgen vermuteten, mit jener Insel, dem Neste der Piraten, in genauer Verbindung, und ungeduldig harrte er der Rückkehr des Schwagers, um die entscheidenden Schritte in dieser Sache zu tun.

Der Tag dämmerte endlich. – Die dem jungen Farmer nächsten Gegenstände ließen sich deutlicher erkennen, und ein leise sich erhebender Luftzug, der die dichtbelaubten Zweige der Niederung durchrauschte, fing an, die schwerfälligen Nebelmassen nach und nach in Bewegung zu setzen. James hielt es für geratener, sich zurückzuziehen, um nicht durch das schnell hereinbrechende Tageslicht überrascht und vielleicht vom Hause aus gesehen zu werden. So leise wie möglich schritt er deshalb an der Wand des kleinen Gebäudes hin, bis er den vorderen Teil und mit diesem die Straße erreichte. Gleich hinüberkreuzen wollte er aber nicht, weil ein neben der Tür angebrachtes Fenster auf den offenen Platz hinausführte; dicht am Wege hin war dagegen eine Anzahl junger Hickories aufgewachsen, die er zwischen sich und das Haus zu bringen suchte, damit sie ihn in ihrem Schatten verbargen.

Kaum zehn Ellen mochte er langsam darin fortgekrochen sein, als er den Schritt von Männern auf der Straße hörte, die rasch herankamen. Zuerst glaubte er, sie würden an ihm vorbeigehen, und schmiegte sich fest auf die Erde nieder; als sie jedoch am Hause waren, blieben sie stehen, und er konnte deutlich erkennen, wie der eine vorsichtig viermal anklopfte und dann horchte.

Von innen heraus schien da irgend jemand zu fragen, und die Antwort lautete: »Sander! – Macht auf!«

Die Stimme kannte er. – Das war Hawes; er hatte sich den Mann nur zu gut gemerkt. – Was aber wollte der hier zu so früher Tageszeit? In welcher Verbindung stand er mit diesen Männern? Und was sollte das Zeichen? Er strengte jetzt seine Augen an, um die Gestalt des zweiten zu erkennen; es war aber noch zu dunkel, und ehe er auch nur einen ordentlichen Blick auf den Mann werfen konnte, schloß sich die vorsichtig geöffnete Tür rasch hinter den beiden.

Was jetzt tun? Sollte er dem Freunde folgen und ihn von dem Gesehenen in Kenntnis setzen? Das hätte ihm nichts genützt; denn Cook war ja schon in der Absicht zum Richter geritten, eine Untersuchung dieser verdächtigen Schenke zu beantragen. Er beschloß also, seine Beobachtungen hier fortzusetzen und Cooks Rückkehr abzuwarten, ehe er selber von der Stelle ging. Zu diesem Zweck aber, und um unentdeckt zu bleiben, brauchte er ein besseres Versteck und verfolgte jetzt in den Hickories seine Bahn, bis er sich dem kleinen, Cook bezeichneten Kiefernanwuchs gerade gegenüber sah. Dieser begann etwa sechzig Schritt vom ›Grauen Bären‹ und lief bis zur Mündung desselben Baches hinauf, an welchem weiter oben Livelys und Cooks Farmen lagen. Hier kreuzte er den Weg und blieb in der spitzen Ecke des Dickichts geduldig stundenlang auf dem Anstand liegen.

Mehrere Reiter passierten die Straße nach Helena zu, von denen die meisten ebenfalls vor dem geheimnisvollen Hause anhielten, abstiegen und nach kurzem Aufenthalt ihren Ritt fortsetzten. Selbst als es schon vollkommen Tag geworden war, sah James noch mehrere, ihm jedoch gänzlich fremde Gestalten dort einkehren und dann in die Stadt hineinreiten. Von dort heraus kamen nur zwei, der eine ein Kaufmann aus der Frontstreet, der andere ein Farmer aus der nächsten Umgebung, die sich jedoch nicht bei der Schenke aufhielten, sondern an dem versteckten jungen Mann vorbei, der eine in die Hügel, der andere einen schmalen Pfad hinaufritten.

So mochte es zehn Uhr geworden sein, und in Helena selbst hatten währenddessen die oben beschriebenen Vorfälle stattgefunden. Da, als ihm die Zeit schon anfing lang zu werden und er eben mit sich zu Rate ging, ob er nicht doch vielleicht jetzt trotz seiner Verabredung mit Cook den Schwager aufsuchen, ihm das Gesehene mitteilen, wie auch um Beschleunigung der zu treffenden Maßregeln treiben solle, sah er aus der Stadt heraus vier Männer kommen, die aufmerksam nach etwas zu spüren schienen, und von denen zwei sogar in die Büsche an der Seite der Straße hineingingen. Gleich an einem niederen Papaodickicht, dem gegenüber ebenfalls ein kleiner, im Durchmesser freilich kaum hundert Schritt breiter Kiefernschlag lag, hatten sie angefangen, und es dauerte nicht lange, so fanden sie dort sein angebundenes Pferd.

»Wetter noch einmal«, dachte James, als er aus seinem Versteck heraus sah, wie es vorgeführt und einem der Männer übergeben wurde, – »was haben die Burschen im Sinn? – Was geht sie mein Pferd an, und wer sind sie denn eigentlich?«

Er richtete sich ein wenig empor und erkannte deutlich, wie zwei von ihnen die Kiefern abgesucht hatten und wieder auf die Straße kamen. Eine kurze Beratung fand jetzt statt, und der Führer, wenigstens der, den er dafür hielt, deutete den Weg hinauf nach dem Platze zu, wo er sich befand. Der Zug setzte sich gleich darauf auf sein Versteck zu in Bewegung. Da vernahm sein scharfes Ohr donnernde Hufschläge, und er sah, wie sich die Männer ebenfalls danach umschauten. Gleich darauf traten sie rasch aus dem Wege zurück, und im selben Moment flog auch ein schäumender Rappe daher, auf dessen Rücken – konnte er denn seinen Augen wirklich trauen? – mit fliegenden Locken und vom scharfen Ritt erhitzten, glühenden Wangen – Adele Dunmore saß und, weder rechts noch links zur Seite blickend, das feurige Tier durch raschen Gertenschlag zu noch immer wilderer Eile antrieb.

So gern er sie aber gesprochen und um das Ungewöhnliche dieses einsamen Rittes befragt hätte, so war es auch wieder ein Gefühl, über das er sich selbst keine Rechenschaft zu geben wußte, das ihn fast unwillkürlich zwang, sich vor der Jungfrau zu verbergen. Er trat rasch hinter eine niedrige, buschige Kiefer und erwartete natürlich, sie im nächsten Augenblicke vorbeibrausen zu sehen. Da hielt durch plötzlichen Zügeldruck, der das feurige Tier fast auf die Hinterbeine zurückbrachte, Adele ihr Pony an, und James hörte zu seinem grenzenlosen Erstaunen, wie sie mit rascher, ängstlicher Stimme seinen Namen rief: »Mr. Lively – Mr. James Lively! Wo, um des Himmels willen, sind Sie, Sir?« Hätte James in diesem Augenblick eine zwanzig Fuß hohe Kluft hinabspringen müssen, um dem Ruf Folge zu leisten, er würde sich nicht eine Sekunde lang besonnen haben. Was Wunder also, daß er mit Blitzesschnelle aus dem Dickicht vorglitt und so plötzlich und unerwartet vor dem Pony stand, daß dieses entsetzt zurückfuhr und alle Anstalten machte, sich aus Leibeskräften emporzubäumen. James warf seine Büchse hin und fiel ihm mit schnellem Griff in die Zügel, während Adele mit einem leise gemurmelten »Gott sei Dank!« aus dem Sattel und in den ihr helfend entgegengestreckten Arm des jungen Farmers glitt. Ohne aber auch nur einen Augenblick zu zögern, warf sie den scheuen Blick zurück auf die rasch herbeieilenden Männer und rief mit vor Angst fast erstickter Stimme: »Fort, Sir, – um Gottes willen fort! – Nehmen Sie mein Pferd und fliehen Sie!« »Miß Adele! –« rief James ganz überrascht aus.

»Fort«, bat sie wieder, – »wenn Sie, – wenn Ihnen meine Ruhe nur etwas gilt, – fort! – Mr. Cook ist gefangen, – Helena in Aufruhr. – Jene Männer dort kommen, um Sie zu fangen.«

»Mich? – Weshalb?«

»Mein Pferd! – Heiland der Welt, es wird zu spät!«

James, der in diesem Augenblick wirklich nicht wußte, ob er wache oder träume, begriff leicht, daß hier irgend etwas ganz Außergewöhnliches und ihm wahrscheinlich Gefahrdrohendes geschehen sein müsse. Wenn er auch sich selber keiner Schuld bewußt war, erschreckte ihn doch Cooks Gefangennahme; ein dunkler Verdacht durchzuckte sein Hirn, und als er auch noch die Fremden, wie er jetzt glauben mußte, in feindlicher Absicht, herbeieilen sah, fühlte er, daß er sich wirklich in Gefahr befinde.

Adele hatte aber schon für ihn gehandelt; schnell löste sie den Sattelgurt des Ponys, das ihr indessen, vor dem herbeigesprungenen Jäger scheuend, die andere Seite zugedreht hatte, und warf den Damensattel ab. – Die Verfolger waren nicht fünfzig Schritte mehr entfernt.

»Und Sie, Miß Adele, soll ich hier allein zurücklassen?« rief James unschlüssig. – »Das kann ich bei Gott nicht.«

»Mir droht keine Gefahr!« rief die Jungfrau. »Ich habe nichts – gar nichts zu fürchten; – aber Sie. – Großer Gott, es ist ja jetzt schon zu spät?«

»Nein, noch nicht«, lachte der junge Hinterwäldler, der bald erkannte, daß die herbeieilenden Männer unbewaffnet waren, während er rasch seine Büchse vom Boden aufgriff. – »Den will ich doch sehen, der –«

»Wenn Ihnen mein Frieden heilig ist«, flehte Adele jetzt in wilder Verzweiflung, denn sie fürchtete das Schlimmste, – »wenn Sie mich lieben, – James, oh, so fliehen Sie!«

Oh, hätte sie ihn doch mit diesen Worten aufgefordert, sich dem Feind entgegenzuwerfen, James wäre dem Tode mit Freuden in die Arme gestürmt; aber fliehen? Doch ihr flehender Blick traf ihn. Mit der Linken, in der er die Büchse hielt, packte er den Rücken des Pferdes, schwang sich hinauf und griff jetzt in die Zügel.

»Halt da, Sir!« rief Porrel, der kaum noch zehn Schritt von ihm entfernt war. – »Halt! – Wir kommen als Freunde; – Ihr habt nichts zu fürchten!«

»Fürchte auch nichts«, brummte James und hielt sein Pferd noch immer eingezügelt, – »wenn ich nur –«

»Glaubt ihnen nicht!« bat Adele in Todesangst. »Fort – zu den Euren, – fort«

»Squire Dayton schickt mich nach Euch!« rief Porrel, sprang auf ihn zu und griff nach dem Zügel. – Adele, die den jungen Mann verloren glaubte, starrte mit wildem, verzweifeltem Blicke zu ihm empor.

»James!« hauchte sie und mußte sich an dem Baum, an dem sie stand, aufrecht halten.

»Ich gehorche«, rief da James und stieß mit dem Kolben seiner Büchse die Hand, die schon fast seinen Zaum berührte, beiseite. – »Zurück da, Sir!« donnerte er dann den Fremden an. »Sei's in Freundschaft oder Feindschaft, in einer Stunde bin ich in Helena!« – Und während er den Zügel locker ließ, bohrten sich seine Hacken in die Flanken des Ponys, das mit flüchtigem Satze nach vorn sprang. – Im nächsten Augenblicke flog es, von der ruhigen Hand des Reiters gelenkt, seitab in die Büsche hinein und war gleich darauf in dem dichten Unterholz der Niederung verschwunden.

»Miß Dunmore«, sagte Porrel, der sich jetzt gegen das noch immer zitternde und erschöpfte junge Mädchen wandte, »ich begreife wahrlich nicht, was Sie veranlassen konnte, den Burschen da so dringend zur Flucht zu bewegen. Ihm droht keine Gefahr.«

»Sie wollten ihn verhaften, Sir«, rief Adele noch immer in höchster Aufregung; – »man hat ihn des Mordes angeklagt!«

»Und sollte das etwa ein Beweis seiner Unschuld werden, wenn er, anstatt sich frei zu stellen, dem Richter entflieht?«

fragte der Mann aus Sinkville, und ein spöttisches Lächeln zuckte um seine Lippen. Adele schwieg bestürzt still. »Doch, wie dem auch sei«, fuhr er endlich fort, »der Squire ist, wie er mir versichert, schon auf der Spur der wirklichen Mörder. Ich war eben hierher geschickt, um das dem jungen Mann mitzuteilen und ihn von jeder Besorgnis zu befreien; Sie mögen jetzt selber urteilen, Miß, ob Sie ihm mit dieser Warnung, wenn Sie ihm in der Tat wohlwollen, einen Gefallen getan haben.«

»Mr. Porrel«, sagte Adele und errötete tief, – »die bestimmte Nachricht, die jener Bootsmann brachte, der selbst hierherkommen wollte, um Mr. Lively aufzusuchen –«

»Wollen Sie sich überzeugen, mein Fräulein, ob ich die Wahrheit geredet habe«, erwiderte Porrel, »so fragen Sie Squire Dayton selber. Cook, den man, wie ich gehört habe, heute morgen allerdings, nur wegen Ruhestörung, verhaftete, ist jetzt wahrscheinlich auch schon wieder frei; es lastet wenigstens kein Verdacht mehr auf ihm. – Bitte, Jim, legt doch einmal der jungen Dame hier den dort heruntergeworfenen Sattel auf; sie wird sicherlich lieber reiten, als in unserer Gesellschaft in die Stadt zurückkehren wollen.«

Der Mann gehorchte schnell dem Rufe und führte bald James Livelys Pferd für Adele vor. Das Mädchen wandte sich erst in aller Verlegenheit gegen den Advokaten, als ob sie sich bei ihm entschuldigen wolle; aber sie besann sich bald eines Bessern, stieg rasch auf das Holz, neben dem das ungeduldig scharrende Tier stand, sprang in den Sattel und sprengte unwillig über sich und die ganze Welt in die Stadt zurück.

Porrel sah ihr mit leise gemurmeltem Fluche nach und ging dann, nachdem er seine Begleiter zu dem nicht mehr weit entfernten Chickenthief gesandt und ihnen aufgetragen hatte, ihn so schnell wie möglich zu dem Flatboote des ›Grauen Bären‹ herunterzubringen, auf den kleinen Gasthof zu, in dessen Tür er bald darauf verschwand.

35

Waren Mr. und Mrs. Dayton schon über den wilden Ritt Adeles erstaunt gewesen, so beobachteten die gegenwärtigen Insassen des ›Grauen Bären‹ mit kaum geringerem Interesse die sich in ihrer unmittelbaren Nähe ereignenden Vorgänge. Galt diese scheinbare Verfolgung des einen, den sie durch die Büsche nicht erkennen konnten, ihrer Sache, oder hatte die Begegnung so vieler Menschen auf der Countystraße nur zufällig stattgefunden? Ihr böses Gewissen machte sie zittern, und vor allem stand Sander, als er unter den Männern Adele erkannte, mit bleichem Antlitz und ängstlich pochendem Herzen oben an dem kleinen, im zweiten Stock befindlichen Fenster, um von da aus sowohl die Vorgänge auf der Straße zu übersehen, als auch, falls ihm wirklich Gefahr drohte, augenblicklich zu wissen, nach welcher Richtung hin er sich am besten retten könne.

Was hatte Adele Dunmore hier so allein zwischen die fremden Männer geführt, und wer war es, der dort in tollen Sätzen durch den wildverwachsenen Wald davonsprengte? Einzelne dichtbelaubte Hickories verstatteten ihm nicht, den ganzen Schauplatz zu übersehen, aber nur um so mehr fühlte er sich beunruhigt, da ihm das wenige, das er erkennen konnte, so rätselhaft schien. Da wurde seine Aufmerksamkeit plötzlich von der Straße abgezogen, denn einer der Fremden kam rasch auf das Haus zu. Sander war noch im Zweifel, wer er sein könne, denn die Männer trugen fast alle Strohhüte, und von oben herunter entzog ihm der breite Rand das Gesicht. Da öffnete sich die Haustür und ließ den Klopfenden ein; er gehörte also auf jeden Fall zu den Freunden; Thorby hätte ihm sonst niemals den Eintritt verstattet, und rasch sprang der junge Verbrecher die Stufen hinab, um zu hören, was jener bringe.

Es war Porrel selbst, der hierherkam, um den Auftrag ihres Führers auszurichten und den Kameraden rasch zu melden, was in Helena geschehen, welcher Gefahr sie ausgesetzt gewesen waren und welche Vorkehrungen man dagegen getroffen, und welchen Plan vor allen Dingen Kelly entworfen habe, um nicht allein ihre Flucht zu sichern, sondern auch zugleich Rache an den Feinden zu nehmen.

»Aber, beim Teufel«, rief da Sander ärgerlich aus, »weshalb kommt der Kapitän nicht einmal selber hierherauf? Er weiß doch, was er mir versprochen hat und weshalb ich mich jetzt in der Stadt nicht gut sehen lassen darf. Wenn die ganze Sache wirklich auseinanderbricht, was tatsächlich mit jedem Augenblicke geschehen kann, dann sitzen wir nachher fest auf dem Sande, während er sehr behaglich im Trüben fischt und angelt oder doch auf jeden Fall seine eigene wertgeschätzte Person in Sicherheit zu bringen weiß.«

»Habt keine Angst«, beruhigte ihn lachend Porrel, oder Toby, wie er gewöhnlich der Kürze wegen von den Kameraden genannt wurde, »glaubt ja nicht, daß Ihr, wenn es wirklich an den Kragen ginge, beim letzten Tanze fehlen sollt. Ihr, die ihr euch jetzt noch versteckt halten müßt, bleibt in dem Chickenthief, mit dem ihr nun so schnell wie möglich unter die Helenalandung hinabfahrt, ruhig liegen. Gelingt unser Plan und gehen wir mit den Bewaffneten von Helena wirklich gemeinschaftlich auf das Dampfboot, dann setzt ihr eure Segel, und mit diesen und etwas Rudern könnt ihr, wenn auch nicht mehr zum Kampf, doch auf jeden Fall noch zur Einschiffung kommen. Gelingt er aber nicht, müssen wir, was ich uns übrigens nicht wünschen will, schon in Helena zuschlagen, so sind vier schnell hintereinander abgefeuerte Schüsse das Signal. Dann ist alles entdeckt, und nur Gewalt kann uns befreien; in dem Fall zögert aber auch nicht, wenn ihr nicht abgeschnitten werden wollt. Die Maske haben wir nachher überhaupt abgeworfen, und ihr braucht euch nicht länger zu scheuen, ans Licht zu treten.«

»Ich für meinen Teil wollte fast, es wäre soweit«, brummte Sander; »meines Bleibens ist hier nicht mehr, und ein Glück war's nur, daß sie in Helena den verwünschten Hosier verhafteten; der hätte mich sonst in eine böse Patsche bringen können. Was wolltet ihr mit dem Burschen, der da so merkwürdig eilig durch den Wald sprengte?«

»Das war James Lively«, erwiderte Porrel, »der hier im Kieferndickicht auf der Lauer gelegen und dieses Haus beobachtet haben muß.«

»Nun, da habt ihr's«, rief Sander erschreckt, – »das sind die Folgen dieses verdammten Zögerns, und wir, die wir unsere eigenen Physiognomien des allgemeinen Besten wegen haben müssen verdächtigen lassen, werden wohl noch zum guten Ende, während ihr anderen frei durchbrennt, in einer sauber gedrehten Hanfschlinge ans Licht gezogen werden. Tod und Verdammnis, so ganz in die Hände dieses Kelly gegeben zu sein!«

»Nun, das hat die längste Zeit gedauert«, beruhigte ihn Porrel; – »dort kommt auch das Boot schon. Jetzt zu Schiffe, ihr Herren; James Lively wird, wenn er so schnell zurückkehrt wie er gegangen ist, die Hinterwäldler bald genug hier versammelt haben, dann laßt sie das leere Nest finden, und wir ziehen unterdessen in Helena unsere Mannen zusammen. Sind Eure Sachen gestern abend noch hinunter auf die Insel geschafft worden, Thorby?«

»Nein, gestern abend nicht; wer, zum Teufel, sollte denn bei dem Nebel fahren?« erwiderte der Gefragte. »Aber heute morgen hab ich sie abgeschickt; auf jeden Fall treffen wir sie dort, bis wir selbst hinunterkommen.«

»Sollen wir denn aber so offen aufs Boot gehen?« fragte Sander. – »Wenn nun noch irgendein Halunke hier versteckt läge und nachher in Helena unsern Schlupfwinkel verriete?«

»Da, hängt die Decken über!« sagte Thorby. – »Sie mögen euch für Indianer halten. Und nun rasch; mir ist's, als ob ich schon Hufschläge hörte.«

Die Männer stiegen ohne weiteres Zögern in das dicht am Flatboot liegende kleine Segelboot hinunter, und Porrel eilte, von mehreren der Leute aus dem ›Grauen Bären‹ begleitet, schnellen Schrittes nach Helena zurück.

Währenddessen hatte sich Jonathan Smart, der von dem Virginier die näheren Umstände über Cooks Verhaftung rasch erfragte, ohne Zögern mit diesem auf den Weg gemacht, um den Richter selbst darüber zur Rede zu stellen. Der war aber nirgends zu finden, und der Konstabler erklärte, die angebotene Bürgschaft ohne dessen Bewilligung auf keinen Fall annehmen zu können.

Dagegen ließ sich nicht wohl etwas einwenden, das wußte Smart gut genug, und obgleich der Virginier höchst entrüstet schwor, er habe unmenschliche Lust, der ehrsamen Gerichtsbarkeit in Helena Arme und Beine zu zerschlagen, so hatte er doch an diesem Morgen selber gesehen, daß er sich mit denen, die gleichgesinnt waren, bedeutend in der Minderheit befinde, und machte deshalb für den Augenblick seinem gepreßten Herzen nur in einer unbestimmten Anzahl von Kernflüchen und Verwünschungen Luft.

Die beiden Männer waren mittlerweile langsam die Straße hinab und dem Gefängnis zugegangen, dem gegenüber vor der seligen Mrs. Breidelford Hause sich noch immer einzelne Bootsleute und Kinder aus der Nachbarschaft herumtrieben, wenn auch die festverschlossenen Türen jeden ferneren Eintritt versagten. Da wurden sie plötzlich aus einem der oberen Gefängnisfenster mit einem »Boot ahoi!« begrüßt, und Smart, der im Anfang glaubte, es sei Cooks Stimme, erstaunte nicht wenig, hier auch seinen Freund von gestern, den jungen Indiana-Bootsmann zu treffen. Es war derselbe, der ihm das junge Mädchen gebracht hatte und den er schon lange, weil er sich gar nicht wieder hatte sehen lassen, stromab vermutete.

»Hallo, Sir!« rief er erstaunt aus. »Was, zum Henker, macht denn Ihr hier hinter den Eisenstäben? Potz Zwiebelreihen und Holzuhren! Was ist denn auf einmal in den Richter gefahren? Der war doch sonst nicht so bei der Hand mit Leuteeinsperren.« »Gott weiß, auf welches Schurken Anklage ich hier sitze«, rief der junge Matrose; – »der Halunke hat sich nicht wieder sehen lassen, und wie es scheint, bekümmert sich gar niemand um uns hier. Ist denn das ein freies Land, wo man die Bürger ohne weiteres in ein Loch wie dieses hier werfen und dann auch ruhig darin steckenlassen darf?«

»Aber weshalb sitzt Ihr denn?« fragte Smart erstaunt.

»Gentlemen«, mischte sich da ein Fremder – Smart hatte ihn wenigstens früher noch nie in Helena gesehen – in das Gespräch, »derlei Unterhaltungen dürfen hier nicht stattfinden. Ein Freund von mir hat den Mann da verklagt, und der Konstabler hat verboten, daß jemand zu ihm gelassen werde.«

»Schlagt doch dem einmal eins auf den Kopf, Smart!« rief Tom von oben herunter. – »Ich bin Euch auch wieder einmal gefällig.«

»Mein lieber Sir«, sagte der Yankee ruhig, ohne jedoch dem Gefangenen diesen kleinen Dienst zu erweisen, »es wäre für Sie gewiß höchst vorteilhaft, glaube ich, wenn Sie sich um Ihre eigenen Geschäfte kümmern wollten. Ich meinesteils wenigstens bin keineswegs –«

»Das sind aber meine Geschäfte, Sir«, fiel ihm der andere trotzig ins Wort, und von der entgegengesetzten Straßenreihe zogen sich nach und nach einzelne Männer herüber. – »Ich bin ganz besonders hierhergestellt, um derlei Unterhaltungen zu verhindern, und verbiete sie hier ein für allemal.« – »geneigt, mir von irgendeinem Fremden Vorschriften machen zu lassen«, fuhr Smart fort. Der Virginier aber, dem die Galle schon gleich bei der ersten Anrede gekocht hatte, trat ohne weitere Worte vor, warf seine Jacke ab, streifte die Ärmel auf und bat Smart, das Gespräch nur ruhig fortzusetzen, denn er wolle verdammt sein, wenn er dem ›Breitmaul‹, wie er sagte, nicht den Rachen stopfe, sobald er seinen Bug nur noch ein einziges Mal hier einschiebe.

»Ruhe hier, Gentlemen, da drüben liegt eine Leiche!« riefen jetzt andere, die hinzutraten. »Pfui, wer wird sich schlagen und raufen vor dem Totenhause!«

»Ich, wenn ihr's wissen wollt«, rief trotzig der Virginier, –»ich, sobald ich die Ursache dazu bekomme, und vor der da drüben brauche ich noch lange keine Ehrfurcht zu haben. – Verdient hat sie, was ihr geworden ist, und das hundertfach; – mich hat sie zum Beispiel betrogen, daß mir die Augen übergegangen sind.«

»Ei, so dreht doch dem lügnerischen Schuft den Hals um!« rief da ein anderer aus der sich jetzt mehr und mehr sammelnden Volksmenge heraus, und als sich der Virginier rasch nach ihm umwandte, begegnete er lauter kampflustigen Gesichtern, unter denen er seinen Angreifer nicht herausfinden konnte.

»Heilige Dreifaltigkeit, – wenn ich doch jetzt unten wäre!« wünschte sich Tom aus dem Fenster hinaus; aber Smart, der über solche Feigheit einer Mehrzahl gegen den einzelnen aufs tiefste empört war, wandte sich gegen die Menge und rief, den langen Arm mit der keineswegs unbeträchtlichen Faust gegen sie ausstreckend: »Fellows! – Denn Gentlemen kann man euch Lumpengesindel nicht mehr nennen –, feiges, erbärmliches Pack, das sich nicht schämt, in Masse gegen einen aufzustehen! – Amerikaner wollt ihr sein? – Niederträchtiges Halbbrutzeug seid ihr, das man in Neu-England bei den –«

»Hurra für Smart!« tobte jubelnd der Haufe, der durch diesen derben Ausfall des sonst so ruhigen und gleichmütigen Wirtes mehr ergötzt als gereizt wurde. – »Hurra für den Yankee! – Bringt einen Stuhl, – einen Tisch herbei; – Smart soll auf den Tisch! – Eine Rede halten! – Smart soll reden! – Hurra für Smartchen!«

– »Beinen aufhängen würde«, überschrie Smart, jetzt wirklich in Wut gebracht, den Haufen. – »Bande verdammte! – Flußwassersaufendes Piratenvolk, das ihr seid – einer und alle. – Eure Väter haben ihr Blut für die Unabhängigkeit

ihres Vaterlandes vergossen und ihr, Schandbuben, wegelagert jetzt in demselben Land und bringt Schimpf und Schmach auf die Gräber eurer Eltern, auf euer Vaterland. Aber ihr habt gar kein Vaterland; – ihr seid vogelfrei; – Wasserratten seid ihr, die man mit Gift ausrotten sollte, daß die Erde von solcher Brut befreit würde.«
»Bravo, Smart, bravo!« jubelte es ihm von allen Seiten entgegen, und der Virginier stand mit halb erhobenen Fäusten und schien sich jetzt wirklich nur ein Gesicht auszusuchen, in das er seinen Arm zuerst hineinstoßen konnte.
Es wäre am Ende doch noch zu Tätlichkeiten gekommen, und wer weiß, wie weit nachher der Übermut des Pöbels geführt hätte, als der Konstabler zwischen die Männer trat und ernstlich und nachdrücklich Ruhe gebot. Smart mußte aber noch keine Lust haben, dem Rufe Folge zu leisten; denn es sah aus, als ob er eben wieder mit frisch gesammelten Kräften gegen die ihn umgebenden feixenden Gesichter einen neuen Anlauf nehmen wollte. Da besann er sich wahrscheinlich eines Besseren, warf noch einen verächtlichen Blick über die rohe Schar, schob plötzlich und ohne vorherige Warnung beide Arme fast bis an die Ellbogen in seine tiefen Beinkleidertaschen hinein und schritt pfeifend die Straße hinab. Dabei gaben ihm übrigens alle willig Raum; denn sie hatten den Yankee schon früher als einen entschlossenen und, wenn er gereizt war, auch gefährlichen Mann kennengelernt, mit dem wenigstens kein einzelner Streit auf eigene Faust beginnen durfte.
Der Konstabler, der indessen mit ernsten, aber zugleich freundlichen Worten die wilde Schar zu beruhigen versuchte, teilte dabei dem Virginier mit, er habe schon mit einem hiesigen Kaufmann gesprochen, der sowohl für Cook als auch für James Lively Bürgschaft leisten wolle, und Mills verschwor sich hoch und teuer, das sei der einzige vernünftige Mensch in ganz Helena, und er wolle verdammt sein, wenn er von jetzt an bei irgend jemand anderem als bei ihm seinen Tabak kaufe.

Als Porrel die Stadt wieder betrat, fand er den Richter, der ihn ungeduldig an der Dampfbootlandung erwartet zu haben schien. »Alles besorgt!« rief ihm der Sinkviller entgegen und deutete auf den Strom hinaus, über dessen Fläche eben mit geblähten, schneeweißen Segeln, den scharfen Ostwind in die straff gespannten Arme fassend, das kleine, schlankgebaute Fahrzeug heranglitt und seine Bahn gerade dem Platze zu zu nehmen schien, auf dem sie standen. »Der Kahn dort birgt unsere Musterexemplare, für die wohl Arkansas einen ganz hübschen Eintrittspreis geben würde, um sie nur sehen zu dürfen. – Wir können jetzt alle Augenblicke losschlagen.«

»Ja«, sagte der Richter und schaute finster vor sich nieder, »und uns hier, und was wir in unserer Nähe haben, bringen wir in Sicherheit; – andere aber, die wir zurücklassen, sind verloren. – Wir können nicht fort.«

»Alle Teufel!« rief Porrel erschreckt. »Das wäre ein schöner Spaß! – Der junge Lively ist, durch Eure Verwandte gewarnt, entflohen, und wir werden die ganze Waldbande in kaum einer Stunde auf dem Halse haben. – Längerer Aufschub ist bei Gott nicht mehr zu erhalten. – Wer fehlt denn jetzt noch?«

»Eben bekam ich einen Brief aus Memphis«, sagte der Richter; – »ein reitender Bote hat ihn durch die Sümpfe gebracht. – Drei von unseren Kameraden befinden sich da oben in größter Gefahr, und ganz allein nur mein Erscheinen dort kann sie retten, wenn überhaupt.«

»Wegen der drei darf doch nicht das Ganze zugrunde gehen!« rief Porrel unwillig.

»Nein«, sagte der Squire; »aber unsere Pflicht ist es, für sie, solange das noch in unseren Kräften steht, wenigstens einen Versuch zu machen.«

»Doch wie?«

»Porrel, – Ihr kennt unsere Pläne und wißt, daß ihr Gelingen ganz in unsere Hände gegeben ist. Kann ich mich auf Euch

Der Fluß-Dampfer »Yosemite« im Hafen von Sacramento.
Foto aus dem Jahre 1867

SACRAMENTO MARYSVILLE
SAN JOSE NAPA

verlassen? Wollt Ihr die Unseren führen? Jetzt in den leichten Kampf und nachher der Freiheit entgegen? Wollt Ihr die Beute an Bord des Dampfbootes schaffen, die Gelder, die Euch Georgine bei Vorzeigung dieses Ringes übergeben wird, in Verwahrung nehmen und bis dahin, wenn ich Euch an dem verabredeten Orte in Texas treffe, halten, oder – wenn ich unterginge – verteilen?«

»Was habt Ihr vor?« fragte Porrel erstaunt. – »Ihr wollt nicht mit?«

»Ich allein kann die, deren Sicherheit bisher meine Pflicht war, noch retten«, fuhr Dayton fort, ohne die Frage direkt zu beantworten; – »noch hat niemand eine Ahnung, wer ich sei oder daß ich überhaupt in solcher Verbindung stand. Dieses Dampfboot geht in wenigen Minuten stromauf. – Heute abend schon bin ich in Memphis; – morgen kann der Rest der Unseren auf dem Weg nach Texas sein.«

»Und was nützte das?« erwiderte Porrel. – »Hunderte sind noch oben in den verschiedenen Flüssen und Flußstädten verteilt, – die alle müssen dann zurückbleiben, und haben sie nicht dasselbe Recht wie jene in Memphis?«

»Saht Ihr, wie heute morgen der alte Baum gefällt wurde, der hier am Ufer stand?« fragte ihn Dayton.

»Ja, – was hat der mit der Frage zu tun?«

»Er ist allen stromabkommenden Booten das Wahrzeichen vom Bestehen der Insel«, entgegnete ihm der Richter. – »Sehen sie den Stamm nicht mehr, so wissen sie, daß die Inselkolonie entweder untergegangen oder es für jetzt doch nicht möglich ist, dort zu landen, und fahren vorüber.«

»Hm – verdammt vorsichtig!« brummte Porrel und blickte halb überzeugt, halb mißtrauisch den Gefährten an. Es war ein eigener Verdacht, der in ihm aufstieg. – Wollte der Kapitän sie im entscheidenden Moment verlassen? Des Richters Aussehen bestätigte das alles, und er sagte: »Hört, – Squire, – soll ich das, was Ihr mir da eben mitteilt, den Leuten erzählen, wenn sie nach Euch fragen, und wollt Ihr mir offen sagen, was Ihr vorhabt, oder – ist die Geschichte für mich mit erdacht?«

Der Squire sah ihn einen Augenblick unschlüssig zögernd an, dann streckte er dem Freunde rasch die Hand entgegen.

»Nein«, rief er, – »nicht für Euch, Porrel; – Euch werde ich die lautere Wahrheit sagen. Ich will fort, – will dieses Leben, will diese Schar verlassen. – Ihr, Porrel, mögt der Vollstrecker meines letzten Willens – mein Erbe sein!«

»Und Euer Weib nehmt Ihr mit?« fragte der Mann aus Sinkville. Der Squire nickte schweigend mit dem Kopfe.

»Aber Georgine? –«

»Lest den Brief!« sagte dumpf der Richter. Porrel nahm das Schreiben und überflog es rasch.

»Eifersucht!« sagte er lächelnd. – »Blinde Eifersucht! – An?« – Er drehte, um die Anschrift zu lesen, das Papier herum. – »Ha, da sind Blutflecken, – mit einem Tuche verwischt. Wer hat dieses Schreiben so rot gesiegelt?«

»Der Träger«, entgegnete Dayton finster; – »doch wie dem auch sei, nie will ich sie wiedersehen; aber sie soll auch nicht darben. Hier, dieses Paket übergebt ihr von mir.«

»Also, Ihr habt fest beschlossen –«

»Fest, Porrel, – fest, und Euch, – wenn Ihr meine Bitte treu erfüllt, die Leute in Sicherheit bringt und die Beute redlich unter sie teilt, – sei mein Anteil bestimmt; genügt Euch das?«

»Der ganze Anteil?« fragte erstaunt der Advokat. – »Mann, wißt Ihr auch, welche Reichtümer wir besonders in letzter Zeit erübrigt haben?«

»Wohl weiß ich es«, flüsterte mit abgewandtem Antlitz der Richter, – »es ist das Eure. – Wer von den Unseren nach mir fragen sollte, dem sagt, zu welchem Zweck ich mit diesem Boot und wohin ich mit ihm gegangen bin. Doch jetzt beruhigt die Leute da oben; ich höre noch immer den wilden Lärm und Zank. Die Burschen sind doch unverbesserlich und nicht im Zaume zu halten, auch nicht, wenn ihnen Tod und Henker schon vor Augen ständen. Good bye, Porrel, –

ich gehe jetzt hinauf, um mein Weib zu holen. – Glück zu! – Der beste Wunsch, den ich für Euch habe, ist: Texas und den Golf hinter Euch!«

Adele war inzwischen rasch die kurze Strecke zum Union-Hotel getrabt, um Mrs. Smarts Sattel zurückzubringen. Dort fand sie aber das ganze Haus wie ausgestorben; der einsame Barkeeper schaukelte sich in der Veranda auf den Hinterbeinen seines Stuhles, Madame war, wie Scipio sagte, zu Squire Daytons, Mr. Smart selbst mit dem Virginier fortgegangen und er, Scipio, wußte nun – wie er meinte – vor Langeweile nicht, ob er seine gewöhnliche Arbeit besorgen oder hinter den anderen hergehen solle.

»Ist Mrs. Smart schon lange drüben?« fragte Adele, während der Neger den Sattel abnahm und den Zügel des Pferdes über das Reck warf.

»Nein, Missus«, lautete die Antwort, – »gar noch nicht lange. – Golly Jesus, – Missus hat ja das Pferd verwechselt! – Nancy war hier, – ist, bei Jingo, Mr. Livelys Pony; – fremde Missus soll recht krank geworden sein.«

»Marie?« rief Adele erschreckt. – »Armes, armes Kind; – aber ich bin gleich bei dir. – Ach, Scipio, weißt du nicht, ob Squire Dayton zu Hause ist; – ich muß ihn augenblicklich sprechen.« »Steht unten am Wasser, Missus«, sagte Scipio, »gleich unten, wenn Ihr hier die Straße hinuntergeht – Ihr könnt gar nicht fehlen; er müßte denn wieder weggegangen sein.«

»Scipio«, sagte Adele, »willst du mir die Liebe tun und einmal hinunterlaufen und ihn bitten, er möchte doch – oder nein, – ich will lieber selber gehen – Scipio, nicht wahr, du begleitest mich an den Fluß. Eine solche Menge fremder Bootsleute ist heute in der Stadt, ich fürchte mich fast, allein zu gehen.«

»Großer Golly«, sagte Scipio und schüttelte bedenklich mit dem Wollkopfe, – »geht heute merkwürdig wild in Helena zu. – Dies Kind hier« – wenn er von sich selber sprach, nannte sich Scipio immer gern mit diesem allerdings für ihn etwas zu jugendlichen Beinamen, – »dies Kind hier hat noch keine solche Wirtschaft gesehen. – Wundert mich, daß der Leichendoktor noch nicht da ist –«

»Willst du mit mir gehen, Scipio?«

»Be sure, – Miß, be sure, – Scipio geht immer mit!« Und der Afrikaner drückte sich seinen alten, abgegriffenen Strohhut noch fester in die Stirn, hob sich, nach Matrosenart, den Bund ein wenig, streckte erst das rechte, dann das linke Bein und gab nun durch eine kurz abgeknickte Verbeugung der jungen Dame zu verstehen, daß seine Toilette beendet und er vollkommen bereit sei, zu folgen, wohin sie ihn führen würde.

36

Adele schritt rasch mit ihrem schwarzen Begleiter voran, und sie erreichten in dem Augenblick die Frontstreet, als der Richter von Porrel Abschied genommen und, die Elmstreet hinauf, seinem Hause zueilen wollte. Obgleich er die junge Dame nun freilich lieber vermieden hätte, so ging das doch nicht an; sie hatte ihn schon gesehen und kam rasch auf ihn zu. Da blieb sie plötzlich stehen und schaute die Straße am Ufer hinab. Scipio starrte ebenfalls dorthin und schlug die Hände in lauter Verwunderung zusammen, und als der Squire ihrem Blicke mit den Augen folgte, sah er eben noch, wie dicht am Ufer ein Pferd mit seinem Reiter zusammenbrach und diesen weithin über sich schleuderte. Von allen Seiten eilten Menschen herbei, ihm beizustehen; der Mann aber raffte sich, obgleich von dem gewaltigen Sturze etwas betäubt, doch schnell wieder empor und warf den Blick scheu im Kreise umher. Dort aber mußte er wohl bekannte Gesichter treffen; denn Dayton sah, wie er dem einen die Hand reichte und ein paar Worte mit ihm wechselte und wie dieser dann der Stelle zudeutete, wo er selber stand. Dayton erschrak. – Es lag etwas Unheimliches in dem ganzen Benehmen des Reiters, der nicht einmal nach dem gestürzten Tier zurückschaute, sondern nur weiter und weiter strebte, als ob er etwas Entsetzliches hinter sich wisse, das er fliehen wolle. Er ging ihm ein paar Schritte entgegen und blieb, als er ihn erkannte, wie in den Boden gewurzelt stehen. Es war Peter, – bleich und mit Blut bedeckt; die Kleider waren zerrissen und beschmutzt; den Hut hatte er verloren; das Haar hing ihm wirr um den Kopf; – die kaum geheilte Narbe auf der Wange war blutrot und entzündet. – Er hätte ihn kaum wiedererkannt.

»Kapitän Kelly«, stöhnte der Mann, als er ihn jetzt erreichte und den Blick scheu zurückwarf, ob auch der, dem die Worte galten, sie allein vernähme, – »rettet Euch! – Die Insel ist genommen.«

»Bist du rasend?« rief der Richter und trat entsetzt zurück. – »Rasend oder trunken?«

»Gift und Verdammnis!« zischte der Narbige durch die zusammengebissenen Zähne hindurch. – »Ich wollte, ich wäre es und spräche eine Lüge. – Ein Dampfboot landete dort heute morgen. – Bei allen tausend Teufeln, da unten kommt's schon um die Spitze! – Ich habe Euren Fuchs totgeritten, und so dicht sind sie hinter mir.«

»Alles verloren?« rief Dayton und sah den Unglücksboten mit stierem Blick an.

»Alles!« stöhnte der Narbige.

»Und Georgine?« fragte der Kapitän.

»Verließ heute vor Tag in Eurer Jolle die Insel!«

»Allmächtiger Gott, Dayton, – was ist dir? – Du bist totenbleich«, rief die in diesem Augenblick herbeieilende Adele; – »die ganze Stadt scheint in Aufruhr zu sein; – Mr. Cook und Tom Barnwell sollen verhaftet sein; – der Konstabler sprengt zu Pferde hin und her; – eine Masse fremder Menschen zieht bewaffnet durch die Straßen –«

»Fort von hier, Adele!« sagte der Richter und tat sich Gewalt an, ruhig zu bleiben. – »Fort; – dies ist nicht dein Platz! – Scipio, geleite sie wieder nach Hause! Ha, – was ist das?«
Er horchte den Fluß hinauf, und die Erde schien plötzlich von den donnernden Hufen heransprengender Rosse zu beben. – Die Straße herab stürmte es in wilder Hast; – Reiter auf Reiter jagte heran, die Elm-, Walnut- und Frontstreet nieder und über den Platz hin, dem Gefängnisse zu. Es waren die wilden Rotten der Hinterwäldler, in Jagdhemden und Mokassins, die langen Büchsen auf der Schulter, die Messer an der Seite. Wie ein Ungewitter stürmten sie herbei. – Der gellende Jagdruf, scharf hinaustönend wie der Schlachtschrei der kaum wilderen Indianer, vereinigte sie auf dem freien Platze vor den Häusern, und ganz Helena schien sich jetzt um sie versammeln zu wollen.
Adele schmiegte sich ängstlich an den Richter. – James war der Führer der Schar, und sein Befehl sandte flüchtige Reiter hinauf und hinab in die Stadt mit Windesschnelle.
Der Squire stand starr und regungslos, von tausend auf ihn eindrängenden Gefühlen bestürmt. Dort, fast neben ihm, lag das Boot, das ihn der Rettung entgegenführen konnte; – seine Schornsteine qualmten, das Öffnen der Ventile, die den gehemmten Dampf mit wildem Rauschen ins Freie ließen, bewies deutlich die Ungeduld des Ingenieurs; – die schnellen Schläge der Glocke mahnten zur Abfahrt. Bolivar drängte sich in diesem Augenblick zu ihm hin.
»Massa«, flüsterte er leise, »der Kapitän vom Dampfer läßt Euch sagen, er müsse fort, – er könne nicht länger warten.«
»Ha, – Squire Dayton!« rief da James Lively, dessen Blick, durch das lichte Kleid der jungen Dame angezogen, den Richter erkannte. Er ritt noch das Pferd, das ihm Adele gebracht hatte, und sein Schenkeldruck trieb es rasch dem Platze zu, wo Dayton stand.
»Squire!« sagte er hier, während er rasch von seinem schnaubenden Tier herabsprang und tief errötend die junge Dame

grüßte. – »Squire, es sind heute morgen wunderliche Sachen in Helena vorgegangen. Wir hatten die Nachbarn aufgeboten, um dem Gesetz, wo es Hilfe brauche, beizustehen. – Cook eilte zu diesem Zweck voraus, und wie ich jetzt höre, ist er verhaftet.«

»Mr. Lively«, sagte der Squire, und sein Herz klopfte, als ob es ihm die Brust zersprengen sollte. Das Dampfboot von stromauf kam mit jedem Augenblick näher; – nur Zeit jetzt gewonnen, nur wenige Minuten Zeit. – »Cooks wilder Hitzkopf hatte sich das allein zugezogen; – ich mußte ihn fast mehr noch seiner eigenen Sicherheit als eines andern Grundes wegen verhaften lassen. – Das alles hat sich jetzt jedoch erledigt, und da nun auch kein weiterer Grund vorliegt, will ich selbst hinaufgehen und ihn in Freiheit setzen.«

»Möchte kaum nötig sein, Sir«, sagte lächelnd der junge Hinterwäldler, »Vater ist dorthin aufgebrochen und wird ihn wohl mitbringen. – Wahrhaftig, ich glaube, dort kommen sie schon.« Er richtete sich rasch empor, und in der Tat sprengten eben einzelne Reiter mit Cook und Tom Barnwell in ihrer Mitte aus der oberen Straße heraus. Der Squire bog sich schnell zu seinem Neger nieder.

»Bolivar!« flüsterte er. – »Hinauf, und bringe Mrs. Dayton hin aufs Boot; – Leben und Freiheit hängt an deiner Eile.«

»Squire! Wir haben eben den ›Grauen Bären‹ gestürmt«, wandte sich James wieder an Dayton; – »aber das Nest ist leer! Unser Geheimnis ist verraten; – die Bande hat –«

Ein lauter Ruf des Entsetzens, den Bolivar in Furcht und Staunen ausstieß, unterbrach ihn. – Der Neger, schon im Begriff, den ihm gegebenen Befehl zu erfüllen, hatte aber auch Ursache, zurückzuschrecken, denn dicht vor ihm, den alten schwarzen Filzhut abgeworfen, das marmorbleiche Antlitz von wilden, dunklen Locken umwallt, die Augen stier und geisterhaft, die blassen Wangen von zwei kleinen blutroten Flecken gefärbt, die Lippen zitternd und halb getrennt, stand ein Knabe – und hob langsam die Hand gegen den Richter auf.

»Georgine!« stöhnte der Häuptling, und das Blut wich aus seinen Wangen.
»Dayton«, bat Adele in Todesangst, – »was, um des Himmels willen, ficht dich an? – Was bedeutet dies alles?«
»Hahahaha!« lachte mit markdurchschneidendem Hohn Georgine und richtete sich stolz und wild empor. Sie hielt in diesem Augenblick Adele, die sie früher noch nicht gesehen hatte, für des Richters Gattin. »Richard Kelly, der Kindesmörder, fürchtet die eine seiner Frauen zu begrüßen, weil die andere daneben steht. – Herbei, ihr Leute, herbei!«
»Wahnsinnige!« rief Dayton und ergriff rasch ihren Arm.
»Zurück von mir!« schrie aber das Weib in wilder Wut. – »Wahnsinnig? Ja, ich bin wahnsinnig, ich will es sein; – aber du, – du hast mich dazu gemacht. – Herbei, ihr Farmer! – Herbei, ihr Männer von Helena! – Herbei! – Der, der hier vor euch steht als Richter und Squire, – der, der jahrelang in eurer Mitte gelebt hat, wie sich die Schlange im stillen Haus, in der Nähe der Menschen ihr Nest sucht –«
»Georgine!« rief Dayton in Entsetzen.
– »Ist Kelly, der Häuptling der Piraten, – der Herr jener Räuberinsel, – und ich – ich – ich bin sein Weib!«
Der schwache Körper konnte nicht mehr ertragen. Aufregung, Schmerz, Wut und Rache hatten ihre Kräfte wohl noch bis zu diesem Augenblicke aufrechterhalten; jetzt aber ließ auch die letzte, zu straff angespannte Sehne nach, und bewußtlos sank sie zurück und wäre zu Boden gestürzt, hätte nicht James sie in seinem Arme aufgefangen.
Dayton stand, einer aus Stein gehauenen Bildsäule gleich, starr und regungslos da und hörte die Worte, die sein Todesurteil sprachen, wie einer, der einem fernen, fernen Tone lauscht. Solange der Blick Georgines auf ihm haftete, war er nicht imstande, sich zu regen; – jetzt aber, als sie zurücksank, als ein Ausruf des Entsetzens den Lippen Adeles entfuhr und der Racheschrei der ihn umgebenden Feinde zum Himmel

emporstieg, durchzuckte auch ihn wie mit wilder, zündender Glut das Gefühl seiner Lage, das Bewußtsein der Gefahr, in der er schwebe. Jetzt war jede Verstellung unnütz, – der letzte Augenblick erschienen, die Maske gefallen.

»Faßt den Räuber! – Laßt ihn nicht entkommen!« schrie es von allen Seiten, und Adele trat unwillkürlich und erschreckt von ihm zurück; James aber, ihm der Nächste, wurde noch durch die Gestalt Georgines am Vorspringen verhindert und war auch wirklich durch das Überraschende und Fürchterliche dieser Anklage so betäubt, daß er kaum wußte, ob er wache oder träume. Während aber jetzt von allen Seiten Farmer und Bootsleute herbeieilten und zum Angriff oder zur Verteidigung die bis dahin offen getragenen oder verborgenen Waffen zogen, riß Kelly zwei kleine Doppelpistolen aus seinen Taschen.

»Verloren!« schrie er mit heiserer Stimme – »Verloren und verdammt! – Herbei denn, Piraten, herbei! – Schart euch um euren Führer! – Freiheit und Rache!« Und die ersten, die ihm entgegenstürmten, fielen, von den nur zu sicher gezielten Kugeln durchbohrt, während die Angreifer überrascht zurückfuhren; denn rechts und links tauchten Feinde auf, in ihrem Rücken knallten Pistolenschüsse und blitzten Messer, und für einen Augenblick wußten sie nicht, wie es der entsetzliche Mann ja auch berechnet hatte, wer Freund oder Feind sei, und für wen oder gegen wen sie zu kämpfen hätten.

Das Signal wurde gegeben, – oben und unten in der Stadt wurde es beantwortet; – aus den Straßen kamen eilenden Laufes wilde, trotzige Gestalten mit Büchsen, Äxten, Messern und Harpunen; die Boote spieen sie aus, der kleine Chickenthief besonders, der dicht vor dem Dampfboot lag, wurde lebendig, und Cotton und Sander sprangen von jubelnden Piraten gefolgt, ins Freie.

Der Kapitän des ›Van Buren‹ sah erstaunt die plötzlich der Erde und dem Wasser entsteigenden Scharen und fürchtete nicht mit Unrecht für die Sicherheit seines Bootes; denn über dessen Planken flohen auch schon viele einzelne an Bord. Rasch gab er den Befehl, die Taue zu kappen und die Planken einzuziehen, während die Klingel des in sein Haus springenden Lotsen den Ingenieur zum Bereitsein mahnte. Wohl kam ebenso schnell die Antwort zurück, und die Matrosen flogen an ihre Plätze; aber – es war zu spät.

»An Bord, Boys!« schrie die donnernde Stimme des Piratenhäuptlings. – »Entert das Dampfboot. – An Bord!«

Die Matrosen, die sich niedergebogen hatten, um die Planken zu fassen und einzuziehen, wurden von Piraten, die sich schon früher eingeschlichen hatten, rasch zur Seite geworfen. – Im nächsten Augenblick sprangen von allen Richtungen her dunkle Gestalten über die Bretter. An den Seiten des Bootes und aus Kähnen kletterten sie herauf, und während die noch am Ufer Zurückgebliebenen Front gegen die jetzt vorstürmenden Farmer machten, bemächtigten sich jene des ganzen Dampfers, rannten auf die erste Kajüte und auf das Hurrikandeck hinauf und eröffneten von hier aus ein tödliches Feuer gegen die immer näher rückenden Feinde.

Georgine war wohl für den Augenblick durch den sie bewältigenden Sturm der Leidenschaften betäubt gewesen, raffte sich aber jetzt, von dem Lärm und Schießen umtobt, wieder auf; James aber sah sich kaum von seiner Last befreit, als er auch auf Adele zusprang und sie rasch aus dem Getümmel führte, wo ihr Leben ja von allen Seiten bedroht war. – Hier traf er glücklicherweise Cäsar und Nancy, die eben im Begriff gewesen waren, mit Koffern und Schachteln dem ›Van Buren‹ zuzueilen, und übergab ihnen das arme Mädchen, das nach dem eben Erlebten fast alles willenlos mit sich geschehen ließ. Dann aber sammelte auch der wohlbekannte, scharf ausgestoßene Jagdruf die Seinen, mit denen er sich, von Cook, Smart und dem Virginier unterstützt, im wilden Ansturm auf die Feinde warf. Die bedrängten Piraten hatten nun natürlich keine Zeit mehr, um die abgeschossenen Gewehre wieder zu laden, und suchten die Angreifer nur mit

Messern und Büchsenkolben abzuhalten. Mehr und mehr aber zogen sie sich dabei auf das Boot zurück; der Raum, den sie zu verteidigen hatten, wurde immer kleiner, das Feuer vom Boot selbst aus immer vernichtender, und fast alle Farmer waren verwundet, während Kelly, in der Linken sein breites Bowie, in der Rechten den Lauf einer abgebrochenen Büchse, Tod und Verderben um sich her säte.

Oben auf dem Hurrikandeck stand Sander und schrie, während er sein Gewehr zwischen die am Ufer Stehenden abschoß: »Hurra, Boys! Kommt an Bord! – Anker gelichtet, der Freiheit entgegen!«

Aus einem rasch in den Fluß hinausgeruderten Boote sprang ein Mann und schwang sich auf das Steuer des ›Van Buren‹.

»An Bord!« schrie Kelly. – »An Bord, ihr Leute! – Kappt die Taue! –«

»Hierher, – ihr Rächer! – Hierher!« rief eine weibliche Stimme, und Georgine, den Tomahawk eines Gestürzten in der hochgeschwungenen Rechten, sprang auf die Kämpfenden zu.

James, dessen Absicht es jetzt war, die Planke zu gewinnen, damit er denen, die nahe am Ufer standen, den Rückzug abschneiden und den Häuptling womöglich lebend fangen könnte, sprang in das Wasser und wollte das Boot schwimmend erreichen, zwei Kugeln aber trafen ihn fast zu gleicher Zeit und er sank. Cook warf sich indessen, von Mills und Smart unterstützt, auf den Kern des Ganzen, wo Kelly die Seinen antrieb, auf das Boot zu flüchten, während er selbst ihren Rückzug decken wollte.

Der Virginier hatte sich dabei den Kapitän der Schar ganz besonders zum Angriff ausersehen.

»Teufel!« schrie er und warf sich ihm mit keckem Sprunge entgegen. »Die Stunde der Rache ist gekommen; – fahre zur Hölle!« Und mit seinem Messer führte er einen Streich nach dem Piraten, der sein Schicksal sicherlich besiegelt hätte; doch Bolivar fiel dem jungen Mann in den Arm, umfaßte ihn

und schlug ihn mit dem Eisenschädel so gewaltig gegen die Stirn, daß er bewußtlos hintenüberstürzte. Kelly sprang auf die Planke; – die Taue waren gekappt; das Boot lag frei, und die Räder fingen an zu arbeiten. – Die Planken bewegten sich schon; – ein Kolbenschlag warf Jonathan Smart, der überdies auf dem durch Blut schlüpfrig gewordenen Holze ausglitt, in den Fluß hinab; – er war gerettet!
»Du bist mein!« schrie da ein gellender Ton in sein Ohr. – »Mein, und mein sei auch die Rache!« Und Georgine stürzte sich Kelly in wilder, alles um sich her vergessender Wut mit funkelnden Augen und Rachegeschrei entgegen. Fast unwillkürlich zuckte Kellys Hand empor, und die stahlbewehrte Faust senkte sich im ersten Augenblick auf die Schulter des schönen Weibes nieder. – Georgine war zu Tode getroffen; aber fallend ergriff sie die Knie des Verräters, und während sich Kelly bemühte, das dadurch gefährdete Gleichgewicht zu bewahren, sprang Cook vor, schlug den Neger zu Boden, deckte sich mit dem rechten Arme, indem er sein Bowie schwang, gegen den nach ihm geführten Hieb eines der Feinde, ergriff mit der Linken den Piratenführer und stieß ihm, mit einem Racheschrei auf den Lippen, das breite Messer in die Brust. Eine nach ihm abgeschossene Kugel streifte ihm die Schulter; – ein Kolbenschlag fuhr auf sein Haupt nieder; aber er wankte und wich nicht, und als die Planke von dem zurückgleitenden Boote in den Fluß stürzte und alle in dem hoch aufschlagenden Wasser versanken, hielt er sich krampfhaft fest in die Kleider des Feindes gekrallt und mußte mit dem Leichnam ans Ufer gezogen werden.
Während das flüchtige Boot vom Lande schoß, war ein Schrei vom menschengedrängten Hurrikandeck zu hören. – Aller Augen richteten sich dorthin, und der alte, ebenfalls aus zwei tiefen Wunden blutende Lively, der seinen Sohn gerade ans Ufer gezogen hatte, rief erstaunt aus: »Hawes, – bei Gott!« Im nächsten Augenblick stürzten aber auch schon

zwei fest zusammengeklammerte menschliche Gestalten von der nicht unbeträchtlichen Höhe des oberen Decks herab in den aufgewühlten Strom, während von allen Seiten Boote abstießen, um die wütenden Kämpfer aufzunehmen.

Noch hatte der ›Van Buren‹ die Landung keine zweihundert Schritt verlassen, als der ›Black Hawk‹ mit seiner Soldatenbesatzung unter dem raschen Anschlagen der Glocke heranfuhr. Wohl standen auch die Matrosen vorn mit den Tauen bereit, um sie ans Ufer zu werfen, aber Kapitän Colburn, der das Schießen gehört und den Kampf schon von weitem mit dem Fernglas beobachtet hatte, schrie oben vom Pilothaus mit dem Sprachrohr sein »What's the matter?« herunter. Die einzelnen, dem davonbrausenden Dampfboot nachgefeuerten Schüsse, das Winken und Schreien der am Ufer Stehenden und die umhergestreuten Leichen waren seine Antwort und ließen ihn über das, was er schon selbst von den Verhältnissen in Helena erfahren hatte, nicht länger mehr im Zweifel.

»Give her hell, boys!« rief er vom Deck herunter. – »Feuert, daß die Kessel rot werden! Den Burschen da vorn müssen wir einholen! – Hurra für old Kentucky!«

An den weiter oben liegenden Flatbooten glitt der ›Black Hawk‹ so rasch vorbei wie der Vogel, dessen Namen er trug; die Feuerleute schürten mit ihren mächtigen Eisenstangen in der Glut, die Soldaten und Mannschaften trugen Holz und Kohlen herbei, und die Maschine tat, ohne selber Gefahr zu laufen, ihr Äußerstes. Aber der ›Black Hawk‹ war ein altes, der ›Van Buren‹ dagegen ein neues und fast das schnellste Boot des Mississippi. – Wie ein Pfeil schoß es eine kurze Strecke den Strom hinauf, dann fiel sein Bug plötzlich vor der Flut ab – von Helena aus konnten sie das von Menschen gedrängte Heck übersehen –, und Jauchzen und Jubeln scholl von dort herüber. Die Schnelle, mit der es die Flut durchschnitt, war entsetzlich; der gehemmte Dampf jagte die Räder in rasendem Wirbelschwung um ihre Achsen; Fett

und Öl schleppten die Piraten herbei und warfen es unter die Kessel, während sich zwei der Männer an die Ventile hängten. Aber wo war der Mann, der diese wilde, zuchtlose Schar hätte in Ordnung halten können? Wer verstand die Leitung dieser Maschinen, um die Sicherheit ihrer Kraft zu bestimmen? Nur wilde, ungeregelte Flucht war der Gedanke der Piraten. – Die Maschine arbeitete; – Holz lag noch an Bord; die Kessel glühten; die Schaufeln der Räder peitschten die Flut; vorn am Bug zischte der gelbe Schaum empor, und – ha, wie weit zurück schon die Verfolger lagen! Fast war die Landspitze erreicht, die sie ihren Blicken entzog, und dort vor ihnen lag der weite, ruhige Strom, der sie der Freiheit entgegentragen sollte. Noch leuchtete hoch und hell die Sonne am Himmel. Weißer, siedender Qualm füllte den Raum und quoll aus den Seiten des Decks, und zum Himmel emporgeschleudert schossen zerstückelte Leichname und Bootstrümmer und stürzten nach kurzem schauerlichen Flug schwerfällig und matt tönend auf die zitternde Wasserfläche nieder. – Das halbe Boot war verschwunden, aber Vezweifelnde kämpften noch mit den Wogen, als der ›Black Hawk‹ vorüberbrauste und auf derselben Stelle einschwenkte, auf welcher wenige Minuten vorher die Kessel des ›Van Buren‹ geplatzt waren.
In Helena stieg, als sie von dort aus die Explosion des Piratenbootes erkannten, ein Jubelruf aus hundert Kehlen und mischte sich mit dem fernen Angstschrei und Todesröcheln der Verbrecher. – Die Feinde waren vernichtet, die Insel hatte der ›Black Hawk‹ gestürmt, und was nicht im Kampf seinen Tod fand, brachte er gefesselt an Bord. An der Landung von Helena aber suchten weinend Frauen und Mädchen unter den Toten ihre Lieben und Freunde, und ernste Männer trugen die verwundeten Kameraden in die nächsten Häuser hinauf.
Wer aber waren die beiden, die, noch immer miteinander ringend, dem Wasser entstiegen? – Das Volk sammelte sich

um sie, und manche wollten mit Hand anlegen und die Feinde trennen. Tom Barnwell, der eine von ihnen, hatte aber sein Opfer zu fest und sicher gepackt, und wenn der Mann auch in verzweifelter, wilder Wut gegen ihn ankämpfte und Nägel und Zähne in das Fleisch seines ihm überlegenen Siegers einschlug, so schien der die Wunden kaum zu fühlen, viel weniger zu achten.

»Zurück!« rief er. – »Gleicher Kampf, und einer gegen einen! – Der hier ist mein! – Bei dieser rechten Hand habe ich's geschworen, daß ich ihn zwingen will, mir zu folgen, und meine rechte Hand soll den Schwur halten, wenn er den Arm auch bis auf die Knochen abnagte!«

»Hallo, Tom«, rief ihn hier ein Bekannter an, »will ihm die Beine ein bißchen heben, daß er's bequemer hat.«

»Zurück da, Bredschaw, – zurück!« schrie aber der junge Bootsmann. – »Hinaufschleifen will ich ihn, wenn die Bestie nicht mehr gehen kann; aber kein Mann außer mir soll Hand an ihn legen.«

Mit wildem Geschrei, in fast wahsinniger Aufregung schleppte der Bootsmann sein heulendes Opfer die Straße hinauf, des Richters Wohnung zu; einzelne Männer folgten ihm; aber er sah sie nicht. Nur vorwärts, – vorwärts strebte er. »Marie!« war das Wort, das er manchmal zwischen den zusammengebissenen Zähnen vorknirschte. – »Marie, ich bringe ihn dir, – ich bringe ihn dir!« Jetzt erreichte er das Haus. – Niemand war in dem Vorsaal. – Die Haustür war nur angelehnt. – Adele hatte, selbst kaum stark genug, sich aufrecht zu halten, die über den Kampf zu Tode erschrockene Hedwig hinauf in ihr Zimmer geführt, damit sie das Gräßlichste nicht hören, nicht erfahren sollte. Unten aber in dem kleinen, kühlen Gemach, das man erst heute der Kranken angewiesen hatte, – an dem Lager, auf dem eine bleiche Mädchengestalt starr und regungslos ausgestreckt lag, standen zwei Frauen, – Mrs. Smart und Nancy, und jener liefen, während sie mit gefalteten Händen vor sich niedersah, die

klaren, hellen Tränen über die Wangen hinunter, indes sich Nancy zu Füßen des Bettes niederkauerte und die großen dunklen Augen fest und ängstlich auf die Züge der – Leiche geheftet hielt. »Ich bringe ihn, Marie, – ich bringe ihn!« schallte die wilde, schreiende Stimme des Rasenden in das Zimmer der Toten. – »Hierherein, hierher, und jetzt auf die Knie nieder vor einer Heiligen! – Herein hier, Bestie!« Und mit gewaltigem Griffe, dem selbst der in verzweifelter Angst sich sträubende Verbrecher nicht widerstehen konnte, riß er den Verräter in den schmalen Hausgang und in die erste offene Tür, die er erreichte. Mrs. Smart und Nancy stießen einen Schrei der Angst und Überraschung aus, und Tom, der den Verbrecher nachschleppte, schlug jetzt selbst erschreckt die Augen auf und starrte verwundert umher. Sein Blick flog über die beiden entsetzt zu ihm aufsehenden Frauen.
Da erkannte er das Bett, das in der dunkelsten Ecke stand. Der Bootsmann zuckte wie von einer Kugel getroffen zusammen; – er sah weiter nichts mehr als jene blasse, rührende Gestalt. – Seine Hand ließ unbewußt in ihrem Griffe nach, mit dem sie ihr Opfer bis dahin in eisernen Fängen gehalten hatte. Sander aber schlüpfte, den vielleicht nie wiederkehrenden Augenblick zur Flucht benutzend, unbeachtet rasch aus der Tür und ins Freie.
Tom sah ihn nicht mehr. – Als ob er die vielleicht nur Schlummernde zu wecken fürchte, trat er auf das Bett zu, faltete die Hände und schaute ihr lange still und ernst in das liebe bleiche Angesicht. – – Viele, viele Minuten stand er so; kein Laut entfuhr seinen Lippen, kein Seufzer seiner Brust, und die Frauen wagten kaum zu atmen; der stumme Schmerz des Armen hatte etwas gar zu Ehrfurchtgebietendes und Gewaltiges; – sie konnten es nicht übers Herz bringen, ihn zu stören. Endlich beugte er langsam den Kopf zu der Toten hinab; ein einzelner Wehelaut: »Marie!« rang sich aus seiner Brust, und laut schluchzend sank er neben der Leiche in die Knie nieder.

37

Wenn die wilden und zerstörenden Äquinoktialstürme ausgetobt, den Wald recht tüchtig durchgeschüttelt und die heißen, drückenden Sommerlüfte mit polterndem Brausen gen Süden gejagt haben; wenn die Wildnis ihr in den wundervollsten Farben prangendes Herbstkleid angelegt hat; wenn der Sassafras seine blutroten Flecken bekommt, die den Jäger so oft irreführen und necken; wenn die Hickoryblätter, während das übrige Laub sich noch einmal, um nur nicht alt zu scheinen, von frischem schminkt und putzt, ganz allein jenes herrliche helleuchtende Gelb annehmen; wenn die Wandervögel lebendig werden und die fallenden Eicheln und Beeren das Wild schrecken und scheu machen: dann beginnt im nördlichen Amerika die schönste, herrlichste Zeit, – der ›indianische Sommer‹, und blau und wolkenlos spannt sich das ätherreine Firmament monatelang über die fruchtbedeckte Erde aus.

Dann kommt die Zeit, wo im fernen Westen der naschhafte Bär Fensterpromenaden unter den Weißeichen macht, die schönsten und reichsten aussucht, hinaufklettert und mit Kennerblick und leisem, behaglichem Brummen die schwerbeladenen Äste faßt und niederbricht. Dann zieht der Hirsch auf den Fährten der Hirschkuh durch den Wald, die Truthühner tun sich in Völker zusammen und geben sich nicht einmal mehr die Mühe, ihrer Nahrung wegen in die Bäume hinaufzufliegen; denn die süßesten, herrlichsten Beeren decken ja den Boden. Das graue Eichhörnchen raschelt im Laub und hascht nach den fallenden Nüssen; der blaue Häher schreit und lärmt in den Zweigen, und die Taube streicht in ungeheuren Zügen gen Süden. Die ganze Natur lebt und atmet und wirkt und webt sich aus weichen, welkenden Blättern, in die sie gar sinnig Früchte und Ähren hineinflicht, ihr warmes, behagliches Winterkleid, ihren Schutz gegen den kalten, unfreundlichen Nordwind.

Es war an einem solchen milden, lauen Sonnentag zu Ende des Monats Oktober, als im Staate Georgia zwei Reiter auf der breiten, trefflichen Straße dahintrabten, die von dem kleinen Städtchen Cherokee aus, dicht an dem rasch dem Golfe zuflutenden Apalachikola hinauf, einer großen, wohlbestellten Plantage zuführte. Vor dem Gartentor des reizend gelegenen Herrenhauses, neben dem aus fruchtbedeckten Orangenhainen die hellen Dächer der Negerwohnungen hervorschimmerten, hielten sie einen Augenblick und übersahen von hier aus das wunderliche Schauspiel, das sich ihren Blicken bot.
Das nur einstöckige, aber mit breiter, rund herumlaufender Veranda versehene Haus stand mit dem Tor durch eine Allee schlanker, breitästiger Chinabäume in Verbindung, um deren mächtige Beerenbüschel Scharen von Seidenvögeln schwärmten und die berauschenden Früchte naschten. Die Treppe, die von der Galerie in den Garten führte, war von wilden Myrten fast wie von einer Laube umschlossen, und daneben glühten schwellende, würzige goldene Orangen und überreife Granaten.
An den beiden Ecken des Hauses standen zwei stattliche Pekonbäume, von deren Zweige lange, wehende Streifen grauen Mooses herabhingen; einen fast wunderbaren Anblick aber gewährte ein hoher, graustämmiger Magnolienbusch, an dem die weiße, rotgefüllte Lianenrose ihre Ranken hinaufgeschlungen und die herrlichen, duftigen Arme fest hinein in sein tiefdunkelgrünes Laub und zwischen die vollen, saftigen Blätter gewoben hatte. Wie mit lebendigen Girlanden umschlossen sie diesen duftenden Strauch, und noch einmal so laut und freundlich sang hier zu Nacht die Spottdrossel ihre süßen, schmelzenden Weisen, wenn tausend und abertausend Feuerkäfer die stillen, heimlichen Plätzchen mit ihrem Funkenlicht erhellten.
»Wahrhaftig, Bill«, sagte jetzt der eine der Reiter und strich sich zugleich die Spanne des nackten Fußes, auf den ihn ein

Moskito gestochen hatte, unter dem Bauch seines Pferdes, – »Jimmy wohnt merkwürdig fein hier. – Sieh mir einer den Jungen an, wird nun Pflanzer und läßt seinen alten Vater in Arkansas sitzen und trockenes Hirschfleisch kauen.«

»Hat er Euch denn nicht bis aufs Blut gequält, Lively, Euch und die Schwiegermutter, daß Ihr mitkommen solltet und hier bei ihm wohnen?« fragte da der andere. »Habt Ihr denn gewollt?« »Werde nicht so dumm sein, Cook«, lachte der Alte und richtete sich ein wenig in den Steigbügeln auf, um über das Staket zu sehen, – »werde nicht so dumm sein. Sind wir nicht heute morgen sieben richtige Meilen geritten und haben wir auch nur eine Hirschfährte gesehen? Ist hier ein Truthahnzeichen in dem ganzen Walde? – Von Bären gar nicht zu reden, die wahrscheinlich in Menagerien hergebracht werden. Nein, Billy, für uns beide paßt Arkansas am besten, wir müßten denn Lust kriegen, in Kalifornien mit anzufangen. Ich werde aber beinahe zu alt dazu. Doch – wie ist's denn da drinnen, wie kommen wir hinein? Ob die Tür wohl auf ist?«

Er ritt dicht an die Gartenpforte heran und trat auf die Klinke. Diese ging auf, und die Tür knarrte langsam in ihren Angeln. »Hallo the house!« rief der Alte mit dröhnender Stimme, und blitzschnell glitt um die viereckigen Backsteinsäulen, die das ganze Gebäude trugen, ein Mulatte und eilte auf die Männer zu. »Dein Master zu Hause, Dan?« fragte Cook und beugte sich zu ihm hinüber.

»Mein Master?« wiederholte der Mulatte und starrte dazu die beiden Männer so verwundert an, als ob er sie eben hätte aus dem Monde fallen sehen. Plötzlich, als er sich erst überzeugt hatte, daß es die auch wirklich seien, für die er sie im Anfang, kaum seinen Augen trauend, gehalten, sprang er hoch empor und rief jauchzend: »Bei Golly – Massa Lively – Massa Cook! – O Jimmini, Jimmini, wie wird sich Missus freuen!« Und er flog rasch auf die Männer zu, ergriff ihre Hände, die er küßte und drückte, und dachte gar nicht daran, die Pferde abzunehmen, die ihm ungeduldig entgegenwieherten.

»So, Dan, – ist ja schon gut«, sagte Cook und gab ihm den Zügel seines Tieres in die Hand; – »wie geht's hier? Alle wohl?« »Alle wohl, Massa!« bestätigte freudig der Bursche, während er geschäftig nach den Zäumen griff und einen Kratzfuß nach dem anderen machte. – »Alle miteinander, Dan auch – behielt sein Bein selber – Leichendoktor kann sehen, wo er ein Mulattenbein sonstwo herkriegt –«

»Und dein Herr?« fragte der Alte.

»Geht auch besser!« versicherte Dan. – »Nur noch ein bißchen krank. – Hier Nancy, – führ 'mal die Gentlemen zu Missus und Massa hinauf; Golly, was für eine Freude wird Missus haben!« Dan plauderte noch fortwährend vor sich hin; die beiden Männer aber folgten rasch dem jungen Mädchen, das schnell die kleine Treppe hinaufsprang und die Tür des Hauses öffnete. Da blieb der alte Lively auf einmal stehen.

»Wetter noch einmal! Das hätte ich bald vergessen, Dan – he, Dan, – bring einmal schnell mein Pferd wieder her!«

»Was gibt's denn?« fragte Cook erstaunt und sah sich nach ihm um. »Dan führt es in den Stall und bringt uns unsere Sachen nachher herauf.«

»Willkommen!« rief da eine freudige Stimme, und Adele, – aber nicht Adele Dunmore, sondern James Livelys reizendes kleines Frauchen, flog die Treppe herab und ihnen entgegen. »Lieber, lieber Vater Lively, – herzlich willkommen! – Schwager Cook, – das ist schön, daß Ihr endlich einmal Euer Versprechen erfüllt habt!« Sie fiel dem Vater um den Hals und reichte dem jungen Farmer die Rechte hin.

»Aber, so kommen Sie doch nur herauf, Vater«, bat Adele; – »James wird auch gleich wieder da sein. Nancy mag Ihnen nachher bringen, was Sie brauchen.«

Der alte Lively stand auf dem einen Fuße und hielt den anderen dahinter versteckt. Adele sah zufällig hinunter und

lachte laut auf: »Hahaha, – wieder keine Schuhe; – noch immer der Alte. – Oh, Mr. Lively, – Mr. Lively!«
»Sie stecken wahrhaftig in der Satteltasche«, beteuerte der alte Mann und blickte wehmütig hinter dem eben um die Ecke verschwindenden Dan her.
»Aber die wollenen Socken hat er unterwegs verloren«, lachte Cook. »Als wir aus Cherokee herausritten, schob er sie in den Hut, um sie nachher anzuziehen, und da sind sie ihm wahrscheinlich herausgefallen.«
Der alte Lively drohte seinem nichtswürdigen Schwiegersohne mit der Faust; Adele aber faßte ihn unter dem Arm, gelobte ihm strenge Verschwiegenheit gegen Mrs. Lively, die Ältere, und führte nun ihre lieben Gäste rasch in das Haus hinauf.
Hier mußte übrigens Dan schon Lärm geschlagen haben; denn aus dem Garten sprang, zwar noch den linken Arm in der Binde, aber sonst wohl und kräftig, James herbei, und in dem Saale oben begrüßte sie mit herzlichem Wort und Händedruck Mrs. Dayton.
Cook und Lively mußten jetzt erzählen, wie es all den Lieben zu Hause ging, was Mutter und die Kleinen machten, – wie sich Bohs und die übrigen Hunde befänden, ob die und die Kuh noch recht wacker Milch gäbe und das und das Kalb noch immer den Melkeimer umstieße, und tausend und abertausend Kleinigkeiten über Fram und Haus, über Feld und Wald. Immer aber, wenn einer der beiden nur mit Wort oder Miene auf jene entsetzlichen Vorgänge in Helena zurückkommen wollte, lenkte Adele rasch ein und hatte so viele und wichtige Fragen zu tun, so manche Kleinigkeiten und Schätze zu zeigen und bewundern zu lassen, daß Cook wohl endlich merkte, daß sie die Sache nicht berühren wollte, und nun auch seinerseits die dorthinzielenden Äußerungen des alten Lively parierte. Dieser aber beachtete weder Winke noch Blicke und arbeitete nur immer auf das eine Ziel wieder los, fing schon wenigstens zum zehnten Mal von Helena an

und schien noch eine ganze Menge Sachen auf dem Herzen zu haben, die er unmenschlich gern los zu sein wünschte. Endlich stand Mrs. Dayton auf, flüsterte Adele leise einige Worte ins Ohr, küßte sie und verließ dann mit ihr das Zimmer. »So, – nun schießt los!« sagte jetzt Cook zum Alten, der ihn verwundert ansah – »Ist mir schon im ganzen Leben so ein alter Mann vorgekommen? –«

»Aber, Cook«, rief erstaunt Vater Lively, »ich will mein lebenlang Schuhe und Strümpfe tragen, wenn ich weiß, was Ihr wollt!« »Bester Vater!« sagte James und trat, seine Hand ergreifend, auf ihn zu. »Reden Sie nicht von Helena, wenn Mrs. Dayton dabei ist. Wir vermeiden es hier stets; denn es erneut nur ihren Schmerz.«

»Aber«, entgegnete der alte Mann, – »sie weiß doch –«

»Kein Wort von dem, was ihr das Herz brechen würde, wenn sie nur eine Ahnung davon hätte.«

»Was?« rief Cook erstaunt. – »Sie weiß noch nicht, daß Dayton der heimliche Führer der Piraten und ein Verbrecher war, wie ihn die Welt kaum wieder aufzuweisen hat?«

»Nein – und soll es auch nie erfahren«, sagte James. – »Ihr erinnert Euch noch, daß sie an jenem unglückseligen Tage gleich auf die Farm hinausgeschafft wurde, und wie sie nach der Nachricht von ihres Gatten Tode, den sie im Kampfe gegen die Piraten geblieben glaubte, lange Wochen krank lag.«

»Allerdings«, erwiderte Cook, »und ihr wart ja alle beide damals so elend, daß euch der Arzt mit Gewalt aus Arkansas fortschickte; wir glaubten aber immer, sie müßte die Wahrheit am Ende doch noch erfahren.«

»Sie würde es nicht überleben«, versicherte James, »und Adele wacht sorgfältig darüber, daß sie mit niemandem spricht, der ihr das Schreckliche aus Unwissenheit oder Schwatzhaftigkeit verraten könnte. Auch die Zeitungsblätter sind deshalb für jetzt noch streng aus unserem Hause verbannt, so daß ich eigentlich selbst nichts Genaueres über die damaligen Vorgänge weiß, obgleich ich im Anfang mittendrin steckte. Dieses Andenken hier werde ich wohl noch eine Weile zu schleppen haben, bin aber doch froh, daß ich Monrove damals nicht gewähren ließ, der mich fast auf den Knien bat, ihn den Arm absägen zu lassen.« »Der Leichendoktor hat in jener Zeit eine bedeutende Rolle gespielt«, sagte Cook schaudernd. – »Ist denn Daytons Leiche, die er einbalsamieren mußte, glücklich hier angekommen?«

»Ja«, erwiderte James, – »wir haben den Körper in unserem Garten beigesetzt, und Mrs. Dayton verbringt an jedem Morgen die Stunde, in der sie in Helena Abschied von ihm nahm, an seinem Grabe. Sie ist auch jetzt dorthingegangen und findet in diesem Totenopfer Beruhigung und Trost.«

»Da haben die übrigen, die es vielleicht weniger verdienten, ein schlimmeres Bett bekommen«, sagte Cook düster; – »Dayton starb doch noch im wilden Kampfe, Mann gegen Mann und mit den Waffen in der Hand, aber seine Kameraden –«

»Also ist es wahr, was das Gerücht sagt?« fragte James leise. Cook nickte schweigend mit dem Kopfe, und der alte Lively flüsterte: »Ja, Jimmy, – das war ein schlimmer Tag, und du kannst froh sein, daß du im Bett lagst und nichts davon wußtest. – Ich kann seit der Zeit gar kein Mississippiwasser mehr trinken; denn es ist mir immer noch, als ob ich die weite Blutfläche vor mir sähe. Denke dir nur, vierundsechzig Menschen nahmen sie dem Konstabler weg und –«

»Ich bitte Euch, Vater, – hört auf«, bat Cook, – »laßt die Toten ruhen; – sie haben fürchterlich genug gebüßt. Nein, da lobe ich mir offenen, wackeren Kampf, wie wir's zuerst begonnen hatten, und da hat vor allen Tom Barnwell, den sie mit mir aus dem Gefängnis holten, den kecksten, verwegensten Streich ausgeführt. Auf dem Hurrikandeck des ›Van Buren‹ ersah er sich seinen Feind, kletterte ganz allein zwischen die Piraten an Bord, die ihn natürlich eben dieser grenzenlosen Tollkühnheit wegen für einen der Ihren halten mußten, lief auf das oberste Deck, faßte mitten aus der Schar seinen Mann heraus und riß den Entsetzten mit sich über Bord.«

»Aber er hat sich doch später wieder von ihm losgemacht«, sagte der alte Lively; – »er war wenigstens bald nachher wieder allein auf der Straße und wollte spornstreichs in den Wald.« »Nun, fort ist er nicht«, erwiderte Cook; – »denn Bredschaw muß ihn gleich nachher wieder abgefangen haben. Ich sah selbst, wie er ihn dem Flusse zuschleifte. – Er kam zu den übrigen.«

»Was ist denn nur aus Tom Barnwell geworden?« fragte James. »Das muß ein wackerer Bursche gewesen sein.«

»Ich weiß nicht«, sagte der alte Lively; »Edgeworth, jener Indianerfarmer, der eigentlich die Ursache war, daß die Insel so rasch und glücklich gestürmt wurde, blieb noch ein paar Tage in Helena und nahm dann den nächsten stromauf gehenden Dampfer; Tom jedoch, der zu seinem Boote gehört hatte, blieb zurück und ist wohl später nach New Orleans gefahren; ich glaube, er wollte nach Texas. Aber höre, Jimmy, Dan scheint sich ja ganz hübsch hier eingerichtet zu haben; – sind die alten Mucken vergessen?«

»Die Lektion scheint ihm sehr gut bekommen zu sein«, erwiderte James; »Dan ist jetzt ein recht wackerer Bursche, und Adele hat schon nach Texas an Atkins geschrieben und ihm angezeigt, daß sein Neger bei uns sei, wir ihn zu behalten wünschten und er uns doch seinen Wert bestimmen möchte. Ich schickte den Brief an Smart, der ihn auch wohl besorgt haben wird.«

»Apropos, Smart«, rief der alte Lively, »wo steckt denn der jetzt eigentlich? – Aus Helena, wo er alles verkauft hat, ist er seit vierzehn Tagen verschwunden; seine Frau behauptet aber, er wäre mit O'Toole nach Neu Orleans gefahren, um sich eine neue Einrichtung zu kaufen, die er hier in Georgia zu benutzen gedenke. Ist das wahr?«

»Allerdings«, lachte James; – »ich habe für ihn hier in Cherokee das Bunker-Hill-Hotel gekauft und erwarte ihn schon seit gestern morgen jeden Augenblick, um das Weitere mit ihm in Ordnung zu bringen.«

»Und er kommt wirklich hierher?« fragte Cook rasch.

»Gentleman noch zu Hause?« erklang in diesem Augenblick unten eine allen bekannte Stimme, und Cook, der rasch das Fenster aufwarf, rief fröhlich hinab: »Smart! – Hallo da! – Wie geht's in Georgia?«

»Gut – uncommonly so«, sagte Smart, glitt von seinem Rappen und rieb sich, während er zu dem Fenster hinaufnickte, vergnügt die Hände. – »Prächtige Gegend hier, – ungewöhnlich prächtige Gegend!« Damit sprang er in zwei Sätzen die kleine Treppe hinauf, die aus dem Garten ins Haus führte, und stand im nächsten Augenblick im Zimmer zwischen den Freunden, denen er die Hände schüttelte, als ob er ganz besonders hier nach Georgia gekommen wäre, um ihnen bei erster Gelegenheit sämtlich die Arme auszurenken.

»Nun, Smart«, rief James, nach den ersten Begrüßungen, »habt Ihr Euer neues Besitztum schon in Augenschein genommen? Gefällt's Euch und seid Ihr mit dem Handel zufrieden?«

»Unmenschlich«, sagte Smart und fing an James' gesundem Arme die kaum eingestellte Operation von vorn wieder an, »unmenschlich, in vier Wochen bin ich mit Kind und Kegel hier; O'Toole ist jetzt schon dageblieben und kommt heute abend nach. Aber – wo ist denn die kleine Frau?« fragte er und sah sich überall im Zimmer um. – »Mrs. Adele Lively möchte ich doch vor allen Dingen begrüßen.«

»Wird gleich wieder da sein, Smart«, erwiderte James; »aber was habt Ihr in Eurer Tasche? – Was arbeitet Ihr denn da aus Leibeskräften? – Sie hat sich wohl verstopft?«

»Ich weiß nicht«, murmelte Smart und suchte dabei mit aller nur möglichen Anstrengung ein fest zusammengedrücktes Paket aus der linken Fracktasche ans Licht zu bringen; »ich habe da auf der Straße hierherzu etwas gefunden.« Cook

sprang auf und trat rasch neben den Yankee. »Ein Reisender oder jemand aus Cherokee muß es wohl verloren haben.«
»Hurra, Schwiegervater, – das ist ein Glück!« jubelte jetzt Cook, als Smart ein Paar wollene Socken zum Vorschein brachte. – »Sie sind wieder da!«
»Hätten ebensogut fortbleiben können, Bill«, brummte der Alte, – »hol der Henker die Dinger! – Meinen Kautabak habe ich auch verloren, den bringt mir kein Mensch wieder; – die aber sind nicht loszuwerden.« Er fuhr rasch mit ihnen in die eigene Tasche, denn die Tür ging in diesem Augenblick wieder auf, und die Damen traten ein.
»Ah, Mr. Smart!« rief Adele und eilte mit ausgestreckter Hand auf ihn zu. – »Willkommen in Georgia, – herzlich willkommen! – Und Sie werden jetzt, wie früher in Helena, unser Nachbar?«
»Verlasse die Union«, sagte Smart lächelnd, »und ziehe nach Bunker Hill. Schade, daß Mrs. Breidelford nicht ebenfalls –«
»Und Ihre liebe Frau kommt auch bald nach, wie?« fiel ihm Adele rasch in die Rede, weil sie jede Beziehung auf jene Zeit gern vermeiden wollte. Jonathan Smart aber war, der alten Gewohnheit treu, nicht leicht aus dem einmal eingeschlagenen Satz zu bringen.
»– imstande ist, ihre ›bescheidene Wohnung‹ hier aufzuschlagen«, fuhr er deshalb höchst unbekümmert fort. – »Könnten doch noch manchmal eine Tasse Tee zusammen trinken. Sehen Sie, Mrs. Lively, da hatte ich doch einmal wieder recht: Gottes Wort im Munde und den Teufel im Herzen. Diese Frau, die sich und ihren ›seligen Mann‹, wie sie ihn so gern nannte, in einem fort lobte, gehörte ebenfalls mit –«
»Ach, bester Mr. Smart, wenn Sie nur wenigstens Mr. Cook und Vater Lively bewegen könnten, hierherzuziehen; es wäre gar zu hübsch, wenn wir alle zusammenwohnen könnten –«
– »zu jener schändlichen Raubbande«, versicherte Jonathan, ohne für jetzt wenigstens von dem Einwande Notiz zu nehmen. »Man hat in ihrem Hause eine Unmasse von Waren

und viele über die ganze Sache Aufklärung gebende Briefschaften gefunden. Etwas aber, was ein noch fürchterlicheres Licht auf die Tätigkeit und Wirksamkeit dieser scheußlichen Verbrecher warf, ist ein Teil der Sachen des ertrunken geglaubten Holk, von dem es nun außer allem Zweifel bleibt, daß er ebenfalls ermordet wurde. Der Bube, der sich für Holks Sohn ausgegeben hatte, war denn auch richtig mit unter den Gefangenen. Mrs. Breidelford soll übrigens, wie man aus unter der Diele versteckten Papieren ersehen hat, früher schon einen anderen Namen geführt und Dawling geheißen haben, ihren ersten Mann aber mit Hilfe des zweiten und vermittelst eines großen, ihm in die Schläfe getriebenen Nagels getötet haben, wonach Breidelford in Missouri von Regulatoren gehängt wurde, sie selbst aber mit genauer Not nach Arkansas entkam.«

»Aber, mein guter Mr. Smart, wenn ich Sie nun recht herzlich bitte, alle die alten gräßlichen Geschichten ruhen zu lassen!« bat Adele. – »Tun Sie mir den Gefallen und erzählen Sie uns lieber etwas Freudiges.«

»Hm«, meinte Smart, »auch damit kann ich dienen. – Mrs. Everett hat nach ziemlich einstimmigem Beschluß einen sehr großen Teil der gefundenen Güter als Entschädigung ausgeliefert bekommen, und in Helena ist jetzt Ruhe und Frieden. Doch um wieder auf Ihre frühere Anfrage zurückzukommen, Mrs. Lively, so stimme ich selber dafür, daß die Firma Cook und Lively so schnell wie möglich Anstalten mache, den Squatterstaat Arkansas zu verlassen, um hier zwischen Chinabäumen und Cocogras ein neues Leben zu beginnen. Wie, Gentlemen, – keine Lust, Ihre Farm zu verkaufen und mit herzuziehen? Prächtiges Land hier, und die ganze Familie dann auf einem Plätzchen zusammen!«

»Hm«, meinte Cook, »ich weiß nicht, – ich wohnte wohl gern hier, – meine Frau wünscht sich's auch –«

»Nee, Kinder!« sagte Lively *senior* und schüttelte heftig mit dem Kopfe. »Ich habe euch recht lieb und meine Alte auch, und ich – ich wäre ganz gern mit euch zusammen; aber östlich ziehe ich nicht mehr. – Hier gibt's keinen Wald, lauter Plantagen und Niggers; – die wildesten Tiere sind die Kaninchen und die größten Vögel die zahmen Gänse. – Selbst die Hunde wissen hier nicht mehr von Bärenfährten als Smart da, der, glaube ich, noch gar keine gesehen hat, und man kann keine zehn Schritt von der breiten Straße abgehen, ohne nicht über zwölf Zäune klettern zu müssen. Jimmy ist nun einmal aus der Art geschlagen; ich aber passe nicht hierher, und da wir die Flußpiraten einmal –«

»Mr. Lively, da bringt Dan Ihre Schuhe«, flüsterte Adele lächelnd und deutete auf den grinsenden Mulatten.

»Kinder«, sagte Lively und sah erschreckt und mit komischer Verzweiflung zu dem jungen Frauchen auf, – »morgen – morgen will ich wahrhaftig Schuhe und Strümpfe anziehen und sie so lange tragen, wie ich hier bin; aber heute – heute wollen wir noch einmal recht vergnügt sein.«

Friedrich Gerstäcker. Nach einem zeitgenössischen Foto

Harald Eggebrecht
Friedrich Gerstäcker – oder der Abenteurer als Schriftsteller

»Glück, das Neid in uns erwecken könnte, gibt es nur in der Luft, die wir geatmet haben, mit Menschen, zu denen wir hätten reden können, mit Frauen, die sich uns hätten geben können. Es schwingt, mit anderen Worten, in der Vorstellung des Glücks unveräußerlich die der Erlösung mit.« *Walter Benjamin*

Hinaus und zurück

»Er besitzt keinen Frack, er hat nie in seinem Leben einen solchen besessen, und wie es mir scheint, erlauben seine Grundsätze es nicht, einen solchen zu tragen. Es bleibt nichts übrig, als diesen Punkt der huldreichen Nachsicht Eurer Hoheit demütigst zu empfehlen.« Mit diesen entschuldigenden Worten stellte Gustav Freytag Ende der fünfziger Jahre des 19. Jahrhunderts in einem Brief dem Herzog Ernst II. von Sachsen-Coburg-Gotha einen Mann vor, den ein anderer Zeitgenosse folgendermaßen beschreibt: »Er war durchaus Naturmensch, ein sogenannter unbeleckter Bär. Er kümmerte sich wenig um guten Ton und Mode. Ein Schlapphut von grauem Filz oder ein breiträndiger Panamastrohhut, eine Joppe und dicke Stiefel mit bauschigen Hosen darüber, bildeten seine Bekleidung. Im Umgang war er ohne Umstände, zwanglos und ziemlich amerikanisch, in der Haltung nachlässig und im Gespräch harmlos und lustig. Er gab sich keinerlei Mühe, bedeutend zu erscheinen. Er redete wie ihm der Schnabel gewachsen war.«
Friedrich Gerstäcker, einer der meistgelesenen Autoren des 19. Jahrhunderts, wurde am 10. Mai 1816 in Hamburg geboren. Sein Vater, Friedrich Samuel Gerstäcker, zählte zu den bedeutendsten Opernsängern seiner Zeit, die Mutter war Schauspielerin. Das Leben der Eltern bestand aus Reisen, und Wanderschaft bedeutete von Anfang an Gerstäckersche

Lebensart. 1825 stirbt der Vater an TBC, die Witwe mit vier Kindern kann nur mit Hilfe von 300 Talern jährlich, die der Kurfürst Wilhelm II. aussetzt, weiterexistieren. Der junge Friedrich wird bei Verwandten in Braunschweig, später in Kassel und Leipzig untergebracht. Schon in der Schule spielen Abenteuerromane eine bedeutende Rolle, Gerstäcker schreibt: »Mit meinem 9. Jahre faßte ich den Entschluß, ebenfalls eine unbewohnte Insel aufzusuchen« (wie Defoes Robinson. Anm. d. Verf.).
Obwohl er nicht mag, wird er in eine Kassler Spezereihandlung gesteckt mit baldigem Mißerfolg, er geht zurück nach Leipzig, 16 Jahre alt, mit dem Gedanken, »blieb doch für mich wie für 1000 andere das Wort Amerika eine gewisse Zauberformel, die mir die fremden Schätze des Erdballs erschließen sollte«. Gerstäckers Entschluß, auszuwandern, entsprach zuerst seinem individuellen Bedürfnis, kaum aber politischen, religiösen und ökonomisch-sozialen Gründen, die den »1000 anderen« Amerika allerdings als Zauberformel erscheinen ließen. Zunehmender Bevölkerungsdruck, der Beginn der Industrialisierung und die wachsenden Probleme der Landwirtschaft, die immer noch den größten Teil der Arbeitskräfte beanspruchte und unterhielt, verschärften die soziale und ökonomische Lage in Deutschland zusehends. Zwischen 1820 und 1850 spitzte sich die Situation weiter zu, die verbreitete Arbeitslosigkeit wurde vom ständig steigenden Preisniveau begleitet. Aufgrund der verstärkten Nachfrage verdoppelten sich, bei kaum spürbaren Lohnerhöhungen, die Preise für die Grundnahrungsmittel Roggen, Kartoffeln und für Kleidung. Dieser katastrophale Notstand traf vor allem Kleinbauern, Handwerker, Lohnarbeiter und Tagelöhner. Besonders im Südwesten Deutschlands blieb Familien und ganzen Gemeinden nur die Auswanderung. Gerstäckers Auswanderungsgelüste liegen auf anderer Ebene als die des Hornauer Bäckers, der die Regierung des Großherzogtums Nassau solcherart um Auswanderungser-

laubnis bat: »Ganz ohne Aussicht, fast ohne Körperbedeckung und nicht das tägliche Brot mehr, stehe ich, mein Weib und meine beiden Kinder tränend hier und erkenne, daß in Europa kein Heil für uns ist.«
Gerstäcker hingegen trieb die Lust zum regellosen Leben, zur Bewegung selbst. Nicht umsonst nannte er sich einen »der größten Herumtreiber, die es gibt«. Als Vorbereitung seiner Auswanderung läßt er sich in Döben bei Grimma zum Farmer ausbilden und bricht Anfang Mai 1837 auf. 7 Jahre soll es dauern, bis er wieder nach Deutschland zurückkehrt. Hin und hergerissen zwischen Abenteuerlust und Heimweh streift er kreuz und quer durch Amerika, nachdem er bei seiner Ankunft in New York pleite gemacht hat mit der Beteiligung an einem Zigarrengeschäft. Geld verdient er sich auf alle mögliche Weise als Bauarbeiter, als Heizer und Koch auf einem Dampfboot, als Feuerwehrmann, Apotheker, Matrose. Seine Hauptbeschäftigung aber und seine Wunscherfüllung findet er in der Jagd und dem Herumstreifen an der Indianergrenze. Schließlich besteht er die Prüfung als Lehrer für die Backwoodsschulen, ohne je zu unterrichten. Zuletzt führt sein Weg über das Hotelgewerbe in Louisiana zurück nach Deutschland.
In den Häusern der Grenzer oder am Lagerfeuer hatte Gerstäcker seine Erlebnisse in Tagebüchern und Briefen niedergeschrieben und diese an die Mutter geschickt. Der Verleger Robert Heller bekommt Einsicht in die Manuskripte und veröffentlicht Teile daraus in seiner Zeitschrift »Die Rosen«. Als Gerstäcker 1843 zurückkommt, gibt es ihn bereits als Autor. Da beschließt er, Schriftsteller zu werden, um sich so die totale Ungebundenheit seiner Lebensweise zu erhalten.
Die Auswanderung ins Abenteuer und die Heimkehr, dieses Hinaus und Zurück geben das Grundmuster seines Lebens ab. Gerstäcker hatte nicht die Alte Welt geflohen, um Schriftsteller zu werden, er wollte Enge gegen Weite vertauschen, die Gebundenheit an geographischen wie gesellschaft-

lichen Ort in freie Beweglichkeit und bewegliche Freiheit umsetzen. Ihm ging es nicht um Lebensstellungen, wie sie sein gesellschaftliches Ambiente im alten Europa verlangte, sondern er versuchte, ihnen zu entgehen und lieber sein Glück zu machen, d. h., zu probieren, ob denn nicht mehr aus diesem Leben zu machen sei, ob nicht mehr Potential in ihm stecke. Wie gesagt, die Flucht, das Ausreißen nach Amerika und auch das spätere Schreiben gründet in den Bedürfnissen des individuellen Falles, dem Wunsch nach dem Ich-Erlebnis, der Sehnsucht, den Mangel an Ich-Erlebnis, wie Europa ihn schneidend verspüren ließ, aufzuheben. Es geht also nicht ums Schreiben, es ist die überraschende Chance, dem drohenden Einerlei ein für allemal zu entgehen.

1844 erscheinen die zusammengefaßten Tagebücher unter dem Titel »Streif- und Jagdzüge durch die Vereinigten Staaten von Nordamerika« mit einigem Erfolg, durchaus beachtlich angesichts der unendlichen Flut von Amerikaliteratur in der 1. Hälfte des 19. Jahrhunderts. Dennoch setzt sich Gerstäcker nur zäh durch, »Die Regulatoren in Arkansas«, 1846 veröffentlicht, finden zuerst gar keinen Verlag, obwohl sie später neben den 1848 erschienenen »Flußpiraten des Mississippi« den Ruhm Gerstäckers bis heute begründen. Gerstäckers Schriften und Romane treffen auf die breite Masse des Kleinbürgertums, das selbst nach Amerika auswandern will. Auf die Auswanderer als sein spezifisches Publikum, das es aufzuklären gilt mit Informationen und Ratschlägen, schneidet Gerstäcker seine literarische Produktion zu. Seine Reiseberichte versteht er als Wegweiser in die noch freien Siedlungsgebiete, als Erfahrungsberichte und Beschreibungen des einfachen Lebens an der »frontier«, der Grenze, die erreichbar ist für jeden, der die Auswanderung wagt.

1848 steht Gerstäcker auf der republikanisch-demokratischen Seite, er sympathisiert mit einer großdeutschen Reichseinheit, die Auswanderung betrachtet er da als sozialpolitisches Mittel und richtet daher im April 1848 ein Schreiben an

den sächsischen Staatsminister Oberländer mit dem Vorschlag, 20 000 Klöppler aus dem Erzgebirge nach Amerika zu übersiedeln, der Plan bleibt ohne Widerhall. Und in seinem Roman »Pfarre und Schule« versucht er, einen Bildungskonflikt zwischen liberalem Schulmeister und reaktionärem Pfarrer darzustellen, mit geringem Erfolg. Ein Jahr später bricht er, ausgestattet mit 500 Talern vom Frankfurter Reichsministerium zu einer Weltreise auf mit dem Auftrag, soviel wie möglich über Einwanderungsbedingungen in den bereisten Ländern in Erfahrung zu bringen. Wieder wird auch diese dreijährige Fahrt zur totalen Überlebensprobe unter jeder Bedingung: Ritt durch die Pampas, Winterüberquerung der Kordilleren, dann Goldsucher in Kalifornien; er durchquert den Pazifik, segelt auf einem Walfänger und landet auf einer Südseeinsel. Es geht weiter nach Australien: gewaltige Strapazen nimmt Gerstäcker auf sich, im Kanu den unerforschten Murrey-Fluß hinab, nach der Vernichtung des Bootes 700 Meilen zu Fuß durch den australischen Busch; trotz feindseliger Eingeborener, Hunger und Durst schafft es Gerstäcker und kann schließlich auch noch Java besuchen. Er kehrt 1852 zurück, tief enttäuscht über die vollständige Niederlage der 48ger.
Die nächsten Jahre bleibt er daheim und schreibt Buch auf Buch. In dieser Zeit wird er auch mit jenem schon zitierten Brief von Gustav Freytag dem Herzog von Sachsen-Coburg-Gotha vorgestellt. Aber 1860 treibt es Gerstäcker abermals auf Reisen, diesmal nach Süd- und Mittelamerika, aber nicht mehr als Abenteurer auf der Suche nach dem Ich-Erlebnis wie in den Reisen zuvor, sondern fast schon touristisch auf einem englischen Dampfer, mit der Eisenbahn, außerdem ohne Muße. Die Quintessenz klingt denn auch freudlos und mißmutig: »Ich finde überall Ähnliches, schon Gesehenes«. Es gelingt Gerstäcker offensichtlich nicht mehr, in der Pendelbewegung des Hinaus und Zurück so etwas wie Glück zu finden. Die Länder bleiben äußerlich, wie durch

Fensterglas betrachtet, sie werden nicht zum Freiraum, den Gerstäcker füllt mit seinem Ich.

Abgesehen von einer kurzen Reise nach Ägypten und Abessinien zusammen mit dem Herzog bleibt Gerstäcker in Deutschland und schreibt. Erst 1867/68 macht er sich noch einmal nach Amerika auf den Weg, aber ohne jede Lust am Sich-selbst-erleben, ja, überhaupt ohne Interesse an der Reise, und das zeigt schon, daß Gerstäcker beileibe nicht als einfacher Reiseschriftsteller zu bezeichnen ist, sondern daß es da um etwas anderes geht: um die Entdeckung und Erfahrung des eigenen Ich, des eigenen Körpers, überhaupt um die Freisetzung von Bedürfnissen, die nicht geduldet sind in einer Gesellschaft der reinen Profitmaximierung.

Doch an der Lust auf Selbsterfahrung in extremen Situationen, am Abenteuer gebricht es dem alternden »unbeleckten Bär«, weil es dieser Lust an der nötigen Reflexion über sich mangelt, soll heißen, Gerstäcker vermag es nicht, seine eigene Existenz auch theoretisch zu fassen. So bleibt ihm nur die mechanische Wiederholung seines Modells, ohne daß es noch funktionierte. Zwar bemerkt er die Veränderung der Welt, den Einbruch der Zivilisation, die fortschreitende Kolonialisierung der ehemaligen Oasen und Abenteuerlandschaften, nicht aber die Triebkräfte dieser Entwicklung und es gelingt ihm nicht, seinen Verlust an Identität aufzuhalten. So kann sein Pendeln zwar die Verdrängungen und Deformationen am Menschen gerade im Aufblühen des Kapitalismus deutlich signalisieren, aber nicht analysieren. Gerstäcker sucht zuletzt vergeblich Terrains, auf denen er sein Abenteuer treiben könnte. Er kehrt abermals heim, schreibt unermüdlich, macht den Krieg von 1870/71 mit als Berichterstatter der »Gartenlaube« und stirbt während der Vorbereitungen zu einer weiteren Weltreise 1872 in Braunschweig.

Ein unstetes Leben voller Mobilität, Unruhe, Ziel- und Richtungslosigkeit. Und dennoch liegt gerade in diesem Akt des Probierens, des Glückversuchens auf verschiedenartigste Weise, weil nichts Endgültiges, Festlegendes folgt, Gerstäckers ›Glück‹. Durchaus widerspricht ein solcher Lebensentwurf der bürgerlichen Norm und ist ihr dennoch untrennbar verbunden, denn erst im Kontrast, und zwar im aufrechterhaltenen Kontrast liegt Würze und Wirkung eines solchen Lebensglücks: hier ein ruhiges, ja, statisch-starres, in einem Beruf, in einem Ort sich begnügendes Leben bürgerlicher Art, dort ständiger Ausbruch, dauernder Versuch, weitauszufahren, um zu sehen, Sehnsucht nach Offenheit, Freiheit, Unabhängigkeit, wobei letztere Begriffe von Gerstäcker allerdings kaum reflektiert sind.
Von Anfang an besteht für eine Existenz wie die Gerstäckers Legitimationszwang, denn nicht die Auswanderung wäre vom Übel, sondern seine Ruhelosigkeit, das Suchen und Versuchen. Dort sind Elemente angelagert von Unsicherheit, Überraschung, Unvorhersehbarem, von Anders-als-man-denkt, die einen solche Mann nicht zum Vorbild machen, ihn deutlich unterscheiden von dem Streben nach Glück, das immer nur Geld und Gut meint. Da Gerstäcker nicht einfach auswandert, um eine Lebensstellung zu sichern, sondern stets neu ausprobiert, dann zurückkehrt und den Wechsel als Bedingung der Ich-Erfahrung preist, ist er gezwungen, eine Position einzunehmen, in der keine Strafe droht, er muß schreiben, um *seine* Lebensweise beibehalten zu können: als Schriftsteller kann er sich auffangen und die andrängenden Zwänge zeitweise abwehren.
Was für sein Leben gilt, Hinaus und Zurück, findet sich wieder im Erleben und der Beschreibung des Erlebten. Das ist eine Grundfigur für die Autoren des Abenteuers nach Cooper und Sealsfield, in deren Tradition sie stehen. Für

Cooper zählte nicht das selbsterlebte Abenteuer zu den Bestimmungen seines Schreibens. Sein Gegenstand war die amerikanische Geschichte, in der er das Abenteuer als konstitutiven Faktor sah, ja, das Abenteuer war Amerika selber als politische Organisation, als Kontinent, als Realität, in der Kategorien der Alten Welt nicht galten. Eminente Hoffnungen und Erwartungen waren daran geknüpft. Doch Cooper führte auch den Bruch mit dieser Hoffnung vor, der Begründer einer Nationalliteratur wurde zum schärfsten Kritiker mit konservativem Blick. Schilderte Coopers Erstling »The Spy« (1823) das Abenteuer Geschichte, so verwies er in den späteren Lederstrumpfromanen »Der Pfadfinder« (1840) und »Wildtöter« (1841) auf die Nowendigkeit des Abenteuers als Kritik dieser Geschichte. Sein Trapper Natty Bumppo »Leatherstocking« erinnert so an die nicht aufgegangene Hoffnung, an die ungestillten Bedürfnisse, an die Wünsche nach Selbstverwirklichung in dem Sinn, in dem die USA, nicht nur nach Cooper, gemeint waren.
Und Cooper stellte das Abenteuer auch als Beruf, als Lebensweise dar, die nicht als Ausbruch aus bürgerlichem Leben definiert ist, sondern als ursprünglichere Form des Lebens, als humanere, klarere, einfachere. Ihre Widerständigkeit gegenüber der Zivilisation ist bereits vorzivilisatorisch in ihr angelegt, nicht umsonst »Pfadfinder« als Adam vor dem Fall, nicht zufällig spielt die Handlung im »Wildtöter« vor der Gründung der USA, ja, erscheint geradezu im außergeschichtlichen Raum und berichtet gleichzeitig vom Einbruch der Geschichte als einer von Anfang an deformierten. »Wildtöter«, nichts verbergend und niemals fehlend, steht da als Wunschkonstruktion eines besseren Menschen, als der Versuch, aus den unbestreitbaren Qualitäten des wilden Lebens und einem entwickelten Verständnis von Zivilisation eine Synthese herzustellen.
Coopers Romane hatten größten Erfolg, Amerika war als literarisches Thema entdeckt. Neben Cooper muß Charles

Sealsfield (d. i. Karl Postl) als die bemerkenswerteste Gestalt des Amerikaromans in den 30ger und 40ger Jahren gesehen werden. Seine schriftstellerische Konzeption hatte politische Gründe. Geflohen vor Metternichscher Restauration und Zensur wird der mährische Klosterbruder Postl zu einem emphatischen Propagandisten der amerikanischen Demokratie, symbolisiert in der Person Andrew Jacksons. In seinen komplex-widersprüchlichen Romanen versucht er in überpointierender Weise, die Neue Welt charakteristisch und unverwechselbar einzufangen. Dabei sieht er Demokratie letztlich nur in den westlichen und südlichen Regionen in ihrem ursprünglichen Glanz, während die Oststaaten längst den Weg der hemmungslosen Geschäftemacherei gegangen sind. Sealsfields aggressiv parteiischer, von Amerikanismen eigentümlich durchsetzter, expressiv-kurzatmiger Stil, der fragmentarische Charakter seiner literarischen Produktion trifft allerdings nur ein begrenztes, durchaus gehobenes Publikum in Gegensatz zu dem von Sealsfield als Romantiker verspotteten Cooper. Gerstäckers ruhig entwickelnde Beschreibungssequenzen, die nur verdeckt auftauchende politische Stellungnahme verhelfen dem Amerikaroman zu anderer Blüte. Seine Romane sind nicht authentisch amerikanisch wie die Coopers und auch nicht beseelt von der ehrgeizigen Vorstellung Sealsfields, die amerikanische Realität zur Volkserziehung als Lehr- und Propagandaroman zu erzählen, Gerstäcker schreibt eigentlich *seine* Geschichte in Geschichten und Romanen.
Aber seine Voraussetzungen und die seiner Generation sind auch grundlegend anders als die Coopers und letztlich auch Sealsfields. Gerstäcker, Möllhausen oder Strubberg waren zuerst Europäer, Deutsche, die reisen mußten, um nach Amerika zu kommen, und primär in diesem Ausbruch liegt der Impetus. Das trifft auch noch auf Sealsfield zu, doch ihn zwingen die politischen Verhältnisse und nicht die persönliche Lust. Gerstäcker machte gleichsam die Probe auf seine

Defoe- und Cooperlektüre, er wollte selbst Natty Bumppo sein. Und aus dieser Aktion resultiert schließlich der Autor, dessen Gegenstand zuerst er selbst und seine Abenteuer ist. Mit der Rückkehr beginnt dann der Einstieg in die Distanz des Autors zu seinem jetzt auch fiktionalen Thema. Auf der Folie des Selbsterlebten wird die literarische Produktion überhaupt möglich. Die Glaubwürdigkeit der Romane und Erzählungen speist sich aus dieser Kategorie des Selbsterlebten. Gerade Gerstäckers Erstling demonstriert diese Legitimation und Motivation des Schreibens: »Streif- und Jagdzüge«, jeder Schritt, jeder Schuß, der fällt, der Autor hat ihn getan. Es sei betont: Literarisches wird mit dem Versuch beantwortet, es am eigenen Leib umzusetzen. Dabei gibt es neben Coopers Romanen die Fülle an Auslösern und Anregungen, Auswanderungsberichte, ungezählte Briefe, Erzählungen und Beschreibungen in Zeitungen und Zeitschriften, auch natürlich die Reklame der Auswanderungsagenturen. Entscheidend jedoch, daß die Wirkung Coopers, Sealsfields und anderer nicht bloß literarisch ist im Sinne einer sich entwickelnden Gattung Abenteuerroman, sondern auch als eine konkret belebbare Möglichkeit eigenen Daseins verstanden wird.

Zugleich bedeutete dieses selbsterlebte, selbstgemachte Abenteuer eine Verkleinerung und Fragmentierung des Abenteuers im Sinne Coopers. Coopers große Abenteurer existierten allein im Abenteuer, das sowohl als historischer Auftrag, Amerika zu verwirklichen, als auch als Kritik an dem So-gelingen des Auftrags konzipiert war. Mitnichten bei Gerstäcker: Geschichte als Abenteuer wird ersetzt durch das, was einem entgegengesetzten Kontext – der zivilisierten Gesellschaft – abenteuerlich erschien, aus *dem* Abenteuer Amerika als historische Potenz mit utopischer Latenz, wird eine Anzahl von Abenteuern, die am besten zu beschreiben sind als eine Ansammlung gefährlicher Situationen, die es zu bestehen gilt, deren Grundstruktur aber der Wechsel

zwischen Ruhe und Bewegung, zwischen Suchen und Finden ist.
Damit sind zuvörderst die Reiseberichte gemeint, die selbsterlebten Abenteuer. Auf der zweiten Stufe bilden sie die Basis für die fiktionalen Texte, sie legitimieren die späteren Romane. Sealsfield verstand seine beiden frühen Dokumentationen »Die Vereinigten Staaten von Nordamerika nach ihren politischen, religiösen und gesellschaftlichen Verhältnissen betrachtet« (1827) und »Austria as it is« (1828) programmatisch, nämlich als Abrechnung mit dem Österreich Metternichs und als parteilich-propagandistische Huldigung der USA. Die Reiseberichte Möllhausens, Strubbergs oder Gerstäckers wollen dagegen ihre individuellen Abenteuer und Erlebnisse in Amerika erzählen. Die Spontaneität, der direkte Ton, der den »Streif- und Jagdzügen« eignet, machen diesen Text noch heute zu einem Leseerlebnis ersten Ranges. Der Leser sieht, hört, geht, tastet mit dem Autor, nichts lenkt ihn ab von diesem – cum grano salis – empfindsamen Weg durch die Sümpfe und Urwälder von Arkansas, auf den Dampfern des Mississippi, durch die Squattersiedlungen und Indianergebiete. Gerade die fehlende Prätention, das ungestört Private dieses Berichts machen seinen Reiz und seine Originalität aus.
Für die fiktionalen Texte, für die Romane gelten andere Gesetze. Gerstäcker versuchte, die traditionelle Form des Abenteuerromans nicht einfach zu benutzen, sondern mit Selbsterlebtem zu sättigen. Die Genauigkeit seiner Beschreibungen, die reichen Kenntnisse des Lebens an der Indianergrenze boten einen ungeheuren Stoff. Balduin Möllhausen, Zeitgenosse Gerstäckers, hat diesen Schritt vom Bericht zum Roman, von der Dokumentation zur Fiktion, scharfsinnig im Vorwort seines Romans »Der Halbindianer« (1861) beschrieben: »Beim Rückblick aber auf die Zeiten des unsteten, vielbewegten Wanderlebens tauchen in der Erinnerung Szenen und Begebenheiten auf, die man früher übersah, oder

nicht für wichtig hielt. Jeder Tag wird gleichsam immer wieder von Neuem verlebt, und scheint es fast, als ob das in der Vergangenheit suchende geistige Auge mitunter schärfer sieht und auffaßt, wie einst das körperliche an Ort und Stelle.«

In diesem Sinne verliert Gerstäcker zwar die Direktheit, die Sinnlichkeit und Subjektivität des Erlebnisses, rücken in den »Regulatoren« oder »Flußpiraten« die Ereignisse in die Distanz und den Zusammenhang einer fremden Welt, aber er gewinnt für den Leser etwas Neues hinzu, dessen produktive Phantasie. Anders formuliert: waren die »Streif- und Jagdzüge« unverstelltes, direktes Hererzählen der Entdeckung des eigenen Ich und der total ausgelebten Körperlichkeit, verschwindet in den Romanen der Autor als handelnde und erlebende Person, das Abenteuer ist jetzt eingebettet in Anfang und Ende, in eine abgeschlossene Erzählhandlung. Und während der Leser der »Streif- und Jagdzüge« nie mehr als das Erzählte erwartete, wird er in den Roman eingewiesen, bekommt Einblicke oder auch nicht, um Erzählspannung zu erzielen. Der Leser war im Falle des autobiographischen Textes an das Ich und seine Erlebnisweisen gebunden, im Roman gestattet ihm die vollendete Landschaft, die runde Geschichte, sich einzubauen, zu identifizieren, ohne jemals mit den Haltungen und Privatheiten eines realen Ichs zu kollidieren. Setzte Gerstäcker sich selbst in den Stand des Schriftstellers, um seine »freie und ungebundene Lebensweise« aufrechterhalten zu können, so ermöglicht der Schriftsteller dem Leser, sich in einen Romankorpus zu versetzen, einen Bilder- und Situationsfundus, der ihm die Reise in die eigene Phantasie erlaubt. Im Vorwort zu den »Regulatoren« hat Gerstäcker zu diesem Sachverhalt ironisch Stellung genommen: »So möge sich denn der freundliche Leser auf kurze Zeit mit mir zurückversetzen in die schönen Wälder jenes herrlichen Landstrichs, und wenn er auch nicht gleich aufsitzt und nach den fernen Regionen des Westens, wie die Hinterwäldler sagen, »Fährten macht«, so hoffe ich doch, daß er, neben einigen weniger angenehmen Bekanntschaften, auch recht gute, liebe und herzige Leute kennen lernen wird, die ihn mit den Nacht- und Schattenseiten der Übrigen aussöhnen mögen.«

Friedensrichter und Pirat

»Aus dem Waldleben Amerikas« untertitelte Gerstäcker seinen Doppelroman »Die Regulatoren in Arkansas« und »Die Flußpiraten des Mississippi«. Und die Vorworte versuchen diesen Untertitel zu beglaubigen, beide Male beruft sich Gerstäcker auf den realen Sachverhalt, der den Stoff abgab für seine Romane, die Regulatorenverbände in Arkansas und die Existenz der großen Piratenorganisation auf einer Insel im Mississippi. Darauf liegt das Gewicht, handfeste Kriminalgeschichten, nicht so sehr romanhafte Darstellungen des Grenzerlebens, seiner Schwierigkeiten und Freuden: Mord und Totschlag, Pferdediebstahl, Vergewaltigung, Rache, Geheimnis und Entdeckung mobilisieren die Handlung. Gerstäcker hatte zweifellos von Anfang an einen Doppelroman im Kopf, dessen Verknüpfung aber nicht so streng gedacht ist, daß ein getrenntes Lesen nicht möglich wäre. Die »Regulatoren« waren so etwas wie eine Probe aufs Exempel, ob seine Abenteuerromankonzeption Erfolg haben würde. Und so trägt der Roman sich einesteils selber, andernteils ist die mögliche Fortsetzung eingebaut: der große Schurke Cotton kann entwischen, er taucht im 2. Drittel der »Flußpiraten« wieder auf, ebenso wie der Farmer Cook auch im zweiten Roman die Spur Cottons verfolgt, schließlich entpuppt sich der geheimnisvolle Advokat Wharton aus den »Regulatoren« als der gewaltige Piratenkapitän Kelly alias Squire Dayton. Der langsam eintretende Erfolg gab Gerstäcker die Gelegenheit, fortzufahren.

Auch den zweiten Roman legte er so an, daß dieser für sich bestehen kann. Dabei wiederholt Gerstäcker in den »Flußpiraten« durchaus die Konzeption des ersten Romans, allerdings dramatischer, expressiver und grandioser. In beiden Romanen geht es um die Entlarvung des Hauptverbrechers, der ein trügerisches Doppelleben führt, in den »Regulatoren« ist es der Methodistenprediger Rowson, zugleich Chef der Pferdediebe, in den »Flußpiraten« Squire Dayton alias Kelly, der Piratenkapitän. In diesen beiden Figuren zentrieren sich die Romane, aber, während der Leser in den »Regulatoren« von Anfang an weiß, wer der Schuft ist, wird in den »Flußpiraten« der Prozeß der Enthüllung allmählich beschleunigt, der Leser kann lange nicht ahnen, daß Friedensrichter und Pirat einundieselbe Person sind.
Der Unterschied reicht über die Form hinaus weiter, denn Rowson bleibt eine üble Kanaille, während Dayton-Kelly die Größe eines schwarzen Helden erreicht. Dem nichtswürdigen Subjekt Rowson wird der makellose Indianer Assowaum gegenübergestellt als Verfolger und Rächer. »Die Flußpiraten« kennen kein solches Gegenbild zu Kelly, es sei denn Squire Dayton. Im Gegensatz zur Geschichte Rowsons gibt es in den »Flußpiraten« eine spannende Ambivalenz zwischen der Insel im Mississippi mit ihrem Kapitän und der Stadt Helena mit ihrem Friedensrichter. Ist Rowson ein kalter, geschickter Ganove, hat Kelly das Format eines Rebellen. Denn seine Insel ist nahezu ein Gegenentwurf zur faden Bürgerlichkeit der Stadt Helena. Wie das 13. Gemach im Märchen birgt die Insel die wahren Wünsche und Schätze des Squire Dayton. Der liebenswürdigen Ehefrau des Friedensrichters steht die feurige, hinreißend-sinnliche Piratenbraut Georgine gegenüber, der bürgerlichen Einordung der selbstherrlich regierte eigene Machtbereich. Was vom Ufer verdrängt, verjagt wird, findet Platz auf der Insel unter deren Bedingungen, gewissermaßen verhalten sich Insel und Uferstadt zueinander wie Unbewußtes und Bewußtes. Denn auf

der Insel stecken die Entlaufenen, Gestrandeten, Unzähmbaren. Es ist eine Gegenwelt, wie das Reich der Bettler in Victor Hugos »Notre Dame de Paris«, wie der Großstadtdschungel in Eugene Sues »Mystères de Paris«, wie Jules Vernes Kapitän Nemo und sein U-Boot ›Nautilus‹ in »20 000 Meilen unter dem Meer«, das Reich derer, die an den Segnungen der Wohlanständigkeit, der satten Wohlhabenheit, dem ewig Genügsamen und der arbeitsreichen Unterwerfung weder Teil noch Gefallen haben.

In ihnen und ihrer Welt schimmert so etwas hindurch vom lustvollen Waldleben, das Gerstäcker am eigenen Leibe erfahren wollte und erfuhr. Ihr trotziges Aufbegehren, zentral gefaßt in Kapitän Kelly, erinnert, wenn auch hoffnungslos verloren, an den Traum von einer anderen Welt, legt Protest ein gegen die allzu rasche Institutionalisierung des Alten. An dieser Stelle läßt Gerstäckers Roman an Sealsfields »Kajütenbuch« denken, in dem der mächtige Virey darüber philosophiert, daß Demokratie und Freiheit erkämpft werden müßten und daß gerade die wilden, ungezügelten Burschen des Westens eher zu kämpfen verstünden als die domestizierten, an- und eingepaßten Herren des Ostens. So liegt über der Insel der Piraten, vor allem über ihrem Kapitän Kelly, ein Hauch von jenem amerikanischen Westen, den Sealsfield in Präsident Jackson bejubelte, im Osten vergeblich suchte, in Texas fand, und den Gerstäcker auf seinen privaten »Streif- und Jagdzügen« erlebte und darin sich selbst. Zum Schluß muß Kellys Reich verbrannt und in die Luft gejagt werden wie Walhall in der »Götterdämmerung«, muß er stürzen wie Luzifer, wie Prometheus, wie die Byronschen Helden. Und er trägt durchaus die Züge des stigmatisierten Rebellen: hohe Gestalt, gebieterisch-düsterer Blick, fahle, umwölkte Stirn. Am Ende liegt er begraben im Garten seiner Überwinder, untrennbar von ihrem Leben, unlöschbar aus ihrem Gedächtnis.

In den »Regulatoren« vernichtete der Indianer Assowaum

den Verbrecher Rowson, trug er die Würde des »Unabgegoltenen« (Bloch). Er verkörperte die psycho-physische Einheit, die die Zivilisation auseinandergetrieben hat. In ihm war Totalität des Menschen gewahrt und – am Schluß wendet er sich nach Westen, vertrieben von der Zerstörung seiner Welt. In den »Flußpiraten« kommt diese Idee der psycho-physischen Einheit nur noch deformiert und in hoffnungslosem Protest zum Ausdruck. Kelly träumt im letzten Augenblick davon, diesen Kampf und sein Terrain aufzugeben, er träumt von der unberührten Insel, doch dahin führt kein Weg.
Die Grundfigur des Gerstäckerschen Lebens und Werks findet in Kelly-Dayton eine überdimensionale, assoziationsreiche Darstellung. Sicher war das nicht intentional geplant, Gerstäcker ist zwar ein sicherer, gut disponierender Schriftsteller, aber ohne literarisch-kühne Ambition, doch sein Gegenstand, dessen Legitimität er aus ureigener Erfahrung speiste, erweist sich für den Leser als ein Bündel vielfältigster Assoziationen. Was Gerstäcker im Glück-versuchen, im Pendeln zwischen Abenteuer und Heimkehr zeitweilig verwirklichen konnte, sich selbst zu erleben, erscheint in den »Flußpiraten« nur noch als Spaltung der Person. Kaum eine Gestalt existiert ohne diese Tendenz, zu zerfallen, kaum eine Situation, die nicht ambivalent schillert. Die jungen Farmer Cook und Lively z.B. sind auch zur Lynchjustiz neigende Regulatoren, die Idyllen der Squattersiedlungen sind überschattet von der Gewalt der Banditen ebenso wie von der Selbstjustiz der Squatter. Die Idyllen selbst können nur auf Zeit gelten, denn die Zivilisation, die Institutionen der Verwaltung sind ihr auf den Fersen. Das Waldleben erscheint nur als fast romantisches Intermezzo im drängenden Prozeß der Landnahme, der Unterwerfung des Kontinents. Alles ist in Bewegung, ist von einer permanenten Unruhe getrieben, keinen hält es am Ort, keinem ist es in seiner Haut wirklich wohl. Selbst eine so harmlose Gestalt wie der alte Squatter Lively tendiert zum Doppelleben, wenn er seine nackten

Füße nicht in die Stiefel und Strümpfe der Zivilisation stecken will. So einfältig-hilflos seine Täuschungsmanöver und Proteste seien mögen, auch sie gemahnen an die Progression einer Kultivierung, die immer auch Zerstörung, Vertreibung und Gewaltnahme bedeutet.

Eine solche Sicht auf den Roman mag im ersten Moment überzogen erscheinen, aber es ist eine Frage des Lesens. Natürlich liest man die »Flußpiraten« als einen glänzend gemachten, an mancher Stelle etwas altmodisch-idyllischen Reißer. Aber wie bei allen Texten dieserart reizt nicht so sehr die ästhetische Faktur, deren glatte, problemlose und unprätentiöse Sinnfälligkeit durchaus auch Romanen von Möllhausen oder Ruppius eignet, – überhaupt gibt es da ein bestimmtes Niveau, das kaum unterschritten wird, erst der große Kolportageroman im Stile Sir John Retcliffes, Robert Krafts oder Karl Mays schlägt andere Töne an –, sondern die Geschichte, die erzählt wird. Ungehindert von ästhetischer Anstrengung vermag der Leser seine Phantasie, seine Assoziationslust direkt einzubringen. So reichert sich eine Gestalt wie Kelly an im Laufe des Lesens, Parallelen, Vergleiche, die Ahnung, daß das wohl schon eine sehr alte, fast mythische Geschichte sei, daß Gerstäcker seinen negativen Helden mehr achte als billig angesichts von Kellys Taten, drängen sich auf.

Und nicht nur das: der Leser ertappt sich, wenn er nicht von vornherein seine eintrainierten Klassifizierungen bereithält und seine eigene Leselust nur als läßliche Sünde wider den Geist versteht, sie also gar nicht ernst nimmt, daß auch für ihn das Wort »Pirat« nicht nur negativ klingt. Hat er nicht selbst Pirat gespielt, träumte er nicht von einsamer Insel, großem Schatz, strahlender Frau? Da entdeckt der Leser eine Tür nicht nur zu seiner Kindheit und Jugend, sondern überhaupt zu seinen verborgenen Wünschen, da verfolgt er Kapitän Kellys Gratwanderung zwischen Wunscherfüllung und Strafe mit einer Spannung, die sich erst löst mit der Explosion des Mississippidampfers. Erschöpft und wohl auch wehmütig verläßt er dann das Phantasieterrain der »Flußpiraten« – und sollte doch seine Lusterfahrungen in Erfahrungslust am eigenen Ich umsetzen. So bliebe etwas von der Wildheit, vom Mut der Piraten, bliebe die Erinnerung wach an das, was schon alles verloren ist.

So hält nicht eine durch Selbsterlebnis beglaubigte ›realistische‹ Schreibweise Gerstäckers Roman am Leben. Mögen die Wälder von Arkansas, die Squatter und ihre Lebensbedingungen noch so genau und glaubwürdig beschrieben sein, mag der Mississippi und das Leben auf ihm und seinen Ufern aufs Beste ins Bild gesetzt sein, es würde den Roman kaum für uns interessant machen. Für den Leser tut sich hingegen eine Welt auf, in der er per Phantasie die uralten Fragen nach Selbstverwirklichung, Gerechtigkeit und entfaltetem Leben verfolgen, über ihnen träumen und beantworten kann, in der Ahnung, vielleicht im Wissen, daß da etwas aufgehoben ist, dessen Ziel noch nicht erreicht wurde, daß Kapitän Kelly gegen eine vorgegebene und vorgebliche Realität eines entfremdeten, dürftigen Lebens verzweifelt und mit hoffnungslosen Mitteln sich wehrt. Wenn die Phantasie des Lesers sich auf dieserart Mississippifahrt einläßt, dann bringt das das zum »Vorschein« (Bloch), was Gerstäcker spürte, als er auswanderte, als er sein Glück versuchte gegen die Vorschriften der bürgerlichen Wohlanständigkeit, dann erzählen auch die »Flußpiraten« von den geheimen, unterdrückten Wünschen und Bedürfnissen des Menschen, die es zu verwirklichen gilt, die Ernst Bloch als das »Unabgegoltene«, das, was noch nicht zu Ende gebracht ist, emphatisch anmahnte. –

Bildnachweis

Der Insel Verlag dankt den genannten Verlagen und Bildarchiven für die freundlich erteilte Abdruckgenehmigung

Mississippidampfer um 1870
© Bilderdienst Süddeutscher Verlag

Friedrich Gerstäcker. Foto von Aug. Linde, Gotha
© Bildarchiv Preußischer Kulturbesitz

Spielszene in einem Saloon. Originalfoto
© Bilderdienst Süddeutscher Verlag

Ranch in Montana in den siebziger Jahren des 19. Jahrhunderts
© 1968 Atlantis Verlag AG Zürich
Aus: Max Mittler: *Eroberung eines Kontinents. Der große Aufbruch in den amerikanischen Westen.* S. 314

Mississippidampfer um 1870
© Bilderdienst Süddeutscher Verlag

Der Fluß-Dampfer »Yosemite« im Hafen von Sacramento. Foto aus dem Jahre 1867
© 1968 Atlantis Verlag AG Zürich
Aus: Max Mittler: *Eroberung eines Kontinents. Der große Aufbruch in den amerikanischen Westen.* S. 226

Friedrich Gerstäcker. Nach einem zeitgenössischen Foto
© Bildarchiv Preußischer Kulturbesitz

Deutsche Literatur

Clemens Brentano. Gockel Hinkel Gackeleia
Märchen. Mit Initialen und Lithographien von Caspar Braun nach Entwürfen von Clemens Brentano. Mit einem Nachwort von Franz Deibel. it 47

Georg Büchner/Ludwig Weidig. Der Hessische Landbote
Texte, Briefe, Prozeßakten. Kommentiert von Hans Magnus Enzensberger. it 51

Georg Büchner. Lenz
Erzählung. Mit Materialien zum Text. it 429

Adelbert von Chamisso. Peter Schlemihls wundersame Geschichte
Nachwort von Thomas Mann. Illustriert von Emil Preetorius. it 27

Matthias Claudius. Der Wandsbecker Bote
Mit einem Vorwort von Peter Suhrkamp und einem Nachwort von Hermann Hesse. Mit den Abbildungen der Erstausgabe. it 130

Annette von Droste-Hülshoff. Die Judenbuche. Ein Sittengemälde aus dem gebirgigen Westfalen. it 399

Joseph Freiherr von Eichendorff. Aus dem Leben eines Taugenichts
Mit Illustrationen von Adolf Schrödter und einem Nachwort von Ansgar Hillach. it 202

Joseph Freiherr von Eichendorff. Gedichte
Mit Illustrationen von Otto Ubbelohde. it 255

Joseph Freiherr von Eichendorff. Novellen und Gedichte. Ausgewählt und eingeleitet von Hermann Hesse. Mit Zeichnungen von Otto Ubbelohde. it 360

Erasmus von Rotterdam. Lob der Torheit
Mit den Handzeichnungen von Hans Holbein dem Jüngeren. Übersetzt und herausgegeben von Uwe Schultz. it 369

Theodor Fontane. Effi Briest
Mit Lithographien von Max Liebermann. it 138

Theodor Fontane. Der Stechlin
Mit einem Nachwort von Walter Müller-Seidel. it 152

Deutsche Literatur

Theodor Fontane. Unwiederbringlich. it 286

Johann Wolfgang Goethe. Dichtung und Wahrheit
Mit zeitgenössischen Illustrationen, ausgewählt von Jörn Göres. Drei Bände in Kassette. it 149/150/151

Johann Wolfgang Goethe. Gedichte in zeitlicher Folge
Eine Lebensgeschichte Goethes in seinen Gedichten. Herausgegeben von Heinz Nicolai. 2 Bände. it 350

Johann Wolfgang Goethe. Novellen
Herausgegeben von Katharina Mommsen. it 425

Johann Wolfgang Goethe. Faust
Erster Teil. Mit Illustrationen von Eugène Delacroix und einem Nachwort von Jörn Göres. it 50

Johann Wolfgang Goethe. Faust
Zweiter Teil. Mit Federzeichnungen von Max Beckmann.
Mit einem Nachwort zum Text von Jörn Göres. it 100

Johann Wolfgang Goethe. Hermann und Dorothea
Mit Aufsätzen von August Wilhelm Schlegel, Wilhelm von Humboldt, Georg Wilhelm Friedrich Hegel und Hermann Hettner. Illustrationen von Chodowiecki u. a. it 225

Johann Wolfgang Goethe. Italienische Reise
Mit vierzig Zeichnungen des Autors. Herausgegeben und mit einem Nachwort von Christoph Michel. Zwei Bände. it 175

Johann Wolfgang Goethe. Reise-, Zerstreuungs- und Trostbüchlein
Herausgegeben von Christoph Michel. it 400

Johann Wolfgang Goethe. Tagebuch der Italienischen Reise 1786
Notizen und Briefe aus Italien. Mit Skizzen und Zeichnungen des Autors. Herausgegeben und erläutert von Christoph Michel. it 176

Johann Wolfgang Goethe. Die Leiden des jungen Werther
Mit einem Essay von Georg Lukács »Die Leiden des jungen Werther«. Nachwort von Jörn Göres »Zweihundert Jahre Werther«. Mit Illustrationen von David Chodowiecki und anderen. it 25

Deutsche Literatur

Johann Wolfgang Goethe. Liebesgedichte
Ausgewählt und herausgegeben von Hans Gerhard Gräf.
Mit einem Nachwort von Emil Staiger. it 275

Johann Wolfgang Goethe. Maximen und Reflexionen
Text der Ausgabe von 1907 mit den Erläuterungen und der Einleitung Max Heckers. Nachwort von Isabella Kuhn. it 200

Johann Wolfgang Goethe. Reineke Fuchs
Mit Stahlstichen von Wilhelm von Kaulbach. it 125

Johann Wolfgang Goethe. Über die Deutschen
Herausgegeben von Hans-J. Weitz. it 325

Johann Wolfgang Goethe. Die Wahlverwandtschaften
Mit einem Essay von Walter Benjamin. it 1

Johann Wolfgang Goethe. West-östlicher Divan.
Herausgegeben und erläutert von Hans-J. Weitz. Mit Essays zum »Divan« von Hugo von Hofmannsthal, Oskar Loerke und Karl Krolow. Mit Abbildungen. it 75

Grimmelshausen. Courasche
Trutz-Simplex oder Ausführliche und wunderseltzame Lebensbeschreibung der Erzbetrügerin und Landstörtzerin Courasche. Mit einem Nachwort von Wolfgang Koeppen. Mit Illustrationen. it 211

Johann Peter Hebel. Die drei Diebe
Eine Geschichte vom Zundelfrieder. Als Bildgeschichte gezeichnet von Wilhelm Hämmerle. it 271

Johann Peter Hebel. Kalendergeschichten
Ausgewählt und mit einem Nachwort von Ernst Bloch.
Mit neunzehn Holzschnitten von Ludwig Richter. it 17

Heinrich Heine. Aus den Memoiren des Herren von Schnabelewopski. Mit Illustrationen von Julius Pascin. it 189

Heinrich Heine. Buch der Lieder
Mit zeitgenössischen Illustrationen. Mit einem Nachwort von Eberhard Galley. it 33

Deutsche Literatur

Heinrich Heine. Shakespeares Mädchen und Frauen. Mit Illustrationen der Zeit. Herausgegeben von Volkmar Hansen. it 331

Hölderlin. Hyperion. it 365

Suzette Gontard. Hölderlins Diotima
Herausgegeben von Adolf Beck.
Mit zeitgenössischen Illustrationen. it 447

E. T. A. Hoffmann. Die Elixiere des Teufels
Mit Illustrationen von Hugo Steiner-Prag. it 304

E. T. A. Hoffmann. Das Fräulein von Scudéry. Mit Illustrationen von Lutz Siebert. it 410

E. T. A. Hoffmann. Lebensansichten des Katers Murr
nebst fragmentarischer Biographie des Kapellmeisters Johannes Kreisler in zufälligen Makulaturblättern. Mit Illustrationen von Maximilian Liebenwein. it 168

E. T. A. Hoffmann. Prinzessin Brambilla
Ein Capriccio nach Illustrationen von Callot. it 418

E. T. A. Hoffmann. Der Unheimliche Gast
und andere phantastische Erzählungen. Herausgegeben von Ralph-Rainer Wuthenow. Mit zeitgenössischen Illustrationen. it 245

Ricarda Huch. Der Dreißigjährige Krieg
Mit Illustrationen von Jacques Callot. it 22/23

Justinus Kerner. Bilderbuch aus meiner Knabenzeit
Mit vielen zeitgenössischen Illustrationen. Herausgegeben und erläutert von Günter Häntzschel. it 338

Jean Paul. Der ewige Frühling
Ausgewählt von Carl Seelig. Illustriert von Karl Walser und mit einem Vorwort versehen von Hermann Hesse. it 262

Jean Paul. Des Luftschiffers Giannozzo Seebuch
und Über die natürliche Magie der Einbildungskraft. Mit Illustrationen von Emil Preetorius und Aufsätzen zu Jean Pauls Werk von Ralph-Rainer Wuthenow. it 144

Deutsche Literatur

Kant-Brevier
Ein philosophisches Lesebuch für freie Minuten. Herausgegeben von Wilhelm Weischedel. it 61

Marie Luise Kaschnitz. Eisbären
Erzählungen. it 4

Marie Luise Kaschnitz. Die Wahrheit, nicht der Traum
Das Leben des Malers Courbet. it 327

Gottfried Keller. Der grüne Heinrich
Erste Fassung. Mit Zeichnungen Gottfried Kellers und seiner Freunde. 2 Bände. it 335

Gottfried Keller. Züricher Novellen
Mit einem Nachwort von Werner Weber. it 201

Heinrich von Kleist. Die Erzählungen
Herausgegeben von Rolf Tiedemann. it 247

Heinrich von Kleist. Geschichte meiner Seele
Das Lebenszeugnis der Briefe. Herausgegeben von Helmut Sembdner. it 281

Heinrich von Kleist. Der zerbrochene Krug
Ein Lustspiel. Mit Radierungen von Adolph Menzel. Mit einem Nachwort von Hans Joachim Piechotta. it 171

Heinrich von Kleist. Die Marquise von O
Mit Materialien und Bildern aus dem Film von Eric Rohmer. it 299

August Klingemann. Nachtwachen von Bonaventura
Mit Illustrationen von Lovis Corinth. Herausgegeben und mit einem Nachwort versehen von Jost Schillemeit. it 89

Lichtenberg. Aphorismen
Herausgegeben mit einem Nachwort von Kurt Batt. it 165

Wilhelm Meinhold. Maria Schweidler. Die Bernsteinhexe
Der interessanteste aller bisher bekannten Hexenprozesse, nach einer defecten Handschrift ihres Vaters, des Pfarrers Abraham Schweidler in Coserow auf Usedom.
Herausgegeben von E. Kidelen. Mit Illustrationen. it 329

Deutsche Literatur

Das Meisterbuch. Herausgegeben von Hermann Hesse. it 310

Eduard Mörike. Alte unnennbare Tage
Herausgegeben und mit einem Vorwort versehen von Hermann Hesse. Mit einem Essay von Wolf von Niebelschütz. it 246

Eduard Mörike. Die Historie von der schönen Lau
Mit Illustrationen von Moritz von Schwind und einem Nachwort von Traude Dienel. it 72

Eduard Mörike. Mozart auf der Reise nach Prag
Novelle. Mit Illustrationen von Hugo Steiner-Prag. Mit einem Nachwort von Fraucke Dienel. it 376

Karl Philipp Moritz. Anton Reiser
Roman. it 433

Karl Philipp Moritz. Götterlehre oder Mythologische Dichtungen der Alten. Mit 65 Abbildungen. it 419

Friedrich de La Motte-Fouqué. Undine
Herausgegeben von Ralph-Rainer Wuthenow. Mit der Rezension von Edgar A. Poe und zeitgenössischen Illustrationen. it 311

Johann Karl August Musäus. Rübezahl
Für die Jugend von Christian Morgenstern. Mit Illustrationen von Max Slevogt. it 73

Nietzsche. Also sprach Zarathustra
Ein Buch für Alle und Keinen. Mit einem Essay von Th. Mann. it 145

Nietzsche. Ecce Homo
Wie man wird, was man ist. Mit einem Nachwort von R.-R. Wuthenow. it 290

Karl Friedrich von Rumohr. Geist der Kochkunst
Mit einem Vorwort von Wolfgang Koeppen. it 326

Wilhelm Raabe. Die Chronik der Sperlingsgasse. it 370

Wilhelm Raabe. Die Gänse von Bützow
Mit Illustrationen von Klaus Ensikat. it 388

Deutsche Literatur

Schiller. Der Geisterseher
und andere Erzählungen. Mit einer Einleitung von Emil Staiger und Erläuterungen von Manfred Hoppe. it 212

Schiller – Goethe. Briefwechsel
Herausgegeben und mit einer Einleitung versehen von Emil Staiger. Mit Illustrationen. 2 Bände. it 250

Arthur Schopenhauer. Aphorismen zur Lebensweisheit
Vollständige Ausgabe mit Erläuterungen und Übersetzungen der fremdsprachigen Zitate. Mit einem Nachwort von Hermann von Braunbehrens. Mit 16 Daguerreotypien und Fotos und Bilderläuterungen von Arthur Hübscher. it 223

Hans Schumacher. Ein Gang durch den Grünen Heinrich
Mit zeitgenössischen Illustrationen. it 184

Charles Sealsfield. Das Kajütenbuch
oder nationale Charakteristiken. Roman. Illustriert von Theodor Eberle. it 392

Adalbert Stifter. Bergkristall und andere Erzählungen
Herausgegeben und mit einem Nachwort versehen von E. Y. Meyer. it 438

Theodor Storm. Am Kamin
und andere unheimliche Geschichten. Mit Illustrationen von Roswitha Quadflieg. Ausgewählt und mit einem Nachwort von Gottfried Honnefelder. it 143

Theodor Storm. Der Schimmelreiter, Carsten Curator, Hans und Heinz Kirch.
Mit Illustrationen von Max Schwimmer. Herausgegeben von Gottfried Honnefelder. it 305

Wem ich zu gefallen suche. Fabeln und Lieder der Aufklärung
Von Gotthold Ephraim Lessing, Friedrich von Hagedorn, Christian Fürchtegott Gellert, Magnus Gottfried Lichtwer, Johann Wilhelm Ludwig Gleim, Gottlieb Konrad Pfeffel.
Mit Stichen von Daniel Chodowiecki. it 208

Literatur aus Frankreich, England, Amerika u. a.

Hans Christian Andersen. Märchen meines Lebens. Eine Skizze. Aus dem Dänischen von Michael Birkenbihl. it 356

Jean Anthèlme Brillat-Savarin
Physiologie des Geschmacks oder Betrachtungen über das höhere Tafelvergnügen
Mit Illustrationen. it 423

Giovanni Battista Basile. Das Märchen aller Märchen. Das Pentameron. Deutsch von Felix Liebrecht.
Herausgegeben von Walter Boehlich. it 354

Honoré de Balzac. Beamte, Schulden, Elegantes Leben
Eine Auswahl aus den journalistischen Arbeiten. Mit einem Nachwort herausgegeben von Wolfgang Drost und Karl Riha. Mit zeitgenössischen Karikaturen. it 346

Honoré de Balzac. Das Mädchen mit den Goldaugen
Aus dem Französischen von Ernst Hardt. Vorwort Hugo von Hofmannsthal. Illustrationen Marcus Behmer. it 60

Charles Baudelaire. Die Blumen des Bösen
Übertragen von Carlo Schmid. it 120

Beaumarchais. Die Figaro-Trilogie
Deutsch von Gerda Scheffel. Nachwort von Norbert Miller. Mit zeitgenössischen Illustrationen. it 228

Joseph Bédier. Der Roman von Tristan und Isolde
Deutsch von Rudolf G. Binding. Mit alten Holzschnitten. it 387

William Blake. Lieder der Unschuld und Erfahrung
Nach einem handkolorierten Exemplar des British Museum. Herausgegeben und mit einem Nachwort versehen von W. Hofmann. Deutsch von W. Wilhelm. it 116

Emily Brontë. Die Sturmhöhe
Aus dem Englischen von Grete Rambach. it 141

Chateaubriand. Das Leben des Abbé de Rancé
Herausgegeben und aus dem Französischen übersetzt von Emil Lerch. Mit einem Vorwort von Roland Barthes und zeitgenössischen Bildern. it 240

Insel taschenbücher
Alphabetisches Verzeichnis